한국 근대수필의 행방

지은이

오양호 吳養鎬 | Oh, Yangho

경북 칠곡 출생. 경북고, 경북대 졸업, 1981년 영남대 대학원에서 조동일 교수 지도로 박사학위를 받았다. 『현대문학』에서 평론 추천을 완료했고 평론가로 활동하고 있다. 대구가톨릭대, 인천대 교수, 일한교류기금지원으로 교토(京都)대학에서 외국인학자 초빙교수로 연구하고 강의했으며 현재 인천대 명예교수이다. 2002년 대산문화재단 지원금으로 정지용 시를 공역하여 도쿄에서 『鄭芝溶詩選』(花神社)을 출판했다. 옥천군과 함께 정지용시비를 도시샤(同志社)대학에 세웠고, 정년퇴임 후 北京의 중앙민족대, 長春의 길림대에서 일제 말 재만(在滿)조선인 문학을 강의했다.

저서로는 『농민소설론』, 『한국문학과 간도』, 『일제강점기 만주조선인문학연구』, 『만주이민문학연구』 등이 있고, 지금은 한국연구재단 지원(2016~2019)으로 1980년부터 시작한 1940년대 초기 재만조선인 문학 연구를 하고 있다. 평론집으로는 『낭만적 영혼의 귀환』, 『한국 현대소설의 서사담론』, 『신세대문학과 소설의 현장』 등이 있으며, 청마문학 연구상, 아르코문학상(평론), 심연수문학상을 수상했다.

한국 근대수필의 행방

초판 1쇄 발행 2020년 6월 10일
초판 2쇄 발행 2021년 10월 20일
지은이 오양호 **펴낸이** 박성모 **펴낸곳** 소명출판 **출판등록** 제13-522호
주소 06643 서울시 서초구 서초중앙로6길 15, 2층
전화 02-585-7840 **팩스** 02-585-7848 **전자우편** somyungbooks@daum.net **홈페이지** www.somyong.co.kr

값 42,000원
ISBN 979-11-5905-471-6 93810

한국 근대수필의 행방

MODERN ESSAYS OF KOREA

오양호

책 이름이 말해주듯 이 책의 중심 내용은 '한국수필의 행방 탐색'이다. 행방의 개념은 과거 · 현재 · 미래를 모두 아우른다. 근대 한국수필이 문학장에서 태어난 뒤의 이력을 살펴 그것이 어떻게 변화되었는가를 고찰하고, 새롭게 나아갈 방향을 가늠해 보자는 의도이다.

왜 한국수필이 행방불명인가. 다음과 같은 사실 때문이다.

2019년 12월 기준 국립중앙도서관 정보검색창에 '수필'로 검색되는 연속간행물이 약 160여 종이고, 이 가운데 수필전문지가 약 30종이다. 그리고 한국문인협회에 가입한 문인은 2019년 12월 기준 약 14,641명인데 그중에 수필가가 약 3,634명으로 그 수가 시인 7,833명 다음이다. 공식 통계는 이렇지만 실제 수필가 수는 근 5천 명에 육박할 것이다. 수필이 비전문적 글쓰기이기에 웬만한 문인이면 수필 한두 편은 다 썼을 것이고, 그 가운데는 수필집을 출판한 문인도 숱할 것이다. 더 놀라운 현상이 있다. 피천득의 수필집 『수필』(범우사, 1976)은 지금까지 5판 2쇄를 출판했다. 거기다 양장본으로 만든 『수필』이 5쇄로 출판되었다. 이렇게 보면 이 책이 팔린 숫자는 어마어마하다. 또 더 놀라운 사실은 법정의 『무소유』가 2010년 말 기준으로 『수필』보다 10배는 더 팔렸다고 한다.[1] 이렇게 많은 독자는 수필의 대변자가 되어 수필을 예찬

1 '판'과 '쇄'는 다르다. 판은 편집을 바꾸는 것이고, 쇄는 찍는 횟수다. 『수필』의 초판 9쇄, 2판 19쇄, 3판 20쇄, 4판 5쇄, 5판은 2019년 10월 4쇄를 찍었으니 더 늘어날 것이다. 1쇄가 『수필』은 보통 3,000~5,000부라고 한다. 여기에 『수필』 간행 33주년 기념 양장

할 것이니 장차 수필 독자는 더 늘어날 것이다.

이런 현상이 장르에만 나타나는 것은 아니다. 지금 우리나라에는 종류를 헤아릴 수 없을 정도로 많은 문학잡지들이 출판되고 있다. 문학이 위안이나 소일거리처럼 되어버린 현상이다. 이런 결과 문학이 취미활동, 친교모임, 활자의 마력을 통한 문화적 허영의식 충족의 도구로 전락해 간다. 그래서 함량 미달의 문인의 이름을 딴 문학상, 특정 잡지의 거창한 이름을 내건 문학상이 예술의 총아 문학의 이름으로 버젓이 수여되고 있다. 시각 중심의 놀이문화, 스크린 세대와 동행하는 대중 문인이 문학의 본령을 점령하는 형국이다. 특히 이런 현상이 수필장르에 두드러지게 나타난다. 흔히 '수필은 붓 가는 대로 쓴다'는 그 비전문적 글쓰기 때문이다. 그래서 지금 수필문단은 문학의 어느 갈래보다도 예술적 성취도가 문제인 글이 많다.

수필의 현장이 이러함에도 불구하고 근대나 현대수필을 학문 차원에서 연구한 저서 한 권 없다. 수필을 연구하는 학회 하나 없으니 이런 현상은 당연하다. 정규 대학에서는 수필론 전공 강의가 없을 뿐 아니라 정부의 문학 지원 정책에서도 수필장르는 제외된다. 상황이 이래서 전통이 깊은 문예지는 수필이란 용어를 안 쓰고 '산문' 또는 '에세이'라는 용어로 이 장르를 지칭한다. 산문은 운문의 반대 개념이고, 에세이는 소논문이니 수필이란 용어가 그런 글쓰기를 대표하는 것은 잘못이다.

단행본이 5쇄를 찍었다. 그렇다면 『수필』은 모두 60쇄를 찍었고 1쇄를 평균 4,000부로 잡으면 이 책이 팔린 숫자는 셈하기 어렵다. 이런 계산은 출판사가 공식적으로 내놓은 것이니 실제는 아주 많이 다를 것이다. 2010년 말이 기준인 것은 법정이 그해 3월 입적하면서 자신의 모든 수필집은 이제 그만 출판하라는 유언에 따른 것이다. 이 사실은 2017년 5월 15일 범우사 편집국장과 전화 통화로 확인되었다.

이런 점은 한국 수필계가 해결해야 할 큰 문제이다. 그러나 해결 방안이 보이지 않는다. 문학이 위축되고, 그나마 활기를 띠는 수필이 작품만 있고 이론은 없다. 원론서는커녕 개론서 하나 없는데 당사자들은 장르이기주의에 따른 비판 결여로 이런 비정상적인 현상을 인식 못하고 있다. 거대한 수필문단이 작가들만 엉켜 굴러가고 있는 형국이다. 이런 현상은 시, 소설과는 판이하다.

수필을 이론적으로 평가하는 행위가 있긴 있다. 그러나 그것은 온갖 근거 없는 다른 장르이론에 기댄 글이다. 그런데 그것이 수필문학의 시학 노릇을 한다. 상황이 이래서인지 전통이 깊은 문예지는 수필이란 용어를 안 쓰고 '산문' 또는 '에세이'라는 용어로 이 장르를 다룬다.

이런 점에서 '무릇 수필隨筆과 에세이essay를 쓰는 지식인들'은 수필 대변인 노릇만 할 것이 아니라 수필의 이론 개발에 힘을 기울이는 것이 마땅하다. 이것은 지식인 서열 첫째인 문인의 사명이다. 사명 불이행은 민사 문제가 아닌 형사적 책임을 져야 할 사안이다.

대부분의 한국수필은 사소한 신변사身邊事를 계절의 감성이 섞인 미문체美文體로 다듬어 낸다. 이런 글쓰기 양식은 일본 것으로 우리의 고유 수필과는 다르다. 한국수필가협회가 '수필의 날' 제정 근거가 된 박지원의 「일신수필馹迅隨筆」에 그런 사소한 것에 대한 미화는 없다. 달리는 역마 위에서 구경하듯 본 '기와장과 똥 부스러기'는 사소한 것을 다룬 기문奇文이 아니라 관념과 명분에 사로잡혀 정작 중요한 것을 보지 못하는 조선 지식인들을 대립된 소재로 비판한 것이다. 한국 고유의 수필시학을 개발할 수 있다는 말이다.

지금 우리 수필이 직면하고 있는 또 하나의 문제는 덩치만 크고, 문학적 함량은 적은 작품이 양산되고 있다는 것이다. 때문에 이 글에서는 한국문학사에서 남다른 문학적 성취를 이룬 문인의 단행본 수필집을 두루 찾아 그 공통분모를 추출하려 한다. 그 옛것에서 한국수필의 행방을 가늠할 수 있기 때문이다.

지금 수필은 좋게 말하면 만개 상태에 있다. 그러나 조금 달리 말하면 너무 많아 무엇이 수필인지 정체가 불분명하다. 글에 정전正典, canon을 세우는 것은 바람직하지 못하지만 지금 한국수필은 정전이 필요하다. 옛것을 따르지도 않고, 남의 것도 보지도 않고 오직 자기 것만 내세우는 백가쟁명의 혼돈 상태에 빠져있기 때문이다. 정전 탐색은 예외적인 동시에 선구적이고, 반시대성을 통해 새로운 시대성을 개척하려는 노력이다. 대중성을 지니면서도 그와 대결하는, 그래서 영원한 현재성을 추구한다.

저자가 한국수필에 깊은 관심을 가지게 된 것은 2007년 5월 수필가 피천득이 세상을 떠나자 한 문예지가 저자에게 「피천득론」을 쓰라고 강권한 것이 그 계기다. 그런데 그것이 이렇게 확대・심화된 것은 거기서 문제적 사관, 가령 수필은 많은데 에세이는 없다든가 신변잡사, 계절사생, 미문체는 많은데 정작 심오한 인생관조는 사상되는 나르시시즘적 징후를 발견했기 때문이다. 지금 한국 수필문단의 겉은 어느 장르보다 활기에 차 있다. 수필이 시대, 그러니까 독자와 작가의 눈높이가 크게 차이나지 않는 대중성이 강한 장르이기에 독자층이 두텁다. 그렇지만 대학의 문과나 문단은 이런 현상을 외면하고 있다. 이런 현상은 문학 현장의 흐름을 전혀 고려하지 않는 독선이다.

이 책은 이런 현상에 대한 나름의 문제제기이며, 수필은 그렇게 치지

도외할 문학 장르가 아니라 옛날부터 전해오는 아름다운 글쓰기의 하나로 새롭게 가꾸어 나가야 할 문학 갈래라는 것을 말하고자 함이다. 이 문제를 유명 문인들의 수필집 고찰을 통하여 확인하려고 한다.

저자는 이 일을 위하여 우선 정전이 되는 자료를 찾기 위해 여러 도서관을 뒤지고, 1930년대, 혹은 해방기 무렵의 신문과 잡지, 그것도 복사판의 흐린 글자를 읽느라 확대경을 들고 용을 썼다. 안면이 있는 장서가를 찾아가 어렵게 자료를 복사하고, 구입도 하면서 그것이 안 되면 심지어 필사도 하며 작품론을 써 모았다. 텍스트로 삼은 수필집은 모두 작가가 직접 교정을 본 초간본이다. 피폐한 식민지 조선의 근대문학을 버티고 있던 문인의 고뇌가 책갈피에 떨어진 비허구산문(수필)을, 아직 세상 사람들은 잘 모르기에, 그것이 안쓰러워 매달린 10년간의 집념의 결과가 이 책이다.

이 책은 납 · 월북 문인의 수필집에 대한 고찰이 중심이다.

왜 납 · 월북 문인인가.

납 · 월북 문인의 시, 소설, 평론에 대한 연구는 많이 이루어졌다. 그러나 이들이 남긴 많은 수필에 대한 연구는 전혀 이루어지지 않았다. 수필이 시나 소설만큼 언어예술로서 비중을 갖는다고 말하기는 어렵다. 그러나 수필은 시와 소설과 다른 이 갈래 문학 고유의 특성과 미학이 존재한다. 한 연구에 따르면 6 · 25로 납 · 월북된 문인은 94명이나 되는데 역설적이게도 그 문인들 대부분이 한국 근현대문학사에 이름이 쟁쟁하고 그들 가운데는 단행본 수필집을 생전에 출판한 문인이 많다. 그리고 그들의 수필은 그들의 문명文名을 다른 각도에서 빛내고 있다는 가설이 충분히 서기 때문이다.

한국 근대 좌파의 중심지라 할 인천에 태어나서 월북한 김동석은 자신이 수필가란 사실을 언제나 이마에 써 붙이고 다닌 문인이다. 해방기에는 문예지 『상아탑』을 발행하면서 한국 수필문학의 발전을 위해 많은 노력을 했다. 그의 수필에서는 의외로 여러 빛깔의 사유가 서로 어울려 조화로운 색조를 띤, 황혼처럼 찬란한 문체style를 형성하고 있다.

『다여집』은 좌파 이데올로그 박승극이 출판한 한국 근현대문학 최초의 단행본 개인 수필집이고, 이극로의 「조선朝鮮을 떠나 다시 조선朝鮮으로 — 수륙이만리水陸二萬里두루 도라 방랑放浪이십년간二十年間의 수난반생기受難半生記」라는 수필은 식민지 시대 지식인의 풍찬노숙하던 삶을 기행수필로 쓴 자서전이라는 점에서 아주 특별하다. 뒤늦게 「소련기행」을 쓰고 월북한 이태준의 단문短文의 미문체, 지금까지 아무도 몰랐던 『토끼와 시계와 회심곡』에는 한 시대를 살다 간 이데올로그 3인의 인고의 인간사가 배어있다. 『근원수필』은 제 발로 북을 택한 화가 김용준의 수필집이다. 여러 사람의 글을 모은 『수필기행집』과 『조선문학독본』에는 납・월북 문인의 글이 더 많다. 수필이 오랜 전통을 가진 가장 한국적인 글쓰기의 한 갈래라는 사실을 고려할 때 이런 현상은 우리를 자괴감에 빠지게 만든다. 지금까지 아무도 이런 점에 관심을 두지 않고 방치해 왔기 때문이다. 특히 납・월북 문인의 수필이 그렇다.

이광수, 김동환, 정지용, 김기림, 김진섭은 납북 문인으로 분류된다. 따라서 앞에서 말한 문인들과는 성격이 다르다. 하지만 『돌벼개』는 해방공간의 자연인 이광수의 고뇌가 진솔하게 드러나는 수필집으로 자신의 그릇된 과거 행위를 종교적 차원에서 참회하는 고통의 고백이다. 이것은 수필이 비非허구산문의 자성적 글쓰기라 할 때 갖는 의미를 음미하게 한다. 그리고 2007년부터 '춘원연구학회'가 발족하여 2017년 3월 제13회 학술대회를 개최하고 있는 동향과도 관련된다. 이런 사실은 그가 많은 문제작을 남겼음에도 불구하고 친일의 죄로 죽어서도 죄 값을 치르는, 인간 이광수와는 달리 문인 이광수의 작품을 통해 그를 재조명하는 것이 사리에 맞다는 뜻이다. 이런 점이 수필에서도 발견되기에, 또 그가 납치 도중 비명에 간 문인이라는 점에서 납・월북 작가와 함께 묶는다.

김동환은 일제 말기 『삼천리』를 반민족적 노선으로 내몬 장본인이다. 그러나 그가 엮은 『반도산하』는 조선의 명승고적 기행을 통한 장소애가 우리의 가슴을 달구는 수필집으로 독해된다. 정지용의 『문학독본』에 수록된 아름다운 수필들에는 그가 일본 유학을 끝내고 귀국한 뒤에는 일본어에서 몸을 홱 돌리고 다시는 일본어 시를 쓰지 않은 흔적이 역력하다. 또 1940년대에 들어 마침내 문인들이 일본어로 쓰거나 아니면 아무것도 안 쓸 것인가라는 어려운 상황에 봉착했을 때 프롤레타리아 문인이나 민족주의자까지 국책에 순응하였다. 하지만 그는 거의 절필 상태에 있었고, 해방 뒤에는 통영 등을 여행하며 시 같은 서정수필을 썼다.

김진섭과 이양하는 한국수필의 대부다. 이 두 수필가의 수필은 당연히 우선 고찰해야 할 대상이기에 이 두 수필가에 대해서는 이미 많은 연구가 이루어졌다. 양주동과 변영로는 전업 수필가만큼 많은 수필을 썼다. 양주동의 본업은 교수지만 그의 수필에 엿보이는 위트는 누구도 따를 수 없는 독특한 개성을 형성하고 있다. 변영로의 해학, 특히 술을 마시고 연출하는 그것은 양주동도 따라잡지 못한다. 양주동과 변영로

이 두 술꾼이 벌이는 인생 이면사는 겉으로는 웃지만 속으로는 고통을 삼키고 살아야 했던 역사의 한 매듭을 표상하는 일품 문학이다.

김기림은 먼저 평론가이고 시인이다. 그는 일본 유학을 두 차례나 하면서 서구의 신문학론을 공부하고 수용했다. 모더니즘 이론을 어느 문인보다 정치하게 조선문단에 소개한 주지적 문인이다. 그러나 그는 아름답고 인간미가 넘치는 수필을 썼다. 「길」은 수필이면서 시이고, 일제 말기 거의 절필 상태에서 고향 근처를 기행하며 쓴 「관북기행」 역시 그러하다. 「바다와 나비」, 「바다와 육체」는 주지적이지만 그의 수필은 어머니 냄새, 누이 냄새가 나는 인간학이다.

이은상은 시조시인으로 널리 알려져 있다. 그래서 우리는 그의 이름을 듣거나 보았을 때 가장 먼저 「가고파」 같은 시조가 떠오른다. 그러나 이은상이 수필문학에 남긴 자취는 시조의 그것보다 크다. 해방 이전에 간행한 수필집만도 여섯 권이다. 『노방초路傍草』(1935), 『탐라기행한라산』(1937) 등의 수필집은 일제의 압제가 날로 심해가던 시기에 나왔지만 그런 시대상은 내비치지 않는다. 아쉽게도 『야화집野花集』(영창서관, 1942)에 와서 이름이 오야마 치에이大山治永로 바뀌지만 그것은 구할 구 푼이 민족주의자인 이은상의 근본과는 멀다.

『만주조선문예선』에 대한 고찰은 일제 말기 재만조선인문학 수필의 성격을 가늠하게 하는 자료이다. 신영철의 수필은 반민족적 사유가 강하지만 최남선의 수필은 만주에서 조선을 발견하려 한다. 김조규의 「백묵탑 서장」은 재만 지식인의 갈등이 진술한 비허구산문체를 형성하고 있다는 점에서, 염상섭의 「우중행로기」는 1940년대 만주 현실과 전혀 무관한 것이 테마라는 것이 흥미롭다. 『만주조선문예선』은 만주국에서 출판된 수필집으로 다른 수필집과 성격이 너무 다르다. 보론으로 다루는 이유는 이 때문이다.

수필이란 문학은 워낙에 개인사의 굴절 없는 고백, 한 개인의 여과 없는 삶의 반응이다. 산문이지만 희곡이나 소설과 같은 형식 구속이 없고 서정적 성격이 강하다. 그렇지만 시를 따라갈 만큼 글감의 형상화가 압축적이지 못하다. 이런 점에서 수필은 '주제의 문학'이다. 그래서 이 문학 갈래에 대한 고찰은 흔히 작품이 2차 자료의 그늘에 가려 텍스트 해석이 무책임하게 고공비행을 할 수 있다. 심증은 가지만 논증이 어려운 문제를 저자의 행적을 통하여 허위자백을 강요하듯이 작품을 쥐어짜는 경우가 있다.

이 책은 이런 폭력적 해석을 피하기 위해 많은 노력을 했다. 이 책의 텍스트는 한국 현대사에서 가장 심각한 시대에 생산된 자료이기에 이런 엄정한 시각이 결여될 경우 이 책 역시 비판적 창조로서의 책읽기를 결과적으로 거절하는 것이 되기 때문이다. 또 전기적 삽화나 가십 취향의 평전적 성격을 벗어나지 못할 가능성마저 있다.

1960년 이전의 우리 문화 풍토에서 수필집을 단행본으로 묶어낼 수 있었던 문인과 그렇지 못한 문인은 그 문학적 영향력에 큰 차이가 있다. 특히 1945년 해방부터 1950년 한국전쟁이 발발하기까지가 그러하다. 그 기간은 문학의 힘이 극도로 위축한 격동의 혼란기였기 때문이다.

이런 연구가 아직은 이루어진 바가 없다는 점에서, 한국수필의 본질과 전통, 그리고 그것이 창조적으로 계승될 수 있다는 점에서, 수필에 대한 나의 이런 평가는 용인되리라 믿는다. 다른 한편 고난의 기간에 모국어로 사유한 진술한 개인의 자취를 확인했다는 점에서 나의 이런 글쓰기는 단순한 연민과 공감을 넘어선다. 식민지 시대와 격변의 공간을 건너는 비허구산문 속에 한 시대를 지탱하고 있는 고귀한 정신이 씨와 날이 되어 잡백雜帛을 이루고 있다.

출판을 허락해 준 소명출판 관계자 여러분께 감사 말씀을 드린다.

2020년 봄

오양호

차례

제3부 | 납·월북 수필가

제1부 __ 총론

제1장

한국 수필문학의 현황과 문제점

2019년 12월 한국문인협회에 가입한 수필가는 3,634명이다. 국립중앙도서관에 수필문예지로 분류되어 납품되는 연속간행물이 2017년 기준으로 157종인데, 그 가운데 '수필', '에세이'라는 단어가 제목에 들어간 잡지가 114종이다. 연속간행물은 있던 잡지가 없어지기도 하고 새로 생기기도 하지만 수필가 수는 계속 불어날 것이다. 그렇다면 실제 수필가 수는 이런 공식 집계의 배를 넘어 1만 명쯤 될지 모른다. 사정이 이러하기에 지금 한국 수필문단은 수필 독자보다 수필가가 더 많다는 말이 나오고 있다. 요새 수필가들은 자기가 발표한 글, 또는 자신이 속한 동아리나 수필집을 만들어 서로 주고받는 수필집만 읽는 추세이기 때문이다. 이런 현상은 모든 수필 전문지가 중요하게 편집하는 '월평', '계간평'도 자기 잡지의 수필가 관리를 위해서인지 그 잡지에 발표되는 작품만 평가 대상으로 삼는 데서 단적으로 드러난다.

수필연구로 박사학위를 받은 사람이 몇 명 있다고 한다. 그러나 그들이 수필 현장에서 활동하지는 않는 것 같다. 대학의 전공강좌에 수필론이 있는 것도 아니고, 수필을 연구하는 학회 하나 없으며, 많은 수필잡지가 그들을 외면하고 있기 때문이다. 그리고 학위를 받은 사람도 논문 한 편 쓴 뒤 후속 연구를 안 하니 그렇게 될 수밖에 없다. 이 결과 수필 장르 자체가 작가의 수와 무관하게 문학 연구 현장에서 완전히 주변부로 밀려나 있다.

보통 다섯 번째 장르로 불리는 비허구산문문학을 총칭하는 수필은 '붓 가는 대로 쓰는 글', '자성의 논픽션', '수필의 형식은 무형식이 형식이다'라고 말한다. 그러나 한편에서는 '서정적 에세이다', '아니다. 논픽션이다. 교술이다'라고 한다. 또 '여기의 문학', '비전문문학'으로 규정하기도 한다. 또 다른 한편에서는 이런 모든 주장을 싸잡아 부정하면서 수필을 그렇게 규정하는 것은 시대착오적인 낡은 문학관이라고 나무라며, 수필이야말로 이 시대와 호흡이 딱 들어맞는 문학으로 장차 수필이 문학을 이끌 것이라는 진단을 내리는 사람도 있다. 많은 사람들이 수필에 대해 자기 나름의 정의를 내리고 있다. 그 결과 수필론은 본의 아니게 표절, 중복, 재탕, 반복, 그래서 '내 것이 네 것 같고, 네 것이 내 것 같은' 지경에 이르러 있다. 조금 비틀어 말하면 무정부 상태다. 현대수필의 이런 현상은 고전문학의 경우와 다르다. 한국 고전문학 장場에서는 수필이 교술敎述 장르류類로 체계화되어 문학적 위상을 오래전에 확보했다.

현대 수필문단의 실상이 이렇고, 비허구산문으로 가지는 어떤 한계 때문인지 '수필'을 아예 문학 장에 발을 들여놓지 못하게 하는 문인단체가 있다. 한국작가회의다. 한국문인협회와 함께 한국문단의 다른 한 쪽을 대표하는 이 단체에 수필분과가 없다. 평론, 시, 소설 장르가 주축을 이룬다. 이것은 수필가가 실제로는 시인 수를 넘을 지경에 가 있는 수필 현장을 무시하는 태도이다. 수필은 글쓰기 양식으로 보면 가장 민중적이다. 까다로운 형식을 요구하지 않는 점이 그렇고, 작가의 상당수가 전문교육과 무관한 것도 그렇다. 그런데 민중성을 앞세우는 문인단체가 수필분과를 아예 두지 않는 것은 표리가 다르다. 민중적이라고 유세를 부리는 문인들이 그 관리를 포기한 모양새인 까닭이다. 말하기 어렵지만 이 문인단체의 이런 처사는 수필을 본격문학으로 간주하지 않으려는 의도 때문이다.

수필은 박래품 에세이와 다르다. 가람 이병기李秉岐가 말한 가장 한글다운 문체, 가장 산문적인 문체, 종래 유식한 이들 사이에서 써 오던 것, 장구한 전통이 있고 항상 실용이 되던 글이고, 오로지 우리 말글을 맡아오던 가장 진취된 것(「한중록 해설」, 『문장』 창간호, 1939.2)이 수필이다. 이런 논리를 바짝 따른 소설가 이태준은 그의 베스트셀러 『문장강화文章講話』(문장사, 1939)에서 「한중록」, 「인현왕후전」, 「제침문」 등을 '조선의 산문고전'이라며 높이 평가했다. 수필을 고전 반열에 올려 옹호한 조선주의다. 그런데 지금 수필가들은 그런 선배 문인을 별로 의식하지 않고 수필을 쓴다. '수필이 가지는 우월성'은 먼저 문장에 있다. 문학이라는 것은 필경 '언어'로써 되는 것이고, 언어의 '콤비내이쉰'이 문장이다. "언어는 어대까지던지 문학의 제일의적인 것이다"는 것과 같은 선배 문인의 주장도 거들떠보지 않는다. 한 말로 우리의 고전 수필마저 그냥 옛것으로 치부하고 자신의 일상사를 '붓 가는 대로' 쓰는 단계에 와 있다.

이런 현상은 1930년대 초기 조선문단이 수필 번창이 문단의 위기라며 크게 문제삼았던 사실을 상기시킨다. 1933년 10월 16일 『조선문학』은 '푸랕-누'라는 곳에서 문예좌담회를 개최하여 수필을 어떻게 할 것인가를 집중적으로 토론한 바 있다. 그런데 그 좌담회가 개최된 이유가 수필의 범람, 수필이 저급한 문학으로만 발전하는 데 대한 우려 때문이었다.

> 恒錫 시나 소설보다도 수필을 쓰는 이가 만흔 것은 잡지쟁이들이 목차를 나열하고 페이지를 쉽게 늘리기 위하야 수필을 주로 편집하는 관계상 희곡이나 소설 시보다도 수필이 만케되는 줄 압니다.
>
> 無影 지금 그들이 요구하는 수필이란 몹시 저급한 잡문에 가까운 것으로 이 이상 더 발전치는 못할 것입니다. 그것은 수필이 창작될 수 없는 까닭이지요.[1]

항석(서항석)의 말은 수필이 잡지를 만들기 위한 수단이란 것이고, 무영(이무영)은 수필은 아예 '창작'이 아니니 발전이고 뭐고 따질 것 없고, 그러므로 수필이 발전하여 소설까지 수필화되는 일은 없을 것이니 우려할 것 없다는 단정이다.

이런 발언은 1933년 10월 호 『조선문학』에 발표된 박태원의 「오월의 훈풍」이 수필에 가깝다는 임화의 발언에도 나타난다. 당시는 이상까

1 「문예좌담속기록」, 『조선문학』 1-4, 1933.11, 101쪽(기록자 : 조벽암 · 신림).

지 수필을 쓰는 시대가 아니라 이상까지 수필의 영향을 받던 시대였다.

지금 한국 수필문단이 돌아가는 추세로 보면, 이광수의 「참회」, 이상의 「권태」, 이양하의 「페이터의 산문」, 김진섭의 「백설부」, 피천득의 「수필」, 백석의 「황일」, 김기림의 「길」, 이태준의 「죽음」, 김동석의 「낙조」, 노천명의 「나비」 같은 작품을 기대할 수 없다. 유명 프로 문인은 죄다 수필을 하대하고 있다. 비허구산문을 쓰면서 '수필'이라는 말은 피하고 '에세이'라는 용어를 선호하는 데서 이런 면이 잘 나타난다. 이런 점에서 이 시대의 수필은 1930년대 한 시기와 같기도 하다. 하지만 다른 점이 더 많다.

수필을 교술산문의 하위 개념으로 해석하는 주목할 만한 갈래이론이 오래전에 나타났지만[2] 그 이후 수필의 장르적 성격에 대한 연구는 이루어진 바가 없다. 그렇게 수필이론이 성장을 멈춘 아이 모양으로 남아 있을 때 수필이 소설의 허구를 차용해야 한다는 주장이 출현했다.[3] 그런데 소설의 핵심 성격을 살짝 꾸어 와서 수필의 평면성에 변화를 주려는 이 시도는 수필은 실재성, 임장성臨場性이 만들어내는 진실성이 생명이라[4]는 쪽의 반론을 제대로 막지 못해 지금은 뒤로 물러나 있다. 그래서 허구fiction는 여전히 수필이 범접 못 할 소설만의 형식으로 남아 있다.[5]

1938년 박문서관이 한국문학사상 최초로 수필전문 잡지 『박문博文』을 겨우 열 사람의 짧은 글로 창간을 하며 '이 잡지는 박문서관의 기관지인

2 조동일, 『한국문학의 갈래이론』, 집문당, 1992 참조.
3 공덕룡, 「수필과 허구」, 『수필학』 3, 한국수필학회, 1996.
4 이영조, 「한국 현대수필론 연구」, 배재대 박사논문, 2007.
5 김상태, 「수필과 소설의 경계」, 『한국 현대문학의 문체론적 성찰』, 푸른사상, 2012, 164쪽.

동시에 각계 인사의 수필지'라 하던 사정[6]에 견주면 오늘의 한국 수필문단은 기적 같다. 물론 시대가 변한 탓이겠지만 수필가, 잡지가 기하급수로 늘어나 수필이 제2의 문학 장르로 인식될 만큼 활성화된 까닭이다.

수필문학의 현장은 이렇게 천지개벽을 했는데 그 문학 장르를 뒷받침할 이론은 수필가가 수십 명인 때나 수천 명인 때나 다르지 않으니 이건 무엇이 잘못되어도 크게 잘못되었다. 한 마디로 이것은 수필이 본격적 학문의 대상이 되기를 스스로 포기하는 행위다. 수필가로 이름이 뜨르르한 문인 가운데는 유명 문학이론가도 있고, 외국에서 신문학이론 공부를 많이 한 문학교수도 있다. 그렇지만 그들이 수필이론을 개진하지는 않는다. 이런 결과 한국에는 수필원론에 해당하는 책은 단 한 권도 없다. 수필비평집은 여러 권 출판된 바 있지만 그건 평론가의 제2 창작이기에 수필 논저와는 거리가 멀다. 그나마 그런 평론집이 기대고 있는 이론은 수필이론이 아니라 다른 장르의 문학이론, 이를테면 같은 산문문학인 소설론을 끌어와 수필을 평하고 있는 게 대부분이다.

사정이 이러한 가운데 더욱 이해하기 어려운 것은 그만그만한 사람들이 그들만의 그룹을 형성하고, 그들만의 수필 문예지를 발행하며 그들만의 성체를 쌓아 가고 있는 수필문단 분할 현상이다. 좋게 말하면 동인지 형태지만 속을 들여다보면 동인지의 참신성, 개성, 실험적 성격은 발견하기가 어렵고, 묘하게 포장된 그룹 특유의 상업주의와 맞물려 돌아가는 문화사업 집단의 성격을 띠고 있다. 따라서 응집력이 강하다.

---

6 『박문』은 출판사 박문서관의 기관지로 1938년 10월에 창간, 1941년 1월 통권 제23호로 종간되었다. 제1집에는 이태준의 「作品愛」 외 9편의 문예수필과 문예론수필이 수록되어 있다. 총 82쪽의 잡지다.

누구도 손해를 안 보려는 심보가 그런 심리에 꼬물거리고 있다.

이런 현실을 어떻게 해석해야 하나.

제일 먼저 생각할 수 있는 것은 수필이 생활잡문, 신변잡기로 굳이 예술적 해석을 할 것까지 없다는, 수필을 하대하는 일부 인문주의자의 고답적 문학관 안에 수필을 가두는 빌미를 줄 수 있다.

두 번째 예상되는 해석은 '수필문학은 다만 이론 개발이 늦을 뿐이다. 그것은 이 문학 장르가 후발 장르이고, 지금도 발전의 단계에 있기에 좀 복잡하다'는 것이다.

세 번째는 '수필은 무형식이 형식이니 수필만의 시학이 필요 없다. 시적 형식과 유사하면 시 이론으로, 소설 형식과 유사한 작품은 소설 이론으로 그때그때 활용하면 된다'는 비학문적 낙관론으로 해석할 수 있다.

이 세 가지 해석 가운데 수필을 비허구산문문학으로 당당하게 인식하는 입장은 두 번째다. 수필이 시, 소설, 희곡, 평론과 대등한 위치에 있는 하나의 학문의 대상으로 성립하기 위해서는 분화와 전문화의 일반적 순서를 밟아야 한다는 관점인 까닭이다.

이 문제를 실행하려면 수필을 전문적으로 연구하는 학회가 있어야 한다. 그러나 우리나라에는 아직 수필연구 학회가 없다. 수필을 학문의 대상으로 삼아 진지하게 논의하기보다 창작에만 열중하고 있다. 무릇 문학현장은 창작과 이론으로 상호 보완·상생하는 장이 되어야 한다. 과학적 이론으로 해석되지 않는 창작은 예술이 아니다. '평론'이 '연구논문'을 대신할 수는 없다. 평론도 창작이다.

예술의 진정한 가치 규명은 작품에 대한 객관적·과학적 해석을 내릴 때 가능하다. 모든 진리는 과학적 탐구의 결과이다. 인문학의 진리

규명도 그 과정이 과학적으로 이루어진다. 인문의 '과학'이라는 말의 근거는 이런 이치에 바탕을 둔다.

이런 관점에서 수필문단이 우선 서둘러야 할 문제는 거듭 강조하지만 수필을 학문의 대상으로 삼는 학회의 발족이다. 문제적 작품을 놓고 갑론을박하는 학회활동을 통해 수필을 과학적으로 해석하는 '수필문학연구학회'를 설립해야 한다. 모든 학문은 토론이고, 학문은 이론토론을 통해 발전한다는 원론에서 볼 때 수필장르에 지금까지 단 하나의 학회도 존재하지 않는다는 것은 수필이 아직 학문의 대상이 못 되었다는 뜻이자, 수필이 언어 예술이 아니라는 말로밖에는 설명되지 않는다. KCI 통합검색창에 '수필연구'를 써넣으면, 2018년 12월 기준 학술지 0건, 학술대회 0건, 기관 0건이다. 이것은 '시연구'가 논문 553,057건, 학술지 6건, 학술대회 79건, 기관 96건, '소설연구'가 논문 7,203건, 학술지 3건, 학술대회 40건, 기관 3건, '희곡연구'는 논문 639건, 학술지 1건, 학술대회 7건, 기관 9건인 것과 크게 다르다. 이런 상태가 계속될 경우, 그 결과가 야기할 사실은 정말 두려운데, 그런 점을 경고하거나 걱정하는 논객은 발견하기 어렵다.

사정이 이러하지만 수필문단의 일우에 수필 발전에 기여를 모색하는 유일한 단체가 하나 있긴 있다. 한 수필 문예지가 '수필문학연구회'라는 간판을 내걸고 오래전부터 『수필학』이라는 이름으로 출판하고 있는 단행본 책자가 그것이다. 하지만 『수필학』의 실상을 분석하면 이 정간물이 내건 내용과는 거리가 멀다.

'수필학'은 수필을 학문의 대상으로 연구한다는 의미이다. 그런데 『수필학』은 수필을 과학적으로 해석하는 것이 아니라 수필을 주관적으로 평가하는, 곧 어떤 작품을 근거로 자신의 견해와 독해의 결과를 개진하는 평론, 한 번 더 말해서 수필에 대한 주관적 평가가 『수필학』의 내용을 형성하고 있다. 결국 그들은 수필평론 행위를 수필연구 행위와 동일시하는 오류를 범하고 있다. 이름은 '수필학'이지만 논문은 없고, 평론이 논문행세를 하고 있는 것이 『수필학』이다. 역사가 근 이십수 년을 헤아리지만 그런 상황이 지금까지 계속되고 있다.

한편 『수필학』의 필자 면면을 보면 거의 수필가이거나, 원래 다른 장르를 전공한 사람들이고, 이런 저런 장르를 두루 거친 올드보이 평론가들이다. 이런 사실은 "수필은 어중이떠중이가 모여서 아무렇게나 지껄이는 잡다雜多가 아니다. 정녕코 수필은 시나 소설의 양로원이 아니고 작품의 공중변소처럼 여겨서는 안 된다"[7]는 경고를 전혀 의식하지 않는 독선적 행위다. 이것은 『수필학』의 치명적 한계다. 학문의 생명인 전문성의 결여이기 때문이다. 신진 연구자의 참여를 적극 유도하여 이론을 개발하고, 현재 우리가 봉착하고 있는 수필의 과제를 해결하기 위해 열린 광장을 만들어야 한다.

한국연구재단에 등록된 국어국문학 관계 학회는 119개이고 그 가운데 문학 관계 학회는 48개인데 전부 시, 소설, 희곡이고 수필 관계는 하나도 없다. 그런데 지금도 많은 수필연구자가 '수필은 청자연적이다. 수필은 난이요 학이요'라는 비유로 진술되는 피천득의 「수필」을 수필이론의 전범으로 생각한다. 피천득의 「수필」은 잘 다듬어진 수필이다. 「수필」은 수필에 대한 학술적 성격 규명이 아니라 수필로 쓴 수필 창작

7 윤홍로, 「수필론」, 『미워하며 사랑하며』, 범조사, 1987, 164쪽.

론이다. 수필 창작론이 수필에 대한 정의, 그러니까 수필 원론으로 인식하는 딱한 일이 계속 벌어지고 있다.

정의는 개념의 본질적 속성을 밝혀 다른 개념과의 구별을 가능하게 해야 한다. 어떤 대상에 대해 정의를 내리는 행위는 그 대상을 객관적으로 명쾌하게 설명하는 것이다. 정의는 논리적이고 과학적인 설명이다. 비유는 해석이 분명할 수가 없다. 관점에 따라 다르게 해석되는 게 비유다. 그래서 어떤 사항의 차별성은 비유나 상징으로는 불가능하다. 피천득의 「수필」은 비유와 상징이 글의 중심에 서 있다. 따라서 「수필」은 '수필'일 뿐인데 거기서 더 큰 것을 찾는다. 한국 수필문단의 왕성한, 또는 화려한 현상 이면에는 이런 문제점이 가로놓여 있다.

거듭 말한다. 수필학회를 세워 수필 자체의 시학에 따라 수필이란 언어예술의 진리를 규명하고 평가하는 학문적 행위를 조직적으로 수행하지 않으면 안 된다. 그렇지 않으면 그동안 쌓아올린 문학 자산을 완전히 학문의 영역 밖으로 내치는 결과를 가져올 수 있다. 우리는 이런 예를 유행가 가사에서 본다. 유행가 가사가 시적 형식과 내용을 가지고 있지만 그것을 시 예술로 수용하여 가치를 규명하는 행위는 하지 않는다. 설사 하더라도 그건 순수예술 행위가 아닌 대중예술, 엔터테인먼트·오락·즐김의 차원이다. 단정하건대 시와 유행가 가사는 그 서 있는 자리의 격이 전혀 다르다. 수필 역시 이런 추세라면 대중적 엔터테인먼트의 하나로 전락하지 않는다는 보장이 없다.

지금 우리 주변에 수필가라는 사람들이 출판한 작품집을 보라. 통사구조부터 틀린 문장이 수두룩하다. 문학에 대한 전문교육은 물론, 독학한 적도, 사숙한 적도 없는 평범한 인사가 취미처럼 쓴 글을 출판해서

가지고 다니며 '내 세 번째 수필집입니다'는 투로 만나는 사람마다 주는 경우가 허다하다. 이런 현상은 1933년 내로라하는 조선의 문인들이 모여 수필문학을 토론할 때 '수필은 창작이 아니다', '수필은 다만 제작될 뿐이다'라며 노자영의 『사랑의 불꽃』을 비판하던 때의 현상과 비슷하다. 수필이 문학의 본령에서 엄청 떨어져 있기 때문이다.

한 문학 장르가 습작기에 있는 아마추어 문인들에 점령당하고 있는 형세가 지금의 수필문단이다. 심지어 그런 사람들 가운데는 글쓰기를 세속적 신분 위장의 수단, 그러니까 지식・지성인, 조선조식으로 말하면 선비의 반열에 선 신분 상승으로 착각하는 사람들마저 있다. 비슷하지만 진짜가 아닌 유사품 문학이다.

제2장

비허구산문, 범칭 수필의 장르적 성격

1. 서론

문학에서 시, 소설, 희곡, 평론 다음의 장르로 분류되는 비허구산문, 범칭 '수필'은 지금 한국문학에서 "수필 · 에세이 · 교술 · 어름문학 · 산문"이라는 용어가 혼용되면서 아주 크게 번창하고 있다.

오늘날 '수필'이라는 용어로 묶이는 비허구산문은 필자의 신변잡사를 계절감에 싸서 미문체로 다듬어 내는 것을 장기로 삼는데 이것은 식민지적 영향이 가장 강하게 드러나는 글쓰기 형태이다. 논리와 이치를 근거로 한 명문이 아니라 미문을 명문으로 아는 것이며, '내'가 미문사생美文寫生의 대상이 되는 현상은 우리의 전통적 글쓰기와 거리가 멀다. 그러나 일본 유학파의 문화 권력과 긴 식민지 생활을 통해 이런 글쓰기는 알게 모르게 관습화되어 옛날부터 우러러 보던 명문(수필)과 조선조에서 확실히 형성되고 개화 계몽기에 크게 번성한 기행문 등은 이런 '수필'에 밀려나고 있다.

한국 근대문학장에서 비허구산문 범칭 수필은 아리스토텔레스의 서정 · 서사 · 극문학 3분법 이후 문학의 장르개념에서 늘 제외되어 왔다. 그러나 우리의 경우 수필이 근대에 와서 왕성한 글쓰기를 시작하면서 사정이 달라졌다. 특히 1930년대 초기에 이르러서는 이런 논리는 그 수와 양의 지원을 등에 업고 이 장르 고유의 문학장 형성을 완성하여 많은 수필 작품이 문단에 나왔다. 1980년대에 이르러서는 드디어 수필가 수가 시인 다음으로 많은 상황이 되면서 문학에서 제5장르로 자리를 굳혔다.

새로운 세기에 들어서는 수필의 문학적 위상이 재확인되었다. 2015년 노벨문학상을 받은 스베틀라나 알렉시예비치의 「전쟁은 여자의 얼굴을 하지 않았다」는 문학 장르로 분류하면 수필이고, 더 작은 갈래로 나누면 에세이다. 그리고 우리 문학장에서도 시와 소설 장르는 침체의 늪에서 빠져나오지 못하고 있지만 수필은 사정이 다르다.[1] 문단의 중심부에서도 조용히 이런 글쓰기가 고개를 들기 시작하더니 급기야 중진 평론가들이 이 갈래의 글을 굳이 '산문'이라 다르게 부르긴 하지만 수필에 뛰어들면서 더욱 활기를 띠는 형국이다.[2] 2018년을 기준으로 삼을 때, 가령 『수필과비평』 같은 잡지가 개최한 작가대회에 참가한 수필가

1 하나의 예로 이어령의 신앙생활 수상인 『지성에서 영성으로』(열림원)가 2010년 출판되었고, 이 책이 2013년에는 베스트셀러가 되었다.

2 좋은 예가 방민호가 엮은 『모던수필』(향연, 2003)이다. 유종호는 「문체를 위한 변명」(『조선일보』, 2003.5.2)과 산문집 『내 마음의 망명지』(문학동네, 2004) 「책 머리」에서 "김기림, 이상, 김수영의 빼어난 산문이 이들이 쓴 시보다 훨씬 매혹적이고 윗길이다"라며 수필을 예찬하고 있다.

는 어림잡아 4백여 명이다. 제주도에서 강원도의 수필가까지 모여 한바탕 수필 퍼레이드를 벌인다.

한국문학사상에 나타나는 이 비허구산문의 종류가 1920년대에는 스무 개가 넘으며, 이런 글쓰기가 각종 명칭으로 불리며 성행하였다. 1930년대 초기에 와서는 아주 번창하였는데 시인, 소설가, 평론가 중진들이 한 자리에 모여 '수필이 너무 저속하게 번창하고 있다'며 문예좌담회를 개최하면서 수필에 제동을 건 일까지 발생하였다.[3] 그러나 그런 수필 하대와 수난에도 불구하고 이런 글쓰기 양식은 1937~1938년 무렵에는 드디어 '수필'이라는 이름으로 하나의 장르를 확실하게 구축하는 단계에 이르렀다. 1938년 조선일보사가 간행한 신선문학전집新選文學全集『조선문학독본朝鮮文學讀本』에서 이런 현상을 확인할 수 있다.

『조선문학독본』은 당시 조선을 대표하는 시인, 소설가 48명의 글을 받아 만든 책인데 그 가운데 시를 문학의 독본으로 제출한 문인이 17명이고, 수필을 독본으로 제출한 문인은 31명이다. 수필이 시보다 2배 가까이 많다. 수필이 '문학의 독본', 곧 글쓰기 교과서가 된 것이다. 수필이 문학 교과서가 된 이런 영향인지 80년이 지난 지금 한국의 수필가는 어림잡아 5천여 명에 육박한다. 한국문인협회에 가입한 3,500여 명 수필가 외에도 수필을 쓰는 사람이 아주 많기 때문이다. 바야흐로 수필의 시대가 열리고 있다.

이 글은 이런 때를 만나 비허구산문, 범칭 '수필'이 이광수의 「문학文學에 뜻을 두는 이에게」 이후 저마다 나름의 논리를 펴면서 발전해온

3 「문예좌담회-수필문학에 관하여」, 『조선문학』 1-4, 1933.11.

내력을 고찰하려고 한다. 수필, 에세이, 교술, 어름문학 등으로 대표되는 수필이 마침내 실험수필로까지 번진 이 갈래의 행방을 추적하여 한국수필의 보편성을 발견하려 한다. 한국 고전문학 연구에서는 수필이 교술敎述이라는 용어로 「가사의 장르규정」[4]을 시작으로 오래전에 비전환 표현으로 합의를 보고 중·고등교과서에도 이 이론이 학술적으로 자리를 잡았다. 그런데 현대문학장에서는 '교술'이라는 용어 자체도 나타나지 않는다. 무릇 모든 것은 근본이 있고 그 근본이 본질과 논리를 형성하는데, 이 문제는 근본이 매몰되고 있다. 조동일이 교술로 규정하는 '가사'는 율문이지만 풀어 쓰면 서정적 교술이다. 학계의 선진 연구가 문단에서는 외면당하고 있다. 그 예가 최근 문단에 수필을 지금까지 써온 '수필, 에세이'가 아닌 '산문'이란 이름으로 바뀌고, 수필집도 산문집이라 부르는 현상이다. 이런 예가 2000년대 이전에는 한둘 있었는데[5] 지금은 '산문'이라는 명칭이 대세처럼 뜬다.

현대문학장에서는 이렇게 비허구산문, 범칭 '수필'은 엄청난 작가와 작품과는 무관하게 지금까지 장르의 개념도 통일되지 못한 상태에 놓

4 조동일, 「가사의 장르 규정」, 『어문학』 22, 한국어문학회, 1969.

5 예를 들면 유종호 산문집 『내 마음의 망명지』, 김지하 산문집 『생명과 평화의 길』(문학과지성사, 2005), 이문열 산문집 『시대와의 불화』(자유문학사, 1992), 오세영 산문집 『멀리있는 것은 아름답다』(작가, 2007), 정현종 산문집 『두터운 삶을 향하여』(문학과지성사, 2015), 최일남 산문집 『어느날 문득 손을 바라본다』(현대문학, 2006), 문정희 회갑기념 산문집 『몽모랑시의 추억』(빛나리, 2010), 신달자 산문집 『너는 이 세가지를 명심하라』(문학동네, 2004), 김화영 산문집 『행복의 충격』(책세상, 1989), 김주영 산문집 『젖은 신발』(김영사, 2003), 김원일 산문집 『기억의 풍경들』(작가, 2007), 최동호 산문집 『히말라야와 정글의 빗소리』(작가, 2005), 권영민 산문집 『작은 기쁨』(샘터사, 2006), 김병익 산문집 『조용한 걸음으로』(문학과지성사, 2013), 이태동 산문집 『우리를 기쁘게 하는 것들』(김영사, 2012) 등이 그런 예이다.
흥미있는 정보가 있다. 국립중앙도서관 정보검색창에 '수필집'을 입력하면 단행본 자료수가 4,523개, '에세이집'은 7,518개, '산문집'은 1,668개가 뜬다. 미셀러니는 7개이다.

여있다. 이것은 문학연구자의 직무유기나 다름없다. 엄청난 양으로 문학 현장에 기세를 부리는 문학의 한 축이 이름도 짓지 못한 상태인 까닭이다.

이하에서 이 문제, 곧 '수필 · 에세이 · 교술 · 어름문학 · 산문'의 개념을 문학론사적 관점에서 점검하고 이 거대한 문학의 한 갈래의 행방을 가늠할까 한다. 지금 수필은 시, 소설, 희곡, 평론, 수필이라는 문학의 5대 장르 가운데서 가장 활발하게 움직이고 있다. 작가와 비작가가 평행관계를 이루는 현대의 시대성과의 친연성이 가장 높기 때문일 것이다. 그러나 이론으로서는 기본 문제도 수립되지 않은 상태로 방치되어 있다. 수필은 작가와 작품만 있고, 수필 자체의 시학은 전무하다. 그러기에 이런 작업이 수필시학을 여는 단초가 된다.

2. 비허구산문의 장르 종과 성격

1) 수필과 에세이

한국문학사에서 '비허구산문 · 비전환 표현, 범칭 수필'의 하위 갈래로 등장하는 '수필 · 에세이 · 교술 · 어름문학 · 산문 · 교술과 형상사이'로 다르게 불리는 여러 種[6] 가운데 제일 먼저 문제되는 것이 수필隨筆과 에세이essay이다. 수필과 에세이는 같은가 다른가. 같다고도 하

6 모든 문학에 공통으로 나타나는 글쓰기 양식이 장르류이다. 서양에서는 서정, 서사, 극 3분법이고, 국문학은 교술을 넣어 4분법이다. 장르 종은 장르류의 하위개념이다. 수필은 교술의 장르 종의 하나이다. 조동일, 『한국문학의 갈래이론』, 집문당, 1992 참조. 여기서는 수필의 장르류는 '비허구산문 · 비전환 표현, 범칭 수필'이다.

고 다르다고도 한다. 그런데 수필이라는 말은 조선시대부터 있던 말이자 글이고, 에세이라는 말은 개화기 때 서양에서 수입한 말로 글의 형식도 다른 데가 많다. '에세이'라는 용어를 처음으로 문학장에서 쓴 사람은 이광수가 '경서학인京西學人'이라는 필명으로 1922년 『개벽』 3월호에 「문학文學이란 무엇인가—문학에 뜻을 두는 이에게」(이하 「문학에 뜻을 두는 이에게」)라는 글이다.

한 연구논문에 따르면 수필문학이 형성되던 1920년대에 나타난 '수필'의 의미로 쓰인 명칭이 25종이다.[7] 수필을 가리키는 용어는 신문학 형성기부터 이렇게 다양할 때 이광수가 에세이를 문제를 남 먼저 들고 나와 어지러운 용어를 가늠해보려 했다. 신문학의 개척자답다. 그러나 이 문제는 아직도 중구난방이다. 2019년 12월 국립중앙도서관 정보검색에서 수필로 분류되는 연속간행물이 157종이고, 그 가운데 '수필'이 120여 종이고, '에세이'는 20여 종이다.[8] 나머지 연속간행물은 학술지 성격을 띠고 있다.[9]

한국 현대문학장에서 비허구산문, 수필의 장르 종이 이렇게 가늠하기 어렵지만, 이 장르를 대표하는 용어인 수필과 에세이의 개념 차이는

7 오창익, 「1920년대 한국 수필문학 연구—통계를 중심으로 한 실증적 고찰」, 중앙대 박사논문, 1985.

8 이 잡지 가운데 1920년대 초기부터 쓴 '수필'이란 이름 말고, '에세이'라는 이름을 단 잡지로 가장 역사가 긴 것이 『월간 에세이』(1987년 창간)이다. 그리고 『에세이 21』(통권 52호), 『에세이문학』(통권 138호), 『한국에세이』(통권 9호), 『에세이스트』(통권 71호), 『에세이포레』(통권 81호), 『에세이플러스』, 『에세이피아』, 『에세이부산』, 『모악에세이』, 『리더스에세이』, 『그린에세이』 등이 발행되고 있다. 이런 현상은 '수필=에세이'라는 말이다. 호칭은 다르지만 이런 이름을 단 잡지가 다루는 내용이 '수필'이란 이름을 단 잡지와 다른 게 하나도 없다

9 참고로 2017년 5월 기준 우리나라 문학 관련 연속간행물은 289종이다. 국회도서관 자료수집과 제공.

물론이고 최초의 작품이 어떤 것인지도 합의되지 않은 상태이다. 특히 에세이가 그렇다. 이광수가 벌써 1920년대 초에 '수필'과 '에세이'의 용어의 개념을 규정한 바 있는데 수필문단은 그것을 간과하고 막연하게 '에세이'라 하고 있다. 현대에 와서는 수필도 많이 쓴 시인 유안진이 처음에는 '에세이'라 하더니(『그대 빈손에 이 작은 풀꽃을』, 문유사, 1979) 지금은 수필을 산문이라 부른다(『처음같이 이제와 항상 영원히』, 가톨릭출판사, 2018). 그러니까 '수필'이라는 용어가 문학 현장에서 사라져 가고 있다. 이런 현상은 수필가가 5천 명에 육박하는 수필문단으로서는 좀 남세스럽다. 시인들이 최남선의 「해에게서 소년에게」를 기준삼아 시인의 날을 정하고 잔치를 하는 것과 다르다. 또 소설의 경우 문학교육 현장에서는 우리나라 최초의 현대소설은 1917년에 간행된 「무정」이라며 확실하게 명시하는 것과 비교하면 수필은 아직 자신의 호적등본도 없는 꼴이다.

'수필의 날'을 잡아 기념행사를 하는 단체도 있다. 박지원의 「일신수필馹迅隨筆」을 기준으로 삼는다고 한다. 그러나 이것도 윤흔尹昕(1564~1638)의 『도제수필陶齊隨筆』이 '수필'이라는 용어가 최초로 나타나는 문헌이기에 합의된 결론이라 할 수 없다. 이런 문제를 따지는 것은 부질없는 짓이고, 수필문학의 본질과 무관한 일이라 할지 모른다. 그러나 모든 것은 근본이 문제다. 그것은 본질의 성격을 말해 주기 때문이다. '에세이'도 같다.

이 문제를 경서학인(이광수)의 「문학에 뜻을 두는 이에게」에 적시된 'Essay와 Essayist'란 말의 개념부터 따지는 게 순서겠다.

인생의 관찰과 분석에 예리하고 다가티 자연이나 인생에 대하야 예민하더라도 이를 운율맛게 표현하거나, 상상력에 訴하지 아니하고 다소 理知的 要素를 만히 너허 평론 비슷이 쓰기를 조하하는 이는 論文作家될 것이외다. (論文이라면 말이 적당치 아니합니다마는 나는 영어로 Essay라는 것을 指稱합니다) 칼라일, 에머슨 가튼 이는 영문학에 유명한 논문작자 Essayist외다. 한문에도 離騷經이나 赤壁賦나 滕王閣序가튼것은 다 여긔에 속할 것이니 이것을 小品文이라 하면 긴글도 잇스니 적당치 아니하고 賦라하면 다소의 운율이 필요하니 그도 적당치 아니하고 논문이라하면 신문잡지의 정치적 논문도 논문, 모든 과학적 논문도 논문인즉 논문이라 함도 적당치 아니하나 가령 에머슨의 엣세를 예로 들면 歷史論, 戀愛論, 交友論, 이 모양으로 동양말로 번역할 때에 論字 달린 것이 만흐니 이 의미로 논문이라 할 것이외다. 아마 文學的論文이라 하면 좀 더 적당할는지 모르겟습니다.

그런데 이 논문은 아즉 조선에는 만히 소개되지 아니한 문학적 형식이외다. 그러나 이는 문학적 형식 중에 매우 중요한 위치를 占한 것이며 특히 한문학 중에 純正文學的 作品이라고 하여온 것은 흔히 詩賦의 형식이기 때문에 금후의 조선문학에는 이 형식의 문학이 만히 盛하리라 합니다. 在來로 말하면 紀行文, 序, 記, 墓誌銘, 이런 것들이 모두 이 부류에 속할 것이외다. 이런 작품들은 시나 극이나 소설과 평등의 地位에 설 文學的作品이외다. 과거 동양에서는 돌이어 소성이나 극이나 시가보다도 이런 형식의 글을 尊重하였기 때문에 지금도 일반 同胞 中에는 그러한 관념이 잇슨 즉 이는 반듯이 打破할 것이아니라오 우리 문학이 特色으로 그냥 發達시킬 것인가 합니다.[10]

10 京西學人, 「文學에 뜻을 두는 이에게」, 『開闢』 3-21, 1922.3, 10~11쪽. '경서학인'은 이광수 필명의 하나이다.

수필과 에세이를 구분하고, 수필의 의미를 아주 일찍 규명한 것은 이광수의 문학 관리가 얼마나 넓었는가를 새삼 느끼게 한다. 위 인용문의 내용을 다음과 같이 독해할 수 있다.

첫째, Essay로 명명하지 않은 다른 한 갈래의 수필명을 적시하지 않았다. '수필'과 '에세이', 두 용어 가운데 '수필'이라고 하면 '에세이'를 포괄하는 문맥이 될 우려가 있기 때문일 것이다. 당시 수필을 의미하는 많은 용어 가운데 하나를 선택하지 않고, 무난하게 '한문학 중에 순정문학적純正文學的 작품이라고 말해 온 것은 흔히 시부詩賦의 형식'이라는 말로 에세이의 다른 갈래의 글쓰기가 존재함을 인정하고 있는 관점이다. 당시는 수필이라는 용어와 함께 수상, 만필, 서정문 등 25개의 용어가 있던 시기다.[11]

둘째, 'Essay=문학적 논문'이다. 그러나 '조선에는 이 형식의 글이 아직 많이 소개되지 않았다', '문학적'이라는 말은 테마를 주관적으로 인식한다는 의미고, '논문'이라는 말은 대상을 객관적으로 접근한다는 의미다. 곧 문학적이면서 객관성을 지닌 논문형태의 글을 Essay로 규정하고 있다. 하지만 '에세이'를 '문학적 논문'이라 규정해 놓고, 거기에 재래의 기행문·서序·기記·묘지명墓誌銘을 포함시킨 것은 문제가 되겠다.

셋째, '수필=순정문학'이다. 동양적 글쓰기 형식. 옛날부터 시와 부賦가 존재하는데 앞으로 조선에 이런 문학이 성할 것이다. 그 대표적인 예가 기행문이라 했다. 지금 '길 위의 인문학'이라는 말이 쓰이고, '여

11 오창익, 앞의 글, 69쪽.

행작가'라는 직업이 생겨 세계 곳곳을 누비며 그 여행담을 글, 사진, 영상으로 쓰고, 방영하고 정규대학에서 여행작가 과정이라는 강의까지 개설되는 사실을 고려하면[12] 이런 예상이 빗나가지는 않았다.

넷째, 수필은 시, 소설, 극과 평등하다.

다섯째, 수필은 동양에서는 존경받던 글쓰기다. 더 발달시켜야 한다.

논리가 이쯤 되면 에세이에 대한 개념 규정은 어지간히 이루어진 셈이다. 특히 기행문, 서, 기, 묘지명 등은 동양에서는 시, 소설, 극보다 더 존중된 글이기에 앞으로 더욱 발달할 것이란 진단이 우리의 관심을 끈다. 이런 진술은 동양에서 옛날부터 명문장이라며 우러러 보는 문학 작품이 거의 다 수필이고, 이 개념의 다른 축이 에세이라는 말이다. 순정문학으로서의 시詩와 부賦가 있었기 때문이다. 결론적으로 이광수의 「문학에 뜻을 두는 이에게」에서 말하는 수필의 개념은 재래의 시와 부의 형식과 내용을 잇는 수필 축과 에세이 축이 각각 존재한다는 의미이다.

이러한 결론을 방증할 결정적 증거는 이광수가 「문학에 뜻을 두는 이에게」를 발표한 시기가 1922년 3월 『개벽』인데 그 이전의 어떤 자료에도 'Essay', 'Essayist'라는 용어가 거론된 예가 없다는 사실이다. 바로 앞에서 인용한 오창익의 「1920년대 한국 수필문학 연구—통계를 중심으로 실증적 고찰」이 그 예다. 이 논문은 1920년대의 수필에 대해서 작품을 연구한 것이라기보다 자료를 통계적으로 처리하여 수필이라는 이름 밑에 있던 잡다한 글쓰기를 정리했다는 점에서 한국수필의 초기 실상 파악에 중요한 참고가 된다. 이 연구자는 지금도 '에세이'라는

12 건국대 미래지식교육원은 2018년 3월 12일부터 6월 18일까지 여행작가 5기 과정을 개설한다는 광고를 인터넷에 게재하였다.

용어가 1920년대까지 어떤 문헌에도 나타나지 않는다고 확실하게 말하고 있다.[13] 사람들이 '경서학인京西學人이 이광수'라는 사실을 미처 깨닫지 못했거나 「문학에 뜻을 두는 이에게」를 수필문학과는 먼, 문학 지망생을 위한 지도나 충고쯤으로 이해한 결과 '수필'과 '에세이'의 개념을 일찍부터 정치하게 규정하고 있는 사실을 간과했고, 오창익 또한 그런 과오를 저지른 것으로 보인다. 그렇다면 옛날부터 내려오는 수필의 축은 언제 어떻게 구축되었는가. 정주환은 「수필문학의 장르적 명칭과 정착과정」에서 이 문제를 다음과 같이 기술하고 있다.

> 우리나라에서 이 수필이란 명칭이 나타난 것은 언제부터일까? 17세기 윤흔(1564~1638)의 『도제수필(陶齊隨筆)』이 그 처음이다. 이어서 이민구(1589~1670)의 『독사수필(讀史隨筆)』, 조성건의 『한거수필(閑居隨筆)』, 박지원(1737~1805)의 「일신수필(馹迅隨筆)」, 안정복(1712~1791)의 『상헌수필(橡軒隨筆)』, 정종유(1744~1808)의 『현곡수필(賢谷隨筆)』, 조운사(1753~1821)의 『몽암수필(夢庵隨筆)』, 지은이 미상의 『경어수필(警語隨筆)』 등이다.[14]

열거한 책은 모두 조선조 유학자들의 문집이다. 예로 든 글이 한문인 것이 문제겠다. 그러나 우리가 쓰는 수필이란 용어가 서양에서 수입한 것이 아니라 옛날부터 있었던 것만은 확실하게 지적된 셈이다.

---

13 오창익, 앞의 글 참조. 그가 학위논문을 쓰면서 왜 「문학에 뜻을 두는 이에게」를 간과했는가를 확인하기 위해 저자는 그와 2015년 5월 1일 통화했다.

14 정주환, 「수필문학 장르적 명칭과 정착 과정」, 『비평문학』 9, 한국비평문학회, 368~369쪽.

사정이 이러한데 이광수의 「문학에 뜻을 두는 이에게」 이후 이 두 용어가 혼용되면서 수필문학의 현장은 잠시 장르 개념 자체가 부재하는 혼란에 빠져 들었다. 이런 분위기의 발단이 된 것이 노자영의 『사랑의 불꼿』이다. 1923년 2월에(다이쇼 12)에 출판된 『사랑의 불꼿』은 노자영을 『동아일보』 기자에서 출판사 경영자로 만들고, 그 인세로 도쿄 유학을 가게 만든 초대박 베스트셀러 서간문집이다.

초판은 '저작著作 겸兼 발행자發行者 미국인米國人 오은서吳殷瑞'이고, 발행소는 신민공론사新民論社이며 발매소는 한성도서주식회사이다. 이 책이 일만 부 이상 팔렸다는 사실이 이 책 제4판 소개 광고에 나온다. 당시로서는 생각하기 어려운 하나의 '사건'이다. 그러자 노자영은 자신이 청조사靑鳥社라는 출판사를 세워 이 책을 거기서 계속 출판하였다. '머리말[序文]' 첫 단락을 한번 보자.

> 사랑은 人生의 꽃이외다. 그리고 人生의 '오아씨스'외다. 뉘가 사랑을 咀呪하고, 뉘가 사랑을 실타하리가 잇겟슴니까? 만약 사랑을 모르고, 사랑을 등진 사람이 잇다고 하면, 그 사람처럼, 불상한 사람은, 世上에 다시 업슬 것이외다.[15]

사랑 타령이 대단하다. 김을한이 이 서간집을 두고 '어찌 사랑 애기가 그리 많으냐'고 개탄했는데 과연 그럴 만하다. 책 소개 광고도 상상을 초월한다. 당시의 노자영이 앞장 선 수필이 어떤 지경에 있었는지를

15 吳殷瑞, 『사랑의 불꼿』, 靑鳥社, 1923(다이쇼 12), 1쪽.

단적으로 보여주는 예이다.

> ◯◯作. 연애서간『사랑의 불꽃』. 이 책은, 청춘남녀 사이에, 슬는 사랑의 편지를 모흔 것이니, 출판 후, 一萬部 以上을 팔기는, 근래 조선에, 처음 출판물이외다.

청조사판(제4판) 『사랑의 불꽃』 판권 앞쪽에 실린 「조선朝鮮 일류문사一流文士 제諸 선생先生의 창작품創作品 안내」란 타이틀 아래 소개된 『사랑의 불꽃』 '안내문'이다.[16] 이런 안내는 무려 39권이나 되는 다른 책에도 다 붙어 있고, 저자 이름도 분명하다. 그러나 『사랑의 불꽃』만 저자 이름이 '◯◯ 작'으로 되어 있다. 초판에도 이렇게 책 소개를 하고 있는지 아닌지는 확인할 수 없으나, 제4판 간기刊記에는 저자가 '오은서'인데 안내문의 저자는 오은서가 아니다. 왜 '오은서 작'을 '◯◯ 작'으로 소개했을까. 이것은 그런 사람이 없거나 밝히기가 곤란하다는 의미이다. 그렇다면 이 책은 출판사가 오은서라는 가공의 작자를 내세워 간행한 기획물일 가능성이 있다. 이런 성격은 다음과 같은 광고로 유추가 가능하다. 문학적 성취에서 다룰 가치가 없지만 당시 수필문단의 상황 파악을 위해 한 가지 예를 들겠다.

> 춘성 노자영 작. 백두산기 · 간도기행 · 西國感想 · 詩 及 小說. 『永遠의 無情』

16 『사랑의 불꽃』은 이화여대본(제4판, 다이쇼 14, 靑鳥社), 국회도서관본(간기 낙장), 연세대본(초판, 다이쇼 12, 新民公論社)이 전하는데 이 책이 텍스트로 삼는 것은 이화여대본이다. 『사랑의 불꽃』에 수록된 「朝鮮 一流文士 諸 先生의 創作品 안내」에 소개된 책이 39권이고, 책 겉표지에도 영어, 일본어, 중국어 등의 어학 학습서 14권의 광고가 있다.

조선문단에 혜성 갓치 출현한 본서는 出版未久에 3판이 나오게 된 것은 이 책에 가치를 말하는 것이다.

白衣人의 머리에 나리는

영원한 이 무정에 호소!

아 하날을 향하여 울어러나볼가? (…중략…) 白衣民의 운명을 저주하는 동시에 '덧업는 청춘을 호소한 近來稀有의 大文字이다. (…중략…) 총칼이 날니는 국경일대와 백의민이 우는 북간도와 두만강을 헤매며 작자는 얼마나 호소햇든가? 櫻花碧波가 구비처 흘러가는 南部 日本을 지나 작자는 얼마나 찬미햇든가. 作者의 말! 나의 쓴 책 중에서 가장 자신잇는 책이다. 그리고 이 책에는 사랑보다도 눈물보다도 영원한 인생의 허무와 백의민의 쌔녹는 설움을 가장 쓰고저 하엿다.[17]

노자영의 『영원의 무정』을 '백두산기 · 간도기행 · 서국감상 · 시급소설'이라며 말이 안 되는 말로 광고하고 있다. '비허구산문, 범칭 수필'의 당시 사정이 어느 지경에 가 있었었고, 산문으로서의 서간문, 그러니까 문학의 한 장르로서의 수필이 얼마나 '상품화'되어 저속한 판촉활동을 전개하고 있었던가를 단적으로 알리는 정보이다. 문학의 상품화에 얼굴이 뜨거워진다. 이 책이 나온 해가 1923년, 3 · 1운동 직후다. 3 · 1운동의 실패에서 오는 절망감을 민족허무주의로 몰고 가는 형편 무인지경의 문학현장이다. 이렇게 역사의식을 소거시키면서도 그걸 자랑할 글이라고 설치는 행위는 본격 문인으로 간주할 수 없다. 문인의 직무 유기를 넘

17 吳殷瑞, 『사랑의 불쏫』, 靑鳥社, 1925, 117쪽.

어 선다. 그렇게 많은 시를 쓰고, 초대박 수필집을 터뜨려 문단을 뒤흔든 노자영을 한국의 유수한 문학사가 왜 외면을 하고 있는지, 설사 언급하더라도 왜 혹평[18]을 하는지 그 이유가 분명히 드러난다.

『사랑의 불꽃』에 광고를 게재한 책이 53권이다. 믿기 어려운 사실이다. 이것은 이 책의 독자가 아주 많다는 것을 말한다. 지금은 이런 책 소개 광고를 하는 것은 잡지에서나 가능하고, 단행본은 뒤표지라 할지라도 그렇게 많은 광고를 하지 않는다. 단행본은 그 자체가 하나의 품격을 지닌 예술적 성격을 갖고 있기 때문이다. 『사랑의 불꽃』 간기 앞쪽에, 무려 8쪽에 걸쳐 39권의 책이 소개되어 있고, 책 뒤표지에 14개, 그래서 합이 53권이다. 이 가운데 노자영 자신의 책이 13권이다. 그 밖에 듣도 보도 못한 저자와 책이 '청춘연서', '연애서간', '기행감상시', '시극기행감상소설', '창작시집', '서정시집' 등 온갖 이름을 달고 나열되어 있다. 수필의 이름으로 오염되어 있는 문학의 생생한 현장이다. 문학사에 이름이 올라 있는 문인도 있다. 육당, 윤백남, 이무영이다. 이 가운데 단연 압권은 다음과 같은 광고다.

> 청춘연서 『사랑의 편지』
> 꿀갓치 달콤한 사랑을 영원히 누리는 유일한 방법!
> 평화로운 사랑의 꼿피난 '第二의 에덴동산'을 건설하는 방법!
>
> 연애서간 『異性의 선물』

18 조동일, 『한국문학통사』 5, 지식산업사, 2005, 136쪽; 김수업, 『배달 문학의 갈래와 흐름』, 현암사, 1992, 431 · 478쪽.

애인에게 주는 선물! 金결갓치 고흔 사랑!

피빗갓치 쌜간 정열! 영원한 애인에게 주는 편지!

『사랑의 편지』, 『이성異性의 선물』 광고에는 작자가 나타나지 않는다. 노자영은 그의 출판사에서 만든 책 가운데 몇 권의 책은 작자를 밝히지 않고 집중적으로 광고만 하고 있다. 판매 전략이다. 『사랑의 불꼿』에서 작자가 '미국인 오은서'라라고 밝힌 것은 독자의 호기심을 자극하기 위해서일 것이다. 우선 '아, 지금 선진국 미국의 사랑 풍속도가 이렇구나' 할 것이고, 신시대 사조는 당연히 선진국으로부터 배워야 한다는 명분을 제공할 것이며 저속한 사랑타령이 오히려 서구의 신사조로 읽힐 수 있기 때문이다. 술한 책을 쓴 노자영이 작자라고 밝히는 것보다는 당연히 판매고가 올라갈 것이다.

그러나 당시 문단여론은 노자영의 이런 행위를 용인하지 않았다. 어떤 사람은 그를 수전노라 했고, 어떤 사람은 그를 풍속사범으로 취급했다. 그래서 학교 선생님은 학생들이 노자영의 글을 못 읽게 감독해야 했고, 신문사는 노자영의 책 광고를 당장 내려야 한다며 펄펄 뛰었다. 그렇지만 어떤 사람은 그를 출판의 천재라며 부러워했다.

군의 말과 가티 實物 四培 以上의 광고를 하엿는가. 그래가지고 돈을 벌려 하엿는가. 文藝를 거짓말 광고를 하야 팔려 하엿는가. 이 무슨 돈만 아는 수전노의 할 짓이랴. 野卑를 極한 도적의 할 짓잉가[19]

19 조중곤, 「노자영 군을 박함」, 『조선일보』, 1926.8.21~25.

노자영 군을 文士로 보았으나 이제 文士로 보지 않고 蚊士로 본다.[20]

시내에 남녀 학생 중에 옥편은 한 권 없을 망정 노자영 군의 작품 한 권씩은 거의 다 있다 하니 이 얼마나 위험한 좋지 못한 미조이냐. 노자영은 작금의 사태에 책임을 져야 할 것이며 각급 학교 선생님은 노자영의 작품을 읽지 못하도록 감시하고, 각 신문에서 노자영의 책 광고를 내려야 할 것이다.[21]

춘성은 문필의 재조보다도 오히려 출판에 대한 천재가 있다고 할 만하고 거기에 열성이 있다. 그의 자비출판이니 靑鳥社이니도 잘했거니와 조선일보사 출판부의 융성은 오직 춘성의 노력이라 할 수 있고, 조선 출판계에 커다란 공적을 남겼다고 할 수 있다.[22]

조중곤은 노자영의 글쓰기는 문예행위가 아니라 사기라는 것이고, 김을한은 노자영이 미풍양속을 해치는 범죄를 저지르고 있다며 열을 올린다. 그러나 방인근은 노자영이 조선 출판계에 큰 공적, 돈을 벌어 사업을 번창하게 만든 천재라며 치켜세우고 있다. 이럴 때(1924년 초) 염상섭이 결정타를 날린다. 곧 노자영의 시 「잠!」이 베를렌느 시를 표절했다고 단도직입적으로 비판했고, 그런 비판은 노자영을 『백조』 동인에서 퇴출당하게 만들었다.

『사랑의 불꽃』은 수필의 시대를 여는 데 결정적 역할을 했다. 그러나

---

20 위의 글.
21 김을한, 「인생잡기」, 『조선일보』, 1926.8.12.
22 방인근, 「춘성 교우록」, 『조광』 6-11, 1940.11, 231쪽.

그것은 거꾸로 '수필은 저급한 글'이라는 인식을 확산시켜 본격문학의 반열에서 외면당하는 계기가 되었다.[23]

『사랑의 불꽃』이 계기가 된 이런 수필 하대론은 1933년 서항석과 이무영이 '수필이란 몹시 저급한 잡문에 가까운 것'이라는 주장으로 이어져 문단의 이슈가 되었다.

결론적으로 노자영의 글쓰기로 대표되는 1920년대 중후반은, 에세이는 없고, 감상적 문예수필이 범람하여 조선문학장場을 저급화시킨 때이다. 1925(다이쇼 14) 이후 판을 거듭하며 근 10년간 베스트셀러가 된 『사랑의 불꽃』은 수필의 한 특징인 이지적 글쓰기와는 천리만리 떨어져 있다. 김을한, 조중곤, 염상섭, 이무영의 노자영 비판은 풍속 저해에까지 이른 감상 과잉의 되잖은 글이 수필일 수 없다는 관점이다. 수필이 결코 그렇게 이지와 이성이 소거한 병적 감상으로 삶을 반영하는 미래 부재의 문학이 아니라는 주장이다. 진솔한 자성, 재래하는 시와 부의 맥을 잇는 순정문학이 수필이라는 것이다.

노자영의 수필에 대한 이런 대중 영합적 글쓰기 태도는 쇼와昭和시대 초기부터 나타난 일본문단의 수필 붐, 곧 일본수필대성간행회日本隨筆大成刊行會가 주축이 되어 에도江戶시대 학자들의 논문을 포함해서 각종 읽을거리[讀物]를 모은 넓은 뜻의 수필을 집대성해내던 그 대중성과 맥락을 같이 한다.[24] 그때 도쿄는 일본의 수도였고, 경성은 반도에서 제일

23 노자영의 이런 수필 쓰기는 일본에서 1920년대 말 '일본수필대성간행회(日本隨筆大成刊行會)'가 발족되어 엄청난 양의 수필 관계 잡지, 단행본을 쏟아져 나오던 분위기와 관련되는 듯하다. 오타이 산로우(太田爲三郞)의 『日本隨筆索引』(東陽堂)은 총 530쪽에 이르고, 일본 국회도서관 정보검색에 뜨는 '수필대성간행회'와 관계된 자료도 500건이 넘는다. 이 문제는 제11장 「서정수필과 서정시의 문학적 영역」에서 집중적으로 다룬다.

24 1928년(쇼와 3) 일본수필대성간행회의 일본수필대성편집부가 낸 『일본수필대성 별

큰 도시였다. 그러니까 노자영은 나라 중심에서 일어나는 문학의 동향을 발 빠르게 따라가 베스트셀러를 만들어 출판인으로서 이익을 챙긴 것이다. 그때 조선은 없었다.

2) 수필과 에세이의 언어자질

한국 근대 비허구산문, 범칭 수필을 논의하면서 제기되는 첫 번째 문제는 수필과 에세이라는 용어의 자질이다. 문학이론에서 '에세이'의 언어자질이 가장 압축적으로 나타나는 예는 N. 프라이의 『비평의 해부*Anatomy of Critism four Essay*』의 「도전적 서문Polemical Introduction」 또는, 근래에는 탈식민주의post-colonialism의 대표적 이론가 E. W. 사이드의 『망명의 반성과 몇 편의 에세이*Reflections on Exile and Other Essay*』 같은 저서의 제목 등에서 쉽게 발견한다.

> 이 책은 문예비평의 범위, 이론, 원리 그리고 그 기법을 개관하는 것이 가능할 수 있는가에 대한 '에세이(essay)'들로 구성되어 있다.[25]

> 이 책의 여러 에세이(essays)들은 라리탄(Raritan Review), 런던(The London Review of Books), 크리티컬 리뷰에(Critical Inquiry)에 실렸던 논문이다.[26]

권』이 그런 예이다.

25 Northrop Frye, "Polemical Introduction", *Anatomy of Critism four Essay*, Prinston University Press, 1973, p.3. "This book consists of 'essay' in the world's original sense of a trial or incomplete attampt, on the possibility of a synoptic view of the scope, theory, principles, and techniques of literary criticism." 본서가 참고한 책은 제3판(1973)이다.

1957년에 초판이 간행된 N. 프라이의 『비평의 해부』는 세계 비평문학 사상 획기적인 원론의 하나로 평가 받는 비평방법론이다. '문학은 신화의 조직이라는 것', 이 기존의 장벽들을 허물어뜨린다는 것에서 또 다른 시도, 그러니까 아직 '시험적 또는 불완전한 시도'라는 의미로 'Essay'라는 용어를 썼다.

2000년에 간행된 E. W 사이드의 『망명의 반성과 몇 편의 에세이』는 근래 탈식주의와 디아스포라Diaspora이론을 남 먼저 논리화시켜 문학연구의 한 분야를 개척했다. 그러나 '남 먼저'라는 점에서 '불안전한 시도'이다. 그래서 'Essay'이다.

두 사람 다 매우 겸손하고 신중한 태도로 'Essay'라는 용어를 쓰고 있다. 'Essay'가 본질적으로 시험적 또는 불안전한 시도라는 의미를 내포하고 있는 까닭이다. 아직 확실한 논문이 아니라는 의미다. 이런 섬에서 N. 프라이는 『비평의 해부』를 구성하는 4편의 논문을 첫째 에세이First essay, 둘째 에세이Second Essay, 셋째 에세이Third Essay, 넷째 에세이Fourth Essay라는 작은 제목을 붙이고 책 제목도 *Anatomy of Criticism four Essay*이라 했고, E. W. 사이드도 『망명의 반성과 몇 편의 에세이』라 했다.

에세이에 대한 이런 개념은 독일문학에서 에세이essais, essay를 예술적인 산문 형식으로 표현되는 시도試圖, Versuch로서의 장르 개념과 같다.

26 Edward W. Said, "Acknowledgments", *Reflections on Exile and Other Essays*, Harvard University Press, 2000. "Several of the essays in this book appeared in Raritan Review, The London Review of Books, Critical Inquiry. (…중략…) Dr. Zaineb Istrabadi, for her help in producing this book as wellas many of its essays as they originally appeared."

곧 시도로서의 에세이 개념에 정의를 내리기에는 어려운 점이 많다는 것이다. 에세이가 철학적 · 역사적 분석이나 논술 등의 상이한 내용을 취급하기도 하고, 다른 한편으로는 정신적으로 풍부한 사유의 잡담을 문예적 이야기로 엮어 가는 신축적 형식이 되기 때문이다. 작가는 자신의 생각에 따라 자유로운 유희를 창조적 사고나 비판적 식견으로 일관성 있게 표출하기도 하고, 개별적인 사물로부터 전체적 사물의 인식을 유도할 수 있는 다양한 문학적 견해를 시도한다.[27]

이런 점은 N. 프라이가 『비평의 해부』에서 해박하고 방대한 내용뿐만이 아니라 무엇보다도 종래의 비평방법 논의들, 곧 신비평, 맑스주의, 심리적 방법 등을 지양하면서 문학을 맥락, 원형, 신화, 사회 전반에 관련된 측면에서 파악하며, 각개의 작품보다는 좀 더 큰 원리를 통해 통합적이며 체계적으로 인식을 시도하기에 에세이, 그러니까 '비평에 대한 네 개의 에세이'라 한 것과 동일한 개념이다.

결론적으로 에세이는 종국적인 결론에 고정되어 있는 것이 아니라 자유로운 종합적 사고로 스스로의 사고논리를 펼치면서 쓰는 글의 양식이다. 곧 다양한 시각을 종국적인 결론 없이 광범위한 잡언처럼 자신의 견해를 전달하는 특유의 열려있는 형식open form이 에세이다.

사정이 이렇다면 현재, 우리나라의 글쓰기 현장에서는 이 용어가 어떤 양상으로 나타나는가. 국문학 전반을 두루 연구하고 있는 두 연구자의 글에서부터 이 문제를 살펴보자. 우선 결론부터 말하면 한 사람은 교술敎述이란 장르 이름으로 수필의 성격을 설명하고 있고, 다른 사람

27 오한진, 『독일 에세이론』, 한울림, 1998, 13쪽 참조.

은 이광수에서부터 형성된 '문학적 논문'의 의미로서 에세이 개념을 파악한다.

> 수필의 연원을 서양의 '에세이'에서 찾는 것은 타당성이 인정되지 않는 편법이다. 서양의 '에세이'는 논설을 비롯한 교술산문의 총칭이고, 수필에 해당하는 특징을 지녀야 하는 것은 아니다. '에세이'가 전래되어 수필이 되었다는 주장을 일본에서 수입하면서, 신변의 잡사를 감각적인 미문으로 다루는 것을 자랑삼는 일본 특유의 취향도 함께 가져왔다.[28]

조동일은 교술(수필)[29]은 자아의 세계화(작품외적 세계의 개입)라는 원론을 세웠다.[30] 이 논리에 따르면 수필은 실제로 존재하는 세계를 있는 그대로 기록하여 전달하는 것을 기본원리로 삼고, 허구적인 요소는 배격한다. 작품 외적인 사실이 작품에 그대로 들어와 있는 현상을 교술의 속성으로 보기 때문이다. 수필은 실제적 세계를 작가의 상상력에 의해 굴절시키지 않고 있는 그대로 쓰는 글이란 것이다. 따라서 일상의 세계가 지닌 고유한 의미를 보존하는 범위 안에서 작품으로 재편성되는 것이 교술의 본질이다. 이럴 때 수필은 비문학이 될 수 있다. 곧 교술은

28 조동일, 『한국문학통사』 5, 지식산업사, 2005, 560~561쪽.

29 '교(敎)'란 정보를 알리거나 주장하는 것이고, '술(述)'은 사실이나 경험을 서술한다는 의미이다. 곧 '교술'은 가르치고 서술한다는 뜻으로 실재 존재하는 사실에 충실하고 될 수 있으면 그 사실을 다른 의미로 전환하지 않고 서술하는 방식이다.

30 시는 세계의 자아화이고, 소설과 극은 자와 세계의 대립이라 했다. 세계를 자아화한다는 시는 세상의 논리를 완전히 자기 주관으로 판단하고 해석한다는 것이며, 자아와 세계의 대립이라는 것은 세계와 화합하지 못하고 끝없이 부딪치고 갈등한다는 의미다. 수필이 자아를 세계화 시킨다는 것은 자신이 세계를 어떻게 인식하는지는 문제 삼지 않고 세계의 질서에 자아를 편입시킨다는 뜻이다.

체험과 기록성에 바탕을 둔 비전환으로 교훈적 사실의 글이란 것이다. 이것을 가능하게 하려면 문학적 굴절과 변용, 깊은 철학적 사유를 해야 한다. 이때 교술적 속성은 이런 문학적 형상화를 약화시키는 요소로 작용할 가능성이 있다. 이것이 수필・교술 창작의 어려움이자 이 갈래의 특성이기도 하다. 그러나 교술적 속성이 문학적 형상화를 성취할 때, 이것은 교술적이면서도 문학적인 것이 된다. 조동일식의 장르이론에 따르면 서정적抒情的 교술敎述이 되겠다.

수필을 교술이란 새로운 장르론으로 입론한 경우에도 드러나는 수필과 에세이의 이런 차이나는 용어 자질은 반세기 이상 한국문학의 현장비평가로 활동해온 김윤식의 다음과 같은 글에서도 분명하게 확인할 수 있다.

> 이 글은 에세이 형식의 시론이며 후일 보완하여 학술논문의 형식으로 발표할 예정입니다.[31]

> 이 인용문에서 주목되는 것은 '학술논문 형식'에 있다. 학술논문 형식이 아닌 수필형식이라면 안 교수의 상의 없이 인용할 수 있다는 뜻이 아닐까 싶다. 보다시피 졸문은 '학술논문 형식' 축에 들지 않는 한갓 에세이지만 안 교수는……[32]

두 인용문은 같은 사람의 글이다. 두 인용문에 '에세이'라는 용어는

31 김윤식, 「이병주 하동국제문학제 자료집」, 2011, 70쪽.
32 김윤식, 「사상에 짓눌린 문학의 어떤 표정」, 『21세기 문학』, 2012.봄 참조.

두 번 나오고 '수필형식'이란 용어는 한 번 나온다. 그리고 이런 용어에 대립개념으로 쓰이는 '학술논문 형식'이란 말이 네 번 나온다. 내용을 정리하면 다음과 같다. '내가(안경환－인용자)[33] 쓴 이 글은 아직 학술논문 형식이 아닌 '에세이'다. 앞으로 보완하여 학술논문으로 발표할 것이니 이 글을 인용하고 싶으면 그때 해라.' 이런 경고를 했지만 이 글을 인용하는 김윤식으로서는 안경환의 글이 학술논문 형식이 아니면 인용할 수 있다는 뜻이기에 인용한다'는 말이다. 자신의 글이 학술논문 형식에 들지 않는 '한갓 에세이기 때문에' 인용할 수 있다는 것이다.

두 교수가 쓰는 '에세이'의 의미는 '학술논문' 이전의 글, 곧 논문의 초고, 장차 논문으로 발전시킬 수 있는 '가벼운 논문'이라는 의미다. 사실 이런 관점은 앞에서 언급했듯이 이미 이광수가 「문학에 뜻을 두는 이에게」에서 'Essay를 문학적文學的 논문論文'이라 한 것이나, 임화가 「수필론」에서 '장르로서의 문학과 논문이나 저술의 중간 형식이다'라 한 것과 같은[34] '에세이＝문예론수필critical essay'의 개념이다

3) 한국의 재래하는 한 양식, 수필

송나라 홍매洪邁(1123~1202)는 『용제수필容齊隨筆』서문에서 " 뜻하는 바를 따라 앞뒤를 가리지 않고 써 두었음으로 '수필隨筆'이라고 한다"고 했다. 이런 정의는 한국 현대수필에 절대적 영향을 끼친 피천득이 그의 대표작 「수필」에서 '필자가 가고 싶은 대로 가는 것이 수필의 행로다'

33 안경환은 서울 법대 교수지만『법과 문학사이』등 문학 관련 저서를 여럿 출판했고, 위의 글은 2011년 '하동국제문화제'에서 「학병출신 언론인의 글쓰기－이병주와 황용주의 경우」를 발표하였다.

34 임화, 『문학의 논리』, 학예사, 1940, 668쪽.

라 하는 것과 다르지 않다. 우리나라의 대표적 문학사라 할 수 있는 『한국문학통사』는 '수필'의 성격을 이렇게 규정한다.

> 수필이라는 말은 오래전부터 있었으며, 잡기(雜記)나 잡록(雜錄)과 그리 다르지 않은 뜻을 지녔다. 한문학의 '문(文)'에서 족보가 뚜렷하지 않은 방외의 갈래들을 그런 이름으로 지칭했다. 한문학이 물러나고 문학관이 바뀌자 문을 쓰는 격식이 힘을 잃고 물러나, 말하고자 하는 바는 적고 꾸밈새는 많을수록 문학답다고 하는 수필이 나타나 크게 행세하게 되었다.[35]

수필을 본격문학으로 간주하지 않는 태도이다. 수필의 장르 개념을 '교술'로 규정하는 조동일의 논리로 보면 이유가 뚜렷하다. 수필은 전하려는 내용은 탈색되고, 형식이 없어 주제의 형상화에 긴장이 없기 때문이란다. 네 번이나 수정, 보완한 『한국문학통사』가 일관되게 이런 평가를 내리고 있다는 점에서 수필의 성격을 이런 수준에서 끝낼 문제가 아니다. 인용한 대문과 같은 기술은 문학사적인 근거가 확실하다는 뜻이기 때문이다. 한국의 모든 문학사가 수필에 대한 문학사적 평가를 보류하고 있다는 점이 이런 사정을 말해준다. 조동일은 수필의 개념에 외래적인 요소는 고려의 대상으로 삼지 않는다.[36] 이런 점은 결과적으로 이병기나 이태준의 관점과 닿아 있다.

---

35 조동일, 『한국문학통사』 5, 지식산업사, 2005, 560쪽. 『한국문학통사』 초판은 1982~1988년, 제2판은 1989년, 제3판은 1994년에 나왔다.

36 조동일은 교술의 하위 갈래인 장르 종으로 교술민요, 경기체가, 악장, 가사, 창가, 가전체, 몽유록을 들고 그 뒤에 '수필, 서간, 일기, 기행, 비평'을 포함시키고 있다. 이런 관점은 전적으로 한국문학을 기준으로 한 논리다. 조동일, 『한국문학의 갈래 이론』, 집문당, 1992, 282쪽.

일본에서는 철학적인 내용을 담은 고답적인 자기성찰의 글을 '수필'이라 하기도 하고, '에세이'라 부르기도 한다. 가령 일본의 풍자문학의 기념비인 『나는 고양이외다』의 작가 나쓰메 소세키夏目漱石는 그의 내면세계를 철학적 담론으로 깊이 있게 성찰한 글을 소설과는 다른 발상으로 썼다. 이런 글은 메이지明治시대 이후 특히 많이 나타났는데 그런 글의 양식이 한국의 고대 한문수필과 비슷하다. 따라서 이런 글은 일반인이 독해하기에는 어려운 점이 많다. 일본에서는 이런 글을 보통 '에세이'로 분류한다.

그러나 지금의 일본 수필은 이런 고답적인 글쓰기에서 벗어나고 있다. 삼관三官으로 보고, 듣고, 느낀 것을 깊이 생각한 뒤에 자기 마음속에 있는 것으로 정리하여 그것을 독자와 공유하기 위해 가능하면 짧고 명료하게 쓰는 글을 에세이라 부른다. 하야시 아키오林明夫라는 사람은 '에세이 쓰는 법'이란 강의에서 '하루 일 분이라도 아니면 일주일에 한 시간이라도 질 좋고 수준 높은 삶을 보내기 위해 생활에서 보고 듣고 느낀 것을 깊이 생각하고 단순하게 자기의 말로 정리해서 에세이를 편하게 써 보라'고 한다.[37] 이런 글은 신변잡사가 글감이라는 점에서 '수필'이란 용어가 더 어울린다. 그런데 막상 쓰이는 용어는 '에세이'다. 수필과 에세이의 용어가 혼용되어 그 구분이 어렵다. 이것은 요시다 세이이치吉田精一가 그의 「수필론」에서 '에세이는 수필과 구분해서 정의할 수 없다'는 말로 대표된다.

37 하야시 아키오, 開倫宿의 학장. 강의 '에세이 쓰는 법'; 일본 도치키 라디오 방송 〈라디오 도치키 '카이린츄쿠의 시간'〉, 2001.7.28; 「수필 글쓰기의 어제와 오늘」, 『제9회 한국수필가 협회 해외심포지엄』, 프랑스 한국문화원, 2003.10.17, 54쪽 재인용.

우리의 경우는 윤흔尹昕의 『도제수필』에서 '수필'이란 용어가 처음 나타났다. 그 뒤 박지원이 1780년(정조 4) 청나라 고종 축하 사절단의 일원으로 북경부터 열하까지 여행하고 그 체험을 적은 『열하일기』에서 기행수필의 양식이 형성되었다. 특히 「도강록渡江錄」, 「성경잡지盛京雜」, 「일신수필馹迅隨筆」, 「관내정사關內程史」 등 26편의 글 가운데 세 번째 글인 「일신수필」(1780.7.15~7.23)에서 일기체 기행수필의 형식이 확실하게 형성되었다.

이병기는 이것을 창조적으로 계승하여 '가장 한글다운 문체', '가장 산문적인 문체'인 내간체, 곧 '종래 유식한 이들 사이에서 써 오던 것이고 장구한 전통이 있고 항상 실용이 되던 글이고, 오로지 우리말 글을 맡아오던 부녀들의 글, 이른바 규방문학 가운데 가장 진취된 것[38]'의 글쓰기가 수필의 자리라며 수필을 옹호했다. 조동일이 교술의 하위 갈래로 수필·서간·일기·기행을 동열에 세우는 것은 이병기의 수필관과 이어진다. 이런 관점이 1939에 와서는 이태준의 「문장강화文章講話」로 이어진다. 이태준은 「문장강화」를 1939년 2월 『문장』 창간호부터 연재하고, 1940년에 단행본으로 냈다. 여러 종류의 글을 고찰하면서 수필을 특히 소중하게 여겼다. 이치를 엄정하게 따지는 논리적인 글은 배제하고, 신변의 관심사를 쉽게 다루어 문장을 즐기도록 하는 것을 작문의 본령으로 삼았다. 「한중록」, 「인현왕후전」, 「제침문」 등을 '조선의 산문고전[39]으로 받들어야 한다고 했다. 그러니까 이태준에 있어서 문학이란 그동안 쌓아온 전근대적인 조선 고유의 문화와 긴밀하게 연

38 이병기, 「한중록 해설」, 『文章』 창간호, 1939.2, 104쪽.
39 李泰俊, 『文章講話』, 문장사, 1939 참조.

결될 때 성립한다. 예술적 자리, 곧 문학적 현상은 '조선적인 것'이고, 이 조선적인 것이 현대에서도 성립된다는 논리이다. 혼자로는 전통과의 이런 연결은 힘겨워 정지용과 이병기의 도움을 얻어 이런 과제를 수행했다. 특히 이병기는 고전에 대한 지식과 취미를 내보이면서 이태준과 정지용의 약점을 매우는 역할을 했다. 여기서 비허구산문 범칭, 수필의 다른 한 축이 한번 더 터를 잡는 계기가 되었다.

좀 더 자세하게 말할 필요가 있다. 이런 양식의 글은 조선조의 내간체와 연암으로 대표되는 기행문, 근대에 와서는 유길준의 국한문 혼용체인 『서유견문』, 최남선, 이광수의 백두산. 금강산 등 국토기행수필로 지속되었다. 이것은 다시 이은상에 와서는 조선조의 그 제문祭文 형식을 닮은 망제亡弟의 영전에 바치는 제문 『무상無常』(1936), 서정수필집 『노방초』(1937), 여기에 기행문 『탐라기행 한라산』(1937)까지 더해졌다. 그래서 기행수필과 가장 한글다운 문체가 양립하는 글쓰기로서 수필이 자리를 잡았다. 또 겉보기에는 많이 근대화된 글 같지만 양식면에서 규방가사의 틀을 닮은 모윤숙毛允淑의 서간문 『렌의 애가哀歌』[40]와 같은 베스트셀러를 수필이 등에 업었다. 이렇게 '수필'은 물실차호기勿失次好機하며 문단의 중심을 향해 나갔다. 그 때 김진섭과 이양하 같은 수필가가 등장하여 맹활약을 하고, 이상, 박태원, 백석까지 수필을 씀으로써 수필은 문학의 한 장르로 뜨고, 대접을 받는 단계로 발전했다. 이런 변화 속에 있던 수필의 한 축이 일본의 삼관三官 중시의 감각체 영향을 받아 변화할 때 마침 피천득이 아동문학을 접고 수필을 쓰면서 일본

---

40 모윤숙, 『렌의 哀歌』, 日月書房, 1937. 이 작품은 장시와 수필, 두 가지로 읽히는데 지금도 이 작품이 출판되고 있다. 근 100쇄에 이른다.

의 삼관을 피천득 나름으로 굴절시킨 세련된 서정수필을 창작하여 큰 인기를 얻었다. 이때부터 수필은 피천득의 이름과 함께 대중 속으로 확산되더니 마침내 전에 누리지 못하던 문화권력을 형성하고 문학의 제5장르로 자리를 잡는 시대가 왔다.

이광수가 「문학에 뜻을 두는 이에게」에서 말한 그 이지적 글쓰기이자, 이양하(영문학), 김진섭(독문학), 김기림(영문학) 등 외국문학 전공자들이 교양의 문학, 인격의 표현, 소설의 뒤에 올 한 양식, 근대적 글쓰기의 한 갈래로서의 산문이란 것이 수필이었다. 그런데 이것이 '에세이'가 아닌 '수필'로 정착되는데 결정적 역할을 한 수필가가 피천득이다. 피천득은 에세이는 안 쓰고 짧은 서정수필만 썼는데 그 영향이 이외로 커서 수필=서정수필이 되어 수필의 문학적 영역을 좁혔다.

4) 서양문학 한 양식의 이식, 에세이

수필이 서양의 에세이에서 왔다는 번역 개념이 대두한 것은 이상李箱도 수필을 썼다는 그 1930년대 초기다. 1933년 10월 『조선문학』의 문예좌담에 참석하여 「수필문학에 관하야」로 수필을 옹호했던 김광섭은 그 좌담회 속기록이 발표되던 11월에 쓴 다른 글 「수필문학 소고」[41]에서 '수필의 본념성本念性'이 '에세이'라 했다.

위대한 영국의 문학에 잇서서 隨筆에 類似한 것은 에세이essay다. 영국

41 『조선문학』의 '수필문학에 관하여'란 좌담회가 개최된 것은 1933년 10월 16일이다. 조벽암, 신림이 작성한 그 속기록은 다음달 『조선문학』에 발표되었다(1933.11). 김광섭의 「수필문학 소고」는 1933년 11월 26일에 집필되었고 그 다음해 1월 시문학사에서 발행하던 『문학』에 발표되었다.

문학이 구주문학사에 보낸 빗나는 기여의 하나가 '에세이'문학이라고 나는 본다.

이 '에세이'를 '수필'이라고 譯하는 데는 자못 주저가 생겨진다. 또 항의할 점도 잇다. 사실 일본 가튼나라에서의 수필의 개념은 연구물의 단편적 기록 등에까지 外延되는 까닭에 '에세이'와는 다른 점이 잇게 됨으로 원어 그대로 '에세이'라 하며 그 작가를 '에세이스트'라 한다. 그러나 요행히 우리에게는 수필에 대한 개념이 문학사적으로 확정되지 안흔 점에서 이러한 곤란은 免케 된다. 그러므로 나는 영국의 '에세이'를 '수필'이라고 하고 隨筆의 本念을 거기서 찻고저 한다. 만일 본래의 '에세이'와 우리의 '수필'사이에 문학의 수준에서 귀납되는 어의의 차가 잇다면 우리는 수필의 지위를 '에세이'의 수준에까지 올니는 데서 비로소 문학으로써 同位될 것이며 또한 우리의 수필문학의 前路인 '에세이' 연구에서 진정한 의미로 출발하여야 할것이다.[42]

김광섭金珖燮의 이 글은 한국문학에서 '에세이=수필'이 되는 역할을 했다. 「수필문학 소고隨筆文學 小考」 이전에 이렇게 수필을 에세이와 동일한 것으로 분명하게 말한 글은 없다. 한국의 근대문학에 해외문학파의 공이 많지만 이런 점은 평가를 보류해야 한다. 수필이 수입되었는데 그걸 잘 가공하여 완제품을 만들어야 한다는 주장인 까닭이다. 이런 김광섭에 견주면 이광수의 「문학에 뜻을 두는 이에게」가 훨씬 근대적이다. 적어도 이광수는 그 한 뿌리를 민족의 정체성 안에서 찾고 있기 때문이다. 김광섭은 에세이는 소논문 성격으로 영국문학이 거둔 한 성과인데

42 金珖燮, 「隨筆文學 小考」, 『문학』, 1934.1, 4쪽.

그런 글쓰기를 조선문학이 어서 받아들어야 후진을 면할 수 있다는 주장을 펴고 있다. 김광섭의 이런 수필 이식론은 다행히 이 정도의 선에서 끝내고, 수필이 근대문학으로서 수행해야 할 역할을 다음과 같이 요구했다.

> 최근의 현황으로는 수필 본래의 광범한 취제의 영역에도 불구하고 급이 나즌 감상적 회고에만 시종되야 건전한 발전이 저지되야 잇슴에는 반성할 필요가 잇슬 것인가 한다. 그 원인의 하나는 우리의 저날리즘의 성실치 못한 데 잇다. 원래 수필문학은 저날리즘의 발전에 싸라 오늘에 이르럿다.
>
> (…중략…)
>
> 금후 수필문학은 문학으로 창작성을 씌고 나와질 것이다. 그러나 사회성으로 보나 생활로 보아 모든 평정과 균형을 상실한 우리의 현재적 상태에서는 소설이나 시보다 수필문학이 생산되기 더 어려운 지경에 잇지안는가 한다. 게다가 수필이 문학이니 문학이 아니니 하는 淺薄至極한 평론가의 卓見이 보이고 잇스니 여기에는 사이비 소설 희곡을 물리칠 각고의 수필가가 출현되야 수필의 현실적 위상을 상승시켜야 할 것이다. 1933.11.26.[43]

수필을 두고 "진실로 제작制作되엇다"거나, 수필이 문학이니 문학이 아니라거나, "금후 창작성을 씌고 발전할 것" 등의 발언은 1933년 현재, 수필은 아직 문학의 한 장르로 인정받지 못했다는 사실을 뜻한다. 수필의 이런 상태는 '천박지극한 평론가와 사이비 소설 희곡 때문이니

---

43 위의 글, 8쪽.

그걸 물리칠 각고의 수필가의 출현'만이 그걸 막을 수 있단다. 이런 발언은 김광섭이 이 글을 쓰기 한 달 전, 그 『조선문학』 문예좌담회에서 김진섭이 '수필은 소설이상으로 신중한 글'이란 발언의 연장선상에 있는 수필 옹호론이다. 김광섭의 이런 주장은 프랑스에서 시작된 에세이가 영국과 독일로 건너가 문학적 성취를 이루었는데,[44] 그런 문학적 성취를 일본이 독일로부터 받아들였고, 그런 일본의 수필을 수입하였으니, 차제에 우리도 근대문학으로서 발전시켜야 한다는 것이다.

수필이 문학의 종류, 당시 문학의 장르개념인 문종文種으로 자리를 못 잡은 것은 1931과 1933년에 출판되어 베스트셀러가 되어 3판까지 발행한 이윤재李允宰의 『문예독본文藝讀本』 상・하권에 '수필, 기행문, 감상문, 평론, 편지, 송頌'을 뚜렷하게 구분하고 있는 데서 증명된다.[45]

이런 점에서 「수필문학 소고」는 수필의 장르 구축과정을 이해하는 데 중요한 단서를 제공한다. 그리고 수필의 이런 근대성은 이하에서 거론하는 평론에서 핵심 사안으로 연달아 제기된다는 점에서 문제적이다.

수필의 이식론을 말하는 두 번째 글은 한세광韓世光(1909~1979)이 『조선중앙일보』에 3회(1934.7.2~7.5) 연재한 「수필문학론隨筆文學論—ESSAY연구」이다. 한세광은 이 글에서 서양의 에세이를 동양에서는 수필이라 전제하면서 영문학에서는 16세기에 에세이가 출현했고, 조선에서는 최남선이 외국의 에세이를 『청춘』에 번역하고 이어서 「시문독본時文讀本」을 내놓으면서 비로소 시작되었다고 했다. 그 앞의 '文'은 모두 없

44 오한진, 앞의 책 참조.
45 李允宰, 『文藝讀本』 上, 한성도서주식회사, 1931; 李允宰, 『文藝讀本』 下, 한성도서주식회사, 1933 목차 참조

었던 것으로 간주하고, 수필이 적어 조선문학이 고갈되었다며 개탄하였다. 이런 한세광의 「수필문학론—ESSAY연구」 가운데 특히 주목할 부분은 수필의 특성을 문체에 있어서는 매우 정적이며 주관적인 것이 서정시에 가깝다고 한 지적이다. 이것은 그의 수필 가운데 산문시적 구성을 가진 작품이 많고 그 한 예가 「보리」와 같은 작품인데 이 작품이 수필로서 거둔 성취는 산문서정시로 독해되기 때문이다. 그러나 이런 점은 그가 'Essay=수필'이라는 등식과는 어긋나는 데가 없지 않다.

'수필문학론'이라 해놓고 부제는 'Essay 연구'라 붙인 이 글을 좀 구체적으로 살펴보자.

> Essay를 동양에서는 대체로 隨筆이라고 評한다. 수상문이니 감상문이니 하는 모든 산문형식이 다 에쎄이 부문에 속한다. 종합적 명칭으로 '隨筆'이라고 명명하는 것이 적합한 듯하다.
>
> 에쎄이가 최초로 출현한 것은 불란서의 저술가 몬테인의 'ESSAI'를 1580년에 출현한 것으로서 비롯한다. 'ESSAI' 혹은 'ESSAY'라는 말은 작자가 생각하는 무엇을 보여주고자 하는 의미 '말하고자 하는 의미' 등이다.[46]

이 '에쎄이'·'ESSAI'·'ESSAY'라는 용어는 이광수의 「문학에 뜻을 두는 이에게」 이후 12년 만에 다시 에세이가 심도 있게 제기되었다는 점에서 관심이 간다. 마침 김광섭의 「수필문학 소고」와 같은 해에 나타나 더욱 그렇다. 수필양식이 우리 것이 아니라 서구에서 들어온 것을

46 韓世光, 「隨筆文學論—ESSAY연구 상」, 『조선중앙일보』, 1934.7.2.

확실히 알리기 위해 불어와 영어로 원문을 써서 이식론을 분명하게 밝히려 하고 있다.

> 에세이는 한 散文形式이다. 그러나 그 文體에 잇서서 매우 情的이며 主觀的인 것이 詩에 갓가웁다. 그리고 내용에 잇서서 일정한 規定이 업슴으로 어떠한 事物에 대하든지 작자의 觀照하는바를 주관적 입장에서 叙述한다. 論文Thesis의 형식과 相反하는 점은—논문은 客觀的 論法을 利用하는데 反하여 에세이는 主觀的 論法을 利用한다.즉 論文은 科學的 論法으로 叙述되고 에세이는 文學的—藝術的論法으로 叙述된다. (…중략…)
>
> 에세이를 定義하는데는 세가지의 特徵을 列擧할수잇스니 ① 작자자신의 人格과 哲學이 出衆하야 그의 觀察力이 讀者를 指導할만 할것 ② 이는 散文體일것 ③은 무엇보다 藝術的 價値를 가질 것 等을 생각할 수 잇다[47]

이 용어의 언어자질은 이광수와 김광섭의 그것과 같다. 용어에서부터 수입 냄새가 난다. 한세광은 필명이 한흑구韓黑鷗이다. 평양에서 태어나 1929년 도미하여 필라델피아에 있는 템플대학교Temple University에서 수학했다. 기구한 인생유전 끝에 포항에 자리를 잡아 포항수산대학 교수로 재직하면서 시, 소설, 수필 등 전 장르에 걸쳐 작품 활동을 했으나 문단에 나서지 않았다. 좋은 수필이 많고 「보리」가 널리 알려져 있어 보통 그를 수필가라 말한다. 『조선중앙일보』에 3회 연재한 「수필문학론—ESSAY연구 상」은 한흑구가 미국에서 어머니가 위독하다는

47 위의 글.

통보를 받고 돌아온 직후에 발표한 글이다. 그래서 이 에세이론은 관심을 둘만하다. 그가 미국에 유학하면서 신문학을 공부하였고, 신문의 사설, 논설, 칼럼 등이 모두 에세이로 분류되는 글쓰기이기 때문이다.

「수필문학론—ESSAY연구」가 '수필=에세이'인 것은 이광수의 「문학에 뜻을 두는 이에게」의 관점과 같다. 그런데 '인격 · 관찰력 · 산문체 · 예술적 가치'를 갖추는 글이 '에세이'라고 했다. 이런 시각은 수필과 에세이 특징이 뒤섞인 면이 없지 않다. '인격'은 '에세이'보다 '수필'이 더 선호하는 조건이다. 또 서양의 '에세이'가 동양에서는 '수필'이라고 하는데 '문체에 있어서는 매우 정적이며 주관적인 것이 서정시에 가깝다'고 하고, 내용은 일정하지 않고 무엇이든지 '작자의 관조한 바를 주관적 입장에서 서술한다'는 것도 개념이 헷갈린다. 그러나 「수필문학론—ESSAY연구」가 수필과 에세이의 차이를 예술적 가치문제에 두고 있는 시각은 주목할 만하다. 수필이 예술적 가치를 따지는 경우는 거의 없고, 그것은 논문과 에세이를 구분하는 핵심요소인데 논문은 예술적 가치를 객관적으로 논증하고 에세이는 그것을 주관적 관점에서 기술하는 글이기 때문이다. 이광수가 제기했으나 좀 미진했던 점을 한세광이 좀 더 진전시켰다고 하겠다.

이광수와 다른 점은 이광수가 '수필'이란 장르류에 '에세이'와 '수필'이란 두 장르 종이 있다는 것인데, 한세광은 '수필'의 앞과 뒤, 범위 문제는 관심사가 아니고, 논문과 에세이만 문제로 삼았다. 이런 점은 김광섭이 「수필문학 소고」에서 조선의 전통 수필에는 관심이 없는 것과 다르지 않다. 따라서 한세광이 '에세이=수필'로 규정하고 수필장르를 더 작은 하위 단계인 장르 종으로 나누지 않은 것과 김광섭이 '수필'

에 내리는 개념은 결과적으로 같다. 조선의 수필이 불란서, 독일 등 서구문학의 에세이와 동일하다는 것을 재확인한 셈이다.

이것은 이광수가 재래하는 우리 고유의 수필을 인정하면서 그와 다른 또 하나의 에세이 축이 존재한다는 것과는 본질이 다르다. 세월이 10년 이상 흐르고 조선의 근대화가 고약한 사정 속이지만 그래도 많이 이루어져 가던 마당에 조선수필에서 조선적인 것을 전혀 감지 못하는 태도는 식민지 지식인의 한계라 하겠다. 서구의 신진이론을 좇는 것이 근대화란 것이기 때문이다.

이 문제는 다음해(1935)에도 대두되었다. 강한인姜漢仁의 「엣세이(隨筆)와 문학文學 (中) —수필문학발달中隨筆文學發達을 위爲하야」가 그것이다. 수필을 '퍼슨날한 문학'이라 규정한 이 평론의 엄정한 검증을 위해 필요한 부분을 인용한다.

> 여하튼 라파엘과 딴테가 그 루네쌍스적 지위를 떠나 직접으로 자기를 표현할 수 잇엇건마는 문학에 잇서서 에세이의 존재를 암시한 것이니 이것을 최초 문학 가운데서 試驗Essay라 한 사람은 다른 사람이 아니라 16세기 불란서 懷疑思想家 몬테-느이엿다. (…중략…) 이 퍼슨날한 표현이 문학을 버리고 사회적으로 낫타날 때 항간의 일화가 되고 에피소-드가 되고 꺼십이 된다.
>
> 여하간 수필문학은 그 발생에 잇서 직접 '퍼슨날' 표현이엇다. 그러기 때문으로 그곳엔 그 개인 독특한 성격, 취미, 기호, 유모-어, 아로니, 기지 등이 자세히 교착되야 인간의 자미가 풍부하게 흐흘러 잇지 안흐면 안된다.
>
> 이 개인적 인간미가 특히 형식사회란 오날 종족, 민족, 사회, 계급 환경의

형식에 구속된 오인의 자유스러운, 고유한 사고와 감정이 직접 표현될 때 우리의 에세이에 대한 희구는 끈치 안흘 것이며 따라 그곳엔 양양한 발전이 기내된나.[48]

수필과 에세이를 동일한 것으로 인식하고 있을 뿐만 아니라 여기서도 재래하는 조선수필의 다른 한 축을 전혀 의식하지 않고, 수필을 바로 에세이로 호칭하고 있다. 수필을 전적으로 수입된 장르로 판단하고 있는데 이런 점은 당시의 어떤 문인보다 그 강도가 심하다. 이런 관점은 김관金菅의 「수필隨筆과 비평批評」에 이어지면서 좀 더 확산된다.

수필을 필자의 신변적 잡기에 意義를 두는 서정적 소품이라고 생각되는 것이 오날 우리들의 문학계에서 보는 바와 같은 수필풍경이라 할진대 나란것이나 자아를 객관관적 사상 안에서 재발견할려는 노력에서 당연히 가지야될 '에세이'에까지 확대식히지 못하고 있는 것도 사실이다. (…중략…) 그러면 수필과 에세이를 무엇에서 구별하는 것인가. 수필이 언제나 主情을 돌나싸는 신기루와 같은 하염없는 것이면 에세이는 언제나 크리티컬한 것까지 스케일을 넓히는 것이라고 할 것이다. 그러나 그러한 구별에 拘扺할 것은 아니고 수필이 왕성하여졌다는 데는 에세이가 왕성하다는 것이 되는 것이고 또 에세이가 왕성하다는 때는 평론이 왕성하다는 것이 된다. 그러므로 현대적 성격을 가지는 수필이 당연왕성하야저야 할 것이고 그것은 필연 비판적 정신의 앙양에서 오는 문학활동의 결과의 하나라고 볼 수 있게 될것이다.[49]

48 姜漢仁, 「엣세이(隨筆)와 文學 · 中隨筆文學發達을 爲하야 · 中」, 『조선일보』, 1935.5.7.
49 金菅, 「隨筆과 批評」, 『朝光』 3-6, 1937.6, 266쪽.

김관의 관점은 '수필=에세이=비평'이다. 수필이 신변잡기를 다룬 서정적 소품이고, 에세이는 자아를 객관적 사상 안에서 재발견하는 것인데 수필은 범위를 더 넓혀 '크리티컬critical'한 데까지 나가야 한다고 주장하고 있다. 수필이 가벼운 논문의 성격을 가지고 있다는 그런 특성의 지적이다. 김관에 와서 에세이의 비평적 성격이 한 번 더 확인된 셈이다.

수필이 조선문단에서 화제가 되던 시절 당대 문단의 리더격인 임화나 김기림도 이 문제에 대한 자신들의 견해를 밝힌 바 있다. 김기림은 「수필을 위하야」(1933)에서 수필이 '근대성을 섭취한 가장 시대적인 예술'이라 했다. 이 말의 이면에는 이제 수필은 장르적 성격을 논의할 단계를 지났다는 의미가 깔려 있다. 수필이 근대적 장르로 발전할 시대적인 예술이라는 전망이 그러하다.

임화는 「수필론」(1938)에서 1933년 『조선문학』의 문예좌담회가 수필을 문제 삼았던 것은 수필이 시나 소설과 같은 독립된 장르가 성립될 수 있느냐의 문제 때문이었지만 지금은 수필의 위상이 많이 달라졌다면서 수필의 성격을 일기, 서간, 기행문 등 '장르로서의 문학'과 '논문이나 저술 중간에 수필이란 것의 위치가 있다'[50]고 했다. 이런 관점은 수필과 에세이를 수필의 하위 갈래, 곧 장르 종으로 간주하는 태도라는 점에서 주목할 만하다. 수필의 한 축을 재래하는 조선문학 양식의 하나로 보던 당시의 국문학자 이병기나 지금의 조동일이 장르류로 교술을 설정하고 장르종으로 수필을 설정하는 견해이다. 그러나 임화는 에세

50 임화, 「수필론」(1938), 『문학의 논리』, 학예사, 1940, 668쪽.

이라는 용어 사용을 기피하면서 에세이의 이러저러한 특성을 수필의 특성으로 기술하고 있다. 에세이라는 용어 기피는 결국 에세이의 개념에 수필의 개념을 포함시킨 것이 된다.

임화의 「수필론」이 명칭부터 따지는 원론문제가 아니라, 당시의 수필문단의 현장이 어떠하고, 수필이 얼마나 발전 가능성이 있는가의 문제에 논의의 초점이 있는 것은 이제 수필이 하나의 장르로서 문단의 인준을 받았다는 뜻이다. 1933년의 수필 수입론이 그새 우리의 재래 수필과 대거리를 하다가 상박이 아닌 상생의 논리로 마침내 '수필'이 된 셈이다. 그런데 그 기준이 수필의 근대성 문제에 가 있다. 이런 점은 수필이 하나의 장르로서의 성공 여부는 근대성을 얼마나 잘 구현할 수 있는가에 그 성패가 달려있다는 진단이다. 이런 시각은 임화가 그 시대에 가장 레디컬한 서구적 진보논리로 문단을 리드했다는 사실로 증명된다. 하지만 그 뒤의 수필문학은 그의 진단대로 발달하지 않았다. 수필이 자본주의와 동행하는 성향이 어느 장르보다 강하게 나타나는 문학의 장르로 발전했기 때문이다.

이 항의 결론은 수필의 문학적 성격을 영문학의 Essay에서 찾는 것이 오류라는 것이 되겠다. 우리 문학에서 Essay와 수필은 족보가 다르다. '수필'이라는 용어는 우리 문학에도 이전부터 '일신수필'처럼 있었기에 일본의 수필이 큰 거부감 없이 'Essay=수필'이 되었다. 그런데 이것은 일본 유학파 문인들이 무엇이든지 서양에서 가져왔다고 해야 가치가 돋보인다고 여기는 일본 지식인의 사고방식에 결과적으로 동의한 것에 다름 아니다. 우리 문학에는 내용이 알찬 글을 무게 있게 써서, 널리 유익한 도리를 밝히는 데 힘쓰고자 하는 '고문古文'이 있는데 이것은 Essay와 별로 다르지 않기 때문이다.[51] 또 인터넷에 있어 누구나 쉽게 이용할 수 있는 위키피디아 백과사전은 '수필'을 이렇게 설명하고 있는 상식론과도 어긋난다.

수필隨筆이라는 것은 일본문학의 한 갈래인데, 글 쓴 사람 신변의 상투적 관심사를 자기 나름대로의 언설이나 단편적 착상으로 느슨하게 연결시켜 놓은 것이다.[52] 그러니까 '隨筆'을 영어로 'essay'라 하지 않고, 일본어 독음을 따서 'zuihitsu(ずいひつ)'라고 말하고 일본문학 특유의 장르임을 명시하고 있다.

5) 수필과 에세이의 상생

위에서 논의했듯이 '수필'은 재래하는 한 양식이고, '에세이'는 일본 유학파를 통해 서양에서 들어온 것이 분명하기에 그것을 시듭 따실 문제는 아니다. 하지만 '에세이'가 재래하는 '수필'의 개념과 얽히기에 논리를 가다듬기 위해 이 문제를 일단 정리할 필요가 있다.

프랑스어 에세essai는 시험, 시도의 의미와 함께 '계량하다', '음미하다'의 뜻을 가진 라틴어 엑세게레exigere에 어원을 두고 있다. 영어 에세이essay는 불어 essai가 어원이고, 미국에서는 이 말의 쓰임이 좀 확대되어 essay라는 말 속에 article의 의미가 포함되어 가벼운 학술논문을 essay라 말하기도 한다. '에세'라는 말을 작품에서 처음 쓴 사람은 프랑스의 몽테뉴이며 그의 『수상록*Les Essais*』(1580)은 에세이라는 이름을

51 Essay와 고문의 관계는 별도의 논문으로 다루겠다.

52 "zuihitsui[隨筆] is a genre of Japanese literature consisting of loosely connected personal essays and fragmented ideas that typically respond to the author's surroundings."

붙인 서양 최초의 작품집이다.[53] 이 『수상록』은 그 위로는 로마시대의 키케로, 세네카 그리고 M. 아우렐리우스의 「명상록」, 횡적으로는 영국의 F. 베이컨의 『수상록』, H. 리드, C. 램, W. 해즐릿, 새뮤얼 존슨의 작품, 루소의 『에밀』, H. D. 소로의 글과 그 맥이 서로 얽힌다.

몽테뉴가 『수상록』에서 '이 수상록은 나 자신을 그린 것이며 있는 그대로 자연스럽게 나의 모든 것을 정직하게 다 보여주기 위해서 쓴 글'이라고 한 말이나, 미국 수필의 아버지로 불리는 H. D. 소로가 『월든 숲 속의 생활』을 자신의 개인적 경험을 자유로운 사유의 형상화란 것, 또 H. 리드가 그의 『영국 산문록』에서 '숨어 있는 관념이나 기분, 정서를 표현해 보려는 일종의 시험試驗으로서의 에세이' 또는 '음악에 있어서의 즉흥곡과 비슷하고, 수필은 한 마디로 특정인에게 보낼 필요가 없는 하나의 공개장'이라는 그 '에세이'가 우리의 경우, 우리 고유의 '수필'과 상생의 관계에서 맞섰다.

앞에서 언급한 바이지만 우리 문단에서 '수필'이 주목을 받기 시작한 것은 1933년 10월, 『조선문학』이 문예좌담회를 열어 「수필문학에 관하여」라는 주제를 놓고 열띤 토론을[54] 한 사건부터이다. 물론 이때의 수필은 에세이의 개념은 제외된, 노자영으로 대표되는 저급한 글쓰기에 대한 비판이다. 노자영의 수필이 문학의 한 장르로서 자리를 잡는 데는

53 오한진, 앞의 책 참조.

54 「수필에 관하여」, 『조선문학』 1-4, 1933.11, 99~107쪽. 1933년 10월 16일 푸라타-누에서 열린 이 토론에 참가한 문인은 김기림, 유치진, 김광섭, 백철, 서항석, 임화, 정지용, 이무영이다. 유진오는 수필을 아예 인정하지 않아 참석하지 않았고, 『조선문학』의 발행인 겸 편집인인 이무영은 수필은 창작이 아니기에 문학 작품이 아니라고 했다. 그러나 김광섭은 수필을 옹호했다. 조벽암과 신림이 기록한 이 좌담회 속기록은 『조선문학』 1933년 11월 호에 수록되었다.

노이즈마케팅 역할은 했으나 문예적 가치를 저하시킨 것에 대한 전 문단적 반발과 성토의 성격을 띤 것이 『조선문학』의 그 좌담회였다. 그 뒤 몇 년의 자정기自靜期를 거치고 박태원, 이상, 김유정 등 신예 소설가가 수필을 쓰면서 마침내 소설이 수필을 닮는다는 말이 문단에 화제가 되는 상황에 이르렀다. 바로 임화가 『조선문학』 좌담회에서 '박태원 씨 소설은 수필하고 촌수가 멀지 안트군'이라 내뱉는 지경에 이르렀다.

「수필문학에 관하여」라는 좌담회에서 '에세이'라는 용어는 누구도 입에 올리지 않았다. 좌담회에 초청받은 유진오와 조용만은 수필은 아예 문제거리가 안 된다며 참석을 거절했고, 극작가 서항석과 소설가 이무영이 '수필'은 문학 작품이 아니라며 무차별적 공격을 가하자 좌담회의 화제가 슬그머니 소설문제로 넘어갔다. 이 두 사람은 지금의 조선수필은 '짜나리즘의 요구에 의해 생산된 몹시 저급한 잡문'으로 단정했다. 문단의 이런 반응은 일종의 장르이기주의로 판단된다. 당시 문단의 비허구산문, 수필개념에 '에세이'의 개념은 없고, 시詩와 부賦를 잇는 형식의 글이 수필이고, '수필의 생명은 명문장에 있다'고 생각했던 것 같다. 비허구산문의 성격을 동양적 개념, 수필에 기댄 평가다.

서항석, 이무영의 수필 매도는 수필을 쓴다면서 그 수필이 체험을 서정체 산문으로 갈무리하지 못하고, 혹은 인간과 자연과 만나는 희열을 지식과 감흥, 지성과 감성의 조화로운 융합과도 거리가 있고 이지적 요소로 독자의 지적 쾌락을 자극하는 품격에 미치지 못하는 저급한 글에 대한 비판이다. 김을한이 노자영의 『사랑의 불꽃』이 세상 사람에게 해독을 끼쳤으니 그 글을 쓴 손목을 잘라야 한다거나,[55] 함량 미달의 삼분소설三分小說[56]을 향해 '어찌 사랑 얘기가 그리 많고 난잡한 얘기가 많으냐'고 한 것[57]도 같은 맥락이다. 또 카프계 평론가 조중곤이 노자영은 '돈을 긁어모으기만 하는 양심 없는 자', '야비를 극한 도적의 할 짓'이라며 두들겨 패자,[58] 노자영도 그에 맞서 「문예비평과 태도김을한군에 여함」으로 자기 글이 결코 '저급한 잡문'이 아니라고 변명했다.[59]

"시극기행감상소설詩劇紀行感想小說", "기행감상시소설紀行感想詩小說", "시급소설詩及小說" 등 정체 모를 용어를 끌어와 비문투성이 글을 쓰면서 "조선문단에 혜성 갓치 나타난" 등의 가당찮은 말로 독자를 유혹하는 형편무인지경에 놓인 이런 수필을 명문 도호쿠대東北帝大 영문과를 졸업하고 막 돌아온, 『조선일보』의 학예부 기자 김기림까지 두둔하고 나왔기에 문제가 커졌다. 그는 『신동아』(1933.9)에 발표한 「수필을 위하야」에서 '김진섭 씨와 같은 이는 외국문학의 냄새가 나는 매우 철학적인 수필을 쓰며,

---

55 「인생잡기」, 『조선일보』, 1926.8.11. 이런 글을 쓰던 김을한은 당시 『조선일보』를 대표하는 중견 언론인로 평가받고 있었는데 그의 말이 절대 과장이 아니다. 『사랑의 불꽃』 뒷표지에 소개된 무려 30권의 책 중 "춘성작(春城作)"이란 책 광고 한 쪽만 소개한다. "「서정시집 내혼이 불탈 때」: 나의 ○○을 위하는 지성의 불꽃! 홍혈에 넘치는 젊은이의 노래! 하얀달갓치 어엽분 사랑의 시! 金星玉笛 갓치 고흔 청춘의 시! 『조선서 발행된 新詩集 中 一大權威! / 「詩集. 處女의 花環」: 빨간 진주 갓치 곱고 하얀 달갓치 어엽분 愛와 憧憬詩이니 漂浪과 苦悶에 우는 愛는… / 「詩劇紀行感想小說. 漂泊의 悲嘆」: 아— 무정한 이 하날이여? 亡國靑年의 부르짓는? 永遠한 漂泊의 哀想 나는 울면서 이 책을 썻다 (…중략…) / 頭山記 · 間島紀行 · 西國感想 · 詩及小說 「永遠의 無情」: 조선문단에 彗星갓치 출현한 본서는 出版未久에 五版이나 나오게 된 것은 이 책에 가치를 말 하는 것이다. 白衣人의 머리에 나리는 永遠한 이 無情의 呼訴 아— (…후략…)"

56 이태숙, 「근대출판과 베스트셀러」, 『한중어문학 연구』 24, 한중어문학회, 2008 참조.. 그런데 '삼분소설(三分小說)'은 '삼문소설(三文小說)'을 잘못 쓴 것이다. '삼문소설은 삼류 문인의 소설'을 줄인 말인데 일본어 '分'의 독음이 'ぶん'이고 '文'이 'ぶん'인데서 온 혼동으로 보인다. 삼류소설이라는 뜻이 맞다.

57 金乙漢, 「人生雜記」, 『조선일보』, 1926.8.12. 이 글은 1926년 8월 8일부터 15일까지 8회 연재되었다.

58 조중곤, 「노자영 군을 박함」, 『조선일보』, 1926.8.22.

59 노자영, 「文藝批評과 態度金乙漢君에게 與함」, 『조선일보』, 1926.8.18~8.20.

이은상 씨는 동양류의 고전미가 풍부한 점에 그 특성이 있고, 모윤숙 씨는 또한 매우 시적인 아름다운 수필을 쓴다'고 했다. 그러자 드디어 보수파 문인들이 들고 일어나 아직 장르인준도 받지 못한 수필을 향해 '수필은 아직 문학의 반열에 오를 수 있는 품격이 못돼!'라는 투의 비판을 쏟아내게 된 것이 『조선문학』 1933년 10월 그 문예좌담회다.

이런 논쟁 속의 문제적 문학 장르 수필이 이은상, 김진섭, 이양하, 김동석을 거쳐 한 참 뒤 피천득이라는 작은 것을 아끼는 문인, 키 작은 거인을 만나면서 오늘날과 같은 수필의 시대에 이르게 되었다.

6) 수필의 문학적 영역과 피천득의 「수필」

김광섭은 1933년 10월 16일의 '문예좌담회'에서 서항석이나 이무영과는 달리 수필의 중요성을 에세이의 관점에서 강조했고, 1934년 「수필문학 소고」에서는 에세이론에 근거하여 수필의 일반적, 형식적 특성을 말했다. 수필은 '시대사조나 사회의식에 연결되어 발전하거나 쇠퇴하지 않고 '수필은 전인격적'표현으로서 존재한다고 했다. 영국에서 에세이를 보편적 인간과 일상적 생활의 표현으로서 부르주아 휴머니즘의 대표적인 예술형식으로 간주하는 관점을 발 빠르게 수용한 자세이다.

이런 수필관과 함께 다른 견해가 동시다발로 나타났다. 모두 1933년에 나타난 수필론이다. 먼저 김기림의 수필관을 보자.

> 향기 노픈 '유-머'와 보석과갓티 빛나는 '위트'와 대리석가티 찬 이성과 아름다운 논리와 문명과 인생에 대한 찌르는 듯한 '아이러니'와 '파라독스'

와 그러한 것들이 짜내는 수필의 독특한 맛은 이 시대의 문학의 미지의 처녀지가 아닐가 한다.

아푸로 잇서질 수필은 이우혜 多分의 근대성을 섭취한 가징 시대적인 예술이 되지나 안을가?[60]

수필을 '유머 · 위트 · 아이러니 · 파라독스'의 글쓰기로 규정하는 이런 관점은 수필을 근대적 글쓰기로 인식하는 '에세이' 개념이다. 에세이의 개념은 잡문의 개념을 내포하지 않는다. 그리고 김기림의 이러한 수필개념은 이병기가 수필을 가장 조선적인 글쓰기라 했고, 그걸 이어받은 이태준이 지향하는 수필과는 축이 다르다. 유머, 위트, 파라독스, 아이러니가 번쩍이는 미문체가 근대를 향해 열린 장르가 수필이라고 하고 있는 것이 그렇다.

한편 민병휘는 '문예수필'이란 이름으로 쓴 「수필문학의 유린에 대한 감상」(1933)에서 이렇게 말하고 있다.

맑스주의자는 수필을 쓰는 데 주저하여야 한다. (…중략…) 왜 그러냐 하면 혹 지엽적 문제나 또는 반동적인 말을 쓰기가 쉬운 까닭이다. (…중략…) 과거의 수필이란 한 개의 젊은 문인의 센치멘탈한 戀의 輓歌에 끈치고 말엇고 자기를 붓안어달나는 눈물겨운 哀訴뿐이엇는 까닭이다. (…중략…) 한 개의 산 사실를 쓰는 것이겠지만 수필은 더욱 살어있는 사람의 사실기록이 되는 것이다[61]

60 김기림, 「1.수필을 위하야 · 2.불안의 문학. 3.카톨리시즘의 출현」, 『신동아』 3-9, 1933.9, 145쪽.

민병휘의 이 수필론은 '수필'의 대표적 양식을 서간문, 일기로 보고 있다. 이런 점은 조동일의 교술로서의 수필론과 관점이 비슷하다.[62] 그리고 봄이 오면 '봄날의 수필', 여름이 되면 '납양기사納凉記事', 가을이 되면 '추창만필秋窓慢感' 식으로 잡지 기자들의 영업정책에 따라 쓰는 그런 '연戀의 만가輓歌나 인생무상人生無常을 탄식하는' 글을 수필이라며 내세우는데 그것은 '수필의 유린'이라고 했다. 따라서 수필은 당연히 '살어 있는 사람의 사실기록', 곧 프로레타리아문학으로서의 글쓰기도 되어야 한다는 것이다. 이런 태도는 일본의 식민지 정책에 싸여 일본 수필을 우리 것으로 알고, 그것을 맹목적으로 따라가는 문단풍토를 비판했다는 점에서 주목할 만하다. 근대성의 상실을 지적하고 있기 때문이다. 프로문학의 한 진면목이 빛나는 대목이다. "지난 『신동아』 8월 호(1933.8)는 굉장히 수필을 만히 실혓는데 그 글들은 말은 다르나 같은 곡조로異語同曲 '녀름이 오니 고향의 산수가 그립다'하니 그게 어찌 제대로 된 수필이냐"며 나무라고 있다. 바로 자기 신변사를 계절감각에 맞춰 미문체로 다듬는 그 일본적 수필에 대한 비판이다.

현동염玄東炎은 「수필문학에 관한 각서」(1933)에서 수필이 '저급한 독자에게 연연한 정을 싸아내려 하고', '수필을 쓰려면 반다시 추억을 생각해야 되고 추억하면 자연 센치멘탈로 흐르는' 것은 수필이 사실 기록이란 본질과 어긋난다고 했다. '우울과 하폄만 나는 소쁠조아인테리의 무미공허한 생활에선 사실이지 무슨 긴장이나 감격한 현실감을 절

61 민병휘, 「수필문학의 유린에 대한 감상-다시 A군에게 보내는 一片 書信」, 『신동아』 3-9, 1933.9, 149쪽.

62 조동일, 「가사의 장르규정」, 『어문학』 21, 한국어문학회, 1969 참조.

실히 포착할 수 잇스랴'[63]며 수필을 비판하고 있다. 역시 수필의 근대성 상실 문제가 초점이다.

민병휘나 현동염의 수필관은 그 『조선문학』 문예좌담의 수필난타 논리와 같은 맥락에 서 있다. 살아있는 사실의 기록이 못되는 '저급한 짜나리즘에 영합하는 센티멘탈리즘'이 어떻게 문학의 반열에 설 수 있느냐는 주장이다. 근대성이 전혀 없는 글쓰기라는 말이다. 이것은 수필이 제작되는 것이고, 창작이 아니라는 논리와 같다.

두 사람 다 수필은 현실 문제를 비판적으로 다루어야 한다는 견해인데, 이것은 결국 수필을 에세이의 개념으로 인식하는 태도이다. 마치 '수필에 관하여' 토론에서 임화가 '독자가 싹싹한것보다도 연한 것을 조아하는 것만은 사실이나 사회적 계급적으로 보와 문예파산시대의 짓인 까닭에 순문학적 작품으로 발전하겠느냐가 문제'[64]라고 말한 그런 문학 역할론, 현실문제와 유리된 수필 행태에 대한 비판과 닿는다. 하지만 이런 가운데 '수필'과 '에세이'로 맞서던 명칭은 어느새 '수필'이란 용어로 통일되는 시대가 왔다.

경서학인(이광수)이 「문학文學에 뜻을 두는 이에게」(『개벽』, 1922.3)에서 에세이를 '문학적 논문'이라고 규정한 이후, 그러한 논리가 김광섭의 「수필문학 소고」(『문학』, 1934.1), 한세광의 「수필문학론－ESSAY연구」(『조선중앙일보』, 1934.7.2~7.3), 강한인姜漢仁의 「엣세이隨筆와 문학文學(中)－수필문학발달隨筆文學發達을 위爲하야」(『조선일보』, 1935.5.7), 김관金菅의 「수필隨筆과 비평批評」(『조광』, 1937.6)로 이어 논의된 논리가 마침

63 玄東炎, 「수필문학에 관한 각서·2」, 『조선일보』, 1933.10.21.
64 「수필에 관하여」, 『조선문학』 1-4, 1933.11, 101쪽.

내 도달한 지점이 '수필'이다.

이런 관점이 가장 심도 있게 구체적으로 언급된 글이 김진섭의 「수필의 문학적 영역」(『동아일보』, 1939.3.23)이다. '산문학散文學의 재검토再檢討'라는 전제 아래 발표된 이글은 그 뒤 『교양의 문학』(조선공업문화사 출판부, 1950)에서는 그냥 「수필의 문학적 영역」이라는 제목으로 재수록되었다. 김진섭은 이 글에서 당시 소설의 수필화를 언급하면서 수필의 문학적 영역이 소설과 다르다며 그 개념 속에, 에세이라는 용어를 쓰지는 않았지만, 수필에 에세이의 성격을 포함시켜야 한다는 논의를 펴고 있다.

> 小說의 隨筆化는 평론가들이 指摘하는 바와 같이 儼然한 文學的 事實로서 그것이 傾向으로서 좋고 나쁜 것은 나의 알바 아나니 말함을 避하거니와 隨筆의 魅力은 自己를 말한다는데 있는 것이 아닐까 하고 나는 생각한다. 隨筆은 小說과는 달라서 그 속에 筆者의 心境이 躍如히 나타나는 것을 特徵으로 하고 그래서 그 筆者의 心境이 讀者에게 人間的 親和를 傳達하는 부드러운 勢力은 無視하기 어려우리만큼 强忍한 것이 있으니 文學이 萬一에 이와 같은 사랑할 條件을 잃고 그 嚴格한 形式 속에서만 살어야 된다면 우리는 小說은 永遠히 가질 수 있을지 모르지만 作家의 마음은 찾어낼 길이 없을 것이다. 우리들 現代人은 小說이 주는 興趣에 빠지려기 보담은 小說家가 보여주는 作家의 마음에 부닥치고 싶은 傾向이 濃厚해 진 것은 아닐까[65]

노자영식 저급한 수필[66]이 조선문화 전반을 혼란스럽게 만들자 수필

65 김진섭, 「수필의 문학적 영역」, 『교양의 문학』, 조선공업문화사. 1950, 161쪽.

66 이런 수필은 노자영이 발행하던 『新人文學』(靑鳥社, 1934~1936)에 집중적으로 또 많

은 문학이 못된다. 단지 저널리즘과 야합하여 제작될 뿐이라는 기류가 1930년대 말까지 전 문단을 지배하였다. 그렇지만 박태원 같은 신예 작가가 수필 같은 소설을 씀으로써 수필은 문단의 관심이 될 수밖에 없었고, 그런 흐름을 타고 수필은 문학현장에서 뜨는 장르로 거듭났다. 수필 제작론를 뒤집는 기류다. 수필에 대한 이런 두 시각이 맞서던 때에 김진섭은 수필 중시론을 펴면서 그 근거를 수필이 가지고 있는 '인간적 친화'를 소설은 절대 따라올 수 없는 특징이라고 주장하고 나섰다. 문단의 눈치를 살피던 『동아일보』가 드디어 조선수필의 대부 김진섭에게 "수필은 문학이냐 혹은 문학이 아니냐. 그것이 만일에 문학이라면 수필은 문학의 어떤 분야에 속할 것이냐"는 설제設題를 주었다(1939.3.23). 여기에 답한 글이 「수필의 문학적 영역」인데 이 과제에 대한 김진섭의 답은 수필은 소설과 달라 작가의 심경이 독자에게 바로 전이되는 글이며 문학은 이런 수필이 존재함으로써 그 예술성이 삶을 더 풍요하고 행복하게 한다며 수필을 적극적으로 옹호했다.

> 토머스·쁘라운의 『醫家의 종교』라든가 파-블의 『곤충의 생활』이라든가 소로-의 『森林生活』이라든가 러스킨의 『塵埃의 윤리』라든가 메-테를링크의 『密峯의 생활』이라든가 루-소-의 『참회록』이라든가 이 모든 저작은 물론 이른바 문학적 작품은 아니지만 그러나 그 전부가 正統的 隨筆의 名鑑으로서 천고에 빛나는 문학적 생명을 가지고 있는 것은 누구나 다들 알고 있는 일이다[67]

이 발표되었다.

67 김진섭, 앞의 글, 158쪽.

김진섭이 천고에 빛나는 수필의 명감으로 치켜세우는 작품이 『의가의 종교』, 『곤충의 생활』, 『삼림생활』, 『진애의 윤리』, 『밀봉의 생활』, 『참회록』이다. 그런데 이런 작품을 지금까지의 논리에 대입할 때 그것은 수필이라기보다 에세이로 분류하는 것이 맞다. 대상을 자신의 생각에 따라 자유로운 창조적 사고를 주관적으로 표현하고, 개별적인 사물로부터 다양한 견해를 문예적 시각에서 신축성 있게 엮어가는 글쓰기가 시험적 혹은 불안전한 시도의 성격을 지니고 있기 때문이다. 김진섭의 표현대로 '자기의 인간을 표현하는 동시에 자기가 가진 지식을 표현하는 글'은 수필(서정수필 · 문예수필)이라기보다 에세이라 할 수 있다. '지식의 표현'은 이광수가 말한 그 '문학적 논문'이고, 그가 열거한 파브르의 『곤충의 생활』 등의 글쓰기와 관련되는 까닭이다. 그가 수필을 쓰는 사람은 '전문적 수필가 또는 전분적 문인에만 한할 필요가 없음'[68]이라고 단정한 것은 이런 에세이적 성격도 수필로 인식하고 있다는 것을 말한다. 토머스 브라운, 파브르, 러스킨, 마테를링크, 루소는 문학이 아닌 과학, 교육 등에 일생을 받진 사람들이기 때문이다.

김진섭은 한국 수필문학사에서 그 이름을 절대 뺄 수 없는 수필의 대부다. 이런 위상에 놓인 다른 수필가가 이양하와 피천득이다. 그러나 이양하는 수필론에 대한 주목할 만한 글은 발표한 바가 없다. 피천득은 다르다. 피천득은 이 두 문인들과는 비교할 수 없을 만큼 수필가로서의 진출이 늦다. 하지만 그의 수필이 한국 현대수필에 전무후무한 영향력을 발휘했다는 점에서 그가 수필을 어떻게 규정하고 있는가의 문제는

68 위의 글.

여기서 검토의 대상이 된다. 특히 그의 「수필」이라는 제목을 달고 쓴 수필이 '수필'의 용어 확산 및 한국수필이 발전해온 과정에 절대적인 역할을 했기 때문이다.

피천득은 '수필은 청자연적이다. 난이요 학이요' 하는 비유로 수필의 개념을 규정한다. 비유라 개념 파악이 잘 안 된다. 하지만 이런 관점은 수필을 인간 성정의 자연스런 지적 반응으로 접근하는 태도라는 점에서 비 허구산문, 범칭 수필을 서정적 시각에서 독해하게 만든다. 그리고 그의 「수필」이 가지고 있는 미문은 옛날부터 내려오는 우리 고유의 수필의 특성, 그러니까 이병기가 말한 '가장 한글다운 문체'와 모종의 친연성을 느끼게 한다. 이런 점에서 피천득의 「수필」은 서정수필(문예수필)의 의미가 강하고 에세이(문예론수필)와는 거리가 멀다.

수필가로서의 피천득의 위상은 높지만 그가 이론적으로 수필을 뒷받침하는 논리는 빈약하다. 「수필」의 수필론 말고 다른 글은 없다. 이런 사정에 견주면 바로 위에서 언급한 바 있는 김진섭의 「수필의 문학적 영역」이다. 피천득의 「수필」과는 함량 차이가 큰 글이다. 다만 너무 일찍 발표되어 1950년대와는 시간차가 주는 거리감이 이 평론을 좀 소외시켰을 뿐이다. 그러나 다행하게도 김진섭은 이 글을 6・25 발발 직전에 출판된 『교양의 문학』에 수록했다. 그래서 1950년대 초기를 대표하는 아주 귀한 수필론의 자리에 있다.

피천득의 「수필」이 수필문단의 주목을 받을 즈음 김진섭은 1950년 7월 말경 북으로 끌려간 뒤 행방불명이 된 상태였다. 그래서 그의 글도 세상 뒤로 밀려났다. 반공을 국시로 하는 정권과 군부정치로 이어진 정치적 분위기, 특히 납・월북 작가의 글이 불온문서가 되면서 김진섭의 수필론도 특별한 경우가 아니면 검토의 대상이 될 수 없는 처지에 놓였다. 게다가 1950년이라는 경제적, 정치적 악조건 속에서 제작된 나쁜 지질과 초라한 체제의 『교양문학』에 수록된 「수필의 문학적 영역」은 형식적 위상이 「수필」과 달랐다. 「수필」은 운보 김기창이 장정을 하고, 박종화가 제자를 한 호화판 "대학교수 명문장가 17인 수필집 『서제여적』의 제일 앞자리에 수록되었기 때문이다. 하지만 「수필의 문학적 영역」은 수필의 장르적 성격을 분명하게 규정하고 있다는 점에서 「수필」과 다르다.

> 문학은 수필에 의하여 자기의 영역을 넓이고 있고 또 자기를 풍부하게 하여 가고 있는 것이 사실이다. 그러므로 만일에 여기 우리가 어떤 종류의 결벽성에 의하여 이 수필을 문학적으로 무형식한 浮浪民이라하여 문학의 영역에서 구축하여 버린다면 문학의 빈곤은 일조에 痛感되어 문학의 자기 파탄은 면할 수 없는 운명으로서 나타날 것이다.[69]

이런 점은 피천득이 수필의 성격을 비유로 추상화하는 태도와는 다르다. 수필이 없으면 문학은 죽는다는 직언은 수필의 대부다운 발언이다. 이런 점에서 김진섭은 작품과 평론 둘을 다 동원하여 에세이가 아닌 수필에 대어들어 수필이란 용어를 지키면서 이 장르의 특성을 개진했고, 피천득은 작품으로 수필의 발전에 기여했다.

1950년대 나타난 수필론 가운데 「수필의 문학적 영역」 말고, 우리의

69 김진섭, 「散文學의 再檢討 其 二 · 隨筆의 文學的 領域 下」, 『동아일보』, 1939.3.23.

관심을 끄는 수필론은 김춘수의 「에세이와 현대정신」이 있다. 이 글은 참혹한 동족상잔의 전쟁이 휴전을 한 바로 그 해에 발표된 희귀한 자료이다. 아무도 문학을, 그것도 수필을 말하지 않을 때 시인 김춘수는 수필・미셀러니의 개념을 말하면서는 에세이의 성격을 비교적 자세하게 설명하고 있다. 논리가 새롭지는 않지만 1953년이라는 시점의 수필에서 한번 짚고 넘어갈 만한 자료이다. 엄혹한 1950년대 초기는 미셀러니가 흔하던 때였기 때문이다.

> 에세이(Essay)를 보통은 隨筆이라고 하고 있는 모양이다. 그러나 지금 엄격하게 따지면, 흔히 말하는 수필은 아닌 것이다. 왜냐하면, 수필이라고 하는 한문자가 의미하는 바는, 인생의 機微, 즉 일상생활의 희로애락을 붓 가는 대로 적어본다, 하는 정도지만, 에세이라는 말이 의미하는 바는 더 폭이 넓기 때문이다. 에세이는 前記한 바 수필이 가지는 내용을 그의 일면으로서 가지지만, 다른 또 일면을 가지고 있는 것이다. 그것은 小論이니, 小考니 하는 말은, 철학적인, 또는 사상적인 것을 논리적으로 체계화하지 않고, 단편적으로 적어본다, 즉 어떤 문제적인 것을 한 학설을 체계선 논리로써 전개할 때보다는 조금 가벼운 기분으로 적어본다, 하는 의미를 가졌다. 그리고 에세이는 이 후자의 의미를 더 많이 가지고 있는 것이다. 전자의 의미에만 국한 시킬적에는 따로 미셀러니(Miscellany)란 말을 쓴다.[70]

에세이는 소론, 소고, 가벼운 논문이고, 수필은 '인생의 기미, 즉 일

70 김춘수, 「에세이와 현대정신」, 『문예』 4-9, 1953.9, 139쪽.

상생활의 희로애락을 붓 가는 대로' 적은 미셀러니라는 것이다. '수필=미셀러니'는 문제가 되지만 에세이를 '어떤 문제적인 것을 체계선 논리로써 전개할 때보다는 조금 가벼운 기분으로 적어본다'는 논리는 춘원의 그 '문학적 논문'의 개념과 동일하고, 그 뒤 그런 앞선 논리를 잇는 다른 연구자의 에세이 견해와 같다. 그러니까 김춘수에 의해 수필과 에세이가 1950년대 초기란 시대와 대응되면서 수필의 개념이 재확인된 셈이다

피천득의 「수필」이 강한 조명을 받기 시작할 때가 바로 이 시기이다. 대학에서 영시를 강의하면서 실제 창작은 아동문학을 하던 피천득이 그 업을 접고 수필계로 넘어와 「수필」이란 짧은 글로 수필의 특성을 개진하였다. 그런데 이 글이 인기를 누리면서 그 파급효과가 피천득을 일거에 한국 수필문단의 총아로 만들었다. 인기의 9할이 「수필」이란 글 한 편 덕택이다. 「수필」이 1958년 "대학교수 명문장가名文章家 17인 집필" 『서재여적書齋餘滴』(耕文社)에 제일 첫 작품으로 실리고, 그 뒤 고등학교 국어교과서에 수록되면서부터 피천득은 선배 수필가들을 제치며 수필문단의 리더로 뜨기 시작했다.

변영로의 수필집 『명정사십년』(서울신문사, 1954)의 상상을 초월하는 술꾼의 기행이 문단의 화제가 되고, 또 다른 한 주객인 양주동이 걸쭉한 말로 쓴 『문·주반생기』가 『자유문학』, 『신태양』 등에 연재되다가 드디어 그 인기를 업고 단행본으로 출판(신태양사, 1960)되어 문단을 달구면서 수필이 전후의 스산한 분위기를 달구던 때이다. 6·25의 엄청난 상처가 사람들의 가슴을 여전히 짓누르고 있을 때 서울이 좁다하고 헤집고 다니며 술을 즐기는 주객 두 사람의 포복절도할 주담酒談이 가

독심리를 자극함으로써 수필집 『명정사십년』과 『문·주반생기』는 일약 베스트셀러가 되었다. 여기에 안병욱, 김태길, 김형석 등 철학교수의 인생론적 수필이 또한 대중적 인기를 누리면서 수필의 지평을 넓혀 나갔다. 「수필」은 그런 수필 대세 기류의 중앙에 자리를 잡고 타고 올랐다. 대학교수 명문장가들의 글을 모았다는 『서제여적』 제일 앞에 실려 그 책의 타이틀롤을 하는 포즈였으니 그럴 수밖에 없다. 이렇게 「수필」은 비허구산문이 '에세이'가 아니라 '수필'이라는 인식을 일반화시키는데 결정적 역할을 하였다.

「수필」이 제일 앞인 것은 원고도착이 제일 빨라 그렇게 편집되었을 뿐인데 그걸 모르는 독자들은 피천득이 내로라하는 유명교수 17인을 대표하는 듯하고, 「수필」 역시 그 수필집을 대표하는 모양이 되었다. 피천득과 그의 「수필」은 그렇게 운 좋게 사람들 속으로 파고 들어갔다.

피천득이 수필의 총아가 된 것은 물론 그의 글 자체가 가지고 있는 문학적 성취도겠지만 피천득의 원고가 제일 빨라 원고 도착순으로 글을 게재하는 것을 원칙으로 정한 편집계획과 무관하지 않다. 한국 수필문학 발전을 위해 미련할 정도로 창작과 이론 수립에 정열을 쏟은 김진섭은 6·25 때 납치되었으니 그의 글은 없고, 다른 한 조선수필의 개척자 이양하와 비교가 안될 만큼 유명해진 것은 작품과 우연히 일치한 그 행운이 한 몫을 했다.

비허구산문을 지칭하는 용어가 수필과 에세이가 상박을 이루다가 수필이 비허구산문을 대표하는 용어로 정착하는데 기여한 것은 「수필」의 세련된 비유가 눈부신 잡백雜帛을 이루고, 단문의 명문장은 옥 같은 빛을 뿜어내는 미문의 영향이 절대적이다. 그리고 「수필」에는 수필의 특성 지적에서 수필이 가지고 있는 이성적 사유는 거의 없고 감성적 사유가 수필의 특성임을 말하고 있는 점이 에세이와는 거리가 멀다. 특히 6·25 직후인데도 「수필」에는 역사의식이 전무하다. 비허구산문의 서정성만 강조하는 결과가 되었다. 이것은 비허구산문의 다른 축인 에세이를 따로 분리하는 계기를 만들었다.

피천득은 실제로 문학적 논문, 문예론수필, 소논문으로 불리는 에세이는 쓰지 않았다. 에세이는 가벼운 비평, 장차 논문으로 발전할 글이기 때문에 전업 수필가라야 쓸 수가 있다. 그러나 서정수필은 비평적 안목을 갖추지 않아도 창작이 가능하다. 이양하, 김진섭, 지금의 이어령, 유종호는 많은 에세이를 썼다. 이런 점에서 피천득은 수필의 지평을 반으로 줄여 서정수필만 수필로 규정한 문인이라 할 수 있다. 수필의 특성을 비유로 말해 개념 파악이 어렵고, 글이 짧아 압축미는 있지만 그것이 수필의 원리가 되기에는 강도 높은 서정성이 이성적 논리 전개를 방해하는 결과가 되었다.

그럼에도 불구하고 피천득과 그의 「수필」은 늘 찬사의 대상이 되고 있다. 모든 것이 황폐했던 1950년대 말기 정 많고 자상했던 키 작은 거인이 설천雪川에서 펴올린 듯한 신선한 수필을 창작한 것에 너나없이 갈채를 보낸다, 그것이 서정수필의 백미白眉라고 말하는 사람이 많아 그의 수필계에로의 전환은 한국수필의 은혜로 여긴다. 서정수필의 특성을 명쾌하게 형상화시킨 「수필」의 자리만은 누구도 범접 못하기 때문이다. 그러나 『서제여적』에 일본 수필과 친연성이 높은 「봄」과 함께 수록된 「보스턴 · 심포니」는 1954년이라는 절체절명의 시기에 미국유학을 하며 당시 한국의 현실과는 하늘과 땅만큼 차이가 있는 역사의식의 부재를 노출하고 있다는 점에서 피천득의 수필에 대한 높은 평가는 재고해야 한다.

위에서 검토한 사실을 정리하면 비허구산문, 범칭 수필은 '수필'과 '에세이'라는 용어가 상박관계에서 옥신각신하는 와중에 변영로, 양주동의 수필과 에세이가 이 장르의 활성화를 자극하였다. 여기에 김진섭의 『교양문학』이 저자의 부재 속에 출판되고 거기에 수록된 「수필의 문학적 영역」, 대학교수 수필집 『서제여적』, 피천득의 「수필」이 어우러져 그 힘이 수필문단에 영향을 미침으로써 수필과 에세이의 오랜 힘겨루기가 끝나 에세이가 밀려나고 비허구산문, 범칭 수필을 대표하는 용어가 '수필'로 통일 되었다.

에세이가 잡문의 개념은 포함하지 않고, 대상을 이성적으로 접근하며 소논문article의 성격을 지닌다는 점에서 수필과는 다르다. 그런데 수필과 에세이 두 축으로 구성된 비허구산문에서 이런 에세이 축을 배제시킴으로써 수필의 영역은 반으로 줄어들었다. 이런 현상이 발생한 가장 큰 원인이 피천득의 「수필」에 있음을 확인하였다. 이런 점에서 「수필」은 양가적이다. 이 양가성은 「수필」의 역설이자 피천득의 역설이다. 수필을 문학장에 확실히 자리매김한 공功을 세웠지만 수필의 지평을 반분한 과過도 되기 때문이다.

비허구산문, 범칭 수필에 대한 개념이 문단을 중심으로 이렇게 전개되어 오다가 마침내 학술의 장에 등장한 것이 조동일의 「가사의 장르 규정」(1969)이라는 논문이다. 그는 서정, 서사, 희곡 삼대 장르가 아닌 제4의 장르류를 학계에 제기하면서 종래의 수필을 비전환 표현이라며 '교술'이라 했다.

7) 교술산문·어름문학·교술과 형상

조동일은 제4의 장르류를 다음과 같이 규정한다.

> 제4의 장르류란 지금까지의 국문학 연구에서는 들어보지 못한 것이다. 인식하지 못하고 지나던 것이다. 그러나 일단 발견했으니, 이 자리에서 명명하는 권리를 행사해도 무방하리라고 믿는다. 필자는 가사가 속해 있는 이 제4의 장르류를 "敎述 장르류"라 부르고자 한다. "敎"는 알려주며 주장한다는 뜻이고 "述"은 어떤 사실이나 경험을 서술한다는 뜻이다.

교술의 이러한 성격은 서정, 서사, 희곡 세 가지 장르류 가운데 그 어느 것에도 속하지 않음은 명백하다. 다시 말하면 가사歌辭는 수필이다.[71] 그런데 조동일은 그 수필을 서정, 서사, 희곡의 삼대 장르류가 아닌 제4의 장르류에 속하는 교술로 명명했다.

조동일의 이런 장르이론이 현대문학 현장에서는 아무런 반응이 나타나지 않았다. '교술=수필'이지만 그런 논리가 한국문학, 그것도 고전문학으로부터 추출된 것이기에 문학의 보편성과 일치된 개념이 아니라고 인식되었기 때문일 것이다.

조동일이 '서정, 서사, 극'이라는 전통적 3분법 장르체계에 '교술'을 더해 문학의 장르를 4분법으로 규정한 것은 조동일의 독창적 이론이 아니다. 그의 장르류類, 장르 종種의 개념은 독일 학자들이 '장르류' 개념을 'Gattung'이라 하고 '장르 종' 개념을 'Art'로 규정하는 논리를 차

71 우리어문학회, 『국문학개론』, 일성당서점, 1949, 29쪽; 이능우, 『국문학 개론』, 국어국문학회, 1954, 116~128쪽.

용했다.[72] 또 '교술'이라는 용어개념도 '서구문학에서 "le genre didactique"라고 하는 것이 바로 있었던 사실을 확장적으로 또 평면적으로 서술해 알려주어 주장하는 장르"라는 데서 꾸어온 논리다.[73] 그렇다면 조동일이 비록 '장르류', '장르 종' 개념을 '판소리'에서 형성시켰고, '교술' 개념 역시 '가사'를 텍스트로 삼았다 하더라도 그 이론의 원류를 염두에 두면 독창적인 발상에 대한 의구심이나 불신은 있을 수 없고, 세계성이나 보편성에 의문을 제기하는 것도 생각할 수 없 없다. 따라서 현대문학 전공자들이 학계의 이런 동향과 거리를 둔 채 그 흔한 문학개론 류의 책에 이런 4분법의 장르 개념을 소개하지 않거나 소홀하게 다루는 태도는 학문의 발전을 외면하는 행위다.

사정이 이러하지만 이런 논리를 현대문학의 장르론에서 독자적으로 심화시켜 나가는 예가 없는 것은 아니다. 먼저 김수업이 『배달문학의 갈래와 흐름』(현암사, 1992)에서 수필을 '어름문학'이라는 논리가 있다. 김수업의 문학논리 역시 한국문학을 기준으로 삼고 있다는 점에서 조동일의 장르론과 그 정체正體가 닿는다. 그리고 고전문학 연구 결과를 현대문학에 수용하는 태도는 학문의 지속과 변화의 측면에서 우리의 관심에 값한다.

> '말을 자료로 하여 삶을 표현하는 예술을 문학'이라고 할 때에 '말을 자료로 하여 삶을 표현한' 한 것도 엄청나게 다양할 수 있어서 거기에는 '비예술'이 얼마든지 있다는 점이다. (…중략…) '예술인 것'과 '예술이 아닌 것' 사

72 조동일, 『한국문학의 갈래 이론』, 집문당. 1992, 29쪽.
73 위의 책, 64쪽.

이에는 여러 가지 다양하고 복합적인 요소들이 실재로 끼여들어 있다고 생각한다. 그러나 나는 그 가운데서도 가장 결정적인 것으로서 '비유적 기능의 형식'이라는 것을 들어 풀이해 보고 싶다. 이것이야말로 '말을 자료로 하여 삶을 표현한' 것들 가운데서 예술과 비예술 곧 문학과 비문학을 가려내는 변별 자질로서 가장 본질적인 것이 아니가 싶기 때문이다.[74]

인용의 키워드는 '비유적 기능의 형식'이다. 김수업은 이 말을 '형식으로 존재하는 그것 스스로의 실체만이 아니라 그 존재로부터 옮겨 또 다른 의미를 드러내게 되는 것'이라는 의미로 쓰고 있다. 이것은 조동일이 수필을 포함한 제4장르를 교술이라 하고 그 특징을 '비전환표현'이라 한 것과 맥락이 조금도 다르지 않다. 조동일은 문학을 허구적인 것과 비허구적인 것으로 구분하여 서정・서사・극으로 한정하는 것은 한국문학사에 나타나는 다양한 장르를 아우를 수 없기에 전통적인 3분법 체계를 심화시켜 '있었던 일'을 평면적으로 서술하고 알려주는 기록성의 글을 교술이라 했다.

인용한 부분에 나타나는 김수업의 논리, 곧 '비유적 기능의 형식'은 상상의 세계를 창조하는 것이 문학의 본질이고, 경험한 세계를 그대로, 그러니까 비유 없이 다루는 것은 문학이 될 수 없다는 말이다. 사실로 경험한 세계를 허구적으로 재창조하느냐 그대로・알려주느냐에 따라 문학과 비문학을 구분할 수 있다는 논리다.

두 사람 다 문학의 장르를 3분법에서 4분법으로 나눈다. 김수업은

74 김수업, 앞의 책, 22쪽.

'배달문학의 갈래'를 첫째 갈래 : 노래문학, 둘째 갈래 : 이야기 문학, 셋째 갈래 : 놀이문학, 넷째갈래 : 어름문학로 분류하는데 어름문학 설정의 근거를 '비유적 기능의 형식'으로 삼는다. 조동일은 '교술'이라는 장르를 새로 설정하여 그 안에 체험을 전환시키지 않은 기록이나 사실 전달까지 문학으로 간주한다. 이것은 문학의 범위가 확대되는 현상이다. 비허구산문인 수필이 교술에 포함되는 것은 이런 점에 근거한다. 그런데 '비유적 기능'으로 문학을 규정하는 김수업은 조동일과 같으면서도 다르다. '있었던 세계'를 다룬다는 점에서는 같다. 그러나 조동일은 그것을 그대로 전달해주는 것도 문학으로 규정하는데 김수업은 '문학이란 일상적으로 쓰이는 언어를 자료삼아 만들어진 예술이기에 그 일상적 의미 전달의 기록들과 구별하기 어려운 접경지대가 있을 수밖에 없다'고 했다. 이것은 문학이 일상어를 가지고 만드는 예술이기에 정보전달이나 실용적인 목적과 확실히 분리되어 존재하기는 어렵다는 의미다. 그래서 '어름문학'이 된다. '어름'이란 실용과 예술의 사이, 일상어와 비유적 기능의 사이라는 의미이고 실용성을 발휘하면서 동시에 예술로서 비유적 기능을 발휘하여 문학이 되기도 하는 양면성을 지녔다는 의미다.

논리의 바탕이 다음과 같은 조동일의 논리를 이으면서 창조적으로 변용시키고 있다.

> 혼란을 시정하기 위해 여기서 개념 정리를 할 필요가 있다. 문학이 시・소설・희곡・수필로 이루어져 있다는 것은 상위갈래와 하위갈래를 혼동하는 착오이다. 상위갈래는 서정・서사・희곡・교술이다. 소설이나 수필은 하위

갈래이다. 교술에 교술율문과 교술산문이 있고, 교술산문에 古文도 있고 隨筆도 있다. '신문 칼럼'이라는 것은 시대의 총아 노릇을 하면서 성업중이다. 수필은 서정적 교술이고, 근래 일본에서 수입되었다는 두 가지 특징이 있어 다른 것들과 구별된다.[75]

한편 이런 장르이론이 수필현장, 다시 말해서 수필비평에 활용되고 있는 예가 신재기의 『형상과 교술사이』(수필미학사, 2015)이다. 신재기는 이 수필평론집에서 수필의 성격을 다음과 같이 규정한다.

수필이 형상화라는 문학의 기본 모습을 보여주기 위해 노력하는 것도 중요하지만, 비형상의 측면도 포함하는 것이 수필의 고유 영역이다. 이것은 수필의 융통성이고 가능성이다. 어쨌든 수필도 교술의 비율을 줄이고, 주제의 구체적인 형상화를 제대로 이루어내야 하는 것은 당연하다. 하지만 필요한 것은 작가의 교술과 구체적인 형상화 사이의 적절한 조화라고 할 수 있다.[76]

인용의 요지는 '수필=교술+형상화'이다. 이러한 공식은 '수필은 교술문학이다'라는 논리에 대해 고전문학 연구자들 가운데 극 소수의 연구자가 '교술'이라는 용어에 대해 타당성 여부를 따지는 정도에 그치고 모두 인정하는 것과 달리 현대문학 전공자나 그 문학현장에서는 아

75 조동일, 『雪坡記言』 기언은 어떤 형식에도 얽매이지 않고, 아주 자유롭게 쓰는 글, 종래의 장르명으로는 '수필'이 되겠다. 위 내용은 설파로부터 받은 메일이다. 설파 선생은 자기 주변의 이러저러한 일이며, 인관관계, 학문연구의 여담을 '기언'이라는 이름으로 쓰고 있다. 『설파기언』은 저자가 유고로 남기려 하기에 서지사항을 밝힐 수 없다.

76 신재기, 『형상과 교술사이』, 수필미학사, 2015, 17쪽.

직 공인받지 못한 상태다. 이것은 고전문학 학계나 일부 중등 현대문학 교육 현장에서 '수필=교술'이라는 제안이 '교술敎述'이라는 용어가 '가르치고 서술한다'이기에 사뭇 오해를 빚을 만하지만 그걸 이해하고 수용한 것과[77] 달리 현대문학장에서는 '교술'이라는 용어가 여전히 오해의 소지로 남아있기에 수용 못하는 현상 같다.

신재기는 문학창작이 사실의 기록이 아니라 사실이나 현실에 의미를 부여하는 해석행위인데 수필을 교술로만 규정하면 수필은 비문학이 되고 만다는 것이다. 그는 '수필도 문학이다. 따라서 교술이란 개념으로만 수필 전체를 말 할 수는 없다. 문학 작품이나 예술 작품 안에는 형상과 비형상이 공존한다. 수필이 형상화라는 문학의 기본 모습을 보여주기 위해 노력하는 것도 중용하지만, 비 형상의 측면도 포함하는 것이 수필의 고유 영역이다'이라 하고 있다. 결국 신재기는 수필은 비전환 표현인 교술과 형상화 사이에 존재하는 문학으로 규정한다. 이렇게 신재기는 수필의 장르적 성격을 한국의 갈래이론과 서구의 그것을 함께 문제삼으면서 그 나름의 수필시학을 개발하려 한다. 앞의 이론을 이으면서 자기 논리를 개발하려 한다는 점에서 이런 태도는 수필시학 개발에 시사示唆하는 바가 많다.

신재기와 같은 논리에서 수필비평을 하는 비평가가 백남오이다. 그는 교술의 논리를 활용・확대하여 한국의 미래수필을 진단하는 잣대로 삼으려 한다.[78] 두 사람 다 수필시학 자체의 논리를 탐색하고 있는데 그

---

77 가령 고등학교 '문학 교과서 지도서' 등에는 문학의 장르를 서정갈래, 서사갈래, 극갈래, 교술갈래로 나누고 있고, 또 교술문학, 교술산문이란 용어가 여러 논문의 제목에도 나타난다.

78 백남오, 「미래수필의 미적 요건에 대한 탐색」, 『수필과 비평』 168, 2015.10.

근거가 교술론이다. 대부분의 사람들이 수필 자체의 이론이 아닌 다른 장르이론을 끌어와 수필평을 수행하고 있는[79] 점에 비하면 이 두 사람의 수필론이 주는 의미는 특별하다. 한국문학에서 도출한 장르론을 계승하면서 그것을 창조적으로 재창조하려는 시도를 펼치는 모범 사례다. 학문의 논리는 맞고 틀리는 문제가 아니라 그 나름의 논리를 가지고 있느냐 아니냐의 문제이기에 이러한 태도는 수필장르에서 보면 바람직하다.

이런 관점에서 다소 복잡하게 논의된 이 항을 다음과 같이 내린다. 비허구산문, 범칭 수필의 하위 갈래, 곧 장르 종 두 개를 조동일의 갈래이론 '교술'에서 발전시켜 서정적 교술, 서사적 교술로 명명한다. 이런 결론의 근거를 다시 정리한다.

교술에는 교술율문과 교술산문이 있고, 교술산문은 서정적 교술산문과 서사적 교술산문이 있다. 조동일이 장르론에서 말하는 교술산문을 현대수필론에 대입하면 비허구산문, 범칭 수필에 해당하고, 이 수필에는 재래하는 기행문에 뿌리를 둔 '기행수필', 또 명문장의 형태의 글쓰기에서 유래한 전통적 '서정수필', 이광수가 '문학적 논문'이라 말한 '에세이'가 수필의 하위 갈래를 형성한다. 그러나 현대의 신문칼럼으로 대표되는 교술산문은 이런 분류에 포함되지 않는다. 신문 칼럼은 교술적이면서 서정적 형상화를 가미한 글, 김수업의 논리로는 어름문학의 범주에 들고, 신재기식으로 말하면 '수필=교술+형상화'이다. 그러니까 '서정적 교술산문'이다. 이런 논리에 기대어 수필의 장르 종에 '서정

79 안성수, 『한국 현대수필의 구조와 미학』, 수필과비평사, 2013; 박양근, 『현대수필의 창작이론』, 수필과비평사, 2013; 허상문, 『존재와 초월의 미학』, 수필과비평사, 2014.

적 교술산문'과 서사적 교술산문을 더할 수 있다. '서정적 교술산문'은 줄여 '서정적 교술'이고, '서사적 교술산문은 서사적 교술이 된다. 서정적 교술은 신문사설을 세외한 언론문학[80]의 신문컬럼이 대표적이고, 서사적 교술은 비전환 표현의 전기물, 가령『백범일지』, 이상재를 추모하는『월남선생실기』, 박은식이 쓴『안중근전』같은 본격문학의 영역에서 배제되고 역사서술의 방식으로도 환영받지 못하지만, 그러나 이야기가 있는 '있었던 일을『확장적 문체로, 일회적으로, 평면적으로 서술해서, 알려주어서 주장'하는 글쓰기다. 또는 시인도 소설가도 아닌 저널리스트인 스베틀라나 알렉시예비치가「체르노빌의 목소리」,「전쟁은 여자의 얼굴을 하지 않았다」,「마지막 증인들」같은 소설과 다큐멘터리 사이의 글로 2015년도 노벨문학상을 받은 그런 글쓰기라 하겠다.

그렇다면 비허구산문, 범칭 수필의 하위갈래는 서정수필, 기행수필, 에세이, 서정적 교술, 서사적 교술 다섯이 된다.

8) 수필집과 산문집

새 세기에 들어오면서 한국문단의 중심을 형성한다고 할 만한 문인들이 수필집을 내면서 '산문집'이라는 명칭을 달고 출판되는 현상은 비허구산문, 범칭 수필의 용어에 새로운 문제를 야기한다. '산문집'이라는 이름으로 간행되는 수필집의 내용을 보면 모두 수필집인 까닭이다. 사정이 이런데 수필집이라는 말을 피하는 것은 유종호의 다음과 같은 말에 그 답이 담긴 듯하다.

---

80 언론문학이란 신문이나 잡지에서 마련한 새롭고 독특한 형태의 글을 일컫는 말이다. 조동일,『한국문학통사』5, 지식산업사, 2005, 545쪽.

잡문이라는 말이 있다. 맥락에 따라서 뜻이 조금씩 달라진다. 연구에 전념하는 학자인 경우 각주 달린 글이 아닌 글을 가리킨다. 시인 작가인 경우 시나 소설이 아닌 글을 가리킨다. 또는 자신이 쓴 글을 가리키는 경우도 있다. 고급 적포도주를 내면서 '박주 한 잔 합시다'라 하는 것과 같은 겸사말이다. 식용도 아니고 관상용도 아닌 풀을 잡초라 하듯이 잡문이라 하는 말에는 배제와 하대의 함의가 있다. 우리 사이에선 수필이나 수상 흐름의 글을 가리키는 경우도 많아 보인다.[81]

여기서 잡문은 '수필'이나 '수상'을 지칭한다. 식용도 못 되고, 그렇다고 관상용도 아닌 풀을 잡초라 하듯이 글 가운데 하대의 대상이 수필이란 것이다. 유종호처럼 대놓고 하대 운운하지는 않지만 수필을 잡문으로 보는 것은 조동일도 같다.

이태준은 노자영 투의 값싼 낭만주의를 시정하고 수필 문장이 고전적인 품위를 지니도록 하는 사명을 맡아 나섰다. (…중략…) 이치를 엄정하게 따지는 논리적인 글을 배제하고, 신변의 관심사를 수필식으로 다루어 문장을 즐기도록 하는 것을 작문의 본령으로 삼았다.

고상하고 우아한 품격을 지닌 것으로 행세하고 말을 절제하고 암시 효과를 높여 골동품에서 풍기는 격조 비슷한 느낌을 주려고 했다. 그러나 전통과의 연결은 분위기 조성을 위한 속임수에 지나지 않는다는 것을 쉽사리 알아차릴 수 있다.[82]

---

81 유종호, 「문체를 위한 변명」, 『조선일보』, 2003.5.2.
82 조동일, 앞의 책, 563쪽.

이태준은 『문장강화』(1940)에서 가람 이병기가 치켜세운 「한중록」, 「인현왕후전」, 「제침문」 등을 '조선의 산문 고전'으로 받들어야 한다며 수필을 옹호했다. 그런데 조동일은 이태준을 노자영과 등치시키고 있고, 고상하고 우아한 품격을 지닌 문장으로 써야 한다는 수필을 '속임수에 지나지 않는다'고 하고 있다. 이태준의 미문체 수필이 일본 것을 본 딴 신변잡기에 지나지 않는다는 관점이다. 신문 칼럼과 같은 글을 교술敎述의 전형, 곧 수필의 전형으로 볼 때, 이런 견해는 당연하다. 신문 칼럼은 압축과 생략, 유익한 내용이 생명이지 미문美文이 아니다.

유종호나 조동일이 이렇게 수필 잡문론을 말할 때 김열규는 잡백雜帛이라며 수필의 잡문성을 옹호하였다.[83] 유종호식 수필론에 동의하지는 않은 태도이다. 하지만 내로라하는 문인들이 사실은 수필집인데 '산문집'이라 는 이름을 붙이는 것을 감안하면 이 말은 하나의 레토릭으로 들린다. 이를테면 다음과 같은 발언이 그러하다.

> '산문'이라는 용어가 지닌 개념의 폭이다. '수필'이 '잡문'에 가까운 것으로 누구나 아무렇게나 쓸 수 있는 것이라는 부정적 협의가 가미되어 있는 곡해된 명칭이라면, '산문'은 '수필'과 '소설'을 아우르는 범칭의 에세이적인 글이라 할 것이며……[84]

'수필'을 잡문으로 인식하는 것은 바른 이해라 할 수 없다. 유종호가

83 김열규, 「수필, 신변잡기가 왜 흠인가?」, 『수필과 비평』 146, 2013, 73쪽. 잡백(雜帛)은 여러 빛깔로 짠 비단. 옛날 중국에서는 잡백으로 귀한 신분을 누리고 있는 사람의 허리띠를 만들기도 했다.

84 최동호, 「우리 산문의 아름다운 멋과 향취」, 방민호 편, 『모던수필』, 향연, 2003.

김기림의 수필 「길」을 두고 '시인가, 수필인가'라며[85] 극찬할 때 김기림도, 유종호도 「길」을 '수필'이라 했다. 그렇다. 「길」의 원적은 수필이다. 이상의 「서망율도西望栗島」, 백석의 「황일黃日」, 이원조의 「빈배」, 이은상의 「시내」, 이태준의 「고목」, 함대훈의 「봄물ㅅ가」와 함께 1936년 한강 밤섬栗島에 봄이 올 때 『조광』에 「춘교칠제春郊七題」[86]로 묶였던 수필가운데 하나가 「길」이다.

그런데 문제가 있다. 꽤 난감한 문제이다. 유종호는 「길」을 "만약 20편으로 된 『김기림시선』을 엮는다면 「길」을 수록할 것이다"[87]라고 했고, 시인 이근배도 「길」을 시로 읽는다. 백석의 「황일」도 원적은 수필인데 모든 백석전집에는 시로 분류하고 있다. 이런 현상을 어떻게 설명하나? 설명이 가능하다. '글의 짜임이나 긴장도나 높은 수필은 시라는 말이다. 다시 아주 쉽게 말한다. '썩 잘 쓴 수필은 시이고, 그다음 것은 산문이고, 그보다도 못한 글이 수필이다'라는 의미이다. 이런 좀 고약한 수필 하대의 혐의는 유종호가 현행 고등학교 교과서에 실려 있는 이른바 수필류의 글들을 머리 위에서 비웃고 있는 명문이 김기림의 산문 「길」이라 하기 때문이다. 작자 김기림이 수필로 써서 "김기림 수필집"이라 이름붙인 책에 수록한 것을 시로 읽으며 '수필'을 "이른바 수필류"라 말하고 있다. 이른바가 뭔가. 세상에서 흔히 말하는 바, 누구나 말하는 흔한 것이라는 뜻이다. 전문가가 아닌 아무나가 말하는 글이 수필이라는 것이고, 그 아무나가 쓰는 글이 수필이라는 뜻이다. 수필과

85 유종호, 『문학이란 무엇인가』, 민음사, 1990, 78쪽.
86 「春郊七題」, 『조광』 2-3, 1936.3, 28~40쪽.
87 유종호, 앞의 책, 79쪽.

시의 경계에 있는 이런 글에 대한 문제는 글을 달리한다. 상당히 복잡한 문제가 발생할 것이기 때문이다.[88]

한국수필의 개척사 이양하, 김진섭, 김동석, 그리고 수필가로 PEN 종신부회장으로 수필 발전에 공이 많은 전숙희도 수필을 '산문'이라 부른 일은 없다. 최동호가 「추천의 글」을 쓴 책 이름은 『모던수필』이고, 그 책을 엮은 방민호가 뽑은 이병기, 이광수, 한용운, 정지용, 이태준, 김기림, 박태원, 이원조, 노천명, 이상, 백석 등의 빛나는 글은 원래, 모두 '수필'이라는 이름으로 발표되었고, 그런 글을 묶은 책은 모두 '수필집'이지 '산문집'이라고 한 책은 한 권도 없다.

李殷相, 『紀行妙香山遊記』, 東亞日報社, 1931.

李殷相, 隨筆 『無常』, 培材高普正相奬學會, 1936.

毛允淑, 散文集 『렌의 哀歌』, 日月書房, 1937.[89]

李殷相, 『耽羅紀行 漢拏山』, 朝鮮日報社出版部, 1937.

李殷相, 隨筆集 『路傍草』, 博文書館, 1937.

李殷相, 『紀行 智異山』, 朝鮮日報社出版部, 1938.

安在鴻 외, 現代朝鮮文學全集 『隨筆紀行集』, 朝鮮日報社出版部, 1938.

朴勝極, 隨筆·紀行 『多餘集』, 金星書院, 1938.

李光洙 외, 『朝鮮文學讀本』, 朝鮮日報社出版部, 1938.

---

88 이 책의 제11장 「서정수필과 서정시의 문학적 영역」 참조.

89 이 단행본의 특징은 책에 쪽수를 매기지 않았다는 것이다. 표지와 판권을 제외한 본문은 24쪽이다. 이화여대 출판부가 이 책의 출판 60주년이 되는 1997년에 그것을 기념하는 90쇄 1판에서 '산문시집' 『렌의 哀歌』라 했다. 그러나 「렌의 애가」는 저자가 '散文集 렌의 哀歌'라 명시했고, 글의 형식이 서간문이라는 점에서 수필이다. 원본 장정은 변종덕이 했다.

金東煥 편, 紀行『半島山河』, 三千里社, 1941.

李泰俊, 隨筆集『無序錄』, 博文書館, 1941.

申瑩澈 편, 『滿洲朝鮮文藝選』, 朝鮮文藝社, 1941.

李殷相, 隨筆集『野花集』, 永昌書館, 1942.[90]

朴鍾和, 隨筆『靑苔集』, 永昌書館, 1942.

金東錫, 隨筆集『海邊의 詩』, 博文出版社, 1946.

金哲洙・金東錫・裵澔, 『토끼와 時計와 回心曲』(三人隨筆集), 서울출판사, 1946.

李殷相, 隨筆集『大道論』, 光州府 國學圖書出版舘, 1947.

金晉燮, 『人生禮讚』, 東邦文化社, 1947.

李敭河, 『李敭河 隨筆集』, 乙酉文化社, 1947.

李克魯, 『苦鬪 四十年』, 乙酉文化社, 1947.

李光洙, 隨筆集『돌베개』, 生活社, 1948.

鄭芝溶, 『文學讀本』, 博文出版社, 1948.

盧天命, 隨筆集『山딸기』, 正音社, 1948.

金起林, 隨筆集『바다와 肉體』, 平凡社, 1948.

金瑢俊, 『近園隨筆』, 乙酉文化社, 1948.

金晉燮, 隨筆集『生活人之哲學』, 宣文社, 1949.

金尙容, 『無何先生放浪記』, 首都文化社, 1950.

金素雲, 隨筆『馬耳東風帖』, 高麗書籍, 1952.

90 1942년(쇼와 17) 2월 '시가(詩歌)・기행(紀行)・연구(硏究)・수필(隨筆)' 『야화집(野花集)』은 기행과 수필은 수필로 묶이지만 시가, 곧 제2부는 시와 시조 14수이고, 제4부는 서산의 문학, 시인 노계(蘆溪), 민요 연구다. 따라서 단독 논문으로 다루지 않는다. 또 저작 겸 발행인이 오야마 치에이(大山治永)이란 창씨명도 조금 난감한 문제를 제기한다. 그러나 기행문과 수필 100여 편이 수록된 수필집이란 점에서 해방직전의 수필문학을 점검할 중요한 자료다. 이 책의 제3장 「한국 근대수필과 이은상」 참조.

卞榮魯, 『酩酊四十年』(無類失態記), 서울신문사, 1953.

田淑禧, 隨筆集 『蕩子의 辨』, 研究社, 1954.

白鐵 편, 『現代評論隨筆選』, 漢城圖書株式會社, 1955.

皮千得 외, 『書齋餘滴—大學教授 隨筆集』, 耕文社, 1958.

皮千得, 『琴兒詩文選』, 耕文社, 1959.

梁柱東, 『文酒半生記』, 新太陽社, 1960.

이 34권의 책은 우리 문학사에서 이름을 뺄 수 없는 자리에 있는 문인들이 출판한 수필집이다. 자신의 중심 장르가 아닌 산문을 모아 모두 '수필집'이라는 이름으로 출판했다. '산문집'이라는 이름의 책은 모윤숙의 『렌의 애가』뿐이고, '에세이집'이라는 이름의 책은 한 권도 없다. 이런 점은 지금과 다르다. 이 연구서가 이 수필집을 텍스트로 한국 근대수필의 행방을 탐색하는 것은 이런 수필집에 내장된 특별한 문학의 성취를 구체적으로 규명하기 위해서이다. 그리고 그 결과는 수필의 미래를 가늠하는 문학의 유산으로 기능할 것이다. 따라서 수필집을 '산문집'이라 부르는 것은 한국 근대수필문학이 이룩한 이런 유산을 부정하고 폐기하는 행위와 같다.

9) 산문·수필·에세이

한국 근대문학에서 '산문'이라는 용어가 장르적 성격을 말하면서 최초로 등장한 것은 모윤숙의 산문집散文集 『렌의 애가』이다. 그런데 『렌의 애가』는 운문으로도 읽힌다. 발표 당시 최재서는 글의 형식이 서간문체이지만 '형식에 구애되지 않고 그 정신으로 보아 감히 시라고 한다'[91]라 했고, 그뒤 간행 60주년 기념판 이화여대 출판부의 『렌의 애가』는 '산문집'이 '산문시집' 『렌의 애가』라는 이름을 달았다. 해설을 쓴 최동호도 『렌의 애가』를 산문시로 평가하고 있다.[92] 서간문체의 편지글과 그 중간의 일기에 삽입된 시, 그리고 형식을 뛰어넘는 강력한 시 정신 때문이란다. 따라서 『렌의 애가』을 산문집이라 한 것은 산문시의 개념이지 수필의 개념이 아니다.

산문이 '수필'의 의미로 쓰인 최초의 예는 정지용의 『문학독본』(박문출판사, 1948)의 서문, 「몇 마디 말씀」에서부터이다.

> 남들이 詩人詩人하는 말이 너는 못난이 하는 소리 같이 좋지 않었다. 나도 散文을 쓰면 쓴다. ―李泰俊만치 쓰면 쓴다는 辨明으로 散文 쓰기 練習으로 試驗한 것이 책으로 한 卷은 된다. 대개 愁誰語라는 이름 아래 新聞雜誌에 發表되었던 것들이다.[93]

'수수어'라는 이름으로 발표한 '산문'이 곧 수필이다. 정지용은 그 뒤 평론집을 내면서 책 이름을 『산문散文』(동지사, 1949)이라 했다. 그러나 『산문』은 수필집이 아닌 평론집이다. 정지용의 수필집은 『문학독본文學讀本』(박문출판사, 1948)이다.[94] 『문학독본』에는 수필만 있고 『산문』에는 단지 몇 편의 수필이 수록되어 있을 뿐이다. 책 이름이 수필집을 연상시

91 崔載瑞, 「詩와 道德과 生活―「렌의 哀歌」「石榴」「分水嶺」等」, 『조선일보』, 1937.9.15.
92 최동호, 「모윤숙의 초판본 렌의 애가에 대하여」. 『렌의 哀歌』, 이화여대 출판부, 1997.
93 정지용, 「몇 마디 말씀」, 『文學讀本』, 博文出版社, 1948.
94 오양호, 「정지용의 초기 시와 현해탄 횡단의 사상―「압천」의 '님'과 '젊은 나그네'의 정체」, 『PEN문학』 137, 2017.5・6.

키지만 「시와 언어」항으로 묶인 문학평론과 여러 편의 시사평론, 곧 에세이가 중심이다. 「민족해방과 공식주의」, 「민주주의와 민주주의 싸움」, 「동경대지진어화」, 「민족반역자 숙청에 내하여」와 같은 해방공간의 시대상과 관련된 글이 거의 전부를 차지하고 있다. 그리고 번역시가 12편이다. 이렇게 실재 책 내용은 『산문』이란 책 이름과는 많이 다르다.

그런데 이와 유사한 용어가 『산문』 이전에 나타난 예가 있긴 하다. 김진섭의 「수필의 문학적 영역」이 '산문학散文學의 재검토再檢討'라는 타이틀 아래 발표된 것이 그것이다.[95] 이 때 '산문학'은 '산문문학'의 뉘앙스를 풍긴다. 그러나 '산문학'이라는 용어는 의미상 존재할 수 없는 언어자질을 가지고 있다. 그렇다고 '산문학'이 '산문문학'의 오식이라고 주장할 근거는 없다.

근래에 유종호, 최동호로 대표되는 '수필=산문'이라는 견해는 우리의 바로 앞 세대, 영문학과 한국고전을 두루 연구한, 우리에게는 스승의 자리에 있는 양주동의 다음과 같은 수필론으로 볼 때도 문제가 된다. 하나의 작은 용어라 하더라도 전거典據를 하여 그걸 잇고, 발전시켜야 함이 학문의 기본원리인데 그걸 결과적으로 무시한 것이 되기 때문이다.

> 영문학에 있어서의 수필의 우위성, 그 탁월한 지위는 전통적이다. 멀리 촤알스램, 해즐릿, 데·퀸시 등 제가로부터 가까이는 췌스트어튼, 이반쓰, 류카쓰 배(輩)에 이르기까지 맥맥히, 그러나 잔잔히 흘러 내려온 그 내성

95 김진섭, 「散文學의 再檢討—其 二. 「隨筆의 文學的 領域」」. 이 글은 그 뒤 『敎養의 文學』(조선공업문화사 출판부, 1950)에 「수필의 문학적 영역」(157~162쪽)이라는 명칭으로 확대·수정되어 수록되었다.

적 · 심경적인 예지적 흐름, 탐탐(耽耽)히 가다가는 황황(煌煌)히 빛나는 개성적 · 인간적인 기지적 섬광은, 비록 하나의 장관과 거자(巨姿)는 아니나마, 스스로 세계 문원(文苑)의 한 기관(奇觀)과 이채를 형성하고 있다.[96]

양주동이 『조선일보』에 영국 수필가 A. A. 미른Alan Alexander Milne의 글을 근거로 한 이 말은 "좌알스램, 해즐릴, 데 · 퀸시, 췌스트어튼, 이반쓰, 류카쓰"로 대표되는 영국 문인의 비허구산문이 '수필'이란 말이고, 이것은 청나라 초기 김성탄金聖嘆으로 대표되는 동양의 그 '수필'과 동일하다는 주장이다. 수필을 '내성적 · 심경적인 예지적 흐름, 개성적 · 인간적인 기지적 섬광'의 글쓰기라는 것은 오늘날 '산문'으로 묶는 그 글쓰기이다.

그러나 새 천년의 수필 쓰기가 모두 '산문'으로 묶이는 것은 아니다. 20대부터 문명을 날린 이어령이 '수필'의 자리를 지키고 있다. 이어령은 한국사회에서 지성의 아이콘으로 통한다. 크게 보면 그는 문화비평가라 하겠지만 그가 출판한 많은 저서 가운데는 '수필집'이라 이름을 붙인 책이 많다. 그중의 하나가 2013년에 베스트셀러가 된 『지성에서

96 양주동, 「밀은 隨筆抄」, 『조선일보』(1차 연재 : 1934.2.16~3.8(17회 연재). 2차 연재 : 1934.4.12~4.19(7회 연재)). 미른의 수필은 1930년대 초 조선문단에 저급한 수필이 범람할 때 도쿄 유학에서 영어영문학 공부를 하고 막 귀국하여 숭실전문 교수가 된 양주동이 「밀은 수필초」를 『조선일보』에 연재하여 문단의 주목을 받았다. A. A. 미른은 영국의 대표 수필가인데 일본에서 영문학을 제대로 공부한 양주동이 수필의 한 전범으로 그의 글을 소개하였다. 그때 양주동은 향가 연구로 경성제대 오구라 신페이와 맞서며, 시인, 평론가로도 한창 이름을 날렸다. 이 글은 그런 참신성을 저급화되어가는 수필계에 불어넣어 분위기를 바꿔보려는 시도였다. 「밀은 수필초」는 그 뒤 수정 · 보완되어 해방기에 『미른隨筆集』(을유문화사, 1948)으로 간행되었다. Alan Alexander Milne(1882년 스코틀랜드생)의 *Not That It Matters* 소재 그의 대표적 수필 「글 쓰는 기쁨」, 「아카시아 길」, 「소설의 일편」 등 19편의 수필과 에세이가 수록되어 있다. 이 수필집은 전 131쪽의 얇은 문고판이다.

영성으로』이다. 그는 이 책 「서문」에서 이렇게 말하고 있다.

> 나의 글쓰기는 20대부터 시작됩니다. 문단에서는 문학평론으로 시작하여 에세이, 소설, 드라마, 시나리오, 심지어 올림픽 개폐회식의 대본까지 썼어요. 대학 강단에서는 누구도 잘 읽지 않는 기호론 관계의 연구논문을 써왔지요. 그리고 알다시피 언론계에서는 신문칼럼을 전담하여 수십 년 동안 집필해왔습니다[97]

이어령은 '수필'과 '에세이'라는 용어를 함께 쓴다. 글을 '문학의 잠언적 향기'[98] 또는 '상처받은 영혼을 위한 명상의 언어 당신을 위한 페이지는 어디에 있나'[99]는 투로 수용되는 독서 현장을 고려할 때 그의 글은 '에세이'라는 용어가 더 적합하다. 아직 관습화되지 않은 낯선 글의 시험적 성격을 지니고 있는 지적 글인 까닭이다. 그러나 다른 한 편 이어령이 자신의 글, 장르론으로 따져 들어가면 결국 '수필'인 글을 굳이 '에세이'라 부를 때는 유종호와 같은 수필 하대의 관점이 심리에 깔린 듯하다. 그의 말대로 신문 칼럼을 묶어 내면서도 '에세이'라는 용어를 쓰는 태도에서 이런 점을 감지할 수 있다. 그러나 『지성에서 영성으로』는 젊은 시절의 예지가 번쩍이는 『흙 속에 저 바람 속에—이것이 한국이다』(현암사, 1963)와 많이 다르고, 수필집 『현대인이 잃어버린 것들』(서문당, 1973) 등과 많이 같다.

97 이어령, 「서문」, 『지성에서 영성으로』, 열림원, 2013, 10쪽.
98 이어령, 『말』, 문학세계사, 1993. 표제어의 한 구절.
99 이어령, 『이어령 대표 에세이집』 상·하, 고려원, 1985~1986.

사정이 이러하지만 이어령의 경우는 이러한 용어개념과 무관하다. 그가 에세이라 부르든 수필이라 말하든 그가 남긴 글은 한국문학사에 전무후무한 비허구산문의 화려한 성채城砦를 이루고 있다. 마치 시인도 소설가도 아닌 저널리스트인 스베틀라나 알렉시예비치가 「체르노빌의 목소리」, 「전쟁은 여자의 얼굴을 하지 않았다」, 「마지막 증인들」 같은 소설과 다큐멘터리 사이, 굳이 이름을 붙인다면 수필로 2015년도 노벨문학상을 받은 그런 글쓰기와 다르지 않다. 이어령의 본업은 교수지만 보통 언론인으로 통하는 저널리스트인데 2013년 베스트셀러가 된 『지성에서 영성으로』는 스베틀라나 알렉시예비치의 글의 성격과 본질이 같다. 『지성에서 영성으로』는 그가 교토생활에서 얻은 체험과 딸과 얽힌 가족사가 반인 다큐멘터리이고, 다른 반은 이어령의 영혼이 담긴 다음多音의 사유인 까닭이다. 이어령의 이런 글쓰기는 벌써 65년 전 1960년대 한국지성의 한 압축이라 할 『흙 속에 저 바람 속에』에서부터 시작되었다.

수필을 에세이라 부르는 또 다른 반대편에는 피천득의 수필이 전범이 된 약 3,500여 명의 수필가가 있다. 한국문인협회 회원으로 활동하는 수필가들이다. 그들은 한결같이 '수필집'이라는 이름으로 책을 출판한다. 이런 수필가를 대표하는 정목일鄭木日의 서정수필이 그렇다.[100] 그런데 이 수필가 그룹의 맹장 중에도 어깃장을 놓는 문인이 있다. 부

100 정목일이 주로 서정수필을 쓴다. 『현대문학』(1976.6)에 「호박꽃」으로 조연현의 추천을 받고, 문단사상 최초의 추천 수필가가 되어 지금까지 30여 권의 '수필집'을 간행하면서 모든 작품을 '수필'이라 부른다. 그런데 『대금산조』(동학사, 1994), 『모래알이야기』(자유문학사, 1988)는 '에세이집'이다. 그런 책 표제는 자신의 뜻이 아니고 '출판사의 소행'이라고 증언했다.

산에서 수필가 대장노릇을 하고 『수필과 비평』에서도 맹활약을 하는 박양근이 '한국수필의 현주소는 어디에 있는가. 한국수필이 나아갈 방향을 가리켜줄 평론이라는 축은 제대로 시 있는지'라며 2000년대 수필을 점검한 수필평론집을 『현대산문학』(에세이스트, 2012)이라는 책이름으로 묶고 있는 것이 대표적인 예이다. 이것은 반란인가. 혼미인가. 아니면 수필=산문인가.

'산문'이라는 용어는 장르명칭이 될 수 없다. 보통명사 '산문'은 '운문'의 상대어이고, 운문의 상대인 산문은 '수필'만 아니다. 소설, 여행기, 일기, 전기, 자서전, 서한문, 법률서, 역사서, 지지地誌, 더 나아가 교과서, 학술논문까지 모두가 산문이다. 따라서 수필집을 '산문집'이라 말하는 것보다 '수필집'이라고 부르는 게 장르적 성격에 맞다. '시집'을 내면서 '운문집'을 출판했다고 말하는 사람이 없는 이치와 같다.

'수필'은 조선조부터 쓰던 용어이고, 언어 원칙 가운데 언어 현실을 중시한다는 사실에 비추어 봐도 그렇다. 이어령은 40년 전에 출판한 『흙 속에 저 바람 속에–이것이 한국이다』를 『흙 속에 저 바람 속에–증보, 그 후 40년』로 출판하면서 출판사 교열부의 맞춤법 원칙 준수를 반대하면서 '황토'를 '황토 흙'으로 '지프'를 '지프차'로 표현을 바꾸었다. 그의 도저한 문필생활 40년을 보통 사람의 눈높이에 맞추면서, 그 현학적peantic인 문체를 언어 현실 앞에서 접었다. 그 이유는 '말은 수학이 아니다. 한자어에서 온 말에 우리 토속어를 붙여 말하는 자체가 한국말의 특성이요 한국인의 마음이다. 그래서 '동해'가 아니라 '동해바다'가 맞다'는 것이다.[101] 이런 점은 조선조적 수필정신, 혹은 언어현실을 중시하고, 글쓰기를 독자의 수준에 맞추는 수필정신에 다름 아니다.

그러니까 이어령은 그의 대표작 『흙 속에 저 바람 속에—이것이 한국이다』를 40년이 지난 뒤에 '에세이'적 요소를 손보아 자신의 글쓰기가 '수필'에서 시작되었음 확실하게 밝힌 셈이다. 수필은 아는 체 뽐내는 에세이가 아니라 '동해'를 '동해바다'로 쓰는 대중적 글이라는 말이다.

'수필집'을 '산문집'이라 부르는 것은 전통 망각이다. 이병기, 이태준의 가장 한국적인 글이 수필이라는 관점으로 볼 때, 또 우리 현대문학 제2세대가 직접 배운 선배 문인, 이를테면 양주동이나 변영로의 그 해학적인 글쓰기와도 많이 다르기 때문이다. 유종호도 평생 동안 수필집을 두 번째 내면서 '이런 머릿글을 열 번쯤은 더 쓰고 싶다'는 말을 했다. 그렇다면 유종호는 수필 옹호론자다.

> 장르의 서열을 믿지 않는다. 가상 많은 독자를 당기고 있다고 해서 소설의 장르적 우월성이 보증되는 것은 아니다. 가령 김기림, 이상, 김수영의 빼어난 산문은 이들이 쓴 대부분의 시보다 훨씬 매혹적이요 윗길이다. 높낮이가 드러나는 것은 개개 작품의 구체를 통해서이다. 짤막한 산문이라고 해서 업수이 여길 수는 없다. 짤막한 글에서일수록 '제 자리에 놓인 적절한 말'이라는 문체적 요청이 커진다는 것이 내 경험이다.[102]

글은 문체가 중요하다는 것이 인용문의 요점이다. 이런 점은 일찍이 수필집 『무서록』을 낸 이태준이 수필은 스타일, 곧 '수필은 무엇보다도

101 이어령, 「『흙 속에 저 바람 속에』의 신판을 내면서」, 『흙 속에 저 바람 속에—증보, 그 후 40년』, 문학사상사. 2002, 8쪽.
102 유종호, 「책 머리에」, 『내 마음의 망명지』, 문학동네, 2004, 5쪽.

아름다운 산문이어야 한다'는 논리와 닿아 있고, 이것은 양주동의 '문장도'이고, 70여 년 뒤의 방민호가 '문장의 가치야말로 산문의 모든 것이라 해도 과언이 아니다'[103]란 주장과도 맥락이 같다. 사정이 이러하지만 유종호는 늘 서구적 이론으로 무장한다. 그를 대가비평의 초상으로,[104] 또는 한국 현대비평의 역사 전체가 농축되었다는 평가가[105] 이런 점을 함의하고 있다. 그가 영문학자로 서구의 첨단이론을 남 먼저 수용하고, 그 수입된 논리로 텍스트를 세밀하고 섬세하게 읽는 현장비평이 우리에게는 현학적 존재로 인식되어 있기 때문이다.

이런 점에서 유종호의 수필옹호는 언행이 일치하지 않는다. 이병기, 이태준의 미문체를 잇는 글이고, 또 원조 해외문학파 김기림, 그리고 유학을 통해 유일하게 영문학을 제대로 공부한 양주동이 '수필'이라 한 것을 '산문'이라 부르는 까닭이다. 이양하, 김진섭, 김동석, 이은상, 전숙희, 피천득 같은 전업수필가들 또한 한 번도 수필을 '산문'이라고 부른 적이 없다. 안병욱, 김태길, 김형석 세칭 철학계 삼총사로 많은 수필을 쓴 안병욱은 『젊은이여 희망의 등불을 켜라』에서 자신의 인생론적인 글을 '수상隨想, 에세이'라 했고, 수백 편의 수필 속에 유가적 전통과 서양의 합리주의를 녹이고 있는 김태길은 '수필 혹은 에세이'라 했다.[106] 『고독이라는 병』, 『영원한 사랑의 대화』 같은 수필집으로 많은 인기를 얻었던 김형석은 2016년에 낸 수필집 『백년을 살아보니』(덴스

103 방민호, 「지금 다시 읽어도 새로운 마음의 향연」, 방민호 편, 『모던수필』, 향연, 2003, 289쪽.
104 한기, 「대가비평의 초상—강단비평의 운명」. 정과리 편, 『유종호 깊이 읽기』, 민음사, 2006, 212쪽.
105 정과리, 「서문」, 정과리 편, 『유종호 깊이 읽기』, 민음사, 2006, 7쪽.
106 '김태길 수필문학상'이 있다. 이 명칭이 이런 사실을 잘 반영한다.

토리)를 '인생론'이라 하고 있다. 이런 점에서 유종호가 설사 『내 마음의 망명지』란 수필집을 출판사 편집부가 지어주는 대로 '산문집'이라 했다[107] 하더라도 앞뒤가 맞지 않는다. 첫 수필집 『우수의 거리에서』의 글이 "예제로 흩어져 있는 짤막한 '수상'들을 모아보았다"고 하면서도 그 '수상집'을 굳이 '산문정신'이라는 이름을 단 데서도 드러난다.[108]

이런 점은 이름도 드높은 도쿄제대 독문과 출신 서항석이 1933년 수필좌담회에서 수필은 저널리즘과 야합한다고 비난하던 말이 유종호의 이런 태도를 연상시킨다. 그리고 지금 유독 몇 개의 출판사가 수필집을 묶으면서 모두 '산문집'이라는 제명을 달아 수필과는 격이 좀 다른 듯이 책을 제작하는 행위도 그러하다. 그런 출판사의 편집 자세는 출판문화의 관행과도 다르다. 해방기 서구 수필 수용에 나선 한 유수한 출판사가[109] '수필이 문학의 한 축으로 분명히 서 있는 나라, 영국의 유명 극작가, 소설가인 A. A. 미른의 산문'을 한국출판사상 처음(양주동 번역)으로 출판하면서 『미른 수필집』이라 부른 그런 편집 태도와 다르다.

출판사의 이런 독선적 태도는 2000년대에 접어들면서 현저하게 나타났다. 잡지 이름을 『한국산문』(2006)이라고 하는 수필잡지가 창간되더니 최근에 이르러서는 한국의 대표적 문예지에서 '수필'이란 용어가 일제히 사라졌다. 가령 『현대문학』 2015년 1월 창간 60주년기념 특대호는 '수필' 20편을 묶으며 '에세이'라 했고, 『문학사상』도 2015년 12

107 유종호, 『내 마음의 망명지』, 문학동네, 2004, 6쪽.
108 유종호, 「책 머리에」, 『우수의 거리에서』, 한길사, 1986.
109 을유문화사는 그 설립내력이 을유년 해방 때 원래 은행원이던 정진숙이 김구, 정인보를 모시고 식사를 대접하는 자리에서 '이제 해방이 되었으니 저 같은 사람은 무엇을 해야 합니까'라며 지도를 청하자 두 사람이 출판사를 하는 것이 좋겠다는 그 말을 따라 세웠다고 한다. 그동안 인문학 관계 양서를 많이 출판하였다.

월 호 수필 4편을 실으면서 '에세이'라는 용어를 쓰고 있다. 이 밖의 다른 계간 문예지, 곧 『창작과 비평』, 『문학과 사회』, 『문학동네』, 『실천문학』, 『자음과 모음』, 『세계의 문학』, 『작가세계』 등에는 아예 '수필'이나 '에세이'라는 말이 나타나지 않는다. 계간지 가운데 유일하게 수필장르를 아우르는 문예지는 『한국문학』이다. 그러나 이 잡지는 '수필'이나 '에세이'라는 용어대신 '산문'이라는 용어로 수필을 묶는다. '수필'인데 '수필'로 부르지 않는다.

『현대문학』이나 『문학사상』, 『한국문학』 같은 전통이 깊은 문예지가 수필을 대하는 더욱 특이한 현상은 '에세이'를 쓰는 문인 가운데 정작 수필가는 한 사람도 없다는 사실이다. 『현대문학』의 「20인 에세이 –버리지 못한 것들」(2015.1)의 필자는 시인이 10명, 소설가가 6명. 나머지 4명은 문학평론가, 의사, 조형예술가. 디자이너이다. 2015년 12월 호 『문학사상』에 '에세이' 4편도 교수 2명, 시인 1명, 음악가 1명이다. 결국 이런 계간지들이 수필을 인식하는 태도는 수필은 비전문적 글쓰기라는 것이다. 비전문적 글은 작품으로 간주할 수 없다. 어떤 예술도 보통사람, 아무나 하는 일이 아니기 때문이다.

'수필=에세이'지만 '수필'이란 말은 안 쓰는 이유가 무엇일까. 한 문예지 편집자는 '우리가 쓰는 산문의 개념은 에세이다. 그러나 그런 글을 수필가에게는 청탁하지 않는다'고 했다.[110] 그 잡지가 '산문'이라 한 「'갑'과 '을' 그 사이에 존재하는」[111]의 장르개념을 따지고 들어가면 수필, 그러니까 에세이인데 그런 글을 수필가에게는 청탁하지 않는단

110 2015년 12월 14일(월). 이 문제를 문의한 저자의 말에 대한 『한국문학』 편집자의 답변.
111 『한국문학』, 2015.겨울, 220쪽.

다. 이때 '에세이'는 에세이의 원래 개념인, 가벼운 논문, 문학적 논문의 개념이 아니라는 의미가 된다. 그렇다면 그런 글은 '수필'이라 불러야 옳다.

의사, 디자이너, 화가, 교수와 같은 전문직을 가진 사람이 쓰는 수필은 '산문'이라 부른다는 말인가? 그러나 교수, 의사, 화가가 수필가인 예는 수두룩하다. 따라서 그런 글을 '산문'이라 부르는 것도 이치에 맞지 않다. '에세이스트'라는 말은 있다. 그러나 '산문가'라는 말은 없다. '수필'이란 용어 기피현상은 일간신문도 같다.

수필 하대의 기류는 2017년에도 달라진 게 없다. 여전히 『창작과 비평』, 『문학과 지성』, 『문학동네』 같은 계간지에는 수필은 그림자도 비치지 않는다. 계간지 가운데 『한국문학』(2017.상반기)이 '산문'에 지면을 할애하고 있지만 계간이 반년간으로 바뀌어서 그런지 '산문'이 두 편 뿐이다. 『동리목월』은 '수필'이 5편이다. 『자음과 모음』은 2016년 여름호 이후 휴간중이다.

전통이 깊은 문예지 『현대문학』과 『문학사상』은 지면이 얇아졌다. 『문학사상』이 더 그렇다. 이 두 문예지는 '에세이'에 지면을 할애하는데 『현대문학』 2017년 4월 호는 '김채원 그림에세이' 제25회와 구효서의 「꽃」(에세이-된소리 홑글자 지그소 열여섯 번째 조각)이 수록되어 있다. 그런데 이 두 글은 종래의 수필과 많이 다르다. 깊은 사유가 개성적 문체를 형성하고 있다. 『문학사상』은 지면 때문인지 2017년 2월 호에는 에세이가 한 편도 없고, 3월 호에는 화가의 '그림에세이'가 한 편, 4월 호에도 시인의 '산문' 한 편이 실렸다. 2015년보다 많이 저조하다. 문학 자체가 죽어가고 있기 때문일 것이다.

그러나 2017년 3·4월 호 『PEN문학』이나 5월 호 『월간문학』은 수필의 이런 위축 분위기와는 전혀 다르다. 회원의 기관지인 이 두 문예지는 수필가가 시인 다음으로 많기에 그와 비례하여 많은 '수필'이 쏟아져 나오고 있다. 『PEN문학』은 28편이고 『월간문학』은 그보다도 많다.

수필을 하대하는 현상은 수필을 위해 전 생애를 바친 한 수필가의 문학상에도 나타난다. 이 상은 2016년에 여섯 번째 상을 주었는데 수상자는 시인 허수경의 에세이집 『너 없이 걸었다』이다. 2016년까지 수상자 6인 가운데 수필가는 한 사람도 없다. 소설가, 시인, 평론가, 철학자, 영문학자의 산문집이 상을 받았다. 평생 수필만 썼고, 그것을 바탕으로 세계 PEN 클럽의 종신부회장까지 오른 수필가의 상을 정작 수필가는 못 받았다. 수필가의 상을 '수필집'이 아닌 '산문집', '에세이'집이 받고 있다.[112] 이것은 '에세이집'이든 '산문집'이든 그게 그것인 '수필집'이라는 말인데 왜 '수필집'이라 하지 않을까. 아이러니컬하다. 결국 수필가가 수필을 하대하는 꼴이다.

한국에서 앞서 간다는 문예지와 5대 일간지의 문예란이 수필에 대해 가지는 이런 수필 하대의 시각은 세계문학의 큰 흐름, 가령 노벨문학상에서 수필이 수상하는 사실과 역행한다. 2015년 노벨문학상 수상작품인 『전쟁은 여자의 얼굴을 하지 않았다』는 르포문학이다. 장르를 따지면 수필이다. 수필장르가 노벨상을 받은 것은 이번만이 아니다. 1902년 독일 최초의 노벨문학상 수상작인 몸젠Theodor Mommsen의 『로마

112 제1회는 연세대 철학교수 강신주, 제2회는 전북대 영문학자 왕은철, 3회는 평론가 정여울, 4회는 시인 조은이 받았고, 제5회는 소설가 이상운이 「아버지는 그렇게 작아진다」로 수상했다.

사』는 역사서이고, 1908년의 노벨문학상 수상자 오이켄Rudolf Christoper Eucken은 철학자며, 그 뒤 앙리 베르그송, 버트란트 러셀이 노벨문학상을 받았는데 그 또한 철학자다. 이런 학자들의 빛나는 문체의 저서는 시도, 소설도, 희곡도 아니다. 문학의 장르론을 대입하면 모두 수필에 해당한다. 수필이 노벨상을 받은 예는 또 있다. 영국 수상 처칠의 세계 제2차대전 '회고록'이 바로 그것이다. 회고록은 문학의 장르로 따지면 비허구산문, 곧 서사수필이다.

이렇게 서구에서는 일찍부터 문학 작품에 대한 평가는 글쓰기의 형식을 문제삼지 않았고, 지금도 그러하다. 그런데 위에서 고찰해본 것과 같이 한국은 수필은 비전문적 글쓰기로 하대하며 '수필'이라는 용어를 기피하고 '산문'이라 부르고 있다. 이런 논리대로라면 그런 용어를 쓰는 문인은 '산문가'로 불러야 한다. 소설을 쓰기에 소설가라 부르고, 수필을 쓰기에 수필가라 한다면 산문을 쓰면 그 사람은 당연히 산문가로 불러야 이치에 맞다. 그리고 그런 이치대로 말한다면 시인은 운문가라 불러야 한다. 그러나 산문가 운문가라로 불리는 문인은 없다.

10) 서정수필의 성취와 한계

수필과 에세이가 범칭 비허구산문으로서 함께 묶이지만 근본 성격에 차이가 있다는 것은 앞의 논의에서 증명되었다. 그런데 에세이를 '문학적 논문'으로 규정할 때 수필과 에세이의 연결고리는 '문학적'이라는 말이다. 다시 말해서 수필과 에세이는 둘 다 비허구산문이지만 '수필'은 '형상화'이고 '에세이'는 '형상화+논문적(객관적) 성격'이다. 그러니까 수필 쓰기는 형상화 문제뿐이고, 에세이는 형상화와 객관화를 함께 수행해야 하는 글쓰기다. 그렇다면 수필 쓰기가 부담이 적다. 글감을 객관적으로 분석·비평·해석하는 이성적 사유를 하지 않고도 수필을 쓸 수 있기 때문이다.

이런 틈새에 나타난 수필가가 있다. 피천득과 그의 수필이다. 피천득은 에세이는 안 쓰고 서정수필만 써서 대성한 수필가다. 이 인과판단因判斷을 위해 잠시 그의 문단 이력을 살펴볼 필요가 있다.

피천득은 1937년 상해 호강대학University of Shanghai를 졸업하고 10년 뒤에 출판한 『서정시집』에 이어 작품집 두 권을 더 출판했다. 이런 작품집은 수필집이 아니다.

『서정시집』(상호출판사, 1947)은 청전 이상범이 장정을 한 전 64쪽 4·6판, 얇고 작은 시집이다. 이 책에 수록된 수필은 「어린 벗에게」 1 편뿐이고 나머지 작품은 모두 서정시다. 피천득의 출세작 「수필」이 제일 앞에 수록된 대학교수 명문장가 17인의 합동수필집 『서재여적』(경문사, 1958)이 나온 이듬해에 나온 『금아시문선』(경문사, 1959)도 시가 53수, 영시 6수, 수필은 22편으로 시가 더 많고, 『산호와 진주』(일조각, 1969)도 시와 수필이 반반이다. 피천득의 최초의 수필집은 1976년에 범우사에서 간행한 『수필』이다.

문제는 또 있다. 최초의 수필집인 『수필』에 수록된 23편의 수필 가운데 에세이는 하나도 없다. 그 뿐만 아니다. 이 수필집이 베스트셀러가 되어 출판한 증보 14쇄 판(1991)도 수록 작품이 32편으로 늘었지만 에세이는 한 편도 없다. 수필가로 문단의 정점에 올랐을 때 나온 '수필집 『금아문선』(일조각, 1980)에 수록된 1부 「종달새」에 13편, 2부 「서영이」에 41편, 3부 「피가지 변」에 23편 도합 77편의 수필 가운데도 에세이는 한 편도 없다. 에세이가 없어 잘못된 것이 아니다. 그것이 오히려 피천득을 더 유명하게 만들었다. 에세이의 반 논문 성격의 딱딱하고 논리적인 글보다 짧고 작으며 부드러운 글이 독서에 부담을 주지 않고, 서정시처럼 감성적이라 글의 맛이 좋아 독자들에게 더 많은 호응을 받았기 때문이다.

〈그림 1〉『서정시집』 표지

이런 피천득이 한국수필의 대표작가가 된 결정적 계기는 '대학교수 명문장가 17인 집필'『서재여적書齋餘滴』(경문사, 1958) 제일 앞자리, 첫 작품으로 「수필」이 게재되고 「봄」, 「시골 한약방」, 「장수」, 「보스턴 · 심포니」, 「나의 사랑하는 생활」이 양주동, 이양하, 이희승, 박종화의 수필을 제치고 실리면서 부터이다. 『서제여적』은 화려한 필진, 명문장가 대학교수 집필이라는 표제가 광고 역할을 하여 한국수필에 불을 붙인 합동 수필집이다. 그 뒤 피천득의 「수필」은 「인연」과 함께 중고등 교과서에 수십 년 실렸다. 이것이 동시를 쓰고, 번역을 하던 영문학 교수 피천득이 한국수필의 대부로 부상한 첫 내력이다. 피천득은 이때부터 수필가가 되어 계속 짧은 서정수필만 쓰고, 수필론은 한 편도 안 썼다. 앞에서 논의한 그 많은 자료 중에 피천득의 수필론은 눈 닦고 봐도 없다. 수필가로서 등단이 늦어서 그렇겠지만 애초부터 수필론 하고는 무관한 문인이라 문단, 문예지, 언론에서 그에게 수필론에 해당하는 글은 청탁하지 않은 결과일 것이다.

피천득은 제일 먼저 번역가이고, 그 다음이 동시, 동요 작가이고, 세 번째가 시인이고, 네 번째가 수필가다. 이것은 그가 1937년 상해 호강 대학을 졸업하고 10년 뒤에 출판한 『서정시집』(1947)과 이어 작품집 두 권을 더 출판했으나 이런 작품집은 수필집이 아닌 동요집이거나 아동문학 작품집이라는 데서 증명된다. 이런 점에서 피천득은 아마추어 수필가이다. 이런 점은 『서재여적』에서부터 나타난다. 이 합동 수필집은 전업 수필가의 작품집이 아닌 대학교수의 수필을 모은 책이다. 다시 말해서 주업이 대학의 교수이고 그 다음 하는 일이 글쓰기인 사람들의 '수필'을 모아 만든 책이 『서재여적』이다. 그렇다면 이 수필집은 동인적 성격을 가지고 있다. 당시 수필전업 문인이 아주 귀했는데 김진섭과 변영로가 빠진 것은 그들이 수필가지만 대학교수가 아닌 전업 수필가였기 때문일 것이다.

이런 사실은 그 이전의 수필가와 전혀 다르다. 대학교수 수필집 『서재여적』에 피천득(서울대)과 이름이 함께 오른 이양하(서울대), 양주동(연세대), 이희승(서울대), 박종화(성균관대) 등의 문인이 낸 수필집에 에세이가 없는 수필가는 한 사람도 없다.[113] 그렇다면 피천득도 당연히 그러할 것인데 그는 에세이 대신 동시, 동화, 번역시, 기타 번역물을 그 자리에 앉혔다.

피천득 수필이 다른 수필가와 다른 데가 하나 더 있다. 그는 계절 감각을 아주 감미롭고 아름답게 묘사한다. 딸과 눈 오는 서울 거리를 걷고 싶다 든가, 5월의 신록과 엮이는 신변사 등이 그렇다. 이런 점은 일

113 이양하의 『신록예찬』과 「지성과 가치」, 「페이터의 산문」, 양주동의 『문·주반생기』와 「면학의 서」, 「철저와 중용」, 박종화의 『청태집』과 「백조시대의 그들」, 「역사소설과 고증」, 그리고 이희승의 『벙어리 냉가슴』 5장에 묶인 10편의 글은 모두 에세이다.

본수필과 닮았다.

피천득이 청소년기에 받은 식민지 교육의 영향 때문일 것이다. 피천득은 조선 제일의 고등보통고등학교로 평가되는 경성제일고보(경기중고등학교)에서 공부한 모범생이고, 그때 일본은 그들의 국민성과 맞는 수필을 국민문학으로 육성하기 위해 국민도서주식회사國民圖書株式會社 이름으로 『일본수필전집日本隨筆全集』을 수십 권 간행하고, 여기에 엄청 많은 개인 수필집이 도쿄東京의 다이이치쇼보第一書房에서 '독본'이란 이름으로 출판되어 그런 영향을 받았을 것이다. 당시 다이이치쇼보가 출판한 독본만도 수십 종이다. 이때 일본의 '문학독본류'의 저작은 모두 수필장르를 중심으로 삼았다.

수필이 이렇게 번창하던 때에 피천득은 「여름밤의 나그네」(『동아일보』, 1932.7.23), 「장미 세 송이」(『신동아』, 1932.9), 「상해대선 회상기」(『신가정』, 1933.2) 등의 수필을 발표하면서 수필가로도 활동을 시작했다.[114] 그렇다면 경성의 피천득이 도쿄의 수필 동향을 몰랐다고 할 수 없다. 모든 문화는 선진 도시가 중심인 까닭이다. 그때 조선은 없고 일본만 있었으며 수도는 도쿄이고 경성은 교토나 오사카와 같은 대도시의 하나였으니 피천득도 나라의 중심문화를 엿보며 그 동향을 따라 자기 나름의 문학을 형성해 갔을 것이다. 일본수필의 이런 영향은 정지용의 『문학독본』, 이태준의 『상허문학독본』에 생생하게 반영되고 있다.[115]

피천득의 수필집 『수필』(범우사, 1976)은 2019년 10월 현재 5판 4쇄

114 피천득의 문학활동은 1926년 8월 19~27일 자 『동아일보』에 발표한 알퐁스 도데의 「마지막 수업」 번역이 제일 먼저다. 그 다음은 동시, 시를 30여 편 썼다. 정정호, 『피천득 평전』, 시와진실, 2017의 연보 참조.

115 오양호, 앞의 글 참조.

에 돌입하고 있다고 한다. 『수필』의 초판은 9쇄, 2판은 19쇄, 3판은 20쇄, 4판은 5쇄, 5판은 4쇄를 찍었단다. 수필문학 사상 초유의 베스트셀러로 수필문단을 40년째 장악하고 있다.[116] 한국의 50~70대들은 수필하면 피천득을 떠올린다. 그들은 중학교 때는 「인연」을, 고등학교 시절은 「수필」을 달달 외우고 시험을 치며 배웠다.

1970년대에 들어서면서 수필을 위한 하나의 좋은 조건이 형성되었다. 그것은 1970년대 말 한국이 산업화시대로 진입하면서 우후죽순처럼 솟아나던 각종 산업체가 출판한 회사의 홍보물이다. 그런 사보社報 서두에 싣는 가볍고, 짧고, 밝은 권두의 글이 모두 유명 문인의 서정수필이었다. 이렇게 수필은 시대와 행복한 관계를 맺으면서 대중과 친해지고 인기 있는 문학의 갈래로 몸피가 커져 나갔다.

한편 이런 흐름을 타고 1975~1976년부터 『현대문학』과 『월간문학』이 수필에도 등단제도를 만들어 수필가를 문단에 내보내기 시작했다. 이런 수필장르의 활기를 타고 수필잡지가 하나 둘 창간되었다. 『월간에세이』, 『한국수필』, 『수필문학』, 『창작수필』, 『현대수필』 같은 잡지가 그런 예이다. 그렇게 수필문학 시대가 오고 있었는데 그 제일 앞자리에 피천득의 수필이 놓여 있었다. 『서재여적』의 첫 작품 「수필」의 영향이다.

지금 한국문단에는 30여 종의 수필잡지가 발행되고 있고 모두 등단과정을 만들어 수필가를 배출하고 있다. 등단 과정을 두는 것은 문단진

116 『수필』은 1쇄가 보통 3,000~5,000부라고 한다. 여기에 『수필』 간행 33주년 기념 양장단행본이 5쇄를 찍었다. 그렇다면 『수필』은 모두 60쇄를 넘게 찍었고 1쇄를 평균 4,000부로 잡으면 이 책이 팔린 숫자는 셈하기 어렵다. 이런 계산은 출판사가 공식적으로 내놓은 것이니 실제는 아주 많이 다를 것이다. 2017년 5월 15일 기준이다.

출에 권위를 부여하고 그것이 관례라고 판단하기 때문이다. 그러나 이런 제도는 『문장』과 『인문평론』 같은 잡지가 만든 문학권력의 소산에 다름 아니다. 문단초기에는 시를 써서 발표하면 시인이고, 소설을 쓰면 소설가가 되었다. 굳이 문예지에 누구의 추천을 받아야 문인이 되는 것은 아니었다.

이 등단제도가 지금 문단에 경쟁적으로 시행되고 있다. 그런데 등단한 문인들은 등단잡지를 중심으로 그들끼리 문학활동을 전개한다. 전통 있는 문예지가 아닌 근래에 창간한 문예지는 더 강하게 저들끼리만 뭉친다. 시와 수필이 그러한데 특히 수필장르가 더 심하다. 수필잡지는 시 전문지보다 수가 많고 전통도 짧아 더 결속해야 그 잡지의 생존력이 커지고 영향력도 강해질 것이기 때문일 것이다. 이런 결과 모든 수필잡지가 신인생산 경쟁을 하듯 수필가를 양산한다. 그리고 이렇게 탄생한 신인들은 하나 같이 서정수필을 쓴다. 그들의 모지에서 그런 글쓰기가 관습인 것을 보았고, 각종 문예강좌, 평생교육원에서도 서정수필 창작론만 다루기에 배운 것이 그것뿐이다.

왜 이런 현상이 나타날까. 첫째 이유는 피천득 수필의 영향이다. 피천득은 서정수필로 대가가 된 수필가이고, 그의 「수필」은 한국수필의 교과서이다. 가령 이렇다.

> 「수필」은 '수필'을 최상, 고결, 청초의 경지로 끌어올린 기념비적인 이 작품이 수필을 고정관념화시켜 수필의 발전에 악영향을 미친 작품으로 폄훼시키는 듯한 비난은 묵과할 수 없는 일이며 사리에도 맞지 않는다.[117]

피천득의 수필에 대한 평가가 절대긍정의 차원에 있다. '폄훼 시키는 듯한' 행위도 묵과할 수 없다. 그러나 이런 견해만 있는 것이 아니다. '너무 귀족적이어서 보통사람의 애환을 충분히 담아내지 못한다'[118]거나, '반민중적인 역사의식을 가지고 있다'는 견해가 있고, 심지어 「가든파티」 같은 수필에 대해서는 '최악의 현대판 사대주의의 한 표본'이라는 평가도 내린다.[119] 하지만 대부분의 수필가는 피천득의 「수필」이 수필을 최상의 경지로 끌어올린 기념비적인 작품으로 평가한다. 이런 점은 지금 수필가로 활동하는 거의 모든 사람이 하나 같이 서정수필만 쓰면서 걸핏하면 수필의 모델을 「수필」로 거론하는 데서 증명된다.

둘째는 에세이를 쓰려면 비평적 사유를 해야 하고 비평적 사유를 하려면 이런 저런 문학이론을 동원하고 그런 논리로 글을 써야 하는 번거로움이 있기에 모두 서정수필을 선호한다.

셋째는 수필가나 수필 지망생이 논리적인 에세이를 쓰기에는 훈련이 안된 사람들이 절대 다수다. 에세이는 가벼운 평론이고 평론은 문학의 전문이론을 활용해야 하는 글쓰기이기에 문학이론에 대한 전문공부를 하지 않으면 못 쓴다. 그러나 지금 수필가는 작가이지 이론으로 무장한 연구자와는 거리가 멀다. 이런 점은 학회 유사 단체인 한국수필학회가 발행하는 연속 간행물 『수필학』에서 잘 드러난다. 한국수필학회 회원으로 이름이 올라 있는 160명[120]의 면면을 보면 학회 회원자격을 갖춘 사

117 정목일, 「피천득 선생 '수필'이 보인 전범과 경지」, 『현대수필』, 2004.봄, 29쪽.
118 임헌영, 「연미복 신사의 무도회-피천득의 수필만상」, 『현대수필』, 2004.봄, 24~25쪽.
119 장세진, 「낙관주의와 이국 취미의 반민중성-피천득론」, 『수필과 비평』, 1994.9·10, 266쪽.
120 『수필학』 제12집(한국수필학회, 2004) 제일 뒷장에 회원 명단이 나와 있다. 교수 6명이다.

람은 몇 명뿐이고, 나머지 사람들은 모두 학회 회원자격 미달자다. 무슨 학회든지 학회 회원이 되려면 최소한 한편의 논문이 있어야 한다. 달리 말하면 석사학위 소지자 이상이어야 한다. 그런데 '한국수필학회 회원'은 그런 과정을 이수한 사람은 거의 없고 모두 수필가다. 수필 창작은 학력과 무관하다. 그러나 학회는 그렇지 않다. 학문의 대상인 문학을 과학적으로 분석하고, 이론에 맞춰 해석해야 하기 때문이다. 그렇게 하려면 최소한 논문 한 편을 써 보아야 한다. 이런 점에서 한국수필학회는 학회가 아니다. 학회와 유사한 수필문인 단체일 뿐이다.

이렇게 수필문단은 이론가는 없고 수필가만 있기에 수필가는 서정수필만 쏟아낸다. '에세이'적 글쓰기에 대해서는 공부한 바도 없고, 훈련도 안 되어 있기 때문이다. 이런 결과 외연으로는 수필의 융성기다. 그러나 실재는 수필의 질적 저하는 물론 에세이가 비허구산문에서 살려나감으로써 수필의 지평이 좁아졌다. 그렇다면 피천득의 「수필」이 거둔 서정수필의 빛나는 성취와 무관하게 한국수필은 지금 위기에 직면해있다. 수필 영역의 반이 날아간 까닭이다.

수필은 1970년대 초에 신춘문예에 등장했다가 곧 사라졌다. 그러나 2000년대 이후 일부 일간신문이 수필을 신춘문예에 재등장시켰다.[121] 수필이 서민과 대중들에게 인기를 얻고 있기 때문이다. 지금 수필가들은 수필을 통해 인간의 진실을 발견하려 한다. 시, 소설, 희곡과 같은 장르에서는 창조된 가공의 인물을 통해서 인간 삶의 실체를 발견하려

121 신춘문예의 수필장르는 1971년 『한국일보』의 이오덕을 끝으로 사라졌다. 그러나 2000년대를 넘으면서 『동양일보』, 『경남신문』, 『영주일보』, 『전북도민일보』 등이 신춘문예에 수필을 포함시키고 있다.

하지만 수필은 가공하지 않는 실재를 바탕으로 하기에 그런 어려운 형식이 없어도 가능하다. 특히 서정수필이 그렇다.

'수필은 청춘의 글이 아니요 설흔 여섯 살 중년 고개를 넘어선 사람의 글이며 정열이나 심오한 지성을 내포한 문학이 아니요, 그저 수필가가 쓴 단순한 글'이고, 또 '수필의 재료는 생활경험, 자연관찰, 또는 사회현상에 대한 새로운 발견, 무엇이나 다 좋은 것'이라 한 수필의 교과서, 피천득의 「수필」을 따르면 수필은 누구나 쓸 수 있다고 생각한다.

그러나 이런 수필의 대중화, 수필시대의 도래가 문단 본령의 수필 하대론을 낳았고, '수필'이라는 용어마저 기피하는 데까지 이르러 '산문'이라는 이름으로 수필을 아우르며 하찮은 일상사를 다듬은 잡문을 문학 작품이라며 자랑하는 수필가와 차별을 선언하는 단계에 와 있다. 앞에서 언급한 『현대문학』, 『문학사상』, 『한국문학』 같은 전통문예지에 이런 성격이 분명하게 나타난다. 이런 잡지가 수필가라는 타이틀을 단 문인에게 수필을 청탁하는 일은 거의 없다. '산문'이라는 이름의 글을 수필가가 아닌 문인이거나 문인이 아닌 사람들에게 청탁한다. 이렇게 변한 원인을 역추적하면 그 첫 자리에 피천득이 있다.

11) 최근 수필평론의 동향

2000년대에 들어 출판된 수필관계 저술 가운데 수필문단이 관심을 둘 만한 저술은 다음과 같다. 정목일의 『한국 현대수필의 탐색』(신아출판사, 2003), 박양근의 『사이버리즘과 수필미학』(수필과비평사, 2010), 『현대산문학』(에세이이스트사, 2012), 『현대수필창작 이론』(수필과비평사, 2013), 『잊힌 수필 묻힌산문』(수필세계사, 2017), 『현대수필비평이론과 실제』(수필과비평사, 2017), 안성수의 『한국 현대수필의 구조와 미학』(수필과비평사, 2013), 신재기의 『수필과 사이버리즘』(박이정, 2008), 『수필창작의 원리』(수필과비평사, 2012), 『형상과 교술 사이』(수필미학사, 2015), 허상문의 『존재와 초월의 미학』(수필과비평사, 2014), 『프로메테우스의 언어』(수필과비평사, 2017) 등이다. 그리고 2016년부터 안성수가 『수필과 비평』에 연재하고 있는 「수필의 시학을 찾아서」라는 자못 도전적인 제목으로 수필론을 발표하고 있다.

지금까지 나온 저술서의 성격은 크게 세 가지이다. 첫째는 수필 창작론에 대한 것이고, 두 번째는 수필에 대한 현장비평이며, 셋째는 수필 이론의 개발에 대한 저술이다. 이런 저술서가 지닌 성격을 간단히 살펴볼 필요가 있다. 그것은 한국수필론의 동향점검이면서 비허구산문, 범칭 수필의 행방을 가늠하는 일이 되기 때문이다.

정목일은 오래전부터 엄청난 양의 수필을 발표하고 있는 두셋뿐인 수필전업 작가이다. 『한국 현대수필의 탐색』은 그런 수필가가 '수필 평론집'이라는 이름을 달고 펴낸 수필이론서라는 점에서 관심이 간다. 이 책 이전에 '수필평론집'이라는 이름을 달고 출판된 책이 한두 권 있긴 하다. 왜 수필평론집이 없을까. 거듭되는 말이지만 수필이 독자적인 이론이 없고, 수필이 문학장에서 늘 뒷전에 밀려나 있어 거기에 관심을 갖는 평론가가 없었기 때문이다. 상황이 이러한데 이 책은 흥미롭게도 수필가가 '수필평론집'이라는 이름을 달아 책을 출판했다. 『현대문학』에 추천을 받은 첫 수필가로 30년 넘게 수백 편의 수필을 쓴 정목일의 이력을 염두에 둘 때 이 책이 어떤 내용으로 이루어졌고 성격이 어떠한가를 살펴보는 것은 흥미의 차원을 넘어선다. 그가 한국 현대수필을 대표할 만한 경력의 소유자이기 때문이다.

수필을 쓴지 30년이 가까운 세월동안 수필세미나, 원고 청탁 등으로 쓴 수필평론이 책 한 권 분량이 넘는다. 평론을 본업으로 하는 사람이 아니요, 학구적인 이론 전개나, 논리 정연한 비평을 한 글도 아니다.

서문 두 번째 단락이다. 이 서문의 두 문장의 내용은 세 개로 요약된다. 첫째 이 책은 전문적 이론서가 아니다. 둘째 전작 연구서가 아니고 필요에 의해 썼던 글을 모아 묶은 책이다. 셋째 저자는 평론이 본업이 아니다. 이렇다면 이 책은 '수필 평론집'이 아니다. 그리고 내용에도 전문적인 이론이 백업을 하는 논리가 없다는 점에서 전문저술서로 평가할 수 없다. 이런 점은 목차만 봐도 바로 드러난다. 전문저술서는 체계가 생명이다. 또 해당 분야의 전문서적을 참고하며 자기 나름의 이론을 개진한다.

이 책은 분량이 약 400쪽인데 300쪽이 작품론이다. 평론집이니 작품론이 중심인 것은 당연하다. 그런데 작품론이라는 것이 작품을 분석한 해석이 아니라 해설이다. 수필의 독자적인 이론이 없으니 그럴 수밖에 없다. 약 100쪽이 이론인데 이 수필론이라는 것도 그때그때 체계와는 무관한 원고청탁, 수필 세미나 등에 발표한 수필론을 두서없이 수록한 것이다. 솔직히 말하면 그동안 발표했던 수필관계 글을 모아 한 권의 책으로 묶으면서 '정목일 수필평론집 『한국수필의 탐색』'이라는 이름을 달았을 뿐이다. 따라서 이 책은 내건 이름과 내용은 관계가 없는 그냥 수필에 관한 한 권의 에세이집이다.

박양근은 『좋은 수필 창작론』(수필과비평사, 2005)이후 지금까지 5권의 수필론 관계 저서를 출판하였다. 2005년부터 2017년 사이, 그러니까 10년 새에 6권의 책을 출판했다. 단연 활동이 두드러진다. 그런데 6권의 책이 거의 수필월평 성격의 글을 묶은 것이다. 그 가운데 수필론이 중심인 것으로 판단되는 『사이버리즘과 수필미학』, 『현대산문학』을 간단히 고찰하겠다.

이 두 책은 박양근의 수필론이 어떤 데서 출발하고 있는지를 가늠할 수 있는 책이다. 책의 구성에 그런 점이 잘 드러난다. 어느 분야이든 해당 분야연구를 개척하는 성격을 지니는 저술은 "왜 연구를 시작하는가. 작품을 어떻게 읽을 것인가. 작품이 어떻게 이루어져 있는가" 등을 전제로 총론, 각론, 기본용어의 개념 등이 유기적인 관계로 꽉 짜인 교과서의 성격을 띠는 게 일반적이다.

『사이버리즘과 수필미학』은 제1장이 「수필과 사이버리즘」이고 제2장이 「수필과 수필미학」이다. 이 두 문제는 제1장과 제2장의 자리가 바뀐 감이 든다. 해석이 구구한 '수필'의 개념을 저자 나름으로 내린 뒤, '수필미학'이라는 용어에 대한 개념 정리를 하고 각론으로 들어가야 할 것이다. 수필관계 저술을 연속적으로 출판하는 저자가 많은 작품과 수필가를 고찰하면서 이런 식의 접근을 시도한 책이 없다. 그래서 독자는 저자의 논리를 따라가기가 어렵다. 기초공부가 없기 때문이다.

서구의 경우 좋은 선례가 있다. 가령 소설론의 기초를 공부하는데 널리 알려진 교과서인 C. 브룩스와 R. 와렌의 공저인 『소설의 이해*Understanding Fiction*』는 '플롯이란 무엇인가', '성격은 어떻게 나타나는가', '테마를 어떻게 이해할 것인가' 같은 친근한 제목 밑에 명작을 인용하고 문제를 던져 토론을 유도하는 구성으로 되어 있다. 그러나 이 두 저서는 막바로 현학적인 서구이론에 수필을 대입시켜 그런 논리를 따라갈 예비지식이 전혀 없는 독자를 당황하게 만든다. 저자의 이런 현학 취향은 「찾아보기」에 단적으로 드러난다. 「찾아보기」의 용어나 저자명은 거의 8할이 외국이(영어)이다. 이런 지술은 수필의 기초이론을 공부한 바 없는, 그런 책이 있는 지도 모르고 번역된 바도 없기에 이론습득을 전혀 하지 못한 독자로서는 이해가 안 되고, 나아가 의아심을 유발시킨다. 그러나 박양근의 이 두 저서는 그 현학적pedantic인 포즈로 수필이론을 과장시키고 있다는 혐의에도 불구하고 수필을 수필고유의 미학으로 정립하려는 시도한 최초의 저술이라는 점에서 우리의 관심에 값한다.

안성수의 『한국 현대수필의 구조와 미학』은 작품론과 작가론을 모아 만든 책이라 언급할 대상이 일관성이 결여되어 있다. 그러나 2016년 10월부터 『수필과 비평』에 연재하고 있는 「수필시학을 찾아서」는 제목에 나타나듯이 수필 고유의 이론을 탐색하려는 의욕적 에세이다. 제1회 연재분을 보면 글의 구성을 "1. 수필시학의 개념과 목표", "2. 수필시학의 위상과 범주", "수필시학 논의의 기초개념"으로 3분하고, 2항과 3항을 가각 4개, 5개 항목으로 나누어 설명하고 있다. 앞 『한국 현대수필의 구조와 미학』과는 달리 책의 구성이 전작 연구서의 형식을 갖추고 있다.

그런데 「수필시학을 찾아서」는 저자 나름의 수필시학을 정립하겠다는 의욕이 넘친 결과 수필론에 대한 엄청난 용어가 생산되어 독자의 접근을 방해하고 있다. 1회분만 하더라도 '과정미학', '통찰미학', '창조미학'과 같은 용어가 그 예라 할 수 있다. 그러나 이런 용어에 대해서 좀 더 논리적이고 설득력 있는 개념 정리가 필요하다. 수필이 실재實在가 테마가 되는 비허구산문인 것을 전제하면 '창조미학'이라는 용어와 그와 관련되는 '창작과 창조'는 수필론과 거리가 있고, 허구인 시와 소설과 더 가깝기 때문이다. 그리고 이런 문제가 수필의 명칭, 장르사, 개념, 본질 등을 고찰하는 제2회분과 선후가 바뀜으로서 모처럼의 시도가 빛을 감하는 느낌을 준다. 또 수필론과 작법을 함께 문제삼는 과욕이 논의를 복잡하게 만든다. 번다한 용어에 싸이지 않은 진솔한 수필의 엣센스만 논리화할 수는 없을까.

용어가 많은 것은 이론으로서는 바람직하지 않다. 이론의 용어는 앞의 이론을 이어받으면서 새로운 용어가 불가피할 때 만들어 쓴다. 이론은 가능하면 간단해야 하고, 간단하면서도 포괄적이어야 한다. 그래서 이론끼리 싸운다. 경험적 사실에 의한 귀납법은 한계가 있고, 경험하지 않은 것은 포괄하지 못하기 때문에 이론이 연역적으로 생산되는 것이 일반적이다. 가령 아리스토텔레스의 「시학」의 '모방'의 개념은 매우 포괄적이다. 후세사람들이 지나치게 해석하여 과대평가된 점이 없지 않지만 포괄적인 용어임은 확실하다. 그리고 이 이론은 다른 이론과 싸운다. 곧 플라톤은 그의 『이상국』에서 "모방"을 "진짜로부터 두 번 옮겨간 것Twice remove from reality"라고 비판함으로써 경험적 사실을 기초로 한 아리스토텔레스의 이론을 비판하고 난 뒤 논리를 연역적으로 확장, 심화했다.

문학이 '자연의 모방'이라 할 때, 그 모방이 가짜 중의 가짜라는 것은 플라톤이 '이상idea'을 설정하고, 그 이상이 진짜인데 아리스토텔레스는 '가짜인 자연을 묘사하는 것은 아름답다'고 했으니 그것은 결국 가짜 중의 가짜를 진짜라 한 것이 된다. 진짜인 '이데아'를 두고, 가짜인 자연을 모방했기 때문이다. 리얼리즘 이론은 여기서 탄생했고 이 리얼리즘은 다시 낭만주의를 탄생시켰다.

문학이론은 이렇게 분화, 발전한다. 운문과 산문이 서정, 서사, 극으로, 이것이 다시 서정, 서사, 희곡, 교술로 발전했나. 수필의 연원을 캐고 들어가면 산문에서 서사로, 서사에서 교술로 이행한 흔적을 발견할 수 있고, 수필이 떼어져 나올 때 그에 대한 이론도 가지고 나왔다. 좋은 예가 방금 말한 교술이다. 교술에 속하는 글쓰기 양식에 "교술민요, 경기체가, 악장, 가사, 창가, 가전체, 몽유록, 수필, 서간, 일기, 기행, 비평"이 있고,[122] 이런 논리는 이제 중등교육의 현장에서 문학의 정론으로 확립되어 가르치고 있다. 그런데 이 문제가 현대문학에서는 용어 자체부터 낯설다. 학문이 앞 것을 이어받아 새것을 창조하는 토론이라는 원리로 볼 때 안성수나 박양근의 수필론은 그 의욕은 값지지마는 결과는 의욕을 따라가지 못한다. 그러나 이것이 이 두 연구자의 문제만 아니다. 한국 수필문단이 안고 있는 공동의 숙제이다. 이런 감당하기 어려운 과제 때문인지 안성수의 이 수필론도 제 3회부터 수필 창작론으로 돌아섰다. 그러니까 수필시학 탐색은 겨우 1, 2회 연재로 끝난 셈이다.

신재기의 경우는 이런 한계를 벗어나는 데가 있다. 『형상과 교술 사이』도 '발표한 비평을 한데 모아 한 권의 비평집으로 역은 것'은 이 책의 한계이고 앞 저술서와 같지만 한국수필의 이론을 앞뒤로 물고 있는 점은 다른 책과 다르다.

문학이면서 교술(설명적 진술을 포용하여 자신의 영역을 넓히고 자기 자

122 조동일, 『한국문학의 갈래이론』, 집문당, 1992, 282쪽.

신을 풍성하게 가꾸는 것)이 수필이다. 주제를 함축적으로 암시하는 형상화만이 수필의 유일한 방법이 아니란 말이다. 수필에는 문학의 기본 방법에서 벗어나 문학 밖으로 뛰쳐나가려는 원심력이 늘 작용한다. 원심력이 향하는 방향은명확한 주제다.[123]

수필이 비허구산문으로서 가지는 비문학적 요소를 감안하는 태도이다. 이것은 안성수가 수필미학이라는 말로 수필을 감싸는 관점과 다르다. 신재기의 이런 논리는 조동일의 교술로 대표되는 앞 시대 수필이론을 수용한 결과이고, 안성수는 수용 안 한 결과이다. 무슨 이론이든지 서로 앞과 뒤를 물고 물리는 유기적 구조로 발전하다. 이런 점에서 신재기의 『형상과 교술 사이』는 박양근, 안성수의 수필론과 같으면서 다르다. 같은 것은 현장비평이라는 이름으로 수필평론을 보은 서서라 하는 것이고, 다른 것은 전래하는 수필론을 수용하여 논의를 자기 나름으로 진전시키려는 노력이다.

허상문은 영문학 전공자로서 늦게 수필문단에 뛰어들어 이론 탐색에 열의를 쏟고 있다. 그러나 그 이론이 타 장르의 것을 한국수필에 대입시킨 것이라 이론과 작품과의 밀착도가 떨어진다. 이런 현상은 박양근의 경우와 비슷하다. 이런 원인을 따지고 들어가면 전공과 무관하지 않을 것이다. 박양근이나 허상문 같은 근현대영문학 전공자로서는 가람 이병기가 말하는 전래하는 우리 고전으로서의 내간체, 그런 논조의 한 가닥을 잇겠다는 이태준의 수필관, 또 조동일의 교술산문, 그런 논

123 신재기, 『형상과 교술사이』, 수필미학사, 2015, 181쪽.

리의 한 가닥을 끌고 나오는 김수업, 신재기로 지속되는 전통적 수필과의 관계 속에서 한국수필의 본질 탐색은 발상 자체가 어려울 것이다. 서구의 근현대 문학이론이 그들의 그린 발상을 방해할 것이기 때문이다. 이것은 서구문학 전공자로서 극복해야 할 과제이다.

남의 옷을 빌려 입은 것 같은 이런 이론이 문학적 성취도를 거의 논의할 수 없는 수필까지도 근사한 논리로 해석하는 경우를 발견한다. 가령 요새 수필 가운데는 신변잡기를 자랑삼아 늘어놓는 것이 많은데 그 가운데는 시어머니와의 갈등, 여행에서 느낀 감상, 겨울이 가고 화창한 봄이 와 여고동창을 만나 하루 종일 무슨무슨 추억담을 나눴다는 등의 글까지 문제삼아 문학적 성취를 말하는 글도 없지 않다.

그러나 그런 글의 대상인 수필을 읽는 독자가 몇이나 될까. 장삼이사가 딸 자랑, 손자 자랑하듯 늘어놓는 이야기를 다른 사람이 재미있게 읽을 것이라고 믿는 것은 오판이다. 왜 안 읽을까. 굳이 이유를 설명할 필요 없겠지만 기행문을 예로 한 가지 이유만 말한다면 그런 기행수필은 흔히 여행작가라며 티브이나 잡지에서 사진을 통해 신기한 정경을 소개하는 것과는 다른 '문학으로서 수행하는 어떤 것'이 존재하지 않기 때문이다. 문체가 미문사생美文寫生이라면 그것이라도 맛보고, 문장이 매끄럽지 못하다면 행간에 숨은 의미라도 있어야 할 터인데 그것도 저것도 아닌 '너무 좋더라' 식의 말투로 이어지는 자기애narcissism의 연속이라면 그건 문학의 반열에 설 가치가 없다. 문학이 예술로서 수행하는 보편적 가치와는 멀리, 아주 멀리 떨어져 있기 때문이다.

지금은 「일동장유」와 「서유견문」이 수필로 평가받던 시대와는 전혀 다르다. 다른 세상을 소개하는 것만으로는 독자를 잡을 수 없다. 티브이를 켜면 천연색 현장이 그대로 생중계되는데 누가 그런 글을 읽겠는가. 어떤 시인은 사는 게 쓸쓸해서 시를 쓴다고 한다. 그 시인의 시에는 인간의 존재문제, 왜 살아야 하는가. 산다는 게 무엇인가에 대한 자기 나름의 답이 숨어 있다. 이런 점에서 그의 시는 존재가치가 있다.

그렇다면 당신은 사는 게 쓸쓸해서 여행을 떠나는가. 그 여행이 행복해서 수필을 쓰는가. 당신의 수필을 읽으면 그런 문제에 대한 깨달음이 오는가. 그게 나올 때, 그게 설사 생뚱맞다 하더라도 그게 당신만의 것이라면 그 기행수필은 가치가 있다. 그의 수필을 통해서 좀 미숙한 데가 있지만 다른 인생체험을 할 수 있기 때문이다. 수필을 쓰고 읽는 게 시간 죽이기 위한 수단일 수는 없다. 호사가가 모여 정담을 주고받는 사교클럽이 수필문단이 아니다. 수필이 그런 수준이라면 문학예술이 아니다.

이런 문제를 구체적으로 찍어내어 논하는 것은 수필을 위해서 조금도 도움이 되지 않는다. 어떤 연구든지 긍정적 답을 전제로 한다. 어떤 연구의 결과가 '아니다, 없다'라면 그런 연구는 도로徒勞이다. 왜 헛일을 애써 하는가. 삶을 도로에 바칠 이유가 없다. 못난 글을 찍어내어 못났다고 말하는 것이 문학 연구의 본분이 아니다.

사정이 이러하지만 허상문이나 박양근이 수필의 이론 탐색에 정열을 쏟는 것이 수필문단으로서는 반길 일이자 다행스럽다. 현재 한국의 영어영문학은 한국문학을 고찰한 책은 업적으로 인정하지 않는다. 소개하고 해설하는 데 그친 교양서도 제외된다. 문학평론은 한국문학을 대상으로 하고, 논문도 아니므로 이중의 결격사유라 당연히 제외된다. 영문학에 관한 연구로 인정될 수 있는 것은 전작저서의 성격을 지녀야 하는데 이 발 빠른 영문학 전공자들이 한국수필로 건너와 그런 불이익을 감수하면서 수필이론 개발에 팔소매를 걷어붙이고 있는 것은 크게 평가하고 기대할 만한 일이다.

12) 근대 비허구산문론사의 특징

이상에서 논의한 비허구산문의 장르 종의 성격과 내력에 대한 고찰의 결과를 다음과 같이 요약한다.

첫째, '수필'은 보통 다섯 번째 장르로 불리는 비허구산문문학을 총칭하는 이름이고, 그 하위 갈래에 서정수필・에세이, 기행수필이 있다. 교술 장르류 개념으로는 교술율문과 교술산문이 있고, 교술산문에 수필, 서간, 일기, 기행, 비평이 있다.

둘째, '에세이'는 종국적인 결론에 고정되어 있는 것이 아니라 자유로운 종합적 사고로 스스로의 사고논리를 펼치면서 쓰는 양식의 글이다. 다시 말하면 다양한 시각을 종국적인 결론 없이 자신의 견해를 전달하는 특유의 열려있는 형식open form이 에세이다. 이런 점을 N. 프라이의 『비평의 해부』, E. W. 사이드의 『망명과 수필의 반응』, 조동일과 김윤식의 논문을 통하여 확인하였다.

셋째, '수필'은 조선조 박지원의 『열하일기』의 '일신수필'에서 비롯되고, 근대에 와서 이광수, 최남선, 이은상의 기행수필로 그 형식이 이어졌다. 그 뒤 이병기는 「한중록」 해설에서(『문장』, 1939.2) 종래 유식한 이들이 써오던 장구한 전통이 있는 규방문학을 수필로 간주했고, 이태준은 「문장강화」(『문장』, 1939.1)에서 과거의 글을 근거 없이 나무라면서도 수필은 소중하게 여겼다. 이런 주장은 좀 더 검증을 거쳐야겠지만 근대문학에서 '수필'이 수입론으로만 해석되지 않은 특징을 지적하는 견해라는 점에서 교술과 닮았다. 이런 점은 이병기보다 한 걸음 앞으로 나갔다.

넷째, '수필'은 재래하는 용어에 뿌리를 두고 있고, '에세이'는 1920년대 초부터 쓰이던 수입된 용어다. '에세이'는 한동안 수필과 동의어로 사용되었다. 그러나 이 글쓰기의 원래 성격이 자유로운 사고로 스스로의 논리를 개진하는 열려있는 형식을 가진 문학적 논문article이라는 사실이 드러나면서 에세이는 비허구산문의 하위 갈래를 지칭하는 명칭이 되었다.

다섯째, 수필의 장르개념이 확정된 뒤에 수필은 근대문학으로서의 성격 문제가 논쟁의 초점이 되었다. 자기발견이 본질인 근대성은 김진섭의 교양문학으로서의 수필, 이양하의 절세의 세계를 향한 생명애의 표상, 김기림의 현실의 모순과 투쟁으로서의 불평 편에 서는 에세이적 성격으로 형성되었다. 여기에 이상, 박태원, 백석까지 수필을 씀으로써 비허구산문은 1930년대 후반에 네 번째 장르로 문학의 반열에 오른 내력을 확인했다.

여섯째, 조동일은 『한국문학의 갈래이론』에서 수필을 교술의 하위 갈래로 입론하였다. 이 논리에 따르면 수필은 실재하는 세계를 기록하여 전달하는 것을 기본원리로 삼고, 허구적인 요소는 배격한다. 작품 외적인 사실이 작품에 그대로 들어와 있는 현상을 교술의 속성으로 간주한다. 관점이 이러하기에 '교술'에서는 '에세이'가 본질적으로 문제가 될 수 없다. 따라서 교술론에 '에세이'라는 용어는 나타나지 않는다. 교술과 에세이는 본질적으로 무관하다는 뜻이다. 수필은 교술의 하위갈래이다. 수필과 에세이의 용어자질이 다른 것이 교술에서도 확인된다.

일곱째, 비허구산문을 대표하는 용어는 '수필'임을 27권 단행본 수필집의 제호를 통해 확인하였고, 그 수필집이 한국 근대문학에서 비허구산문을 대표하는 문학적 성취를 확인하였다.

여덟째, 많은 수필전문지가 창간되고, 이런 문예지가 특히 서정수필가를 양산함으로써 문단 일우에 수필 하대의 풍조가 발생하여 '수필'이라는 전통적 장르명을 '산문' 혹은 '에세이'로 바꾸고 있는 사실이 드러났다. 그러나 그런 기류와 관계없이 수필문단 본령을 '수필'이라는 이름으로 작품활동을 계속하기에 '수필'이 '산문' 혹은 '에세이'로 바뀔 가능성은 없다. 수필집을 '산문집', '에세이집'이라 말하는 것 역시 비허구산문의 이런 큰 흐름과 어긋난다는 사실을 발견했다.

아홉째, 피천득은 번역가, 동시·동요작가, 시인으로 활동하다가 늦게 수필가가 되었다. 사정이 이러하지만 그의 「수필」이 『서재여적』을 통하여 서정수필의 한 전범으로 평가를 받았다. 이것은 「수필」이라는 이름의 단행본이(범우사 판) 2017년 5월 5판 60쇄를 찍은 데서 단적으로 드러난다. 그러나 「수필」은 비허구산문에서 서정성만 너무 강조하여 '수필=서정수필'이 됨으로써 '에세이' 축이 수필에서 분리하는 결과를 가져 왔고, 그것이 급기야 수필의 문학적 영역을 반으로 축소시켰다. 이런 점에서 「수필」은 역설적이게도 수필문학 발전에 순기능과 역기능을 동시에 수행하는 존재임을 확인했다. 피천득이 에세이는 전혀 쓰지 않고, 이성적 사유를 극도로 절제하는 서정수필만 쓰고 강조한 결과다.

열 번째, 근래에 수필이론을 탐색하려는 작업이 수필문단 한 편에서 대두되고 있다. 이것은 수필을 문학연구의 대상으로 삼아 논의한다는 점에서 매우 중요하다. 그러나 서구의 산문문학 이론을 수필에 대입시킴으로써 작품과 이론의 밀착도가 떨어진다. 이런 태도는 전래하는 한국수필과 이미 정론의 단계에 진입한 기존이론을 수용하지 않은 결과로 도로가 될 우려가 없지 않다. 학문은 상이한 견해와의 토론이기 때문이다. 그러나 다른 한편에 앞의 이론을 이으면서 독자적인 이론개발을 시도하는 예가 있기에 수필론의 미래가 비관적이라고 평가할 수는 없다. 신재기가 조동일의 교술, 김수업의 어름문학에서 수필이론의 단초를 찾으려는 행위가 그러하다.

3. 한국수필의 행방

지금까지 이 글은 한국 근현대수필을 문학사적 각도에서 고찰하였다. 이러한 사실판단을 토대로 다음과 같은 문제를 제기한다. 한국수필의 행방을 가늠하는 가치판단의 기준으로 삼기 위해서이다.

1) 수필 하대 기류

2000년대를 넘어서, 특히 최근에 이르러 한국의 대표적 문예지에서 '수필'이란 용어가 일제히 사라졌다. 『현대문학』 2015년 1월 창간 60주년 기념 특대호는 '수필' 20편을 묶으며 '에세이'라 했고, 『문학사상』도 2015년 12월 호 수필 4편을 실으면서 '에세이'라는 용어를 쓰고 있다. 이밖의 다른 계간 문예지, 곧 『창작과 비평』, 『문학과 사회』, 『문학동네』, 『실천문학』, 『세계의 문학』, 『작가세계』 등은 '수필'도 '에세이'도 없다. 계간지 가운데 유일하게 수필장르를 아우르는 문예지는 『한국문학』이다. 이 잡지는 '수필'이나 '에세이'라는 용어대신 '산문'이라는 용어를 쓰더니 2017년부터 반년 간으로 바뀌어 '수필'인데 '수필'로 부르지 않는 글도 사라질 판이다.

『현대문학』이나 『문학사상』, 『한국문학』 같은 전통이 깊은 문예지가 수필을 대하는 더욱 놀라운 사실은 '수필'이 아닌 '에세이'를 쓰는 문인 가운데 정작 에세이스트는 한 사람도 없다. 『현대문학』의 「20인 에세이－버리지 못한 것들」의 필자는 시인이 10명, 소설가가 6명. 나머지 4명은 문학평론가, 의사, 조형예술가. 디자이너이다. 2015년 12월 호 『문학사상』에 '에세이' 4편도 교수 2명, 시인 1명, 음악가 1명이다.

2016년 3월도 같다. 『현대문학』은 한 소설가의 글 '뽕'을 '에세이'라 했고, 『문학사상』도 수필 세편을 '에세이 3편'이라고 묶었다.

사정이 이러함에도 불구하고 한국수필은 지금 '네들은 그렇든 말든 우리는 우리대로 간다'며 활기차게 움직이고 있다. 이것은 수필전문지가 계속 늘어나고 그와 비례해서 수필가도 증가하며 그 많은 수필가가 계속 개인 수필집을 출판할 뿐 아니라 수필잡지는 저마다 문학행사를 떡 벌어지게 하는 데서 단적으로 증명된다. 이런 현상을 부정적으로 보면 문학의 질적 저하라 할 수 있지만 문학이 외면당하는 지금 추세로 볼 때 주목할 만한 현상이다.

범문단적 상황에서도 수필이 하대받는 문학 갈래가 아니라 시, 소설, 희곡, 평론과 동등한 자격으로 당당하게 우대받기도 한다. 계간지 『동리목월』과 『PEN문학』, 『월간문학』이 그렇다. 앞의 문예지는 동리목월

기념사업회가 발행하고, 뒤의 두 문예지는 국제 팬클럽한국본부와 한국문인협회의 기관지이다. 이 세 문예지를 묶는 특징은 한국문인협회를 중심으로 한 보수 성향의 문인들이 중심 필진이고 독자이다.[124] 그리고 뒤의 두 잡지는 독자가 한국의 어느 잡지보다 많다. 특히 『월간문학』은 한국문협 회원이 약 14,000여 명임을 감안할 때 이 잡지를 보는 사람은 국내 어떤 문예지도 따라올 수 없을 만큼 많다.

한국문인협회는 해방 뒤 김동리, 서정주, 박종화, 조연현 등 보수 성향의 문인들이 중심이 되어 오늘에 이르렀고, 『PEN문학』 역시 그런 성향의 문인들이 중심이 된 기관지인 까닭이다. 『PEN문학』은 'PEN'의 'E'가 'editor와 essayist'의 머리글자라는 점에서 수필의 위상은 다른 잡지와 다르다. 확고한 보편적 문화논리 위에 자리를 확보하고 있다. 비록 '수필'이 '산문'으로 불리기도 하지만 이런 문예지의 경우, 그 문학적 위상은 달라지지 않았다. 따라서 이름이 달리 불리는 것은 문제가 되지 않는다.

이상과 같은 사실을 전제할 때 지금 '수필'이란 장르는 보수적 성향의 문인그룹과 상업문예지로 대립된 사이이다. 상박相撲과 상생相生의 틈새이다. 상업문예지는 그들이 문단을 선도한다는 자부심에서 수필을

124 '동리목월 기념사업회'는 해마다 동리문학상과 목월문학상(상금 1억 4천만 원)을 준다. 이 상금은 경주시와 한국수자원공사의 후원금이고, 동리목월기념사업회에서 운영하는 문학관은 경주시의 위탁을 받은 업무다. 신라 정신이 아직 살아 숨 쉬는 가장 보수적인 도시 경주시가 발행의 주체다. 또 동리목월 기념사업회를 만들고 계간 문예지 『동리목월』을 창간하고(2010) 「동리목월 문학상」을 제정, 운영하며 지금까지 이 단체와 문예지를 이끌어오는 평론가 장윤익은 한국문인협회 평론 분과 회장을 맡고 있다. 이런 데서 '수필'이란 용어를 사용하는 문예지의 성향이 드러난다. 『동리목월』, 『월간문학』, 『PEN문학』은 상업계간지와는 편집성향이 많이 다르고 필진도 아주 다른 보수 성향의 문예지다.

하대한다. '산문'은 어중이떠중이도 써서 그걸 작품이라 자랑하는 '수필'과 다르다는 것이다. 그런데 문제는 상업 문예지가 문화권력이 훨씬 더 강하여 그것이 대세를 이루고 있다는 점이다. 이런 문제는 피천득 수필이 그간 지나온 내력으로 설명이 가능하다.

피천득의 수필이 뜨던 1960년대는 정치가 문학까지 관리하던 시대이다. 그 때 피천득의 수필 작품 두어 편이 군부독제의 틈새를 비집고 들어가 밝고, 열린 세상으로 세계를 인식하는 포즈를 취했다. 중고등 국정 국어교과서에 「인연」과 「수필」이 오랫동안 수록된 것이 그것이다. 그 긴장된 1960~1980년대를 건너는 감성 많은 중고생들에게 이 두 작품은 그들에게 아름다운 꿈을 꾸게 했다. 용하고 가상하다.

그러나 이 논리를 한번 뒤집으면 전혀 다르다. 그런 연문학이 한 시대의 문학을 미문체 수필로 가려버렸다는 혐의에서 자유롭지 못하다는 해석이 성립하는 까닭이다. 1960~1980년대의 많은 참여문학이 현실을 비판하던 사실이 너무나 뚜렷한데 피천득의 수필에는 그런 성격이 전무하다.

피천득의 대표작 「수필」에는 서정적 감성이 넘친다. 결국 그런 수필(서정수필 · 문예수필)은 글감을 비판적 시각으로 접근하는 에세이적 사유를 차단해 버린다. 에세이는 스스로의 사고논리를 이성적으로 펼치는 글쓰기다. 그런데 서정수필은 에세이의 이런 성격을 약화시킴으로써 비허구산문의 한 축을 수필에서 축출하는 결과를 가져왔다.

피천득의 「수필」에 나타나는 수필의 한계가 바로 여기에 있다. 역사의식, 현실문제가 전무한 감성적 사유가 등천한다. 그 결과 미문체 신변사생의 서정수필을 강조한 것이 되어 결국 모든 수필이 연문학이 되고 말았다, 에세이는 말할 것도 없고, 서정적 교술, 서사적 교술까지 비허구산문, 범칭 수필에서 제외시켜 버렸다. 중・고교 시절 피천득 수필을 최고의 수필로 배운 세대가 이런 심미적 사유는 강하고 이성적 사유는 없는 피천득류의 산문을 수필의 전범으로 치켜세우면서 수필의 문학적 영역이 반으로 줄어들었다. 그러니까 '수필=서정수필'이 되어 에세이는 안 쓰거나 못 쓰는 수필가가 수필문단을 장악하는 결과를 가져왔다. 그때 문단 중심에 있는 신진 상업문예지는 '수필'을 '산문'이라는 이름으로 바꾸고 수필을 하대하기 시작했다. 상박이 상생으로 길항한 것이 아니라 앞서가는 것이 뒤 따라오는 것을 버렸다. 곧 수필에 지각 변동이 일어나거나 축이 무너질 조짐이다. 이런 점에서 이 항의 결론을 이렇게 내린다. '서정수필의 범람을 막아라. 그래야 수필의 앞길이 열린다.'

2) 소위 실험수필

『수필학』이라는 단행본을 20호(2012)까지 출판하면서 한국수필의 한 사단을 이끌고 있는 노익장한 수필가가 「수필은」이라는 글에서 수필을 다음과 같이 말하고 있다.

① 수필은 인간학. 인간 내면의 심적 나상을 자신만의 감성으로 그려내는 한 폭의 수채화. 자연이 지닌 온갖 색을 혼합해서 만들어내는……

② 수필은 창작문학. 사실을 뿌리로 서정의 꽃과 열매를 맺는 문학. 함축과 묘사를 통해 자신의 생각을 형상하여 독자의 공감을 이끌어 내야.

③ 수필은 신문고(申聞鼓). 정도를 꿰뚫는 혜안과 통찰력이 필요. 논설조

나 훈계조의 직설화법이 아니라 정서로 다가가는 메타포.[125]

정체를 규정할 수 없는 이 글은 원래 『실험수필』(문학관, 2014), 『한국실험수필』 제2집(문학관, 2015)에 「수필아포리즘」이라는 제목으로 실렸는데 『한국실험수필』 3집(문학관, 2016)에 와서는 제목을 「수필은」이라 바꾸면서 "위의 '수필'은 『실험수필』 창간호에 실린 글을 보완한 작품입니다"[126]라 함으로써 더 특이한 형태의 글이 되었다. 이 글은 제목에 보이듯이 '수필'의 특성을 규명하고 있는데 그것이 1번에서 30번까지 번호를 붙여 서른 개를 늘어놓고 있다.

이런 것도 '작품'인지 모르지만 어쨌든 ①, ②, ③의 키워드는 '감성·서정·정서'이다. 모두 서정수필과 관련된다. 특히 ③에서 '훈계조의 직설화법이 아니라 정서로 다가가는 것이 수필'이라는 대문이 그렇다. 수필을 이렇게 말하는 것은 수필이 감성과 서정의 산물만이 아니라 이성적 사유도 크다는 사실을 전혀 고려하지 않는 태도이다.

윤재천 수필선집 『도반』에서 이런 성향을 쉬 발견할 수 있다. 『도반』의 화자는 '구름 카페에 들어앉아 창을 통해 주변의 정취에 젖어 그걸 즐기며 사는 존재다. 문학소녀 같이 막연한 꿈에 부풀어 있는 이 화자는 미래에 대한 기대가 환상에 싸여 있다. 윤재천은 인생 여든 성상을 오직 유미주의에 몸을 담그고 '꿈으로 산다, 그리움으로 살기'에 하루가 늘 바쁜 문인이다. 누구도 이런 삶을 비난할 자격은 없다. 그러나 누구나 이런 삶이 어떤 가치를 지니는가는 따질 수는 있다. 특히 그가

125 윤재천, 「수필은」, 『한국실험수필』 3, 문학관, 2016, 172쪽.
126 위의 글, 181쪽.

영향력 있는 문인이라면 더욱 그렇다. 그의 문학이 다른 문인, 후배 문인에게 영향을 미칠 것이기 때문이다. 윤재천은 아마 오늘도 구름카페에 앉아 구름잡는 이야기를 누군가와 나누며 5월의 신록을 즐기고 있을 것이다.[127]

구름카페는 흡사 피천득이 늘 현실과는 먼 거리에서 삶을 관조하던 그 세계를 닮았다. 피천득은 6·25의 상처가 시뻘겋게 남아있던 시간에(1954) 부자나라 제일 좋은 대학에서 보스턴·심퍼니 기념 연주를 서양미인과 함께 특별석에서 즐겼고, 일제가 우리를 짐승처럼 다스릴 때도 유학을 하며 현실을 몰랐다. 윤재천도 구름카페에서 늘 꿈만 꾼다. 그래도 현실에 문제가 없다. 얼마나 다행한 삶인가. 부러워할 만하고, 내세울 만하다. 그런데 그게 어쨌단 말인가.

아니다. 이렇게 되물을 사안이 아니다. 이런 글쓰기가 마침내 '실험수필'의 중앙에 앉아 그 '새것'으로 '헌것'을 바꾸려고 하기 때문이다. 상박의 포즈이다.

2014년에 한 출판사가 '수필의 새로움을 여기서 찾는다'며 『한국실험수필』이란 수필집을 냈는데 2015년에 그 제2집이 나왔고, 2016년에 제3집이 나왔다. 이것은 2012년 『실험수필 코드읽기』라는 두껍고 큰 수필집 발행과 연결된다. 그 책에는 많은 문인들이 글을 썼고 논지의 대체적인 방향은 '실험수필'이 수필의 새로운 변화로 문단에 활기를 준다는 것이었다. 그런데 이 실험수필이란 책에 수록된 글에 드러나는 공통적 특징이 하나 있다. 모두 구름카페의 화자 같고, 피천득 수필의

127 오양호, 「윤재천론」, 『수필과 비평』, 2014.7 참조.

화자 같은, 그러니까 현실문제, 역사의식 같은 골치 아픈 인간사는 테마로 삼지 않는다. 다르게 말하면 비현실적 현상만 존재하는 세계다. 수필이 신변사고, 인격의 반영이고, 미문지향의 글쓰기라는 것과도 무관하다.

그 책의 편저자는 '나는 수필을 종합문학이라고 생각한다'고 했다.[128] 종합문학이라는 말이 맞다면 그 종합문학의 하나인 소설이 문제 삼는 현실이 수필에는 왜 문제되지 않는가. 또 필자 한 사람은 '다행히 요즘 수필이 총체성을 지닌 장르로 지향되고 있어 희망적이다'라 했다. '총체성을 지닌 장르'의 의미가 무엇이라 규정하지 않았지만 그 말대로라면 '종합문학'이라는 말과 같다. '종합'이나 '총체성'은 뜻이 다르지 않다. 이런 발언은 '수필이 모든 장르를 흡수한다'[129]는 글과도 맥락이 닿는다. 얼른 보면 상생相生의 논리로 들린다. 그러나 그렇지 않다.

이런 말은 결국 수필은 모든 문인이 쓰는 문학 장르라는 말이고 수필은 전문적 글쓰기가 아니라는 의미다. 그렇다면 수필가는 없다. 수필가가 없으면 구름카페도 없다. 구름카페의 화자는 종합문학의 화자이고 총체성 문학의 화지이지 수필의 화자는 아니다. 이치를 따지니 이런데 이게 말이 되나. 상박이 상생의 관계로 길항하는 것이 아니니 수필문학장에 위기가 야기된 형국이다. 그렇다면 이렇게 따지지 않고 모른체 해야 하나. 그건 아니다. 그런 글이 주위에 영향을 주기에 가치를 따지고 검증을 하여 곧 도래할지 모르는 위기를 막아야 한다. 그게 진짜인지 가짜인지 정체를 캐봐야 한다.

128 오차숙, 『실험수필 코드읽기』, 문학관, 2012, 102쪽.
129 하길남, 「수필이 모든 장르를 흡수한다」, 『한국수필』, 2015.1, 34쪽.

따진 답은 무엇인가. 없다. 이런 글이 제기하는 문제가 아무것도 없다. 거저 구름카페에 앉아 창 너머로 밖을 바라볼 뿐이다. 싫은 것은 피해서 절친끼리 친교를 하는 이야기다.

사정이 이렇기에 한국문학 본령에서 수필을 본격문학으로 보지 않는다. 사정이 이렇기에 정규 대학에서 수필 전공 강의가 개설되지 않는다. 사정이 이렇기에 세상 사람들이 수필가로 떠받드는 자기 선생을 기리는 평전에서[130] 본업이 영문학 교수이고 글쓰기는 제일 먼저 번역 문학가이고, 다음이 동요, 동시 작가이고, 셋째가 시인이고, 네 번째가 수필가라 했다. 이런 선생의 문하에서 높은 공부를 하고 교수가 된 제자는 그의 선생이 문학 현장에서 하대받고, 연구학회 하나 없는 '수필만 쓴 문인이 아니'라는 것이다. 설사 그런 표현을 대놓고 말하지 않았지만 그런 마음이 평전 밑바닥에 분명히 깔려 있다. 아니 이런 점은 평전에 잘 정리된 작품연보에 아주 선명하게 나타난다. 평전을 쓸 만한 존재라면 내 세울 만한 무엇, 누가 봐도 자랑이 될 만한 문제가 있어야 하는데 겨우 70여 편의 작고 짧은 수필을 가지고 문학평전을 쓸 수는 없었을 것이다. 그렇다고 그가 윤동주처럼 파란 많은 삶을 살다가 비극의 주인공이 된 것도 아니다. 피천득 같이 온실 속에서 작은 것을 사랑하며 여인들의 사랑을 받으며 장수한 수필가가 평전의 대상이 된 예가 세계 어느 문학에도 없다는 사실을 알기에 자기 선생에게는 수필이 네 번째 글쓰기라 했을 것이다.

『한국실험수필』이라는 이 연속간행물을 좀 더 넓게 살펴보자. 우선

130 정정호, 『피천득 평전』, 시와진실, 2017.

작품을 게재한 수필가 수가 3집에서 줄었다. 제2집은 48명이었는데 제3집은 43명이다. 사실 이런 건 문제가 아니다. 제2집에서 "제도적 이탈을 하는 것이 죄송스럽지만 이 시대 이 길이 수필 발전을 위한 길임을 인식하며, 가지 않으면 안 될 곳을 향해 발길을 옮기고 있다"[131]고 다소 겸손하던 태도가 제3집에서는 당당하고 자신만만한 것이 문제다.[132]

이 책에 실험수필이라는 이름 밑에 놓인 글의 형태는 가지각색이다. 좋게 말하면 다양하고 좀 나무라면 제멋대로이고 잡동사니다. 그런데 자신만만하다. 모든 예술에는 고유의 형식미가 있다. 형식미가 예술의 격을 높인다. 내용을 기준으로 예술의 성격을 규정할 수는 없다. 비극미가 명작 소설이나 시에만 나타나는 게 아니다. 음악, 미술, 오페라에도 나타난다. 예술의 성격을 결정하는 가장 중요한 요소는 형식이다. 그렇다면 "잡동사니, 제 멋대로, 각양각색"은 예술이 될 수 없는 속성이다. 수필의 한계가 바로 여기 있다. 그런데 이 한계를 오히려 더 벌려놓고 있는 것이 실험수필이다. 다행하게도 실험수필이 처음 등장할 때부터 이런 글쓰기를 반대하는 평론가가 있었고, 지금도 이런 추세를 걱정하는 글이 있어 그나마 위안이 된다. 브레이크 풀린 자동차처럼 질주할

131 오차숙, 「전위사상, 그 기법으로 창작한 실험수필」, 『한국실험수필』 2, 문학관, 2015.

132 가령 이렇다. "실험적 글쓰기에 도전하는 작가들은 한계를 감지하며 모든 것을 취합하고 가공해서 창작하는 자들이다. 장르 사이를 무너뜨리며 미학적 관점에서 진보적인 제스처를 취하는 자들이다. 억압된 것으로부터 한 발자국 벗어나 반 추상적 수필, 다의적 수필을 쓰는 데에 주력하는 자들이다. 알레고리를 바탕으로 문학으로서의 '반짝임'을 추구하며 글의 이미지를 형상화하는 데에 목표를 두는 자들이다. 대단한 사명감에 차 있다. 창작하는 자들? 미학적 관점? 무엇이 수필을 억압했기에 억압으로부터 벗어나는가. 다의적?, '알레고리를 바탕으로? '반짝임은 또 뭔가. 이런 요소들이 어째서 수필만의 문제인가. 논리적 글쓰기가 전업인 문인이 아니고 수필가가 쓴, 굳이 형식을 따지면 일종의 에세이인 글을 문제삼을 것이 없지만 판을 점점 크게 벌리며 '경계선을 극복하기 위한 퍼포먼스'라며 흥분하고 있어 모른 체 할 수 없다."

지 모를 행위에 제동을 걸기 때문이다.

> 오차숙의 문학은 나의 문학관과 너무 다르다.
>
> 「생은 한 판 춤사위로세」와 「나의 삶 나의 문학」 1과 2는 오차숙이 지향하는 문학세계를 이해하는데 많은 도움이 되었지만, 실제로 다른 작품들은 소통의 단절에 부딪혔다.[133]

> 정체성의 축이 구심력이라면 장르의 전통을 계승해 나가면서 문학적 지배 영역을 확충해 가는 실험정신은 원심력에 해당한다고 하겠다. 하지만 문제는 안성수의 견해와 같이 수필에서 "현대성의 수용실험"이다. 수필의 정체성과 창작기법 등에 영향을 주는 현대의 철학과 미학을 새로운 수필의 문학관 등에 연결시켜 보여줄 수 있을 때, 실험다운 실험으로서의 가치와 의미를 지니게 될 것이다.[134]

앞의 인용은 평론가 김우종의 견해이다. 실험수필을 주도하고 있는 수필가가 먼저 자신의 수필을 통하여 그런 글쓰기 확산을 시도하는 것에 동의할 수 없단다. 김우종은 자선수필집 『꽃과 슬픔의 미학』(어문각, 1986) 외 여러 권의 수필집을 발행한 평론가고 수필가다. 그런데 실험수필에는 소통의 단절에 부딪힌다는 것이다.

김우종은 실험수필의 이런 현상을 쉬클로브스키의 말을 끌어와 평

133 김우종, 「오차숙의 아방가르드 수필 세계」, 오차숙 편, 『실험수필 코드읽기』, 문학관, 2012, 12쪽.

134 한상렬, 「한국실험수필의 현주소」, 『한국실험수필』 3, 문학관, 2016, 30쪽.

가하면서 포말 매니플레이션 즉 '형식적 속임수'라며 의미부여를 유보한다. 그러나 그것이 속임수인 이상 작가에 따라서는 '악의의 속임수'로 형상화되어 예술이 될 수도 있겠다[135]며 비판을 더 유보한다. 하지만 실험수필을 형식적 속임수와 등치시키는 태도는 실험수필에 대한 완곡한 부정이다. 실험이 있어야 새로움이 탄생되겠지만 『실험수필 코드읽기』는 아무래도 좀 지나친 듯하다는 것이다.

뒤의 인용은 수필잡지 발행인이고 수필평론가인 한상렬의 글인데 실험수필만은 신중을 기해는 게 바람직하다는 견해다. 실험 자체를 비난하는 것은 잘못이라는 의미다. 모든 것이 시행착오 속에 발전하고, 무모한 도전이 새로운 길을 개척한다는 논리에서 보면 그렇다.

'실험수필'에는 모든 형태의 글쓰기가 다 동원되고 있다. 그런데 어떤 내용, 어떤 형식이든 관계없다는 것은 새롭지 않다. 수필은 '무형식이 형식'이라는 것이 오래전부터 이 장르를 규정하는 고유한 특징으로 공인되어 온 까닭이다.

문학 장르의 특성을 일차적으로 규정하는 것은 형식이다. 시는 운문형식이고, 수필은 산문이고, 희곡은 희곡 특유의 형식이 있다. 소설도 형식이 제멋대로인 것 같지만 어떤 작품이든 분석하면 그 나름대로 소설시학을 따르고 있음이 드러난다. 그런데 『실험수필』에 수록된 글은 기존의 비허구산문, 범칭 수필을 시 형식, 희곡형식 심지어 컴퓨터의 한글 문자표 기호를 활용한 글, 내포가 아주 다른 어휘까지 동원하여 폭력적으로 연결시켜 뭐가 뭔지 모를 글이 수두룩하다. 일단 다르게 써

135 김우종, 앞의 글, 14쪽.

보자는 투다. 편저자는 이런 글에 아방가르드 수필이라는 이름을 달아 명분을 세우려 한다. 기법이 특별하고 낯설게 하기defamilarization 수법이 동원되기에 아방가르드라고 한단다. 그러나 낯설게 하기가 수필만의 글쓰기 기법도 아니고, 최근에 나타난 새로운 이론도 아니다.

이런 기법이 필립 휠라이트Philip Wheelwright가 『은유와 진실*Metaphor and Reality*』에서 말한 그 열린 언어, 곧 굳어지고 닫힌 언어가 아닌 생생한 현장의 말로 인간의 삶을 리얼하게 표현하려는 그런 글쓰기를 수필도 수행하여 요새 문단 한 편에 일어나고 있는 기분 나쁜 수필 하대 풍조를 불식시키려는 시도로 해석할 수 있기에 이해되는 점도 있다. 하지만 실험수필이라는 명분아래 형식이 너무 파격적이거나 엉뚱하여 이 장르 고유의 성격을 상실할 지경이다. 수필이 까다로운 형식을 요구하지 않아 이 장르는 원래부터 민중과 친연성이 깊은 데 형식에 현학석인 냄새가 나고, 수필의 생명인 재치, 유머, 서정적 문체미가 달아나고 없다. 이래서 '실험수필'은 개악改惡의 퍼레이드이다. 그래서 상박이 상생의 원리로 길항하지 못한다. 이것이 실험수필의 큰 한계이다.

다른 한편에서 실험수필이 바람직하지 못한 현상은 교술로서의 수필이 학계에서 이미 공인되고 중등교육의 현장에서 장르론으로 입론화되어 대학입시 등에 이런 문제가 출제된 것이 벌써 오래전인데 그런 성격의 작품은 '실험수필'에서 새롭게 실험하는 예를 찾아볼 수 없다. 교술은 한국 고전문학을 중심 텍스트로 하고 독일문학 이론에서 차용해 문학의 제4장르로 규정한 것이 한 세대가 넘는다. 모든 '실험'이 발전을 전제로 한 것이라면 '실험수필'은 당연히 그런 우리 고유의 문학이론을 수용·발전시켜야 할 것이다. 수필의 지평을 넓히는 작업인 까닭이다. 예를 들면 교술이론의 단초가 된 조선조 운문 가사를 현대의 수필로 시험한다면 얼마나 새롭고 신선할까.

그런데 '실험'이 서구를 쫓아가거나 흉내 내고 근본을 몰라도 새롭기만 하면 그것이 앞선 것으로 착각하고 그 대상을 밖에서만 찾고 있다. 현대문학장에서 수필을 교술이라 부르는 것을 반대하는 사람도 적지 않는데 순수국산품 교술을 실험수필장으로 끌어내어 다시 검토하는 것은 재미있고, 바람직한 일이다. 고전문학계가 이룬 문학연구의 성과를 이어받아 현대문학으로 변용시키는 발전이기 때문이다. 어떠한 경우도 문학의 단절은 있을 수 없다. 이것은 모든 문학사가 증명한다. 그런데 실험수필은 왜 그런 일을 하지 않을까. 아마 교술의 존재 자체를 몰라 일어난 결과일 것이다.

사실 문제를 이렇게 복잡하게 따질 것이 없다. 아무리 '실험수필'이라 하더라도 그 원리는 전시대 수필 고전이 가지고 있는 본질적 특성을 벗어날 수 없다. 굳이 T. S. 엘리엇의 전통론을 끌어다 붙일 것 없이 '실험수필'도 이병기가 말한 '가장 한글다운 문체', '가장 산문적인 문체'인 우리의 내간체가 전신이고, 그걸 이어받은 이태준의 수필관 역시 무시할 수 없다. 그런 한국고전 문학을 창조적으로 독해하여 수필장르를 새롭게 해석하고, 이론을 발견하여야 한다. 어떤 예술도 전통과 단절되거나 완전한 이탈은 안 된다. 아니 불가능하다. 표면적으로는 단절이지만 따지고 들어가면 변용된 형태로 존재한다. 그런데 실험수필은 그런 변용이 눈에 띄지 않는다. '실험수필'을 우려하는 것이 바로 이 문제다.

이런 관점에서 이항의 결론은 이렇게 정리한다.

어떤 새로운 문학도 전통과의 단절은 용인되지 않는다. 새것이 헌것을 구축하는 원리도 상박相撲이 상생相生의 원리로 길항拮抗해야 한다. 그렇지 않으면 보편성 결여로 자생력을 곧 잃어버린다. 문학의 이런 원리는 세계 모든 문학이 물고 물리면서 발전해 온 사실에서 증명된다. 이런 점에서 실험수필은 수필의 행방을 더욱 가늠하기 어렵게 만든다.

3) 수필가만 있고 수필연구자가 없는 수필문단

한국연구재단NRF 홈페이지에 들어가 우리나라 학회의 실태를 점검하면 2018년 말 현재 그 총수가 3,568개이고, 대학부설연구소 기타(일반)기관까지 합하면 8,973개인데 수필연구는 논문이 230건뿐이라는 것은 수필의 현재 위상을 적나라하게 보여준다.

한국연구재단에 등록된 국문학관계 연구학회는 119개이고, 문학관계 학회는 48개지만, 수필연구학회는 없다. 누가 윤재천이 중심이 된 『수필학』이 오랜 기간 동안 출판된 사실이 있다고 귀띔할지 모른다. 그러나 그 연속간행물은 겉으로 보면 수필연구 같지만 내용은 전부 수필평론이고, 저자도 수필가로 논문을 쓴 일도 없고, 문학연구 방법을 훈련받은 이력이 없는 문인이 거의 전부다. 다시 말하지만 NRF 홈페이지 KCI통합검색창에 '수필학'을 입력하면 논문 등 모든 사항이 '0건'이다. 이런 사실을 기준으로 삼으면 수필은 문학이 아니다.

수필가가 공식적으로는 3,413명이지만 수필가라는 이름을 걸지 않고 수필을 쓰는 사람이 그만큼 될 테고, 그들이 낸 책이 어림잡아도 만여 권에 육박할 것인데 그 책이 전부 학문의 대상에서 제외되는 현상이 그렇지 않은가. 그렇다면 수필관계 책은 멀지 않아 대부분이 쓰레기로 처분될 것이다. 도서관장서 관리 규정에 어떤 자료든 일정기간 이용자가 한 사람도 없으면 넘치는 정보 때문에 그런 책은 처분할 수 있다는 조항이 있다.

사정이 이럼에도 불구하고 모든 수필가는 수필의 대변인이 되어 수필을 옹호하며 수필이 장차 문학을 이끌어갈 것이라고 외친다. 수필을 대표하는 단체가 있고, '○○○작가회'라는 이름을 단 단체가 수필전문 잡지마다 있다. 그런 단체는 회원의 친목만 도모할 것이 아니라 학술적인 일도 해야 할 것이다. 수필가의 문학세력을 과시하며 몰려다닐 것이 아니라 수필도 문학임을 증명해야 한다. 학술지도 발행하고, 학술대회도 열어 수필을 과학적으로 따지는 연구논문이 이루어질 수 있는 분위기를 조성해야 그들이 쓴 수필이 문학이 된다. 그래야 정부 지원도 받고, 정규 대학 문과에서 수필연구도 하고, 강좌도 개설할 것이다. 학술적인 성과가 없는데 무엇으로 강의를 개설하나. 문인단체에서 '○○ 교수 수필 강의'라는 낯 뜨거운 이름으로 벌리는 창작지도를 설마 학술행위로 알고 있지는 않을 것이다. 그러나 수필문단의 이런 태도는 딱하다 못해 안타깝고 한심하다. 스스로 수필이 문학을 포기한 문학임을 증명하는 행태인 까닭이다. 수필을 이대로 두면 유행가 가사 꼴이 된다. 유행가는 모든 사람이 다 즐기며 열창하지만 그 가사를 연구하는 사람은 없다. 그래서 딴따라라고 하대한다. 하기야 유행가 가사 가운데는 웬만한 시 뺨치는 것도 있으니 눈을 화등잔 같이 뜨고 반론을 펼지 모르겠다.[136]

아니나 다를까. 드디어 유행가와 수필의 대비가 나타났다. 모 방송국

136 조동일, 『서정시 동서고금 모두 하나』, 내마음의바다, 2017. 저자는 세계 명시 400편에 「비 내리는 고모령」을 포함시켰다. 일제시대 징용을 가는 화자의 어머니와의 이별이 곡진하게 드러나기 때문이다.

의 방송 프로그램[137]에 기댄 수필창작론이다. 프로그램에 나온 가수가 "노래를 온전히 자신의 것으로 만들기 위해 밤낮없이 연습하며 거기에 더 큰 공감의 효과를 위해 연기까지 곁들여 표현해 내는" 것처럼 수필을 쓰면 좋은 수필이 될 것이란다.

이 글은 우리나라 최장수 · 최대회원을 가진 『월간문학月刊文學』 2019년 9월 호가 '기획특집 수필문학의 창조성 확대방안'이라는 야심찬 기획으로 편집한 통권 제607호 「권두언」에 나오는 말이다. 한국문협은 회원만 14,000여 명이니 이 글의 영향력은 대단할 것이다. 그런데 이 글이 5쪽을 할애하여 열심히 옹호하는 수필창작론에는 전문용어가 단 한 개도 없다. '전문용어가 없음은 전문적인 글이 아님'이다. 따라서 이 글은 수필창작을 대중인기가 큰 방송 프로그램에 비유해서 쓴 수필로 쓴 수필창작론이다. 피천득이 수필의 특징을 수필로 쓴 「수필」과 같다. 다만 비유의 격이 높고 낮아 다르다. 다른 글 4편도 모두 수필가가 쓴 수필창작론이다. 거듭 말하지만 수필창작론은 차고 넘친다. 문제는 문학연구 현장에서 수필이 시, 소설, 희곡과 대등한 가치가 있다는 평가를 객관적으로 증명하는 연구다. 아직도 수필가들이 나서서 자기들의 장르를 왜 홀대하느냐고 세상 사람들을 나무라고, 수필이 훌륭한 문학임을 '논증, 증명'하지 않고 수필이 훌륭하다는 '주장'만 하고 있다. 수필가가 나설 것이 아니라 문학연구자가 나서서 수필이 본격문학임을 논증해야 수필이 발전한다.

137 2019년 2월 18일 〈내일은 미스트롯〉이란 이름으로 방송된 이 프로그램의 최종회(5월 2일)에는 무려 18.11%라는 시청률을 보였고, 최종회 방송 직후 미스트롯 '진'의 영상은 71만 뷰를 돌파했다고 한다. 최원현, 「〈미스트롯〉과 수필문학」, 『월간문학』 607, 2019, 22~23쪽 참조.

4. 결론

한국 근현대문학에 나타나는 비허구산문, 범칭 수필의 개념을 시대순으로 정리하면 다음과 같다.

'수필'과 'Essay'는 다르다. '수필'은 윤흔의 『도제수필』에 '수필'이란 용어가 최초로 나타나는 옛 문학양식에 근원을 두고 변화·발전한 것이다. 에세이는 이광수의 「문학에 뜻을 두는 이에게」에 처음으로 나타나는 '문학적 논문'에서 시작된 이지적이고 주관적이면서도 객관적 비판이 중심을 이루는 글쓰기 양식이다.

'수필'은 보통 다섯 번째 장르로 불리는 비허구산문을 총칭하는 장르류의 수필과 그 하위갈래인 장르 종으로서 수필로 나뉘고, 에세이도 이런 장르 종의 하나이다.

노자영의 『사랑의 불꽃』으로 대표되는 1920년대 중후반의 비허구산문, 범칭 수필의 전성기는 에세이는 없고, 감상적 서정수필·문예수필이 범람하여 조선문학의 현장을 저급화시켰다. 1923년 이후 10년 동안 『사랑의 불꽃』 류의 수필 범람기는 이지적 글쓰기로서의 수필과는 거리가 먼 감상적 서정수필이 유행하였다. 1925~1926년 '수필'에 대한 심한 비판은 풍속 저해에까지 이른 노자영식 글이 수필일 수 없다는 것이었다. 수필이 그렇게 이지와 이성이 소거한 타락과 감상으로 삶을 반영하는 미래 부재의 문학이 아니라, 진솔한 자성, 재래하는 시와 부의 맥을 잇는 순정문학이 수필이라는 것이다. 수필은 감성이고, 에세이는 이지적 글쓰기인데 수필에 '에세이' 성격이 없다는 비판이다.

수필과 에세이가 같다는 관점은 1933년에 특히 많이 나타났다. 그러나 그런 관점은 재래하는 '수필'도 모르고, 수입한 '에세이'의 개념도 모르는 문단의 한계였다. 이런 한계는 그 뒤 곧 수정되었다.

한세광(한흑구)은 『수필문학론』(1934)에서 에세이의 서술기법이 논문과 비슷한데 논문은 과학적 논법으로 객관적 서술을 하고, 에세이는 관조하는 대상을 주관적으로 서술하는 글쓰기라고 설명했다. 그러면서 에세이는 예술적 가치를 지닌 점이 논문과 다르다고 했다. 그 뒤 몇 개의 평론이 수필과 에세이의 개념을 집중 논의하면서 에세이는 소논문 article의 의미로 굳어지면서 '수필'이 비허구산문을 지칭하는 공식용어가 되었다.

1933년은 한국 현대문학사상 수필이 가장 활기를 띠었다. 그러나 보수적 문인들이 '수필은 창작이 아니다', '짜나리즘의 요구에 의해 제작된다'며 수필의 활성에 제동을 걸었다. 그것은 대부분의 문인이 노자영으로 대표되는 당시 수필이 상업주의와 야합함으로써 독자와 문단에 악영향을 끼치는 저급한 문학으로 평가했기 때문이다.

임화의 「수필론」(1938)에 이르러서는 수필의 용어 문제는 자취를 감추고 수필현장과 수필의 근대성 문제에 초점이 맞추어 졌다. 수필이 완전히 문학의 한 장르로 공인을 받는 문단 분위기가 형성된 것이 이때다. 이은상, 모윤숙이 인기 있는 수필을 쓰고 그 뒤를 이어 김기림, 이태준, 정지용, 이상, 박태원, 백석 등 다른 장르 문인이 수필을 쓰기 시작할 때 전업 수필가 이양하, 김진섭 또한 이때에 주목받는 작품을 발표하였다.

해방기에는 양주동이 '수필'의 문학적 자질을 '내성적 · 심경적인 예지적 흐름의 글쓰기라며 영국의 전통수필가 A. A. 미른의 수필을 예로 들면서 개성적 기문奇文이 수필의 요체라는 관점이 대두하여 수필의 진로를 새롭게 제시하였다. 그러나 해방기의 이념문학에 가려 그런 기류는 묻혀 버렸다.

1950년대는 피천득이 성실한 작품 활동을 전개함으로써 '수필'이 문학의 네 번째 장르로 자리를 잡는데 크게 기여했다. 1960~1980년대는 산업화라는 시대적 대세 속에 각종 사보를 타고 저변을 확대해 나갔다.

조동일의 「교술敎述 장르류」(1969) 입론은 고전산문을 대상으로 한 것으로 그때까지 장르로서의 개념 규정이 없던 수필을 학문의 대상으로 체계화함으로써 한국 수필문학 발전에 획기적 기여를 하였다. 수필을 포함한 문학의 제4의 장르류를 '교술 장르 류'라 부르는 이 새로운 장르이론은 '敎'는 알려주며 주장한다는 뜻이고 '述'은 어떤 사실이나 경험을 서술한다고 했다. 그러면서 그 특징을 세 가지로 요약했다. '첫째, 있었던 일이고, 둘째, 확장적 문체로, 일회적으로, 평면적으로 서술하며 셋째, 알려주어서 주장한다'고 했다. 이런 논리는 고전문학 전공학계는 곧 공인을 했으나 현대문학 전공자와 문인은 아직 이 새 논리를 작품 해석에 활용하는 데 이르지 못하고 있다. '판소리'와 '가사'에서 교술론이 추출되었기에 현대수필에 적용할 수 있는 보편적 이론으로 수용하는 데 한계를 느끼는 것이 한 이유일지 모른다. 그러나 교술의 장르류와 장르 종의 개념은 독일의 'Gattung'과 'Art'를 차용했고, '교술'이라는 용어도 불어 'le genre didactique'에서 꾸어왔다. 보편성에 의심을 제기하기보다 더 진전된 논리 개발이 요구되는 대목이다.

교술장르는 '어름문학'으로, 또는 교술과 형상 사이의 문학 논리로 발전되어 그 논리가 창조적으로 이어지고 있다. 이런 현상은 지금 수필가가 시인 다음으로 많고 30여 종의 수필전문지가 발행되고 있지만 정작 이런 사실과 상응하는 이론 부재의 수필문단에 수필시학을 탄생시킬 하나의 단초 역할을 하고 있다.

2천 년대에 들어서면서 '수필' 대신에 '산문'이라는 용어가 나타났다. 수필가가 아닌 평론가, 시인, 소설가들이 이 명칭을 선호하는데 그 까닭은 '수필은 잡문이고, 누구나 쓸 수 있는 글'이라는 수필 하대 때문이다. 그러나 '산문'은 수필, 소설, 여행기, 일기, 전기, 자서전, 서한문, 법률서, 역사서, 지지地誌, 더 나아가 교과서, 학술논문까지 포괄하는 보통명사이자 운문의 대립개념이므로 장르명이 될 수 없다는 사실을 확인했다.

이 글은 1922년 이광수가 쓴 「문학에 뜻을 두는 이에게」에서부터 2017년 5월까지 한국 수필문학계, 문단, 문예지, 신문 등에 발표된 많은 수필관계 자료를 고찰한 결과이다. 이를 아래와 같이 정리한다.

비허구산문, 범칭 수필 가운데 사람의 성정을 두드러지게 문제삼는 글은 서정수필이고, 여행을 통해 경험한 것을 비허구산문 형태로 쓰는 글은 기행수필이다. 한국 현대서정수필집은 이은상의 『노방초路傍草』(박문서관, 1937)에서 시작되어 피천득에 와서 만개하였다. 조선조의 기행문학에서부터 시작된 기행수필이 이광수, 최남선의 근대기행문을 거쳐 한국 현대수필문학에 단행본 수필집으로 처음 나타난 것은 이은상의 『탐라기행耽羅紀行한라산漢拏山』(조선일보사출판부, 1937)과 『수필기행집隨筆紀行集』(조선일보사출판부, 1938)부터다. 그 뒤 이 갈래의 수필은 확대되어 갔다. 『다여집多餘集』, 『반도산하半島山河』와 기행수필이 자서전을 이루는 이극로의 『고투苦鬪 사십년四十年』이 그 예이다.

노자영은 한국 근대문학에서 수필이 문학의 한 장르로 자리를 잡는데 결정적 역할을 하였다. 오은시吳殷瑞라는 가명으로 쓴 『사랑의 불꽃』(청조사, 1925)은 장기 베스트셀러가 되는 인기를 누렸다. 그러나 문단 본령에서는 『사랑의 불꽃』이 미풍양속을 헤치는 저급한 글로 평가하였다. 1933년 10월 『조선문학』에서 주최한 문예좌담회에서는 바로 이런 노자영류의 감상과잉, 사랑타령 수필에 대한 비판이 이뤄졌다. 좌담회에서는 '수필은 문학이 아니다'라고 결론 내렸다. 사정이 이러하지만 노자영의 수필은 결과적으로 수필의 저변을 확대하는 계기가 되었다.

이은상은 노자영의 뒤를 이어 수필 발전에 초석을 놓은 문인이다. 망제亡弟에 바치는 제문 『무상』은 하루의 일기로 이루어진 장편 서사적 교술이다. 이은상은 시조시인이면서 『노방초』로 서정수필의 길을, 『탐라기행한라산』으로 기행수필의 길을 열었다. 또 그는 조선일보사출판부, 『조광』, 『여성』 등의 잡지 관리 및 편집 책임자로 일하면서 수필장르 활성화에 기여하였다. 1936년 『조광』 3월 호에 「춘교칠제春郊七題」에 이상의 「서망율도」, 백석의 「황일」, 김기림의 「길」 같은 빛나는 수필에 지면을 할애한 것이 그런 예라 하겠다. 이런 수필장르에 대한 열정은 1942년 『야화집野花集』까지 이어지는 사실을 확인했다.

김진섭, 이양하, 김동석은 한국수필의 위상을 문학의 한 장르로 확실하게 자리 잡게 했다. 이 3인 수필전업 문인이 앞장서고 이상, 박태원, 백석, 김기림도 수필을 쓰면서 1933년 10월 『조선문학』이 문예좌담회에서 우려하던 수필 잡문론을 극복하고 서정수필 전성기를 형성시켰다. 그러나 엄혹한 군국주의 식민지 분위기가 더욱 가속화되면서 수필의 흐름은 다시 기행수필 시대로 바뀌었다. 이극로의 「조선을 떠나 다시 조선으로—수륙水陸 이만리二萬里 두루 도라 방랑放浪 이십년간二十年間 수난受難 반생기半生記」(『조광』, 1936.3~6), 여운형의 「몽고사막 횡단기」(『중앙』, 1936.4). 「서백리아를 거처서」(『중앙』, 1936.6) 같은 기행문과 박승극의 『다여집』을 비롯해서 조선일보사출판부가 간행한 『수필기행집』이 그런 시대에 대한 수필의 반응이다. 이런 흐름은 1940년대까지 이어진다. 기행수필집 『반도산하』(삼천리사, 1941)과, 만주에서 간행된 『만주조선문예선』(조선문예사, 1941)이 그런 예이다.

수필 가운데 '글감을 이지적 요소가 두드러지게 갈무리하면서 독자의 지적 감성을 자극하고, 비판하는 글이 에세이'임을 확인했다. 이런 양식의 글은 이광수가 '문학적 논문'이라 말한 뒤 '김진섭, 이양하, 김기림의 수필 쓰기로 이어지고, 양주동, 변영로의 수필로 심화되다가 1960년대 초에 이어령, 유종호 등에 와서 비평적 에세이critical essay로 자리를 잡았다. 이어령의 『흙 속에 저 바람 속에—이것이 한국이다』(현암사, 1963)가 『흙 속에 저 바람 속에—증보, 그 후 40년』(문학사상사, 2002)으로 보완된 것이 이런 양식의 글쓰기를 반영하는 대표적인 사례이다.

이광수가 에세이를 '문학적 논문'이라고 언급한 뒤 1950년대 말까지 '수필과 에세이는 같은가 다른가'의 문제가 자주 수필문학의 쟁점이 되었다. 서양에서 들어온 에세이를 우리의 재래하는 수필과 같은 것으로 인식하는 사람들이 많았던 탓이다. 한국수필이 이렇게 수필과 에세이의 용어문제 하나도 합의점을 못 찾고 헤맸지만, 1930년대 후반부터 1960년까지 문학적 성취도가 높은 27권의 단행본 비허구산문집을 자료로 확보한 결과 27권이 전부 '수필집'이라는 서명을 달고 출판된 사실을 발견하였다. 따라서 비허구산문에 대한 장르명칭은 '산문'이 아니라 '수필'임이 밝혀졌다.

해방이 오고 남북이 갈릴 때 김동석, 김진섭 등 수필가가 월・납북하면서 수필문단은 다른 문학 장르와 마찬가지로 한 동안 침체되었다. 그러나 『서제여적』(경문사, 1958)이 출판되면서 수필이 다시 활기를 띠기 시작했다. 『서제여적』은 근현대수필집 가운데 가장 많은 필자(17인)가 참가가여 64편의 수필과 에세이를 묶은 책이다. 그 합동수필집에는 한국수필의 가이드라인 역할을 하는 피천득의 「수필」이 처음 수록되었다.

피천득은 한국수필의 대부로 평가받는다. 2017년 5월 기준 수필집 『수필』(범우사, 1976)이 5판 60쇄에 들어갈 만큼 누리는 인기가 증거다. 「수필」은 '수필이 무엇인가'를 말한 수필이다. 이 서정수필은 6・25 때 납, 월북을 면한 양주동, 이양하, 이희승, 박종화, 이병도, 박종홍, 이하윤 등 '대학교수 명문장가 17인 집필'이라는 합동수필집 첫 번째 작품이다. 원고 도착순으로 게재하는 원칙의 결과이다. 『서제여적』 필자들은 당시 학문과 지성의 아이콘이고, 피천득은 그런 저자의 대표 자리에 앉는 형태였다. 게다가 「수필」은 수필의 특성을 세련된 비유로 형상화한 미문이기에 그 영향력은 배가되어 많은 독자들을 확보하며 확산되었다. 그 결과 '수필=서정수필'이 되었다.

'수필=서정수필'은 수필가의 범람을 초래했다. '문학적 논문', 비평적 에세이를 쓰려면 남의 글을 정독하여 분석하고, 참고자료를 챙겨 글감을 객관적으로 해석해야 하기에 그런 일은 서정수필을 쓰는 것보다 번거롭고 힘이 많이 들기 때문이다. 설령 힘에 부대끼며 쓴다하더라도 논란의 대상이 될 수 있어 쓰기가 더 어렵다. 이런 이유로 기행수필, 신변잡기가 에세이가 있어야 할 자리를 메우고 있다. 이런 흐름이 결국 서정수필이 수필문단을 점령하는 계기가 되었다. 수필이 이렇게 변하자 문단 한 쪽에서는 '수필'이란 용어 대신 '에세이', '산문'이라는 용어로 이 장르 이름을 바꾸어 버렸다. 수천 명의 수필가가 감상적 나르시즘으로 책을 도배해 놓고, 그걸 작품집이라 부르는 것에 대한 차이 선언이다.

수필문단 일우一隅에서는 실험수필로 그런 한계를 극복하려 하고 있다. 그러나 에세이가 빠진 실험수필은 오히려 수필을 더 혼란스럽고 더 비이성적非理性的이고, 더 비지적非知的인 글쓰기 행태로 추락시켜 수필의 행방을 더욱 가늠하기 어렵게 만들고 있다. 자성을 거친 깊은 사유가 아닌 희작戲作이나 습작이 실험수필이란 이름으로 작품행세를 하는 까닭이다.

교술은 조동일이 제기하여 장르론으로 국문학계에 보고하였고 『한국문학의 갈래이론』(집문당, 1992)으로 그 논리가 확실하게 체계화되었다. 근현대문학에서는 교술이 김수업에 와서 어름문학으로 되었는데 그걸 신재기는 형상과 교술 사이의 논리로 심화를 시도하고 있는 사실을 확인했다. 교술적 속성이 문학적 형상화를 성취할 때, 이것은 교술적이면서도 문학적인 것이 된다는 논리이다. 수필이 서정적 교술抒情的述이라는 것이다.

이상과 같은 사실판단事實判斷을 근거로 현재 한국 근·현대문학에 나타나는 비허구산문, 범칭 수필의 정의를 이렇게 내린다.

수필은 "생활현장에서 만나는 많은 경험들을 가공하지 않고, 형식의 구애 없이 감상문, 일기, 서간문, 기행문 등으로 삶을 반성하고, 가꾸고, 즐기고, 설계하며, 혹은 절망을 밟고 다시 일어서는 사유를 비허구 형태로 기록한 산문"이다. 또 "자연과 만나는 희열을 서정적 문체로 형상화하면서도 이지적 요소가 강한 비판석 시각으로 독자의 지적 감성을 자극하는 글"이다.

또 지금까지의 사실판단과 가치판단價值判斷을 기준으로 삼아 비허구 산문, 범칭수필의 하위 갈래인 장르 종을 서정수필(문예수필), 에세이(문예론수필 · 문학적 논문 · 비평적에세이), 전통적 기행문에 뿌리를 둔 기행수필, 신문 칼럼으로 대표되는 교술이 문학적 형상화를 이룰 때 교술적이면서도 문학적인 것이 되는 서정적抒情的 교술,[138] 교술이면서 이야기가 있는 서사적 교술 다섯으로 분류한다.

남은 문제

저자는 서정수필을 다른 용어로 '문예수필文藝隨筆'이라 부르고, 에세이는 '문예론文藝論 수필隨筆'이라 부를 것을 제안한다. 문예수필이라 하면 '문예'라는 말이 '예술로서의 문학'이라는 의미이기에 지금까지 '수필'이라 부를 때 주제도 없는 신변잡사를 자랑으로 늘어놓는 글까지 포괄하는 개념을 배제할 수 있다.

'문예론수필'이라는 용어는 '문예+이론'이라는 뜻이다. 문예수필이면서 이론적 성격을 띤 글이 문예론수필이다. 이런 용어를 제기하는 것

138 교술에는 교술운문과 교술산문이 있다. 조동일이 장르론에서 말하는 교술산문을 현대 수필론에 대입하면 비허구산문, 범칭 수필에 해당하고, 이 수필에는 '기행수필', '서정수필', '에세이'가 수필의 하위 갈래를 형성한다. 그러나 현대의 신문칼럼으로 대표되는 교술산문은 이런 분류에 포함되지 않는다. 신문 칼럼은 교술적이면서 서정적 형상화를 가미한 글, 김수업의 논리로는 어름문학의 범주에 들고, 신재기 식으로 말하면 '수필=교술+형상화'이다. '서정적 교술산문'이 되는데 줄여서 '서정적 교술'이라 한다.

은 첫째 수필을 쓰면서 그것을 '에세이'라 부르는 행위와 구별하기 위해서이다. '문예론수필'은 뜻이 분명하게 잡히는데 '에세이essay'는 수입된 용어라 그렇지 않다. 개념이 복잡하게 얽혀 다시 논란에 싸일 우려가 있다. 둘째는 문예론수필이라는 용어를 쓰면 많은 수필잡지가 서정수필은 양산하고 에세이는 게재하지 않는 편집태도를 뚜렷하게 부각시킬 수 있다. 전통이 깊은 문예지가 '에세이'라는 이름 아래 수필을 싣고, '에세이', '산문'이란 명칭으로 재래하는 고유의 수필장르의 정체를 흔드는 행위에 대한 통제가 가능하다. 에세이라는 용어보다 개념 파악이 쉬운 까닭이다.

이 연구가 마지막으로 문제삼는 한국수필의 행방 탐색에서 세 가지 문제점을 발견하고 다음과 같은 인과판단因果判斷을 내린다.

첫째, '수필' 용어 기피현상과 '산문' 선호의 문제는 보수 문예지의 '수필'과 신진 상업문예지의 '산문'과의 관계가 상생으로 길항한 것이 아니라 선진이 후진과의 차이를 선언함으로써 야기된 수필장르의 붕괴 조짐임을 확인하였다. 이런 수필의 지각변동 암시는 역사의식 부재, 현실문제가 소거한 미문체 신변사생적 저급한 서정수필의 양산에 그 원인이 있음이 드러났다. 따라서 이런 위기 극복은 서정수필의 범람을 막는 것이 급선무라는 결론에 이르렀다.

둘째, 소위 실험수필은 어떤 새로운 문학도 전통과의 단절은 용인되지 않는다는 원론에 대입하여 그 진로를 점검해야 할 글쓰기임을 확인하였다. 새것이 헌 것을 구축하려 할 때 상박相撲이 상생相生의 원리로 길항拮抗해야 한다. 그렇지 않으면 보편성 결여로 자생력을 바로 잃어버린다. 실험수필도 같다. 문학의 이런 원리는 세계 모든 문학사가 증명한다. 따라서 지금 수필문단 일우에서 전개되는 실험수필은 자정自淨의 자세를 취해야 한다.

셋째, 수필가만 있고 수필연구자가 없는 문제는 수필문학연구학회를 만들어 수필을 연구의 대상으로 삼는 업무가 급선무임을 확인했다. 이런 중요한 일은 뒤로 미루고 수필의 양과 수의 증가에만 만족하면 수필은 그간 쌓은 문학적 성과마저 무너지며 문학적 위상은 더 추락하여 문학의 반열에서 밀려날 것이다.

제2부 ___ 대표 수필가와 수필집

제3장

한국 근대수필과 이은상

『탐라기행한라산』, 『노방초』, 『야화집』의 비허구산문의 특성 고찰

1. 이은상과 근대수필

여기서는 근대 수필문학의 현장에서 가장 많은 수필집을 출판한 이은상李殷相(1903~1982)의 비허구산문 고찰을 목적으로 한다. 근대산문은 흔히 말하는 비허구산문, 범칭 수필뿐 아니라 기행, 일기, 서간 등을 포함하는데 이런 글쓰기는 앞 시대의 교술민요, 가전체, 가사, 등과 닿고, 폭을 넓히면 에세이, 단평, 역사서, 법률서까지 포괄한다. 이런 글쓰기는 시대, 사회, 이념, 지식, 제도 등과 밀접한 관련을 가지면서 다양한 형태로 분화, 발전해왔다. 그런데 새 세기에 들어오면서 이 갈래의 글쓰기가 수필, 에세이, 산문 등으로 불리더니 이제는 '수필'로 굳어지는 양상을 보인다.[1]

〈그림 2〉 이은상

〈그림 3〉『탐라기행한라산』 표지

이은상은 시조시인으로 평가되어 왔다. 「가고파」, 「성불사의 밤」 같은 시조는 작품 자체만으로도 사향思鄕, 은일隱逸 등 한국고유의 정서가 넘치는데 이런 시조가 다시 장중한 곡조에 실린 가곡으로 불리면서 그것이 한국인의 정서를 더 자극하는 효과 때문이다. 시조가 음악이면서 문학인 혜택을 함께 누리는 셈이다. 이은상은 한국이 일본의 지배를 받을 때 조선인의 정신세계를 고유한 형식으로 노래하는 시, 『노산시조집鷺山時調集』(1932)을 출판하였다. 주로 명승고적이나 승경을 탐방하여 근대인 특유의 감수성으로 말을 가다듬어 빼어난 작품을 써서 시조가 신시가 누릴 수 없는 음악이면서 문학인 이점을 깊고 넓게 구현하려 했다.

시조의 본령에서는 시조를 전 계급을 망라한 문학이고, 우리의 율동적 생활에 합치하고, 천 년이 가까운 시조문학사는 정신생활사로 소중한 의의가

1 이런 현상을 근거로 '산문', '비허구산문'보다 '수필'이라는 용어를 더 자주 쓴다.

있다. 이런 이야기는 너무 많이 해서 흥미를 잃은 것이 아니고, 다시 새롭게 해야 한다[2]고 말한다. 이런 논리에 이은상을 대입하면 그도 시조를 "과거過去 십세기간十世紀間을 통通하야 우으로 군주장상君主長相 아래로 일사낭민逸士浪民이 남녀男女와 노소老少를 물론勿論하고 다투어 그들의 사상思想과 정회情懷를 노래한 것이 이제 우리에게 끼쳐진 이천여수二千餘首의 고시조古時調인 자者"라 했으니[3] 『노산시조집』 외의 다른 갈래의 작품은 문학적 가치평가에서 2차로 밀린다고 할 수 있다. 수필은 흔히 '여기餘技, 혹은 비전문적 글쓰기'로 간주되고, 게다가 지금은 한국적인 문화가 날로 사위어 가는 시대이기에 새로운 무엇의 탐색은 수필이 아니라 시조가 먼저라는 논리가 성립된다. 그러나 일제식민지시대는 우리가 비참함으로 문학이 위대했다. 문학은 그런 고통으로부터 자유로울 수 있기 때문이다. 따라서 문학에 서열을 매겨 수필을 내치는 행위는 생각할 수 없다. 그 시절 잡가, 혹은 유행가 한 곡조에도 민족국가문학의 특징이 나타나는 까닭이다.

이은상의 수필 쓰기가 본격적으로 시작된 것은 『노산시조집』보다 한 해 먼저 출판된 『기행묘향산유기紀行妙香山遊記』(동아일보사, 1931)부터이다. 이 기행수필집은 1917년 이광수의 「오도답파여행기」에 이어 『개벽』이 1921년 무렵부터 기행수필을 가끔 게재하다가 1922년에 와서는 도별 특집을 꾸며 조선팔도의 지리와 풍물을 소개, 예찬하고, 이런 글쓰기가 1920년대 중기 이광수의 『금강산유기』 최남선의 『금강예찬』, 『심춘순례』, 『백두산근참기』로 지속되던 정신주의를 잇는 자리에 있다. 이은상은 생전에 17권의 수필집을 출판했다. 양을 기준으로 삼

2 조동일, 『시조의 깊이와 넓이』, 푸른사상, 2017, 13쪽.

3 李殷相, 「古時調研究의 意義－그 現代的 關聯性에 對하야」, 『조선일보』, 1937.1.1.

으면 이은상의 중심 갈래는 수필이다. 1950년(6·25 전)까지 발행한 수필집이 7권이다. 그러나 문학연구에서 작품의 양을 기준으로 문학의 성취도를 평가하지는 않는다. 짧은 시 한 편이 장편소설 한편이 갖는 무게를 가질 수도 있고, 시집 한 권, 소설 한 편으로 문학사에 이름이 오른 문인도 있는 까닭이다.

한국 현대문학장에서 문학예술로서의 수필의 위상은 시, 소설의 그것과 대등하지 않다는 것이 일반론이다. 이런 현상은 한국연구재단NRF KCI 통합 검색창에서 확인할 수 있다.

이병기李秉岐는 수필을 '가장 한글다운 문체', '가장 산문적인 문체인 내간체內簡體', 곧 '종래 유식한 이들 사이에서 써 오던 것이고 장구한 전통이 있고 항상 실용이 되던 글'[4]로 평가하면서 「한중록閑中錄」, 「제침문祭針文」, 「인현왕후전仁顯王后傳」 등을 조선 산문고전으로 받들어야 한다고 했다. 이은상의 수필집 『무상無常』(1936)이 이런 전통을 잇는 사례이다. 이 수필집은 동생에게 바치는 제문이다. 제문은 무엇인가. 제문은 조선 전기부터 사람의 일생을 서술하는 행장行狀, 축문祝文과 함께 산문의 한 종류로 크게 번창했던 글쓰기의 한 형식이다. 『무상』은 한두 해 만에 3판을 출판할 만큼 많이 읽혔다.

『무상』이 이렇게 화제가 될 때 모윤숙의 산문집 『렌의 애가哀歌』(1937)가 다시 엄청난 인기를 얻었다. 『렌의 애가』는 서간書簡이다. 이것은 조선조부터 언간諺簡이라 하여 여성 위주의 글로서 자리를 잡아왔다. 근대에 와서는 국한문 서간의 격식을 따르면서 사연을 길게 늘이고 어조를 부드럽게 하는

4 이병기, 「한중록 해설」, 『文章』 창간호, 1939.2, 104쪽.

신식편지로 유행하게 되었다. 『렌의 애가』가 그런 글이다. 1930년대에 오면 이런 편지가 유행하여 한 문학사는 편지시대가 시작되었다고 기술한다.[5] 이미 『척독완편尺牘完編』(1908) 같은 책이 있었고, 당시 『척독대방尺牘大方』(1927)이 있고, 이후에 『춘원서간문범春園書簡文範』(1939)이 나오고, 『서간문범書簡文範』 같은 책이 유행한 까닭이다. 당시의 이런 서간은 노자영盧子泳의 연애서간戀愛書簡 『사랑의 불쏫』으로 압축된다.

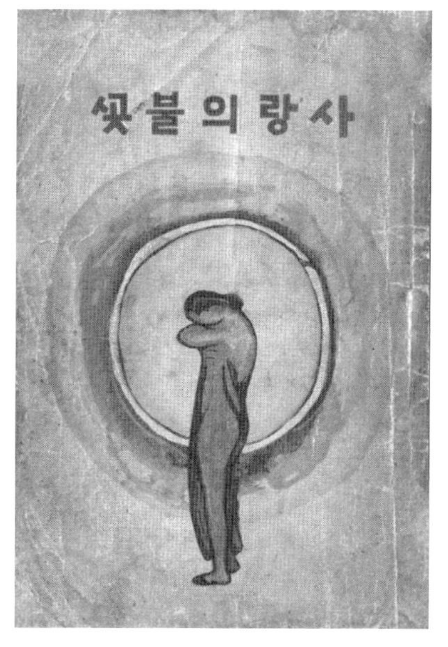

〈그림 4〉『사랑의 불쏫』 표지

> 戀愛書簡 『사랑의 불쏫』. 이 책은 청춘남녀 사이에 쓸는 사랑의 편지를 모흔 것이니, 출판 후 一萬部 以上을 팔기는, 근래 조선에 처음 출판물이 외다.[6]

제4판 『사랑의 불쏫』 판권 앞쪽에 실린 「조선朝鮮 일류문사一流文士 제諸 선생先生의 창작품創作品 안내」란 제목 아래 책을 소개하는 광고이다. 『사랑의 불쏫』이 일만 부 이상 팔렸단다. 이런 광고에 대해 '실물實物 사배四培 이상以上의 광고로, 돈만 아는 수전노, 문사文士가 아닌 문사蚊

---

5 조동일, 『한국문학통사』 5, 지식산업사, 2005, 559쪽.

6 이 책은 10여 년간 1만 부 이상 팔린 베스트셀러로 노자영은 이 책의 인세로 日本大 예과에 유학했고, 『동아일보』 기자에서 출판사 靑鳥社를 차려 『新人文學』(1934~1936)을 발행했다. 『사랑의 불쏫』 '著作 兼 發行者 米國人 吳殷瑞'는 가명이고 노자영의 기획전작 수필집이다. 노자영은 모든 것이 뜻대로 안 되어 1937년 1월~1940년 8월 『조선일보』에서 일하다가 신문이 폐간된 두 달 뒤에 급서했다.

土'(조중곤), '학교선생은 노자영의 작품을 읽지 못하도록 감시하고, 각 신문에서 노자영의 책 광고를 내려야 할 것'(김을한) 같은 반응을 보였다.[7] 감상과잉이 지나쳐 문학이라 할 수 없단다. 그러나 서간, 특히 여성들의 언간이 민중과 친연성이 얼마나 깊고 높은가를 단적으로 알려준다는 점에서 간과할 문제가 아니다.

학문은 사실의 고찰이고, 정립되지 않은 인식을 정립된 인식으로 바꾸는 일이라고 할 때 오늘날 엄청나게 쏟아져 나오는 수필을 점검하지 않고 방치하는 것은 학문의 직무유기다. 그 가운데는 격을 갖춘 작품이 존재한다. 『무상』, 『렌의 애가』에서 보듯이 그 뿌리는 우리의 전통산문, 제문, 언간 같은 교술에 닿아있다. 『사랑의 불꽃』은 사정이 좀 다르지만 서간 형식인 점은 같다.

그런데 왜 이은상인가. 지금의 이런 모든 현상이 이은상의 수필로부터 시작되었다는 가설 때문이고, 한국문학 연구현장에서 한 번도 논의된바 없는 다음과 같은 많은 수필집이 연구자가 나타나기를 기다리고 있기 때문이다.

李殷相, 『紀行妙香山遊記』, 東亞日報社, 1931.

李殷相, 『無常』, 培材高普正相獎學會, 1936.

毛允淑, 『렌의 哀歌』, 日月書房出版部, 1937.

李殷相, 『耽羅紀行漢拏山』, 朝鮮日報社出版部, 1937.

李殷相, 『路傍草』, 博文書館, 1937.

---

7 『조선일보』, 1926.8.21~25. 그중 1926년 8월 12일 자 문화면 참조.

李殷相, 『紀行 智異山』, 朝鮮日報社出版部, 1938.

現代朝鮮文學全集, 『隨筆紀行集』, 朝鮮日報社出版部, 1938.

朴勝極, 『多餘集』, 金星書院, 1938.

李光洙 외 47인, 『朝鮮文學讀本』, 朝鮮日報社出版部, 1938.

金東煥 편, 『半島山河』, 三千里社, 1941.

李泰俊, 『無序錄』, 博文書館, 1941.

申瑩澈 편, 『滿洲朝鮮文藝選』, 新京 特別市 朝鮮文藝社, 1941.

李殷相, 『野花集』, 永昌書館, 1942.

朴鍾和, 『靑苔集』, 永昌書館, 1942.

金東錫, 『海邊의 詩』, 博文出版社, 1946.

金哲洙・金東錫・裵澔, 『토끼와 時計와 回心曲』, 서울출판사, 1946.

李殷相, 『大道論』, 國學圖書出版部, 1947, 光州府.

1931부터 1947년까지 출판된 17권의 단행본 가운데 앞자리 5권과 뒷자리 2권이 이은상의 것이다. 그가 조선일보사 출판국 주간으로 낸 두 개의 합동수필집까지 합하면 9권이다. 10여 년 동안 조선의 수필을 이은상 혼자 관리해온 셈이다. 사정이 이러하니 이은상의 수필이 문제가 될 수밖에 없다.

위의 수필집 저자들은 한국 근현대문학에서 한 몫을 단단히 한 문인들인데 지금까지 이런 수필집에 대한 사실평가도 이루어진 바가 없다. 만약 수필이 본격문학이 아니라며 문학연구 현장에서 제외한다면, 우리의 한문산문 가운데 많은 전적을 제외시켜야 하고, 위의 수필집 같은 데서 빛을 내고 있는 재기 넘치는 글이나, 시와 수필의 경계에 선 독특한 글도 향수되지 못하고 문학예술의 뒷길로 사라져야 한다.[8] 무릇 문학 작품 연구는 향수자의 견해에 따라 의미를 추출하고, 이를 보다 높은 차원에서 하나의 논리로 귀일시켜 자국의 문화유산에 빛을 더해야 한다. 식민지 치하에서 생산된 우리 문학이 특히 그렇다. 문학 작품은 다면적 사고의 결과이고, 그 결과가 형상화시킨 의미는 독자, 시대에 따라 달리 향수된다. 수필도 문학인 한 그럴 것이다.

이런 관점에서 이 글은 이은상의 『탐라기행한라산耽羅紀行漢拏山』, 『노방초路傍草』, 『야화집野花集』을 집중 고찰하여 이런 문제에 단초를 제공하려 한다.

2. 『조선일보』 · 이은상 · 『박문博文』

한국 근대수필이 1930년대 말에 이르러 문단에 하나의 문학의 장르로 확실하게 자리를 잡게 되는 현상 이면에는 『조선일보』, 박문서관,

---

8 가령, 최한기(崔漢綺)가 『神氣通』 권3 「除祛不通」에서 '집안의 일에 통하지 않는 자는 반드시 자기 집의 일만 기리고 추기며, 다른 집의 일은 헐뜯고 나무란다[不通乎人家之事者 必讚揚己家之事 而誹訕人家之事]. 종교의 교리에 통하지 않는 자는 반드시 자기 종교만 높이며 다른 종교는 물리치고 배척한다[不通乎他教法者 必尊大其教 而攘斥他教 不通之弊]'라 했다. 갖가지 불통이 심각하여 인간을 불행하게 하는 것을 소통하라고 깨우친다. 또 안동 선비 김낙행(金樂行)은 『九思堂集』 권8 「自警箴」에서 '積貨盈囷者 力工賈之功也 露積粟者 其不惰於農也 何士之不學而 中空空'이라며 '어째서 선비는 공부를 하지 않아 속이 텅텅비었는가?'라 충고했다. 이덕무(李德懋)의 『靑莊館全書』 같은 주목할 만한 한문산문을 사람들은 모르고 있고, 아는 사람도 한문전적 운운하며 내쳐야 한다. 또 양주동의 「몇, 어찌」에 '기하(幾何)'가 뭐냐는 질문에 선생이 '너 내일부터 세수 좀 하고 오너라'의 대구법의 재치, 김기림의 「길」, 노천명의 「大同江邊」이 원래 수필인데 시로 읽는 것 등이 그러하다.

이은상이 있다. 『조선일보』는 1927년경부터 수상록, 수필, 잡간, 잡필, 수감수상隨感隨想, 일기, 감상 등의 이름의 글을 자주 게재했는데 그중 수필이라는 이름이 1932년부터 이 갈래의 글을 대표하는 용어로 부상했다. 그 뒤 자매지인 『조광』 1936년 3월 호에 이은상의 「시내」, 이태준의 「고목」, 김기림의 「길」, 이원조의 「빈배」, 백석의 「황일黃日」, 이상의 「서망율도西望栗島」, 함대훈의 「봄물ㅅ가」를 유명 화가의 삽화를 곁들여 특집으로 「춘교칠제春郊七題」를 내보냈고, 『여성』 1936년 5월 호는 당시 인기 절정의 모윤숙의 『렌의 애가』[9] 제이신第二信 「렌의 애가—시몬에게 보내는 편지」를 연재했다.

조선일보사출판부가 수필 진흥을 위해 한 사업 중 가장 중요한 것은 1938년 6월 이광수, 안재홍, 이은상 등 15인의 수필을 모은 『수필기행집隨筆紀行集』을 현대조선문학전집 1권으로 간행하고, 4개월 뒤에 출판한 『조선문학독본朝鮮文學讀本』이다. 뒤의 책은 당시 문인 48명의 글을 수록하였는데 그 가운데 31편이 수필이다. 수필이 문학독본이 된 전무후무한 예다. 이 책은 같은 달 재판을 발행하는 인기를 누렸다. 수필집 간행의 이런 성공은 이은상이 1935년 6월부터 1938년 6월까지 조선일보사 편집국 고문 겸 출판국 주간[10]으로 일하며 공을 들였고, 왕년의 인기를 잃었지만 수필에 대한 남다른 감각을 가진 노자영이 조선일보사출판부에서 '출판주임'이라는 직책으로 『조광』 일을 하게 된 것과도

9 모윤숙, 第二信 「렌의哀歌—시몬에게 보내는 편지」, 『여성』, 1936.5; 모윤숙, 『렌의 哀歌』, 日月書房, 1937. 이화여대에서 1997년 『렌의 哀歌』 환갑 기념 영인본을 출판했는데 『산문시집 렌의 애가』라 했다. 그러나 원래 '산문집'이라 했기에 수필이다. 원본에는 쪽수가 없다. '언간'의 개념이다.

10 鷺山文學會 편, 「노산 이은상박사 약력」, 『鷺山文學 硏究』, 棠峴社, 1976 참조.

관련된다.

왜 이은상은 수필에 열중했을까. 수필도 시조와 다르지 않게 조선혼을 생성하고 옛 것으로 새것을 깨닫는 근대화의 글쓰기로 간주한 결과일 것이다. 이은상은 시조 부흥론에서 시조를 자연관 및 문화전통을 토대로 한 유기적 통일체로서 인식했고, 그 뒤 시조는 "조선朝鮮 사람의 취미趣味와 생활生活이 반영反映되어 잇고, 도덕道德과 이상理想이 설파說破되어 잇고, 민속民俗과 풍물風物과 의기義氣의 사랑과 원차怨嗟와 희망希望이 그 속에 고스란히 들어잇슬뿐아니라 그 시대민중時代民衆으로서의 숨김업는 절규絶叫를 들을 수 잇고, 인생人生으로서의 무한無限한 번뇌煩惱도 다 거기에 전傳한 것"[11]이라 했다. 수필 역시 그런 맥락의 창작행위로 간주했을 것이다.

이런 점은 이은상이 유독 명산기행을 많이 하면서 국토에 대한 지리적 관심을 통해 조선혼을 불러내려 힘쓴 글쓰기 기법에서 드러난다. 조선의 승경탐방과 예찬이 독자의 심리에 민족의 얼을 불어넣어 그것으로 식민지근대론을 초극하면서 새것을 좇으려 한 것으로 판단되는 까닭이다. 당시 이은상은 주로 기행수필을 썼는데 이는 결과적으로 『개벽』의 조선팔도의 지리와 풍물소개 특집과 닿고, 이광수, 최남선의 국토예찬을 잇는다.

이런 해석의 근거를 이은상의 '이력'에서 확인할 수 있다. 이은상은 1925년에서 1927년 사이 일본에서 '와세대대학早稻田大學 사학부史學部에서 청강했고, 1927~1928년은 도쿄東京 동양문고東洋文庫에서 국문학

11 李殷相, 앞의 글.

연구國文學研究'를 했다.[12] 그때 일본문단에는 수필에 대한 관심이 크게 대두하기 시작했고, 그 뒤 1930년대 중반에 오면 일본의 유명 문인들이 앞다투어 수필집을 출판했다. 이런 현상은 조선문단에서는 전혀 볼 수 없는 모습이고, 이은상에게도 도쿄는 앞선 데고, 경성은 뒤진 데라 수필도 그렇게 인식하여 새것을 닮으려 했을 텐데 그렇지 않다.

일본은 수필이 중국의 『수호지水湖志』의 영향으로 형성된 문학 갈래지만 그들은 수필이 그들의 국민성과 맞는 문학으로 발전하고, 변한 장르라고 판단하여[13] 국민문학으로 육성하기 위해 1920년대부터 일본수필대성간행회日本隨筆大成刊行會을 발족시켜 1930년대 중후반에 이르면 광의의 수필 수백 종을 정리하여 전집으로 묶어 출판했다. 또 국민도서주식회사國民圖書株式會社도 『일본수필전집日本隨筆全集』 수십 권을 간행했다. 이런 수필대세 기류를 타고 개조사改造社는 기행문 62편을 모아 『기행수필집紀行隨筆集—春嵐』(1929) 출판을 시작으로 사생문장편寫生文長篇 24편, 기행문급紀行文及 수필隨筆 39편 등 약 150편의 수필을 수록한 750여 쪽의 기행수필집 『사무가와 소고쓰집寒川鼠骨集』(1930)을 출판했고, 이듬해는 『다니자키 준이치로谷崎潤一郎 전집全集』(1931) 12권을 감상수필이라는 이름으로 발행했다. 그 뒤 도쿄의 다이이치쇼보第一書房는 '독본讀本'이란 이름으로 많은 수필집을 출판했다. 『조선문학독본』의 수필도 계절 감각이 두드러지게 나타나는데 이런 점은 일본 수필과 유

12 鷺山文學會 편, 앞의 글 참조.

13 京城帝國大學文學會論纂 第二輯, 『日本文學研究』, 大阪屋號書店, 昭和十一年. 아소 이소지(麻生磯次)는 「讀本の發生と支那文學の影響」에서 독본의 대두를 에도시대에 수용된 중국의 『수호전(水滸傳)』으로 보는 것이 한 예이다. 그는 '讀本は「見る本」ではなく「讀む本」の意味である'도 포함하는데 그중 읽는 책, 곧 중국에서 대중적인 인기를 누리는 『수호전』류가 일본을 거쳐 조선으로 확산되어 독본이 되었다는 논리를 폈다(p.5).

사하다.

조선일보사의 신선문학전집新選文學全集 『조선문학독본』은 일본의 이런 수필 대세 기류와 같은 시간에 출판되었다. 그때 도쿄에서 경성으로 돌아온 이은상이 『신생新生』 편집장(1929~1931), 『신가정新家庭』을 창간, 발행하면서(1932~1935) 수필에 대한 열망을 키우다가 마침 조선일보사 출판국 주간이 되면서 수필 진흥에 뛰어들었고, 이런 청년문사의 열정을 신문사가 지원했다. 이런 점을 『조선문학독본』 재판 「서문」에서 확인할 수 있다.

> 上記한 바와 같은 內容과 形式을 具備한 것은 實로 이 文學讀本이 最初요 또 最後이라고 할 수 있는 것이다. 그러므로 朝鮮讀書界에 크드라한 波紋이 捲起되고 文藝의 進步와 發展에 貢獻과 寄與가 또한 적지 아니 할 것을 自信하는 바이다.
>
> 때 마츰 이 讀本을 刊行하는 責任者의 하나로 있게 되어서 執筆하신 權威들의게 그 絶對한 贊助와 協力을 깊이 感謝하는 同時에 第二 第三 第四의 刊行에 있어서도 倍前의 愛護瓦 鞭韃이 있기를 바라는 바이다.[14]

조선 제일의 신문사가 '논평論評, 기행紀行, 수필隨筆, 시詩, 시조필時調筆, 백삼십여 편百三十餘篇'[15]을 모아 만든 책이 『조선문학독본』이다. 책 이름이 '독본'이고, 장르가 '수필'인 것은 일본의 독본 류와 같다. 그러니까 수필이 독본이 된 것은 '일본의 수필 대세, 이은상, 『조선일보』'가

14 李勳求, 「序」, 『朝鮮文學讀本』, 朝光社, 1930, 1쪽. 당시 이훈구는 『조선일보』 부사장임.
15 위의 글, 2쪽 참조.

필요충분조건으로 작용한 결과이다. 이윤재李允宰 편의 『문예독본文藝讀本』 상권도 이광수, 김억, 현진건, 김동환 등 25명의 잘 알려진 문인의 글을 중심으로 편집했다.[16] 그러나 이윤재 책도 편집체제를 보면 일본 독본류의 영향권 안에 있다.

사정이 이렇지만 이은상 자신의 수필 자체는 이런 현상과 다르다. 바로 이어질 『노방초』 논의에서 상론하겠지만 이은상의 수필에는 계절감이 일본 수필의 그것과 같지 않다. 또 신변사를 테마로 삼지만 일본처럼 미문사생체美文寫生體로 꾸미지 않는다. 이은상의 문장은 만연체로 일본 수필처럼 간드러지는 감각적 표현을 구사하지 않는다. 조선의 명승고적, 승경을 예찬하다 보니 그가 인용하는 글도 조선의 고전이지 남의 것이 아니다. 이런 점은 그 시절 일본 유학을 한 문인들이 짧은 일본 체험, 곧 일본이 수입한 서구문학을 산섭으로 배운 영·불·독의 문학을 원문독해로 직접적인 것인 양 유세를 부린 소동에 가까운 행위와 다르다. 이은상도 일본 유학을 했지만 그것을 자랑하지 않았다. 영문학 같은 신학문이 아닌 사학이라 자랑할 만한 공부가 못된다고 생각한 때문인지 모르나 그렇다고 그런 자격지심만은 아닐 것이다. 그가 시조를 익히며 자랐고, 일본을 잠시 경험하고 돌아와 조선민족의 고전과 음악으로 식민지근대를 극복하려 한 안확(안자산)과 같은 스승을 만나 형성된 성정, 곧 탈근대란 일본 추종이 아니라 조선혼을 통한 초극이란 인식이 생리적으로 반응했기 때문일 것이다.

안확은 이은상의 선친이 세운 창신학교昌信學校 교사로 아이들을 가

16 「例言」, 이윤재 편, 『文藝讀本』 上, 震光堂, 1933 참조.

르치며(1909~1913. 일본대 정치과 유학. 창신학교 복직 1913~1916년까지 근무) "대한제국은 무너졌는데" 늘 "너희들은 대한제국의 국민이다"라는 훈시를 했다. 이 모순된 것 같은 말은 호주 선교사의 도움을 받는 학교에서 신학문을 가르치고 서양을 받아들이지만, 그것은 어디까지나 서양에 비추어 민족문화의 장점을 발견하고 그것을 살려 근대화를 이루자는 것이지 서구문명 우월주의에 맞장구를 치며 따라가라는 것이 아니라는 뜻이다. 이것은 이은상이 불행한 시대를 극복하는 사상의 각성을 위해 신명을 바친 안확을 '사우師友'로 삼고 그의 학통學統을 이으며 '나는 언제나 그의 제자'라고 자랑하는 데서 드러난다.[17] 이은상은 기독교 가정에서 태어나 일찍 자유주의 사상을 깨달았고, '전 계급을 망라한' 우리의 고유문학 시조를 읊던 아버지[18]와 대종교 교도(안확)의 국수주의가 그의 인격형성에 알게 모르게 영향을 주었을 것이다. 그러기에 그의 수필에 대한 관심이 일본수필이 단초가 되었지만 고갱이까지 닮을 수는 없었을 것이다. 그것은 일본이 중국 것을 받아들였으면서도 방대하고 고유한 수필유산이 있는 양 위세를 떨며 국민국가의 위상을 챙기는 것을 보았을 때 조선혼의 생리가 오기傲氣로 작용하여 그를 돈오頓悟시켰을지 모른다.

박문서관의 『박문博文』도 수필 진흥에 한 몫을 했다. 『박문』은 우리나라에서 최초의 수필전문 잡지다. 창간호(1938.10)는 총 82쪽의 작은

17 李殷相, 「自山 安廓先生」, 『無常』, 三中堂, 1975, 154~157쪽 참조

18 "내가 소학교를 마칠 때까지도 아버지께서는 흔히 나를 업으시고 황혼이면 뜰 앞 나무 밑을 거니시엇습니다. 그리고는 늘 고인의 시조를 읊으시엇습니다. 그것이 무슨 시조든지는 알길 없으나 그중에서 귀에 아직 들리는 것이 一曲 二曲 하시든 것이라 지금 생각하니 栗谷의 石潭九曲歌나 아니엇던지." 이은상, 「序」, 『노산시조집』, 한성도서주식회사, 1932, 1쪽.

책자이고, 수록된 수필은 이태준의 「작품애作品愛」외 9편이며,[19] 출판부의 짧은 「박문 발간사」가 있다.

> 박문은 조고마한 잡지외다. 이 잡지는 박문서관의 기관지인 동시에 각계 인사의 수필지로서 탄생된 것입니다. 이 잡지의 사명이 점점 커지는 때에는 이 잡지 자신도 점점 자라갈 것입니다. 우리는 이 조고마한 책이 점점 자라나서 반도출판계에 큰 자리를 차지할 때가 속히 오기를 기다립니다. 그리고 앞으로 더욱 이 지면을 광채있게 꾸며 갈 것을 여러분께 약속합니다.
>
> ─ 박문서관 출판부[20]

발간사의 요지는 『박문』이 수필을 진흥시키는 것이 사명이라는 것이다. 『박문』 제2호는 김억의 「신변잡화」, 김동인의 「춘원과 사랑」, 이효석의 「낙랑 다방기」 등의 수필을 게재하였다. 소설가 박태원은 1939년 한 해 동안 이 잡지에 「신변잡기」, 「바둑이」, 「권간잡필」, 「만원전차」 등 수필 5편을 발표했다. 『박문』이 좋은 이슈를 내걸어 수필에 기여한 뚜렷한 자취는 발견할 수 없다. 이은상의 『노방초』, 이태준의 『무서록』, 김동석의 『해변의 시』, 정지용의 『문학독본』 등의 수필집을 출판했을 정도이다. 하지만 소설도 전문문예지가 없던 시절 수필전문 문예지를 창간하여 산문으로서의 수필에 대한 관심을 제고한 사실은 평가할 사안이다.

---

19 『박문』의 편집 겸 발행인은 최영주이고, 창간호 필자는 이태준, 김남천, 이희승, 이극노, 김문집, 김진섭, 심형필, 이병기, 방종현, 이병도이다.

20 『박문』 1, 博文書館, 1938, 30쪽.

3. 이은상 수필의 실상

1) 국토기행의 표리

이은상의 기행수필집 『탐라기행한라산』은 표면적 의미와 이면적 의미가 다르다. 먼저 아래와 같은 장면을 보자.

> 머리를 북으로 향한 놈, 꼬리를 동으로 흔드는 놈! 무슨 그리움도 같고 무슨 비우슴도 같고 無邊大海를 바라보는지 우둑하니 서서 발도 꼬리도 움직이지 않는 놈은 무슨 생각에 잠겼는고.
>
> 모여서 등을 부비는 놈, 따로 떠러저 외로이 선 놈, 돌아다니는 놈, 풀을 뜯는 놈, 제 뜻대로 노는 것이 우리의 欽羨을 있는 대로 앗아 간다.
>
> 漢拏山이 비록 '봄베이'는 아닐지라도, 漢拏山이 비록 '아나우'는 아닐지라도, 불붙어 灰禍를 입고 바람 불어 土變을 當하야 古意의 등걸과 文化의 자취가 돌과 가시덤불 속에 묻혀버린 오늘, 더듬어 알 것도 없으려니와, 찾는 이조차 없으매 저 말 못하는 牛馬의 발이 대신 후비고 주둥이가 대신 뒤적거리며, 忠誠스럽게도 主人의 참된 後裔가 오기를 직히고 있음인가.
>
> 우리가 여기 왔노라고 대답하고 싶으나 自身의 보잘 것 없고 고단함이 저 牛馬 앞에도 얼른 대답하기가 부끄러움을 어찌하랴.
>
> 굴래 속에 매였을 때에 그렇게도 無能하고 無力하야 虐待와 蔑視를 한 몸에 받는 것이 지금 여기 저 같이 굴레를 벗어나매, 갈기를 털어 過去의 受難을 잊어버리고, 긴 울음으로 제 威力을 보인 것이 어떻게나 壯한지 모르는 저 牛馬가 도리어 부럽고 부러울 다름이다.

한라산 굴레 벗은 말아

네 신세 부러워라

가고 싶으면 가고

오고 싶으면 오고

목놓아 울고 싶으면

내 뜻대로 우는고나[21]

제주도에 방목하는 소와 말이 자유롭게 풀을 뜯는 모습이다. 그런데 의인법으로 표상되는 소와 말이 누리는 자유에 대한 찬미가 단순히 그것에 대한 흠선欽羨으로만 느껴지지 않는다. 인용의 마지막 부분이 특히 그렇다. 정확하게 음절수를 3음절로 규정하기는 어렵지만 3음절 혹은 4음절로 구성된 민요의 율격이 그런 분위기를 연출한다. 전통민요 율격의 6행시 형태이다.

인용한 글의 중심어는 '굴레'와 '자유'다. 이 두 어휘가 첫째 단락에서 양립하다가 마지막 단락에서 한 편의 시로 변용된다. 그리고 이것은 그 앞 '과거過去의 수난受難을 잊어버리고', '주인主人의 참된 후예後裔가 오기'를 기다린다는 진술과 호응을 이룬다. 이런 언술은 '자유'가 우마에 대한 흠선만 아니고 다른 문제로까지 의미가 확장되는 효과를 준다. 방목하는 우마를 묘사하던 사실적 문체가 민요 율격으로 바뀌면서 '무능, 무력, 학대, 멸시, 수난' 등의 명사가 문장의 중심에 서면서 그 어휘들이 당시 훼손된 우리의 자존심을 자극하는 글의 구조가 그렇다. 글의

21 李殷相, 「放牧하는 牛馬群」, 『耽羅紀行漢拏山』, 조선일보사, 1937, 160~162쪽.

구조를 따지면 허점이 없는 것은 아니지만 그런 허점을 무릅쓰고 서술하기 어려운 말을 하려고 애쓰는 노력이 이 글의 마지막 단락에서 은근하나 강하게 표상된다.

한라산 굴레 벗은 말아
네 신세 서러워라
구름에 머리 씻고
바람에 꼬리쳐도
채질해 쓸 곳 없으니
우는 뜻을 알겠고나.

고려 유신의 회고가를 연상시킨다. 망국의 서러움을 닮은 언술로 망한 조국에 대한 애정을 환기시킨다. 시조로 글을 끝내는 것은 침략자가 지배하는 현실을 거스르지 않은 듯하면서 현실의 본질이 무엇인가를 깨닫게 만든다. 글의 표면은 한라산 등반객이 말하는 장소애지만 의미는 이면으로 다르게 굴절된다. 평범한 기행문처럼 보이는 구조로 우리 민족이 당면하고 있는 처지를 제시하려는 언술이다. 문학 작품은 새로운 소재를 이미 있어온 최고의 소재를 차용할 때 보편성을 지닌다. 여기서는 의고적 갈래인 시조를 빌어 소망을 기원하고 있다. 전통적 담론에 밀착하려는 태도가 단순한 기행문의 의미를 깊게 만든다.

白鹿潭畔, 草原 한 머리에 帳幕을 친다. 장막 머리에는 장작불을 집힌다. 저녁 짓는 煙氣가 하늘로 한 무더기 터저 오른다. 마치 번제燔祭를 지내는

舊約時代와 같다.

저녁이 끝났다. 달이 오른다. 장작불은 붉은 혀를 내어 밀며 타오른다. 더러는 장막 속에 누웠다. 더러는 달을 거닌다. 더러는 불가에 둘러 앉아 무슨 이야기엔지 밤 가는 줄을 모른다.

'시나이 山'上에 장막 셋을 짓고 옛 先知者 '에리아'와 民族의 恩人 '모세'와 聖師 基督을 모시고 싶다한 '베드로'의 말이 記憶된다. 이 거룩하고 神秘한 漢拏山 上에서 나 또한 우리 歷史의 先知者와 恩人과 聖師들을 追慕하는 것이다.

이 거룩한 '시나이' 山
내 漢拏山
바람 따라 넘실거리는
'블늪'의 못가와
솟고 솟아 둘러 친
돌 뿌다귀와 바위 아래
지금 이 맑은 밤을 타고
여기 모이신
내 歷史의 모든 英雄과
모든 恩人과 聖人들의 靈魂을
나는 바라보노라.[22]

한라산 등반에 나선 일행이 백록담에 도착하는 장면이다. 그런데 '한

22 李殷相, 「山上의 露營一夜」, 『耽羅紀行漢拏山』, 조선일보사출판부, 1937, 198~202쪽.

라산'이 구약에 나오는 번제燔祭, burnt offering[23] 의식이 치러지는 '시나이 산'과 등치되고 있다. '시나이 산'은 선민 이스라엘 민족을 위하여 하나님이 내려온 장소다. 하나님이 몸소 모세를 만나기 위하여 강림한 곳, 하늘과 땅이 함께 만난 거룩한 장소, 신탁의 땅이 시나이 산이다.

모세가 자신을 번제물로 드리기 위해서 하나님이 있는 곳으로 올라가고 하나님은 사람의 아들에게 땅을 주기 위해 내려왔다는 출 애굽기의 그 성스러운 행위와 이은상 일행의 백록담 등반이 같다. 이런 사유는 우리 민족의 존재감을 간접적으로 나타내는 구조이다. 그런데 번제 모티프는 다른 민족의 과거사이다. 왜 남의 과거를 끌어왔을까. 현재의 서술하기 어려운 우리의 처지를 말하기 위해서다. 민족의 자존을 남의 종교를 끌어와 그 선민의식을 말하면서 우리 민족의 침강하는 기를 반등시키려는 복선이다. 글의 모티프를 성경에서 따온 것은 나무랄 수 없다. 기독교 집안에서 태어나 선교사의 도움을 받던 학교를 졸업하고 연전을 다녔으나 그런 환경에서 형성된 사유를 오히려 민요율격으로 외래적인 것과 대응시키는 언어 활용은 의외이고 놀랍다. 식민지 통치가 엄혹하여 현실 문제가 무엇인지 깨우치지 못한 독자에게 근대의식의 본질을 깨우치게 하려는 전략으로 독해된다. 근대의식이란 자기정체확인 위에 새로운 세계의 발견이기 때문이다.

이은상은 『조선일보』가 '일본군'이라 쓰던 말을 '아군', '황군'으로

---

23 번제는 희생제사로서 동물을 제단 위에 놓고, 불로 태워 희생제물 전부가 연기로 하늘에 올라가서 예배자의 심혼이 하나님께 바쳐짐을 상징하는 기독교의 제사방법이다. 제물은 소·양·염소로 온전한 수컷이어야 했다. 새로는 비둘기가 사용되었는데 이것은 가난한 사람이 드리는 제물이란 의미다. 번제는 하나님과의 이상적 관계, 날마다의 헌신을 상징한다.

표기하자 그런 표기를 반대했고, 자신의 그런 뜻이 실현되지 않자 신문사 주간 자리를 사직하고 새로운 길을 택했다.[24] 그 뒤 일경의 감시를 피해 전남 백운산하에서 은거하다가[25] 조선어학회사건으로 함흥감옥에서 옥살이를 했다. 『탐라기행한라산』의 번제의식은 이런 민족의식에 뿌리를 둔 '기독교적 사유+민족의 자유'를 압축적으로 표상한다. 그리고 다음과 같은 대문은 이런 사유에서 한 발 더 나아간다.

> 아침 해가 오른다. 白孔雀의 꼬리 같이 눈이 부시고 恍惚하도록 아침 해가 오른다. (…중략…) 구멍 뚫린 穴望峰을 하늘의 깊고 먼 眞理를 바라보는 望遠鏡으로 보고 싶거니와 '穴望'이란 이름은 그대로 '구멍'의 吏讀字일 것뿐이나, 여기 이 絶頂의 岩臺를 方岩이라 함은 '볼'의 對字요, 또 釜岳이라고도 함은 '가마오름'이 아니라 '검'의 神聖義를 말한 거이리니, 이 山上의 놀 뿌다기, 여기 고인 물은 光明과 神聖으로만 불러온 것은 當然又當然한 일인 것을 깨달으면서……[26]

한라산 등반을 마치는 장면이다. 한라산의 아침을 "'볼'의 대자對字요,

24 신용대, 「이은상 시조의 연구-노산시조집을 중심으로」, 『개신어문연구』 3, 충남대 개신어문연구회, 1984, 84쪽.

25 이런 사실은 이은상에게 거처를 제공한 황호일이 해방 뒤 진상중학교를 개교하면서 사적비를 세웠다. 그때 이은상은 그 비문 '황호일이 백운산에 들어가 엎뒤어 지낼 때 나 또한 숨어 다니던 때'라고 적은 데서 분명히 드러난다. 황호일 집에 숨어산 이은상의 내력을 잘 아는 사람이 광양경찰서 진상파출소 유영모 경사(시조시인 김교안 증언)라는 점에서 이런 사실은 확실하다. 이은상이 은거한 데가 광양시 진상면 지랑마을이다. 광양군의 진산중학교는 지방 유지들이 세운 학교이고, 사적비 비문은 동창생들의 요청으로 이은상이 지었다. 김교안, 「노산 선생의 은거지 답사」, 『경남문학』, 2001.가을, 90~92쪽 참조.

26 李殷相, 「山上의 露營一夜」, 『耽羅紀行漢拏山』, 조선일보사출판부, 1937, 202~203쪽.

또 부악釜岳이라고도 함은 '가마오름'이 아니라 '검'의 신성의神聖義를 말한 거이리니, 이 산상山上의 돌 뿌다기, 여기 고인 물은 광명光明과 신성神聖으로만 불러온 것"은 당연하고 또 당연하다는 것이다. 이런 기행문은 지금까지 한국문학 연구현장에서 관심 밖에 놓여 있었다. 신변잡사를 다룬 수필이고, 식민지 시절 특별한 계층의 글이라는 선입감 때문이다. 그러나 타민족의 지배를 받는 처지에 있으면서 우리의 신화, 전설이라는 최고의 정서에 기대어 서사를 전개하는 태도는 기행문이지만 그것은 민족의 집단적 정서와 닿는다.[27] 이것은 의식이 각성된 지식인이 각성되지 않은 계층에게 민족의식을 자극하는 근대의식의 표상이다. 따라서 이 기행문은 신변사의 기록이라는 비문학적 한계를 넘어선다.

2) 비허구산문에 반영된 식민지 현실

이은상의 수필 쓰기는 『기행묘향산유기』부터이고, 서정수필은 『무상』부터이다. 하루 일기를 제문으로 쓴 『무상』과는 달리 『노방초』는 서정산문집이다.[28] 이 수필집은 『무상』처럼 삶에 대한 허무가 주제를 퇴행적으로 소멸시키지 않는다. 당시 조선의 어느 문인의 산문에서도 발견할 수 없는 서정수필의 한 경지를 벌써 『노방초』에서 이루고 있다. 먼저 「방랑하는 인생」을 통해 이런 성격을 간단히 살펴보자.

---

27 가령 「한라산 등반기」(2)라는 글은 제목이 「綠草淸江行－懷憶 속에 잠기는 巡禮心」이고 전문을 시조로 표현했다. 『조선일보』, 1937.7.28.

28 李殷相, 『路傍草』(博文書館, 1937)는 고려대 본이 유일하다. 노산문학회 편, 『노산문학연구』에 나타나는 1935년 10월 창문사 판 『노방초』는 존재하지 않는다. 박문서관 판에 '재판' 기록이 없기 때문이다.

적막한 그 해변 어촌에 달이 밝았던 것이 기억된다. 龍骨浦 넘어가는 五里 沙場이 銀빛으로 빛났다. 聽濤岩 바위 끝에 앉았을 때 갈밭머리 어디로 지나가는 배인지, 한밤중에 노젓는 소리가 들렸다. 멀리 가덕도 밖에 기선의 고동소리가 밤하늘을 울리었다. 통영으로 가는 밤 기선이었다. (…중략…)

한 소녀는 바다에서 자라 들판으로 가고, 또 한 소녀는 바다에서 자라 도회로 오고, 다른 한 소녀는 바다에서 났다가 바다에 묻히었다. 한 소녀는 호미 쥐고 김매는 農女가 되고, 한 소녀는 선생님 부인이 되셨는데 다른 한 소녀는 처녀로 이 세상을 떠나버렸다.[29]

〈그림 5〉『노방초』 속표지

자연과 합일하는 이런 감성은 이은상이 조선의 승경을 '조선의 뼈다귀이고, 조선의 고갱이'라는(최남선) 시조로 익힌 성정과 닿는다. 이런 점은 이미 당대에 동양류의 고전미가 풍부한 수필[30]이라는 평가를 받았다.

섬에서 섬으로 떠나는 뱃길이 겉으로 보면 만사가 무고한 인간이 누리는 호사다. 그러나 그 뱃길은 동생과 사별하고 그 이듬해에 아버지를 잃은(1936) 참척에서 벗어나려는 몸부림이다. 바다는 무서운 이지의 세계이고, 비정의 세계이고, 영원한 힘의 상징이다. 이은상은 그런 바다의 생리를 익혀 자신의 슬픔을 극복하려 한다.

소녀 소년 네 사람이 달 밝은 포구에서 시간을 잊은 채 이야기 하는

29 李殷相, 「放浪하는 人生」, 『路傍草』, 博文書館, 1937, 83~87쪽.
30 김기림, 「수필을 위하야」, 『신동아』 3-9, 1933.9, 145쪽.

장면은 아름답다. 청운의 꿈, 미래에 대한 기대의 서사이다. 낭만적 인생관조에 비관적 세계인식이 없는 것은 아니지만 낭만은 아름다움의 다른 이름이다. 목마를 하는 가덕도의 밤풍경, 달빛 아래 속삭이는 아이들에게는 무지개 같은 미래가 숨을 쉰다.

> 나는 그동안 그 바닷가의 조개껍질, 바위 사이에 떠 붙은 파래, 물결에 밀려들던 잘피, 그리고 그 구수한 물냄새, 솨— 울리던 湖水소리, 멀리서 들려오던 뱃고동 소리, 찌걱찌걱 노젓던 소리, 銀빛 나던 모래밭, 바람에 흔들던 갈닢, 갈닢우에 반짝이던 파란 반딧불, 쟁반 같이 떴던 그 밝은 달, 달알에 누워있던 그 뷘배……[31]

파래, 잘피, 물 냄새, 뱃고동 소리, 노 젓는 소리, 반딧불, 뷘 배가 평화로운 해춘풍경을 연출한다. 밝은 달 아래 아이들의 웃음소리가 하마 들릴 듯하다. 수필의 경계를 넘어 서고 있다. 이런 점에서 「방랑하는 인생」은 자아를 세계화한 행복의 서사이다. 사정이 이러하지만 수필집 『노방초』의 특성은 다른 데에 있다. 이 수필집은 주로 고향모티프가 서사의 중심을 이루는 '일기'인데 이 문제도 『탐라기행한라산』처럼 신변사의 기록에만 머물지 않는다.

> 나는 오래간만에 故鄕에 왔다. 停車場에 나려서매 勞働하는 아이들이 벌떼처럼 달려든다. 그것은 내 손에 쥐인 조그마한 손ㅅ가방 하나를 노려보고

31 李殷相, 앞의 글, 85쪽.

저마다 들고 가겠다는 것이었다.

혹은 고사리 같은 조고마한 뷘손으로, 혹은 작난감 같은 조고마한 지게를 들고 "이리 주이소" "아닙니다. 제가 들고 가겠읍니다" 서로 밀치며 달려들어 내 앞을 막는다.

아! 이 아이들이 내가 누군지를 몰라보는구나. 그도 그럴 것이다. 내가 故鄕을 떠난지가 十五년이라, 이 아이들이 혹은 나기도 前에, 혹은 襁褓에 쌓였을 적이니, 이제 서로 만나 나를 알아볼 理가 없을 것이다.

나는 속으로 외쳤다. "아이들아 나도 너희들과 같이 이 마을에서 자랐다. 나는 나그네가 아니다. 참아 너이들에게 내짐을 지울 수가 없고나"

鷺飛山으로부터 불어 내리는 차운 바람이 두꺼운 옷을 입은 내게도 이와 같이 추운데 하물며 헌 누더기로 몸을 감은 너희들이야 오직할 理가 있느냐.[32]

노산문학에 나타나는 고향모티프는 거의 회고조이다. 시조 「가고파」, 「고향생각」이 대표적이다. 수필 「고향역전」을 지배하는 정서도 「가고파」나 「고향생각」과 비슷하다. 그런데 「고향역전」은 거지꼴이 된 고향의 아이들에게 서사의 초점이 가 있고, 그 아이들이 굶은 짐승 새끼 모습을 하고 있다. 일기로 비극적 삶의 현장을 보고한다.

고향이란 무엇인가. 고향은 한 인간이 태어난 공간이며, 죽으면 돌아가려는 영원한 안식처이다. 그래서 문학에서는 장소애場所愛, topophilia가 유별하다. 장소애는 사향으로 대표된다. 사향은 객고의 우울을 치유하는 처방이다. 유년의 풍물과 풍경의 원초적 회귀에 의한 행복의 복원이

32 李殷相, 「고향역전」, 『路傍草』, 博文書館, 1937, 56~58쪽.

가능하기 때문이다. 그래서 사람들은 자신의 현존에 불안을 느낄 때 귀향을 꿈꾼다. 이은상도 사정은 같을 것이다. 그러나 이은상의 「고향역전」은 이런 일반론으로는 설명이 안 된다. 고향에서 만난 것은 행복의 복원이 아닌 비참한 현실이다.

「고향역전」이 서 있는 자리는 바로 여기, 현실이고 그 현실이 고통의 현장임을 가감 없이 표현하는 비허구산문이다. 이 수필을 쓴 1929년은 광주학생사건이 일어난 때라는 사실을 감안할 때 이런 장면 묘사는 주권상실에 따른 민족영락의 확인으로도 읽힌다. 이런 점에서 「고향역전」은 기록문학적 성격을 지닌다. 수필집 『노방초』가 일기인 까닭이다. 『노방초』에 등장하는 인물들은 거의 거지, 노숙자, 가난한 사람들이고 『노방초』의 많은 일기가 이런 인물들의 삶을 겨냥하고 있다.

> ① 아마 열흘쯤 지났다. 오늘부터 사흘 전 그날 밤 뜻밖에도 이 움막 속에서는 그 코구는 소리가 들려나오지 않었다. 나는 문득 섰다. 그리고 귀를 기우렸다. 아무리 기우려도 코구는 소리는 들려나오지 않았다. 사흘 밤이나 연하야 그 코구는 소리가 들려나오지 않았다.
>
> 오늘 아침 나는 그 코굴던 사람을 알아보았다. 내 말에 대답하는 동리 사람의 말—'웬 늙은 거지가 한 사흘 전에 저 아랫마을에서 죽었다는데, 아마 그 사람인가 보.(1934.1.1)[33]

> ② 어두워 오는 저녁거리에, 나무 사줄 사람을 기다리고 서있는 저 늙은이

33 李殷相, 「코굴던 사람」, 『路傍草』, 博文書館, 1937, 104쪽.

의 마음속이 지금 어떨고. 그러나 저 사람의 마음을 생각해줄 이가 없는 것이 슬픈 일이 아니다. 어떤 이 큰소리치며 달려와 발길로 소를 차며 주먹으로 늙은이를 때리면서 쫓아버린다. 하느님이 저렇게 악한 사람을 웨 이 세상에 보내었을가. 저 사람을 만들 때에 웨 그 마음속에 따뜻한 '인정'을 불어 넣지 않았던가.

말 못하는 소를 이끌고 쫓겨 가는 늙은이여. 그대나 내게 무슨 할 말이 있는가. 무슨 기운이 있는가. 참음의 눈물을 이 어둔 길바닥 우에 떨어트릴 수밖에 없고나.(1936.12.5)[34]

③ 電車 속이다. 내가 앉은 맞은편 椅子에 어린 女學生 한 아이가 앉았다. 열 살쯤 났겠다.

어느 學校에 다니는 學生인지 儉素한 制服이나. 그리고 얼굴은 이고 밝은 대신에 洋襪은 겸고 낡았다.

나는 그 아이의 버선을 仔細히 보았다. 얼마나 오래 신었는지 실로 여러 군대를 떴다. 그리고 복숭아 뼈 있는 우에까지 기운 자취가 보인다. 응당 발바닥에는 볼을 대었는지도 모르겠다. 그러나 그 아이의 양말은 군대군대 기웠을망정 깨끗하였다.

나는 그 아이의 양말에서 그 어머니의 근실하고 민첩하고 규모 있는 성격과 정신을 바라볼 수가 있었다.(1937.3.30)[35]

④ '안해도 있소?'

34 李殷相, 「겨울의 황혼」, 『路傍草』, 博文書館, 1937, 150~151쪽.
35 李殷相, 「기운 洋襪」, 『路傍草』, 博文書館, 1937, 152~153쪽.

'十餘年前에 죽었읍니다'

'자식은?'

'자식도 三男妹를 두었더니 다 죽있읍니다'

'故鄕은 어디오?'

'忠淸道 公州입니다'

'예전엔 무얼 했소?'

'農事나 좀 했습니다' (1937.5.31)[36]

일기에 나타나는 인물은 거지, 헐벗은 사람, 노숙자이다. 『노방초』에는 47편의 작품이 수록되어 있는데 「고향역전」까지 합하면 10여 편이 이런 문제가 테마이다. 문학 작품에서 거지나 가난뱅이가 글감이 되면 그 결말은 대게 해피엔딩이거나 예보다. 그러나 『노방초』는 그렇지 않다. 일기(수필)가 비허구라 하더라도 결말에서 이야기를 반전시킬 수 있다. 그러나 이 수필집에는 그런 글이 없다. 현실에서 본 사실을 그대로 기록하여 알릴뿐이다. 이것은 현실을 비판하고 극복하려는 사실주의 정신에 다름 아니다. 현실을 그대로 기록하는 일기의 조건을 통해 그 현실이 너무나 허위에 찬 것임을 알린다. 그러니까 '일기'는 위장이다. 중일전쟁에서 승리한 일본은 대륙진출에 자신을 얻어 식민지민에게도 곧 복지시대가 도래할 것이라고 외쳤다. 그러나 조선 사람의 생활은 더욱 궁핍해져 갔다. 거지나 헐벗은 고향 사람들의 실상묘사는 결국 그런 시대 그런 식민지민의 고단한 삶을 우회적으로 비판한 기록문학

36 李殷相, 「늙은 거지의 말」, 『路傍草』, 博文書館, 1937, 108쪽.

으로 독해된다. 넌픽션이다.

인용문 ①은 눈보라가 치는 겨울, 길모퉁이 움막에서도 코를 골며 잠을 잘 자던 노숙자가 갑자기 죽은 것을 신문기사처럼 보고한다. 동네 사람이 지나가는 말처럼 거지의 죽음을 알리는 것이 그렇다. 이것은 그런 일이 흔하다는 말이다. 1월 1일이 설인데 설날 사람이 굶어 죽었다는 것은 단순히 한 인간의 죽음을 기록한 일기라 할 수 없다.

인용문 ②에서는 나무 팔러 온 농부가 매를 맞으며 내쫓기고 있다. 거지나 다름없는 처지다. 전차에서 만난 얼굴이 희고 맑은 소녀는(인용문 ③) 발목까지 기운 양말을 신고 있다. 가난과 맞서며 학업을 닦고, 그런 아이를 뒷바라지하는 한 가정의 성실한 삶이 선명하게 부각된다. 소녀의 자존심을 기웠으나 깨끗한 양말이 버티고 있다. 양말소녀는 행복이 예보된 기대의 세계로 일기가 끝난다.

④의 인물은 영락한 농민이다. 땅마지기나 지니고 살던 농부가 처자식 다 죽이고, 혼자 경성으로 흘러들어 노숙자가 되었다. 그도 어느 날 「코 굴던 사람」처럼 죽을 신세이다. 비참한 조선인들의 삶이 모두 보고형식으로 응축된 비허구산문이다.

이러한 궁핍을 그린 4편 담문에서 그 원인을 찾아 읽기란 쉽지 않다. 독자가 가장 관심을 가진 문제임에도 필자는 입을 다물고 있다. 왜 말하지 않는 것일까. 왜 비참한 세상을 보여주고만 있을까. 말하지 않아도 알기 때문이다. 이것은 담문 구성의 의도이고, 서술전략이다.

『노방초』는 비허구산문의 한계를 넘어선다. 에둘러가기는 하지만 일기의 고정관념을 넘어 현실을 비판적으로 기록하고 있다. 이런 점에서『노방초』는 비허구보고문학이다. 계절감과 신변사를 미문사생체로 기술하는 것이 아니라 일기로 이루어진 수필집이다. 이런 특성은 '있었던 일을, 확장적 문체로, 알려주고 주장'[37]하는 성격을 지녔기에 앞 시대의 교술과 닿고, 그런 글쓰기 고유의 특싱을 구현하고 있다는 점에서 주목할 만하다.

3) 우화로 위장한 현실

문학연구는 작가의 창작의도를 밝히기 위해 존재하는 것이 아니고, 작가에게 봉사하기 위한 것도 아니다. 문학연구는 문학 작품이 예술로서 어떤 구실을 하며 의미가 무엇인가를 객관적으로 고찰하는 임무를 띤다. 문학 작품은 발표되는 순간 작가를 떠난 하나의 독립된 유기체로 존재한다. 문학연구는 이 유기체가 함유하고 있는 비밀을 탐색하는 작업이다.

『노방초』는 일기로 된 수필집인데 그 일기가 단순한 개인사를 기록한 비허구산문이 아닌 사실임을 앞에서 확인했다. 이런 점은 이 수필집의 대사회관에서 더 선명하게 드러난다. 제목이 「생명生命」인 1936년 4월 18일 일기와 1933년 3월 3일 일기인 우화 「춘조춘화청담회기春鳥春花清談會記」에서 이런 점을 분명하게 확인할 수 있다. 「생명」부터 보자.

> 나는 남의 奴隷가 되고 싶지 아니하다. 나는 남의 抑壓을 받고 싶지 아니하다. 그러므로 나는 남을 奴隷로 부리지 아니하며 또 남을 抑壓하는 일은 行하지 아니한다.

---

37 조동일, 『한국문학의 갈래이론』, 집문당, 1992, 61쪽.

이것은 사람과 사람 사이에서만 取하는 나의 戒命이 아니라 조고마한 微物에 이르기까지 天地의 뭇 生命에게 對하야 行하는 거룩한 나의 法典이다.

오늘 아츰 나는 前에 못 듣던 異常한 새소리에 잠을 깨었다. 참으로 異常하다. 무슨 일로 이런 異常한 새소리가 내 窓 앞에서 들려올까. 그러나 다시금 仔細히 듣노라니 이것은 窓밖에서 들리는 소리가 아니오 分明히 房門 밖 마루 안에서 들리는 소리다.

나는 문득 不快하였다. 집안 食口 가운데 뉘가 이런 짓을 하였나. 어느 殘忍한 사람이 이 거룩한 戒命을 어기었나. 이것은 分明히 鳥籠 속에서 우는 可憐한 새 소리다.

나는 벌떡 일어났다. 房門을 열었다. 그리고 나가 보았다. 아니나 다를까 分明히 그러하였다. 마루 한 구석에 木板을 붙이고 그 우에 前에 없던 鳥籠이 놓이고 그 장 속에 어여쁜 새 두 마리가 가치어앉아 그렇게도 슬픈 목청을 내어 우는 것이다.

나는 무슨 審問이나 하듯이 뉘가 이런 짓을 하였는지 물어보았다. 필경 나타난 죄인은 나의 식구이었다. 어제 낮에 집 앞으로 지나가는 새 장사에게 꽤 많은 돈을 주고 조롱과 새를 사서 이 같은 일을 해놓은 것임을 들어 알았다.

나는 더욱더 不快하였다. 내 性格을 알지 못하고 이런 犯行을 한 것이 不快한 것보다도 이것을 사놓고 終日토록 이 새장 앞에서 기뻐하였을 그 心情이 더욱 可憐하였다. 나는 두말없이 鳥籠을 열고 이 不幸한 두 生命을 自由의 天地로 解放해 주고저 하였다. 그러나 어린 것이 울고 야단하는 통에 얼른 斷行하지를 못하였다.(1936.4.18)[38]

38 李殷相, 「生命」, 『路傍草』, 博文書館, 1937, 14~16쪽.

이 일기는 누가 봐도 단순한 일기로만 읽히지 않는다. '노예奴隸, 억압抑壓, 범행犯行, 자유自由, 계명戒命, 해방解放, 죄인罪人, 심문審問, 잔인殘忍, 탈옥脫獄' 등의 어휘가 형성하는 이야기구조가 「생명」이라는 제목과 호응되면서 다른 무엇을 연상 시킨다. 인용부분을 요약하면 '이상한 새소리에 잠을 깬다→새소리는 창밖이 아닌 방문 밖 마루에서 났다→벌떡 일어나 문을 열고 나갔다→조롱을 발견했다→누가 이런 범행을 저질렀나! →조롱 속의 새를 보고 기뻐했을 행위를 생각하며 어느 잔인한 사람이 거룩한 계명을 어기었나를 심문하듯 식구를 다그친다→불행한 두 생명, 조롱 안의 새를 해방시키려 한다'이다.

이런 사건의 전말이 서두의 "노예", "억압", "계명" 등의 말과 대구관계를 이룬다. 어느 날 이은상의 집에 일어난 실재 사건을 적은 일기다. 그런데 이런 이야기가 결말에서 반전된다. 곧 새가 탈옥한다. 이런 서사구조는 일기 구조가 아니다. 아직 일어나지 않은 사건을 앞질러 말하는 것이 그렇고, 또 왕겨를 털려다가 새를 놓쳤다는 것도 개연성이 없다. 어제 산 새가 왕겨를 털어야 할 만큼 더러울 리도 없고, 어린 아이가 아주 좋아하는 새를 엄마가 부주의로 날려 보냈다는 것도 믿기 어렵다. 따라서 이 대문은 비허구, 일기를 허구fiction로 바꿨다. 필자는 이 사건을 새가 '해방'된 것이 아니라 '탈옥'이라 표현하고 있는데 이 말은 새의 행위가 정당하다는 뜻이다. 형식이 일기라 독자는 허구 개입을 생각할 수 없지만 그게 몇 겹으로 포장되어 허구를 눈치 채지 못하는 구조이다. '탈옥'은 남의 노예가 되지 않고, 남의 억압을 받지 않겠다는 강력한 행위다. 따라서 '탈옥'이, 이 일기의 이면적 주제를 형성한다. 새를 새장에 가두는 것은 범행이고, 조롱의 새를 조롱 밖으로 날려 보내는 것이 생명체에 대한 정당한 대우라는 것이다. 새를 통한 계세징인이다.

이런 점에서 이 일기는 일기가 아니다. 있었던 일을 일회적, 보고형식으로 기록하고 있으나 그것이 확장되어 당시 우리가 당면하고 있던 현실을 연상시키는 글의 여운이 이런 판단을 내리게 한다. 일기 형식을 빌린 우화寓話, fable이다. 우화가 소망표현의 한 방법인데 이 일기의 결말이 부자연스럽지만 그런 소망을 실현시키기 때문이다.

이은상이 소망 표현을 이렇게 실행하는 글쓰기는 1933년 3월 3일의 일기인 「춘조춘화청담회기」에서 더 확실하게 나타난다. 「춘조춘화청담회기」는 '제비 · 장미 · 종달새 · 바욜렡 · 두견 · 진달래 · 꾀꼬리 · 복사꽃 · 가마귀 · 살구꽃 · 학' 열 가지 동식물이 모여 좌담회를 개최하는 동식물우화動植物寓話이다. 토론의 수제는 요새 "사람놈들"이 남의 허물만 이야기하기에 우리는 사람의 장점을 찾아내어 새 울고 꽃피는 계절의 청담으로 삼자는 것이다. 이은상은 이 우화에서 진달래와 두견화를 남매로 설정하고 그들이 나라를 잃을 슬픔이 모티프가 된 여러 고사와 시를 서두에 인용하고 있다. 제2부에서 사회자 가마귀는 회의 참가자들에게 '진달래양'은 "본시 촉蜀나라 망제望帝라는 이가 별령鼈靈에게 위를 내어주고 스스로 피하였다가 뒤에 다시 위를 얻고저 하였으나 일우지 못하고 돌아가시며 그 혼백이 두견으로 화하시었어! 그래서 저 두견 선생이 슬피 우시는 바람에 목으로서 나온 피가 꽃우에 떨어저 물을 들여 놓으니 그 꽃이 진달래란 말입니다"라고 소개한다.

두견은 이런 소개에 대해 "세상이 나를 들먹이는 건 듣기가 싫습니다"라고 한다. 이 말을 들은 종달새가 "그렇지만 두견 선생님! 조선시조에도 공산이 적막한데 슬피 우는 저 두견아 / 촉국 흥망이 어제 오늘 아이어든 / 지금에 피나게 울어 남의 애를 끊나니"라는 노래가 있지마는 늘 그렇게 슬퍼하시면 몸에 해롭다고 한다. 복사꽃은 "선생님은 아마 아직도 촉나라 옛일을 생각하고 그러시는 게지요"라면서 두견을 위로 한다. 이 때 학이 나서서 "조국을 생각하는 것을 일시적으로 하는 사람놈들 같애서는 못쓰오"라고 외친다. 「춘조춘화청담회기」는 1933년 삼월 삼짓날 일기다. 일기라 흔한 글 같다. 그러나 그런 글의 구조가 예사롭지 않다. 3월 3일은 소생을 상징한다. 촉나라 망제의 주권회복에 대한 열망이 화한 진달래전설이 단순한 전설 소개로 이해되지 않는다. 지배체제를 거부하고 해방을 소망하는 조선인의 처지가 봄날 꽃들의 입을 빌려 표상되는 구조이다.

우화는 인격화한 동식물을 주인공으로 하여 그들의 행동 속에 교훈의 뜻을 나타내는 교술문학이다. 우리 문학에서는 이것이 설화・소설・가전 등에서 널리 이용하였음으로 그런 형식에 따라 글을 쓰는 것은 새삼스러운 일이 아니다. 근대에서는 언론자유가 제약된 상황에서 논설 대신, 시사적인 문제를 다루는 방식으로 활용되었다. 안국선의 『금수회의록禽獸會議錄』(1908), 김필수의 『경세종』(1908), 송완식의 『만국대회록蠻國大會錄』(1926)이 그런 예이다. 이런 형식은 근대문학의 한 갈래로 자리를 잡지 못하고 퇴조한 것으로 문학사는 기술한다. 그런데 이은상은 이런 형식의 글쓰기를 진달래[39]와 두견의 설화를 차용하여

39 진달래는 조선을 상징한다. 한시와 시조 등에 자주 소재로 등장하고 김소월의 시집 『진달래꽃』에 와서 압축되었다. 진달래는 북한이 정치에서 '선구자' 이미지로 부각시키면서 변질되었다. 문학에서 진달래가 '선구자' 이미지로 나타난 것은 박팔양이 「너무도 슬픈 사실－봄의 先驅者 진달래를 노래함」(1930)이 처음이다. 진달래는 여전히 우리 민족정

1930년대에 소망실현의 문학으로 구현하고 있다. 이런 글쓰기는 외래적 담론이 아닌 전통적 담론에 밀착되어 있다. 그러니까 동시대의 횡적인 변화를 수용하되 전래하는 경험을 축으로 삼아 탈근대, 곧 식민정책을 비판하려는 자세이다. 우화를 빌린 글쓰기는 맹목적 외래추종의 거부이자 자기회복의 시도이고, 민족적 자기동일성에 대한 관심이자 자기보호이다. 이은상은 이렇게 외래적인 것을 거부하면서 전통적 경험으로 귀의를 우화로 위장한 일기로 구현한 것은 주목할 만한 사실이다. 우화가 근대문학의 한 갈래로 자리를 잡지 못하고 퇴조한 것이 아니라 1930년대에도 지속되는 예가 되기 때문이다.

문학의 이해는 사회의식과의 관계 속에서 이루어져야 한다. 일제식민지 시기의 작품이 특히 그러하다. 문학은 그것이 창작된 시대나 사회와 완전히 떨어진 별개의 세계에 존재할 수는 없다. 생산 주체가 인간이고, 그 인간은 사회적 동물이기 때문이다. 문학연구는 작품 자체를 통해서 이루어져야 한다는 것이 원칙이다. 하지만 이것은 문학 연구에서 대사회적 문제를 전부 배제해야 한다는 의미는 아니다. 따라서 문학작품의 독해는 작품 자체가 중심이되 그것은 당대사회와의 관계 속에서 이루어져야 한다. 이은상의 수필도 다르지 않다. 이런 점에서 「생명」과 동식물우화 「춘조춘화청담회기」는 일제강점기 우리 민족의 현실을 문제삼는 교술문학으로서 주목할 대상이다. 민족의 소망을 우화로 구현한 아주 드문 예이기 때문이다.

서를 대표하는 이미지로 남아 있다. 봄이 오면 곳곳에 진달래가 지천으로 피고, 그 꽃구경 가는 사람들이 많이 몰려들기 때문이다.

4) 『야화집』에 숨은 악귀

〈그림 6〉『야화집』 표지

『야화집』은 이은상의 여느 수필집과 다른 데가 있다. 겉표지나 속표지가 똑같이 '시가詩歌 · 기행紀行 · 연구研究 · 수필隨筆 『야화집』 이은상 저'인데 판권에는 저작 겸 발행인이 오야마 치에이大山治永으로 되어 있다. 오야마 치에이는 이은상의 창씨명이다. 이 수필집은 이은상의 연보나 이력에 나타나지 않고 『야화집』이 소개될 자리에 '기행 · 시가 · 수필 · 연구 『노산문선鷺山文選』(영창서관, 단기 4287)'이 놓인다.

『야화집』은 전 4부로 구성된 총 624쪽의 저서이다. 제1부는 전부 '기행문'이다. 「만상답청기灣上踏靑記」 16편, 「천리방비행千里訪碑行」 7편, 「강도유기江都遊記」 11편, 「무등산 기행」 10편, 「설악행각」 35편이 다 기행문이다. 제2부는 '시와 시조'이다. 제3부는 '수필'이다. 「북한산 순수비」, 「함부로 아니 된 것」 등 11편인데 시와 수필이 섞여 있다. 조선승경을 시처럼 압축시킨 수필이라 시인지 수필인지 분간하기 어렵다. 그런데 이은상은 그의 모든 이력에서 『야화집』이라는 책 이름만은 숨겼다. 다음과 같은 단 한 단락의 글이 원인인 듯하다.

① 언재까지나 남의 下風에 自足할자 아니요, 무엇으로든지 남의 踏凌을 甘受할자 아닌 우리이매, 形式에 사로잡히고, 空妄에 뜬 장단치고, 鐵鎖로 저를 가두어, 그리고도 잘난 척하고 넉넉한척하던, 오랜 동안의 迷夢的 哲學을 한줌의 殘滓도 없이 完全히 업세버리고, 協和 生新한 步武로 大理想 得達에의 一心不亂 勇進無退가 오직 저 鴨綠江의 滔滔 滾滾한 江波와같아야 하리라고 몇 번이나 다시금 생각하고 盟誓하는 것이다[40]

이은상을 옭아맬 수 있는 친일 혐의의 근거이다.[41] 오야마 치에이라는 이름을 지우려 했는데 그게 일제 말기 즐겨 쓰던 '협화協和, 생신生新, 보무步武, 일심불란一心不亂, 용진무퇴勇進無退'라는 말과 얽혀 있다. 6백 쪽이 넘는 책에 단지 이 한 단락이 이은상이라는 문인 이름에 먹칠을 하는 꼴이다. 이은상은 충무공, 백범, 안중근, 신채호, 이범석, 유인석 등 충신, 독립운동영웅, 애국자들의 이름을 단 사업 첫자리에 올랐다. 그래서 애국훈장을 받고 사후에는 국립묘지에 묻혔다. 그런데 그걸 되돌아보게 할 악귀가 들꽃 속에 숨어 눈을 반짝인다. 이것을 어떻게 해석할 것인가.

결론부터 말한다면 문제가 안 된다. 『야화집』은 이런 현상에도 불구하

40 李殷相, 「流不滯心不亂」, 『野花集』, 永昌書館, 1942, 57쪽.

41 이은상은 『半島史話와 樂土滿洲』(平山瑩澈·申瑩澈 편, 滿鮮學海社, 1943)에 「俚諺의 轉訛에 對한 一考」를 '전 조선일보사(朝鮮日報社) 조광주간(朝光主幹)'이라는 이름으로 발표했는데 이 책이 권두에 조선총독의 유고(諭告)를 싣고, 윤동치호(尹東致昊, 윤치호) 같은 친일파 글이 실려 이은상을 친일협력자로 평가한 사례가 있다. 그러나 그 책에는 이극로(李克魯), 안확(安廓) 등 극려 민족주의자, 친일과는 거리가 먼 천태산인(天台山人), 손진태(孫晉泰), 이병기(李秉岐)의 소논문 등이 수록되어 있고, 매천 황현(黃玹)의 조카 황의돈(黃義敦)은 10편의 글을 실었다. 이은상의 글은 방언연구를 한 소논문이다.

고 책 내용 전체가 민족적 담론으로 갈무리되고 있는 것이 분명하게 나타나기 때문이다. 이런 점은 『야화집』의 모든 글이 『노방초』의 「생명」, 「춘조춘화청담회기」와 같은 맥락을 형성하는 데서 드러난다. 곧 그 일제말기에도 조선인의 심리에는 여전히 민족의지가 준동하고, 국민국가 재건을 꿈꾸며, 상처받은 민족자존을 회복하여 미래에 대한 기대를 일깨우려는 의식이 『야화집』의 이면적 주제를 형성하는 까닭이다.

친일문학의 통념 가운데 오래된 것의 하나는 일제 말에 친일하지 않은 사람이 없다는 것이다. 춘원과 육당은 말할 것도 없고, 지금 탑골공원 「3・1정신찬양비」 비문을 쓴 박종화는 이은상의 『야화집』과 같은 해에 나온 『청태집青苔集』의 「청태지관음」에서 종로 3정목 독립운동의 상징 탑골공원 앞에서 학생들이 벌리는 일제의 육군기념일 시가행진을 보면서 "오오 — 오늘이 육군기념일陸軍記念日 흥아성전興亞聖戰 빛난 홍업鴻業"이라고 외쳤다.[42] 그런 세상과 타협하기 싫어 낙향하여 후진을 특별하게 양성한 김기림 같은 시인[43]도 있지만 『삼대三代』의 염상섭은 만주국으로 가서 『만선일보』 편집국장이 되어 사설을 썼고, 서정주는 만주국에 돈을 벌러 갔으며 유치환은 농장관리를 일자리로 잡아 북만으로 갔다. 백석은 만주국 국무원중앙공무원 경제부 서기였고, 박영준은 만주국 협화회에서 일하며 장편 『쌍영』에서 만주국의 신인간형을 창조했다. 그들이 1940년대를 그렇게 살 수밖에 없었던 것은 인간생명의 역설, 부조리不條理, absurde가 문인에게도 그런 시대와의 순응을 압박

42 朴鍾和, 「青苔池館吟」, 『青苔集』, 영창서관, 1942, 89쪽.
43 김기림의 경성고보 제자들 가운데는 만주로 가서 초현실주의 시로 당시 현실을 야유, 비판했다. 오양호, 『1940년대 초기 재만조선인 시의 정체』(집필 중) 참조.

했기 때문이다. 이은상도 다르지 않았을 것이다. 그래서 면죄부를 주자는 것은 아니다. 그러나 근대가 우리 밖에 있는 놀라운 세계의 추종이 아니라 그런 서구를 보면서 현재를 반성적으로 성찰하여 우리의 나아갈 길을 모색하려는 노력이 『야화집』에 은근히 빛을 내고 있다. 겉표지는 시대와 동행하는 오야마 치에이지만 속은 시대를 거부한다. 표리가 다른 이중이다.

인용문 ①을 제외하면 『야화집』은 통째로 조선의 국토, 자연, 문화, 정신의 찬미이다. 「남무국토대자연南無國土大自然」, 「혼자서 부른 노래」, 「가서 내 살고 싶은 곳」, 「북한산 순수비」 같은 수필과 시(시조), 서산西山의 문학, 노계蘆溪의 가사, 민요 연구 등이 모두 그렇다. 따라서 「유불체심불란流不滯心不亂」 같은 기행문에 나타나는 단지 몇 행의 친일적 발언은 문제가 될 사안이 아니다. 검열을 의식한 하나의 전략으로 판단된다. 당시 모든 출판물은 '우리는 황국신민이다. 충성을 다하여……' 어쩌고 하는 일본천황에 바치는 3가지 맹서를 권두에 실어야 출판이 가능했다. 그런데 『야화집』 권두에는 별지에 "편집編輯 및 교정校正 환산桓山 이윤재 선생李允宰先生"이라고 명시되어 있다. 이윤재가 조선어학회 사건으로 옥사한 것을 감안하면 이런 책이 1942년에 출판된 것이 오히려 이상하다. 임란을 일으킨 일본을 크게 징계한 노계 박인로 가사연구가 포함된 것도 그렇다. 물론 『야화집』이 '연구'도 한다고 해 놓고 「태평사太平詞」나 「선상탄船上歎」의 내용을 말하지 않은 것[44]은 큰 한계다. 그러나 서지적 사항만 소개하면서 그것이 연구로 착각하는 사실을 근

44 李殷相, 『野花集』, 永昌書館, 1942, 459쪽 참조.

거로 할 때 노계가사의 내용 고찰이 없는 것은 박인로 문제만 아니다. ①을 제외하면 『야화집』은 전부 ②와 같다.

② 朝鮮의 大自然 앞에 나는 한 信徒되기를 바라는 것이니, 나의 超理論的 頂禮心은 나 自身도 어찌할 수가 없을뿐더러, 또한 나 같은 樸訥한 凡夫로도 그 앞에 가서만은 法悅을 느끼고 感激을 얻는 만큼, 그의 거룩함을 讚頌하는 수밖에 없다.

진실로 사랑하는지라, 그 사랑은 곧 宗教요, 진실로 믿는지라, 그 믿음은 곧 사랑이니, 사랑과 宗教가 결코 둘이 아님을 나는 다시금 깨닫는다.

이같이 나는 自然을 信奉하여 疑心하지 아니하고, 또한 사랑하여 躊躇하지 아니하거늘, 누가 저 山河를 일러 無意緖하다 이르느뇨, 山河는 分明 내 祈願을 들을줄 알고, 山河는 丁寧言笑로서 慈愛의 抱擁을 주는 것이다.[45]

조선의 자연과 지리에 대한 찬양이다. 이런 글은 『탐라기행한라산』에서 이미 발견한 바 있지만 그런 조국강토에 대한 깊은 장소애를 여기서 다시 발견한다. 땅地理은 사람이 태어나고 살아가는 장소이고, 기행문은 그런 장소와 지리를 근거로 삼아 인간의 삶을 해석하고 세계와 소통하며 자신의 사유를 확장하는 글쓰기다. 기행문 「유불체심불란」을 지배하는 사유가 바로 그러하다. 그리고 그 대상이 바로 조선의 산하이다.

『야화집』의 이런 작가의식은 '어디 가서 살고 싶소'라는 한 잡지사의 설문을 시조로 답한 다음과 같은 글에 압축되어 나타난다.

45 李殷相, 「南無國土大自然」, 『野花集』, 永昌書館, 1942, 4쪽.

근심이 산이 되어 울멍줄멍 솟아 둘리고
물은 여울여울 눈물 받아 흐르는 나라
가서 내 살고 싶은 곳 거기는 또 내 죽어 묻힐 곳

그 땅엔 씨 뿌려도 거두어 띠끌만 남고
땀 흘려 방울방울 미움과 원망이 될뿐인 나라
가서 내 살고 싶은 곳 거기는 또 내 죽어 묻힐 곳.[46]

가서 살다가 죽어 묻힐 곳이 '거기 밖에 찾을 곳 없는 인연의 나라'라 했다. 이런 국토애를 시조로 형상화 시키는 것은 글쓰기 능력 문제가 아니다. 지리, 땅을 통하여 자신을 발견하고, 그것을 민족의 정신사와 접맥시키려는 작가의식의 소산이고, 편협한 국수주의가 아니라 대자연과의 합일을 실현하는 예술적 욕구이다. 이렇게 시조 형식에 기탁한 표현은 이은상이 시조를 '긴 역사와 함께 필연적으로 형성되어진 한 개의 특수한 민족성을 기조로 하야 그들의 감정을 표현한 것'이며 '우리 문화의 정신적 본질을 파악한 후에 그것안의 기초 우에서 새로운 발전을 꾀'하려 한 바로 그 근대의식과 닿는다.[47] 다음과 같은 글도 같은 맥락이다.

北岳 城頭에 서서 , 西으로 漢江을 건너, 꺼져가는 落照를 바라본다. 가막조개 속 같이 엷게 붉은 구름이 부르면 바로 달려올 예쁜 강아지 같이 조그마

46 李殷相, 「가서 내 살고 싶은 곳」, 『野花集』, 永昌書館, 1942, 361~362쪽.
47 李殷相, 「古時調硏究의 意義-그 現代的 關聯性에 對하야」, 『조선일보』, 1937.1.1.

한 고개를 쳐든 넘어로, 금방울 같이 노란 봄날의 저녁해가 넘어가는 양은 참으로 아름답다.

산들은 제 자리에 조용히 엎드리고 長安엔 어두운 빛이 연기 같이 깔려온다.

다시 보니, 해는 꺼졌다. 짙어오는 黃昏의 걸음이 점점 急하다. 隊商들이 몰려오는 듯이. 몰아쳐 깔려드는 黃昏의 景은 참으로 神秘하다.

나는 이 아름답고 神秘한 自然의 光景 속에서 下山을 잊어버리고 생각한다. 나는 이것도 人生의 무엇인지 알지 못한다. 또 나는 지금껏 天地 自然이 무엇인지도 알지 못한다. 그러나 무엇인지 모르는 그대로 내 입에서 이러한 노래가 나왔다.

보라 저 들 밖에 꺼져가는 黃昏의 아름다움
또 보라 저 장안에 깔려오는 黃昏의 神秘스럼
그렇다 天地 自然은 함부로 된 것이 아니로구나.[48]

희망에 찬 미래의 예보이다. 우리가 누리는 아름답고 신비한 자연이 '함부로 아니 된 것'이라는 표현의 속뜻은 이 땅이 신탁의 장소라는 의미이다. 한라산을 구약성경의 그 번제의 '시나이 산'으로 표상하던 사유와 같다. 이은상의 이런 사유는 「무등산 기행」에도 나타난다. '증심사證心寺의 삼국보三國寶 / 영장靈場의 천제天帝人등 / 초군樵軍의 민요일절民謠一節 / 서석瑞石의 수정병풍水晶屛風 / 암해巖海의 보조석굴普照石窟 / 규봉암圭峰庵의 광석대廣石臺 / 와전訛傳된 지공指空너덜 / 무등無等의 최고最高 지위地位'이라는 민요조 가락이 그런 선민의식으로 읽히기 때문이다.[49]

48 李殷相, 「함부로 아니 된 것」, 『野花集』, 永昌書館, 1942, 374~375쪽.
49 李殷相, 「無等山 紀行」, 『野花集』, 永昌書館, 1942, 141~178쪽.

4. 맺음말

이상에서 이은상의『탐라기행한라산』,『노방초』,『야화집』을 비허구산문, 범칭 수필로서 수행한 사실 확인, 인과진단, 가치평가를 하였다. 근대수필은 지금까지 문학연구 현장에서 주목을 받지 못하였는데 그 정립되지 않은 인식을 이은상 수필을 통해 탐색한 결과를 정리하면 다음과 같다.

첫째, 한국 현대문학장에서 수필은 문인비례로 계산하면 시인 다음으로 많다. 근대수필의 경우 유명 문인이 남긴 수필집이 30여 권이나 되는데 그런 수필집이 학술연구의 대상이 된 사례는 거의 없다. 수필은 신변잡기까지 포괄하는 내용과 형식의 자유로움이 대중과의 친연성을 높여 앞으로 더욱 활성화될 가능성이 있다. 이것은 문학예술이 날로 수축되는 시대에 문학의 저변을 확대하고 활력을 불어넣는 역할을 하기에 바람직하다. 이러한 현상은 이은상이 1930년대 초기부터 여러 권의 수필집을 출판하며 수필 발전에 힘을 쏟은 결과이다.

둘째, 이은상이 조선일보사출판부 주간으로『조선일보』와 자매지『조광』,『여성』을 통해 조선수필을 선도하던 시간 일본문단에서도 수필이 크게 번창하고 있었다. 그러나 이은상은 일본 유학을 했지만 일본수필을 동반자 관계로 인식하여 계절감과 신변사를 감성적 미문사생체로 형상화하지 않고, 기행수필의 경우 이은상 특유의 현학적인 만연체로, 서정수필의 경우 일기형식으로 현실을 그대로 보고한다. 이런 현상은 식민지근대를 체험하면서 현재를 노출시켜 민족근대화의 깨달음을 문학을 통해 수행하려는 의지로 독해된다.

셋째, 수필집 『탐라기행한라산』의 참주제는 국토기행을 통해 민족의 건재를 표상하는 담론으로 갈무리된 사실을 확인하였다. 이 기행수필집의 주제는 뒤바뀐 강토에 대한 불복심리와 민족의 염원을 둘러서 알려주고, 주장하는 형식으로 전개되고 있다. 이런 점에서 이 수필집은 독자를 깨우치는 교술산문의 역할을 한다.

넷째, 『노방초』는 일기로 이루어진 수필집이다. 일기가 개인적 신변사의 솔직한 기록이라 할 때 그것은 그 개인을 둘러싼 여러 현상이 사생되는 성격을 지닌다.『노방초』에서 이런 점을 확인했다. 『노방초』는 거지, 노숙자, 가난한 사람들의 삶이 중심서사를 형성하는 산문이고, 그런 산문의 주제는 주권 상실의 확인, 또는 그것이 식민지 조선의 정체임을 암시하는 것임이 드러났다. 이런 점에서 『노방초』는 일제강점기 민족 실상을 문제삼는 비허구보고문학이다. 허구가 아닌 실재, 일기인 까닭이다.

다섯째, 『노방초』는 대사회적 비판의식을 은밀히 문제삼고 있는 사실이 「생명」과 「춘조춘화청담회기」 분석에서 드러났다. 특히 동식물우화 「춘조춘화청담회기」는 식민지 조선인의 소망을 겉으로는 우호관계지만 속으로는 적대관계로 대립된 현실을 표리가 다르게 응축하고, 그 기법이 앞 시대 교술문학을 잇는 우화이다. 이것은 이은상이 조선의 전근대를 일본을 통해 극복하려는 의지를 조선의 전통적 글쓰기 수법인 동식물우화를 통해 추구한다는 점에서 일본을 본질적으로 부정한다.

여섯째, 『야화집』은 이은상의 기행수필, 서정수필, 문학연구가 종합된 저서이다. 수필은 조선의 자연과 승경을 시조와 민요율격의 산문으로 찬미한다. 「나무국토대자연」, 「가서 내 살고 싶은 곳」, 「함부로 아니

된 것」이 특히 그러하다. 『야화집』에는 이런 글과 대립되는 1940년대의 시대의식協和이 나타난다. 그러나 그것은 "과거 10세기 간을 통하야 우으로 군주장상 아래로 일사낭민이 남녀와 노소를 물론하고 다투어 그들의 사상과 정회를 노래한 것"이 '시조'라 했고, '우화'를 통해 국민국가 일본의 막강한 지배력을 비판하고 있다는 점에서 단순한 화합의 포즈임이 드러났다. 이런 점은 이은상이 안확을 '사우'라며 학통을 잇는 다는 언급과 한 맥이 닿기 때문이다.

이상의 사실을 근거로 할 때 문학연구 현장에서 '수필의 위상은 시, 소설과 대등하지 않다'는 것은 일반론이 될 수 없다. 따라서 많은 단행본 수필집은 문학연구 현장에서 한국 근대문학의 폭과 깊이를 가늠하는 문학 작품으로 간주되어 국문학에 새로운 빛을 더하는 텍스트로 활용되어야 할 것이나.

제4장

혼돈의 해방공간을 헤집고 나오는 생명 예찬

김진섭론

행동거지가 매우 신중한[1] 양반의 후예 김진섭은,[2] 문예수필집이 본격적으로 나타나기 시작한 1940년대 중후반에 그의 행동과는 달리 두 권의 수필집을 연속적으로 출판했다. 수필은 연문학으로 워낙에 시문을 받드는 양반가와는 거리가 있다. 그래서인지 김진섭의 수필에는 한

1 洪九範, 「人間 金晉燮」, 『문예』 1-5, 1949.12, 125쪽 참조. 홍구범은 김진섭이 자기가 근무하던 신문사에 놀러오던 김진섭을 이렇게 묘사하고 있다. "나의 상전은 이산(怡山, 김광섭), 昔泉(오종식) 등 (…중략…) 이 문제의 주인공은 (…중략…) 중간 이상의 큰 키를 점잖게 움지겨 발소리도 내지 않고 걸어 들어왔다. 비대하지 않은 알마진 몸에 신품은 아니지만 양복 깃을 단정히 여미고 웃음 한 번 웃는 법 없이 상전들과 악수를 치른 후, 굵은 테 안경 넘어로 어데라는 목표도 없이 그저 묵묵히 무엇을 바라보고만 있었다. 그 모양이 찾어 왔다기보다 불려온 사람의 태도 바로 그것이었다."

2 방민호, 「김진섭 수필문학과 '생활'의 의미」, 『어두운 시대의 빛과 꽃』, 민음사, 2004, 161쪽. 방민호의 자료조사에 의하면 김진섭이 수학한 양정고보 학적부 아버지 신분란에 '양반'으로 되어 있다고 함.

문의 체후가 많이 풍긴다. 당장 나타나는 특징이 문체가 장중하고, 관념적 사색이 강하다. 이런 점은 『생활인지철학生活人之哲學』(선문사, 1949)이라는 그의 두 번째 수필집의 한문식 이름과, 그 수필집에 수록된 글의 제목에 송頌, 부賦, 찬讚과 같은 한문의 시문 양식을 즐겨 쓰는 데서 단적으로 드러난다.

〈그림 7〉 김진섭

김진섭은 일본 호세이法政대학 재학시절에 『해외문학』 창간 멤버로 참여하였고, 졸업한 뒤 서울로 돌아와서는 경성방송국(1945), 서울대 도서관장(1946)으로 근무하다가 성균관대 교수가 되었다. 그러나 1950년 7월 말경 청운동 자택에서 납치되어 북으로 간 뒤 어떤 소식도 없는데 부친이 정착했던 전남 나주시 대호동 금성산에 그의 가묘만 남아 있다.

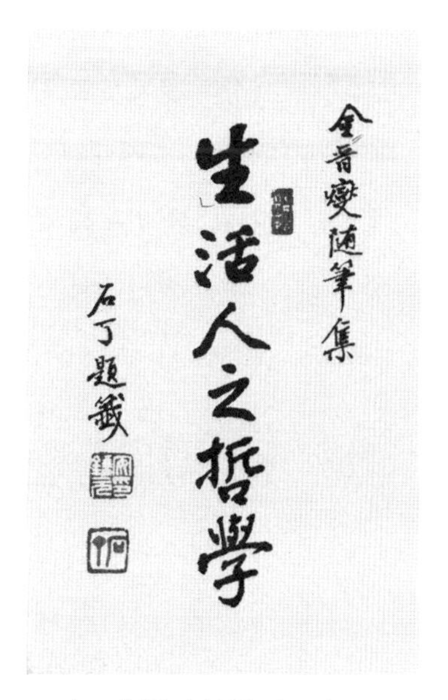

〈그림 8〉『생활인지철학』 속표지

김진섭의 수필에 대해서는 상반된 견해가 맞서 있다. 조동일은 그의 『한국문학통사』에서 김진섭을 '생활하면서 겪는 대수롭지 않은 일을 정색을 하고 길게 논해 사상이 있고 철학이 깃들게 하려고 했고, 논설거리가 되지 못할 대상을 두고 쓴 논설'이라고 평가하고 있다.[3] 그러나 김진섭의 「백설부」 같은 수필은 1950~1960년대 정규교육을 받은 사람들은 국어교과서를 통해 빛나는 문학 작품의 하나로 그 글을 줄줄 외울 만큼 애독했다. 그리고 지금도 그의 수필은 '생활'을 철학의 차원에까지 끌어올린 하나의 경지를 이루고 있는 것으로 고평되기도 한다.[4]

한편 수필집 『생활인지철학』의 제일 앞자리에 번역 수록한 독일 수필가 안톤 슈낙의 글, 「우리를 슬프게 하는 것들」 또한 그 시대 명수필의 하나인 이양하의 「페이터의 산문」과 함께 많은 사람들이 읽었다. 이런 수필들은 결과적으로 김진섭의 수필서껀 서정수필의 한 전범이 되어 수필이 허구산문으로서 수행하는 문학적 성취가 어떠한가를 널리 확산시키는 구실을 했다. 해방기와 6·25전쟁으로 이어지는 삭막한 시대를 사는 사람들의 심리, 그러니까 그런 시대의 삶의 현장에서 체험하는 인생의 허무감, 거기서 피어오르는 우수, 생존을 영위하는 기쁨을 서정적 문체로 묘사함으로써 그런 염세적 견인주의, 혹은 낭만적 현실 초탈이 그 시대정서와 상당히 닮아 그 문학적 향기가 당시의 스산한 인정세태를 위무해 주었기 때문이다.

다른 한편에서는 「인생예찬」(김진섭), 「신록예찬」(이양하), 「청춘예찬」(민태원)과 같은 수필이 혼미·대립·가치관 부재, 그리고 메말라 버린 인간정서를 아우르는 청량제 역할을 하고, 시, 소설과 동격으로 수용되면서 수필이 문학의 한 정점을 향해 솟아올랐다. 혼란한 시대와 그런 시대를 사는 삶의 체험이 잠언처럼 압축되는 고도의 언어예술이 수필이란 글쓰기에 의해 실현되는데 그 방향芳香이 결코 서정시와 소설의 그것과 견주어 조금도 못하지 않았기 때문이다.

3 조동일, 『한국문학통사』 5, 지식산업사, 2005, 564쪽.
4 방민호, 앞의 글, 177쪽.

이렇게 김진섭은 춘원과 육당의 기행수필, 그 뒤를 이은 이은상, 또 그 뒤의 모윤숙, 이양하, 김동석, 정지용, 김기림, 김광섭 등과 함께 비허구산문, 범칭 수필을 네 번째 장르로 발전시킨 문인들 가운데 앞자리에 서있다. 이런 점을 『인생예찬人生禮讚』, 『생활인지철학』 두 수필집을 통해 고찰해 보겠다.

1. 김진섭 수필의 위치

한국문학사상 수필이 하나의 장르로 확실하게 자리 잡은 것은 1930년대 말이다. 많은 문인들이 수필론을 발표하며 수필집을 간행하고, 또 신문이 수필을 비중 있는 기사로 다루는가하면 이상, 박태원, 김기림 등 신예작가가 수필을 쓰면서 그 수필이 문단의 화제가 되기 시작하면서 부터다. 이런 문단분위기는 당시의 다음과 같은 김진섭의 글에 잘 나타난다.

> 만일에 여기 우리가 어떤 종류의 결벽성에 의하야 이 수필을 문학적으로 무형식한 浮浪民이라 하야 문학의 영역에서 驅逐해버린다면 문학의 빈곤은 一朝에 痛感되어 문학의 자기파탄은 면할 수 없는 운명으로서 나타날 것이다. 특히 현대에 이르러 수필의 범람은 우리에게 무엇을 말하는가. 소설의 隨筆化는 평자들이 지적하는 바와 같이 엄연한 문학적 사실로서 그것이 경향으로서 좋고 나쁜 것을 나의 알 바 아니니 말함을 피하거니와 수필의 매력은 자기를 말한다는 데 있는 것이 아닐까 하고 나는 생각한다. 수필은 소설과

달라서 그 속에 필자의 심경이 약여히 나타나는 것을 특징으로 하고, 그래서 그 필자의 심경이 독자에게 인간적 친화를 전달하는 부드러운 매력은 무시하기 어려우리만큼 강인한 것이 있으니 문학이 만일에 이와 같은 사랑할 소건을 잃고 그 엄격한 형식 속에서만 살아야 된다면 우리는 소설을 영원히 가질 수 있을지 모르지만 작가의 마음은 찾아낼 길이 없을 것이다.[5]

「수필隨筆의 문학적文學的 영역領域」의 요지는 소설이 근래에 수필화되어가고 있다는 것이고, 또 하나는 수필은 소설보다 필자의 심경이 더 생생하게 나타나는 특징이 있고, 셋째는 문학이 형식에 억매이면 작품은 있을지 모르지만 작가의 마음은 찾을 길이 없다는 것이다.

이런 김진섭의 수필관의 특이한 점은 수필을 소설보다 우월한 장르로 인식하고 있다는 사실이다. 소설은 작가의 마음을 모르는데 수필은 그렇지 않다는 것이다. 그러나 사실 이런 진술은 소설의 본질과 어긋나고, 소설의 장르적 특성을 잘 모르거나 무시하는 태도이다. 사정이 이러함에도 불구하고 당시는 소설이 수필을 닮으려 했다. 그런 예가 이상의 「종생기」(1937), 박태원의 「이상의 비련」(1939) 같은 작품이다.

이 시기에 나온 대표적 수필집은 우리나라에서 수필전문지의 효시인 『박문』을 창간한(1938) 박문서관 판 이은상의 『노방초』(1937), 조선일보사가 연속 출판한 이은상의 『탐라기행한라산』(1937), 모윤숙의 『렌의 애가』(1936), 『수필기행집』(1938), 『조선문학독본』(1938) 등이다. 그 외에 박승극의 『다여집』(1938)이 있다.

5 金晉燮, 「散文學의 再檢討・其 二-隨筆의 文學的 領域・下」, 『동아일보』, 1939.3.23.

이런 시기 김진섭은 「생활인의 철학」, 「명명철학」, 「여행철학」, 「금전철학」, 「나의 자화상」, 「권태예찬」, 「제야소감」, 「인생은 아름다운가」, 「체루송」, 「없는 고향 생각」 등 많은 수필을 쓰면서 '평론가 대 작가문답' 특집, 「수필문학에 대하여」(『조선일보』, 1938.1.1)도 발표한다.

1924년 이광수의 기행수필집 『금강산 유기』가 현대수필의 문을 열고 나온 뒤, 신문에 연재한 문화상식 수준의 글을 묶은 칼럼집인 김억의 『사상산필』(1925)이 에세이적 글쓰기의 길라잡이 역할을 하였고, 최남선의 기행수필집 『심춘순례』(1926), 『백두산 근참기』(1927) 등 기행수필이 수필문학의 길을 더 넓혔다. 그러나 그 뒤 십여 년 동안 조선 문단에는 단 한 권의 수필집도 나타나지 않았다.

1940년대에 와서는 만주조선인 문단에서부터 수필집 간행이 시작되었다. 강덕康德 8년(1941) 1월에 신경(장춘)의 조선문예사에서 발행한 등사판 합동수필집 『만주 조선문예선』이 그것이다. 그리고 이태준의 『무서록』(1941.2), 이광수, 한용운 등의 수필을 모아 김동환이 삼천리사에서 펴낸 『반도산하』(1941.5), 그 이듬해에 박종화의 『청태집』 등이 연속적으로 출간되었다.

김진섭의 두 수필집 『인생예찬』(1947), 『생활인지철학』(1949), 그리고 그의 수필평론 「문학 대중성의 본질」(『경향신문』, 1947.10.5), 「예술조선의 길」(『예술조선』, 1948.9), 「문학과 문명」(『문예』, 1949.8), 「수필소론」(『태양신문』, 1949.10.26~10.28) 등은 이런 시기의 수필의 주소를 알리는 자료이다.

2. 수필 번성과 문교정책과 김진섭의 수필

한국수필이 현재와 같이 번성하게 된 것은 국가의 문교정책과 무관하지 않다. 1945년 8월 조선 독립은 사실 예상하지 못한 상태에서 갑자기 밀어닥친 벅찬 축복이었다. 그래서 감격과 희망, 일제 잔재 청산과 재건, 민족적인 것과 외래적인 것이 동거하면서 나라는 새로운 세계를 향해 질주하기 시작했다. 그러나 이런 상이한 것의 혼거는 나라를 무정부상태로 몰고 갔고, 그것은 다시 이데올로기의 대립으로 맞서다가 드디어 국토가 양단되는 비극적 상황에 봉착했다. 그래서 문인이나 문학 작품도 남북으로 양분되고 말았다. 그러나 이런 어려움이 겹치는 상황이지만 우리는 국가의 만년 대계를 위한 틀을 짜야 했고, 가장 신중을 기해야 할 일은 국민의 2세 교육의 지표가 되는 국정교과서, 그 가운데서도 국어교과서를 잘 만드는 일이었다. 순수과학과는 달리 언어와 문학교육은 인간의 성정 형성에 본질이 되기 때문이다.

당장 봉착한 문제는 국정교과서에 수록할 시, 소설, 희곡, 평론, 수필의 정전正典 선정이었을 것이다. 그러나 가치관이 다양하고, 사상이 대거리를 하며, 미래가 불확실할 뿐 아니라 세상이 조변석개하는 시대였으니 작품을 가누는 잣대 선정이 어려웠을 것이다. 따라서 작품 선정 또한 용이한 문제가 아니었음은 자명하다.

이런 문제적 시기에 김진섭의 수필이 6월 신록 같은 문체를 자랑하며 나타났다. 현란한 수사로 다듬어내는 '생명예찬', 그 인생예찬은 당시의 어둠을 헤치고 나오는 한줄기 빛이었다. 낙관적 인간 성정이며, 현실을 미화하고 긍정하는 글의 특성이 우선 사람들의 마음에 평안과 여유를 주었다. 식민지 사회를 살았지만 그래도 험한 세상 꼴을 덜 보며 청빈하게 산 한 책상물림,[6] 김진섭의 지성 · 사상 · 인생관이 아침 햇살처럼 퍼져, 이질적이라 더 신선한, 그래서 그의 수필은 사람들의 청량제가 되었다. 이데올로기로부터 떠났고, 사회, 정치와도 무관하고, 미래지향적인 미문의 수필은 사람들의 어깨에 내려앉은 피곤을 날려 보냈고, 등을 쓰다듬는 부드러운 손길이 되었다. 이런 점은 '송' 또는 '찬'이라는 접미사를 단 글 제목에서부터 나타났고, 또 그 글들이 신시대를 향해 날리는 결의에 찬 생명찬미, 삶의 찬양이었기에 심신을 더욱 위무해주었다. 해방공간 난리 통에 상처투성이가 된 국민정서를 치유해줄 존재를 보따리 싸들고 돌아다녀도 찾기 어려운 판에 그런 요체를 김진섭의 글이 가지고 있었고, 문교정책이 억만금을 주고 수행해야 할 건국의 선무공작을 김진섭의 수필이 스스로 떠맡고 나온 셈이었다. 그의 수필이 테마로 삼고 있는 문제가 당시 한국교육이 지향하던 목적과 우연하게, 아니 행복하게 일치하였다. 김진섭의 수필이 당시 중 · 고등학교 교과서와 대학 교재에 꾸준히 실려 한국인의 심성에 상당한 영향을 주게 된 것은 그의 글이 가지고 있는 이런 특성 덕택이다.[7] 이런 역

---

6 아버지는 나주 군수를 지냈지만 청빈하게 살았고, 한학에 조예가 깊었다. 김진섭은 이런 아버지의 영향을 크게 받아 물리적으로 과욕했고, 예의염치를 알았다(「무형의 교훈」). 경성제대 도서관 촉탁, 경성방송국 재직 시절도 관수동, 수교동, 성북동 등지에 가솔을 이끌고 셋방살이로 전전했지만 가난의 비애를 웃음으로 승화시키는 수필을 썼다. 이런 생활은 수필 「성북동천의 월명」에 잘 나타난다.

7 이 문제는 왜 한국의 수필문학이 이렇게 번창할 수 있는가의 문제가 된다는 점에서 별도의 논의가 요구된다. 갑자기 해방이 되면서 제2세 교육의 지침이 될 만한 문학 작품의 양이 산문의 경우는 아주 얇았다. 소설의 경우 주제, 인물, 문장, 분량 등이 먼저 고려되어야 하는데, 작가와 작품의 절대량이 적어 선별하기가 아주 어려웠을 것이다. 작가가 남북으로 양단된 까닭이다. 그래서 교과서에 수록할 만한 정전선택도 그 반으로 줄어들었을 것이다. 희곡의 경우는 사정이 더욱 어려웠다고 봐야 한다. 수필의 번성은 소설과 희곡의

할을 한 다른 하나의 수필가에 이양하가 있다.[8]

김진섭의 아버지가 군수를 10년이나 하고 있었던 사실을 당시의 가치관으로 평가하면 자랑이다. 고을 원님이니 큰 벼슬이 아닌가. 그러나 김진섭은 결코 그런 태를 내지 않았고, 여유 있는 생활도 하지 못했다. 이런 생활은 「성북동천의 월명」 같은 수필에 잘 나타난다.

김진섭이 일본에서 공부를 하고 귀국하여 작품 활동을 하던 시기의 조선문단은 민족문학파와 프로문학이 맞서는 상황이었지만 그는 어느 문학에도 관여하지 않고 순수문학을 추구했고, 해외문학파, 극예술연구회 멤버로 신극운동을 하던 가난한 문사였다. 친일적 존재로 그 성정이 비뚤어질 법도 하지만 김진섭의 심리 한편에는 우리로서는 예상하기 어려운, 오히려 일제 군국주의에 대한 혐오가 자리 잡고 있었다. 이것은 당시 일본이 벌이고 있던 세계 전쟁을 인간 성정의 파괴라며 비판한 글을 쓴 사건에서 드러난다.

바로 「아즉은 염려 업다」(『매일신보』, 1940.1.5)라는 에세이이다. 그는 이 글에서 '전쟁은 설사 그것이 정의를 위한 불가피의 전쟁일 경우에 잇어서도 문화의 두려운 파괴자'라고 비판했다. 사실은 전쟁협력을 위해 기획된 글의 하나지만 김진섭은 그런 의도에 뒤통수를 치며 반전사상을 유도하는 취지를 글에 담음으로써 조선 주둔 일본군 사령부가 이것을 문제 삼아 결국 김진섭은 헌병대에 끌려가 곤욕을 치르게 되었고, 『매일신보』의 조용만 학예부장, 김형원 편집국장이 해임되거나 사퇴해

이런 상황과 무관하지 않은 산문의 통합 장르, 아직 1920년대의 미분화 상태의 성격을 띤 것으로 인식되어 서사장르를 대표하듯 처리되었다. 이런 문제는 별도의 글로 발표를 준비하고 있다.

8 이 책 제5장 「한 유미주의자의 연둣빛 생리—이양하론」 참조.

야 했다. 이 사건은 김진섭이 그의 가계는 친권력적 위치에 있었지만 그 자신은 심리에 반일사상을 지니고 있었을 뿐 아니라, 중일전쟁의 일본 승리도 잘못된 역사로 평가하고 있는 지식인, 분을 안으로 삼키며 살아온 식민지 지식인의 한 사람이었다. 이런 사정을 염두에 둘 때 김진섭의 외피는 순수문학 옹호자지만 그의 내심에는 민족의식이 도사리고 있는 참여 문인이었다.[9]

이러한 단정은 그가 일제 말기부터 광복에 이르는 시기에 많은 수필을 썼다는 외형적 조건과 함께[10] 그의 수필이 수행하고 있는 밝고 감성적인 묘사, 그리고 지겹고 징그러운 시대의 칙칙한 분위기를 박차고 솟아오르는 결기에 찬 생명에의 의지가 결국 한국인의 삶에 대한 긍정적 감성을 고무하는 역할을 수행했다는 일반적인 평가에서 드러난다.

김진섭에 대한 견해는 이렇지만, 이런 견해는 진술한 바 있듯이 조동일의 다음과 같은 진술과 부딪친다.

> 김진섭은 수필가로 자처하고 나서서 수필이 결코 가볍지 않은 글임을 입증하려고 진지하게 노력했다. 일본풍을 넘어서서 수필이 서양의 에세이와 바로 연결되도록 하려고 했다. 생활을 하면서 겪는 대수롭지 않은 일을 정색을 하고 길게 논해 사상이 있고 철학이 깃들게 하려고 했다.[11]

---

9 이런 참여성은 「문학의 인생적 가치」에서 드러난다. 김진섭, 『교양의 문학』, 조선공업문화사 출판부, 1950, 1~14쪽.

10 1950년 이전에 단행본 수필집을 『인생예찬』과 『생활인지철학』 2권을 출판한 문인은 김진섭이 유일하다. 이런 점에서 김진섭은 한국의 제1세대 수필가를 대표하는 문인이다.

11 조동일, 앞의 책, 564쪽.

수필은 원래 '대수롭지 않은 일을 정색을 하고 써서' 의미를 부여하려는 글쓰기다. 그런데 조동일은 김진섭의 글에서 이런 특성과는 다른, 에세이적 요소의 결핍을 지적하고 있다. 수필을 교술산문으로 인식하는 관점 때문이다.

김윤식과 김현은 김진섭의 수필이 '자기도취적 수사학의 허세'라고 단정한다. 김진섭 자신은 수필의 특징을 '숨김없이 자기를 말한다는 것과 인생사상에 대한 방관적 태도'라고 변호하지만 실제로 그의 수필은 이 두 개의 명제가 완전히 모순되고 과장된 제스처라는 것이다.[12] 그런가하면 어떤 사람은 그의 수필집 『생활인지철학』이 너무도 재미없어 읽다가 팽개쳐 버렸다고 고백하기도 한다.[13]

이런 강단비평 쪽의 비판과는 다르게 김진섭의 수필은 대체적으로 한국 수필문학 발전에 큰 역할을 한 중요한 문인의 한 사람으로 평가된다. 최근에 발표된 대표적인 글 두 편을 보자.

> 일상사에 마주치는 온갖 현상을 관찰하고 공부하여 치밀한 철학적 사념의 과정을 통해 보편적 가치관을 드러내보였던 김진섭의 수필은, 식민지 시기와 해방 이후의 궁핍한 시대에 많은 이들에게 '마음의 양식'이 되고 생활의 길잡이가 되었다.
>
> 오랜 시간이 흘러 문장이나 어떤 가치관들은 더러 낡았을지라도, 김진섭 수필에 배어 있는 의젓하고 넉넉한 품격은 조금도 퇴색되지 않아 오늘날 오히려 더욱 빛나는 데가 있다.[14]

12 김윤식 · 김현, 『한국문학사』, 민음사, 1973, 223~224쪽 참조.
13 장세진, 「양극의 수사학」, 『산문시대의 작가정신』, 신아출판사, 2002, 122쪽.

> 김진섭에게 있어 '생활'은 시대를 우회하면서 인생을 초역사적인 실체 내지 본질로서의 자연 및 우주에 연결시켜주는 매개 개념이다. (…중략…) 그는 이러한 '생활'에의 사색을 통해 일제 말부터 해방과 분단으로 이어진 격변기와 간극을 유지하면서 인생론적인 수필의 길을 개척해 나갔던 것이다. 사람의 삶을 생명의 차원으로 환원함으로써 그것에 대한 생생하면서도 풍부한 사색을 가능케 하는 개념이 곧 '생활'이었다.[15]

김진섭의 수필이 관념적이긴 하지만 소재를 사색적으로 심화시키는 장중한 문체는 다른 사람의 추종을 불허한다. 특히 첫 수필집 『인생예찬』에 나타나는 우울한 시대분위기를 걷어차는 강한 긍정적 세계인식, 곧 궁핍한 시대를 박차고 나오려는 의지와 그런 서사가 내뿜는 현실 긍정적 문체가 그러하다. 이런 문제는 인간 김진섭의 우울증 환자 같은 인간상[16]과는 반대이다. 그렇다면 이런 문체는 그의 남다른 작가의식의 소산이라 하겠다. 이런 점을 첫 수필집 『인생예찬』을 중심으로 살펴보겠다.

3. 오감을 자극하는 사유

『인생예찬』의 수필은 대체적으로 밝고, 그늘이 없다. 혼탁한 시대를 헤치고 나오려는 활기찬 기세가 글 곳곳에서 뻗쳐 나온다. 일제 강점기

---

14 선안나, 「김진섭의 생애와 문학」, 『김진섭 선집』, 현대문학사, 2011, 318쪽.
15 방민호, 앞의 글, 178쪽.
16 洪九範, 앞의 글 참조.

에서 광복공간으로 이어지는 그 격변의 시간에 하마 감지될 듯한 불안과 혼란이 그의 수필에는 없다. 감지 못하는 것이 아니라 이 문인은 처음부터 시선을 양지로 돌리고 있다. 이런 특성은 그의 초기 작품에서부터 뚜렷하게 나타난다. 1935년 『삼사문학三四文學』에 발표한 「우송雨頌」을 보자.

> 정직하게 말하면 비를 미워한다는 도회인도 비가 내리면 이 신선하기 짝이 없는 자연에 흔히 숙였던 우울한 얼골을 드는 것이다. 윤습한 광휘 속에 그들의 안색이 쾌활해질 뿐 아니라 도회의 먼지 낀 가로수와 흔히 책상 우에 놓인 우리의 목마른 화원도 이 진귀한 하느님의 물을 떨며 마시며, 공원에서만 볼 수 있는 말라붙은 초원도 건조무미한 잠에서 문득 눈을 뜨는 것이다. 참으로 모든 사람이 비를 자모의 친애한 손 같이 역이는 것은 너무나 떳떳한 일이다. 다른 모든 것을 말하지 않는다하드래도 우리는 여기, 특히 염염(炎炎)한 하일에 경험하는 취우의 은택을 망각해 버릴 수는 없다. 천하가 일시에 얼음 먹음는 듯한 양미(凉味) — 이는 참으로 우리들 가난한 자에 허락된 유일한 피서의 기회이다. 이러한 기쁨이 만일에 평범한 것이라면 우리는 비의 위대한 낭만주의를 얼마든지 사상(史上)에 구하야 흥취 깊은 예를 들어 말할 수가 있으나 그것은 이곳에서는 약하기로 한다.[17]

비는 우울의 대명사라 할 수 있는데 그 반응은 밝다. 문학에 나타나는 비는 어둡고, 슬프고, 검고, 늘어진다. 때로는 죽음의 사유와 연결된

17 김진섭, 「雨頌」, 『人生禮讚』, 東邦文化社, 1947, 107쪽.

다. 그러나 비의 원래 의미는 비옥함, 생명, 정화를 상징하고 하늘에서 내리기에 우주적 신비의 상징이며 그래서 빛과 동종의 존재로 인식되어 왔다.

인용문에 나타난 비는 도회의 먼지를 말끔히 씻어 내려 우리들의 지저분한 주위를 정화시키고, 긴긴 여름날 염천의 열기를 식혀 피서의 기회를 주는 청량제로 묘사되고 있다. 비가 내리면 사람들은 숙였던 얼굴을 들고, 안색이 쾌활해지고, 나무들도 생기를 되찾는 단다. 1935년이 어떠한 시대인가. 그 암담한 시대의 비 내리는 여름날이 화학적 반응을 일으키듯 조화를 부린다. 비가 강한 생명예찬으로 나타나기에 그렇다.

이런 「우송」의 결말에는 어떤 의도가 숨을 죽이고 앉아 있다. 이런 진술에 이의라도 제기하면 비의 그런 본래의 특성을 증명하겠단다. 어둠의 시대와 상반되는 흰 빛의 그늘이 숨어 있다. 비의 본질이 생명, 비옥, 정화, 빛과 동종이니 그걸 애를 써 찾아나서야 한다는 것이다.

4. 현란한 문체와 현실의 사상

김진섭의 수필에 나타나는 언어의 특징은 형용사구나 절, 부사구나 절을 활발하게 구사하여 부드러운 문장을 형성하는 점이다. 김진섭은 수식어를 동반하지 않은 문장은 거의 쓰지 않는다. 그의 이런 문체적 특징은 인간의 본질적인 욕망을 대상으로 하거나 시원의 세계를 묘사할 때 더욱 활발하게 나타난다. 글의 소재가 현재의 신변사와 연결될 때는 환상적이고 현란한 문체를 구사하고, 구체적인 일상사를 드러내는 내용과 만나면, 사실적이고 건조한 문체를 사용한다. 그의 대표작인 「백설부」와 「생활인의 철학」을 보자.

① 이 지상의 모든 아름다운 것은 슬픈 일이나, 얼마나 단명하며 또 얼마나 없어지기 쉬운가! 그것은 말하자면 기적같이 와서는 행복같이 달아나 버리는 것이다. 편연백설(便娟白雪)이 경쾌한 윤무를 가지고 공중에서 편편(翩翩)히 지상에 내려올 때, 이 순치할 수 없는 고공무용이 원거리에 뻗힌 과감한 분란은 이를 보는 사람으로 하여금 거의 처연한 심사를 가지게 하는데, 대체 이들 흰 생명은 이렇게 수많이 모여선 어디로 가려는 것인고? 이는 자유의 도취 속에 부유함을 말함인가, 혹은 그는 우리의 참여하기 어려운 열락에 탐닉하고 있음을 말함인가? 백설이여! 잠시 묻노니 너는 지상의 누가 유혹했기에 이곳에 내려오는 것이며 그리고 또 너는 공중에서 무질서의 쾌락을 배운 뒤에 이곳에 와서 무엇을 시작하려는 것이냐? 천국의 아들이요, 경쾌한 족속이요, 바람의 희생자인 백설이여! 과연 뉘라서 너희의 무정부주의를 통제할 수 있으랴![18]

② 나는 흔히 철학자에게서 생활에 대한 예지의 부족을 인식하고 크게 놀래는 반면에는 농산어촌의 백성 또는 일개의 부녀자에게 철학적인 달관을 발견하여 깊이 머리를 숙이는 일이 불소(不少)함을 알고 있다. 생활인으로서의 나에게는 필부필부(匹夫匹婦)의 생활체험에서 우러난 소박진실한 안식이 고명한 철학자의 난해한 칠봉인(七封印)의 서(書)보다는 훨씬 맛이 있

18 김진섭, 「백설부」, 『人生禮讚』, 東邦文化社, 1947, 159~160쪽.

다는 것을 고백하지 않을 수 없다. (…중략…)

하나의 좋은 경구는 한 권의 담론서보담 나은 것이다. 그리하여 언제나 인생의 지식인 철학의 진의를 전승하는 현철이 존재한다는 것은 고마운 일이다. 그래서 이러한 무명의 현철은 사실상 많은 생활인의 머릿속에 숨어 있는 것이다. 생활의 예지, 이것이 곧 생활인의 귀중한 철학이다.[19]

인용 ①의 문장은 환상적이고, 현란하고, 몽환적이기도 한다. 시원의 신비, 흰 눈이 내리는 정경을 더욱 리얼하게 묘사하기 위해, 그리고 더 한층 구체성이나 현실성을 주기 위해, 긴 부사절, 중문, 복문을 활용하고 있다. 현란한 비유, 존칭호격으로 생성되는 부드러운 문맥이 눈 오는 정경을 더욱 신성하게 만든다. 「백설부」는 1939년 『조광』에 발표되었다. 그러나 이 글에는 그 시대의 어떤 어두움은 그림자도 없다. 섬세한 감성, 황홀한 시각적 이미지가 잡백雜帛, 곧 혼합비단 같은 문체를 형성하고 있다. 현실 세계의 누추하고 초라함이 사상捨象된 속에 밝음의 이미지가 물고 물리면서 주제를 구현한다.

인용 ②는 단문이 많다. 인용 ①이 만연체가 될 수밖에 없는 것은 백설이 춤추듯 내리는 정경에 매료된 감성이 조성하는 여러 갈래의 정서 때문일 것이다. 그래서 모든 문장이 여성의 실크 블라우스 레이스 같은 수식어가 주렁주렁 매달렸다. 그러나 인용 ②는 그렇게 할 틈이 없다. 일상적인 삶 속에서 발견되는 생활 철학이 어떤 의미를 지니고, 그것이 우리들의 실존에 어떤 역할을 수행하는가를 깨닫게 해야 하는 까닭에

19 김진섭, 「生活人의 哲學」, 『生活人之哲學』, 宣文社, 1949, 22~23쪽.

호흡이 가쁠 수밖에 없다. 보통 남녀의 생활에서 우러난 생활철학이 철학자의 깊은 철리보다 철학의 맛이 더 있다는 것이고, 생활철학이야말로 예지를 낳을 수 있는 진정한 삶의 원천이라는 것이다. 속인의 버릇 속에 숨어있는 철학이 현철의 그것보다 귀중하다는 것은 논리의 비약으로 느껴진다. 그러나 배운 것도 없는 무지렁이 부녀자의 생활 하소연 속에서 튕겨나오는 하나의 경구가 고명한 철학자의 담론서보다 더 깊은 삶의 예지를 깨우치게 하는 경우가 있다는 말은 비약이 아니다. 우리는 그런 경우를 실제 생활에서 자주 경험하기 때문이다.

「생활인의 철학」에 만연체 문장이 없는 것은 아니다. 하지만 대중 속에서 만나는 필부필부의 삶이 대상이니 인용 ①과 같은 현란한 비유를 늘어놓을 자리가 아니라 비켜 서 있다. 건조한 문체가 현실적 감각을 효과적으로 드러내야 하는 현재 사정이 그런 것을 강요한다.

김진섭의 수필은 이렇게 광복 공간의 어두움을 불사르며 그 캄캄한 터널을 빠져나온다. 리얼리즘의 논리로 보면 그 시대의 이런 낭만적 세계 인식은 질타를 받고 문학 현장에서 실려 나가야 한다. 그러나 수필이란 갈래의 글은 애초부터 그런 심각한 문제에서 떠난 글쓰기가 아닌가. 사적이고, 순간적인 감정이 스냅사진처럼 찍히는 자조自照의 문학인 까닭이다. 이런 점에서 김진섭의 수필은 광복 공간, 우리의 산야에 피던 한 송이 산나리 꽃이다. 야성의 공격을 받으면 받는 대로, 저만의 품새로 고개 숙이고, 비가 오면 비를 맞고, 바람이 불면 흔들리며 제 분수만큼 향기를 풍기며, 산을 찾는 이에게만 안부를 묻던 그런 산꽃이다. 누가 이 산꽃에게 국화의 절개를 강요하고, 무궁화의 끈기를 묻고, 해당화의 생리를 강요할 수 있겠는가. 원래의 생리가 그러한데.

김진섭의 생리 속에는 잡초 사이를 뚫고, 빠져 올라, 붉은 화판을 터뜨리는 심산의 이름 모르는 산꽃, 그런 꽃을 에워싼 상생의 생리가 있다. 우리가 그의 작품을 시대와 관련 없이 즐기고 사랑하는 것은 이런 자연산의 순수성 때문이다.

5. 생명 의지의 분출

김진섭의 수필은 송가頌歌가 중심을 이룬다. 「우송雨頌」, 「체루송涕淚頌」, 「모송론母頌論」, 「주부송」, 「종이송」, 「주찬酒讚」, 「매화찬」, 심지어 권태나 병까지 칭송한다. 제1수필집은 제목부터 『인생예찬』이고, 제2수필집 『생활인의 철학』에 수록된 32편의 수필 또한 그 내용의 대반이 송가류에 속한다.

> 우리들에게 한없이 기쁨을 주는 사령장이며, 유명한 서화 대신에 경찰청에서 날아온 호출장, 법정에서 보내온 구속영장, 돈 없이 머리를 싸 동이고 누워있는데 달겨드는 지불명령서, 채무이행을 요구하는 독촉장 따위도 유감이지만 종이로 된 것이요, 학생들이 가장 두려워하는 일체의 성적표, 수험 합격자의 통지서가 다 종이다.
>
> 아니 그뿐인가. 크게 말하면 모든 국제조약, 모든 선전포고, 모든 강화조약, 저 우리들의 운명을 좌우하게 된 얄타협정이며, 포츠담선언이며, 막부삼상 결정서까지도 실은 한 장의 종이에 불과한 것이 아닌가.
>
> 이와 같음으로 우리는 다음과 같이 말할 수도 잇을 것이다. 우리는 종이와

같이 탄생해서 종이와 같이 죽는다고.[20]

> 눈물을 가지고 있는 사람은 실로 행복하다. 눈물은 감동된 마음의 아름다운 산물이기 때문이다. 눈물이 없다는 것은 마음이 없다는 것을 의미한다. 마음이 없을 때 그의 생활은 과연 무어냐. 그러므로 사람들이여! 드물게 박에는 솟아나지 않는 눈물이 그대의 두 눈을 장식하려 할 때는 마음껏 울어버려라. 모든 종류의 호읍자(號泣者)는 세계고(世界苦)와 인생고의 무진장을 우는 것이다.[21]

김진섭의 글이 만연체로 늘어지는 관념성을 비판하는 이가 있다. 그러나 종이 한 장을 앞에 놓고 수필 한 편을, 그것의 찬양과 그것이 주는 다양한 사유를 이만한 문장으로 표현하는 것은 쉽지 않다. 또 「채루송」이 『삼천리 문학』(1938.4)에 발표되던 시기, 우리에게는 울 일만 남았던 때다. 그런데 이 글의 화자는 울고 싶으면 실컷 울어라. 그러면 세계고와 인생고에서 해방될 것이라고 권하고 있다. 막연한 낙관론이 아니라, 또 허무주의에 도취한 패배적 사고가 아니라 시대를 우회하는 제언을 통하여 삶을 초역사적인 원리로 받아들이면서 인간의 실존을 보호하는 글쓰기 수법이다.

이런 특성은 3절에서 살펴본 「우송」에서도 나타났다. 우울의 대상 '비'를 놓고 글을 쓰려면, 김진섭 자신의 말처럼, '사는 힘 외에 쾌활, 달관, 양식, 양지, 교양, 정애, 건전향락'(「인생은 아름다운가?」) 등의 깊은

20 김진섭, 「말하는 그리운 종이—종이頌」, 『生活人之哲學』, 宣文社, 1949, 127쪽.
21 김진섭, 「涕淚 頌—눈물에 대한 향수」, 『人生禮讚』, 東邦文化社, 1947, 120쪽.

사유를 할 수 없다면 불가능하다. 역시 인간 긍정이 바탕이다. 이렇지 않다면 무슨 수로 달랑 '비' 하나를 소재로 하여 국판 10쪽의 글을 쓰겠는가.

> 우리를 즐겁게 하는 아모 것도 없고, 우리를 맞어주는 아모 것도 없는, 문자 그대로 평범하고 어두운 이때에 날러다니는 건 무어뇨 하면 그것은 오즉 시드는 낙엽뿐이오, 길고 더디게 발목을 끌고 가는 건 무어뇨하면 그것은 오즉 저 공허하고 지루하기 짝이 없는 시간일 뿐이다. 그러나 생각하면 나는 여기서 이 이상 생의 권태가 우리에게 대하야 과연 무엇을 의미하며 그리하야 권태란 결국 (…중략…) 사람이 생에 대하야 권태를 느끼게 하는 것은 어떤 의미에 있어서 무상한 현세에 대한 확호한 자아의 정신적 우월을 실증하는 것으로서 흔히 이것은 주로 정신적 생활을 영위하고 있는 교양 있는 사람의 면할 수 없는 아름다운 숙명이라고도 할 수 있다.[22]

무상한 현세에서 확호한 자아의 정신적 우월을 실증하는 것이 권태고, 교양 있는 사람의 면할 수 없는 아름다운 숙명 또한 권태라고 한다. 권태에 대한 이런 접근은 "어서 차라리 어둬버리기나 했으면 좋겠는데―벽촌의 여름날은 지리해서 죽겠을 만치 길다"로 시작되는 이상의 「권태」와는 같은 듯 하지만 많이 다르다. 두 사람이 똑같이 권태를 즐기는 지식인의 모습을 하고 있지만 문맥이 다른 사고 위에 서 있다. '즐긴다는 것'은 생산적인 행위다. 김진섭의 경우는 권태가 피로한 정신을

22 김진섭, 「권태예찬」, 『人生禮讚』, 東邦文化社, 1947, 57~58쪽.

쉬게 하고, 신경을 완화시킴으로 생활에 활력을 불어넣는 촉매제라 즐기고, 이상은 그냥 늘어지게 즐긴다.

인용된 위의 글은 이런 글이 발표되던 시대의 무기력함과 어두운 분위기와 아주 멀다. 앞부분은 권태로운 일상사의 묘사지만, 후반부에서는 그런 권태가 있음으로써 우리가 여러 가지로 힘든 현실을 견딜 수 있고, 생명의 에너지를 공급받을 수 있다고 이야기한다. 이런 작가의 현실인식은 '어두움×어두움=밝음', 곧 역설의 역설이 만드는 긍정의 원리에 서 있다. 이 글이 발표되고 읽히던 시대 분위기와는 동떨어졌지만 속에 담긴 의미는 합리화가 아닌 역설적 기법에 기댐으로써 그 주제가 다르게 강조되고 있다.

이런 점은 다음과 같은 글에서 더욱 선명하게 나타난다.

> 우리는 병석에 누어 흔히 내일부터는 이 인생을 다시 시작할 것을 결심하는 것이니 병고가 우리에게 주는 교훈은 결코 적은 것이 아니다. 사람이란 원시(元是) 반평생을 아니 일평생을 고생(苦生)으로 산다는 것 그리하여 사람이 고뇌를 통하여 자각과 청정과 개선에 이를 수 있으며 모든 고뇌로부터 일편의 참된 혜지(慧智)를 급취할 수 있다는 것을 병은 여실히 가르쳐주기 때문이다.
>
> 병은 참으로 우리들 사람을 위하여 다행한 교도자다. 병은 사람의 새로운 육성을 위하여 휴양을 위하여 또 그 순화를 위하여 막대한 진력을 하는 자이기 때문에. 그 위에 우리는 장차 병으로부터 해방되어 쾌유의 즐거운 날을 가질 것이 아니랴! 이 우에 더 여하한 위안이 우리에게 필요할까?[23]

병은 사람의 몸도 마음도 쉬게 하여 활기를 되찾게 한다며 칭찬하고 있다. 평생 고생만 하는 육신과 정신은 병의 방문이 있기에 힘을 재충전할 수 있고, 생활의 지혜를 다시 깨닫게 된단다. 생명에의 비관이 아닌 긍정으로 병을 받아드린다. 「병에 대하야」는 1947년 6월, 그러니까 그가 이광수 등과 납북된 3년 전에 쓴, 무슨 병을 앓았는지는 모르지만 그 고통을 이겨내려는 의지가 강하게 표출되는 10쪽짜리 긴 수필이다. 청천聽川 특유의 만연체가 많이 사라지고, 여전히 생명에 대한 긍정적 의지가 행간에 자리 잡고 있다.

조지훈이 병을 앓으며 "생애의 집착과 미련은 없어도 이생은 그지없이 아름답고 / 지옥의 형벌이야 / 있다손 치더라도 / 죽는 것 그다지 두렵지 않소"라며 일종의 절명시를 쓴 것과 많이 다르다.

「병에 대하야」는 글이 평면적으로 널브러진 감이 있다. 그러나 광복공간의 어떤 현실이 이면에 깔려 그것과의 대립이 독자에게 긴장감을 유발시킨다. 이런 점은 이 글이 남과 북이 정치와 이데올로기로 첨예하게 대립하던 시기에 발표되었기 때문일 것이다.

6. 김진섭 수필과 '생활'의 의미

지금까지 이 글은 주로 첫 번째 수필집 『인생예찬』 소재의 작품을 중심으로 김진섭 수필의 특징을 고찰했다. 그런데 사실 김진섭 수필의 특

23 김진섭, 「병에 대하야」, 『生活人之哲學』, 宣文社, 1949, 68쪽.

징은 두 번째 수필집 『생활인지철학』에 더 강하게 나타난다. 우선 제목이 「생활인의 철학」, 「감기철학」, 「여행철학」, 「금전철학」처럼 철학이라는 말이 비철학적인 말과 거의 폭력적으로 결합되어 있다. 『인생예찬』의 「명명철학」까지 계산하면 합이 다섯이다. 이 가운데 수필집의 표제가 되어있는 「생활인의 철학」을 보자. 이 수필 끝에서 김진섭은 이런 말을 하고 있다. 수필이 비허구산문이라는 점에서 이런 말은 김진섭의 수필 이해에 키워드가 될 만하다.

> 나는 물론 여기서 소위 思辨的 논리적, 학문적 철학자의 철학을 비난 공격하는 것이 목적이 아니다. 나는 오직 이러한 체계적인 철학에 대하여 인생의 지식이 되는 철학을 유지하여 주는 賢哲한 一群의 철학자가 있었던 것을 알고 있으며 그러한 의미에서 철학자만이 철학을 가지고 있는 것이 아니오 어느 정도로 인간적 통찰력과 사물에 대한 판단력을 갖이고 있는 이상 모든 생활인은 그 특유의 인생관 세계관 즉 통속적 의미에서 철학을 가질 수 있다는 것을 말하고저 함에 불과하다.[24]

철학을 학문으로 다루는 철학자의 철학에 딴지를 거는 것이 아니라 속인의 생활에서 우러난 생활철학도 존재한다는 것이다. 깊은 철리가 아닌 통속적 의미의 생활철학이야말로 생활의 예지를 낳을 수 있는 진지한 삶의 바탕이라는 주장이다. 그러니까 일상의 나날을 허송하지 말고, 의미 있게 보내라는 충고다. 김진섭의 이런 생활의 철학적 깨우침

24 김진섭, 「生活人의 哲學」, 『生活人之 哲學』, 宣文社, 1949, 20쪽.

을 일찍이 발견한 사람이 월탄 박종화다.

> 廳川 金晋燮은 생활의 품에서 思念의 날개를 편다. 그러나 결국 그는 능변의 形而上學者가 아니라 신성한 思念의 조각가다. 생활이념을 갈고 닦으며 조각하되 思考의 거점을 언제나 생활 자체에 두기 때문이다. 일상생활 문제에 집착할수록 隨筆 아닌 身邊雜記에 떨어지기 쉬운 우리의 불행한 풍속을 염두에 두면 청천의 수필은 확실히 예외적인 경이의 존재다. 그것은 무엇 때문이냐? 철학의 빈곤을 훨씬 극복해 있기 때문이 아닌가? 생각하는 자세가 결코 안이한 타성에 젖어들지 않기에 그렇다. 청천은 세속적인 생활현상을 기꺼이 소재로 선택하면서도 알뜰한 思考의 건축물을 쌓아올린다. 참으로 묘한 조화며 멋진 균형이다.[25]

김진섭은 일생 동안 딜레탕티즘dilettanism으로서의 수필에 전력했으나 그 소재이자 주제가 된 '생활'에 대해서는 결코 딜레탕트가 될 수 없었다.[26] 이러한 점은 다음과 같은 먼 빛으로 본 김진섭의 생활태도에서도 확인할 수 있다.

> 저 신사 또 나타났군! 조용히 걸어들어온다. (…중략…) 그를 석천이 본 모양인데 웃는군. (…중략…) 자— 그런데 이 신사가 웃느냐 않 웃느냐. (…중략…) 물론 웃지는 않고 다만 악수도 석천에 맛겨 버린 듯 딸려 손이 흔들

25 박종화, 「생활철학의 광채—김진섭론」, 『인생예찬』, 문예출판사, 1969, 296쪽. 초판 동방문화사 판에는 없는 작가론을 박종화가 썼다.
26 방민호, 앞의 글, 176쪽.

어 지는군. (…중략…) 헌데 이번엔 말이 있을테지. (…중략…) 석천은 오래간 만이라고 씩씩히 대하는데 신사의 말소리는 도모지 들리지 않는군. (…중략…) 입을 한 두 번 놀리긴 놀린 모양이나 소란중이라서 그런지 영 들리지 않는다. 저것 봐. (…중략…) 의자에 가만히 앉어 도를 닦는지 굵은테 안경넘어로 어덴지 저렇게 무엇을 바라보나?

이렇게 신이 나서 관찰을 하게쯤 까지 되었다. 이러면서 나는 정숙묵언의 인간이라고 저렇게 철저할 수가 있을까 하는 생각을 하군 하였다.

(…중략…) 어째든 구어다 놓은 보리자루라는 말이 있다면 나는 구태여 이 말을 쓰지 않을 수 없다. 이것은 분명 씨에 대한 적합한 비유의 말일 것이다. 미륵이라는 말이 더 마질런지도 모른다.[27]

석천昔泉 오종식과 이산怡山 김광섭이 일하는 신문사로 놀러오는 김진섭을 홍구범과 조연현이 보고 홍구범이 묘사하고 있는 장면이다. 굵은 테 안경을 쓰고 도사처럼 먼 데를 바라보고 앉아있는 김진섭이 꾸어다 놓은 보리자루고, 미륵 같단다. 설명이 더 필요 없다. 신중한 인간의 극치다. 도둑처럼 들어와 인사도 상대방에게 맡기듯 하고, 그저 가만히 앉아 있다가, 석천과 이산과 함께 '우정友情에 대한 일종一種의 세멘트공사工事요 제방공사堤防工事를 의미意味하는' 그 술을 마시러 갔을 게다. 신품은 아니지만 양복 깃을 단정히 여미고 웃음 한번 웃는 법 없는 엄숙한 김진섭이 그들과 어울려 '술이 의식意識을 드디여 완전完全히 혼도昏倒시킬 때까지 또는 심야深夜가 취면就眠을 강제强制할 때까지', '우정友情

27 洪九範, 앞의 글, 126쪽.

을 정열적情熱的으로 체험體驗하고 그 완전完全을 기期하기 위爲해' 술을 마셨[28]을 것이다.

김진섭 수필의 대표작이라 할 수 있는 「생활인의 철학」은 그의 이러한 생화태도의 소산이자 그런 심리의 반영이라고 할 수 있다. 이런 생활의 철학화를 지향하는 글쓰기는 그의 초기 수필 「생활生活의 향락享樂」에서부터 나타난다. 1940년 10월 『박문』에 발표한 「생활의 향락」은 '생활의 목적이 생활하는 것 그 자체에 있다'는 것이다.

> 무엇 하자는 돈인지를 반성할 여유는 한 번도 갖이지 못하고 金錢만 모으려 드는 吝嗇家들을 비롯해서 일은 해보기도 전에 그 무의미를 주장하는 無爲徒食者며 空然히 짜증만 내여 그리하므로서 참된 생활의 歡喜를 暗殺하는 不滿家들은 우리들이 잘 아는 바와 같이 말하자면 생활의 鈍感者도 地平線 저멀니 누어있는 행복된 생활의 滿喫과는 절연의 상태'에 있는 사람들이니 (…중략…) 사람이 타고난 활력을 萎縮시키지 않기 위해서는 항상 세상의 風波에 마찰을 당해야 됨은 물론이요 또 우리는 생활의 목적이 생활하는 것, 그 自體에 있다는 것을 잊어서는 아니된다.[29]

인색가, 무위도식자, 불만가들은 행복한 생활을 만끽할 줄 모르는 생활둔감자라는 것이다. 생활의 목적이 생활 그 자체에 있는 것은 만물의 영장으로서의 인간의 존엄성을 긍정한다는 의미인데 이런 사람들은 그걸 깨닫지 못하고 미리 무의미를 주장하거나 짜증을 냄으로써 생활의

28 김진섭, 「酒朋－酒中 交友錄・序」, 『生活人之哲學』, 宣文社, 1949, 178쪽 참조.
29 김진섭, 「生活의 享樂」, 『人生禮讚』, 東邦文化社, 1947, 18~19쪽.

기쁨을 죽이고 만다며 그 행위를 나무라고 있다. 그런데 「금전철학」에서는 이런 돈만 알고 생활철학을 모르는 사람들에 대한 타매唾罵가 다르게 사유된다.

> 돈으로서 買得할 수 없는 물건은 이 세상에는 한 가지도 없다고 주장하는 사람도 있을 만큼 사실상 세상은 拜金主義者로 彌漫되어 있거니와 이 "맘몸의 宗徒가 부자들 사이에 많이 보이고 貧人들 사이에 비교적 稀少하다는 것은 그럴 법한 일이라 하겠으니 (…중략…)
>
> 원래부터 부유한 사람은 대체로 미래에 대한 用意가 깊고 貧窮에 대한 공포심이 본능적으로 강한 까닭에 자기의 생명을 수호함과 같이 가산을 尊切히 녁이고 절약과 검소를 엄격하게 실행하는 것이 통례이다. (…중략…)
>
> 돈은 확실히 경시할, 더러운 일면을 갖이고 있는 것이 사실이나 그렇다고 해서 一擧에 相從을 끊고 단연 무시해 버릴 수는 없는 물건이니 이것이 없어서는 생활 자체가 처음부터 성립될 수 없기 때문이다. 돈 벌기가 지극히 어려운 일이라는 것은 世人이 흔히 하는 말로 如何間에 金錢이 임의로 소지하며 획득할 수 있는 성질의 것이 아닌 것만은 소길 수 없는 사실이니 그러므로 금전은 이 세상에 있는 것으로서 가장 신비스러운 것의 하나요, 가장 설명하기 곤란한 것의 하나에 속한다 하겠다.[30]

「생활의 향락」에서 돈만 모으려는 사람을 인색가라며 비난하던 것과는 다르게 부자는 부자가 될 수 있는 인성을 가졌고, 가난한 사람은

30 김진섭, 「금전철학」, 『生活人之哲學』, 宣文社, 1949, 187~189쪽.

가난하게 살 수밖에 없는 성격을 원래부터 타고 났다는 것이다. 이것은 「청빈淸貧에 대對하야」에서 '기왕 부자가 못된 바에는 빈궁은 도저히 물리칠 수 없는 사실이니 사람이 청빈을 극구 칭찬함은 우리들 선량한 빈사貧士가 이 세상을 이끌어가며 또 나라를 이룩하는 데 있어 그것은 반드시 필요한 한 개의 힘센 무기요 또 위안'[31]이라는 것과 논리가 다르고, '인간 같지 않은 인간에게 인간 대접을 받기위해 나는 돈이 필요하다'는 칼라일 식의 금전관과도 다르지 않다. 금전의 신비한 힘을 믿는 태도가 장삼이사의 생활철학과 같다. 「금전철학」은 돈을 '맘몸', 곧 돈이 마음이고 몸이라는 속인들의 배금주의 생활철학 그대로다. 이런 사유가 10쪽의 글을 꽉 메운다. 돈은 개같이 벌어 정승같이 써야 한다고 할 때 그 돈은 이율배반의 양가성을 가진 존재다. 그러나 인간은 돈을 잠시도 떠날 수 없는 존재라는 사실에서 돈은 귀하고, 신비하다. 이런 점에서 「금전철학」이야말로 필부의 생활을 철학적으로 사유하는, 곧 수필의 대중적 성격이 잘 드러나는 글이라 하겠다. 금전이 가진 귀천貴賤의 양가적 가치를 다 인정하며 정확하고, 깊게 묘파描破하고 있기 때문이다.

한편 김진섭은 감기, 여행, 누구나 가지고 있는 이름을 소재로 격을 갖춘 수필을 쓴다. 흔해빠져 무관심한, 너무 많아 참신할 수 없는 글감을 그의 독특한 사변의 문맥에 실어 특징이 넘치는 산문을 형성시킨다. 「감기철학」, 「여행철학」, 「명명철학命名哲學」이 그런 예이다. 우선 글의 제목이 가독성을 자극한다. '철학'이란 진지하고 엄숙한 어휘가 감기

31 김진섭, 「淸貧에 對하야」, 『人生禮讚』, 東邦文化社, 1947, 200쪽.

따위의 같잖은 말과 결합되는 낯설음이 그런 분위기를 조성한다.

가만히 생각해보면 우리는 그 이름 이외에는 아모것도 모르는 얼마나 많은 것을 갖이고 있는지 알 수가 없다. 모든 것의 내용은 물론 그 이름을 통하야 비로소 이해될 수가 있는 것이지만 그러나 그 이름이 그 이름으로서만 끝이고 만다는 것은 너무나 애닯은 일이다. 그러나 우리에게 만일 그 이름조차 알바가 없다면 그것은 더욱 애닯은 일이다. (…중략…)

이름을 안다는 것은 그것이 태반(大半)을 이해한다는 것을 의미하기 때문이다. 참으로 이름이란 지극히 신비한 기호다.[32]

봄이 왔다고들 사람은 야단이다. 그러나 말이 양춘 4월이지 春寒의 料峭함이 무거워 가는 외투를 못 벗게 하는 무엇이 있다. 이러한 환절기에 사람이 특히 감기에 걸리기 쉬운 것은 두말할 것이 없거니와 나도 일전부터 不意中 감기환자가 되고 말엇다. 그런데 편집자 선생으로부터 졸지에 글 주문을 받고 감기가 들었으니 하고는 도피하여 보았으나 선생은 감기쯤은 병축에도 들지 못한다는 듯이 그냥 떠매끼고 만다. 생각하면 그럴 법도 한 일이다. 위선에 '감기환자'란 말이 어쩐지 과대망상적으로 들릴 만큼 우리들 사이에 이 병은 너무도 친근한 병이오 아무렇지도 않은 병으로 통용되고 있다.[33]

우리 역시 여행이 하나의 좋은 學問임을 요구하는 자다. 생각하여 보라. 알지 못하는 땅, 보지 못하던 산천, 눈에 익지 않은 생활 기묘한 언어풍속,

32 김진섭, 「命名哲學」, 『人生禮讚』, 東邦文化社, 1947, 23~24쪽.
33 김진섭, 「감기철학」, 『生活人之哲學』, 宣文社, 1949, 35쪽.

이 모든 것을 우리 자신의 눈으로 본다는 것이 만일에 학문이 아니라면 대체 어떠한 것이 학문이랴[34]

「명명철학」은 이름이 의미의 대반大半이라며 이름을 짓고 부를 때, 그 존재의 의미가 발생한다는 것이고, 「감기철학」은 콧물과 두통을 동반하고 수시로 사람을 괴롭히는 병에 철학을 갖다 붙인 제목이 독자의 예상을 뒤엎는 긴장tension을 형성한다. 감기와 철학이란 두 어휘 사이에 아이러니가 발생하기 때문이다. 「여행철학」은 여행을 학문의 차원으로 끌어올리려는 사유가 장문의 에세이를 이루고 있다. 흔한 일상사의 하나인 여행을 글의 소재로 삼지만 그 주제는 동서고금의 흔하지 않은 여행담으로 여행이 인간에게 주는 의미를 추출하면서 여행의 유익함을 설파한다.

이런 글은 결과적으로 '수필'이라는 문학 장르의 본질적 성격을 '수필'로서 탐색하고 있는 것이 된다. 생활 주변의 하찮은 대상을 하찮지 않은 것으로 다듬음으로써 그 존재에 어떤 품격을 부여하기 때문이다. 피천득이 "수필은 가로수 늘어진 페부멘트가 될 수도 있다"고 했듯이, 김진섭은 수필은 천지만물이 가지고 있는 이름이고, 수필은 감기도 철학적으로 사유하는 글쓰기이며, 기행수필은 학문學問으로까지 격상시킨다.

34 김진섭, 「여행철학」, 生活人之 哲學』, 宣文社, 1949, 57~58쪽.

7. 김진섭 수필의 문학사적 위상을 위하여

김진섭은 그가 활발하게 작품을 쓰던 시기 '수필은 문학이냐 혹은 문학이 아니냐. 그것이 만약 문학이라면 수필은 문학의 어느 분야에 속할 것이냐'는 글을 써 달라는 청탁을 받고 「수필의 문학적 영역」을 『동아일보』에 연재한 바 있다. 그 가운데 한 단락을 보자.

> 『곤충의 생활』(파브르의 「곤충기」)도 문학적 작품이 아니요, 철두철미 과학자적 연구관찰의 소산에 틀림없지만, 그것이 문학으로서 생명을 갖게 되는 이유는 다름이 아니라 과학자로서의 풍부한 지식을 가진 '과학자 파브르'가 곤충의 생활상을 순전히 연구적으로 냉정하게 관찰한 결과를 보고, 기록함에 그치지 않고, 그는 한 사람 시인으로서 곤충의 생활상태를 관찰하여 그것을 시화(詩化), 인간화하는 것에 성공하였기 때문이다.[35]

이 인용문은 세 가지 의미로 나누어진다. 첫째, 과학자 파브르의 「곤충기」는 원래 문학 작품이 될 수 없는 연구보고서다. 둘째, 그러나 그 연구보고서는 인간화된 글이고, 그래서 그 글을 쓴 사람은 시인이다. 셋째, '시화 인간화된 글=문학 작품(수필)'이다.

첫째 내용은 에세이, 논문이란 뜻이다. 우리의 경우, 이미 오래전에 경서학인(이광수)은 「문학에 뜻을 두는 이에게」(『개벽』, 1922)에서 '에세이'를 '문학적 논문'이라 했고, 서양에서는 지금도 이학적理學的 성격의

35 김진섭, 「수필의 문학적 영역」, 『동아일보』, 1939.3.14~23.

가벼운 논문을 '에세이'라 부른다.[36] 김진섭의 관점도 같다. 파브르의 『곤충기』가 수필이 아니란 견해다. 둘째 내용은 이학적 연구・실험 결과에 대한 보고서지만 '시화・인간화되었기에' 문학적 성격을 가졌다는 것이다. 셋째 어떤 성격의 글이라 할지라도 시화되거나, 인간화되면 그 글은 문학 작품이 된다. 이때 '시'는 '문학'이란 의미다.

김진섭의 대표 수필론을 위와 같이 분석할 때, 그가 생각하는 비허구 산문, 범칭 수필은 '문예수필・미셀러니miscellany만 수필'로 보는 것이 된다. 이런 점은 첫 수필집 『인생예찬』이 논리적, 객관적 시각의 '에세이'는 거의 없고, 대부분의 작품이 자신의 생활 주변에서 취재한 소재를 주관적으로 인식, 굴절시킨 문예수필이 많은 것과는 달리 두 번째 수필집 『생활인지철학』에서 「건국의 길」, 「문화조선의 건설」, 「여행철학」, 「문화와 정치」 등 문예논수필, 곧 에세이가 많은 것을 감안할 때 논리가 맞다.

김진섭 수필이 이러하지만 그에 대한 최종적 평가는 인간사, 세상사를 철학적 사유를 통해 긍정하고, 찬미하며 일제 말기에서 해방 공간으로 이어지는 어두운 시대와 그 간극을 밝고 미래지향적으로 열어 한국 수필문학의 장래를 개척한 자리에 선다. 설사 그의 수필에 관념적인 사유가 많은 한계를 지녔다하더라도 그런 수필을 떠받치고 있는 중심 주제는 힘든 현실을 송頌, 찬讚하는 낙관적 세계관이 바탕을 이루고 있기

36 가령 2012년 5월 연합통신은 하버드대학 학부 수석졸업자 진권용이 쓴 졸업논문 '수혈에 의한 변형 크로이츠펠트 야콥병의 감염위험과 정책 대응'이 교양학부 '최고 에세이상'을 받았다는 보도를 하여 세간에 화제가 되고 있다. 이때 '에세이'라는 용어는 과학적 연구보고서, 가벼운 논문으로서의 '에세이'이다. 우리가 현재 일반적으로 쓰는 '수필'로 번역하는 것은 적절하지 않다. 저자는 이것을 '문예론수필'로 번역한 바 있다. 오양호의 다른 글, 곧 「『수필기행집』의 수필문학적 성격과 문학사의 자리 고찰」 참조.

대문이다. 이런 작가의식은 해방 공간이라는 어두운 시대의 빛이 되었다. 단순히 온고이지신溫故而知新으로서가 아니라 지금도 우리의 삶을 고양시키는 예술로서 기능하고 있는 까닭이다.

한편 그의 수필이 본질로 삼고 있는 일상사의 철학적 인식, 곧 인간의 생활이 하잘것없고 설사 비관적이라 하더라도, 시대가 아무리 인간을 부정한다 하더라도, 인간의 삶 자체는 부정될 수 없는 초역사적 실체라는 논리를 그의 수필은 바닥에 깔고 있다. 이런 점에서 그의 수필은, 거창하게 말해서, 인간의 실존을 옹호하는 철학적 사유도 유발한다. 김진섭 수필이 지금도 읽히는 이유가 이런 요소 때문이 아닐까. 그의 수필이 인생예찬이 되고, 생활인의 철학이 되고, 교양인의 문학이 되는 이유가 바로 여기에 있다.

제5장

한 유미주의자의 연둣빛 생리

이양하론

『이양하수필집李敭河隨筆集』은 1947년 을유문화사에서 간행된 이양하李敭河의 첫 수필집이다. 이양하의 다른 수필집에 『나무』(민중서관, 1964)가 있고, 다른 수필집으로는 『신록예찬』(범우사, 1977), 『이양하 미수록 수필선』(중앙일보, 1978)이 있다.

이양하의 수필의 외연은 보편적 문예수필의 형식을 띠고 있다. 그러나 그 내포는 다르다. 가령 「교토 기행」에 나타나는 이런 대문을 보자.

> 조잡한 사진판이라 原色의 아름다움을 내지 못 했을망정 자주 띠와 對照되는 그 연두빛은 亦是 新羅千年의 아름다움을 꿈꾸게 하는 빛이었다.[1]

1 李敭河, 「京都 紀行」, 『李敭河隨筆集』, 乙酉文化社, 1947, 163쪽.

〈그림 9〉 이양하

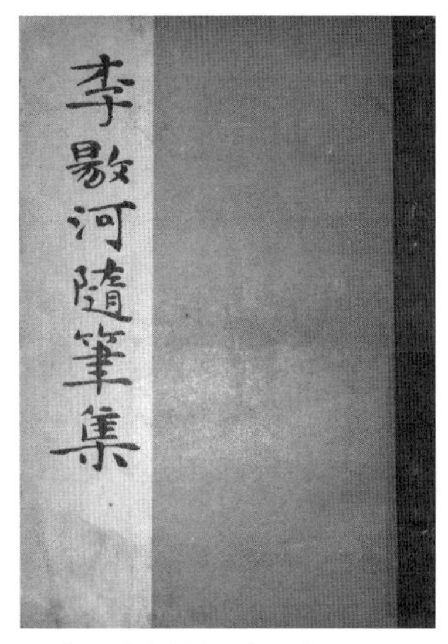

〈그림 10〉 『이양하수필집』 표지

교토에서 제3고등학교를 다니고, 교토제대 대학원을 다닌 이양하가 10년 만에 교토에 갔다가 길을 잃고 헤매넌 중 한 가게 진열장에 놓여있는 쌍인형을 우연히 발견하는 장면이다. 그런데 문제는 "그 연두빛은 역시 신라 천년의 아름다움을 꿈꾸게 한다"는 것이다. 이건 너무 이질적인 것에서 동질적인 것의 발견이라 이해가 잘 안 된다. 교토 쌍인형에서 신라 천년의 아름다움을 꿈꾼다?

경주는 신라 천년의 수도고, 교토는 헤이안조平安朝 이래 천 년, 일본의 최대 고도다. 그런데 그 교토에서 '역시' 신라의 빛을 발견한다고?

『이양하수필집』은 해방 직후 국정국어교과서가 미처 준비되지 못했던 시절 잠시 중학교 국어교과서로 쓰기도 했다[2]는 증언이 있다. 전국적으로 얼마나 많이 교과서로 채택되었는지는 모르지만 그래도 교과서로 쓰일 만큼 이 수필집이 주목을 받았다는 사실을 염두에 둘 때 이 책이 서있는 자리는 여느 수필집과 다르다.

2 김우종, 「수필계의 선구자 이양하」, 이양하, 『신록예찬』, 을유문화사, 2005, 5쪽. 김우종은 당시 중학생으로 이 책을 국어교과서로 공부했다고 저자에게 증언했다.

『이양하수필집』에 수록된 작품은 모두 21편이다. 작품 수가 아주 적다. 41편의 작품을 묶은 그의 두 번째 수필집 『나무』 또한 수록된 작품량이 적은데, 『이양하수필집』은 그 반밖에 되지 않는다. 결국 두 수필집의 작품을 합쳐도 60여 편 정도이다. 『미수록 수필선』의 작품이 있지만 그래도 수필가로서의 그의 명성에 견주어 절대량은 적다. 그러나 그가 한국 수필문학에 끼친 영향은 이런 수적 열세와는 많이 다르다.

이양하는 I. A. 리처즈의 『시와 과학』을 처음 번역했고, 『W. S. 랜더 평전評傳』[3]을 쓰면서 주지주의 비평이론을 받아들여 우리 문학을 이끈, 해외문학파 멤버는 아니지만 실제로는 그들 이상의 역할을 한 영문학자다. 특히 수필이 여기餘技의 잡문이 아니라 문학의 단단한 한 양식이라면서 옹호했고, 서구의 에세이 개념을 바탕으로 수필을 교양의 문학, 문학의 다섯 번째 장르로 진입하게 하는 데 중요한 역할을 김진섭과 함께 수행한 여러 문인 가운데 한 사람이다.[4] 또 그는 유미주의 에세이스트 W. 페이터를 처음 소개하면서 페이터처럼 미문의 에세이를 썼다.[5] 그뿐만 아니다. 그는 몽테뉴, 베이컨, 찰스 램 등 서구 수필문학의 대가들을 본격적으로 연구하여 한국 수필문학의 이론적 기초를 다졌다. 한편 「룻쏘와 낭만주의」, 「페이터의 산문」, 「프루스트의 산문」, 「제임스 조이스」 등에 대한 문예론수필을 발표하여 한국문단에 낯선 자극을 주었다. 이것은 한국수필이 변화・발전하는 데 결정적인 구실을 하였다.

이양하는 53세까지 독신으로 살았다.[6] 페이터처럼 외부세계와 소통

3 李敭河, 『W. S. Lander 評傳』, 東京 : 研究社, 1937.
4 당시 수필 진흥에 앞장선 문인은 김기림, 이태준, 정지용, 이효석, 박태원, 임화 등이다.
5 한국의 정규교육 이수자라면 누구나 「신록예찬」, 「페이터의 산문」 등 미문수필을 읽은 감동이 생생할 것이다.

을 단절한 채 노고산 기슭 솔밭에 집을 잡고 칩거하면서 아침저녁으로 산책을 하며 정일한 삶을 즐기며 살다가,[7] 해방 후에는 우이동에 별장을 마련했다. 이런 점은 미국 수필의 대부, 숲의 문인 H. D. 소로의 삶과 비슷하고, 그 정신은 그가 영국 시인이며 산문가인 W. S. 랜더의 평전을 쓴 행위에서 잘 드러난다.[8]

이양하는 한국 수필문학사상 처음으로 수필연구로 학위를 받은 사람이다. 그는 교토의 명문 제3고등학교를 졸업하여 도쿄로 가 도쿄제대 영문과를 졸업한 뒤, 다시 교토로 와서 교토제대 대학원을 다녔다.[9] 학부 졸업논문은 "The Inner Life of Marius the Epicurean with Reference to Walter Pater's View of Life"(1929)이다. 바로 W. 페이터의 수필연구다. 그리고 조선인 최초로 일본의 영문학회지 『영문학연구英文學硏究』에 「페이터와 인본주의人本主義」를 발표했다.[10]

연전교수가 된 뒤 해방기까지 그는 현실과는 거리를 두고, 주로 영한사전 편찬에 매달렸다. 다만 신록의 계절이 오면 그 찬란한 빛을 관조觀照하는, 곧 '목전의 현실에 눈을 감음으로써 현실과의 일정한 거리를 유지할 수 있는(「페이터의 산문」)' 세계 속에서 나무를 친구삼아 혼자 살던 문인이다. 『이양하수필집』에 묶인 글 대부분이 그런 생활의 결과물이다.

---

6 이양하는 1957년, 미국 뉴헤이븐에서 장영숙과 결혼했다. 시 「10년 연정」에 장영숙과의 관계가 나타난다.

7 전형국, 「연희시절의 은사」, 정병조 편, 『이양하 교수 추념문집』, 민중서관, 1964, 193쪽.

8 랜더는 시재가 뛰어났으나 성격이 외져 남과 어울리지 않고, 후반생은 이탈리아에 은거하여 고독하게 살았다.

9 그의 대학원 재학기간은 1931년 6월~1932년 5월이다. 곧 중퇴다. 중퇴를 하고 귀국했는지는 알 수 없다.

10 『英文學硏究』 13, 1933.4.

1. 교토에 뜬 신라의 하늘

이양하의 수필에는 신록·어린이·학생과 같은 테마가 글의 중심 서사를 형성한다. 5월 신록을 예찬한 명문 「신록예찬」은, 그런 신록 같은 나이, 고교 1학년 국어교과서에 수록되어 사랑을 받았다. 「일연이」, 「경이 건이」, 「다시 일연이」 등은 이양하의 어린이 동무[11]를 주인공으로 한 수필로, 그의 인생관이 어떠한가를 잘 알리는 글이다. 그리고 「젊음은 이렇게 간다」, 「내가 만일 다시 대학생이 된다면」, 「송전의 추억」 등은 30대 후반 또는 40대 초반의 이양하가 자신의 20대를 뒤돌아보며 20대의 펄펄 뛰는 젊은이들에게 꿈을 불어넣는다. 이런 수필은 대부분의 수필이 문제삼는 신변잡기의 서정적 반응과는 많이 다르다.

> ① 그러기에 초록에 한하여 나에게는 청탁이 없다. 가장 연한 초록에서 가장 짙은 초록에 이르기까지 나는 모든 초록을 사랑한다. 그러나 초록에도 짧으나마 일생이 있다. 봄바람을 타 새잎이 돋아나올 때를 신록의 유년이라 하면 삼복염천 아래 울창한 잎으로 그늘을 짓는 때를 그의 장년 내지 노년이라 하겠다. 유년에는 유년의 아름다움이 있고 장년에는 장년의 아름다움이 있어 취사하고 선택할 여지가 없지마는 신록에 있어서도 가장 아름다운 것은 역시 이즘과 같은 그의 청춘시대 — 움 가운데 숨어 있던 잎의 하나하나가 모두 형태를 갖추어 완전한 잎이 되는 동시에 처음 태양의 세례를 받아 청신하고 발랄한 담록을 띠는 계절이라 하겠다.[12]

11 작품에서 표현한 말 그대로 따온 표현.

12 李歇河, 「신록예찬」, 『李歇河隨筆集』, 乙酉文化社, 1947, 105~106쪽.

② 경이 건이 있나? 하고 문을 뚜드리면 경이 건이는 와당탕 퉁탕 마루를 울리며 문으로 달려 나온다. 그리고 '드와여 드와여' 하며 문을 열고는 하나는 오른쪽 소매를 잡아 이끌고 하나는 왼쪽 소매를 잡아 이끈다. 눈이 뜨거워지는 순간이다. 참으로 관대한 주인들이다. 나는 일찌기 이들의 내방을 이렇게 환영하여 본 길이 없는데 이들은 나의 내방을 참으로 기뻐해 준다.

나를 이끌어다 아버지 방에다 앉히워 놓면 경이 건이의 기세는 갑자기 높아진다. '야이 야이', '야이 야이' 책을 던진다. 벽을 친다. 책상위에 올라섰다. 내려 뛴다. '야이 이자식 권투다이 덤벼라' 경이가 두 주먹을 그러쥐고 건이에게 달려들면 건이도 지지않고 조그만 두 주먹을 꼭 그러쥐고 '야이 권투', '야이 권투'하며 달려든다. 물론 싸움이 아니다. 나를 맞아 기쁘다는 뜻이다[13]

③ 참새는 재갈재갈 이번에는 높다란 포풀라 나무가 가지에서 구수회의(鳩首會議)다. 이서방네 돼지우리에는 까치가 한 마리 이놈 또 무슨 흉계를 가지고 온 것일까. 양사(羊舍)의 산양은 판장에 기대고 햇살을 쬐이는데 여념이 없는 모양, 가까이 가도 매에 소리 하나 지르지 않는다. 오늘따라 배불리 먹었을 리 없으련만 한 번 탐미주의자연 봄 볕을 즐기는 것이었다. 고가는 살눈섭 아래 가느스름 조는 눈에는 꿈조차 서려있다.[14]

①은 생명, 신록예찬이다. ②는 어린 동무의 인정 예찬이고, ③은 청

13 李敭河, 「경이 건이」, 『李敭河隨筆集』, 乙酉文化社, 1947, 55~56쪽. 경이, 건이는 연전의 동료교수 고형곤의 두 아들.
14 李敭河, 「젊음은 이렇게 간다」, 『李敭河隨筆集』, 乙酉文化社, 1947, 122쪽.

춘송가다. 모두 신생의 존재, 아름다운 자연, 생명 예찬이다. 어린이나 신록을 싫어하는 사람은 없다. 산양을 밉다고 하는 이도 없다. 그렇지만 이런 존재에 대한 예찬도 이런 글이 발표되고 읽히던 시대의 살벌한 배경, 다시 말해서 1940년 전후 몇 년 동안 이양하가 대면해야 했던 상황과 관련시킬 때 그 의미는 조금 다르다.

『이양하수필집』에 수록된 대부분의 글은 1930년대 말에서 1940년대 초기에 썼다. 이 수필집 서문에 '이것은 내가 과거 한 10년 동안을 두고 신문이나 잡지에 기고하였던 글을 모은' 것이라는 말이 나온다. 새삼 이야기할 필요가 없지만 이 시기는 지식인들의 처신이 매우 어려웠다. 특히 이양하는 일찍부터 공부를 일본에서, 그것도 제3고등학교, 도쿄제대, 교토제대 출신이라 그의 운신은 더욱 조심스러웠을 것이다. 「교토 기행」에 잘 나타나듯이 그는 장차 대신이 되고 박사가 되어 국가를 짊어질 반열에 서 있었기 때문이다. 제3고등학교,[15] 도쿄제대, 교토제대 대학원은 일본인이 두려워하는, 그러나 선망의 대상인 학교가 아니던가.

이양하의 이런 학력이 그의 수필과 무관할 수는 없다. 그러나 이양하가 식민지 종주국의 엘리트 교육을 받았어도 '우리 조선말, 그 가난하고 너그럽지 못한' 말로 쓴 이양하의 수필이 이런 논리 안에 놓여 있다고는 보이지 않는다. 그와는 별개의 세계, 신라하늘의 연듯빛 사상 안

15 이양하의 「교토 기행」에 이런 대문이 나온다. "장차 대신이 되고 박사가 되어 국가대사를 두 어깨에 질머져야 할 것은 바루 너희들이 아닌가? 그런 너희들이 (…하략…)" 경극 파출소(京極 派出所) 다나카 순사가 제3고등학교 학생이라면 대수롭지 않은 일에도 붙잡고 늘어놓던 설교의 회상장면이다. 李敭河, 「교토 기행」, 『李敭河隨筆集』, 乙酉文化社, 1947, 158쪽.

에 있다고 생각한다. 이양하의 교토체험이 가장 많이 나타나는 「교토 기행」이 이것을 말해준다.

> 人形의 크기는 잘 해야 八九寸 하나는 사내. 하나는 女子. (…중략…) 연두빛, 연두빛 하였으나 勿論 연두가 아니다. 네이비 블루우, 코발트 불루우, 무슨 불루우 해야 모두 아니다. 그 누군가의 尨大한 色彩辭典을 떠들여다 보아도 바로 이 빛을 찾아보기엔 困難하리라. 바다의 초록 물결이 바위에 부닥치고 물러가는 어느 한 瞬間, 잠시 보여주나 한 번 지나치고 보면 아무리 애쓰고 애써도 다시는 눈앞에 그려지지 아니하는 그러한 微妙한 빛이다. 여러분은 或 古代 新羅 사람의 服飾을 본 일이 있는지. 或 본 일이 있어 그것을 연상하면 어렴풋이나마 이 빛의 아름다움을 그려볼 수 있으리라고 생각한다.
>
> (…중략…) 이 한 雙人形의 服色도 말하자면 京都千年의 높고 푸른 하늘 — 누구나 車를 타고 오느라면 이땅의 하늘이 京都 와서야 비로서 높아지는 것을 보리라. 그리고 事實, 京都의 하늘, 더욱이 가을 하늘은 朝鮮의 하늘 못지 않게 아름다울 것이다.[16]

위의 인용문에서 우리는 다음과 같은 등식이 성립되는 것을 발견한다. '교토 쌍인형의 복색=연둣빛=신라인의 복색=교토 천년의 하늘=조선의 하늘.' 이 등식은 실로 놀라운 사실의 확인이다. 교토 천년을 지킨 쌍인형에서 신라 천년의 복색을 보았고, 교토 천년의 하늘에서 신라 천년의 하늘을 보았다는 것은 너무나 이질적이 것의 등치이다. 따라

16 李敭河, 「京都 紀行」, 『李敭河隨筆集』, 乙酉文化社, 1947, 162~163쪽.

서 이 등식은 이해가 어렵다. 그러나 양항의 틈새에 빛이 있다. 연둣빛, 블루우, 코발트 블루우, 하늘의 빛이 양항兩項을 묶고 있다.

그런데 봄 하늘의 어느 한 순간, 혹은 바다의 초록 물결이 바위에 부닥치고 물러날 때의 어느 순간 같은 이 연둣빛이란 무엇인가. 또 이 빛이 신라의 빛이란 무엇인가. 그건 신라의 혼, 조선정신에 다름 아닐 것이다. 이것은 조선과 일본의 관계가 등식에서 슬쩍 부등식으로 바뀌는 데서 증명된다. 곧 비교격 조사 '보다'로 말미암아 '조선 〉 일본'이 된다. 쌍인형의 복색은 신라 사람의 복색을 닮았고, 교토의 하늘도 조선의 하늘처럼 푸르다. 그렇다. 이것이 이양하의 세계다. 『이양하수필집』이 놓인 자리가 바로 여기, 문제적 색체 연둣빛 사상, 신라의 하늘이다.

2. 「신록예찬」, 그 생명송가의 정전

> 눈을 들어 하늘을 우러러 보고 먼 산을 바라보라. 어린애의 웃음 같이 깨끗하고, 명랑한 오월의 하늘, 나날이 푸르러 가는 이산 저산, 나날이 새로운 경이를 가져오는 이 언덕 저 언덕, 그리고 하늘을 달리고 녹음을 스쳐 오는 맑고 향기로운 바람—

「신록예찬」 셋째 문장이다. 글의 구성은 만연체지만 숨이 가쁘다. 신록예찬의 황홀한 수사가 가독성을 자극하는 까닭이다. 「신록예찬」은 오직 신록을 황홀의 대상으로 인식하며 '신록에는 우리사람의 마음에 참다운 기쁨과 위안을 주는 이상한 힘이 있다', '신록에 한하여 나에게는 청탁이 없다'는 조건 없는 예찬이 글을 지배한다. 이런 점을 어떤 사람은 누가 보아도 과장이고 수사학이며 이양하답지 않다고 말한다. 다음과 같은 대목에 오면 그 이색힘이 도를 넘는다며 흥분[17]까지 한다.

> 나의 마음의 모든 티끌—나의 모든 욕망과 굴욕과 고통과 곤란—이 하나하나 사라지는 다음 순간 별과 바람과 하늘과 풀이 그의 기쁨과 노래를 가지고 나의 빈 머리에 가슴에 마음에 고이고이 들어앉는다. 말하자면 나의 흉중에도 신록이요, 나의 안전에도 신록이다. 주객일체 물심일여 황홀하다 할까 현요하다 할까, 무념무상 무념무애 이러한 때 나는 모든 것을 잊고 모든 것을 가진듯이 행복스럽고 또 이러한 때 나에게는 아무런 감각의 혼란도 없고 심정의 고갈도 없고 다만 무한한 풍부와 유열과 평화가 있을 따름이다.

이런 무념무상, 무념무애는 제국대학 영문과 출신인 이양하의 마음자리 때문이라는 것이다. 다시 말해서 이양하는, 식민지 현실에는 아랑곳없이 가장 안전하고 균형 감각 있는 안락한 마음자리가 유지되는 신분이었기 때문인 것으로 독해한다. 이런 주장의 근거에는 보링거의 감정 이입론이 자리잡고 있다.[18]

그러나 이러한 견해는 이양하가 태어나자마자 곧 어머니를 잃고, 젖어미의 젖을 먹고 자라면서 체질화된 고아의 심리적 상처에 대한 역반응일 수 있다. 이런 점은 그가 유독 아이들을 좋아하는 데서 잘 드러난다. 그에게는 아이들과 신록은 등가이다. 아이들의 순진무구와 신록에

17 김윤식, 「생활인의 철학과 생활인의 미학」, 『한국문학』, 2014.가을, 205~206쪽.
18 빌헬름 보링거, 이종건 역, 『추상과 감통』, 경기대 출판부, 2006.

서 받는 무념무상 무념무애는 다른 듯하지만 같다. 같은 생명의 약동이고, 순수함이고, 미지의 세계가 똑같이 희망으로 존재한다. 신록과 일체가 되듯이 그는 아이들과 일체가 된다.

앞 항의 인용 ②에 나타나듯이 이양하는 그의 어린 동무들 '일연이, 경이, 건이'를 만나러 수시로 그들의 집을 방문한다. 그것은 이 동무들이 뿜어내는 인정과 생명력 때문이다. 이 동무들은 이양하가 찾아가면 독특한 세리머니로 그 기쁨을 표시한다. 그리고 이들은 그의 집에도 놀러오는데 올 때마다 극성스럽게 설치며 저지레를 한다. 저지레를 못하게 꾸지람을 해도 오불관언이다. 그 뿐만 아니다. 계속 질문을 하여 사람을 못살게 군다. 그렇지만 이양하는 어린 동무들의 이런 행위를 싫어하거나 귀찮아하지 않는다. 저만큼 떨어져서 '어비야! 어비야!' 하며 바라보며 웃고 즐기다가, 어렵쇼. 그 아이들과 엉겨, 같이 그들의 세계로 빠져 들어간다. 자연과의 물아일체나 어린 손님과의 이런 주객일체가 조금도 다르지 않다.

> 대개 한 주일에 한 번, 두 주일에 한번은 으레 동대문 밖 동무를 찾는다.
>
> 동무의 집 사람은 모두가 나의 발 자취 소리로 나라는 것을 알아주는 반가운 사람들이다. 그러나 그중에도 반가운 것은 두말할 것 없이 일연이다.
>
> 내가 바깥 대문을 열고 뚜벅뚜벅 뜰을 거쳐 북쪽으로 난 안 문을 뚜드리려고 포오치에 들어서자마자
>
> '누구요?'
>
> 하고 고함치며 마루를 통통 울리고 달려오는 것이 곧 일연이다. 나는
>
> '나요'

하고 대답하며 문을 뚜드린다. 일연이는 한번 대답만으로는 만족하지 아니한다.

(…중략…) 우리의 '누구요?' '나요'가 온 집안이 시끄럽게 네다섯 번 거듭될 때 쯤 하여 문이 열린다. 우리의 얼굴이 마주치자 일연이는

'응 아저씨! 난 누군가 했지' 하며 머리를 갸우뚱하고 토실토실한 두 볼 사이로 하얀 육니를 드러낸다. 나는 '응 일연이던가. 나도 누군가 했지. 어디 일연이 그동안 얼마나 컸나 좀 들어볼까?'[19]

이양하가 동대문 밖에 사는 절친한 동무 일연이와 만나는 장면이다. '토실토실한 두 볼 사이로 하얀 육니'를 드러내는 어린이, 이렇게 어린이와 친구가 되어 정식으로 교제하고 있다. 이것은 이양하가 유아기 때 산욕열에 시달리던 어머니와 사별하고 큰 어머니 품에 안겨 약 6개월 동안 동냥젖을 얻어먹다가 이웃 마을에 젖어미를 정하여 그 집으로 갔고, 거기서 다섯 살 무렵까지 자란[20] 슬프고 외로운 생장과정에서 무의식 세계에 남아있는 어떤 상처와 무관하지 않을 것이다. 어린 생명에 대한 연민의 정, 약하고 순진무구한 존재지만 그를 하나의 인격체로 존중하고 보호하며 그 무애한 세계에 몰입하는 것, 그런 행위를 즐기는 것은 그의 심리 저쪽에 도사리고 있는 어떤 욕구와 관련되어 있을 것이다.

젖어머니의 헌신적 사랑이 있어 친어머니에 대한 기억은 어떤 아픔으로도 남아있지 않다는 술회, 또 큰어머니가 무의식의 주체가 될 만큼 그의 심리에 자리 잡고 있다[21]는 고백을 하고 있지만 이양하의 이런 심리

19 李敭河, 「일연이」, 『李敭河隨筆集』, 乙酉文化社, 1947, 37~38쪽.
20 정태귀, 「이양하 수필의 토포필리아 연구」, 부경대 석사논문, 2008, 22쪽.

는 모성결핍증이 되고, 그것이 급기야 정체를 찾기 위해 그는 슬픔 쪽으로 자신을 밀어 넣었을 것이다. 그에게는 오직 자기 체질이 된 외로움의 확인과 그 외로움 속에 감추고 있는 열정의 형상화가 아니었을까.

경이, 건이가 유아기를 벗어날 때 쯤 이양하의 이런 심리는 다시 자연몰입의 상태가 된다. 수필집 『나무』(1969)에서 '나무는 고독하다', '내가 일상 즐길 수 있는 또 하나의 친구는 우리 교정 한가운데 서있는 한 그루의 마로니에다'라는 고백은 이런 무구한 존재, 어린이와의 교제가 더 이상 이루어질 수 없는 때가 되어 자연몰입을 재차 선언한 대문이다.

이양하가 수필창작을 본격화한 것은 연희전문학교에 전임이 되던 1934년께다.[22] 그 시기는 일본의 황민화 정책이 강화되어 『동아일보』의 '손기정 가슴 일장기 말살사건'이 반일운동으로 번지고, 거국적인 농민계몽운동, 곧 학생하기 브나로드운동이 사실은 민속운동의 성격을 띠고 전 조선에 일어나고 있었다.[23] 또 조선사상범 보호 관찰령이 공포되고, 일본이 독일과 손을 잡으면서 조선을 더 확실한 식민지로 만들기 위해 조선농지령을 공포하던 때다. 그러나 한편에서는 평양 숭실학교에서 신사참배 반대운동이 일어나면서 일본의 식민지 강화정책과 민족운동이 대립되는 조짐이 전 조선에 천천히 나타나기 시작했다.

그런데 이양하는 일찍이 교토에서 천황제에 저항하는 분위기 속에서 교토파 문인의 한 사람으로 유학을 했다. 비록 유미주의자 W. 페이터를 연구하며 현실에서 한발 물러선 자리에 서 있었지만 교토인형의 자줏빛

21 李敭河, 「젊음은 이렇게 간다」, 『李敭河隨筆集』, 乙酉文化社, 1947, 124~127쪽
22 정병조 편, 『이양하교수 추념문집』, 민중서관, 1964, 250쪽 참조.
23 오양호, 『농민소설론』, 형설출판사, 1984 참조.

에서 신라 천년을 보았고, 철학 교수 니시다 기타로의 엄격한 학문이 천황제를 비판하는 학풍으로 심화되던 그 교토제대 출신이다. 따라서 식민지 조선인임을 한시도 잊을 수 없었기에 교토학파의 분위기는 알게 모르게 그의 심리에 근대의 그늘로 남아 있었을 것이다. 그런데 그런 근대인 이양하가 민족의 자각의지가 준동하던 그런 시기에 두문불출, 자연탐닉의 문예수필 창작에 열중한 행위를 어떻게 설명해야 할까.

첫째는 시대와의 불화를 피하기 위해서였을 것이고, 둘째는 유미주의 예술관, 곧 쾌락주의자 마리우스의 내면생활을 페이터의 시각에서 논한 졸업논문의 그 세계관, 그러니까 페이터에서 끝내 헤어날 수 없는 미의식 때문일 것이다. 같은 시기 가모가와를 사이에 두고 같은 영문학을 공부했던 정지용의 시를 읽으며(「바라던 지용시집」(1935)) "귀뚜라미처럼 쌍드랗게 언 시인의 마음의 도식을 볼 수 있다"고 격찬한 이양하. 그러나 그런 평가는 가능했으나 그런 미의식을 시로 다듬어낼 수 없는 자신의 한계를 벗어나기 위해 그는 더욱 페이터에 매달렸을 것이다.

"만일萬一 나의 애독愛讀하는 서적書籍을 제한制限하여 2, 3권 내지 4, 5권만을 들라면 나는 그중의 하나로 옛날 라마羅馬의 철학자哲學者 황제皇帝 마아카스 · 오오렐리아쓰의 「명상록瞑想錄」을 들기를 주저躊躇하지 않겠다"로 시작되는 「페이타가의 산문散文」[24]은 이양하에게 구원의 존재이자 시인 정지용과 맞서는 유일한 방도였을 게다. W. 페이터의 견인주의, 무욕, 안빈낙도 사상만이 그의 자연몰입과 동심세계와의 친화를 합리화할 수 있는 명분이었을 것이다.

24 李敭河, 『李敭河隨筆集』, 乙酉文化社, 1947, 211쪽.

사정이 이러하지만 이양하의 두문불출, 자연몰입의 가장 큰 원인은 신록, 곧 연둣빛의 구원[25]이라기보다 연둣빛의 고통 때문이다. 이미 신라 천년의 연둣빛을 교토에서 발견했고, 그것이 거기서는 구원이었지만 해방된 조국의 근대인 이양하 앞에서는 그 빛이 고통이었다. 사라져가고 있었기 때문이다. 남북 대립, 사상대립, 군웅할거群雄割據의 소용돌이 속에서의 연둣빛은 더 이상 구원이 아니었다. 그 연둣빛, 신라의 혼, 조선의 혼은 저만치서 퇴각하고 있었고 그 어름에는 오직 "한 그루의 마로니에"만 서 있을 뿐이었다. 이렇게 이 빛이 이양하를 현실로부터 격리시켰다. 무슨 소린가. 그런 빛을 볼 수 없는 장애물이 그의 앞에 가로놓여있었다는 말이다. 그래서 그는 마침내 문을 안으로 닫아걸었다.

신록과 나무, 현실 사이에 차단기가 내렸다. 그렇지만 이양하가 현실에 완전히 등을 돌리지는 않았다. 그것은 생명의 찬미, 자연에의 몰입이 '세상이 뜻 같지 아니하고 인생이 덧없이 보일 때 쉘리의 시를 읽는'[26] 행위로 전이되었기 때문이다. 현실 망각의 유미주의가 아니라 신록과 나무의 생리에 인간의 실존을 대입시켰다. 그리고 마침내 이런 문제를 어두움을 밝히는 삶의 송가로, 우울증에 걸린 많은 독자에게 쾌락의 바이러스로 그들을 감염자로 만들었고, 때맞추어 나타난 생활인의 철학[27]과 손잡고 한 시대를 밝히는 송가문학으로 확산·심화시켰다. 이런 점에서 이양하의 문예수필은 그 문학적 소임을 다했다.

---

25 김윤식, 「생활인의 철학과 생활인의 미학」, 『한국문학』, 2014.가을, 211쪽.

26 李敭河, 「쉘리의 소리」, 『李敭河隨筆集』, 乙酉文化社, 1947, 115쪽. 학교에 가다가 가을 하늘이 하도 맑아 학교는 그만두고 친구와 옥천(玉川)이라는 야외에 가서 하루를 놀고 온 사건을 쓴 수필.

27 이양하의 이런 글쓰기는 김진섭의 수필집 『생활인의 철학』이 출판된 것과 때를 같이 한다.

3. 영혼의 안주를 위하여

이양하는 시른 실에 연희전문학교 전임강사가 되는 출세를 했다. 그러나 그는 현실에 뛰어들지도, 맞서지도, 순응하지도 않았다. 그는 아침 하늘을 바라보는 것이 그냥 즐겁고, 산이, 나무가, 녹음이, 바람이 즐겁고, 길을 가다가 복덕방 영감들과 장기를 두는 것이 즐겁고, 산보 길에 꼬마들과 달음박질하는 것이 즐거운,[28] 그렇게 좀 비현실적인 사람이었다. 그는 애초부터 독신주의, 은둔주의, 유미주의의 대부 W. 페이터와 견인주의 철학자 마르쿠스 아우렐리우스 안토니누스Marcus Aurelius Antonius의 고독하고 우수에 찬 영혼, 스토아 철학의 그 인생론, 편재하는 로고스란 철학의 바이러스에 감염된 사람이었다. 그래서 괴팍한 W. S. 랜더의 평전을 썼는지 모른다.

> 먼지가 케케 내려앉은 큰 테이블 위에는 이것저것 손에 닥치는 대로 섭렵하던 시집과 수필서적이 제 멋대로 흐트러져 있었고 두꺼운 솜이불 — 하절에도 — 을 편 침상에 그는 그 주체할 수 없는 시간을 대부분 낮잠으로 지냈다. 20시간을 붙박이로 잠을 잔 기록을 가졌으면 그만이다.[29]

이양하의 이런 생활은 일종의 병적 증세를 느끼게 한다. 하루 스무 시간을 잤다면 다른 날도 늘 엄청 많은 잠을 잤다는 말인데, 이건 정상이 아니다. 외부와의 접촉을 완전히 차단한 상태라면 흔히 말하는 대인

---

28 정병조 편, 앞의 책, 195쪽.

29 고형곤, 「연희시절의 이양하씨」, 정병조 편, 『이양하교수 추념문집』, 민중서관, 1964, 217~218쪽.

기피증 증세다.

연희전문학교 제자였던 고형곤의 회고에 따르면 이양하는 교수 월급 80원 또는 100원은 혼자 살기엔 넉넉한데 '에 이깐 놈의 돈'이라면서 늘 불평을 했고, 옆집 농부와 어울려 돼지를 기른 일도 있으며, 또 돈에는 무척 인색해서 술 한 잔 사는 일이 없었고, 자기 스승이 사전을 편찬하여 별장을 산 것을 부러워했다고 한다.

이런 증언을 외연denotation으로 읽으면 이양하는 표리가 다른 인간이다. '아침 하늘을 바라보는 것이 그냥 즐겁고, 산이, 나무가, 녹음이, 바람이 즐겁고, 길을 가다가 복덕방 영감들과 장기를 두는 것이 즐겁'다는 그의 수필과 실제 생활이 판이한 까닭이다. 이것은 수필문학이 자성의 문학이란 원론을 뒤집으니 이양하 수필은 수필이 아니다. 또 '주체할 수 없는 시간을 대부분 낮잠으로' 하루를 보냈다는 것도 문제다. 이 증언은 이양하가 별 수 없는 한 필부란 말이다. 일본 제일의 대학을 나와 연전 교수가 된 수재가 연구는 안 하고, 그렇다고 글을 쓰는 것도 아니고, 먹고 자고, 자고 먹는다면 그건 무지렁이와 다를 바 없다. 더욱이 '이깐 놈의 돈'이라며 돈 타령을 하고, 양돈까지 했으니 지식인의 대명사 교수는커녕 저자 거리 장삼이사만도 못한 속물 중의 속물이다.

사정이 이러하지만 '이깐 놈의 돈'의 돈은 돈이 적다는 불평이 아니다. '돈이 뭔데'라는 비아냥거림이다. 이런 말은 가장 이양하답다. 그는 철저한 견인주의자인 까닭이다. 배금주의자가 아니라 스토아학파의 자존심이다. 별장을 가진 스승에 대한 부러움도 그 자체로 보면 사치와 허영에 정신이 빼앗긴 속물근성이다. 하지만 이양하가 W. 페이터와 M. 아우렐리우스의 고독하고 우수에 찬 영혼, 스토아 철학의 신도라는 사실을 염두에 둘 때 그런 평가는 잘못이다. 고독한 정신이 안주할 장소를 발견하려는 소망이다.

이양하는 태어나면서부터 가난, 궁핍으로 말미암아 비인간적으로 되는 현실이 없었다. 근본이 그러했고, 일본 유학시절도 그러했다. 6·25전쟁이 발발하여 인명과 재산이 산산조각이 나던 그 비참한 시절에도 미국으로 유학하여 하버드대학에서 영문학을 연구했고, 미시시피강을 유람하면서 연전 제자 고형곤에게 "고군! 우리 민족도 잘 살아야 할 터인데……"[30]라며 느긋하게 휴가를 즐겼다. 따라서 '인색해서 술 한 잔 사는 일이 없'는 행위는 이재理財만 밝히는 인간이라서가 아니라 그의 태생적 풍요와 후천적 정신주의를 실현할 수 없는 처지 때문에 형성된 자기소외의 결과다. 서른 살에 연전교수가 되는 출세를 했는데 막상 생활은 그 이름과 다르니 그런 자기비하 꼴이 되었을 것이다. 식민지의 후예임을 한시도 잊지 않았던 교토 유학, 그러나 돌아온 조선에는 신라 천 년의 연둣빛, 신라의 푸른 하늘은 온데간데없고, 궁핍과 대립과 갈등만 미만했으니 그건 그가 꿈꾸던 근대 국민국가nation state는커녕 그 그림자도 못 보았을 게다. 결국 고형곤이 전하는 험담은 이양하가 해방기에 대면한 그런 현실에 대한 실망, 그런 현실과의 불화의 편린일 것이다.

이런 갈등과 불화는 마침내 이양하를 더욱 더 무구無垢와 순수, 곧 어린이, 청춘, 신록의 세계로 몰입하게 만든다. 거기는 평화, 화합, 안일만 존재하기 때문이다.

---

30 위의 글, 194쪽. 『서울신문』(1963.2.4)에 이 글이 실린 바 있다.

④ 내가 외로운 때나 가깝하고 무료할 때 길을 하나 건너 경이 건이를 찾으면 나는 거기 언제든지 나를 백 퍼어센트 환영하는 두 친구를 발견하는 것이다.[31]

⑤ 흰 털에는 기름기가 쪼르르 흐르고 가느다란 허리는 날씬한 것이 제법 맵씨가 난다.[32]

⑥ 그의 청신한 자색 그의 보드라운 촉감 그리고 그의 그윽하고 아담한 향훈, 참으로 놀랄 만한 자연의 극치의 하나이 아니며, 또 우리가 충심으로 찬미하고 감사할 만한 자연의 아름다운 혜택의 하나이 아닌가.[33]

④는 인정이 넘쳐나는 행복한 세계이고, ⑤는 비록 동물이지만 사람을 유혹할 만한 사슴의 아름다움이다. ⑥은 생명과 자연미에 대한 감탄이다. 모두 불화가 아닌 화합의 세계다. 낙천가, 탐미주의자의 서식지다. 이런 인물이 고형곤에게는 왜 그렇게 나타날까.

비약이겠으나 그것은 그를 주지주의의 사도, 그러니까 지성보다 미학이 강조된 관점이 야기한 결과였을 것이다. 이런 면모는 인형 하나를 사기 위해 하루를 통째 써버리는 「교토 기행」에서 잘 나타난다.

자! 그러면 이제 어딜 가나. 나는 다시 발을 돌려 사람들 사이를 휘우적

31 李敭河, 「경이 건이」, 『李敭河隨筆集』, 乙酉文化社 1947, 49쪽.
32 李敭河, 「젊음은 이렇게 간다」, 『李敭河隨筆集』, 乙酉文化社, 1947, 119쪽.
33 李敭河, 「신록예찬」, 『李敭河隨筆集』, 乙酉文化社, 1947, 102쪽.

휘우적. 내 마음은 몹시 불행하다. 사람 사람, 가게 가게, 모든 색체, 모든 음향, 모든 자극이랄 자극이 교집된 이 한 가운데 있어서 내 마음은 아무것도 받아들이지 않으려고 한다.[34]

필자의 페르소나(가면)를 벗기면 이양하는 비현실적인 유미주의자다. 쌍인형을 사려다가 6년간 유학생활을 한 도시에서 길을 잃는 사건은 개연성이 아주 약한 까닭이다. 도쿄로 가는 길에 예정에 없던 교토에 들려 그가 제3고등학교등학교 시절 좋아한 쌍인형을 사기 위해 옛날 그 가게를 찾아 시내를 헤맨다. 그러나 그 가게는 못 찾고, 제2의 고향, 교토에서 미아가 된다. 이양하의 이런 행동은 비이성적이다. 김기림, 최재서와 함께 조선에 모더니즘을 소개하고, 「리처즈의 문예가치론」을 쓰던 그런 문학에서 비켜서 있다. '인제는 잠자리라도 구해야지 하고 터덜터덜 걸어가던 발이 문득 멈춰지는 어떤 경인형옥의 쇼윈도에서 쌍인형 하나를 발견하고 내 조그만 불행은 금시 어디로, 나는 말조차 잊어버리는' 기쁨에 싸인다. 이건 과장인가 아니면 필요 이상의 감정이 이입된 만연체 진술인가.

이양하에게는 쌍인형이 자랑스러운 제3고등학교 시절과 그 때 사귀던 소녀들이며 행복한 학창 시절을 떠올린다. 그러나 어른이 된 지금 인형 하나를 사기위해 가던 길을 바꿔 온 시내를 뒤지는 행위는 납득이 안 된다. 그렇다면 이런 행동은 무엇이란 말인가. 안주하지 못한 영혼의 방황, 태어나자마자 모친을 잃은 그 정신상처의 치유행위가 아닐까.

34 李敭河, 「교토 기행」, 『李敭河隨筆集』, 乙酉文化社, 1947, 157쪽.

「송전의 추억」 한 대문을 보자.

> 송전이 몹시 그립다. 송전을 생각하지 아니한 날이 없다. 금년 더위가 유난스런 탓도 있지만 내가 작년 이때 송전을 떠나 서울로 왔던 것은 말하자면 잠간 다니러 왔던 것이다. 나는 다시 송전으로 돌아가 여름을 지내고 가을을 보내고 될 수 있으면 한 겨울을 더 누어있으려던 것이다. 그러던 것이 뜻하지 아니한 8월 15일이 되고 엄벙덤벙 하는 동안에 송전은 천리 이역 영 가려야 갈 수 없는 땅이 되고 말았다.[35]

'떠나고 돌아오고 다시 떠나는 마음'이 곡진하다. 8·15 광복이 그냥 지나가는 말로 기술되는 역사의 소거지대다. 현실과 타협하는 낌새가 없다. 개인적 신변사와 관련된 감정뿐이다. 따라서 수필장르의 속성이 잘 드러난다.

톨스토이는 안데르센이 어린아이를 소재로 택한 것은 지독한 고독 때문이라고 해석한 바 있다. 잠자리에 들기 전에 기도하는 어린이는 하느님께 일용할 빵을 주십사고 해 놓고 자기 혼잣말로, 자기 빵에는 버터를 발라 달라고 한단다. 어린이란 이런 이기주의적 정신구조를 소유한 존재다. 그렇다면 이양하의 이런 면모는 어린이의 이기주의와 다를 바 없다. 태어나자마자 어머니를 여위고 젖어미 밑에서 자란 그 상처의 복원심리다. 자기 빵에만 버터를 발라 주기를 바라는 그 심리 말이다. 그러나 사람들은 그렇게 해주지 않았기에 그런 사람들이 싫어 그들로

35 李敭河, 「송전의 추억」, 『李敭河隨筆集』, 乙酉文化社, 1947, 169쪽.

부터 떠나는, 그래서 결국 혼자가 될 수밖에 없는 자기소외, 그게 이런 행위의 본질이라 하겠다.

4. 에고이즘의 정체

이양하를 단순한 에고이즘의 가면을 쓴 수필가로 보고 그 예찬자로 규정하기도 한다.

> 「신록예찬」에서, 혼자 신록을 보며, 그것을 예찬한다는 것은 고독의 예찬임을 우리는 이제 알아차릴 수 있다. 신록이라는 단어가 쓰인 자리에 고독이란 단어를 대치하면 작자의 페르소나[假面]가 벗기우고 그 참 모습이 보일 것이다. 그리하여 마침내 그것이 에고이즘의 예찬이 된다.[36]

혼자 신록을 보며 그것을 예찬하는 것이 고독예찬이라는 말은 하나 마나한 소리다. 문제는 왜 고독을 예찬하고 있는가, 왜 혼자 외딴 곳에 살며, 왜 혼자 연전 뒷산에 올라 나무를 보며, 왜 '종일 우두커니 앉아 있는 것은 큰 고통이 안되는'[37] 지가 문제이다.

영한사전 편찬 일로 동래 온천장에서 몇 달 동안 동거동숙 한 제3고등학교 동창 권중휘는 이양하가 "우시게나 허튼 소리도 않고 외로움을 두려워 않고 말이 없는" 사람이라고 회고 한다. 고독예찬, 에고이스트

36 김윤식, 『작은 생각의 집짓기들』, 나남, 1985, 279쪽.
37 권중휘, 「고 이양하군의 일면」, 정병조 편, 앞의 책, 216쪽.

가 이양하 수필의 본질이라는 김윤식의 말과 같다.

이양하에게 고독이란 무엇인가. 결론부터 말한다면 그것은 일찍이 W. 페이터 사상에 매료되면서 형성된 삶의 절대적 가치의 실현이다. 그는 이 고독을 찬양하다가 고독에 순사殉死했다. 이양하에게는 고독이 삶의 가치기에 그 양식에 맞췄지만 그것이 남에게는 에고이즘으로 비쳤다. 이 세상의 모든 물상을 주관적으로 해석하는 M. 아우렐리우스의 「명상록」을 삶의 지침서로 삼고 살아 온 인생행로가 그걸 증명한다. 1960년대를 풍미했던 이양하의 문예론수필 「페이터의 산문」에 이런 점이 극명하게 나타난다.

> 만일 나의 애독하는 서적을 제한하여 二, 三권 내지 四, 五권만을 들라면 나는 그중의 하나로 옛날 라마(羅馬)의 철학자 마아카스 · 오오렐리아쓰의 「명상록」을 들기를 주저하지 아니 하겠다. 혹은 설어움으로, 혹은 분노로, 혹은 욕정으로, 마음이 뒤흔들리거나 또는 모든 일이 뜻 같지 아니하여 세상이 귀찮고 아름다운 동무의 이야기까지가 번거롭게 들릴 때, 나는 흔히 이 견인주의자 황제를 생각하고 어떤 때는 직접 조용(從容)히 그의 「명상록」을 펴 본다. 그러면 그것은 대강(大綱)한 경우에 있어 어느 정도의 마음의 평정을 회복해주고 당면한 고통과 침울을 많이 완화해주고 진무해 준다.
>
> (…중략…) '모든 것을 어떻게 생각하는 가는 네 마음에 달렸다', '행복한 생활이란 많은 물건에 의존하는 것이 아니라는 것을 항상 기억하라', '모든 것을 사리하라. 그리고 물러가 네 자신 가운데 침잠하라' 이러한 현명한 교훈에서만 오는 것은 아닐 것이다.[38]

인용한 글의 핵심은 자기 합리화, 무슨 명분을 내세우더라도 모든 세상사를 자기 위주로 생각하는 것이다. 이 세상에 존재하는 모든 것이 무의미한 것으로 규정하는 것이 그렇다. 야망, 도전, 용기, 욕망실현 등과는 완전히 절연된 세계관이다. 이러한 가치관으로라면 세상의 발전, 젊은이의 야망, 미래지향적 의지와 도전도 다 무가치한 것이다. 이런 논리라면 인간 문명의 발전도 정체를 면할 수 없다. 독선, 지적 오만, 냉소주의, 무관심, 또는 허무주의, 패배의식에 사로잡힌 퇴행적 사고방식이다. 노인의 철학이지 청년의 가치관은 못 된다.

인간은 이기주의로 가득 찬 동물이다. 그래서 이 이기심이 수시로 고개를 쳐들고 나와 자승자박의 아이러니를 연출한다. 이로 인해 개인적으로는 번민이 생기고, 집단적으로는 분열, 불화하다가 마침내 그것이 싸움이 되기도 한다. 인류의 많은 불행이 이기주의 때문에 일어났다.

이양하가 극찬하는 M. 아우렐리우스는 로마제정 시대 황제로 후기 스토아학파를 이끈 인물이다. 특히 도덕면에 새로운 가치관을 열어 후세에 큰 영향을 끼쳤다.

스토아학파는 논리・자연학・윤리의 셋으로 학문을 나누었는데 그 가운데 윤리를 가장 존중하였다. 그들은 인간은 소우주이고, 그 본질인 로고스는 우주의 본질과 동일한 것이므로 이성에 따르는 생활은 곧 우주에 따르는 생활이 되는 것이고, 자연에 따르는 것이 된다고 주장한다. 이것이 바로 아파데이아apatheia, 不動心라고 불리는 현자의 생활이다. 이성을 가지는 이상 모든 사람은 신의 아들로서 동포로 간주한다. 그러

38 李敭河, 「페이터의 산문」, 『李敭河隨筆集』, 乙酉文化社, 1947, 211~212쪽.

하기에 그들 스토아학파는 사해동포와 세계시민주의를 제창하였다.

이양하의 「페이터의 산문」의 윤리대로라면 그가 수필을 쓰던 시절의 불행했던 우리의 현실, 곧 일본의 지배도 분노가 치미는 일이 못될 수 있다. 모든 것을 사리하는 마음속에는 갈등이 존재할 수 없고, 현실과의 거리를 두거나 무시함으로써 마음에 평정을 얻으려는 것이 삶의 목표인 까닭이다.

이양하가 마침내 도달한 이 철리를 한번 뒤집어 생각해 볼 필요가 있다. 곧 다른 사람의 삶과는 전혀 다른 자신의 성장과정, 자신을 둘러싼 가족관계에서 오는 허무의식, 앞앞이 말은 못하지만 이런 것들로 말미암아 마음속에 일어났던 여러 가지 갈등, 그리고 도저히 인정할 수 없는 현실이 이 지적이고 약한 한 인간을 '견인주의자'로 만든 것은 아닐까. 스토아 철학에 몰입함으로써 모든 것이 합리화되고, 도피가 가능해지고, 고통, 우울, 침울, 분노, 욕정이 평정, 완화되었을 것이니까.

결론적으로 이양하의 이기주의는 도저히 수용할 수 없는 현실, 그로부터 일어나는 고통에서 벗어나기 위한 한 방도였을 것이다. 그가 수필을 쓰던 시대는 여러 가지 문제가 충돌하고 있었다. 그러나 그는 용하게 견인주의, 유미주의 철리를 발견함으로써 대면하고 싶지 않은 그런 현실에서 떠날 수가 있었을 것이다. 다음 말은 M. 아우렐리우스의 말이지만 이양하의 말이기도 하다.

> 사람은 나무 잎과도 흡사한 것 가을바람이 땅에 낡은 잎을 뿌리면 봄은 다시 새로운 잎으로 숲을 덮는다. (…중략…) 그들의 실체는 끊임없는 물의 흐름, 영속하는 것이라곤 하나도 없다. 그리고 바닥 모를 때의 심연은 바로

네 곁에 있다. 그렇다면 이러한 것들 때문에 혹은 기뻐하고 혹은 설어워하고 혹은 괴로워한다는 것이 어리석은 일이 아니냐. 무한한 물상 가운데 네가 향수한 부분이 어떻게 적고 무한한 시간 가운데 네게 허여된 시간이 어떻게 짧고, 운명 앞에 네 존재가 어떻게 미소한 것인가를 생각하라.[39]

이 글 이면에는 안타까운 자기애가 자리를 잡고 있어 독자의 마음을 짠하게 만든다. 이양하가 체질적으로 니힐리스트이고, 견인주의자이고, 비관적 세계관을 지닌 이상주의자일 뿐 아니라 인간을 운명적으로 고독한 존재로 인식하면서 거의 자학에 가까운 삶을 살다 간 지식인이었다는 단정이 가능하기 때문이다. 또 그는 유아기에 부모를 여위었으나 생래의 비극적 체질은 애초부터 형성되지 않았고, 또 그런 기억은 말끔히 잊었다고 하지만 그런 운명의 독소가 알게 모르게 뼛속까지 침투하고, 그것이 마침내 심층의 무의식까지 점령한 한이 병이 되었을 것이다. 그러니까 이양하는 일생동안 자신을 시도 때도 없이 공격하는 이 바이러스와 싸우면서 아등바등 몸을 추스르며 살아야 했을 것이다. 제자 고형곤의 험담은 이런 이양하의 내면을 모르는 껍데기 진단이다.

결론적으로 이양하의 초기 수필이 미문과 명문, 곧 조선조 문학에 많이 나타나는 찬讚, 송頌류의 우파문학이 가지는 심리적 경향성, 또 엄혹한 시절에 생산된 글인데도 식민지 현실을 거의 느끼지 못하는 역사의식, 그리고 현실 외면, 자기성체 속의 안주만 꿈꾸는 작가의식은 한계다. 그러나 지금까지 논의한 네 가지 점을 염두에 둘 때, 이런 점은 한

39 위의 글, 215~216쪽.

계라기보다 이양하가 우리수필문학에 남긴 문학적 성취다. 그의 현실 기피가 결국 방법만 다를 뿐, 절제의 세계를 향한 생명애의 한 표상으로서의 글쓰기였기 때문이다.

5. 보론

저자는 이양하 수필과 직접적인 관련이 없고, 이양하와 저자와 정지용과 교토와 관계되는 이야기를 첨부한다. 저자로서는 이 대선배 문인과의 관계를 말할 수 있는 절호의 기회이기 때문이다.

저자가 이양하를 처음 안 것은 소싯적 고1 교과서에 수록된 「신록예찬」을 읽고서다. 대학시절은 수필이 문학의 4대 장르밖에 놓이게 된 탓에 그를 잊고 있었다. 그러나 좋은 기회를 얻어 교토대학(京都大學)에 외국인 초빙교수로 근무하면서 그가 남긴 작품, 그러니까 「교토 기행」의 그 연두빛이 신라 천년, 교토 천년에 무지개로 걸리는 심상을 나도 느꼈다.

저자는 이양하가 대학원 시절 촉탁으로 근무했던 도서관 지하서고까지 내려가 조선유학생의 자취를 뒤졌다. 그러다가 『교토제국대학(京都帝國大學) 기독교청년회(基督教青年會) 기숙사송을수방(寄宿舍宋乙秀方)』(창간호), 혹은 박병곤방(朴炳坤方)이 발행소로 되어있는(제2호) 교토학우회(京都學友會) 잡지 『학조(學潮)』를 찾아내고, 그 학우회보에서 제3고등학교(第三高等學校) 졸업생 명단에서 이양하(문과)를, 또 『찔레꽃』의 김말봉(金末峯)이 도시샤여자전문부(同志社女子專門部)를, 염상섭을 교토부립제

2중학에 유학시킨 염상섭의 형 염창섭(廉昌燮)이 교토제대 경제학부를 졸업한 사실을 발견했다. 그리고 교토재류조선인노동총연맹에서 노동야학을 개설했는데 교토학우회가 강사를 파견하고, 김말봉이 학우회 간사로 선출되어 활동한 일, 개천절 기념행사 후 다시 다과회를 하면서 최현배가 강론했다는 기사 등이 아주 신기하고 반가웠다.[40] 특히 『학조』 제2호의 「학우회보」에 "이왕전하(李王殿下)의 붕어(崩御)하심에 대한 우리회의 태도문제", "6월 10일 사건으로 수감된 동포를 위한 의연금 모집", "과거 관동대지진 당시에 무참히도 ××된 동포를 위하야 수 분간 일제기립 묵념 결행" 등의 기록[41]을 보고 가슴이 뭉클하였다.

그런데 호기심을 더욱 자극한 것은 「카페- 프란스」의 작가가 '증지용'이며, 「마음의 일기에서—시조 아홉 수首—지용」과 같은 글이었다. '정'이 '증'이 되고, 정지용이 식민지 종주국 수도에서 시조를 9수나 써서, 그것도 「카페- 프란스」와 같은 최첨단 모더니즘시와 함께 발표한 것이 당시 저자의 눈에는 신기하고 또 신기했기 때문이다.[42] 그것만이 아니다. "1926・8・현해탄(玄海灘)우에서"라는 주가 달린 정지용의 그 "금단초 다섯 개 다른 자랑스러움"이란 「선취(船醉)」와 "1923・7・교토(京都) 가모가와(鴨川)에서"란 창작 연월이 분명한 「압천(鴨川)」 원본을 발견한 사실도 나의 마음을 달게 만들었다. 그리고 이런 지용의 시가 「편집여적」의 복자 처리한 문구며 이름도 없이 문학사의 뒷길로 사라진 문학도의 시와 소설과 연결되어, "아, 여기가 한국 근대문학의 진짜 산실이 아닌가!"라고 하면서 주위를 둘러보았던 기억을 잊지 못한다.

40 「학예부중요기사」, 『學潮』 창간호, 1926.6, 158쪽 참조.
41 「학우회보」, 『學潮』 2, 1927.6, 114쪽. 이양하(李敭河)의 '敭' 자가 '煬' 자로 오식되어 있다.
42 『學潮』 창간호, 1926.6, 89~91・101~102쪽 참조.

누군가를 만나 이런 사실을 토설하고 싶은 마음 때문이었다.

그런 사건을 체험한 뒤 나는 주말이 되면 내가 사는 교토대 슈가쿠인(修學院) 아파트에서 긴카쿠지(銀閣寺) 입구까지 이어지는 철학의 길을 걸으며, 또 1920년대 모습 그대로인 햐쿠만벤(百万遍)의 하쿠시도우(學士堂) 찻집을 드나들며, 가모가와 천변을 걸으며, 유학생들과 정지용기념사업회를 만들어 정지용을 알리는 강연을 다니며, 정지용 시의 일역을 생각하며, 그의 시비건립을 준비하면서 이양하란 존재가 내 마음 한쪽에 정지용과 함께 더욱 단단히 자리를 잡는 심리를 체험하였다. 두 사람은 거의 같은 시기, 교토에 유학하면서 같은 영문학을 전공한 교토파 문인[43]인 까닭이다.

나는 긴가쿠지 입구에 있는 친구 하야시 시게루(林茂)의 '아시아 문제연구소'에 내 살림과 이불을 두고 서울로 왔다. 거기 가면 자고 쓰기 위해서였다. 그러나 그 뒤 한 번 가고 못 갔다.

—「지용 선생께 바친 7년의 세월과 기다림」, 『월간문학』, 2006.4 참조

43 정지용은 1903년생이고, 이양하는 1904년생이다. 정지용은 휘문고보를 졸업한 1923년에 유학을 가서 1929년까지 도시샤대학에서 영문학을 공부했고, 이양하는 1927년 제3고등학교를 졸업하고, 도쿄제대 영문과를 1930년에 졸업한 후 다시 교토제대 대학원에서 영문학을 공부했다.

제6장

해방과 건국의 간극, 인천에 떠오른 생명파의 서정

김동석 수필집 『해변의 시』와 문예지 『상아탑』을 중심으로

김동석金東錫 수필집隨筆集 『해변海邊의 시詩』(박문출판사, 1946)는 24편의 수필이 수록된 129쪽의 얇은 책이다. 그러나 그는 같은 해에 나온 김철수, 김동석, 배호 3인 수필집 『토끼와 시계와 회심곡』(서울출판사, 1946)에 9편의 수필을 발표했고, 1945년 12월부터 이듬해 6월까지 자신이 발행하던 잡지 『상아탑象牙塔』에도 여러 편의 문예론수필을 썼다. 이와 같이 김동석은 해방기 수필문학의 선두에서 활동하고 수필문단을 관리했던 문인이다.

김동석은 1913년 9월 25일 경기도 부천군 다주면 장의리 403번지(현재 인천시 숭의동)에서 아버지 김완식金完植과 어머니 파평 윤씨 사이에 태어난 2남 3녀의 넷째다. 그러나 그의 손위 누이와 남동생과 여동생이 태어난 뒤 곧 사망하여 실제는 그가 맏이인 셈이다.

김동석이 업둥이라는 말이 있다. 김동석과 학창시절을 함께한 인천의 김진환, 해방 직후 『상아탑』에 시를 발표한 박두진은 그런 풍문을 들은 적이 있다고 술회했다. 그러나 그것이 사실인지 아닌지 현재로서는 알 수 없다. 그렇다고 그의 출생과 관련해 의문스러운 점이 전혀 없는 건 아니다. 예컨대 그는 많은 수필을 발표하면서 아내, 친구, 옆집 아주머니를 글감으로 삼으면서도 형제에 대한 언급은 한 번도 쓴 일이 없고, 어머니에 대한 이야기는 「봄」[1]이라는 수필에 단 한 번, 그것도 다른 이야기를 하다가 잠깐 나온다. 아버지는 몇 작품에 등장하지만 아주 인색한 사람으로 묘사하고 있다. 이런 점은 그의 아버지가 인천시 경동에 2층짜리 상가를 마련해 지물포를 경영하고, 다른 한 쪽은 냉면집에 세를 주는 생활을 하면서 살림집은 상가 뒤편, 볕도 안 드는 방 두 칸에 쪽 마루가 전부인 작은 집에 살면서 맏이인 김동석에게 공부방도 없이 17년이나 살게 한 사실과 관련이 있는 듯하다.[2]

〈그림 11〉 김동석

〈그림 12〉 『해변의 시』 표지

1 김동석, 「봄」, 『태양신문』, 1949.5.1.
2 이현식, 『제도사로서의 한국 근대문학』, 소명출판, 2006, 257~258쪽 참조.

사정이 이러하든 말든 김동석은 인천상업학교(지금의 인천고등학교)에 다니다가 광주학생의거 1주년 기념을 주도한 일로 퇴학을 당하고 1932년 서울의 중앙고등보통학교로 편입하였으며, 1933년에 경성제국대학 문과에 입학하였다. 예과과정을 마칠 때 법학전공의 문과 A조를 버리고 영문학을 전공, 졸업 후 문학평론가, 수필가가 되어 왕성한 작품 활동을 하다가 1949년 초에 월북하였다.[3] 신예 수필가 김철수, 배호도 그때 월북했다. 이로써 해방기 수필문학의 한 축이 그만 무너져버리는 형세가 되었다.

평론가 김동석에 대한 연구는 많다. 그러나 수필가 김동석을 연구한 글은 거의 없다. 다른 글에서 김철수·김동석·배호의 3인 수필집을 논의하면서 김동석의 수필에 대해서도 간략하게 언급하였지만, 여기서 다시 그의 수필을 고찰하려 한다. 3인 합동수필집 『토끼와 시계와 회심곡』 외에 단독 수필집 『해변의 시』가 있고, 문예지 『상아탑』의 발행인으로서 그가 남긴 문학사적 자리가 뚜렷하기 때문이다.

일반적으로 김동석은 평론가로 알려져 있고, 수필은 여기로 쓴 문학쯤으로 인식되어 있다. 그러나 그의 연보를 면밀히 검토해보면 그는 오히려 수필가로 남긴 업적이 더 크고, 그 역시 수필가로서의 자부심이 더 강했다. 그는 여러 글에서 자신이 수필가로서 막중한 사명감이 있음을 자랑하였고, 해방기(1945~1946)에 간행된 희귀한 문예지 『상아탑』을 통하여 자신의 그런 문학적 소임을 문예론수필의 형식을 빌어서 열성적으로 개진하였다. 그리고 배호와 김철수를 『상아탑』을 통해 수필가로 데뷔시킨 뒤 많은 지면을 할애하여 수필과 수필론을 발표하게 함

3 이희환, 「김동석의 생애」, 『김동석과 해방기 문학』, 역락, 2007 참조.

으로써 수필문학 발전에 큰 기여를 하였다. 한편 시평時評성의 문예론 수필critical essay을 『상아탑』의 권두언 형식으로 매호마다 발표하여 수필문학 진흥을 촉발시켰다.

사정이 이렇지만 김동석의 문학적 시각이 『해변의 시』가 간행되던 같은 시기 그가 발행한 종합 문예지 『상아탑』의 문학관과 길항拮抗관계에 있는 점은 따져봐야 할 과제다. 『해변의 시』의 문예수필과 상아탑의 문예론수필이 결과적으로 양가성ambivalence에 빠져 있는 까닭이다. 이하에서 이런 점을 고찰하겠다.

1. 『상아탑』과 문화인

김동석이 발행한 『상아탑』은 1945년 12월에 창간호가 나온 종합 문예지다. 한국문학 연구에서 이 잡지에 관한 언급은 앞의 이현식, 이희환의 저서에서 조금 논의된 것 말고는 아직까지 본격적으로 이루어진 바가 없다.[4]

이 잡지에 대한 연구가 영성零星했던 것은 혼란스러운 해방기에 아주 얇은 지면, 게다가 겨우 7개월 동안 간행된 탓에, 자료가 문학사의 뒷길로 숨어버렸고, 그 때문에 연구자들이 이 잡지에 대한 문학적 성격파

---

4 『상아탑』 창간호는 1945년 12월 10일 발행되었다. 정가 50전. 발행소는 서울시 황금정 1정목 상아탑사. 창간호에서부터 4호까지는 주간으로 간행되었고, 5~7호는 월간으로 간행되었다. 창간호는 전 10쪽, 2~4호는 전 4쪽, 5~7호는 전 16쪽. 수록된 장르는 시, 소설, 평론, 수필 4개 갈래이다. 매호마다 권두언이 실렸는데 이것은 모두 발행인 겸 주간인 김동석이 썼다. 1946년 제7호 주간은 배호로 되어있고, 제7호로 종간하였다.

악을 제대로 할 기회를 갖지 못한데 그 원인이 있을 것이다.

『상아탑』은 수필이 중심 장르이지만 청록파 3인의 대표작이라 할 수 있는 박목월의 「나그네」, 「윤사월」, 「삼월」, 「봄비」, 조지훈의 「완화삼」, 「낙화」, 「비가 나린다」, 박두진의 「해」, 「장미꽃 꽂으시고」, 「따사한 나라여」를 게재하였고, 오장환의 「병든 서울」도 이 잡지에서 처음으로 그 격앙된 목소리를 내질렀다. 또 제7호에는 『삼사문학三四文學』이 특집으로 편집되기도 했다. 한편 중국 조선족 작가의 대부 김학철의 처녀 단편소설 「상흔傷痕」이 이 잡지 제6호에 발표되었고, 수필가 피천득의 시 「실험」, 「꿈」이 실리기도 했다. 모두 한국문학사에 이름이 오르는 문인들이다. 이런 점에서 『상아탑』은 해방기 문단 단면을 어떤 문학적 문건보다 잘 보여주는 귀중한 자료다.

숨 가쁘게 돌아가던 1945~1946년 해방기, 축지법을 쓰 듯 세상을 건너야 했던 시대, 문학도 그 시대를 발 빠르게 따라잡아야 했기에 김동석은 잡지를 주간으로 발행했을 것이다. 그러나 문학적 정보 소통이 아주 어렵던 혼란기였으니 얇은 잡지가 될 수밖에 없었을 것이다.[5] 또 어떤 꼴이 드러나기 힘든 해방기였으니 그는 잡지의 권두언, 문예론수필을 통해 자신의 문학관을 세상을 향해 날려, 그것으로 문화의 진로를 휘어잡아 자기 나름의 문학을 실현하려 했을 게다. 이런 점은 창간사 「문화인文化人에게—상아탑象牙塔을 내며」에 선명히 나타난다.

5 『상아탑』의 이런 얇은 체제는 박문서관이 1938년 10월 창간, 1941년 1월에 종간한 수필 전문 잡지 『박문』의 체제와 같다. '박문서관의 기관지인 동시에 각계인사의 수필지'인 이 월간지의 창간호는 전체 쪽수가 32쪽이다.

조선의 문화도 이렇게 양심적인 예술가와 학자가 남몰래 슬퍼하며 기뻐하면서 창조를 게을리하지 않았기 때문에 가늘면서도 길 수 있었든 것이다. 혁명가와 더부러 이러한 문화인들이야말로 현대 조선 인텔리겐챠의 정수분자라 할 수 있다. 조선의 문화는 이들 손에 달려있다.

문화라는 것은 경제와 정치란 흙에서 피는 꽃이기 때문에 상업주의가 단말마의 발악을 하고 있는 이때에 상아탑을 지키기는 불가능에 가깝다. 하지만 양심적인 문화인이 단결하야 경제적인 협위(脅威)와 정치적인 압박과 싸워나가면 반다시 조선의 인민이 지지할 때가 올 것이다.[6]

한 마디로 혼탁한 경제사회 속에 조선의 문화를 지키기 위해선 문화인이 '상아탑 정신'을 함양해야 한다는 주장이다. "상아탑"이란 무엇인가? 김동석의 주장을 다시 들어보자.

저속한 현실에서 초연한 것이 상아탑이다. (…중략…) 드·비니는 불란서의 귀족이요 이 귀족이 들어있던 '투우르·디보아르'는 그대로 현실을 무시한 관념의 세계였지만 일제의 탄압 밑에 이룩한 조선의 상아탑은 짓밟힌 현실 속에서 피어난 꽃이었다.[7]

'상아탑'은 양심의 상징이 되고자 한다.[8]

---

6 「문화인에게-「상아탑」을 내며」, 『象牙塔』 창간호(1945.12.10), 1쪽.
7 「상아탑」, 『象牙塔』 4, 1946.1.30, 1쪽.
8 「민족의 양심」, 『象牙塔』 6, 1946.5.10, 1쪽.

'상아탑'은 '순수한 것, 저속한 현실에서 초연한 것, 양심의 상징'이다. 무릇 예술가와 문화인은 순수하고, 양심적이어야 하고, 추악한 현실과는 격리되어야[9] 한다는 주장이다. 수필집 『해변의 시』는 김동석의 이러한 상아탑 정신과 가는 길이 같다. 사회주의 이데올로그의 수필집이라 믿기 어려울 만큼 사회문제, 이념문제가 아주 약하게 나타난다. 꽃과 나무와 풀과 곤충들을 글감으로 잡거나, 돈타령, 집 타령이나 하며 소시민처럼 신변사에 낭만적 감각의 촉수를 내뻗고 있다.[10] 낭만파 시인 워즈워드의 아름다운 서정시 「나비에게」를 글감으로 잡고 있는 「나비」, 선생이란 직업과 버들치의 상류지향 의지를 비유한 「버들치의 교훈」, 잠자리 잡던 유년기의 행복한 시절을 회상하는 「잠자리」, 특히 이 수필집의 마지막 장, '해변의 시'에 들어있는 6편의 수필, 그중에서도 「석양」, 「우후」, 「쿠레용」 등은 문예수필의 한 전범이다. 뛰어난 서경 묘사, 감성적 문체가 사회주의 이데올로기로서의 김동석은 생각할 수 없게 한다. 문예론수필의 경우, 글로만 시탄詩彈을 쏠 뿐 이념은 어디 가고 없다.

9 김동석의 순수는 김동리 측의 순수와 본질적으로 다르다. 문학가 연맹의 정치참여를 권유, 옹호하고 있는 까닭이다. 그러나 그는 문인은 문학을 통해서만 역사적 과제에 참여해야 한다고 주장한다. 그래서 그는 정지용이 임정 요인들 앞에서 시를 낭독하는 것도 반대했고, 고려교향악단이 한민단 결성식에 반주를 하고, 경성삼중주단이 프로예술을 표방하고 나오는 것도 옳지 않다고 생각했다. 예술가가 정치와 결부되면 불순해지기 때문이란 이유다. 상아탑정신이란 결국 문학과 예술이 다른 어떤 것에도 예속되지 않고 독자적인 영역을 견지하면서 사회를 향해 시탄(詩彈)을 내쏘는 것이 순수라는 것이다.

10 당시 경성제대 영문과의 학풍은 주임교수 사토 기요시(佐藤清)의 영향으로 낭만주의 강의가 주류였다. 김윤식, 『한국 근대문학 사상연구』 일지사, 1984 참조.

2. 김동석의 수필이 가려던 길

김동석의 수필은 애초부터 어떤 이념과도 관계를 맺지 않는 문학을 지향했다. 이런 점은 그가 수필가로서의 자부심을 드러내는 다음 글에 잘 나타난다.

> 수필가란 떠다박지르고 탄다든가 비비대고 낀다든가 하는 것을 싫어하는 이를테면 인생의 散步家이기 때문에 생존경쟁에서는 밀려나고야 만다.[11]

> 수필가로 자처하는 나도 문제를 회피하려는 것은 아니다. 구두를 만든 자는 하느님도 우연도 아닌 인간이다. 그러나 나처럼 남이 만들어 논 유선형 논피화를 신고 섬삵 빼며 뒤에서 어슬렁 어슬렁 땋아 가는 인간이 아니라 스스로 새것을 창조하는 인간이다.[12]

> 나 같은 수필가가 굶어죽는다면 조선은 큰일 날 것을 알라. 술, 담배가 있는데 수필이 없는 나라란 망한 나라란 것이 우리 수필가의 신념이다. 대한인들은 술, 담배만 먹고 수필은 먹지 않는지. (…중략…) 차라리 화가 나거든 나의 수필을 읽으라. 그것이 나의 영광이 되기 때문이 아니라 잡지편집자가 그래야 나의 수필을 대단히 여겨서 고료를 적어도 물가지수에 맞쳐줄 것 같아서 그러는 것이다.[13]

---

11 김동석, 「기차 속에서」 『토끼와 시계와 회심곡』, 서울출판사, 1946, 81쪽.
12 김동석, 「나의 돈피화(豚皮靴)」, 『해변의 시』, 박문출판사, 1946, 52쪽.
13 김동석, 「나의 경제학」, 『토끼와 시계와 회심곡』, 서울출판사, 1946, 92쪽.

수필가로서의 자존심이 매우 높다. 다른 수필에도 이와 유사한 장구가 보인다. 일찍이 어느 수필가도 부려보지 못한 호기가 하늘을 찌를 듯하다. 이데올로기에 선혀 오염되시 않아 오히려 유치할 지경이다. 잡지 『상아탑』에서 내건 상아탑 정신, 그러니까 '순수하고, 초연한 정신, 양심의 상징' 인생의 산보가로서의 인생관조, 생활력은 없지만 예술가로서의 수필가는 당연히 대접받아야 한다는 자부심이 위 인용문의 골자다. "돼지가죽 구두를 신은 자랑, 수필을 읽지 않는 멍청이들이 나라를 경영하면 그 나라는 망할 것이니 원고료를 올려 수필가가 좋은 글을 쓰게 해야 한다. 화가 난 사람이 수필을 읽으면 그 화를 수필이 녹여 줄 것이니 사람들이 술 담배만 좋아할 것이 아니라 수필을 읽어 삶의 청량제로 삼아야 한다. 만약 수필가가 굶어죽으면 나라에 재난이 이러날 것이다. 그러니 수필가를 특별히 대우해야 한다"는 것이다.

수필가를 제1의 문인, 예술가로 떠받들고 있다. 물론 문인의 호기겠지만 한국의 어느 수필가의 글에도 나타나지 않은 흥미있는 수필 우대론이다. 여기서 말하는 수필가를 '문인'으로 해석하는 것이 좋을 듯하지만, 그렇지 않다하더라도 수필가에 대한 적극 응원은 유쾌하고 통쾌하다. 이런 점은 『해변의 시』 제1장, 식물을 테마로 한 여러 글, 「꽃」, 「나팔꽃」, 「녹음송」, 「등」, 「구근의 꿈」, 「양귀비」 등의 수필에서 세밀하게 형상화된다. 주로 꽃, 풀이 테마가 된 이 수필들은 이념과는 무관한 순수서정이 자연을 관조하는 속에 꽃처럼 피어난다. 김동석은 양귀비꽃을 보며, '마약 아편을 양귀비가 품고 있는 것이 그 꽃을 한층 더 돋뵈게 하는 것 같다'고 말한다. 사람의 이성을 마비시켜 폐인을 만드는 게 양귀비의 속성이라면 그것은 사회주의 이데올로기로서는 제일 먼저 타매해야 할 대상이다. 그런데 이 꽃이 오히려 돋보인단다. 잘 나가던 프로문학의 맹장이 슬그머니 옆길로 새버린 뒤 딴 짓거리를 하는 형국이다. 아편과 혁명은, 동행이 불가능한 대립되는 속성을 지니고 있는 기제로 보면 여기 김동석은 가짜 사회주의 신봉자로 느껴진다.

이런 점은 수필가 김동석의 태생적 기질로 보인다. 그렇다면 김동석은 숙명적으로 양가론에 빠질 수밖에 없는 존재다. 『해변의 시』의 후기를 보자.

> 어버이 덕에 배부르게 밥 먹고 뜻뜻이 옷 입고 대학을 마치고 또 5년 동안이나 대학원에서 책을 읽고 벗과 차를 마실 수 있었다는 것은 조선 같은 현실에서는 보기 드문 행복이었다. 그러나 나의 예술을 위해선 불행했다. 이런 산보적인 생활에서 나오는 것은 수필이 고작이다. 때로 시도 썼지만 그 역(亦) 히미한 것이었다.
>
> 허지만 자기를 송두리째 드러내는 것이 예술이라면 이 수필집은 나의 시집 『길』과 더부러 나의 과거를 여실히 말하고 있다. (…중략…) 독자 제형은 이 소시민의 문학을 여지없이 비판해주기를 바라는 바이다.
>
> 1946년 4월 23일 김동석[14]

식민지 지도자를 양성하는 경성제국대학을 졸업하고 다시 대학원에서 5년 동안 공부한 사람이 소시민이 될 수는 없다. 최상층 유산계급이다. 「해변의 시」는 월미도 바닷가에서 아내와 아름다운 석양을 즐기고,

14 김동석, 「수필집 『해변의 시』를 내놓으며」, 『해변의 시』, 박문출판사, 1946, 127쪽.

그 귀한 '미깡'을 까먹으며 희희낙락한다. 신혼 살림살이에 압박을 받는 아내를 위로하기 위해 해변에 소풍을 나온 것이다. 그런데 좀 이해가 안 되는 것은, 이런 소시민적인 소풍놀이 글을 담은 김동석이 『해변의 시』라는 사치한 제명의 수필집을 내놓으며 독자들이 자기의 그런 행위를 여지없이 비판해달라는 부탁을 하고 있다. 대학공부 9년이 자기의 예술을 위해서는 불행했단다. 이 말은 대학에서의 높은 공부가 현재의 자기 예술관, 곧 사회주의의 그것과 다르다는 말과 다르지 않다. '산보가'의 생활에서 고작 수필이나 쓰고 살았다며 자괴하고, 자아비판까지 하고 있다. 하늘을 찌를 듯하던 수필가의 자존심은 온 데 간 데 없고, 수필을 비하한다. 시도 썼지만 그것 역시 수필과 비슷하다고 한다. 앞항에서 검토한 바 있는 수필가 우대론과 글의 내포가 대립된다.

이런 심리변화, 혹은 양가론에 빠진 문학관 이후 그는 보수주의 문학을 향해 포문을 열었다. 브르주아 인간상을 공격하며 생활문학을 주창하는 태도가 바로 그것이다. 『상아탑』의 그 강한 현실 비판의 글이 발표되던 때이다.

김동석은 1946년 1월 말일에 『상아탑』의 권두언 「상아탑」을 썼고, 두 달 뒤에 수필집 『해변의 시』 발문을 썼다. 이 두 달 사이에 김동석의 문학관은 코페르니쿠스적인 전환을 했다. 이광수를 비판하고, 유진오를 귀족이라 욕하고, 이태준의 문학을 점검했다. 또 「기독교 정신」[15]을 완전히 마르크스적 시각에 대입하여 해석하고, 문맹 최후의 사령탑이 된 배호의 글, 「문자와 혁명—한자 폐지론」, 김철수의 격앙된 프롤

15 김동석, 「기독교 정신」, 『象牙塔』 7, 1946.6, 2쪽.

레타리아 관념시 「눈 내리는 거리에」를 위해 좁은 지면을 할애하며 자신의 문학노선을 시대의 흐름과 병치시키고 다져나갔다. 여러 수필에서 자신이 수필가임을 자랑하며, 자부심을 늘어놓던 것과 양립관계에 있다. 순수를 표방하고 나온 애초의 상아탑 정신과는 완전히 결별한 상태이고, 이데올로기에 접신된 듯 참여 문학관만 번쩍이는 문예론수필뿐이다. 이 글 첫머리에서 양가론을 점검하겠다는 말은 이런 점 때문이다. 이것은 결과적으로 김동석의 문학관이 그의 작품(수필)과는 다르게 이율배반, 양다리 걸치기, 이중성을 띠고 있는 현상이다.[16]

3. 김동석의 명수필, 명장면

수필 「해변의 시」에 '젊은이는 이따금 허리를 굽혀 손에 맞는 돌을 집어서는 멀리 수평선을 향해서 쏘았다. 감빛 돛, 흰 돛, 보랏빛 섬들이 그의 시야에서 출렁거렸다'는 장면이 나온다. 이 젊은이는 바다를 향해 돌팔매질을 하면서 '사념邪念 없이 바라본 순수한 바다, 이야말로 바다의 시가 아니었을까'라고 반문한다. 젊은이(김동석)는 바다라는 자연과의 동화상태가 곧 시라고 생각한다. '자연+인간=시'의 공식이다. 자연의 서정적 육화다. 김동석의 이런 자연과의 동화가 시적 경지로 변용

16 이런 대립된 사상의 근거를 김동석의 개인사, 곧 업둥이 출생심증 설'과 관련짓는다면 해석은 달라질 수 있다. 아버지의 유산자적 기질 대 자신의 천한 출생 성분, 그래서 제국대학에서의 높은 공부를 부끄럽게 여기고 해방정국에 순수문학을 비판하고 북행을 감행한 마르크스주의자의 관계가 된다. 그러나 이 문제는 성립될 가능성이 아주 약하다. 그의 출생성분을 확실히 밝힐 근거가 현재로서는 전무하기 때문이다.

된 감동적 수필이 「낙조」다.

석양이 막 떨어진 지리는 시뻘겋게 불탔다.

간조였다. 그래도 고랑에는 물이 남아 있었다.

일몰 때는 시간의 흐름을 초일초 눈으로 볼 수 있다. 황금다리가 점점 변하여 구릿빛이 되었다가 다시 이글이글한 숯불이 되었다. 그것은 하루 최후의 정열이었다. 그러나 순식간에 식어서 재가 되고 말았다. 불과 몇 분 전에 금색 찬연튼 구름이 기차가 남기고 간 연기처럼 되어 남고 말았다.

"달이 떴네"

하고, 처가 돌아 다 보기에 나도 뒤 돌아 보았다. 아직 어둡지 않은 동천에 아래 한 모사리가 호릿하게 흠집이 있는 둥근 달이 높이 솟아 있었다.

오른편에서 하루의 종막을 보자 마자 왼편에 등장해 있는 밤의 여왕을 본 것이었다. 우리는 밤과 낮의 경계선을 걸어가고 있었던 것이 아닐까.

달이 개고랑 물을 헤엄쳐서 우리가 걷는 대로 따라왔다. 물이 얕고 좁아서 달은 그 둥근 형태를 가추지 못했다.

하늘에는 아직 별 하나 보이지 않는다. 그래도 수평선 멀리서 등대불이 빤짝하는 것이 보였다.[17]

시인지 수필인지 구별하기 힘들다. 전문 22행의 문장이 압축과 비약으로 서로 물려 있다. 문맥의 유기적 짜임이 산문의 경지를 넘어선다. '바다, 다리(길), 구름, 달'이 찬란한 바다의 낙조와 대응을 이루고 있

17 김동석, 「낙조」, 『해변의 시』, 박문출판사, 1946, 114~115쪽.

다. 어휘들이 박힌 자리가 보석처럼 빛난다. 예리한 감성 때문이다. 달은 개고랑 물을 헤엄쳐서 우리가 걷는 대로 따라오지만, 물이 얕고 좁아서 달은 그 둥근 형태를 가누지 못한다. 달을 의인화시켜 '나 · 달 · 처妻'를 한 몸으로 묶은 어휘구사와 상상이 산문(수필)의 기법이 아니다. 한 폭 그림으로 이미지를 시각화시킴으로써 시 같고, 그 정경이 하마 손에 잡힐 듯 생생하여 눈에 환영이 인다.

이 수필의 이러한 특징은 필자 김동석이 본질적으로 어떤 성향의 인간인가를 말해준다. 대상을 너무도 직핍하게 잡아내는 묘사력이 존재의 본질을 재생시키는데, 그 존재가 내뿜는 혼의 울림이 독자의 얼굴을 달군다. "달이 떴네." 이 말은 우리의 혼을 흔든다. 자연과 나의 경계를 허물고, 인간과 자연이 서로 몸을 섞거나 위치를 바꾸면서 서로의 실존을 체험케 하는 까닭이다. 수필가 김동석이 해방기의 혼란한 사회, 문화계에 둘러싸여 『상아탑』을 발행하면서 이론적으로는 이데올로기의 성을 쌓고 있었지만, 이 수필은 그런 날이 퍼렇게 선 이성의 반응이 아닐 뿐 아니라, 또 그것과 태생도 다르다. 감성을 통해 자신의 존재를 구현하고 있는 까닭이다. 낙조의 황홀, 간조, 구름, 기차, 달, 별, 수평선 등과의 친연관계가 견고한 이성으로부터 초월을 꿈꾼다. '인간=자연', 자연과 교합함으로써 행복해지는 존재의 한 모델이다. 이런 문예수필이 오염된 사람들의 정신을 순화하고, 타락하려는 심성을 자연의 품속에 끌어들이고 녹여 '생명파 서정'을 생성시킨다. 상아탑의 권두언을 쓰던 이데올로그 김동석을, 문예론수필가가 아닌 문예수필가로 평가하게 하는 글쓰기의 중요한 실체가 바로 이런 점이다.

따라서 수필 「낙조」는 부르주아 인간상, 생활의 문학을 주창한 해방기의 김동석을 다른 시각에서 평가 할 수 있게 하는 좋은 예이다. 이런 이유로 이 작품은 명장면 창조를 넘어 명수필로 문학사에 기록해야 할 것이다. 김동식 수필의 이런 성향은 수필집 『해변의 시』 여기저기에 나타나는 유산 계급적 본성, 곧 넓은 정원 타령, 유선형의 돈피화 자랑, 단장을 휘두르는 멋, 기생 찬미, 손목시계 이야기, 신사와 당구, 댄디풍의 옷 입기와 나란히 간다. 예쁜 아내와 해변에서 달빛을 즐기는 호사 취미와 호응이 되는 부르주아적 감성이다.

김동석의 수필이 자연을 인간세상 속으로 끌어들이는 다른 하나의 명장면, 곧 감성이 감동적 문맥을 형성하고 있는 또 하나의 예를 보자.

> 이때 서울서 나려오는 기차가 뚜우우 하고 기적을 울리면서 칙칙 폭폭 산모롱이를 돌아 나왔다. 싸우던 아이들은 일제히 기차를 나려다 보았다. 기차는 연기를 남기고 산모롱이를 또 하나 돌아서 보이지 않게 되었다.
>
> "얘 고만 가자"
>
> 하고, 애 업은 아이 하나가 싸우던 아이의 치맛자락을 잡아다녔다. 그랬더니 이상도 하다. 싸우던 아이 하나만 남겨 놓고 남아지 아이들은 한테 몰켜서 등성이를 넘어갔다. 보랏빛 내리다지를 입은 소녀는 혼자 서서 그 뒤를 바라다 보았다. 그의 얼굴에선 아직도 '양골'이 가시지 않고……
>
> 수 많은 제비가 나래를 쫙 펴고 저공비행을 했다.
>
> 동남쪽으로 보이는 산들은 유달리 진한 초록빛이어서 퍽 가깝게 보였다.
>
> 물싸움하던 아이가 그 산들을 향해서 활을 쏘았다. 웃통 벗은 아이가 화살을 집으러 달려갔다.[18]

천진무구한 아이들의 행동이 손에 잡힐 듯하고, 그것을 바라보는 작가의 마음 또한 여리고 곱고 아름답다. 아이들, 산모롱이, 기차, 제비, 초록빛, 산을 향해 날아가는 화살, 그 화살을 주우러 달려가는 벌거숭이 머슴애. 이런 장면이 만드는 심상들이 여름의 싱그러움과 합쳐져서 상생의 바이러스를 분출한다. 비가 내린 뒤 바다와 마주한 산을 넘어가는 아이들과 그런 존재를 둘러싼 청량한 세상, 물놀이하는 아이들의 모습을 잡아내는 장면이 한 폭의 수채화다. 밝고 맑다. 인간세상을 낙관적으로 관조할 때만 형성될 수 있는 생명파 서정이다. 이념에 오염된 문인으로서는 도저히 다다를 수 없는 경지다.

문학이 현실의 재인식이라는 원론으로 볼 때 김동석의 이런 현실인식은 그 성분의 생태환경이 워낙에 다르다는 의미이다. 『상아탑』의 그 공식적 세상 읽기와는 다른 연문학의 황홀한 구현이다.

수필집 『해변의 시』 말미에 또 한편의 감성이 뛰어난 작품이 있다. 「쿠레용」이다.

> 나는 졸르다 졸르다 못해 결국 쿠레용을 내 손으로 만들리라 맘먹었다. 어머니한테 옷에 드리는 물감을 달래서 — 쪽빛이었다고 기억된다 — 냉수엔 풀리지 않으니까 뜨건 물에 타고 서랍을 뒤져서 얻은 켜다 남은 초 한 가락을 심지는 빼버리고 담거두었다.
>
> 나는 종이로 '황새'를 접어 후우 불면 몸둥아리가 불룩해지는 그 구녁으로 파리를 산채로 잡아넣고는 이 새가 날기만 바란 때도 있고, 아무케나 깎은

18 김동석, 「우후」, 『해변의 시』, 박문출판사, 1946, 112~113쪽.

살을 처덕 처덕 부치어 연이라고 실 끝에 매어가지고 다름질 치며 이 뱅뱅 도는 연이 하늘 높이 떠 올르기만 바란 때도 있었지만 이 쿠레용만치 어린 나의 정열을 끓어 오르게 한 썩은 없었다. (…중략…) 허지만 더 담거두면 정말 쿠레용처럼 진한 빛깔이 되리라 생각하고 어린 나로선 게다가 성미가 급한 나로선 좀이 쑤시는 것을 참고 나날이 더해가는 실망에도 지지않고 일주일 동안이나 더 담거두었다는 것은 무던한 일이었다고 아니 할 수 없다. 아니 그만큼 나의 쿠레용 만들려는 정열은 강했던 것이다.

나는 일곱 번 자고 깨난 뒤에야 초에 물감이 들지 않는다는 것을 깨달았다.[19]

「쿠레용」에는 두 개의 상이한 내용이 맞서 있다. 쪽빛 물감과 흰빛의 양초, 뜨거운 물과 찬물, 성미 급함과 일곱 번의 자고 깨는 느림, 그리고 필요한 것을 최소한으로밖에 사주지 않는 아버지와 보는 대로 뭐든지 사달라는 아들이 맞서 있다. 아들은 아버지에게 크레용과 색연필을 사달라고 조른다. 그러나 아버지는 18전짜리 색연필만 사준다. 그래서 아들은 크레용을 만든다. 크레용은 고운 색깔을 가지고 있어 세상을 아름답게 그릴 수 있고, 더러운 것도 곱게 바꿀 수 있기 때문이다.

「쿠레용」은 이렇게 모순어법에 기대어 어린이의 순수한 미의식 욕구를 형상화하고 있다. 급한 성미를 억누르며 일곱 밤을 자고 깨며 양초가 쪽빛으로 물들기를 기다리는 어린이는 빛깔 가운데서도 가장 신비한, 쪽빛을 만들려 한다. 깊은 바다, 겨울의 맑은 하늘빛이 쪽빛이다. 기름 덩어리 양초가 쪽빛 크레용이 되기를 기다리는 어린이의 아름다

19 김동석, 「쿠레용」, 『해변의 시』, 박문출판사, 1946, 117~118쪽. 이런 글에 나타나는 내용으로 볼 때 김동석을 업둥이로 보는 것은 잘못이 아닐까.

운 마음, 이것이 김동석 생래의 심성이다.

크레용을 못 샀지만 이 어린이의 유년기가 불행하지는 않다. 해방공간의 궁핍한 시대와는 많이 떨어진 정신적 여유가 글의 밑바닥에 깔려있다. 현실주의 문학을 주창하는 리얼리스트의 냄새가 나지 않을 뿐 아니라, 사회주의 문학이 종자로 삼는 정치와 사상에 대한 문학의 복무와도 거리가 멀다. 행복한 과거 자랑이다. 조선의 자주 독립도 2천 5백만 노동대중이 정치적으로 각성하는 데 달려 있다[20]며 자기의 고향 제물포를 버리고, 9년 동안 공부했던 대학과 친구를 버리고, 인민의 공화국이 좋다고 3·8선을 넘어간 이데올로기의 냄새가 전혀 나지 않는다. 아버지의 유산 4만여 원의 돈을 탕진하고, 한 가마니에 천 원 가까운 돈을 주고 산 쌀밥을 먹으며[21] 안양에서 별장생활을 즐기던[22] 유산자의 냄새가 물씬 풍긴다. 앞의 두 글보다 감성은 좀 무디나 여과 없는 정서분출이 강한 서정세계를 이루고 있다.

수필집 『해변의 시』 앞자리에 얌전히 앉아있는 작품 하나만 더 보자.

> 한 달이나 두고 날마다 바라보며 얼른 자라서 꽃피기를 기다리던 나팔꽃이 오늘 아침에 처음으로 세 송이 피었다. 분에 심어서 사랑담에다 올린 것이다.
>
> 안 마당에다 심은 나팔꽃은 땅에다 심어서 그런지 햇빛을 더 많이 쪼여서 그런지 사랑 것보다 훨씬 장하게 자랐다. 그런데 꽃은 한 송이도 피지 않았다. 바야흐로 꽃 망우리가 자라고 있다.

20 김동석, 「애국심」, 『象牙塔』 7, 1946.6, 1쪽.
21 김동석, 「나의 경제학」, 『토끼와 시계와 회심곡』, 서울출판사, 1946, 88~89쪽.
22 김동석, 「나의 정원」, 『해변의 시』, 박문출판사, 1946, 44~45쪽.

나는 시방 세 송이 나팔꽃을 바라보고 있다. 참 아름답다. 허지만 나의 마음은 이에 만족하지 않고 안마당 꽃 피기를 바란다. 왜 그럴까. 세 송이 꽃이 부족해설까.

씨 뿌리고는 떡잎 나오기를 기다렸다. 떡잎이 나오니까 어서 원잎과 넝쿨이 나와서 자라기를 기다렸다. 이리하여 나의 마음은 나팔꽃 넝쿨의 앞장을 서서 뻗어 나갔다. 그러면 나의 마음은 꽃에 이르러 머물었을까?

시방 내 눈 앞에 세 송이 나팔꽃은 아침 이슬을 머금고 싱싱하다. 그러나 이 아침이 다 가서 시들고 말꺼다. 그리하여 씨가 앉고 나면 나팔꽃이 보여주는 '극'에 막이 나려지는 것이다. 그러나 그때에도 나의 마음은 나팔꽃 아닌 또 무엇을 추구하고 있겠지……

마음은 영원히 뻗어가는 나팔꽃이다.[23]

「나팔꽃」 전문이다. 삭막하고 막막한 시대를 살면서 나팔꽃을 안마당에 심고 분에도 심어 사랑채 담에 올리는 것은 그 막막한 심정을 스스로 위로하며 자기의 삶을 스스로 돕는 여유와 지혜인데 그런 작가의 심리가 소녀의 단발머리처럼 나풀거리며 독자의 시선을 끈다. 그늘이 없고, 동자의 웃음처럼 밝다. 시대가 어둡기에 그에 대한 꾸민 글쓰기일까. 아니다. '씨 뿌리고 떡잎 나기를 기다리'며, '마음은 영원히 뻗어가는 나팔꽃'인, 하늘은 스스로 돕는 자를 돕는다는 그런 자기애이다.

김동석의 고향 인천은 서양문물이 들어오는 서울의 관문이었고, 식민지 시대는 일찍부터 산업이 발달하여 거기에 고용된 조선노동자의

23 김동석, 「나팔꽃」, 『해변의 시』, 박문출판사, 1946, 13~14쪽.

처우, 인권 문제가 문학의 테마가 되기도 했다.[24] 이런 관계로 사회주의 사상이 깊이 뿌리를 내려 이승엽, 조봉암, 박남칠, 이보운 같은 공산주의자가 많아 속앓이가 심한 도시였다. 김동석도 그런 속앓이를 했다. 아버지 덕에 제국대학을 졸업하고 대학원까지 다녔는데 자신의 그런 출신성분과는 먼 사회주의 사상에 진작 빠져들었기 때문이다.

그런데 그의 수필은 그렇지 않다. 앞에서 살펴본 바와 같이 아름다운 서정적 문체가 비단결 같다. 「나팔꽃」 역시 그러하다. 그가 태어난 인천의 '배다리'께는 그 시절 포구였고, 그는 그런 포구며, 월미도며, 수인선 협궤열차가 닿는 소래포구, 또는 소사를 지나는 경인선의 기차를 보며 유년을 강아지처럼 뛰놀며 보냈다. 그의 수필이 아름다운 것은 이런 유년체험이 그의 심리에 깔렸기 때문이다. 수필집 『해변의 시』에는 책 제목 같은 해촌 점경이 시처럼 묘사되고 있다. 「나팔꽃」에서 우리가 느끼는 것은 서민, 사회주의 이데올로그 김동석이 아니라 은둔자적하는 양반의 고답적 취향이다.

6·25전쟁 발발 직전 그의 문우였던 이용악, 배호가 채포되었다는 소식을 듣고 가족과 함께 월북한 그가 그 인민이 제일이라는 나라에서도 나팔꽃 씨를 심고, '마음은 영원히 뻗어가는 나팔꽃'인 삶을 살았을까.

---

24 대표적인 예가 강경애의 장편소설 『인간문제』다. 이 작품은 인천의 '동일방직'이 작품의 배경이다. 식민지 지배 아래 착취당하는 조선인 노동자의 삶을 문제삼고 있다.

4. 마무리

지금까지의 김동석에 대한 논의는 다음과 같은 세 가지 사항으로 요약되겠다.

첫째, 김동석은 해방공간(1945~1946)에 수필을 중요한 문학 갈래로 인식하고 이를 잡지 『상아탑』 발행을 통해 관리하고, 발전시켰다. 또 김동석은 『상아탑』의 좁은 지면을 파격적으로 할애하여 김철수와 배호 두 수필가가 문학 활동을 적극적으로 할 수 있는 여건을 만들어 주었고, 수필집 『해변의 시』를 간행하고, 3인 수필집 『토끼와 시계와 회심곡』에 참여함으로써 해방기 수필문학사에 중요한 자산을 남기었다. 한편 박목월, 조지훈, 박두진, 김학철의 초기 작품과 오장환, 피천득의 시가 『상아탑』을 거쳐 가는 기회를 만들었다. 이런 점에서 김동석은 해방공간을 대표하는 수필가의 자리에 선다. 특히 연변 조선족문학의 대부 김학철을 일찍 발굴한 점은 특기할 만하다.

둘째, 김동석의 문학관은 수필집 『해변의 시』에서는 생명파 서정으로 압축되지만, 문예지 『상아탑』에서는 사회주의 이데올르기 문학으로 나타난다. 이것은 『상아탑』이 창간사에서 선언한 '순수성, 초연함, 양심적임'에 대해서는 결과적으로 배반이다. 다시 말해서 논리적으로 양가성에 빠진 꼴이다. 이념을 좇다가 자기모순에 함몰된 해방기 한국 문인의 한 초상이다. 이런 면에서 문예지 『상아탑』과 김동석은 해방 당대 한국 수필문학의 현장을 생생하게 보여주는 특이한 자료다. 특히 문예론수필의 관점에서 그러하다.

셋째, 수필집 『해변의 시』는 한국 현대수필문학사에서 문예수필의 전범의 자리에 선다. 생명파 서정을 구현한 수필적 성과와 이데올로기에 오염되지 않은 작가의식, 곧 '자연+인간'이 합일하는 친자연사상 때문이다. 이런 점에서 김동석은 해방 공간의 어떤 수필가도 수행하지 못한 역할을 이행한 위치에 있다. 해방 공간이란 비이성적인 시대에 생명긍정의 화려한 감성을 수필에 투사함으로써 문학의 보편적인 본질을 구현한 그의 수필의 특징이 뿌리를 내리고 있기 때문이다.

남은 과제; 김동석의 양가성 문제는 그의 출생이, 만약 업둥이라는 것이 사실이라면 거기서 더 확실한 답을 도출할 수 있을 것이다. 심리주의적 접근이 가능할 것인 까닭이다. 그와 함께 그의 출신성분, 제국대학에서의 낭만주의 영문학 공부, 또 그의 부친 사망 후 안양 별장등지에서 사치하다고 할 수 있었던 한 때 생활과 배치되는 월북행위에 대한 답도 거기서 나올 듯하다. '업둥이 : 부르주아적 성장환경'의 누 그늘이 심리心裏에 자리 잡고 있었다면 그런 이중적, 혹은 양가적 행위를 할 수 있을 가능성이 많을 테니까. 만약 이런 가설이 논증된다면 김동석 수필은 더 많은 문제를 내포한 해방기 문학의 자산으로 독해될 것이다.

제7장

글과 술의 반생, 그 천의무봉한 문장의 성채

양주동의 『문·주반생기』

무애无涯 양주동梁柱東(1903~1977)은 국문학자, 영문학자, 시인, 수필가다. 도쿄에서 대학을 졸업하던 그해, 약관 25세에 숭실전문 교수가 되었고, 일본인 오구라 신페이小倉進平가 조선 사람이 하지 않은 향가鄕歌연구를 먼저 하여 책을 출판하자[1] 거기에 충격을 받고, 영문학 전공자이면서 향가 연구에 뛰어들어 「향가해독」(1937)으로 오구라 신페이의 학설을 뒤집고, 그 뒤 보완, 『조선고가연구朝鮮古歌硏究』(1942)로 간행하여 민족 고유의 향가를 일본인이 아닌 우리가 해석하는 길을 열었다.

영문학자로서는 『영미시선』, 『T. S. 엘리옷 시전집』 등을 일찍부터

1 小倉進平, 『鄕歌及び 吏讀の硏究』(再版). 京城 : 近澤商店出版部, 昭和 四年.

번역하면서 서양의 신문학을 수용하였고, 시인으로서는 1923년 시 전문지 『금성』을 창간하고, 그 뒤 10여 년간 쓴 시를 모아 시집 『조선의 맥박』(1934)을 출간하였다.

〈그림 13〉 양주동

이 글이 고찰하려는 텍스트는 『문文·주반생기酒半生記—문文·학學·교단校壇 사십년四十年의 회억回憶』(신태양사, 1960, 이하 『문·주반생기』)이다. 양주동의 수필집은 『문·주반생기』 말고도 『무애 시문선』(경문사, 1959), 『인생잡기』(탐구당, 1962), 『지성의 광장』(탐구당, 1969) 등이 있다. 또 『양주동전집』(동국대 출판부, 1995)에도 40여 편의 비허구산문, 곧 수필이 수록되어 있다. 그런데 양주동이 남긴 여러 업적 가운데 유독 수필에 대한 연구는 적다. 이것은 수필을 본격문학으로서 좀 하대하는 우리 문학 연구 풍토와 무관하지 않다.[2] 하지만 서구문학에서는 한국처럼 장르의 경중을 많이 따지지는 않는다. 노벨상을 받은 수필이 적지 않은 사실이 이것을 증명한다.[3]

〈그림 14〉『문·주반생기』 속표지

2 이 책 제1장 「한국 수필문학의 현황과 문제점」 참조.

3 2015년 노벨문학 수상작 스베틀라나 알렉세이비치의 「체르노빌의 목소리」는 수필이다. 또 수필로 노벨상을 받은 예는 1953년 처칠의 「제2차대전 회고록」, 독일 최초로 노벨문학상을 받은 몸젠(Mommsen, Theodor)의 「로마사」가 있다. 그밖에 오이켄, 앙리 베르그송, 버트란트 러셀 등 철학자가 받은 노벨상 작품도 수필이다.

양주동을 대표하는 저서는 『조선고가연구』이고, 이 연구에 대한 연구는 많다. 이 책은 향가를 연구한 전문저서라 일반인이 쉽게 다가가지 못한다. 그러나 『문·주반생기』는 그렇지 않다. 수필집이라 전문성이 약하고, 무엇보다 재미가 있어 학자이자 문인인 양주동을 아는 데 적합하다. 한문과 국문에 두루 능통하여 향가와 고려가요에 조예가 깊고, 시를 쓰고, 대학에서 영문학을 전공하여 서구 신문학을 남 먼저 공부한 이론을 타고난 재주로 재미있게 글을 쓰는 양주동의 특징이 아주 잘 나타나는 책이 『문·주반생기』다. 이를테면 이렇다.

> 악전고투 무리한 심한 공부는 드디어 건강을 상하여 대번에 극심한 폐렴에 걸려, 발열이 며칠 동안 40도를 넘어 아주 인사불성, 사람들이 모두 죽는 줄 알았었다. 아내가 흐느끼고 찾아온 학생들이 모두 우는데, 내가 혼미한 중 문득 후닥닥 일어나 부르짖었다.
>
> "하늘이 이 나라 문학을 망치지 않으려는 한 양주동은 죽지 않는다."[4]

『조선고가연구』로 경성제국대학 일본인 학자의 학설을 뒤집자 육당六堂과 위당爲堂이 양주동을 '국보적 존재'라 할 때, 그러니까 바야흐로 '국보'가 탄생하는 순간이다. 향가 연구에 열중한 양주동의 자화자찬이 듣기에 거북하기보다 재미있다. 폐렴에 걸려 고열에 시달리는 그 와중에도 조선문학의 존폐가 자기에게 달렸다고 외치는 행동은 요새 티브이에 흔히 나오는 개그의 한 장면 같다. 하늘이 자신의 병을 걱정한다

4　梁柱東, 『文·酒半生記－文·學·校壇 四十年의 回憶』, 新太陽社, 1960, 287~288쪽.

는 말이 너무 거창하고 엉뚱하지만 독자의 의표를 찌르며 툭 치는 수사라 천의무봉天衣無縫하다. 자서전인 『문 · 주반생기』를 수필문학의 한 전범으로 독해하려는 것은 그의 이런 남 다른 재화才華가 한국 수필문학에도 무시하지 못할 영향을 끼칠 것이라는 가설 때문이다.

1. 『문 · 주반생기』의 수필문학적 성격

『문 · 주반생기』에는 문예론수필과 문예수필,[5] 도합 95편의 수필이 실려 있다. 작품의 내용 구성은 주로 사건, 일화를 비허구로 서술하고 있는데 그 가운데는 단상, 촌평들이 많이 포함되어 있어 일반적인 수필집과는 다르다. 이 수필집이 자서전이란 점에서 그럴 수밖에 없다. 문예수필은 조선의 한 벽지에서 소학교 교사를 하며 남편이 도쿄 유학을 마치고 돌아올 날을 학수고대하는 아내에게 바치는 아주 빛나는 「가을바람에 부치는 내간」, 곧 "서강西江 마을 한 조각달에 / 여나문 집에서 옷 다듬는 소리 / 가을바람은 자구 불어오는데 / 옥玉반지 소식이 못내 그리워! / 언제 임이 술병을 뉘어버리고 / 먼 곳에서 주정을 그만 두려나?"[6] 같은 곡진한 시가 들어있는 한 편 정도이다. 그 밖의 다른 글은 책의 표제처럼 술과 학문연구에 바친 이러저러한 반평생 이야기를 비허구산문체로 회상하는 글들이다. 별도의 서문은 없고, 「후기」의 다음

5 저자는 비허구산문, 범칭 수필을 '문예수필(서정수필)+문예론수필(에세이)'의 개념으로 쓴다.

6 梁柱東, 앞의 책, 213쪽.

과 같은 말로 스스로 이 수필집에 대한 성격을 말하고 있다.

> 모시 편집사 모군이 내게 回想記 연재물을 써 날라는 것을 선불리 응락한 것이 '탈'의 시초였다. 심상한 回憶은 쓰기 싱겁고 이왕 쓸 바에는 내가 평생 즐기는 '詩·文'과 '술'을 중심으로 하여 보잘 것 없는 나의 半生의 自傳을 숫제 써 보려 했던 것이다. (…중략…) 어쭙지않은 生을 글로써 이만큼 멋지게 꾸며 놓았으니, 이것을사 또한 '文'이라 할가. (…중략…) 그러나 '문학'이란 단순한 '문자의 놀음'이 아니라 그 이상의 대단한 무엇, 야무진 '생각'이 있어야 하는데, 이 글이 과연 얼마나 그렇게 풍류로운 채 진지하고 얄팍한 양 깊숙한 '삶'의 기록, 내지 그 '반성'과 '해석'이었는지 그것은 내사 모르겠다. 처음부터 의도가 무슨 굉장한 '立言'이 아닌 단순한 戲文이었고, 따라서 '글'이 '사실'보다도 優位였음이 나의 구구한 핑계요 解嘲라 할가. 어떻든, 이런 글도 혹시 문학이라면, 이런 것은 대체 어떤 '時代', 어떤 '장르'의 것인지……[7]

이 인용문의 키워드는 '회상기', '자전', '삶의 기록', '반성과 해석', '이런 글도 문학이라면 어떤 시대 어떤 장르', '희문戲文' 등이다. 요지는 『문·주반생기』가 자서전이라는 말인데 문제는 이것도 문학이 될 수 있을까. 만약 된다면 어떤 장르에 속할 것인지 모르겠다는 것이다. 겸손의 말로 들리지만 사실, 이 책이 출판되던 1960년[8]은 문인이 자서

---

7 위의 책, 299쪽.

8 이 후기를 쓴 것은 '1960년 3월'로 되어 있다.
1960년 3월이 어떤 때인가. 바로 자유당의 독재가 극에 달하던 때다. 일요일에 학생들에게 등교를 강요하자 터진 2·28의거(1960년 2월 28일, 경북고등학교가 중심이 된 우리나라 최초의 학생 데모), 3월 15일 부정선거에 항의한 마산의거, 4·19혁명, 대학교수 시국선언, 이승만 대통령 하야, 부통령 이기붕의 아들이 가족을 모두 권총으로 몰살시키

전을, 그것도 자기 자랑이 늘어진 과거의 회상기를 책으로 묶는다는 것은 생각하기 힘든 때였다. 자유당 말기의 독재정치, 그로 인한 지식인의 절망과 분노, 실업과 가난 등 갈등과 고통 때문에 민심이 극도로 흉흉했는데 가동街童・주졸走卒까지 국보國寶로 알고 있는 양주동이 '단순한 희문'으로 자기자랑이나 한 꼴이 된 까닭이다.

그러나 '단순한 희문'일지라도 암담한 시대의 그것은 입언立言 이상의 의미를 지닌다. 그런 시대를 희화하는 의미로 독해되기 때문이다. 조동일은 희문을 이렇게 말한다.

> 이문위희(以文爲戱)는 낙척해서 불우하게 된 사람이 상승의 염원을 버리고, 자기에게 적대적인 사회 질서를 풍자하는 방법이다. 그 당시의 지배적인 사고방식에서 보면 잡박하고 무실한 것 같이 보이는 글을 쓰고, 게으르고 산만한 짓을 해 사람들의 웃음거리가 되는 태도는 자포자기가 아니고 사회를 풍자하면서 자기 자신마저 풍자하는 비판정신에서 나온 것이다.[9]

한국문학에서 박지원의 문체로 대표되는 희문의 의미는 세상의 허위와 싸우는 것을 문학의 사명으로 간주한다. 하지만 『문・주반생기』에서 그런 요소를 발견하기는 어렵다. 이런 점은 『문・주반생기』의 한계라

고 자신도 자살한 사건, 대학교수의 시국선언 등이 일어나던 숨 가쁜 때다. 이런 점에서 양주동의 겸사는 겸사가 아니다. 양주동은 일찍이 숭실전문 교수로 학생들과 일제의 신사참배를 거부하는 단식농성에 참가하였고(허기가 져 늘어지자, 한 학생이 용변 안 보겠느냐며 불러내어 빵 두 개를 주자, 변소 간에서 그걸 먹고 시치미를 떼긴 했지만), 광주학생 의거 기념데모를 하다가 일경에 얻어맞고 피를 흘리는 학생을 연구실 창가에서 바라보면서 지식인의 무기력함을 한탄했다.

9 조동일, 『한국문학사상사시론』, 지식산업사, 1978, 272~273쪽.

할 수 있다. 그러나 박람강기한 학자가 쏟아내는 기지, 유머, 불기不羈와 패기覇氣, 애국애족, 자존에 찬 기문奇文은 비록 한 인간의 개인사이지만 거기에는 희문과 유사한 『문・주반생기』 나름의 '낙척해서 불우하게 된 사람이 상승의 염원을 버리고, 자기에게 적대적인 사회 질서를 풍자하는' 요소가 있다. 소지주의 아들로 태어나 일본 유학을 하느라고 자기 몫의 재산은 다 털어먹고, 경성과 도쿄을 오가며 학문연구와 살길을 모색하다가 만나는 뜻 같지 않은 사회와 인간적 갈등이 그것이다.

양주동이 우려한, '글이 사실보다 우위'란 말은 『문・주반생기』가 자서전으로서는 좀 과장되거나 미화되었다는 뜻인 듯하다. 특히 술로 친 사고에 대한 회상이 그런 혐의를 준다. 그러나 그런 점이 오히려 『문・주반생기』를 문학성을 갖춘 수필집으로 만든다. 그런 비허구 서사가 한문세대에서 국문세대로, 서구의 신학문과 구학문의 틈새에서 자신의 자리를 찾아 산 넘고 물 건너는 문사文士 양주동의 인생 내력을 더욱 재미있는 삶의 행로로 만들기 때문이다.

이런 점에서 『문・주반생기』는 한국 수필문학에서 독본讀本의 자리에 있다. 양주동이 한국수필 발전에 기여하고자 서구의 선진 수필을 일찍이 번역 소개하였는데[10] 그는 그것을 『문・주반생기』에서 본을 보여주고 있는 셈인 까닭이다. 우선 신지식을 수입하면서 체험하는 식민지 지식인의 고뇌, 그런 삶의 주변사를 걸쭉한 재담으로 묘사하는 독특한

10 『조선일보』에서 연재한 「밀은 隨筆抄」(1차 연재 : 1934.2.16~3.8(17회), 2차 연재 : 1934.4.12~4.19(7회))가 좋은 예이다. 그 뒤 이 글을 보완・수정하여 『미른 수필』(을유문화사, 1948)로 간행하였다. A. A. 미른(Alan Alexander Milne)의 *Not That It Matters* 소재의 대표적 수필 「글 쓰는 기쁨」, 「아카시아 길」, 「소설의 일편」 등 19편의 수필과 에세이가 수록되어 있다. 전 131쪽의 얇은 문고판으로, 현재 국립중앙도서관에 소장되어 있다.

문체가 그렇고, 다음은 수학기의 여러 역경을 헤치고나와 드디어 공부 선수가 되어 국학발전에 기여하는 공적, 또 재능을 불기不羈의 심성으로 가꾸면서 자기를 실현해 가는 삶의 그늘과 양지가 독자의 심리를 고양시키는 것이 그렇다. 이는 근래 한국수필이 내용별무의 신변잡사를 감상적 문체로 늘어놓고 그걸 묶어 자랑하며 읽기를 강요하듯 무가로 기증하는 그런 상식적 글쓰기와는 판이하다.

2. 양주동의 수필론

양주동은 조선문단에 수필이 크게 문제가 되던 1934년,[11] 당시 영국 문단의 주목을 받던 A. A. 미른의 수필을 『조선일보』에 「밀은 수필초」로 연재를 시작하면서 '근래 우리 문단에는 수필에의 관심이 울연蔚然히 일어나는데', 모두 '사상, 관념만 운위하고 문장은 등한시하기'에 미른의 수필을 번역하여 '일一 수정修正의 계기'로 삼고자 했다.[12] 그는 좋은 수필 문장을 쓰는 문인으로 영국의 경우 A. A. 미른이고, 동양은 청나라의 김성탄金聖嘆을 지목했다.

동서 수필문학에 잇서서 그 재지(才智)의 영롱(玲瓏)함과 문법의 현란

11 『조선문학』, 1933.11 참조.

12 1930년대 초 조선문단에 저급한 수필이 범람하자 도쿄 유학을 마친 신예 문인들, 곧 김기림의 「수필을 위하야」(『신동아』, 1933.9), 김광섭의 「수필문학 소고」(『문학』, 1934.1) 등이 문단의 화제가 되고, 그 밖에 한세광, 강한인, 김관 등이 수필과 에세이론을 펼치는 등 수필이 붐을 이룰 때 와세다대학에서 영어영문학 공부를 하고 돌아온 숭실전문 교수 양주동도 「밀은 수필초」를 『조선일보』에 연재하여 문단의 주목을 받았다. A. A. 미른이 영국의 대표 수필가이고, 양주동이 약관의 학자로 경성제대 오구라 신페이의 향가 연구에 맞서며, 시인이자 평론가로도 한창 활동하던 때였기 때문이다.

(絢爛)함이 가히 '밀은'을 당할 者는, 오즉 聖嘆이 잇슬 뿐이다. 일즉이 나는 성탄의 '외서外書'를 보고 그의 문장서법이 고금의 독보인 것을 탄상(嘆賞)한 적이 잇거니와 이제 西人의 近作에서 이러틋한 기문(奇文)을 대하게 됨은 미상불 多少 意外의 感이 업지안다. 성탄이나 밀은은 모다 文을 희(戱)로 삼는 재자(才子)이다.[13]

양주동은 그 뒤 「밀은 수필초」를 『미른 수필집』으로 묶으면서 '해설'에서 다음과 같은 '기문' 우위의 수필문장의 특성을 강조하고 있다. 1934년 신문에 연재했던 것을 수정, 보완하고 있는데 수필의 생명이 문장에 있다며 문체미를 강조하는 점은 그 전과 다르지 않다.

그 기발한 채 언제나 사람으로 하여금 회심의 미소를 발하게 하는 명의(命意)와 조필(措筆), 그 해학적(諧謔的)이나마 어디가지나 품위를 가져 아류(亞流)의 저조(低調)에 떨어지지 않는 방향(芳香)과 아치(雅致)는 정(正)히 일대(一代)의 명가(名家)임에 부끄러움이 없다. 아니 그 문(文)의 기(奇)함과 그 상(想)의 묘(妙)함은 정히 천하의 기문가(奇文家)라 하여도 과언이 아니리라. 보취(步驟)와 폭원(幅圓)은 비록 상이(相異)할망정, 그 날카로운 재화(才華)와 현기적(衒奇的)인 필치(筆致)는 저 청초(淸初)의 명문장 비평가 김성탄(金聖嘆)과 함께 동서의 쌍벽이라 이를 만하다.[14]

미른의 수필은 기발하고, 해학적이라 아류에 떨어지지 않는 향기를

13 梁柱東, 「밀은 隨筆抄(一)」, 『조선일보』, 1934.2.16.
14 A. A. 미른, 양주동 역, 『미른 隨筆集』, 을유문화사, 1948, 129~130쪽.

가지고 있다. 문장이 기이하고, 상상이 묘한 기문이다. 날카로운 재화에, 현학적이고 기이한 필치는 동양의 명문장가 김성탄과 같단다.

양주동이 치켜세우는 김성탄(1608~1661)은 누구인가. 그는 명나라 말기에서 청나라 초기 사이 크게 번져나간 '인성해방'과 '자아표현'의 거대한 흐름을 대표하는 이단적 지식인이다. 서정적 낭만주의 신봉자인 김성탄은 성정이 자유분방하여 개성을 존중하며 공부로 입신할 뜻이 없어 세시歲試를 치를 때마다 의도적으로 속된 말을 시문詩文에 지어 넣고, 시험지 끝에 짧은 시를 지어 시험관을 조롱하고 풍자하였다. 청나라의 순치제順治帝가 죽고(1661), 주국치朱國治가 권력을 잡으면서 백성들이 곡을 하며 조의를 나타낼 때 지식인들의 일부가 선조의 영구를 욕되게 한 일이 있다며 그들을 체포하자 김성탄은 「곡묘문哭廟文」을 지어 상소를 올렸다. 그러나 그 상소가 국법을 어긴 죄가 되어 참수를 당한다. 참수 직전 김성탄은 옥졸들에게 필묵을 가져오라 부탁하여 이런 글을 쓴다.

> 땅콩과 두부를 함께 씹으면 호도맛이 난다. 이 기술을 전할 수 있으니 죽어도 여한이 없다.

무슨 중요한 사실을 말할 줄 알고 갖다 준 필묵으로 이런 희한한 소리를 써서 관리들을 야유했다. 그 뿐 아니다. 망나니가 목을 베었을 때 그의 양쪽 귓구멍에서 종이쪽지가 하나씩 떨어졌는데 하나에는 '호好' 자, 다른 하나에는 '동疼' 자가 적혀 있었다. '好疼', 곧 '매우 아프다'는 의미다.

김성탄의 이런 기인奇人 같은 점은 성격적 단점이라 할 수 있다. 그러나 그 밑바닥에는 노장사상에서 이야기하는 인간의 절대자유, 현실의 속박으로부터 탈출하고 구속이 없는 삶에 대한 희구가 깔려있다. 김성탄은 '글이란 인간의 허식 없는 원초적인 순수한 감정이다. 따라서 뒤에 어떤 인재가 나타나 심사숙고 하더라도 단지 모방도 되지 않는다'고 했다. 『문·주반생기』에서 양주동은 김성탄의 이런 글쓰기를 독본으로 간주하고 있다. 이것은 결국 글·수필은 기지, 해학, 향기를 갖춘 문장이어야 하고, 재주가 넘치고, 화려하고, 현학적으로 되어야 한다는 말이다.

미른의 수필을 높게 평가하는 이런 수필 문체론은 1930년대 초기 문단을 어지럽게 만들던 노자영식 사랑타령의 문투 범람과 일본의 영향을 받아 자신의 신변사를 미문체로 쓰는 감상적인 글에 대한 비판적 전범을 제시했다는 의미를 지닌다.

> 나는 우리 문학상 道方面의 수준이 금후의 노력으로써 점차 향상될 것으로 그윽히 기대하거니와 현재의 상태론 옥석의 混淆가 너무나 심한 감이 업지 안타. 이제 凍筆을 呵하야 一外人의 수필을 譯出하게 된 것은 진실로 他山의 石이 可히 玉을 攻하겠기 때문이다.[15]

돌이 옥을 공격하는 조선문단에 A. A. 미른의 수필을 '타산지석'으로 삼고자 번역을 하게 되었다는 것이다. 미른의 수필은 "쾌알스램, 해즐

15 梁柱東, 「밀은 隨筆抄(一)」, 『조선일보』, 1934.2.16.

릴, 데・퀸시, 췌스트어튼, 이반쓰, 류카쓰"로 대표되는 영국수필의 전통을 잇고 있는데 그 특징은 내성적・심경적・기지적 문장이며 장점과 징표적인 묘처를 재지와 이양으로 조탁하는 기법이 탁월하단다. 미문체가 아닌 김성탄류의 기문이 명문이란 것이다.

명문의 예를 김성탄과 A. A. 미른의 문체에서 끌어오는 양주동의 태도가 좀 의외意外이긴 하다. 우리에게 박지원의 『열하일기』와 같은 패관기서稗官奇書가 있는데 그걸 두고 남의 나라 문학에서 예를 찾기 때문이다. 그러나 이런 한계에도 불구하고 일본 유학파지만 일본 수필의 사적 미문을 지향하지 않는 태도는 향가 연구로 일본학자를 납작하게 만든 양주동 답다. 자신을 미화시키는 일본식 글이 우리에게는 얼마나 역겨운지를 깨닫고 있다는 말이다. 양주동의 이런 글쓰기 성격은 그의 『문・주반생기』를 형성하는 기본 틀이다. A. A. 미른의 수필 문상이 예지적으로 흐르다가 황황히 개성적・인간적 섬광을 뿜는 재지才智와 유사한 문맥을[16] 『문・주 반생기』 여기저기서 발견할 수 있기 때문이다.

수필가가 거의 5천 명, 수필 전문 문예지가 30종이 넘고, 수필로 분류되는 연속간행물이 150여 종, 수필집이 날마다 쏟아지고, '실험수필'[17]까지 등장하여 모든 문인이 수필을 쓰는, 바야흐로 수필이 문학의 대세를 이루는 현재의 한국문단, 그러나 그런 현상이 오히려 수필의 정체성을 흔드는 이 시대에 양주동의 이런 수필관이 수필문학에 시사示唆하는 것은 무엇일까.

명 수필 「면학의 서」에서 강조한 온고이지신溫故而知新, 무릇 모든 글

16 A. A. 미른, 양주동 역, 앞의 책.

17 이 책 제2장 「비허구산문, 범칭 수필의 장르적 성격」 참조.

은 앞의 것을 이어받아 새로운 것을 창조하는 것이 기본원리라 한 그런 전통론, 그러니까 글의 재주와 열정을 겸비한 이 보기 드문 문인이 자신의 삶에 대한 기록과 반성, 술과 공부로 보낸 삶의 반생기를 온고이지신으로 수용하고 계승하는 태도일 것이다.

양주동은 자신을 국보國寶라며 자랑하지만 그것을 유머, 때로는 소극笑劇의 대사 같은 어법을 구사함으로써 독자를 즐겁게 만든다. 또 박식博識을 위트에 실어 독자의 뒤통수를 침으로써 지적 쾌감을 준다. 이런 '작은 것의 아름다운 재치'에서 우리는 수필인구의 덩치자랑만 할 것이 아니라 이 문학본래의 규범이 무엇인가를 깨닫는 단초가 되어야 할 것이다. 저자가 『문・주반생기』를 이리저리 뒤지는 것은 이런 점 때문이다. 이런 문제를 구체적으로 고찰해 보자.

3. 수필문학적 성취

1) 기지奇智, 그 천의무봉天衣無縫한 재화才華

『문・주 반생기』를 읽다가 불쑥 튀어나오는 다음과 같은 대문은 생활에 쫓겨 망가진 우리들의 감성에 날을 세우게 한다.

> ―선생님 이 사람의 눈이 왜 이렇게 쑥 나와 있습니까?
>
> 잠간 그가 낭패하고 한편 가벼운 분노조차 느꼈다. 눈치가― 젊은 신임 교수의 관록을 떠 보고자 짐짓 이런 괴문(怪問)을 발하여 골려 주려 함이 분명하다. 그러나 그는 여기서 성낼 것이 아니라고 결정하였다. 그래서 미소

조차 띄우면서,

— 학생, 정말 그것이 알고 싶어 묻는가?

— 예 정말.

—그럼, 가르쳐 주지. 눈이 왜 쑥 나왔느냐고? 어 어… 이분은 시인이다. 범인과는 달라, 천지 만물을 볼 때에 늘 '경이심'을 가지고 보거든. 새가 날아가도, 꽃이 떨어져도, 심지어 말똥이 굴러가도, '어째 그런가?' 그 대상들을 물끄러미 냅다 쏘아 응시하는 버릇이 있단 말야. 그러니 두 눈이 쑥 나와 있을 수밖에.

그런데 자네 눈은 움푹 들어가 있네 그려. 이제부터 자연을 더욱 경이시하는 공부를 하렸다![18]

바세도우병으로 눈이 불거진 사람의 눈을 설명하는 것이 하도 엉뚱하여 혀를 내두르고, 코를 벌름거리지 않을 수 없게 만든다. 시인은 늘 사물, 대상을 '냅다 쏘아 응시'하기에 눈이 쑥 불거졌단다. 학생의 질문이 생뚱맞지만 그에 대한 교수의 답은 생뚱맞은 것을 넘어 사기꾼 수준이다. 애숭이 교수를 좀 골려보려던 학생들의 기세는 여기서 바로 꺾이고 만다.

약관의 교수는 '돌연한 툭 불거진 눈'의 질문에 '즉각적인 명답'으로 그 시험의 순간을 아슬아슬하게 넘기고 속으로 쾌재를 부른다. 그 뿐 아니다. 결과적으로 그런 질문을 던진 학생을 한 대 쥐어박았다. '자네 눈은 움푹 들어가 있네'라는 말이 그렇다. 얼마나 사물을 그냥 멍하게

---

18 梁柱東, 「부임기」, 『文 · 酒半生記 — 文 · 學 · 校壇 四十年의 回憶』, 新太陽社, 1960, 271쪽.

바라보기에 눈이 움푹 들어가 있나. 그런 동물적 행위를 걷어치우고 고차원적 고민, 곧 학문적 고민을 좀 하라는 의미로 들리기 때문이다. 과연 가동街童·주졸走卒까지 양주동을 국보國寶라 부를 만하다.

기지wit가 수필의 요체라면 재화才華 또한 그러한데 이런 뛰어난 글재주는 아래와 같은 문장에서도 활용되어 주제 실현에 리얼리티를 부여한다.

나는 그 '삼인칭'이란 난해어의 해석에 무릇 며칠 동안의 심사·숙고를 거듭하였으나, 해답이 종시 나오지 않았다. (…중략…) 마침내 겨울날 눈길 二十리를 걸어 읍내에 들어가 일인 보통학교장을 찾아 그 말뜻을 물어 보았으나, 교장씨 역시 모르겠노라고 두 손을 젓는다. 나는 그때 C선생이 몹시 그리웠으나, 선생은 당시 入獄 중 낙망하여 나오는 길에 혹시나 하고 젊음 신임 일인 교원에게 시험삼아 물었더니, 그가 아주 싱글벙글하면서 순순히 말뜻을 가르쳐 주지 않는가! 가로되

'내'가 아닌, '네'가 아닌 '그'를 第三人稱이라 하느니라.

아 아, 이렇게 쉬운 말일 줄은! 그때의 나의 미칠 듯한 기쁨이란! 나는 글자대로 그 젊은 '선생'에게 고두사례를 하고 물러나왔다. 그러나 나오면서 생각하니, 거진 나와 年輩인, 항차 日人인 그에게 一代의 韓人 '鬼才'가 이렇게 무식을 드러낸 것이 한편 부끄럽기도 하고 한편 분하기도 하여, 섬돌을 내려오다가 문득 되들어가 '선생'에게 짐짓 물었다.

—선생이여, 그러면 '말똥'은 무슨 '칭'이니까?

선생이 머리를 긁으며 고개를 오랫동안 기웃거렸다.

—글세 '말똥'도 '인칭'일가?

나는 그날 왕복 四十리의 피곤한 몸으로 집에 돌아와, 하도 기뻐서 저녁도

안 먹은 채 밤이 깊도록 책상을 마주앉아 '메모'로 적어놓은 '삼인칭'의 뜻을 '독서'하였다.

'내'가 일인칭, '네'가 이인칭, '나'와 '너'외엔 牛溲馬勃(쇠오줌 · 말똥)이 다 三人稱也라[19]

"'내'가 일인칭, '네'가 이인칭, '나'와 '너'외엔 우수마발牛溲馬勃(쇠오줌, 말똥)이 다 삼인칭이다三人稱也"라는 문장은 아주 기발하다. 좀 과장한다면 천의무봉天衣無縫하다. 일부러 꾸민 데가 없이 자연스럽고 재미있게 삼인칭을 설명하는 문맥이 완전무결하여 흠 잡을 곳이 없다. '일대의 한인귀재'가 시대에 뒤져 신학문을 제때에 공부하지 못하여 같은 또래 소학교 일본인 교사에게 고두사례를 하며 삼인칭의 뜻을 물은 것이 너무 부끄럽고 분하였겠다. 그래서 '한인 귀재'는 나오던 걸음을 되돌려 일본인 선생에게 '말똥'의 인칭이 무엇인가라는 질문을 하여 그를 당황하게 함으로써 체면을 조금이나마 챙기고 돌아온 뒤 내린 '삼인칭의 정의'는 기지적 문장으로서 손색이 없다. 소 오줌, 말똥을 끌어와 삼인칭을 설명하는 기법이 전혀 예측불가능하고 기상천외한 까닭이다.

『문 · 주반생기』는 이런 기지가 도처에 출몰하여 가독성을 자극한다. 이런 재미는 양주동의 타고난 글재주와 박람강기가 합해 생기는 것 같다. 글재주도 그만 못하면서 공부도 짧고, 게다가 책을 제대로 읽지도 않고, 또 그걸 기억하고 활용하는 기법도 그만 못한 사람들로서는 흉내내기가 어렵다.

---

19 梁柱東, 「'鬼才'의 영어 수학」, 『文 · 酒半生記 — 文 · 學 · 校壇 四十年의 回憶』, 新太陽社, 1960, 29~30쪽.

이런 기지, 재화가 번뜩이는 『문·주반생기』의 재미의 반은 술을 너무 좋아해서 치는 사고 후일담이고, 나머지 반은 자칭 '천재'의 자존심, 식민지 지식인의 사명이 사단事端이 된 애국·애족의 갸륵한 마음 때문이다. 먼저 재미가 더한 술 먹고 치는 사고부터 보자.

> 내가 처음 술에 크게 취하기는 아마 열 살 때라 기억한다. 집에서 술을 빚어 그 독을 광에 두었는데, 그 芳醇한 내음과 향기가 그야말로 부엌을 지나, 마루를 건너, 사랑에까지 미쳐 소년 장부의 비위를 건드림이 자못 심하였다. 마침 어머니 없는 틈을 타서 내가 큰 사발을 들고 광에 침입하여 술독의 뚜껑을 젖히고 우선 한바탕 내음을 맡아 본 뒤 몇 사발을 연거푸 마음껏 퍼 먹었다. 아아, 그 불그레한 호박(琥珀)빛 술의 청렬(淸洌)한 맛과 향기! 깃동 키이츠가 다만 想像으로만 노래한 서국의 포도酒—
>
> 오오, 따뜻한 南國 風味 가득한
> 진정한 불그레한 '히포크린'[20]
>
> (…중략…) 안주는 무엇이었을가? 광에 북어패가 걸렸었겠으니, 아마 마른 북어를 찢었겠지. 아무튼 그 뒤엔 기억이 없다. (…중략…) 깬 것은 그 다음날, 아니, 또 그 다음날 아침! 그동안 집안사람들이 어머니를 위시하여 얼마나 당황하고, 부산하고, 드디어 어떻게 나를 구원해 냈는지는 지금에 도무지 기억이 없다.[21]

---

20 梁柱東, 「처음 취한 三日酒」, 『文·酒半生記—文·學·校壇 四十年의 回憶』, 新太陽社, 1960, 63쪽.

이쯤 되면 주신 박카스가 아이 양주동을 형님이라 불러야 한다. 술에 관한 한은 벌써 싹수가 달랐다. 겨우 열 살에 겁도 없이 동동주를 마음껏 퍼마시고 대취하여 3일 만에 깨어났으니 장차 술 실력이 어느 정도가 될 것인지는 불을 보듯 뻔하다.

그래서 도쿄 유학시절 곤궁한 생활에 쫓기면서도 한 잔 거나하게 술을 마시고 싶은데 돈이 모자라 바에 못 가는 때에는 문을 닫고 삼첩三疊 하숙방에서 친구(주로 염상섭)를 불러 마른 오징어를 안주 삼아 '정종正宗'(일본 청주)이나 '다까라' 소주(일본 소주), 또는 값싼 '에비스' 맥주를 마셨다. 하숙방이 이층이므로 변소에 내려가기가 싫어 소변을 맥주병에 교대로 누고, 피차 게을러 쏟지 않고 마개도 하지 않은 채 그대로 놓아두니, 창가에 술병 아닌 오줌병이 한 다스 이상 즐비·입립櫛比하고, 방안에는 술 냄새·오줌 냄새가 뒤섞인 야릇한 냄새가 욱열郁烈하게 되었다.

어느 날 수필집 『사랑의 불꽃』으로 졸부가 된 노자영이 도쿄로 공부하러 온 김에 양주동의 하숙에 인사 차 왔다가 이런 실경實景을 보고 경성으로 돌아가 어느 신문에다가 '상섭想涉과 무애无涯는 도쿄東京 가서 공부는 안하고 술만 먹는다'고 하면서 이 맥주·오줌병의 질색할 광경을 자세히 문단에 보고하여 말썽을 일으킨 일이 있다.

술 먹고 친 사고의 절정은 도쿄서 벌린 국제주당대회이다.

"이 국제적인 잔치의 주빈으로 초청된 나의 이름으로써 엄숙히 명하노니,

---

21 위의 글, 63~64쪽.

> 이 '데운 술'과 '도토리알 잔'을 당장에 집어치우고 그 대신 '날 술'과 '큰 사발'을 얼른 가져 올지어다!"
>
> 이윽고 代置된 '날 술'과 '큰 그릇'으로써 내가 먼저 일동을 대표하여 '배갈'과 '다가라' 소주 각기 한 잔씩을 큰 컵 ― 아니, 하숙에서 사용하는 큰 '밥사발'로 쭈욱 들여 마시고, 옆에 앉은 동포 K군에게도 같은 일을 눈짓하여 시키고 나서, 餘他의 中・日 대표 兩군에게 그 같이 하기를 慫慂하니, 兩國 대표 어안이 벙벙하고 고개가 연해 좌우로 흔들리며, 혀가 각기 입 밖에 나와 반향(半晑)을 들어가지 못한다. 내가 K군을 동독하여 억지로 두 군의 귀를 붙잡고 사발에 넘치는 '배갈'과 '다까라'를 그들의 입에 부어 넣었다.[22]

한때 동양문화의 맹주였던 중화국 청년 방에서 하룻저녁 유학생들과 '국제적 술잔치'를 베푸는 장면이다. 그때 한 '문제'가 주빈인 양주동으로부터 문득 제기되었다. 탁상에 배설排設된 안주는 화華・일日 양식兩式을 섞어 자못 '가구可口'한 것이 많으나, 술이 배갈白干과 '다까라'와 '정종'인데 다 뜨겁게 데워져 있기에 그걸 바꾸라고 호령한다. 중국인과 일본인은 탕주湯酒(따끈하게 데운 술)를 소백小白(작은 잔)으로 '만만디漫漫的' 또는 '찌비리 찌비리(홀짝홀짝)'로 빨아 마시지만 자기가 비록 식민지 반도의 주빈일망정 기개만은 워낙 큰 한국의 사람, 더구나 생래의 거호巨戶로서 그러한 날 술(찬 술) 아닌 데운 술을 더구나 도토리알만 한 잔으로 홀짝홀짝 마시는 음법飮法은 따를 수 없다는 것이다.

이렇게 시작된 한・중・일 주당 대표 4인이 벌인 대주연이 호흥豪興

---

22 梁柱東, 「'국제'적 주연과 주정」, 『文・酒半生記―文・學・校壇 四十年의 回憶』, 新太陽社, 1960, 102~103쪽.

에서 대취로, 수석대표의 대주정으로 발전하여 난가亂歌 · 광무로 방을 돌다가, 하숙의 상 · 하층 복도로, 다시 이 방 저 방을 휘젓고 장지문, 창을 죄다 부수고, 드디어 가두로 진출, 스크럼을 짜고 고성방가, 다시 술집으로 쳐들어가 정종, 소주, 위스키를 닥치는 대로 병째 마시고 마침내 인사불성이 되어 나가 떨어졌다. 그 뒤 이 네 사람은 파출소로 병원으로 연행되고, 실려 갔다.

고료와 학비를 모조리 술타령에 날려 버리고 아주 돈이 떨어지면 앉아서 굶기가 일쑤였다. 그러다 다행히 어디서 돈이 오십 전이나 일 원쯤 생기면 양주동은 염상섭을 불러 왜 소주 한 병을 오징어 안주로 나누어 마시고 그도 안 되는 날은 하숙생 친구와 셋이 '川' 자로 가지런히 드러누워 부동의 자세로 온 종일 천정만 쳐다보고 누워 있었다. 꼼짝 않고 누워 있으면 배고픈 것이 좀 덜하기 때문이다. 그때 무애자无涯子 양주동은 일동을 대표하여 벽 위에 표어 석 자를 써 붙였으니, 가로되, "동즉動則 손損(움직이면 손해!)"이라. 양주동의 반생을 지배한 술 인생의 절정기다.

『문 · 주 반생기』가 이런 술 이야기뿐이라면 이 수필집은 그냥 재미있는 읽을거리 가운데 하나일 것이다. 그러나 이 책은 양주동이 학자로서 산 반평생 체험을 비허구로 기술하고 있다는 점에서 그런 수필집과 다르다. 한 학자가 탄생하기까지 겪은 고충, 노력, 갈등 그 뒤 마침내 이루는 업적을 진솔하게 밝힌 자서전, 특히 한국 근대문학 제1세대가 도쿄 유학을 하면서 체험한 온갖 애환을 소상하게 밝힌 기록이 이 책 말고는 없기 때문이다.

2) 악동기질惡童氣質과 호방무치豪放無恥

우리가 『문·주 반생기』를 읽을 때 발견하는 또 하나의 재미는 악동기질과 호방한 기개가 합세하면서 전개되는 유쾌한 언행이다. 악동은 남에게 해가 되는 언행을 즐겨하지만 그 해가 가벼워 보통 허허 웃고 넘어갈 장난이다. 양주동은 이런 악동 DNA가 소년기가 지나도 줄지 않은 어른 아이이다. 더욱이 그 기질이 호방하여 그 어른 아이가 치는 사고는 독자의 웃음 샘을 자극한다. 그 가운데 정점을 찍는 사건은 친구와 송도 약주를 거나하게 마시고, 함께 가던 아내를 친척집에 버려두고, 도쿄로 떠났다가 하관下關에서 차표를 잃어버리고 기가 꺾여 망연자실, 눈을 멍하니 허공에 던지고 역두 벤치에 주저앉아 있다가 기적같이 차표를 되찾아 밤차를 타고 도쿄로 가면서 벌리는 영 엉뚱한 짓거리다. 차표 분실로 천리타국에서 오도가도 못 할 신세를 조상 은덕으로 면하고 자다가 아침에 눈을 떴을 때 아리따운 여대생이 좌우에 한 사람, 건너편에 두 사람 앉아 있는 사이에 자신이 끼인 것을 발견하자 엊저녁의 의기소침은 그만 온 데 간 데 없이 사라지고, 예의 그 악동의 호방무치豪放無恥한 패기가 작동하기 시작한다.

네 명의 여학생 가운데 '특히 더 어여쁜 두 여인은 잠결에 모두 대 남성적 구심求心의 체세體勢를 취하여 그들의 향긋한 얌전한 머리들을 내 든든한 어께에, 푹신한 허리에 고이 눕히고 사뭇 편안한 듯이 잠들어 있는' 것을 알고, 악동은 자신이 '왕자'고 여대생들을 '왕자의 비妃·빈嬪'들로 자기를 옹위하고 있는 것으로 판단, 의기가 다시 펄펄 끓는다. 마침 열차 식당 안내원이 아침식사가 준비되었음을 알리고 지나가자 '왕자'는 아직 '수라'를 들지 않았음을 깨닫고, 이 비빈을 거느리고 식당차에서 아침을 먹어야겠다고 생각한다. 그러나 돈이 한 푼도 없다. 하지만 '시인'·'왕자'는 그 '호오머'류의 이마를 숙이고 잠깐 깍지 낀 두 손을 그 위에 얹고 무엇을 고려하다가, 문득 일안一案에 상도想到하여 손바닥으로 이마를 탁 때렸다. 동포형제를 찾아 '돈 구걸'의 행각으로 식비를 마련하면 된다는 생각 때문이다.

돈 구걸 행각은 곧 제2의 기적으로 나타났다. 몇 칸을 지나자 수필집 『사랑의 불꽃』으로 떼돈을 번 노자영을 용하게 만난 것이다. 전부터 교우관계를 맺어온 '춘성春城에게 내가 무일문無一文의 '왕자'가 된 경위를 대강 설명하고, 그를 달래어 장차 비빈들을 거느린 나의 '아침의 향연'에 그가 배석陪席으로 참예할 것, 무론 그 비용은 그가 전담할 것 등을 응락'받아 그 여대생들을 정식으로 식당차에 초대하였겠다. 그렇게 일이 서짓밀 같이 풀려 사기를 보고 웃어내기만 하는 여대생들을 진후좌우에 앉히고 조찬회 풀코스의 성찬을 호화찬란하게, 그러니까 그가 즐기는 bock beer를 순식간에 한 다스를 마시며 근역 문단상의 혁혁한 지위와 그 작품의 낭만성을 도도하고, 열렬히 소개·선전하며 아침의 향연을 치렀다.

이 도도한 아이어른, 조선의 천재는 방학을 마치고 다시 신학문을 연마하기 위해 가을바람에 헤진 바짓가랑이를 끌며 왜죽왜죽 일도로 진입했다. 그 거동이 겉으로는 파락호 같으나 속은 기고만장하고 거침이 없다.

> 조그만 차표 한 장의 분실과 헤어진 바지 꽁무니 약간 센티의 分裂을 가지고 나는 위의 滔滔 數萬言을 허비하였다. 대개 이 두 가지 일이 그때 한창 시절인 나에게 사뭇 중대한 意義를 띤 '사건'이었을 뿐만 아니라, 특히 後者

는 그뒤 나의 여간한 '사랑의 歷程'에까지 불소한 波動과 영향을 주었기 때문이다.

찢어진 비지를 입고 선선한 기을비람에 왜죽왜죽 悠然히 日都에 들어갔다. 뒤꽁무니가 완전히 틀어져 엉덩이가 정직히 드러난 것을 보고 沿路의 그 고장 모든 班衣·弁服의 남녀, 특히 아동 제군들로부터 하숙주인 夫妻에 이르기까지 모두 역시 웃음과 拍掌을 내게 보냈음은 숫제 掛念할 필요가 없었다.[23]

일도日都의 여인들이 '시인·왕자'의 행색을 보고 박장대소를 한다. 헤진 바지에 사각모를 쓰고 왜죽왜죽 걸어가는 모습이 너무나 별났을 것이다. 그러나 '시인·왕자'는 웃는 그들을 향해 '너희 옷은 애초부터 앞폭을 온통 꿰매지도 않아 띠 아래 태반이 전시되니' 세상에 모든 바지는 '人' 자 형으로 두 다리를 그 속으로 꿰어 입는데 그게 옷이냐고 크게 나무란다. 악동의 무치無恥에 천재의 패기覇氣가 진동한다.

양주동의 이런 호방무치 기질이 생생하게 드러나는 또 다른 사건은 대구에서 올라온 이장희와 폭음을 하고 소설가 방인근의 집에서 자다가 새 이불에 오줌을 싸 한강을 만든 용두리龍頭里 춘사椿事이다. 일을 저지른 두 사나이는 그 일을 잘 수습하기 위해 새벽에 집을 빠져 나가 용두리 산상山上 회의를 개최하여 피·아간의 힐문, 변명, 격론의 공방전이 있은 뒤, 양심적으로는 양주동이 오줌을 싼 소행을 자인하고, 형식적으로는 이장희가 친 사고로 주부여사께 고백하기로 타협을 보고 돌아온다.

23 梁柱東, 「헤어진 바지」, 『文·酒半生記—文·學·校壇 四十年의 回憶』, 新太陽社, 1960, 205쪽.

그런데 용변 보러 간 이장희가 그 길로 줄행랑을 침으로써 춘사사건은 양주동에게 아주 유리해 진다. 이장희의 줄행랑은 방인근이 노상 오금을 못 펴고 꼬리를 샅으로 끼어야 하는 여장부 전춘강 여사가 오줌을 싼 사람이 자기란 것을 알면, 대성일갈에 욕설, 혹은 형세에 따라서는 마루 한 구석에 기대어 놓인 스틱을 휘둘러 그를 내쫓을 것이라고 판단하여 겁이 덜컥 났기 때문이다. 그러나 양주동은 여사의 그런 무서운 성격을 이미 알고 있기에 수작을 부려 오줌을 싸 방안에 지린내가 등천하게 만든 것을 이장희의 소행으로 만들었다. 그런 뒤 양주동은 변명·철면피·비겁·정직을 두루 동원하여 주부 여사의 환심을 사 내쫓김을 모면하고, 며칠 더 방인근 집에 머물면서 그와 함께 술을 마시며 즐겼다. 그러나 이런 사건도 '시월十月 사변'에 견주면 한 수 아래다.

> 나는 당황하지 않을 수 없었다. 취중에도 정신이 번쩍 들었다. 이 大醉의 꼴을 몇십명 학생이 모두 알게 되었으니, 학교에서 일대 문제가 야기될 것은 뻔한 일. 이크, 큰일 났구나! 이 일을 어이할거나. 문득 내 머리에 一案이 번개처럼 번쩍였다.
>
> "三十六計, 走爲上策"
>
> 부라부랴 술상을 치우라 하고, 내 짐을 들고 뒤도 안돌아보고 단숨에 여관에서 수백 미터되는 버스정류장으로 달렸다. 운수 좋게 마침 버스가 방금 떠나려는 참이다. 나는 번개 같이 버스에 뛰어올랐다.
>
> 그러나 학생들은 벌써 산에서 내려와 여관에까지 왔었다. 그리고 내가 정류장으로 내려감을 보았는지, 그들 중의 몇 학생이 친절하게도 버스 쪽으로

뛰어오며 멀리서 소리지른다—

'선생님 왜 먼저 가십니까?'

'어어, 집에서 갑자기 아내가 해산한다는 급보가 와서 먼저 가네에'

(…중략…)

다음 날 아침 그들이 여관에서 떠나려 할 제 여관 주인이 숙식 계산서를 가져왔것다. 그 제일 항에 적었으되,

'정종 세 병 값 일금 三원 六十전也'

'이걸 누가 먹었느냐?'

고 학생들이 물으니, 주인의 증언—

'어제 먼저 달아난 그 뚱뚱한 젊은 선생이 혼자 세 병을 다 들이키고 가더이다.'[24]

숭실전문 학생들과 묘향산에 수학여행을 간 '교수 양주동'이 자기는 숨이 가빠 산꼭대기 상원사에 올라가지 못한다며 여관에 남아 있다가 동료교수의 짐에서 통조림을 발견하고, 좋은 안주로 술을 한 잔하고 싶은 생각이 꿀떡 같아 정종 세병을 청해 혼자 마시고 취해 누웠다가 학생들이 중도에서 돌아오자 벌이는 먹튀 사건이다. 교수가 술을 마신 것은 미션 스쿨의 금주교칙을 어긴 것일 뿐 아니라, 교수로 취직을 시켜주면 반드시 금주하겠다는 선배와의 굳은 약속도 어기는 행위이기 때문에 먹고 튀지 않을 수 없었다. 상원사를 왕복하려면 적어도 너 댓 시간이 걸릴 것이기에 마음 놓고 술을 마셨는데 어찌된 일인지 학생들이 금방 되돌

24 梁柱東, 「十月 사변」, 『文・酒半生記－文・學・校壇 四十年의 回憶』, 新太陽社, 1960, 279~280쪽.

아오는 바람에 36계를 놓은 것이다. 이름하여 '시월 사변'이다.

위기 상황에 몰리자 번개처럼 머리에 떠오른 것이 '36계'이고, 그걸 지체 없이 실행했으나, 곤드레만드레가 된 꼴이 그만 들켜 망신을 당할 처지에 놓이자 '아내가 해산한다'고 둘러대고 튀는 교수의 언행은 술 문제에 관한 한은 구제불능의 인간이다. 안밴 아이를 어떻게 낳나! 혼자 정종 세병을 마신 호기는 다 어디가고 걸음아 날 살려라 튀는 무애의 행위가 측은하나 천의무봉天衣無縫하여 미워할 수가 없다. 단지 술 때문에 벌인 실수며 기행이 애교로 이해되기 때문이다. 술이 화근이다.

3) 자존과 애국

『문・주 반생기』에는 또 유머서껀 자존과 애국심이 여기저기 박혀 이 책이 난순하게 술 반 공부 반의 회상기로 읽히는 것을 방어하고 있다.

> '아 무애! 그 등에 진 것이 무엇이오?'
>
> '책입니다'
>
> '책이라니? 무슨 책이기에 짐꾼에게 지우지 않고 몸소 지고 가시오?'
>
> '예, 가만히 두고 기다려 보십시오. 몇 달 뒤에 우리 문화사상에 깜짝 놀랄 일이 생겨나리다!'
>
> 내려가서 우선 한 달 동안은 문헌 수집에 골몰하고 다음은 그야말로 불철주야 심혈을 경주, 머리를 싸매고 여러 문헌을 섭렵・연구한 결과, 약 반년 만에 우선 小倉 씨의 釋讀의 태반이 오류임과 그것을 論破할 학적 준비가 완성되었다.[25]

숭실전문 도서관에서 우연히 오구라 신페이小倉進平의 향가 연구를 발견하고, 그걸 밤새워 읽고 충격을 받은 양주동이 고가 연구에 뛰어들며 일어난 일화다. 봉래동 근처에서 책 보따리를 한 짐 지고 끙끙기리며 집을 나와 역으로 가는 양주동을 불러 세우고, "아, 무애! 그 등에 진 것이 무엇이오?"라고 묻는 사람은 위당 정인보이다.

양주동이 향가 연구를 시작한지 겨우 반년 뒤에 그 결과를 『청구학총』 19집에 발표했을 때 조선과 일본의 학계가 발칵 뒤집혔다. 도쿄제대 박사논문이요, 경성제대 제일 논문집에 실린 연구요, 일본 학사원學士院상과 천황상天皇賞까지 받은 『향가 및 이두의 연구鄕歌及び吏讀の研究』를 반 휴지로 만들었고, 전문학교 교수, 그것도 사학私學의 약관 애숭이 교수가 제국주의 권위가 모두 실린 국립대학 교수의 논문을 여지없이 짓뭉개어 묵사발을 만들어버렸기 때문이다.

그 뒤 양주동은 이 연구를 더 깊게 하여 조선어 말살정책에 쫓기면서 1942년에 『조선고가연구』로 출판하였다. 그 책은 곧 조선의 모든 지식인이 읽는 베스트셀러가 되었다. 지금으로서는 상상할 수 없는 일이다. 정인보, 최남선 같은 이들이 양주동을 '국보 같은 존재'라고 칭찬한 것이 바로 그때다.

양주동의 글에는 근심이 없다. 호주머니가 텅텅 비어도 걱정하는 법이 없다. 아슬아슬하게 하루하루를 넘겨 하마 무슨 큰 변고가 생길 것 같고, 불안하지만 태평스럽다. 무슨 배짱이 그를 그렇게 만드는지 알 수 없으나 독자는 재미있다. 아마 현실과 벌이는 긴장, 곧 겉으로는 파

25 梁柱東, 「'향가' 연구에의 發心」, 『文·酒半生記－文·學·校壇 四十年의 回憶』, 新太陽社, 1960, 287~288쪽.

락호 같으나 그런 양주동이 공부가 끝나면 어떤 대단한 일을 틀림없이 할 것이라는 기대감 때문이다.

> 대학 二년인가 재학 중인 어느 봄날 아침인데, 하숙 이층 복도에서 햇볕을 쬐며 태연히 앉아 무슨 뚜르게네프의 「첫사랑」인가를 재미있게 읽고 있는 중, 하녀가 편지 한 장을 친절히 가져다준다. 무심코 받아 본 즉, 例의 처남으로부터 등기 편지 — 月定의 학비가 온 것이다. 유유히 봉투를 뜯고 내용을 꺼내 본 즉, 一금 二百원也의 換票! 좀 액수가 평소보다 많다. 그것은 그렇다 하고, 문제는 그와 동반되어 온 간단한, 그러나 자못 중대한 의의를 띤 다음과 같은 '통고문'이다.
>
> "군의 재산은 이번의 이 환표가 그 마지막 전액일세. 이것이 군의 소유의 최후 토지를 방매한 대금의 마지막 청산 잔액 이제 남은 것은 지네 모친의 墓田 뿐. 그리 알고 이 뒤는 다시 내게 '돈' 부쳐 달라고 편지하지 말게.
>
> (…중략…) 이것은 '꿈'도 아니요, '시'도 아니요, '농담'이나 '글'도 아니요, 싸늘한 '사실'이다. 드디어 나는 한 가지 대단한 '진리', 매우 평범하나 자못 중대한 한 명제를 번쩍 체득하기에 이르렀다. 내 나이 스물 네 살인 어느 봄날 아침, 이국 하숙방 복도에서
>
> "사람은 제가 벌어서 밥을 먹는다."[26]

자기 몫으로 남은 재산 가운데 어머니 묘 자리만 남기고 처분한 이백

26 梁柱東, 「無一文의 신세로 된 '역사'적인 낮」, 『文・酒半生記－文・學・校壇 四十年의 回憶』, 新太陽社, 1960, 123~125쪽

원을 받아 등록금을 내고, 남은 돈 팔십 원으로는 친구들과 몽땅 신나게 술을 마시고 취해서 하숙으로 돌아오는 행위는 파락호가 아니라 막가파 같다. 그런 행위가 티고난 낙천적 기질 때문인지 아니면 '천재'의 자신감 때문인지 모르지만 호기豪氣가 도를 넘었다. 하지만 무일푼의 신세로 살아갈 힘들 앞날이 뻔한 걸 모르지 않겠지만 그래도 술빚을 갚고, '상두황금진床頭黃金盡 장사무안색壯士無顔色(상 머리에 돈 떨어지니 장사도 얼굴 없어라)'라는 시구詩句를 읊으며 하숙으로 돌아오는 행위는 여유가 있고, 당장 내일 굶어 죽어도 오늘이 치사할 수는 없다는 패기覇氣라 당당하다. 그리고 마침내 '사람은 제가 벌어서 밥을 먹는다'는 진리를 깨닫는다. 밥을 먹는 수단이 양주동에게는 배운 것이라고는 공부뿐이니 그것이 뒤에 『조선고가연구』, 『여요전주』, 『국학연구론고』로 나타났다. 이런 점에서 재산 떨이 술 값 80원은 제대로 쓴 돈이다.

『문 · 주 반생기』를 뒤덮고 있는 이 불기不羈의 정신이 우리를 고양시킨다. 따지고 들면 그것은 인간의 생래적 긍정사유, 곧 하늘이 무너져도 솟아날 구멍이 있다는 부조리不條理, absurdness한 인간의 본성일 테지만 양주동의 경우는 좀 특별한 데가 있다.

멋도 모르고 '예, 예'만 연발하다가 칠판의 그림을 자세히 보니, 어렵슈, 어느덧 對頂角은 相等이 되어 있지 않은가! 나는 참으로 놀라고, 신기하고, 감격하였다. 一例로 — 근대문명에 지각하여 어찌된 영문도 모르고 무슨 무슨 조약에 '예. 예' 도장만 찍다가 드디어 '봐라, 어떻게 됐느냐?'의 亡國을 당한 내 나라도 대개 시골뜨기 나 같은 무지의 過程의 所致였구나! '오냐 우선 幾何를 공부해야 하겠다!'

이 한 순간의 경이는 다만 '기하'의 한 초보적인 定理의 증명 '증명' 뿐만 이 아니라, 내게 있어서는 실로 서구문명 전체에 대한 실재적인 맨 처음 경이와 감탄이었다. 나는 그 순간에 내가 여태껏 쌓아올렸던 동양적 · 한문학적인 교양과 그 낡은 사고방식이 일조에 흙담처럼 무너짐을 느끼는 동시에, 서구적인 과학적 · 실증적인 학풍 앞에 스스로 고개가 숙여짐을 실감하였다. 말하자면 洪湛軒(大容) 이하 北學파 학자들의 경험을 내가 二세기 뒤에 늦게, 그러나 더 똑똑히 다시 되풀이한 셈이다. 그래 나의 중학 一년 간의 공부는 주로 수학 공부에 경도되었다.[27]

시골에서 18세까지 한문공부만 하던 양주동이 기미년 다음 해에 서울 중동학교에 입학하여 '몇 어찌幾何' 시간에 대정각(꼭지각)이 상등함(같음)을 증명하는 선생의 설명을 듣고 놀라는 장면이다. 근대문명이 어디쯤 와 있는지도 모르고, 우물 안 개구리처럼 살던 자신을 뒤돌아보며 신학문 한 방에 눈이 번쩍 뜨여 인생의 진로를 수정하는 행위가 현기衒氣적인 필치에 실림으로써 그런 기지奇智가 독자의 의표를 찌르면서 강하게 솟아나고 있다.

신학문에 대한 번쩍 눈 뜨임은 춘원이나 육당의 초기의 글에 나타나는 현상인데 이런 선각자적 면모가 양주동에게도 나타나고 있는 것이다. 1929년 와세다대학 유학시절에 쓴 시 「이리와 같이」에는 이런 선각자 양주동의 민족의식이 비교적 강하게 표상되어 있다.

27 梁柱東, 「'新문학'에의 轉身」, 『文 · 酒半生記—文 · 學 · 校壇 四十年의 回憶』, 新太陽社, 1960, 37쪽.

조선아, 잠들었는가, 잠이어든,
숲 속의 이리와 같이 숨결만은 우렁차거라.

빗바람 몰아치는 저녁에
이리는 잠을 깨어 울부짖는다.
그 소리 몹시나 우렁차고 위대하매,
반밤에 듣는 이, 가슴을 서늘케 한다.
조선아, 너도 이리와 같이 잠깨어 울부짖거라.[28]

1920년대 중반, 조선의 지식인들은 최남선이 주관하는 『동명東明』을 중심으로 한 민족주의파와 김명식이 주관하는 『신생활新生活』을 중심으로 한 사회주의 경향으로 나뉘어 대립을 이루고 있었는데 이런 사상적 대립은 유학생들에게도 영향을 미쳤다. 와세다早稻田 대학도 이런 영향으로 민족・사회 두 주의와 사상으로 갈려 교내에서 유학생들이 공개 토론회를 여러 번 열었는데 그 때 양주동은 해방 뒤 정치인이 된 전진한과 함께 민족파의 연사로 맑스주의에 대항하는 기치를 내걸고 신흥 사회주의를 비판하였다.

인용한 시는 그 때의 양주동의 이상주의 사상이 과장된 수사로 나타난다. 이 시의 퍼소나는 '조선아' 한 밤에 울부짖는 이리와 같이 비바람 몰아오는 이 '세기'의 밤을 헤치고 나오라고 외친다. 외침의 밑바닥에는 민족적 사상을 깔고 있고, 민족과 조선의 꿈을 주창主唱한다. 또 그

28 梁柱東, 「Sturm und Drang」, 『文・酒半生記－文・學・校壇 四十年의 回憶』, 新太陽社, 1960, 115쪽.

논리 속에는 좌우를 넘어서는, 겨레가 다 같이 피압박·피착취의 계급임을 분개하는 애족사상이 바탕을 형성하고 있다. 그 시절 모든 유학생이 지도자요, 영웅이요, 비분강개한 지사처럼 행동하고 사고하던 사상이 잘 드러나는 시다.

그런데 『문·주반생기』를 쓸 무렵[29]의 양주동은 이런 열정을 많이 잃었다. 사실 무애는 생래적으로 육당이나 춘원처럼 뭐 대단한 사상을 내걸고 나서는 체질이 아니고, 언행 역시 그 특유의 박람강기한 지식을 곁쭉한 다변과 익살로 몰아붙이기에 인간적 무게가 춘원이나 육당이 풍기는 것과 달랐다. 이런 점은 앞의 여러 글에서 확인할 수 있는데 실재로 그가 해방 뒤 대학교수가 되고, 가장으로서 가족의 생계를 책임지게 된 뒤부터는 늘 쪼들리는 생활에서 벗어나 좀 넉넉하게 살아보려고 애쓴 보통 사람이다. 무애는 늘 살기에 바빴고, 그 바쁜 삶을 차질 없이 꾸려나가는 것이 무엇보다 중요하였다. 이것이 무애만의 문제일 수는 없다. 하지만 무애는 글 쓰고 가르치는 일, 고지식하게 자기가 제일인 체 떠드는 재주 외엔 다른 장기가 없는 재승박덕 형 사람이고, 지주의 아들이지만 도쿄 유학으로 살림은 일찍부터 거덜이 났으니 유산 한 푼 있을 수 없는데 술은 호주라 얻어 마셔도 먹어야 했다.[30] 이렇게 생활인

29 『문·주반생기』는 1959년부터 잡지 『신태양』에(「유년기」~「여정초」), 『자유문학』에(「교단회구록—속 문·주반생기 상·하」, 1959.11·12) 등에 연재되다가 1960년 6월 신태양사에서 책으로 묶여 나왔다.

30 염상섭과 자주 어울렸는데 큰 술값은 주로 염상섭이 지불했다. 두 주당의 주사가 볼 만하다.
'자, 상섭형 가!' / '못 가! 다른 데 가서 더 먹어!' / '돈이 없는데……'
'아따, 없긴? 히히히, 예 있어. 이것 봐 一금 大枚 三十원也라'
이리하여 最深部에 秘藏되었던 大枚 三十원은 대번에 一躍 最前線으로 출동한다. 三十원이면 그때 한 달 숙식비가 넉넉한 돈이다. 그래 두 사람은 이번엔 고급한 빠아로, 카페로

으로서의 무애는 필부필부匹夫匹婦와 별반 다를 수 없는 형편에 싸여 있었다. 그러니까 뭐 거룩한 무엇을 앞세울 겨를도 마음도 없는 재사박덕才士薄德한 학자요 가난한 문사였다. 이런 모습은 그가 6·25 때 대구로 피난을 와 영어 강습소를 차려 살던 때에 사람들이 많이 보았다고들 한다. 피난 온 신세이긴 하지만 강습소를 운영하는 무애의 모습은 그 뜨르르 하던 이름과는 아주 멀더라는 것이 중론이다.[31] 그러나 양주동의 이런 피란생활은 아비규환의 전쟁 속에서 백면서생白面書生이 살아남으려고 발버둥 치다가 구긴 체면이다. 만약 그가 피난을 가지 않고 서울에 남아 있었다면 납북되었을 것이고, 그랬더라면 셋방에서 강습소를 하며 살아야 하는 신세는 면했을지 모른다. 비록 도쿄 유학 시절부터 절충주의[32]를 내세운 중도파지만 납치하는 쪽에서 보면 양주동의 『고

발전하여 권커니 酌커니 日·洋酒를 거듭하여 드디어 그 대매 전액을 한 푼도 남기지 않고 다 마시고 만다! 나는 먼저 여간한 턱을 내고 뒤에 인색함에 반하여 想涉은 처음엔 全州 꼽재기 이상 굳나가도 몇 산 술에 거나하기만 하면 뒷일은 三水·甲山 아랑곳없이 있는 돈을 모조리 다 털어 끝장을 (…후략…). 梁柱東, 「百酒會」, 『文·酒半生記－文·學·校壇 四十年의 回憶』, 新太陽社, 1960, 72~73쪽.

31 양주동은 6·25 때 대구로 피난을 와 대봉동에 살았는데 셋방살이를 하는 적산 가옥에서 영어 강습소를 열어 생활비를 벌었다. 그의 부인은 문 앞에서 강습비를 받으며 감독했고, 양주동은 특유의 입담으로 인기 있는 수업을 하여 전쟁 때지만 적지 않은 학생들이 몰려와 공부를 하였다고 한다. 당시 이웃에 살던 조동일 교수(서울대 명예교수, 학술원 회원)로부터 이 이야기를 2016년 4월 2일에 들었다. 이와 비슷한 강습소 운영 이야기를 권영철 교수로부터도 들었다. 또 양주동은 5·16 직후 정치교수로 몰려 한때 대학강단을 떠나야 했다. 그때 그는 '국보 대접이 겨우 이거냐'며 '석학을 내쫓는 것은 비료공장 하나 세우는 것보다 손해'인데 '화가 난다고 고려청자기를 던져 부수는 것과 같다'고 하면서, 기자가 앞으로 어떻게 살 것인가 묻자 '다이아그램(도해식 영문법)을 가르치거나 정 살기 힘들면 점장이 노릇이라도 하겠다'고 했다. 『동아일보』, 1965.9.28, 3면 참조.

32 양주동은 1925년 카프가 결성된 뒤 프로문학과 국민문학으로 문단이 양단되어 대립하는 것을 막고 통합하려고 절충주의론을 최초로 들고 나왔다. 1927년 2월 28일 『동아일보』에 발표한 「문예비평가의 태도 기타」이다. 프로 문학과 민족주의 문학은 식민지 현실에 대한 대응에서 문학론을 표방했지만 그 내용은 상반되었기에 좌·우파의 대립을 지양하고 합치점과 차이점을 찾아 새로운 민족 문학을 건설하자고 했다. 최남선을 선두로

가연구』며 평양 숭실전문 시절의 행적[33]을 다 알고 있었을 것이기 때문이다. 숭전 시절 제자로 만주로 탈출해서 그곳에서 유리걸식하는 민족의 유랑 문제를 테마로 한 많은 시를 쓰다가 북쪽으로 돌아온 김조규金朝奎 같은 시인이 있어 무애를 잘 대우했을지 모른다. 그러나 6·25 때 납·월북한 많은 문인 들, 이를테면 「네거리의 순이」 시인 임화가 사형당하고, 연안까지 탈출할 만큼 사회주의에 몰입했던 민족주의 국문학자 김태준까지 친일파로 몰아 숙청한 북쪽의 그 폭정에 양주동이 과연 살아남을 수 있었을까. 다 부질 없는 역사의 가정이다. 누가 감히 민족비극 6·25에 가정을 대입할 수가 있으랴.

만년의 양주동은 티브이에 출연하여 주책없는 다변으로 젊은 날의 이름값을 못하는 만담가 같은 인상을 풍겨 안타까워하는 사람이 많았다. 모두 전쟁으로 얻은 가난을 못 벗어 난데다가 술 좋아하고 쪼들리는 집안형편 때문이었다. 그렇지만 결과적으로 그는 춘원이나 육당과 다르지 않은 우리 문화창달의 제1세대로서 민족의 거룩한 정신적 지주支柱의 자리에 앉아 있다.

한 민족주의 문학의 일종으로, 이런 주장에 동참한 문인은 양주동과 논전을 벌인 김기진을 비롯하여 김영진, 김화산, 염상섭, 이향, 정노풍, 백철 등이다.

33 『문·주반생기』에 이런 대문이 있다.
"광주 학생의 항거가 이어 평양서 일어난 것은 좀 늦어 1930년 바로 元旦날 아침이었다. 나는 그 때 학교 위층 교수실에 앉아 있었다. / 정엔 길길이 눈이와서 하얗게 덮였는데 학생들이 시커먼 교복을 입고 당당한 행렬을 지어 눈 위로 굽이굽이 (…중략…) 나는 그만 층계를 뛰어 내려가 그들의 대열에 참가하고 싶은 (…중략…) 일경과 사복떼들 수십 명이 미친개처럼 달려들었다. 학생들은 완강히 스크램을 걸고 버티었으나 (…중략…) 구두발에 차익, 몽둥이에 두드려 맞고, 칼 끝에 찔려, 나의 학생들은 여기저기 鮮血을 뿌리며 넘어졌다." 광주학생 의거기념일 행사에 학생 편에 서지 못하는 젊은 교수의 갈등이 생생하게 드러난다. 梁柱東, 「師弟記」, 『文·酒半生記－文·學·校壇 四十年의 回憶』, 新太陽社, 1960, 281~282쪽.

나로 하여금 국문학 고전 연구에 발심을 지어 준 것은 일인 조선어 학자 小倉 씨의 『鄕歌 및 吏讀의 硏究』(1929)란 저서가 그것이다. 『문예공론』을 폐간하고 심심하던 차 우연히 어느 날 학교 도서관에 들렀더니, 새로 간행된 『京城帝國大學 紀要 第一卷』이란 어마어마한 부제가 붙은 厖大한 책이 와 있었다. 빌어다가 처음은 호기심으로, 차차 경이와 감탄의 눈으로서 하룻밤 사이에 그것을 통독하고 나서, 나는 참으로 글자 그대로 경탄하였고, 한 편으로는 비분한 마음을 금할 길이 없었다. 첫째, 우리 문학의 가장 오랜 유산, 더구나 우리문화 내지 사상의 현존 최고 원류가 되는 이 귀중한 '鄕歌'(新羅歌謠, 詞腦歌)의 釋讀을 近 千년來 아무도 우리의 손으로 시험치 못하고 외인의 손을 빌었다는 그 민족적 '부끄러움', 둘째, 나는 이 사실을 통하여 한민족이 '다만 총·칼에 의하여서만 망하는 것이 아님'을 문득 느끼는 동시에 우리의 문화가 언어와 학문에 있어서까지 저들에게 빼앗겨 있다는 사실을 통절히 깨달아, 내가 혁명가가 못 되어 총·칼을 들고 저들에게 대들지 못하나마 어려서부터 학문과 문자에는 약간의 천분이 있고, 맘속 깊이 '願'도 '熱'도 있는 터이니 그것을 무기로 하여 그 빼앗긴 문화 유산을 학문적으로나마 결사적으로 전취·탈환해야 하겠다는, 내 딴에 사뭇 비장한 발원과 결의를 하였다.[34]

양주동의 이 불기不羈의 패기가 향하고 있는 데는 분명히 민족문제, 일제의 지배를 받고 있는 민족의 현실이다. 그런데 이글을 자세히 살펴보면 바로 앞에서 검토했듯이 애국심, 민족의식 같은 뭐 거창한 정신과 연

34 梁柱東, 「'鄕歌'연구에의 發心」, 『文·酒半生記—文·學·校壇 四十年의 回憶』, 新太陽社, 1960, 286~287쪽.

결되는 점은 아주 약하다. 일본 사람이 조선의 향가를 조선 사람보다 먼저 연구하여 박사가 되고, 상을 받으며 대단하다고 저희들이 서로 치켜세우며 떠들어대는 것이 '천재 양주동으로서' 비위가 거슬리고, 비분한 마음까지 금할 수 없었던 까닭이다. 관념적 민족의식에서 한 발 물러 서 있다. 당장 눈앞의 현실이 민족 체면에 먹칠을 하고 있으니 자기가 나서서 그 체면을 세우겠다는 것이다. 개인적 공명심이 엿 보인다. '어려서부터 학문과 문자에는 약간의 천분이 있고, 마음속 깊이 '원願'도 '열熱'도 있는 터이니 그것을 무기로 삼아 총칼로 대들지 못하는 것을 재주로 대들어 극복하겠다는 것은, 모처럼의 겸손, 또는 예의 차림이다.

이런 점은 춘원이나 육당이 민족의 독립·자강을 위해 개화와 계몽을 외치며 함께 나아가려 한 그런 원시적 민족주의 이상론과는 다르다. 하지만 양주동의 향가 연구가 결과적으로 민족의 자존심과 정신을 살렸고, 그의 『고가연구』는 아직도 우리의 국학분야에서 명저의 자리에 놓여 있다.

수필문학적 관점에서 『문·주반생기』는 자신을 국보[35]라며 치켜세우는 좀 과장된 수사가 가끔 발견되는 비허구서사지만 그런 한계를 넘어 자기의 글과 술로 보낸 반평생을 휘어잡고 끌고 가는 개성적 문체는 누구도 흉내 낼 수 없다. 특히 학문 연구에 진력하면서 벌리는 기문이 그러하다. 이런 점에서 『문·주반생기』는 한국수필·에세이의 정점을 찍는다.

35 양주동은 국보의 변이라는 청탁을 받고 쓴 「國寶 辨」에서 이렇게 말했다. "인간 八不出의 첫째가 제자랑임을 알기에 국보 피·알 辭가 아니라 단연 국보 칭호 사절의 변임을 정색하고 聲言한다. 뉘라서 날 국보라 하는가? 얼토당토않은 謬稱. Decline with thanks!" 『세대』 46, 1967.5, 314쪽.

제8장

파격과 일탈

변영로 수필집 『명정사십년』과 『수주수상록』의 문학적 성취고찰

수주樹州 변영로卞榮魯(1897~1961)는 1920년 『폐허』 동인으로 문단에 나왔다. 시집 『조선朝鮮의 마음』(평문관, 1924)이 있고, 수필집으로는 『명정사십년酩酊四十年』(서울신문사, 1953), 『수주수상록樹州隨想錄—무류실태기無類失態記 부附 남표기南漂記』(서울신문사, 1954)이 있다. 3·1운동 당시는 「독립선언서」를 영문으로 번역했고, 동아일보사에 근무할 때는 손기정이 1936년 베를린 하계 올림픽에서 마라톤 우승자가 되었지만 그의 가슴에 일본 국기가 새겨져 있어 그걸 지워버린, 그러니까 그 유명한 '일장기 말소사건'에 연루되어 신문사를 그만두었다. 사후에 변영로 전작시집 『차라리 달 없는 밤이드면』(정음사, 1983), 『목마른 기다림을 한 잔 술로 채워가며』(동천사, 1984) 같은 저서가 출판되었다.

변영로의 시 연구는 상당히 이루어졌으나 그의 수필연구는 별로 이루어진 바가 없다. 이 에세이는 『명정사십년』과 『수주수상록』에 수록된 수필을 고찰하려 한다. 두 수필집을 함께 문제삼는 것은 형식적으로는 두 권의 책이지만 내용상으로 보면 같은 책과 다름없다. 우선 『명정사십년』과 『수주수상록』은 한 해 차이로 같은 출판사에서 간행되었다. 이것은 두 책에 실린 글이 같은 시기의 것인데 단순히 분책分冊이 되었을 뿐이라는 의미가 된다. 또 글의 내용도 같은 게 10편이다. '남표南漂'라는 이름으로 묶인 6·25 때 피란 산 이야기가 두 책에 다 실려 있다.

다른 점이라면 『명정사십년』이 거의 술이 테마가 된 것이고, 『수주수상록』은 '수상록'이라는 이름 밑에 묶인 그 하위갈래의 글 형식이다. 『수주수상록』의 이런 문제는 그냥 지적만 하고 넘어갈 사안이 아니다. '수필'이라는 문학 장르의 성격을 가늠하는 데 중요한 점을 시사하기 때문이다. 그래서 이 문제부터 먼저 고찰한다.

〈그림 15〉 변영로

〈그림 16〉 『명정사십년』 표지

1. 변영로 수필의 성격과 위상과 1950년대 인생담론의 비전환 표현 배경

『수주수상록』은 수필이란 문학의 장르적 성격이 유난히 선명하게 드러나기에 먼저 이 책을 문제 삼는다. 이 수필집의 목차는 「자화상」, 「신변잡기」, 「아삼속사雅三俗四」, 「고인신정故人新情」, 「세사유감世事有感」, 「문예야화文藝夜話」, 「몽금포기행夢金浦紀行」, 「남유한만초南遊汗漫草」, 「남표南漂」 등 아홉 개의 제목으로 나누어 글의 성격을 필자 나름으로 구분하고 있다.

「자화상」은 「나의 게으름」 같은 자기 이야기이고, 「신변잡기」는 조각난 일상이 제재로 된 미셀러니성격의 글이다. 「아삼속사」는 전형적 교술산문이며 「고인신정」은 월남 이상재, 남궁 벽, 단재 신채호 등에 대한 짧은 전기다. 「세사유감」은 서사수필이고, 「문예야화」는 문에론 수필, 곧 에세이다. 「몽금포기행」은 황해도 명승지 작사남홍灼沙藍泓을 찾아간 아름다운 기행문이고, 「남유한만초」는 장택상, 정구영, 변영로 세 사람이 일행이 되어 상해, 항주, 소주 등을 여행한 기행문이다. 「남표」는 6·25때 피란 간 이야기를 일기처럼 썼다. 서정 수필은 중학 3학년 때(14세) 두 살 연상의 처녀와 혼인한 이야기인 「오비유아리」, 사무실에서 일을 하면서도 맡은 일을 제대로 하지 못하고 인왕산만 바라본다는 「말하는 벙어리」 그 외 몇 편이다.

위에서 서술한 내용을 글의 형식을 기준으로 다시 정리하면 미셀러니(「자화상」, 「신변잡기」) 서정수필·문예수필(「아삼속사」, 「세사유감」), 전기(「고인신정」), 에세이·문예론수필(「문예야화」), 기행문(「몽금포기행」, 「남유한만초」), 일기(「남표」)이다. 곧 '『수주수상록』은 미셀러니+문예수필+전기+문예론수필(에세이)+기행문+일기'로 구성되어 있다. 수필의 개념이 이렇게 잡힌 것은 조동일이 교술산문을 수필, 기행, 전기, 일기로 규정하는 논리와 결과적으로 일치한다.[1] 물론 이때 수필은 비전환 표현[2]이라는 점에서 기행, 일기, 전기와 성격이 동일하다. 따라서 당연히 기행, 일기, 전기가 수필의 하위 개념이 되지 않는다. 예를 들어 『백범일지白凡逸志』가 전기(자서전)지만 수필로 규정할 할 수 없고, 이극로李克魯의 파란만장한 세계일주기 『고투苦鬪 사십년四十年』이 기행문이지만 수필이라 할 수 없는 이치와 같다.[3] 교술성이 강한 이런 글까지 연문학軟文學인 수필로 규정하면 수필의 개념이 너무 커져 장르개념이 더욱 모호해진다. 『백범일지』는 전기로 『고투 사십년』은 기행문으로 해석하는 것이 교술산문, 곧 수필의 논리에 맞다. 그렇지 않으면 수필이 문학장에서 차지하는 비중이 너무 커져 가뜩이나 이론 부재로 모호한 이 문학의 개념 파악이 더욱 어려워질 것이다.

변영로가 수필을 규정하는 이런 관점은 오늘 날 수필이라 하면 의례히 서정수필로 보는, 이를테면 피천득이 수필로 쓴 「수필」의 논리로만 이해하는 자세를 되돌아보게 한다. 변영로는 서정수필을 수필의 한 하위 갈래로 인식하고, 그와 동격의 글쓰기 양식으로 에세이, 미셀러니, 전기, 일기, 기행문을 범칭 수필로 간주하고 있기 때문이다.

변영로의 이런 점은 그가 일본 경험을 했지만 일본이 아닌 서구 유학

1 조동일, 「가사의 장르규정」, 『어문학』 21, 한국어문학회, 1969. '교술'이라는 용어의 개념을 "첫째 있었던 일, 둘째 확정적 문체로 일회적으로 평면적으로 서술하고, 셋째 알려주어서 주장한다"라고 정의한 바 있다

2 조동일, 「18, 19세기 국문학의 장르체계」, 『한국문학의 갈래이론』, 집문당, 1992, 120쪽.

3 이 책의 제9장 「최초의 근대수필 앤솔로지 『수필기행집』」 참조.

제1세대로 대학에서 영문학을 강의했고,[4] 그런 선진 문화지식이 그의 수필집에 뚜렷하게 반영되어 있다는 점에서 괄목할 사안이다. 『문예야화』에 수록된 글은 모두 당시로서는 가장 최근의 구미문단에 대한 동향 소개다. 따라서 『수주수상록』은 1950년대란 시점에서 피천득류의 서정수필만 아니라 수필의 또 다른 한 축, 곧 에세이 축이 있다는 사실을 알린다. 그 뿐만 아니라 한국수필의 행로가 서정수필로만 뻗어가지 않고 수필 본래의 다양한 형식으로도 발전해 가고 있었다는 사실을 증명하는 중요한 자료다. 지금까지 수필문단이나 수필가들은 인기위주, 그러니까 피천득의 「인연」투의 서정수필로만 수필을 인식하고 있었기 때문이다.

여기서 「문예야화」에 묶인 에세이 '문예론수필文藝論隨筆'[5]을 성격이 어떠한가를 대체적으로나마 살펴보겠다. 주장의 근거 제시를 위해 먼저 제목을 밝히고 아주 간략하게 내용을 소개한다.

- 「여류작가와 미국문단」 : 이 글은 『동아일보』에 1933년 10월 7일 게재되었는데 당시 미국문단에서 가장 주목받는 소설가와 시인에 대한 조선 최초의 소개다.
- 「생클래어 루이스」 : 프린스턴대학 핸리 · 벤따이크가 씽클래어 루이스가 노벨상을 받은 것을 두고 개에게 상을 준 것이 더 좋았다고 입을 잘못 놀리다가 뺨 맞은 이야기이다.

4 일제강점기에는 이화여전 교수를 역임했고, 미국 캘리포니아 주립대에서 유학을 하다가 돌아온 뒤에는 번역가, 문인으로 활동했다. 그 뒤 해군사관학교, 성균관대학교 교수를 역임했다.

5 저자는 서정수필을 문예수필(文藝隨筆)로, 에세이를 문예론수필(文藝論隨筆)로 규정하는 나름의 이론체계를 세우고 있다. 이 책의 제2장 「비허구산문, 범칭 수필의 장르적 성격」 참조.

- 「문사와 외교관 생활」: 문사로서 타협에 능해야 하고 절충을 잘해야 하는 외교관으로서 활동한 예를 점검한 글이다.
- 「만문(漫文)의 문예적 가치」: 수필을 만문으로 보고 그 특성을 논하고 있다.
- 「어여쁜 이름들」: 이름이 어여쁜 서구 시인들은 누구인가.
- 「치(痴)의 정(頂)? 애(愛)의 극(極)?」: 부부애로 유명한 영국시인 브라우닝 이야기이다.
- 「자찬(自讚)・호찬회(互讚會)」: 시인의 '필요를 지나는 다감(多感)', '우치(愚痴)에 가까운 자존(自存)', '턱없는 자기 신뢰증(信賴症)'을 비판한 글이다.
- 「쩐 리드 클럽」: 문재가 뛰어난 미국의 존 리드(John Reed)라는 신문기사가 소련에 가서 비상한 활동을 하며 『경이적 십일간』이라는 책을 쓴 뒤 객사하고 그 시체가 크레믈린 궁전에 묻히자 그에 대한 인기가 전 세계에 선풍같이, 지진같이 일고, 미국 열세 곳에 '쩐 리드 클럽'이 생겼다는 이야기다.
- 「문인의 기벽(奇癖) 괴행(怪行)」: 밀튼, 쉘리, 칼라일 같이 자기 아내와 쌈질만 하는 문인들의 기벽, 괴행 등 결점에 대한 비판이다(이 비판이 좀 심했던지 발표 당시 상당 부분 삭제 당함).
- 「외구멍 피리」: '에나크리온 시격(詩格)'의 단조미(單調美)를 찬양했다.
- 「추수유화(追隨有禍)」: 일본문단은 구미문학을 직수입하는데 조선은 일본을 통해 간접적으로 수입하는 것에 대해 맹렬한 반성하는 글이다.
- 「유고의 자대증(自大症)」: 불란서 작가 빅터 유고는 과장이 많다고 꼬

집고 있다.

- 「영운(嶺雲)의 시집을 읽고」: 이화여전 제자 모윤숙의 시집 독후감. 『문예야화』의 마지막 네 꼭지 글은 「제창(提唱) 아동문예(兒童文藝)」, 「아동어정화제의(兒童語淨化提議)」, 「독서사견(讀書私見)」과 그와 술친구 공초의 담배이야기다(「시인 공초 오상순을 말함」).

이런 글은 1920년대 이광수의 용어로 말하면 모두 '문학적 논문'이고, 그 뒤의 공식화된 용어로는 에세이essay다. 글의 소재를 자기 나름대로 제창조하는 글쓰기는 평론이지만 소재를 가볍게 다루면서 형상화시키는 기법은 수필이면서 가벼운 논문의 성격을 지니고 있다. 곧 수필과 논문의 성격을 함께 지닌 비평적 에세이critical essay다. 이런 글쓰기는 1950년대 다른 문인들의 작품에는 발견할 수 없다. 1950년대 말 양주동이 「문・주반생기」를 잡지에 연재하면서 이런 글쓰기가 함께 나타났고, 1960년대에 와서 이어령, 유종호에 와서 본격화되었다. 이어령의 재기 넘치는 에세이집 『흙 속에 저 바람 속에』(현암사, 1963), 『저항의 문학』(예문관, 1965), 그리고 도저한 인문주의적 사유가 압축된 유종호의 『비순수의선언』(신구문화사, 1962) 같은 에세이집이 그 예이다.

이 밖에도 『수주수상록』에는 신문칼럼으로 발표한 여러 편의 서정적 교술산문이 수록되어 있다. 이런 글 역시 보통 우리가 쓰는 장르 명으로 가름할 때 수필이다. 그러나 이 수필집은 당시 수필이 연문학 쪽으로만 기울어가던 추세에 대해 일종의 행방제시 역할을 한다. 피천득의 「수필」이 제일 앞자리에 실린 대학교수 명문장가 17인의 『서재여적書齋餘滴』(경문사, 1958)과 대응하는 성격 때문이다.

『서재여적』은 '대학교수 명문장가 17인'이란 타이틀 때문인지 아니면 거기에 글을 낸 사람들이 당대의 명사들이라서 그런지 모르지만 이 수필집은 독자들로부터 많은 관심을 끌었고, 그런 여세를 타고 피천득이 수필가로 이름을 날리게 되었다. 그런데 이런 현상의 배경에는 변영로의 『수주수상록』 같은 수필집이 1950년대 중반에 나타나 독서계를 연문학의 부드러움으로 데우고 저변을 확대해 나갔기에 가능하였을 것이다. 또 조금 뒤이긴 하지만 양주동의 『문・주반생기』가 『신태양』이나 『자유문학』 등의 잡지에 이리저리 옮겨 다니면서 인기리에 연재되면서 수필이 대중과 가까워진 사실과도 무관하지 하지 않을 것이다. 『명정사십년』이나 『문・주반생기』가 다 자서전적 술타령이고, 장르를 따지면 수필이다. 그런데 그런 술 먹고 사고치는 이야기가 천의무봉하여 재미를 주었고, 그렇다 보니 수필이 뭐 대단한 사상을 담는 글쓰기가 아니라 재미있는 인생담쯤으로 인식되었다. 이런 인식이 수필을 대중 속으로 확산시켰다.

그냥 재미있는 인생담이 어째서 수필인가. 변영로의 경우는 이렇다. 1950년대 한국문단에 '술이면 수주(변영로)를 뛰어넘을 자가 없고, 담배라면 공초(오상순)를 뛰어넘을 자가 없다'는 말이 유행하였다. 그럴 때 변영로의 『명정사십년』이 문단에 나타났다. 그 책의 내용은 파격적인 일상의 파편들로 가득 찼다. 이를테면 변영로는 벌써 아이 때부터 주사酒邪가 어른 술군 뺨치고, 술이 취하면 안하무인의 교동驕童으로 변했다.

'아 이놈 營福아!'

'원숭이 왔나?'

내 성미를 잘 아는 정교관은 모르는 체

'네 어르신네 어디 가셨나?'

'모르지'

'이놈 어린놈이 대낮부터 술이 취해서 학교는 가지 않고'

'대낮이라니 술은 밤에만 먹는 거야?'

奇警하기로 유명한 정 선생도 이에는 어안이 벙벙 '에익 고자식'하고 떠나려 할 때 나는 한 걸음 더 내치어 '여보게 히로 한 개만 주고 가게'(히로는 우리나라에서 처음 수입한 양담배). 망설망설하다가 홱 한 개를 던지어 주고 총총히 문을 나시었다.[6]

여섯 살에 제동학교에 입학한 변영로가 어느 날 학교에는 가지 않고 술이 취해 사랑에 누워있는데 정영택 교관이 아버지를 찾아왔을 때 변영로와 정 교관 사이에 벌어진 대화다. 설명이 필요 없다. 아버지 친구와 허교하며 맞짱 떠서 이긴 것은 놔두고라도 여섯 살 아이가 담배까지 피우니 앞날이 뻔하다. 이렇게 교만으로 안팎 모르는 사람이 없이 자란 변영로가 청년이 되어서는 친구들과 술을 먹고 백주에 소를 타고 종로로 진입하려다 제압당한 사고를 칠만큼 막무가내 술꾼이 되었다. 그 뿐인가. 뱃속에 득시글거리는 촌충寸蟲을 죽이려고 아침 공복에 독한 약을 먹고 종일 굶다가 저녁에 친구가 사주는 술을 입이 돌아갈 만큼 마시고 인사불성이 되어 진고개에 쓰러졌는데 운 좋게도 마침 거길 지나가던 절친 홍난파가 발견하여 인력거에 실어 집으로 데려다 준 사건,

6 卞榮魯, 「眼下無人의 驕童」, 『酩酊四十年—無類失態記 附 南漂記』, 서울신문사, 1953, 13~14쪽.

또 비가 억수로 퍼붓는 날 술을 마시고 집으로 가다가 혜화동 석교에서 급류에 휘말려 떠내려가다가 정신을 차리고 보니 구 서울대 앞 개천의 일 사구砂丘였다는 사고 등, 이런 술과 얽힌 잡다한 이야기를 자기 인성의 역사로 재구성함으로써 교술과 서정수필을 함께 아우르는 수필집이 되어 그런 글의 재미가 입소문으로 퍼져나갔다.

또 이런 일화도 있다.

변영로는 거의 매일 술을 마시러 명동 은성 주점엘 갔는데 어느 날 그 술집 주인 이명숙의 아들 최불암(TV탤런트)이 서라벌예술대학에 합격했다는 말을 듣고, 불러다 앉혀놓고 축하한다며 막걸리를 한 잔 따라주었는데 최불암이 술을 마시려다 말고 술잔에 뜬 술지게미를 걷어내어 버렸다. 그 때 변영로 왈 '이놈이 음식을 함부로 버린다'며 단박에 귀사대기를 한 대 올려붙였다. 그때 은성은 문인들이며 문화계 종사자들이 밤낮 없이 득시글거리는 아지트였다.

다른 일화 하나는 재담 대결이다. 변영로는 중앙보통학교 절친인 윤치영(윤보선 대통령의 숙부로 이승만 대통령의 비서와 내무부장관 역임)과 죽이 맞아 학교 수업과 YMCA 영어 학당에 가지 않고 자주 땡땡이를 쳤는데 어느 날 이런 행동을 본 월남 이상재 선생(당시 중앙중학 교사, YMCA 강사)이 변영로를 향해 '이보게. 변정상 씨 변정상 씨' 하고 불렀겠다. 참고 있던 변영로가 자꾸 자기 아버지 이름을 불러대자 다가가서 '선생님 노망들었습니까. 왜 남의 아버지 이름을 부릅니까?' 하자, 이상재 왈 '변정상은 내 친구다. 그런데 네가 변정상의 씨가 아니면 다른 사람의 씨란 말이냐' 했다. 재주 많기로 소문난 변씨 가문의 막내가[7] 이상재의 임기응변에 꼼짝 못하고 말았다. 그러나 이상제가 누군데 '선생님 치매

걸렸습니까?' 하고 대든 것은 비록 판정패를 당했지만 선생을 오지게 한 대 올려붙인 거나 다름없다.

이런 이야기들이 어디 그날 그것으로 끝이 났겠는가. 온 장안에 퍼져 사람들이 박장대소했을 것이다. 설사 이런 에피소드가 변영로 수필의 인기와 인과관계 설정이 어렵다하더라도 변영로의 수필집 다음에 양주동의 『문·주반생기』가 나타나 많이 읽히고, 그런 수필문학의 저변확대를 함께 수행했다. 교술적이면서도 문학적 자서전이 수필의 전범이 되었기 때문이다.

한편 이런 변영로와 함께 술에 관한 한은 결코 뒤지지 않는 양주동의 『문·주반생기』의 술로 인해 일어난 온갖 사건 또한 교술적이면서도 문학적 자서전으로 이런 수필대세 분위기에 가세했다. 양주동의 술 사고가 내뿜는 스펙트럼도 변영로의 그것에 절대 밀리지 않는다. 어느 날 양주동은 대구서 올라온 이장희와 폭음을 하고 소설가 방인근의 집에서 자다가 새 이불에 오줌을 싸 한강을 만들고 새벽에 산으로 도망간 용두리龍頭里 춘사椿事 사건, 미션스쿨 교수(숭실전문) 신분으로 교칙에 어긋난 술을 혼자 몰래 억수로 퍼마시고 자다가 발각될 위기를 만나자 걸음아 날 살려라 하고 36계 줄행랑을 친 사고 등이 그러하다.

사정이 이렇지만 이 두 문사의 수필집이 이런 무류실태기無類失態記로만 메워져 있지 않다. 박람강기한 지식이 바탕이 된 재기才氣 속에는 삶의 이치에 대한 교술이 있고, 다른 한편에는 문예론적 글쓰기, 그러니까 변영로의 경우 앞에서 살펴본 바와 같은 문학적 논문 에세이가 수필

7 변영로의 맏형 변영만은 성균관대 교수였고, 둘째 형 변영태는 외무부 장관과 국무총리를 역임하였다.

집의 반을 채운다. 양주동은 향가 연구에 뛰어들어 「향가해독」(1937)으로 오구라 신페이小倉進平의 『향가 및 이두의 연구』를 반 휴지로 만들고, 그 뒤 보완된 『조선고가연구朝鮮古歌硏究』(1942)로 민족 고유의 향가를 일본인이 아닌 우리가 해석하는 길을 연 사정을 밝힌 글이 그런 예다. 이런 글쓰기는 1950년대 중후반 한 쪽으로만 가던 수필문단에 '수필이 그런 것만 아니야'라는 행로제시 역할을 하였다.

결론적으로 변영로 수필의 이런 성격은 시사示唆하는 바가 많다. 가령 근래 전통이 깊은 문예지가 '수필'이라는 용어는 아예 쓰지 않고 에세이, 산문이라는 이름으로 수필장르를 갈무리하면서 정작 수필가에게는 수필을 청탁하지 않는 사정과는 많이 다르다. 전통 문예지의 그런 편집행위는 수필가라는 사람들은 에세이나, 교술산문은 쓸 줄 모르거나 쓸 능력이 없고, 수필을 서정수필, 기행문, 신변잡기를 미문체로 다듬어 그것이 수필의 전부라고 판단하는 사람들로 본다는 의미다. 곧 수필장르를 서정수필로만 인식하는 사람들이라는 뜻이다. 이런 점은 수필 창작론을 가르치는 개인 교습기관이 아주 많은데 그런 기관의 커리큘럼에는 에세이에 대한 항목은 아예 없는데서 잘 드러난다. 『수주수상록』을 문제삼은 것은 수필로 호명되는 글쓰기에 대한 이런 반성을 촉구하는 요소가 분명하게 나타나기 때문이다. 특히 그것이 1950년대라는 문학이론 부재의 시기에 간행된 수필집이라는 데서 더욱 그렇다.

2. 『명정사십년』과 술

『명정사십년』은 '술이라는 글감과 술을 너무 마신 경험'이 교술敎述[8]과 형상화形象化[9] 사이에 놓여 요란스러운 빛을 뿜는 수필집이다. 한국의 문학은 그것이 긍정적이든 부정적이든 간에 취기의 거나한 명정상태 및 흥과 매우 긴밀한 연관성을 갖고 있는데 이런 예를 고전수필에서 찾는다면 정철의 「장진주사將進酒辭」이다.[10] 그리고 현대수필에서는 변영로의 『명정 사십년』, 양주동의 『문주반생기』가 될 것이다. 특히 변영로는 어릴 때부터 부자대작父子對酌했는데 그렇게 배운 술이 성년이 되어서는 조선 천지에 둘도 없는 호주가好酒家로 소문이나 술은 입에도 못 대는 친구 위당爲堂 정인보鄭寅普가 자기 대신 아버지를 주점에 모시고 가 술 대접을 좀 해 달라는 부탁을 받고 효가대행孝可代行까지 한 사람이다.

변영로는 한 번 술을 마시기 시작하면 인사불성이 되도록, 주야불문, 주도酒徒를 지어 몰려다니며 마신 뒤 사고를 친다. 이런 행각은 오직 술 때문에 발생하는 개인적 문제지만 그런 위험천만危險千萬, 광태란취狂態亂醉, 실태기록失態記錄에는 애국적 의협심, 풍류남아風流男兒의 적나라한 성정, 한 시대의 문화풍속이 들어있다.

---

8 실제 사실의 바탕 위에서 세계를 그대로 알리는 비전환 표현. 서정적 교술이지만 세계가 사실대로 개관적 표현을 지향한다는 점에서 형상화와 다르다('가전' 같은 형상화가 상당히 이루어진 예외적인 경우가 있지만).

9 글의 소재를 작가의 의도에 따라 예술적으로 순수하게 재창조하는 글쓰기.

10 이재선, 『우리 문학은 어디에서 왔는가』, 소설문학사, 1986, 232쪽.

1) 애국적 의협심

① 그때만 하여도 요금이라야 그만 거리에 불과 이 삼원하든 차라 돈이 많거나 없어서가 아니라 그 운전수의 태도가 하도 불쾌하야 아니 주기로 결심한바 내라 거니 안 낸다 거니 자연히 시비가 버러졌다. 길모퉁이에 있든 파출소 순사가 뛰어와서 시비의 곡절을 묻기에 나는 전후 사유를 설명하여 주었다. 그러면 그 순사는 의당 운전수를 돌려보내야 하였을 것이 아닌가? 그럼에도 불구하고 그 순사 역시 나더러 요금 지불을 하라고 강요하였다. 그리하야 나는 그 순사에게 나의 말(광화문호텔에서 지불한다는)이 미심커든 그곳으로 전화를 걸어보면 알 것이 아니냐 하였다. 나는 격노한 나머지 그 순사에게 "너는 아예 경관자격이 없는 놈이다. 그 복장은 어데서 훔치어 입었느냐?"고 일갈을 하고 빰을 힘껏 갈기었다. 이놈 경관에게 폭행을 한다고 파출소에 있든 다른 순사들의 응원을 청하야 나를 내가 타고 간 바로 그 자동차에 실어가지고 동대문 본서로 압송하였다. 동대문 경찰서에서 나를 취조하든 놈의 불손무례가 아니라 잔학스러운 그 태도에 나는 더욱 격분하야 옆에 놓여 있던 석탄상자를 들어서 메어치는 바람에 비산하는 석탄 덩어리에 마지어 창유리가 한두 쪽이 깨어질 (…후략…)[11]

② 내 곁에 자리를 잡고 있는 일위 풍류남아(특히 성명은 감춘다)가 시종 틈만 나면 일본 정국담을 늘어놓는 것이었다. 물론 누가 듣기를 원하는 배도 아니언만 그는 자기의 사회적 우월성을 과시하려는 의도에서인지 부단히 동경행 '土産'담을 끄내이었다. 정우회가 어떠니 鳩山을 만났는둥 平沼하고

11 卞榮魯, 「동대문 경찰서」, 『酩酊四十年—無類失態記 附 南漂記』, 서울신문사, 1953, 57쪽.

바둑을 같이 두었다는둥 등등으로 술맛 감살노력(減殺努力)에 진취(盡醉)하였다. 나는 數三次 말로 태도로 경고를 하였지만 별무 효과이었다. 나는 자못 불쾌를 느끼기 시작하였다. 제지시킬 방도를 생각하고 있든 판에 그는 때마침 변소에를 갔다. 勿失此期라 나는 결의를 한 다음 큰 컵에다 오줌 반 맥주반 섞어가지고 빙괴(氷塊)를 넣어서 잘 식히어 놓았다. (…중략…) 그는 안심하고 꿀떡꿀떡 두어먹음 마신다음 아무래도 미각이 달렀는지 으악 으악하고 토해버렸던 것이다.[12]

③ 구락부 한 구석에 앉어 있다가 나는 한 구석을 바라보니 그 번 반민법에 걸린 최린(崔麟)과 故 朴勝彬씨가 바둑을 두고 있었다. 나는 난데없이 무슨 내 체모에나마 어그러지는 객기로인지 쭈루루 건너가서 한참 열중히 두는 바둑판을 쓸어버리었다. 물을 것도 없이 시비는 단단히 버러졌다. 최, 박 양인은 交交하야 나의 비행을 자못 기세 있게 힐난하였다. ―남이 두는 바둑판을 휩쓸어버림이 무슨 온당(穩當)치 않은 행동이냐고. 일이 이에 이르매 나는 나대로의 참을성이 없이 최에게 "너 이놈 네가 내 행세 말을 하니 네 행세는 도대체 무슨 행세이냐? 네 요량에는 칙임참의(勅任參議)쯤 하면 온당한줄 아느냐?"[13]

인용 ①은 순사에게 빰을 올려 부치고, 난로 옆 석탄상자를 메치고, 구치소에서 덮고 자라고 준 모포까지 똥통에 집어던진 사고다. 이런 행위를 일제시대에 했다는 것은 비록 취중이라 하더라도 보통일이 아니

12 卞榮魯, 「악희 일장」, 위의 책, 84~85쪽.
13 卞榮魯, 「칙참하행호(勅參何行乎)?」, 위의 책, 52쪽.

다. 호텔에서 대접을 잘 받고 차비까지 대주는 차를 타고 기분 좋게 귀가했는데 차를 불러준 사람이 준다는 차비를 자기에게 내라고 하니 거나한 기분이 상할 수밖에 없다. 게다가 순사까지 와서 가세하니 그만 성질이 폭발해 버렸다. 국민정신작흥주간, 특히 금주려행禁酒勵行을 하자는 판에 경관 폭행, 집물 파손까지 했으니 엄벌이 마땅한데 다행히 잔학하기로 이름난 고등계 주임(다카무라라는 일본 순사)과는 전에 개인적 인연이 있어 훈방 조치된다. 나올 때 유리창 값, 모포 세탁비를 내놓아야 했지만 무일푼이라 나중에 주마하고 왔는데 그 약속은 지키지 않았다.

변영로가 순사 때리고 유치장 간 이야기는 이것만 아니다. 어느 날 종로 낙원회관에서 하몽何夢 이상협李相協과 술을 마시다가 성대城大 교수 타다 모多田某의 거들먹거림에 기분이 상해 한 판하고 거리로 나왔는데 어디서 난데없이 또 '오이 오이' 하는 누굴 부르는 소리가 계속 들려 주위를 돌아보니 아무도 없고, 순사가 자기를 지목하고 있는 것을 알고 기분이 더욱 상해 "오이가, 난다!おいかなんだ, 이놈이 감히 누굴 보고! 이봐라니!". 다시 화가 치밀어 그 순사를 무수난타無數亂打했다가 종로 경찰서로 연행되어 하룻밤 고초를 겪고 나온 일도 있다.

인용 ②는 악동惡童기질의 악희惡戲다. 그러나 6척 장신에 힘이 장사인 친일파 모야某也에게 오줌을 먹이는 일은 당시 어떤 사람도 행하지 못할 담력이다. 비록 화해술을 먹기는 했지만 일찍이 「논개」에서 왜장을 끌어안고 남강으로 뛰어든 애국충절을 노래한 시인답다.[14]

14 "거룩한 분노는 / 종교보다도 깊고 / 불붙는 정열은 / 사랑보다도 강하다. // 아 강낭콩보다도 더 푸른 그 물결위에 / 양귀비꽃보다도 더 붉은 / 그 마음 흘러라. // 아리땁던 그

이런 애국충정이 인용 ③과 같은 사고를 유발시키는 원인이다.

최린은 기미독립선언서에 33인의 하나로 이름이 오른 사람이다. 그러나 그 일로 3년형을 선고받아 복역한 뒤에는 민족개량주의인 대동방주의를 내세우면서 친일파로 변절했다. 그래서 직임참의, 『매일신보』 사장, 조선임전보국단 단장까지 되었다. 그러나 해방 뒤 반민법에 걸려 체포되어 재판을 받았고 그때 '독립운동에 몸담았던 내가 반민족행위로 재판을 받는 그 자체가 부끄럽다. 광화문 네거리에서 소에 사지를 묶고 형을 집행해 달라. 민족에 본보기를 보여줘야 한다'라고 했다는 이야기가 전해온다. 이 사건이 있을 당시의 최린은 반민특위에 불려가기 직전인 듯한데 그의 과거행적이 변영로에 딱 걸려들고 말았다.

2) 호주가豪酒家인가, 풍류남아風流男兒인가, 한량閑良인가

변영로는 부잣집 아들로 태어나 일본과 미국 유학을 거치고 신문사로 대학으로 직장을 옮기면서 술을 즐기다가 상처를 하고 6년 동안 금주를 했다. 그러나 재취한 부인이 사내아이를 낳자 득남주로 다시 시작한 술이 초년의 기록을 넘었고, 말년에는 안국동에 '문우文友식당'을 차려 처음에는 잘 되었지만 그것도 이기붕(자유당 시절 부통령)이 추천한 미국유학 주방장과 주인 변영로가 함께 술을 마시는 통에 망해버렸다.

변영로가 작반하여 술을 마신 사람들은 염상섭, 오상순, 박종화, 오일도, 남궁벽, 이관구 등 전부 조선의 유명 문사들이다. 그 가운데는 김성수(부통령, 동아일보사 사주) 얼굴에 술을 끼얹어 술판이 난장판이 된

아미蛾眉 / 높게 흔들리우며 / 그 석류꽃 같은 입술 / '죽음'을 입 맞추었네!" 변영로, 『논개』, 자유문화사, 1987, 21쪽.

것, 도쿄서 돌아오던 날 역에서 우연히 홍난파를 만나 술을 마시고 취해 그의 집에서 자다 말고 오줌 누러 가다가 발가벗고 안방 부인네들이 자는 모기장에 엎어진 것, 양요리 집 미장그릴에서 서상일, 김준연, 윤치영, 장택상 등과 오찬을 하면서 위스키 세병을 마시고 귀가 하다가 창주 현동완이 미국여행을 하고 돌아오면서 선물한 금쪽같은 모자를 잃어버린 것 등이 『명정사십년』 가운데 명 편이다.

변영로의 둘째 형은 제상의 반열에 오른 인물이지만 그는 술만 마시며 서울에 안 살아본 동네가 없을 정도로 이리저리 이사를 다녔다. 주로 흑석동 같은 성 밖 달동네다. 그가 술을 즐긴 것은 천부적 술꾼 기질 때문인지 모르지만 그의 주변에 늘어선 사람들의 면면을 보면 그런 것만도 아닌듯하다.

가령, 긴 밤 꿈자리가 사나우니 오늘은 제발 밖에 나가지 말라는 아내의 만류를 거절하고 우중에 돈암동 친구 집에 가 그 집에서 특별히 담근 가양家釀을 양껏 마시고 대동아전쟁 때라 등화관제로 칠흑 같이 깜깜한 밤중에 만취상태로 흑석동 언덕을 오르다가 미끄러져 폭우로 물이 도도하게 흐르는 한강으로 곤두박질을 치던 중 천우신조로 나무뿌리에 가랑이가 걸려 목숨을 구하고 거기 매달려 밤을 새고 살아난 것도 그냥 술이 좋아 일어난 사고로만 보이지 않는다.

높은 공부를 했으나 좋은 직장은 없고, 그렇다고 일제에 구용苟容하면서 살자니 역겹고, 그런 일상이 무시로 그를 우울하게 했을 테니 그것에서 탈출하려는 그저 평심平心으로 술을 즐기다가 어느덧 술 없이는 마음이 본래자리로 돌아가지 못하는 상태가 되지 않았을까. 오상순과 술을 마시고 밤중에 남산엘 올라가고, 오상순은 당시 5전 하던 파이레트(칼표)를 자그마치 50여 곽 사고, 자신은 술을 사서 메고 한강으로 가 배를 띄우고 밤을 새며 공초는 담배를, 수주는 술을 마시며 새벽을 맞는 것이 풍류일까. 한량閑良 기질 때문일까. 아니면 역마살驛馬煞 때문일까. 또 술을 마시고 홍제동 화장터에서 자다가 동사 직전에 살아나는가 하면 삼각지 눈구덩이에 빠져 지나가던 행인의 도움으로 목숨을 건진 사건, 그런가 하면 술이 취해 달리던 차에서 뛰어내려 발목 골절상을 입고, 건달과 1대 3으로 싸우고, 여관에서 자다가 돈과 옷을 도둑맞고 여관 인근에 사는 친구와 용하게 연락되어 그의 옷을 빌려 입고 맨발로 눈 속을 걸어 귀가하는 행위가 도를 넘었기 때문이다.

"아아, 저이 좀 봐라 양말바람으로 간다."[15]

종로에서 우연히 박종화를 만나 이상호(6 · 25 때 월북)까지 불러내어 박 씨 집 밀주와 국일관에서 2차까지 하고 인사불성이 되어 식산은행 앞 길거리에 자다가 구두를 잃어버리고 신발도 신지 못한 체 새벽에 집으로 가는 모습을 장보러 나오다 본 어느 새댁의 감탄이다.

감각이 없으면서도 유일하게 감각한 것은 襲骨하는 寒氣였다. 上下顎이 부스러질 지경으로 이는 딱딱 마치었다. 살피어보니 누구의 무덤 석상위에서 몇 시간인지는 모르는 체로 나는 經夜를 한 것이다! 둘러보는 대로 난데없는 비석이 우뚝우뚝 초병들 같이 서서 있었다. '아하 묘지로구나.'[16]

15 卞榮魯, 「失靴記 一節」, 『酩酊四十年－無類失態記 附 南漂記』, 서울신문사, 1953, 106쪽.
16 卞榮魯, 「야반화장장행」, 위의 책, 90쪽.

술이 취해 흑석동 쪽으로 가는 전차인줄 알고 탄 차가 녹번리로 갔는데 그 동네 언덕길을 집으로 가는 고개로 알고 걸어가다가 홍제원 화장터 무덤에서 자다 잠이 깬 사건이다. 몸이 굳어지려는 동사 직전에 운좋게 소 달구지를 몰고 오는 농부에게 발견되어 살아났다.

교토京都에 유학하면서 니시다 기타로西田幾多郎의 사색의 철학('철학의 길'을 걸으며 사색하다가 병이 들어 죽은 교토대 교수) 영향인지, 병적 낭만주의『폐허』동인의 영향인지 모르나 늘 어려운 철학책을 옆에 끼고 줄담배를 피던 공초 오상순이며 하루라도 술을 마시지 않고는 견디지 못하는 변영로는 요새 건강 상식으로 보면 분명히 도를 넘은 병적 증세다.

> 종로 이가에 있던 철원주점을 찾아갔다. 그 때 그 집 주인은 나와는 면분도 있는데다가 그날은 유난스리히 기분이 좋아서 나에게 特配의 은전을 베푸는 것이었다.[17] 그리하여 십여 대접을 따라 놓던 대로 안주 먹을 새도 없이 連飮하였다. 그러던 참 내 옆에서 술을 먹고 있든 一位 酒客은 손에 술잔을 든 채로 마시는 것도 잊어버리고 나의 '超速의 鯨飮'을 感嘆不已하는 태도로 바라보고 있다가 "참, 참, 참, 참, 술 잘 자십니다"[18]

이런 모습이 애주가인가. 호주가인가. 아니면 중독 증세인가. 그러나 철원주점에서 만난 이 한 사람 술 손님은 변영로를 '술을 참, 참, 참, 참 잘 마시는 사람'이라며 감탄한다. 아니 존경한다. 그래서 나가면서 변영

17 당시 주점에서도 술을 배급처럼 팔았다. 술 먹을 사람이 주점 앞에 줄을 서서 자기 차례가 오면 주인이 주는 만큼만 사 마셔야 했고, 자기 차례에서 '술이 떨어졌다'고 하면 그냥 돌아서는 일도 있었다. 「애주가의 심도」에 이런 금강산 주점의 술 파는 이야기가 나온다.

18 卞榮魯, 「철원주점 담」, 위의 책, 98쪽.

로의 술값까지 낸다. 변영로의 사양도 단호하게 거절하며 '대관절 뉘댁이신가요?'라고 물어도 '네, 또 뵈올 날이 있을 것입니다' 하고 사라진다.

그런데 대부분의 사람들은 그때나 지금이나 수주의 이런 술 마시기를 남아의 풍류라거나 문인의 낭만, 또는 멋이라 말한다. 한 시대를 룸펜처럼 살던 지식인의 우울 증세가 마침내 병처럼 되었다고 말하는 사람은 아무도 없다.

이렇게 죽자 살자 술을 마신 이면에는 타협을 모르는 변씨 가문의 성정[19]에 적당히 어물어물 넘어가는 꼴 보기 싫은 세상사를 참으며 살다보니 쌓이는 스트레스가 많아 그걸 처리하려다가 자연히 술을 죄인으로 앞세우는 사람이 되었을 것이다. 그가 「논개」를 쓰고, 손기정 가슴에 새겨진 일장기를 지우지 않고는 배길 수 없는 기질이 그를 늘 옥죄며 따라 다녔을 것이기 때문이다.

3) 1950년대 주점과 그 문화 풍속

『명정사십년』에는 일제시대 경성의 유명 식당, 술집 이름이 썩 많이 나오고 그런 곳을 출입하던 사람들의 면면도 나타난다.

이를테면 황토현의 명월관明月館(변영로의 스승이자 제2의 술친구 정재원과 자주 드나들었다. 정재원은 15세에 도미. 펜실바니아에서 공부하고 돌아와 종로 기독교 청년회관 강사. 제자에 한성일보 주필 이관구 등이 있다), 서대문 언덕의 청송관青松館(양요리집. 안서, 공초, 횡보, 김일엽, 변영로 등이 남궁벽의 추도회를 열었다), 관수동의 국일관國一館(서울 장안의 유명 인사들이 많이 드나든 음식점.

19 그의 친형 변영태는 국무총리 시절 국무로 외국을 다녀오면 쓰고 남은 여비를 모아 늘 반납했다고 한다.

변영로는 어느 날 친구 정재원, 우현직과 술을 먹다가 옆방 술꾼이 평양에 간다니까 자기도 갑자기 평양에 가고 싶어 밤차로 거길 가서 혼자 술을 퍼마시고 여관에서 자다가 옷을 다 도둑맞고 그곳 친구 김찬영의 도움으로 돌아온다), 양요리집 미장그릴(변영로는 여기서 서상일(제헌 국회의원), 김준연(조선공산당 당수, 제헌 국회의원) 윤치영(윤보선 대통령의 숙부), 장택상(수도경찰청장)과 술을 먹고 현동원이 선물한 모자를 잃어버렸다), 고급 양요리집 청목당靑木堂(촌충창궐 퇴치 약을 먹고 진홍색 모자를 쓴 자칭 '창평군전하'와 '백마' 위스키를 먹고 진고개에서 쓰러졌다), 황석우와 술을 먹은 아서원雅敍園(황석우는 그날 자기와 동거하는 승방 여승을 불러내어 춤을 추게 하며 즐기자는 제의를 했고, 이에 변영로가 거절하자 한판 싸웠다), 정인보 아버지를 모시고 아들 대신 술대접을 한 동대문 밖 '붕어우물집', 왕십리 '홰나무집', 수은동의 '오동나무 집', 반민법에 걸린 최린이 박승빈과 두는 바둑판을 쓰러버리고 한판 붙은 계명구락부啓明俱樂部, 사동의 천향원天香園(변영로는 여기서 기골이 장대한 친일파 거구 남아에게 오줌술을 먹이고 박살이 날 뻔했다), 종로의 백합원百合園(친구 여운홍이 경영하던 술집. 어느 날 변영로는 이 집에서 술을 먹었는데 손님이 다 간 늦은 밤이라 여운홍이 집에 가라며 차를 테워 내보내자 술을 더 먹겠다고 달리는 차에서 뛰어내려 발목뼈를 다쳤다), 오전 5시에 줄을 서야 술 몇 잔을 먹을 수 있던 철원주점鐵原酒店, 역시 새벽 5시에 줄을 서던 본정통의 금강산金剛山, 공초, 횡보, 수주가 외투를 전당포에 잡힌 돈으로 술을 마신 종로 뒷골목 해당화海棠花, 낙원동의 유명한 음

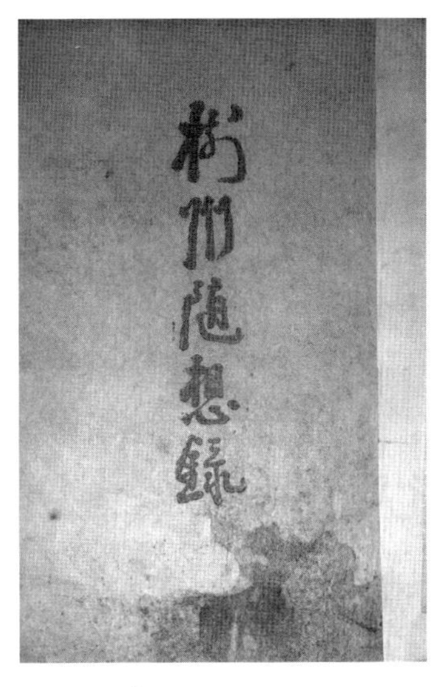

〈그림 17〉『수주수상록』 표지

식점 낙원회관樂園會館, 안국동의 윤尹빠, 화동 경기중학 옆의 황보추탕皇甫鰍湯, 그리고 오일도 시인이 마담에게 반해 드나든 꼬챙이 안주집, 박종화와 짝이 되어 빌주를 즐긴 박월朴月집(朴씨+月탄=박월집), 공초와 술을 마시고 한강 달밤 뱃놀이를 간 대관원大觀園, 자유당 때 부통령이 된 이기붕이 경영하던 종로의 올림피아다방, 종반宗班 이모야李某也가 노량진에서 미주가효로 파는 술에 끌려 강을 넘어 다니며 마시던 월강주越江酒 등등……『명정사십년』에는 이렇게 문사・지식인들이 술 마시던 뒷이야기가 비전환표현으로 생생하게 나타난다.

이런 술추렴 풍속은 거의 주도酒徒를 지어 몰려다니며 마셨다. 그 가운데 수주가 특히 자주 어울리던 문인들과 술 마시고 친 무류실태기 셋은 이 수필집의 압권이다.

> ① 쪽빛 같이 푸르고 맑던 하늘에 난데없이 검은 구름 한 장이 떠돌드니 그 구름장 삽시간에 커지고 퍼지어 왼 하늘을 덮으며 비가 쏟아지기를 시작하였다. 그야말로 油然作雲 바로 그대로이었다. 처음에는 우리는 비를 피해 볼 生意도하였지만 人家 하나 없는 한데이고 비는 豪勢있게 나리어 속수무책으로 살이 부를 지경으로 홉빡 마지었다. 우리는 비록 쪼루루 비두루마기를 하였을망정 그 때의 그 壯景 ―山中驟雨의 그 장경은 筆舌難記이었다. 우리 四人은 不期而同으로 만세를 고창하였다. 그 끝에 空超善知識 참으로 공초식 발언을 하였다, 참으로 奇想天外의 발언인바 다름 아니라 우리는 모조리 옷을 찢어버리자는 것이었다. 옷이란 원악이 대자연과 인간 두 사이의 離間物인 이상 몸에 걸칠 필요가 없다는 것이다. 그럴뜻도한 말이었다. 공초는 주저주저 하는 나머지 三人에게 시범차로인지 먼저 옷을 찢어버리었다.

남은 사람들도 天質이 그다지 비겁치는 아니하여 이에 곳 호응하였다. 대취한 四裸漢들은 狂醉亂舞하였다. (…중략…) 우리는 어느듯 언덕 아래에 소네필이 메여있음을 발견하였다. (…중략…) 何如間 우리는 몸에 一絲不着한 상태로 그 소들을 잡아타고 유유히 비탈길을 나리고, 똘물(소낙비로 갑자기 생기었든)을 건느고 孔子 뫼신 成均館을 지나서 큰 거리까지 진출하였다가 큰 봉변 끝에 壯圖(市中까지 우리는)는 수포로 도라가고 마럿다[20]

변영로가 혜화동에 살던 어느 날 주도酒道의 명인 오상순, 이관구, 염상섭이 집에 찾아왔다. 그러나 주머니가 텅텅 빈 그들은 술 먹을 돈이 없자 당시 『동아일보』 편집국장 송진우에게 '좋은 기고寄稿를 할 테니 원고료를 선불로 50원만 달라'는 편지를 사동에게 보내어 그 난감한 청이 성사되었다. 그들은 그 길로 교외에 나가 술을 먹고 친 사고 후일담이다. 요새 같으면 상상도 못할 일이다. 그러나 그 시대는 그래도 문인이 대접을 받고, 사회가 그런 사람을 알아주던 시절이라 이런 사고가 풍류고, 멋으로 용인되었다. 당시 송진우는 친일본적 언론인이었지만 조선의 인재들을 이렇게 알아주고 관리했다.

② 공초와 횡보와 나 삼인은 진종일 시중 방랑을 하였는데 석양무렵이 되니 피차간 피로도 하고 正當其時라 한 잔 생각이 불연듯이 이러났다. 吾等三人은 路中에서 脈脈相看할 따름으로 별로 시원한 도리나 방책은 없었다. 삼인 囊中이 一空이었기 때문이었다. 일이 이에 이르니 기어코 한 잔 없이

20 卞榮魯, 「백주에 소를 타고」, 위의 책, 37~38쪽.

쓸쓸히 헤어질 수는 없어서 내가 또한 惡智慧를 방출하야 일 안을 제출하니 반대나 이의가 잇을 수 없었다. 요는 다름이 아니고 그날 날씨가 유난히도 온화하야 외투의 필효성이 상실된데다가 典衣沽酒란 말은 自古로 없는 배노 아니고 다 같이 마실 술을 누가 偏務的奉仕를 하기도 무엇하야 그야말로 공정무사하게 삼인의 외투를 우미관 부근의 어느 전당포에 가서 同時人質을 하야 三十圓이라는 그때 돈으로 不少한 금액을 투정투정하야 염출하여 내이었다는 것이다. 수중에 삼십원은 있고 무거웁든 외투는벗기어지고 남은 사무는 술 마실 것을 생각하니 과장하여서 말하면 몸이 鴻毛보다도 더 가벼움을 느끼었다.[21]

변영로, 오상순, 염상섭 세 사람이 외투를 전당포에 잡히고 생긴 삼십원으로 술을 마시고 즐겼으나 이튿날 졸한猝寒으로 덜덜 떨면서 전날의 술추렴을 후회하는 사건이다.

하루 종일 경성 시내를 돌아다닌 행동은 듣기 좋아 방랑이지 빈털터리 고등룸펜 문인의 부질없는 배회다. 이것을 그 시절 인기 작가 박태원은 근사하게 '고현학考現學', 'Modernology'이라 했지만 사실은 올데 갈 데 없는 문인들이 건달처럼 시간을 죽이는 행위다. 겉으로는 웃기지만 글의 속뜻은 아프다.

③ '이 비겁한 놈들아 어름더듬 내빼이고 말터이냐?' 하며 그 임시 휴전하였든 兩醉漢이 끝끝내 도전을 하는 것이었다. 나는 경각에 心決을 하고 나려

21 卞榮魯, 「猝寒無豫報來!」, 위의 책, 132~133쪽.

스러니 廉군은 '싸움은 내가 거러놓고……' 중얼대며 따라서 나리려 하였다. 나는 염군더러 제발 타고 가라고 구지 차내로 치미러 놓은바 차는 곧 떠나고 마렀다. 그제부터는 나는 단신이었다. 그러나 마음은 도로혀 홀가분하였다. 염군은 나렸자 簡純히 부담만 되는 존재인 까닭이었다. 처음에는 그래도 될 수만 있으면 溫言順辭로 해결을 지으려 하였다. 저쪽 태도는 너무도 완강한데다가 어느듯 보니 왼 놈인지 하나히 더 가세하였다. 그래서 나는 결국 삼대 일로 결전을 하게 되었다. (…중략…) 나는 혼신의 용력을 다 발휘하야 사투를 한바 필경 저쪽은 일종의 烏合이요, 나는 사생을 決한 판이라 終戰은 나의 승리로 돌아갔다. 집으로 돌아와서 보니 꼴은 말이 아니었다. 그 당시 오십원을 드린 山東綢 양복이 갈기갈기 난데다가 피두루마기가 되었든 것이다.[22]

변영로가 숙명여학교 옆에서 살던 어느 해 여름 중복 날 염상섭이 찾아 왔기에 작반하여 문 밖 안정사로 나가 술을 거나하게 마시고 집으로 돌아오려고 전차를 탔다가 벌어진 싸움 이야기다. 그 때 차를 탄 술꾼 한 패가 싸우고 있었는데 만취한 염상섭이 그 취한들에게 횡보로 비실비실 닦아가서 혀가 꼬부라진 목소리로 "무엇이 웃자고 웃재? 내가 재판을 하여주지" 했다. 이때 한 사람이 썩 나서서 "주저넘고 건방진 자식 같으니, 무슨 옷지랍 폭이 넓어서 남이 무엇을 가지고 싸우든지 제 조상 신주가 아닌 다음에야 무슨 참견이냐?"고 하면서 횡보의 뺨을 때렸다. 이에 변영로가 분기탱천하여 나서면서 차 안에서 싸우지 말고 곧

22 卞榮魯, 「水口門內 廣場劇」, 위의 책, 76쪽.

종점이 되니 차에서 내려서 한판 붙자고 하자 그 쪽도 좋다고 했다. 그러나 종점에서 그만 가려고 하는 변영로를 향해 '비겁한 놈들'이라며 욕을 했다. 절대 비겁한 인간이 될 수 없는 변영로가 혼자 상대방과 맞서는 장면이다. 문약한 염상섭과 달리 열혈남아 변영로의 의리와 결기를 엿볼 수 있다. 삼십 전후의 변영로는 50kg의 아령을 양손에 들고 스무 번을 들어 올릴 만큼 힘이 장사였다고 한다. 그런 그가 비록 1대 3이지만 목숨을 걸고 싸웠기에 그 전투는 변영로의 승리로 종전되었다.

위의 인용문에 나타난 사건을 이렇게 정리한다.

멋과 풍류(①), 높은 공부를 하고도 가난하게 살면서 정을 나누던 문인들의 인간미와 낭만(②), 비겁하지 않은 의리와 결기(③)라고. 특히 이것이 비허구산문이라는 점에서 한 시대의 그늘이자 빛이다. 인간 변영로의 인간상과 인격이 어두운 시대와 대거리를 하면서 그 세계가 빛을 향해 나아가고 있기 때문이다. 이런 점에서 『명정사십년』은 단순한 술추렴 후일담이 아니다. 일제시대 지식인들의 삶의 이면을 희화하고 있는 자화상이다.

이제 남은 문제는 변영로와 6・25의 관계이다. 변영로는 6・25 때 부산으로 피란을 갔다. 지주 아들이요, 기독교인이요, 미국유학을 한 전형적 유산층이니 서울에 그냥 남아 있는 다는 것은 생각할 수 없었을 것이다. 피란만 간 게 아니라 그는 해군 사관학교 교수를 자원했고, 아들은 일선 소대장으로 싸우다 중상을 입고 후송되어 부산에서 치료하여 나왔다. 그러나 그 아들이 다시 전선으로 나가 공구격멸共仇擊滅의 성전聖戰[23]을 완수하기를 빈다. 이런 점은 술 먹으며 보낸 40년 인생 후일담과 너무나 다르다.

6·25 후일담이 많지만 거의 픽션이고, 일기 형식의 넌·픽션은 드물다. 이런 점에서 '남표南漂'에 묶인 여러 편의 수필은 수필이 문학의 장에서 수행하는 역할이 어떤 것인가를 보여주는 다른 예이다. 교술산문의 시각에서 다뤄야 할 과제인 듯하다. 따라서 다른 에세이에서 고찰하려 한다.

23 卞榮魯, 「하나의 전기」, 위의 책, 161쪽.

제3부 ― 납·월북 수필가

제9장

최초의 근대수필 앤솔로지 『수필기행집』

1. 한국 근대수필의 시작과 확산

한국 현대수필의 효시는 어떤 작품인가? 한 문학사 책은 김기진의 「정복자의 꿈」이라고 한다.[1] 그러나 한국의 현대시를 1908년 최남선의 「해에게서 소년에게」부터 잡고, 최초의 현대소설이 1917년에 발표된 이광수의 『무정』이라고 명시하는 데 견주어 한국 근대수필은 누구의 무슨 작품부터 시작되었는지 아직 공론화된 바가 없다. 명확한 시작점을 규정하기에는 난감한 문제가 많아 나타난 결과인 듯하다.

이 질문에 답을 하기 위해서는 우선 수필에 대한 정의부터 나와 있어야 한다. 그러나 수필이란 무엇이고, 또 수필이라는 장르류類와 장르종種에

1 '수필'이라고 명시한 첫 작품은 『조선문단』 1925년 10월 호에 실린 김기진의 「정복자의 꿈」이다. 조동일, 『한국문학통사』 5, 지식산업사, 2005, 562쪽.

〈그림 18〉『현대조선문학전집』 제1권 수필편 표지

대한 명확한 개념 또한 아직 공인되지 못한 상태이다. 조동일이 "문학이 시·소설·희곡·수필로 이루어져 있다는 것은 상위갈래와 하위갈래를 혼동하는 착오이다. 상위갈래는 서정·서사·희곡·교술이다. 소설이나 수필은 하위갈래이다. 교술에 교술시와 교술산문이 있고, 교술산문에 고문古文도 있고 수필隨筆도 있다. 지금의 '신문 칼럼'은 교술을 대표하는 글쓰기다. 그러나 이 이론이 아직 현대수필에까지 내려오지 않고, 고전에만 적용되고 있다. 신재기가 『형상과 교술 사이』(수필미학사, 2015)에서 겨우 시도할 정도이다.

그렇다면 김기진이 스스로 '수필'이라 말한 그의 「정복자의 꿈」을 한국 현대수필의 효시로 간주해야 할 것인가. 그러나 누구도 「정복자의 꿈」을 한국수필의 효시로 말하지 않는다. 아니 그런 작품이 있는 사실마저 잘 모른다. 마치 최남선이 『소년』에 발표한 「반순성기半巡城記」(1909)를 최초의 수필이라고 말하지 않듯이. 왜 그럴까. 「정복자의 꿈」에서 뚜렷한 수필의 장르적 특성을 찾아내어 그 문학적 성취도를 논증할 만한 근거를 찾기가 어려운 게 원인일 것이다.

김기진이 그런 글을 발표하던 시기에는 그와 유사한 글이 아주 많이 발표되었다. 그러나 그런 글들이 '수필'이란 이름으로 발표하지 않았기에 그 글들이 김기진의 글과 같으면서 다른 글처럼 되어 있다. 이런 현상이 나타난 것은 모두 수필에 대한 분명한 잣대가 없는 까닭이다. '감상, 수상, 상화, 수필'등의 이름으로 발표된 당시의 많은 글들이 사실은 모두 수필에 속한다. 용어가 다르다고 해서 글의 본질에 차이가 있는 것은 아니다.

사정이 이러하지만 수필의 개념은 이 갈래의 문학에 대한 역사적 검토를 통해 그 답이 도출될 수 있다. 루카치의 말을 빌려 이런 주장을 말한다면, 장르는 미학적 범주의 본질과 문학적 형식의 본질에 바탕을 두면서 동시에 역사적으로 규정되는 것으로서 '지속 내의 변화와 변화 내의 지속성'을 가진 것이기 때문이다.[2]

2. 대표작가와 작품집

한국문학에서 수필이란 무엇인가를 규명하기 위해 이 논저는 다음과 같은 텍스트를 연구 대상으로 삼아 이 개념에 대한 답을 귀납시키려고 한다. 그것은 이 텍스트 자체가 한국수필의 원형과 변화의 결과물이기 때문이다. 다음의 자료는 「비허구산문, 범칭 수필의 장르적 성격」

2 Georg Lukács, *The Theory of the Novel*, Cambridge, Massachusetts : The M.I.T. Press, 1971, p.16.
"Preface" 중에서, "He was looking for a general dialectic of literary genres that was based upon the essential nature of aesthetic categories and literary form, and aspiring to a more intimate connection between category and history than he found in Hegel himself; he strove towards intellectual comprehension of permanence within change and of inner change within the enduring validity of the essence".

제8항에서 이미 소개한 바 있다. 그러나 논의의 전개를 위해 한번 더 제시한다.

李殷相, 『紀行妙香山遊記』, 東亞日報社, 1931

李殷相, 『無常』, 培材高普正相獎學會, 1936

毛允淑, 『렌의 哀歌』, 日月書房出版部, 1937

李殷相, 『耽羅紀行 漢拏山』, 朝鮮日報社出版部, 1937

李殷相, 『路傍草』, 博文書館, 1937

李殷相, 『紀行 智異山』, 朝鮮日報社出版部, 1938

安在鴻 외, 現代朝鮮文學全集 『隨筆紀行集』, 朝鮮日報社出版部, 1938

朴勝極, 『多餘集』, 金星書院, 1938

李光洙 외. 『朝鮮文學讀本』, 朝鮮日報社出版部, 1938

金東煥 편, 『半島山河』, 三千里社, 1941

李泰俊, 『無序錄』, 博文書館, 1941

申瑩澈 편, 『滿洲朝鮮文藝選』, 朝鮮文藝社, 1941

李殷相, 『野花集』, 永昌書館, 1942

朴鍾和, 『靑苔集』, 永昌書館, 1942

金東錫, 『海邊의 詩』, 博文出版社, 1946

金哲洙 · 金東錫 · 裵澔, 『토끼와 時計와 回心曲』, 서울출판사, 1946

李殷相, 『大道論』, 光州府 國學圖書出版館, 1947

金晉燮, 『人生禮讚』, 東邦文化社, 1947

李敭河, 『李敭河 隨筆集』, 乙酉文化社, 1947

李克魯, 『苦鬪 四十年』, 乙酉文化社, 1947

李光洙, 『돌베개』, 生活社, 1948

鄭芝溶, 『文學讀本』, 博文出版社, 1948

盧天命, 『山딸기』, 正音社, 1948

金起林, 『바다와 肉體』, 平凡社, 1948

金瑢俊, 『近園隨筆』, 乙酉文化社, 1948

金晉燮, 『生活人之哲學』, 宣文社, 1949

金尙容, 『無何先生放浪記』, 首都文化社, 1950

金素雲, 『馬耳東風帖』, 高麗書籍, 1952

卞榮魯, 『酩酊四十年』, 서울신문사, 1953

田淑禧, 『蕩子의 辨』, 硏究社, 1954

白鐵 편, 『現代評論隨筆選』, 漢城圖書株式會社, 1955

皮千得 외, 『書齋餘滴－大學敎授 隨筆集』, 耕文社, 1958

皮千得, 『琴兒詩文選』, 耕文社, 1959

梁柱東, 『文酒半生記』, 新太陽社, 1960

텍스트는 단행본 수필집만으로 한정했고, 시기는 1960년 이전이다. 혹자는 수필집 선정에 이의를 제기할지 모르겠다. 그러나 내 나름으로 열심히 자료를 섭렵한 뒤 결정한 결과다. 34권은 결코 초라하지 않는 수필문학 한 세기의 성과다. 광복기에 출판된 문제적 기행집[3]도 있고, 그 밖에 수필집이 몇 권 더 있지만 문학적 성취도가 가늠하기 어려워

3 徐光霽, 『北朝鮮 紀行』, 靑年社, 1948; 溫樂中, 『北朝鮮 紀行』, 朝鮮中央日報 出版部, 1948. 이 두 책은 '기행'이라는 제명으로 보면 기행수필집이지만 내용으로는 당시 북한의 정치, 문화를 좌익적 시각에서 취재한 기자의 북한 답파기다. 이런 점에서 이 두 기행집은 '수필집'이라기보다 '산문집'이다.

논의에서 제외한다. 시대구분이 1960년대가 된 것은 그 시대가 4 · 19, 5 · 16 등 현대사에 큰 매듭을 남긴 사건이 문학에도 미친 영향이 지대했고, 수필 역시 그러하리란 가설에 근거한다.

연대순으로 나열된 위의 자료 34권의 첫머리에 놓여 있는 수필집이 기이하게도 문학사나 문단사에 시조시인으로만 이름이 올라있는 이은상의 수필집 『노방초』이다. 이 수필집보다 먼저 간행된 1910년대의 기행수필과 기행수필집은 최남선의 「반순성기」와 「평양행」(1909), 이광수의 「오도답파 여행기」(1917)가 있고, 1920년대에 오면 이광수의 『금강산 유기』(1924), 최남선의 『풍악기선楓嶽記選』(1924), 『금강예찬』(1925), 『심춘순례』(1926), 『백두산근참기』(1926), 윤화수의 『백두산행』(1927) 등 기행수필이 많이 출판되었다. 이밖에 나경석의 「석왕사」(1920), 민태원의 「백두산행」(1921), 노자영의 「두만강 새벽달」(1925), 박영희의 「반월성을 떠나며」(1926), 이선근의 「남행산필」(1926), 유광열의 「개성행」(1923), 노정일의 「산넘고 물건너」(1922), 권덕규의 「제주행」(1924), 김영진의 「서경행」(1925), 여운홍의 「북경기행」(1922), 김준연의 「라인강반에서」(1922) 등 10년 남짓한 시기에 발표된 유명, 무명인이 쓴 기행수필을 합하면 무려 335편이나 된다.[4] 기행수필이 아닌 수필집으로는 홍명희가 『동아일보』에 근무할 때 그 신문에 연재한 칼럼 '학창산화'를 묶은 『학창산화』(조선도서주식회사, 1926)와, 김억이 같은 제목으로 『동아일보』에 연재한 글을 모은 『사상산필』(백열사, 1925)이 있다.

그러나 이런 기행수필을 현대수필로 규정하기에는 문제가 있다. 수

4 오창익, 「1920년대 한국 수필문학 연구」, 중앙대 박사논문, 1985, 190쪽.

필을 문예수필과 문예론수필essay로 대별할 때 이광수와 최남선의 기행수필집은 국한문 혼용체의 문어체가 위주인 송가류의 교술산문이고, 『사상산필』은 문예론수필의 성격을 띠고 있으나 아직 문학에 대한 상식문답 수준을 벗어나지 못한 형편이며, 나머지는 여행기의 단순한 감상이라는 점에서 그러하다. 여행에서 보고, 느끼고, 들은 것에 대한 단순한 반응이 수필이라면 수필의 예술적 위상은 그 자리에서 허물어지고 말 것이기 때문이다.[5]

한국의 수필을 사적으로 대별할 때 그 시기는 고대수필, 근대수필, 현대수필로 3분된다. 고대수필은 유길준의 『서유견문』까지이고, 근대수필은 1910년대 이후 이광수, 최남선 등이 기행문을 발표하던 시기이며, 현대수필은 1930년대 말 바로 조선일보사를 중심으로 '수필기행집'이 집중적으로 간행되던 시기부터라 하겠다. 고대수필 『왕오천축국전』, 『열하일기』, 『일동장유가』로부터 유길준의 『서유견문』까지 이어지는 한국의 전통 수필로 기행수필과 지속적 관계에 있다. 이런 기행수필은 조선중기의 유산기문학, 곧 선비들이 금강산, 지리산 등을 탐방하던 그 유산기와 같은 맥락에 있다.

이런 기행문학은 1920년대에 와서 최남선, 이광수, 안재홍 등이 국토기행을 통해 민족공동체 의식을 발견하려 한 『개벽開闢』의 국토기행

5 조동일은 『한국문학의 갈래이론』에서 국문학의 장르를 서정, 교술, 서사, 희곡으로 크게 나누었다. 그중 교술을 '작품외적 세계의 개입에 의한 자아의 세계화'라 규정하고 그 하위 갈래에 수필, 서간, 일기, 기행, 비평 그리고 교술 민요 등으로 분류하고 있다. 최남선, 이광수의 글은 기행, 일기 문체의 수필이란 점에서 교술성이 강하다고 할 수 있다. 한편 김억의 『사상산필』(백열사, 1925)은 에세이류의 표제를 갖추고 있으나 「노아홍수」, 「연금술」, 「좌측통행」, 「미국의 문예」, 「천재와 결점」 같은 짧은 글을 수록해 당시 문화 전반에 대해 궁금한 것을 알려주는 상식 문답류의 하나라는 점에서 교술성이 강하다.

문과 백두산 금강산을 탐방한 여러 기행수필집으로 그 형식과 테마가 지속되었고, 이것은 다시 이은상의 『기행묘향산유기紀行妙香山遊記』(동아일보사, 1931.7), 『탐라기행한라산耽羅紀行漢拏山』(조선일보사, 1937.12), 『기행지리산紀行智異山』(조선일보사, 1938.10)으로 확산되어 갔다.

비허구산문, 범칭 수필의 개념으로서는 이은상의 『노방초』(창문사, 1935)부터[6]라 하겠고, 이은상의 수필가 위상이 확립된 작품은 배재고보 정상장학회가 1936년에 발행한 『무상』이다. 이은상은 이 수필집을 전후로 1938년까지 간행한 수필집이 무려 5권이다. 이 숫자는 해방 전까지는 말할 것도 없고 1970년대까지 이 기록을 따라올 문인이 없었다. 사정이 이러한데 그는 그 뒤 1970년대까지 『피어린 육백리』, 『민족의 맥박』, 『산찾아 물따라』 등 7권의 수필집을 더 출판했다. 이렇게 계산하면 이은상은 시조시인이 아니라 수필가다. 「가고파」, 「성불사의 밤」, 「오륙도」 등 빛나는 시조가 있지만 그가 춘원과 육당을 잇는 기행수필을 그대로 이어받았고, 수필집 『노방초』와 『무상』을 연속적으로 출판한 사실을 염두에 둘 때 그의 문학적 업적은, 물론 작품의 양이 질과 정비례한다고 할 수는 없지만, 시조보다 수필이 먼저다.

수필집 『무상』은 "망제亡弟의 영전에 주는 제문祭文을 대신하야 여히고 삼삭三朔되는 날의 일기"다. 아펜젤러亞扁薛羅, H. G. Appenzeller가 서문을 쓰고, 배재고보 교무주임 장용하張龍河가 발행사를 썼다.[7] 이은상은 『무상』의 발행권을 배재고보회에 바쳤다. 이런 사실은 이 수필집이 당시 조선 독서계에 어느 정도의 파문을 일으켰는지 짐작하고도 남는다.

---

6 이 책의 제3장 「한국 근대수필과 이은상」 참조.

7 李殷相, 『無常』, 漢城圖書株式會社, 1936. 아펜젤러가 쓴 「preface」는 2쪽의 영문이다.

베스트셀러였고, 그 인세 또한 상당했다는 말이다. 지금까지 이 수필집은 출판사를 바꿔가며 13판까지 거듭 간행되었다. 이런 점은 "조용만趙容萬 씨는 수필隨筆은 문학조류文學潮流에 들지 못한다고 하엿고 현민玄民 씨는 수필隨筆을 잡문雜文 속에 너엇다" 또는 "몹시 저급低級한 잡문雜文에 가까운 것"[8]이라는 평가를 내리게 한 사실과 무관하지 않다. 『무상』에 감상과잉이 강하기 때문이다. 그러나 그런 서정수필, 이를테면 모윤숙의 『렌의 애가』(1936)와 함께 한국수필의 저변을 확대하는데 큰 역할을 했다.

이런 사건 이후 조선일보사를 중심으로 수필집 간행이 본격화되었는데 이런 현상 또한 이은상과 무관하지 않다. 이런 단정은 이은상이 1935년 6월부터 1938년 6월까지 『조선일보』 편집국 고문 겸 출판국 주간으로 일했고[9] 그때 자신의 기행수필집 『탐라기행한라산』, 『기행지리산』 외에도, 합동수필집 『수필기행집隨筆紀行集』(1938.6), 『조선문학독본朝鮮文學讀本』(1938.10)이 연달아 출간한 사실에서 증명된다.[10] 이 두 합동문집에는 당시 조선의 대표 문인들의 수필이 수록되었다. 그래서 『수필기행집』은 1년 동안에 3판을 출판할 만큼 인기가 높았고, 『조선문학독본』도 2년 뒤인 1940년에 재판을 찍었다. 이런 사실은 당시 조선일보사 부사장으로 있던 이훈구가 쓴 『조선문학독본』의 재판 서문에서 여실히 드러난다.

8 김기림 외, 「수필에 관하여」, 『조선문학』 1-4, 1933.11, 99·101쪽.
9 노산문학회 편, 「노산 이은상박사 약력」, 『노산문학연구』, 당현사, 1976.
10 이은상의 『조선일보』 편집국 고문 및 출판국 주간 근무기간은 1935년 6월부터 1938년 6월까지이다. 위의 글 참조.

> 現代朝鮮文壇의 巨擘四十餘人이 그들의 自信있는 名文을 筆載하였고 따라서 評論 紀行 隨筆 詩 時調筆 百 三十餘篇의 珠玉 같은 文章이 蒐輯되어 있다. 그 가운데로 나다나는 總體는 말로 形言한다면 文學界의 一金字塔이라고 아니할수가 없다. 그러므로 누구던지 人生의 讀本으로 藝術의 讀本으로 작문의 讀本으로 또는 文藝의 讀本으로 읽으면 漢文의 「古文眞寶」 以上의 眞價를 發見할 것을 確信不疑하는 바이다.[11]

『조선문학독본』에 작품을 수록한 문인은 48명인데 그 가운데 시인이 20명, 소설가가 19명이고, 다른 문학 갈래에 종사하는 사람은 7명이고, 수필가는 2명이다. 수록된 작품의 장르는 시와 수필뿐이다. 소설가 19명이 모두 자기 장르가 아닌 수필로 문학의 독본을 삼고 있다. 시인 중에도 시가 아닌 수필로 문학독본을 삼은 사람은 3명이다. 그래서 시로 묶인 작품이 17개, 수필로 묶인 작품이 31개이다. 수필이 시보다 2배 가까이 많다. 이 책을 수필로 읽는 근거는 이런 점 때문이다. 특히 시인과 소설가가 수필로서 문학독본을 삼았다는 점에서 당시 수필이 얼마나 인기가 있었는가를 말해준다.[12] 이훈구가 수필이 중심인 이 『조선문학독본』을 한문의 『고문진보』 이상으로 평가한 점 역시 그렇다. 1941년에는 『수필기행집』과 모든 것이 흡사한 삼천리사의 『기행紀行반도산하半島山河』가 출판되어 많이 팔렸고, 그 여세를 몰아 1944년에 재판을 간행한 사실에서도 이런 점을 확인할 수 있다.

『수필기행집』, 『조선문학독본』, 『기행반도산하』의 공통점은 기행수

---

11 李勳求, 「序」, 『朝鮮文學讀本』(재판), 朝光社, 1940.

12 이 책의 제11장 「서정수필과 서정시의 문학적 영역」 참조.

필이 대세라는 것이다. 제명에 '기행'이란 말이 들어간 두 수필집은 그만 두고 이광수 외 47인의 작품집인 『조선문학독본』의 작품은 몇 편의 시를 제외하면 전부 수필이다. 그것도 거의 기행수필이다. 이런 기행수필의 붐은 그대로 확산되어 1938년에 간행된 좌파 문인 박승극의 수필집 『다여집』도 '수상隨想 기행집紀行集'이라는 타이틀을 달고 출판되는 데까지 이어졌다. 이런 사실은 한국 근대수필은 기행수필로부터 시작되었고, 그 뒤에 조선일보사와 출판국 주간 이은상이 있다는 말이다.

조선일보사는 수필의 이런 인기를 문단 전체로 확산시켜 나갔다. 그 적시타가 모윤숙의 『렌의 애가』다. 수필확산의 적시타가 된 이 수필집은, 제2신 『시몬에게 보내는 편지』, 제3신 『당신은 제게 탄식을 남겨놓고 가셨습니다』가 연속 발표될 만큼 많은 독자들로부터 사랑을 받았다. 이은상의 육친상실, 모윤숙의 비련의 서간분이 수필의 이름으로 조선의 독자대중을 휘어잡았던 것이다. 일제 말기로 가는 우리의 암담한 현실이 병적 낭만주의로 굴절되었으나 독자들은 이 두 수필집의 감상과잉을 감상이 아닌 인간 숙명의 한 묵시록으로 받아들인 형국이었다. 일제 말의 참담한 현실이 민족의 허무주의로 옮아가던 무서운 분위기를 이 두 글재주꾼은 그것을 자성의 문학, 수필로 그 민족허무주의를 개인의 비극으로 포장했다. 이런 수필집의 엄청난 반응을 해명하는 길은 이런 논리로만 가능하다. 이것은 이은상의 동생 이정상이 학생운동을 하다가 옥고를 치르고 그 동티로 일찍 죽었다는 사실과 관련된다. 수필은 이렇게 야음夜陰처럼 문단의 뒷길에서 자리를 잡아갔다. 그런 흐름의 중앙에 조선일보사의 출판국 국장 이은상이 존재하고, 그 생산품이 『수필기행집』, 『조선문학독본』이다. 특히 '조선문학의 교과서'란 의미의 『조선문학독본』이 기행수필을 중심으로 편집되었다는 사실은 우리의 근대수필이 기행수필로부터 시작되었다는 것을 증명한다.

3. 수필 · 기행문 · 기행수필

진술이 거듭되는 감이 있지만 한국수필의 기원은 기행문에 있다. 『왕오천축국전』, 『열하일기』, 『표해록』, 『연행록』, 『일동장유가』 등이 모두 기행문이다. 근대에 나타난 유길준의 『서유견문』(1895), 이광수의 『오도답파여행』(1917)도 그렇다. 또 『개벽』이 1921년부터 기행문을 간간이 게재하다가 1922년에 와서는 도별 특집으로 조선 팔도의 지리, 풍물을 소개하고 그 뒤를 잇는 이광수의 『금강산유기』(1924), 최남선의 『금강예찬』(1925), 『심춘순례』(1926), 『백두산근참기』(1927), 이은상의 『기행묘향산 유기』(1931)도 기행문이다.

이런 책들은 학술적인 사상탐구, 역사연구, 지리에 대한 전문 연구서, 체계가 서있는 인문학 저서가 아니다. 이국의 문물, 생활습속, 종교, 풍경을 보고 평이하게 기록한 것이거나 백두산, 금강산, 지리산 등을 주유하면서 느낀 소감을 기록한 것이다. 이런 저술의 밑바탕에는 저자들의 해박한 역사지식이 깔려있다. 그리고 자유분방한 상상, 역사에 접근하고 기술하는 방식, 자연과의 관계에서 쓰는 글의 형식으로서의 기행문이다.

1930년대부터 부쩍 많이 발표되기 시작한 이 기행문은 해외 기행문이 먼저다. 국내 기행문은 해외 기행문이 붐을 이룬 다음부터이다. 이런 사실을 가장 잘 보여주는 예가 이순탁의 『최근세계일주기最近世界一周記』[13]이다. 1934년에 발행된 이 기행집에는 미국, 영국, 불란서, 독일, 이태리, 아일랜드, 스위스, 이스라엘 등 세계 여러 선진국을 두루 돌아본 99편의 기행문이 수록되어 있다. 또 다른 하나의 예는 뒤에 『고투苦鬪 사십년四十年』으로 출간된 이극로의 「조선을 떠나 다시 조선으로-수륙水陸 이만리二萬里 두루 도라 방랑放浪 이십년간二十年間 수난受難 반생기半生記」[14]이다.

이 두 기행문에는 식민지가 된 국토, 국권을 잃고 고생하는 조선민족에 대한 애정과 빈부의 원인과 빈부 양 계급의 형성 및 그 투쟁에 의한 빈자계급의 승리에 확신한 정의관이 바닥에 깔려 있거나(이순탁), 대종교大倧敎 신도로서 신봉하는 불패의 '한민족의 얼'[15]과 민족어문운동을 활성화 하여 민족혁명의 기초를 세우려는 문화민족주의(이극로)[16]가 상한 문맥을 형성하고 있다. 이런 특징은 일반 기행문과 많이 다르다. 특히 이극로의 파란만장한 서사적epic 기행담론이 그러하다. 이런 점에서

---

13 이순탁, 『最近世界一周記』, 漢城圖書株式會社, 1934. 이순탁은 교토제대 유학 시절 그 대학 경제학부의 우상이자, 일본 마르크스학파의 창립자인 가와카미 하지메(河上肇)의 영향을 받아 조선의 가와가미가 된다. 빈자 계급의 승리를 확신한 맑시스트였으며, 연전 교수를 역임했다. 이승만 정권 초대 기획처장으로 토지개혁 주도했다. 6·25전쟁 때 월북했다.

14 李克魯, 「조선을 떠나 다시 조선으로-水陸 二萬里 두루 도라 放浪 二十年間 受難 半生記」, 『조광』, 1936.3·5·6. 이 여행기는 이극로의 다른 글 「吉敦事件 진상조사와 재만동포 위문」 등과 함께 『고투 사십년』(을유문화사, 1947)으로 출판되었다.

15 이극로는 이런 '한민족의 얼'을 줄여 '한 얼 生'이라는 필명으로 시를 발표했다. 「高麗墓子」 같은 작품이다. 저자는 이 작품의 저자를 백석이라고 말한 바 있다(오양호, 『그들의 문학과 생애, 백석』, 한길사, 2008). 그러나 그것은 저자의 큰 오류였다. 이 문제는 NRF의 저술지원을 받아 지금 연구를 수행하고 있다. 당시 대종교와 이극로와 만주문화 사정을 함께 고찰한다.

16 고영근, 『민족어의 수호와 발전』, 제이앤씨, 2008, 272쪽.

이 두 사람의 기행문은 수필이 될 수 없다.[17] 조동일의 장르이론에 따르면 기행문은 일기, 수필[18]과 함께 교술산문의 하위갈래이다. 그런 논리대로 보면 기행문은 수필과 동격의 장르 종이 된다. 그러나 한국문학에서는 이것 저 것 따지지 않고 기행문을 수필에 포함시키는 비학문적 관습이 있다. 대표적인 예가 이광수의 수필집 『돌벼개』다. 『돌벼개』는 본문이 200쪽 정도인데 그 가운데 '일기'라는 이름 아래 있는 「산중일기」가 31쪽이다. 수필집에 실린 글의 양과 비교할 때 비중이 너무 크다. 그런대도 이광수는 그 책을 '춘원수필집 『돌벼개』'라 했다.

사정이 이러한데 조선일보사가 1938년 유명 문인의 기행문을 묶은 책을 내면서 『수필기행집隨筆紀行集』이라는 이름을 붙였다. 그것도 '현대조선문학전집(수필편) 제1권'이라는 이름이다. 이것은 막연한 수필의 장르개념의 관습 때문인지 아니면 이 책에 수록된 모든 기행문의 내용이 조선이라는 장소애場所愛를 유독 강하게 표상하기에 그것을 독자들에게 될 수 있으면 많이 읽히려는 의도, 곧 수필이라는 서민적이고 민중적인 장르를 통해 문화민족주의를 확산시키려는 의도 때문인지 모르지만, 어쨌든 결과적으로 기행문이 수필의 하위 갈래가 되었다. 당시 이 일을 주관한 뒷자리에 문화민족주의자 시조시인 이은상이 조선일보

17 이극로의 『고투 사십년』과 이순탁의 『최근세계일주기』를 이 책에 포함시키지 않는 것은 이런 이유 때문이다. 특히 이극로의 파란만장한 일대기를 수필이란 연문학(軟文學)과 함께 묶는 것은 수필의 개념을 지나치게 확대하는 것이 된다. 춘원의 「산거일기」는 수필이 될 수 있지만 『백범일지』를 수필로 평가할 수 없는 것과 같은 이치다. 교술성이 강한 전기로 수필과 동격인 교술산문인 까닭이다. 이런 전기류에 대한 고찰은 별도의 논문으로 다룰 것이다. 이런 모든 문제는 수필의 이론 부재와 관계된다.

18 이때 수필의 관점은 좁은 의미의 연문학 개념이다. 우리의 전통 수필은 이런 개념에 서 있다.

사와 조광사에서 편집에 종사하고 있었다는 사실을 감안하면 기행문이 수필이 된 내력은 후자일 가능성이 높다. 이 문제는 몇 년 뒤 김동환이 이광수・한용운・안재홍 외 유명 문인과 지식인들의 글을 묶으면서 '기행紀行 『반도산하半島山河』'라는 이름을 붙이면서 기행문이 수필로 묶이는 관습이 재확인되었다.

이런 분위기 속에 박노철朴魯哲이 길림에서 시작해 간도 8백 리를 도보로 여행하는 「장백산 줄기를 밟으며」[19]와 한용운이 해삼위海蔘威를 돌아보고 온 기행문,[20] 또 이금명李琴鳴의 『노만국경露滿國境을 넘는 사람들』[21]과 함께 발표된 박인덕朴仁德의 『태평양太平洋 삼만리三萬里 가는 길』, 현경준의 「서백리아방랑기西伯利亞放浪記」,[22] 정인섭鄭寅燮의 「애란문학방문기」[23] 등 외국의 문명, 지리를 보고 적은 글이 모두 기행문이라는 이름으로 발표되었다.

이렇게 기행문이 문단의 대세를 이룰 때 조선일보사가 물시차호기勿失此好機로 국내기행문을 묶어 적시타를 날린 것이 『기행수필집』이다. 이 책은 1년 동안에 3판을 찍는 베스트셀러가 되었다.[24]

조선일보사가 발행한 『수필기행집』과 김동환이 발행한 『기행반도산하紀行半島山河』는 같은가 다른가. 전자의 의미는 '수필로 쓴 기행문'의 약칭이고, 후자는 '기행문으로 쓴 수필'이란 말을 줄인 뜻이다. 그렇다

19 박노철, 「장백산 줄기를 밟으며」, 『동아일보』, 1927.8.2~4.
20 한용운, 「지난날 이치지 안는 추억–北大陸의 하룻 밤」, 『조선일보』, 1935.3.8~10・13.(4회 연재)
21 『新人文學』, 青鳥社, 1935.3.
22 『新人文學』, 青鳥社, 1935.3~6.
23 『삼천리 문학』, 1938.1~4.
24 『기행수필집』은 1938년 6월 1일에 초판, 6월 14일에 재판, 1939년 2월 25일에 제3판을 발행했다. 이것은 당시 문화 사정으로는 아주 드문 일이다.

면 '기행문=수필의 한 갈래'이니 두 말은 '수필+수필의 한 갈래', '수필의 한 갈래+수필'이 된다. 결국 같은 의미다. 말의 자리만 바뀌었을 뿐이다.

'수필기행'이란 말의 탄생은 이런 사실과 관련된 명칭이다. 한국문학사상 '수필기행'이라는 용어를 책이름으로 달아 문학용어로 공식화한 것은 『수필기행집』이 처음이다. 교술산문의 장르 종種이 기행문, 일기, 전기, 수필인데 수필이 교술산문의 대표가 되었다.

기행은 주체가 외부를 보는 시선을 전제로 한다. 그 때문에 기행이 사회적 현실을 투영하고 재현하는 데 알맞은 형식이 된다. 이런 까닭에 1910년에서 1920년 사이에 창작된 산문 중 기행문이 20~30%를 차지 할 정도로 인기를 끌었다는 보고도 있다.[25] 1910~1930년대에 기행문이 이렇게 많았던 것은 국토는 이미 남의 땅이 되었지만, 민족이 터를 잡고 살아가고 있는 고토, 곧 삼천리 방방곡곡을 순례하면서 그 지명을 호명하는 것은 그런 언행만으로도 국토를 주체화할 수 있는 한 방법이 되었기 때문이다. 국토 상실감을 극복하기 위한 최적의 방법이 고토 기행이었고, 그런 행위를 하는 가운데 지리적 상상, 역사의 심리적 복원으로서의 민족 호출이 기행문으로서 가능하였으며, 그런 글쓰기가 가장 효과적인 민족 계몽의 방법으로 인식되어 있었던 게 1920년대 전후였다. 그 시절 민족주의자로 자타가 공인한 최남선과 이광수가 쓴 많은 국토 기행문은 모두 이런 논리가 바닥에 깔려있다. 그러나 이런 문화민족주의 글쓰기는 이은상의 『탐라기행한라산』(1937), 『기행지

25 이동원, 「기행문학 연구」, 연세대 석사논문, 2002.

리산』(1938)으로 명맥이 이어오고, 문인과 지식인의 기행 담론은, 앞에서 말한 바와 같이 전부 반도 밖으로 쏠려 많은 기행문이 발표되었다. 그런 분위기가 『수필기행집』의 간행을 촉발시켰을 것이다. 이런 점에서 이 『수필기행집』은 다음과 같은 몇 가지 중요한 문제점을 제기한다.

첫째, 1920년대 초에 유행하던 국내 기행문이 이은상의 국토 기행문(『기행묘향산유기』, 『탐라기행한라산』, 『기행지리산』)으로 명맥이 이어져 오던 중 그런 '기행문'에 '수필'이라는 이름을 달아 『수필기행집』이 발행된 것은 수필문학사로 보면 하나의 사건이다. 그런 책이 베스트셀러가 되면서 그 뒤 기행문은 당연히 수필로 인식하는 계기를 만들었기 때문이다. 이런 현상의 이면에는 어문민족주의를 등에 업고 그 나름의 사회사상을 창도・발전시키면서 우리의 문화민족주의를 확산시키려는 그 시대 조선사회와 모종의 길항관계에 있는 장소애가 자리를 잡고 있다. 이런 점이 기행문을 수필로 읽히는데 큰 역할을 했다.

둘째, 이광수, 최남선이 국토를 민족의 정신과 생활의 자취가 새겨져 있는 기록물로 보며 이로부터 민족의 역사・철학・정신을 논설조로 쓴 교술산문성이 강한 기행문이라면 『수필기행집』에서는 기행을 통해 자연의 미를 예술로서 인식하는 문학성이 발견된다.

셋째, 내건 표제는 '수필기행집'이지만 실재 내용은 문예수필, 문예론수필이 혼재해 있어 한국 수필문학의 한 변화refraction의 조짐兆朕이 엿보인다.

4. 『수필기행집』의 이면적 주제

1920년대의 최남선과 이광수의 수필이 장소애를 통한 민족애의 호출이란 것은 다 아는 사실이다. 그러나 조선일보사출판부가 현대조선문학전집 『수필기행집』을 간행한 1938년 6월이라는 시점에서 보면 당시의 기행문이 수행할 수 있는 역할은 1920년대의 그것과 아주 다르다. 1938년의 조선 사정은 1920년대의 그것과는 대비 불가능할 만큼 식민지적 상황이 견고해진 때인 까닭이다. 수필이 아무리 개인의 신변사를 주관적으로 형상화하는, 그래서 교술산문을 서정적으로 만들어 내용을 탈색[26]시키는 요소가 강하다고 하더라도, 기행문은 그 주체가 외부를 보는 시선을 전제로 하는 점을 고려할 때 이 산문 역시 현실문제와 깊이 관련된다. 이런 문제를 루카치G. Lukács는 서사형식은 현재 존재하고 있는 그대로의 현실과 불가분의 관계에 있다는 의미로 해석했다.[27] 기행문도 소설과 서사시로 대표되는 서사문학의 하나가 될 수 있다는 근거에서 이 말은 수필의 본질 해명에도 적용될 수 있다.

1938년은 일제의 군국주의가 막바지로 치닫던 때이다. 1월에는 지원병 제도가 발표되고 4월에는 학교 교육에서 조선어 교육이 폐지되었다. 5월에는 국가 총동원법을 시행, 조선을 전쟁수행의 전진기지로 만들었고, 6월에는 육군지원자 훈련소 입소식이 있었다. 그러다가 1939년에는 국민 징용공포령이 공포되고, 11월에는 『조선일보』와 『동아일

26 조동일, 앞의 책, 561쪽.

27 Georg Luka'cs, "The Epic and the Novel", *The Theory of the Novel*, The M.I.T. Press, 1971, pp.56~69.

보』 두 신문이 폐간되었다. 『수필기행집』 초판이 나오던 1938년은 조선 청년이 일본군에 지원하면서 천황만세를 외치며 훈련소로 가던 바로 그 6월이다.

그런데 왜 수필인가? 이 문제를 다음의 수필을 통해 구체적으로 살펴보자.

> 이 돌을 세운 사람의 그것을 세울 때 맘은 이름을 천추만세에 전한다는 영웅의 맘보다도 존귀한 것이 외다. 동포여, 저 돌무데기를 보시오 그리고 저 돌을 세우던 손과 사람을 상상해 보시오 어떻게나 사랑스러웁고 아름다운가. 이 지상에 왕국을 세울 것은 오직 이러한 맘이외다.
>
> 참말 이러한 무인지경에서 유일한 사람의 자취인 돌무데기를 대할 때에는 참된 하느님의 아들인 인성의 불실에 내 몸이 타는 듯합니다.[28]

이 기행문 속의 금강산 곤로봉은 동포 · 민족의 다른 이름이다. 첫째 날의 비로봉은 어떻게 아름답고, 둘째 날의 비로봉은 어떻게 신비롭다는 식의 순차적 선형구조 속에 선인의 자취를 발견하고, 그 자취가 지상에 왕국을 건설한 이념의 징표로 기능하는 까닭이다. 이런 기행수필의 서사구조는 역사를 따라 앞으로 혹은 뒤로 꾸준히 움직이는 공동체로 민족을 생각하는 것에 대한 비유로 읽힌다.[29] 이광수는 '친히 보려면 언

28 이광수, 「금강산 곤로봉 등첩기」, 『수필기행집』, 조선일보사, 1938, 7쪽.

29 이런 논리가 다소 비약되는 감이 있다. 이를 최근 춘원에 대한 평가로 대신하고 별도의 논의를 준비한다. 참고로 '춘원연구학회'의 「춘원연구회의 기본 방향」을 소개한다. "시대상황과의 상관관계 속에서 빚어낸 모든 사실을 역사, 상황과의 관계로 추적하되 그 중심축은 문학과 문화, 인문주의에 둔다. 우리는 춘원의 친일이 일방적으로 희석화, 부정되는 것을 원하지 않는다. 단적으로 그것이 역사를 왜곡, 기형화시킬 가능성이 있기 때문

제나 볼 수 있는 것으로서' 금강산 유기에 나섰기에 그의 수필 쓰기로서의 기행문은 자신의 국토애를 효과적으로 나타낼 수 있는 열린 장르가 된다. 당시 수필은 내체적으로 내용 면에서 심각한 문제로부터 도피하는 경향이 있었다. 1930년대 조선사회에서의 민족주의를『흙』속에 밀포장해 지식인을 뒤흔들고, 농촌개발, 농민계몽의 횃불을 지핀 이광수는 그런 분위기를 수필에 거꾸로 이용, 루카치가 언급한 서사문학 형식이 본질적으로 피할 수 없는 사회 상황과의 관련문제를 기술적으로 피해, 우리가 사는 땅・자연・승경의 예찬이 곧 민족의 변함없는 존립을 보장해주는 형식으로 기능하는 글쓰기의 본보기를 수필에서 보여주었다.[30] '조선의 대표적 산하, 곤로봉 기행=민족정신의 확장=민족'의 관계로 작자의 사유가 전환・심화되면서 조선의 자연 현상과 국토의 아름다움이 민족의식의 호출과 그 보고 대상으로 양식화되고 있다. 국토를 민족의 정신과 생활의 자취가 새겨져 있는 대상, 장소애topophilia[31]로 포착하고 있는 것이다.

이런 점은 1920년대부터 논설조의 수필이 많이 나타나 수필이 민족계몽과 교육의 한 수단으로 삼던 그 특징의 지속현상이라 하겠다. 그리

이다. 꼭 같은 차원에서 우리는 작가로서의 춘원이 친일, 반역자로서만 격하, 매도되는 것을 엄정하게 재검토되어야 한다고 믿는다. 그 안전판으로 우리는 우리 연구회가 이데올로기나 정치, 사회의 일방통행에서 빚어지는 논리를 지양, 극복하기를 기한다." 김용직, 「지나간 여섯 해 동안 같은 길을 걸으며 힘이 되어준 모든 분들에게」, 『뉴스레터』 9, 춘원연구학회, 2012, 4쪽 참조.

30 이런 글쓰기에 대한 좋은 예는『춘원서간문범』이 조선사회에 큰 영향을 주었던 데서 찾을 수 있다.

31 한 공간의 여러 현상이 문화적으로 굴절된 아이덴티티를 가진 것으로 인식되어 그것에 의해 그 현상이 명명되는 단계에 이른다. 이렇게 한 공간이 장소로서 다가올 때 그 곳에 대해 느끼는 특별한 애정을 '장소신화(place myth)' 또는 '장소애(場所愛, sense of place, topophilia)'라고 한다.

고 장소가 풍경과 소원화되어 소멸하는 이런 특징은 그 후 간행되는 다른 수필집에서도 계속 나타나 그것이 관습화되는 요인으로 작용했다.

『수필기행집』이 갖는 첫번째 의미는 바로 이런 점에 있다. 식민지가 되었지만 그래도 여전히 동포가 삶을 영위하고 있는 땅에서 선조들이 나라를 가꾼 자취를 발견하고, 그것에 감동하는 것은 실재 사정을 넘어, 어떻든 우리의 땅임을 확인하는 행위와 다르지 않다. 기행수필의 관습적 주제 혹은 기행수필의 양식적 제도화는 이렇게 주제를 이면에 숨기는 데서부터 확실하게 자리를 잡았다. 다른 기행수필을 하나 더 보자.

> 삭풍이 살을 어이는 듯한 옥성중(獄城中)의 운동장에서 백설애애한 팔공산의 연봉을 바라보던 덜덜 떨리는 수인(囚人)에게는 마치 폭위(暴威)가 늠렬(凜烈)한 혼세마왕(渾世魔王)과 같이 보이더니 지금에는 자못 강산의 풍경 웅원창달(雄遠暢達)한 바 있음을 깨닫게 한다. (…중략…)
>
> 청도를 거처 밀양역에 달하였다. 밀양강 일대에 수석이 점철하고, 용두종남(終南)의 제산이 촉촉(矗矗)하게 운제에 솟았는데 익연한 영남루가 밀양강안에 번듯히 서서 묘망(渺茫)한 광야의 경색을 토탄(吐呑)하는 듯하다. 밀양회유의 지(地)이오 사지(斯地)에 다시 고인이 많은지라 사지사인(斯地斯人) 행객의 추회를 이르킴이 많다.
>
> 삼랑진에 다달으니 앵화가 구름 같다.[32]

밀양 영남루는 명승지요 사적지다. 어느 나라든지 그 나라의 사적지

32 안재홍, 「춘풍천리」, 『수필기행집』, 조선일보사, 1938, 53~54쪽. 한자 독음은 인용자. 이하 동일.

와 명승지는 그 민족의 역사와 정신이 살아 숨 쉬는 곳이다. 기차를 타고 남으로 내려가면서 연변의 명승지와 지명을 호출하며 그곳의 승경과 자연을 찬미하는 것이 외연으로만 보면 기행을 하며 느끼는 단순한 감상이다. 그러나 이 글 속에는 국토의 아름다움이 순차적으로, 그러니까 팔공산, 밀양, 삼랑진 순으로 묘사되다가 그것은 다시 조선의 땅과 역사와 인심을 추적하는 것으로 사유가 확장된다. 결국 그 여행담 너머에 다른 무엇이 숨어있다.

안재홍이 독립운동가라거나 사회주의적 성향이 있는 언론인이라는 사실, 또 대구에서 옥고를 치른 이력과 관련되면서 우리는 이 글이 '장소의 확장=국토'라는 사고 작용을 통해, 더 나아가 '조선의 국토는 조선민족'이 됨으로써 인간과 자연 또 개인에게 적용된 많은 사회적 구분과 관계가 민족이라는 주체성으로 수렴될 수도 있다. 풍경은 소멸되고 춘풍천리 국토기행은 민족의 역사 속으로 들어간다. 이로서 애초부터 의도한 주제, 곧 잃어버린 국토를 돌아보려는 여행의 목적이 우회된 방법으로 실행된다. 당시의 이광수나 안재홍이 이런 글쓰기를 택한 것은 설명이 필요 없을 것이다. 그 시절 그들의 표면적 심리와 이면적 심리가 달랐던 것이 여러 정황에서 분명히 드러나기 때문이다. 위 인용문에서 발견하는 대구의 역사적 재인식에서도 이런 점이 드러난다.

> 멀리 어디서 석양을 울어내는 두견 소리는 철석 거리는 물결 소리와 함께 가슴 속을 파고들고 욱어진 녹음이 물우에 어른 거려 유객의 얼굴에서 미소를 받아가는 것은 형언할 수 없는 화의(畵意)와 시취(詩趣)의 숭고한 예술경(藝術境)이었다. (…중략…)

강천연일필(江天練一匹) 그 좋은 경(景)을 노래하던 이숭인(李崇仁)은 어디로 가고 일시정경진난명(一時情景儘難名)이라 하고서 붓을 던진 목은(牧隱) 선생은 누구시던가.

추수징징벽사천(秋水澄澄碧似天)에 고사(篙師)를 향하여 장단곡(長湍曲)을 못 부르게 한 이는 정도전(鄭道傳)이오, 양안춘풍화정개(兩岸春風花正開)한데 전부(田父)에게서 권주배(勸酒杯)를 받던 이는 권양촌(權陽村)이었다.(시화(詩話))

수의(守義)의 사(士) 변절(變節)의 인(人)이 다 한 가지 이 강 우에 올랐었고나. 그리고 다 오늘은 가 버리고 말았다. 영원히 흘러간 그 강물과 함께.

여태조(麗太祖)의 유행(遊幸)이 어떠하던지 장단곡을 지금에 들을 길 없고(여람(輿覽)) 이태조(李太祖)의 왜구정벌(倭寇征伐)이 어떠하던지 백홍관일(白虹貫日)을 다시 보지 못하겠다.(실록(實錄))[33]

이은상의 이 글에서 먼저 독자의 시선을 끄는 것은 율곡리의 승경을 이루는 유서 깊은 화석정花石亭을 '시화', '여람', '실록'에서 글의 소재로 삼은 것을 다시 소재로 삼는 기억력이고, 다음은 그 타자에서 자아가 곧 민족의 역사로 전환되는 점이다. 율곡의 자취를 찾아간 화석정에서 이숭인, 이색, 정도전, 권근 등 절의의 선비들과 더불어 민족 역사의 내부를 응시・반성하던 작가의식이 어느새 그 타자와 함께 나라와 민족의 평화를 위해 왜구를 물리치려 했던 조선국 태조의 큰 뜻 발견이란 역사적, 문학적 의미로 굴절, 미화된다. 정사에 분명한 기록은 없지만

33 이은상, 「율곡리의 화석정」, 위의 책, 82~83쪽.

왜구의 침략에 대비해서 10만의 군인을 길러야 한다고 주장한 율곡이 거처하던 임진강변의 정자를 찾아 그 정자에서 고려 유신의 절의, 조선조의 충신을 되새기넌 국토기행이 결국 거룩한 조선주의로 종결되고, 심미적 시선이 타자와 더불어 그 내포가 민족적인 것에 귀착한다. 중일전쟁(1937)에서 승리한 일본이 대륙점령을 준비하고 있던 시점, 국민징용공포령이 내리던 그런 무서운 시간을 앞뒤로 한 역사의 틈새가 여기서는 다르다.

이 기행 수필집의 외연은 '기행'이라는 부드러움인데 그 이면은 적색성의 이런 장소혼spirit of place이 행간에 깔려 있다. 이은상의 기행수필을 이광수나 안재홍의 기행수필을 잇는 자리에 놓는 것은 그들이 다 같이 '조선의 산하=민족의 얼 · 혼의 서식'의 관계에서 그것을 찬미 · 계몽 · 설교 · 보고 형식으로 주제를 형상화하고 있기 때문이다.

5. 풍경의 발견과 심미적 사유

『수필기행집』이 이런 것만 아니다. 조선의 국토가 풍경의 발견으로 그 미가 외적 존재인 객관물로 묘사되기도 한다. 이른바 풍경의 발견이다[34]

① 잘 안 잡히는 숭어새끼에 정도 떨어지고 날세도 더 더워지면 그적에는 우리가 모두 고기새끼 같이 물속으로 드러가기 시작한다.

34 柄谷行人,『近代日本文學の 起源』, 講談社, 1983, 29쪽 참조.

아침밥만 뜨고 나면 버리밭 골로도 새어나오고 뽕나무 그늘로도 숨어 나온 일대(一隊)가 정해 놓고 가는 곳은 '붉은 바위소'이다. (…중략…)

목만 이러케 감고 치우면 그래도 다행한 일이지만 이렇게 멱을 감다가 배가 고프면 집에 드러가 밥을 먹으려다가는 금족을 당할테니까 만문한 물 건너 마을에 외밭 놓으러 가는 것은 악동행장기의 극치일 것이다. (…중략…)

어느 하루 날도 멱 감는 일과를 마치고 모두 물속에서 나와 보니 벗어놓고 드러갔던 옷이 하나도 없이 되었다. 아무리 찾어보아도 눈에 뜨이지 않고 지나가는 초동들에게 물어보아도 알지 못하엿다. 허는 수 없이 물속에 드러갔다가는 모래밭에 나와 볕도 쪼이고 하면서 서로 옷 찾을 궁리를 해보았으나 아무런 계책도 나오지 않고 해는 점점 기우러저 볕살조차 엷어가니 한기가 들엇다. 바로 그때 우리 마을에서 우리한테 제일 미움을 받는 벼락장군 같은 노인 한 분이 칙넝쿨로 우리 옷을 묶어들고 뒷산 바위틈으로 내려오면서

'요놈들 모두 나오느라'

하며 호통을 첫다. 처음에는 어쩌나 놀랐든지 어떤 애는 물속으로 드러가기도 하고 어떤 애는 달아나기도 했으나 결국은 일망타진이 되어서 집으로 붙잡혀 들어갔다.[35]

② 더욱이 나의 맘을 울린 것은 석가탑 옆에 있는 석사자이다. 풍마세우— 천 여 년이 지났건만 그 우미한 곡선과 영동(靈動)하는 형자(形姿)는 완연히 산 사자인 듯 보는 사람의 마음을 놀라게 한다. 그 영묘한 솜씨 그 걸출한 기교—과연 우리 선조에게는 이러한 천재와 영감이 있지 않었는가?

35 이원조, 「회향(懷鄕)」, 『수필기행집』, 조선일보사, 1938, 297~299쪽.

석사자 살아나서 큰 소리로 울 듯하다.

풍마세우(豊磨洗雨) 몇 천년가 그 영교(靈巧) 남었거늘

이이ㅎ다 못난 나그네 이돌 잎에 우는고?

토함산 바람 불고 불국사 종이 울 제

울지도 못하는 마음 더욱 슬퍼 보여라.

석사자(石獅子)를 손으로 만지고 그 귀에 무어라고 말해 보았으나 그는 귀(貴)ㅎ지 않음인지 아무 대답이 없다[36]

〈그림 19〉 노자영

인용 ①의 주인공은 숭어새끼와 아이들이다. 수필 「회향」 속의 숭어새끼와 아이들은 원래는 다르다. 그러나 나중엔 아이들이 숭어새끼로 변해 물속을 헤집고 다니며 멱을 감다가 남의 외밭을 놓아 배를 채우는 악동으로 변한다. 이원조의 고향 도산면 원촌리를 문학적 기술과 보고의 대상으로 제도화하는 것이 아니다. 반촌 '도산'에 대한 추억이라면 의례히 퇴계며 유학의 고장에 대한 보고와 계몽적 진술이 나타날 듯한 데 그런 묘사는 어디에도 없다. 도산이란 명소가 역사적, 문화적 의미(개념)로부터 단절되어 있다. 안동이라는 유서 깊은 고장이 역

36 노자영, 「반월성 순례기」, 위의 책, 258~259쪽.

사지리학적 상상 속에 편입된 것이 아니라, 인간과 자연의 교섭·합일에 따라 묘사되고 있다. 상투적 인식의 거부다. 마치 이상이 「권태」에서 '서를 보아도 벌판, 남을 보아도 벌판, 북을 보아도 벌판'뿐이라며 시골 성천에서 초록색에 공포를 느끼는 그런 풍경의 발견이다.

이런 점은 인용 ②의 기행수필에서도 나타난다. 경주 불국사에 대해 글을 쓰는 사람들은 거의 다보탑, 석가탑에 대한 아름다움을 묘사한다. 그래서 이 두 탑의 신기에 가까운 예술성에 대한 찬탄은 관습적 주제로 되어 있다. 노자영은 그렇지 않다. 석가탑 옆의 석사자상에 대한 아름다움을 노자영 식으로 발견하고 말을 건다. 그런데 그 발견의 시각이 조선심 호출로 기능하는 것이 아니라 관습적 반응으로부터 소원화된 석사자상이 주관(주체) 대 객관(객체)이라는 인식론적 장場 속에 '풍경'과 함께 성립시키고 있는 것이다. 심미적 사유의 결과로서의 장소애이다. 연애 서간집 『사랑의 불꽃』(신민공론사, 1923) 등으로 풍속사범처럼 평가되던 낭만적 감상주의자 노자영도 국토에 대한 장소감만은 좀 다르다. 여기서는 감상을 절제하는 편이다.[37]

6. 『수필기행집』과 문예론수필

기행수필을 중심 테마로 한 『수필기행집』이지만 양주동, 김진섭 등의 작품은 기행수필이 아닌 문예론수필이다. 특히 양주동의 「노변잡

37 이 책의 제2장 「비허구산문, 범칭 수필의 장르적 성격」 참조.

기」는 양주동의 서양문학에 대한 거침없는 신지식의 퍼레이드란 점에서 그렇다.

〈그림 20〉『수필기행집』 속표지

> 쉘리-의 안타까운 good-night의 정경이 하필 설야, 노변(爐邊)이었는지는 나도 모른다. 그러나 쉘리-가 만일 로만쓰를 사랑하였다면 그는 응당 나와 같이 설야, 노변을 택하였으리라. 설야는 몰라도 적어도 영국의 시인이면 노변은 사랑할 줄 알것이니 저 워-즈워드의 Lucy 가중(歌中)에서 노래하지 않었는가 (…중략…)
>
> 여기서 English bire라 함은 그가 영국의 화로를 자랑 삼아 그렇게 노래한 것이다.[38]

양주동의 수필 「노변잡기」 중 한 대목이다. 당시 양주동은 시인과 비평가로서 크게 활약하다가, 여기 삼아 여기저기 쓴 글에서 자기 장기를 더 잘 발휘했다. 그의 「노변잡기」는 '한문고전에 대한 해박한 지식을 자랑하면서 그 권위를 웃음거리로 만들어 충격을 주는 기문이다. 거창한 문제를 웃음이 나게 다루어 논설을 희화하는 것을 즐긴'[39] 글의 하나다. 지식의 자랑은 에세이적 성격이고, 웃음을 주는 충격적 기문은 서양 수필의 핵심적 요소다. 양주동은 해박한

38 양주동, 「노변잡기」, 『수필기행집』, 조선일보사, 1938, 211쪽. 인용 마지막 행의 'bire'는 'fire'의 오식으로 보인다.

39 조동일, 앞의 책, 565쪽.

한문지식만 아니고 영문학에 대한 전문지식도 글에 동원하며 자유분방한 지적 사유를 펼치고 있다. 인용문에서 보듯이 셸리의 "Good night"의 원본을 인용하고, 자기 나름의 평가를 내리고 있다. 이런 글은 그 시절 아주 보기 드문 문예론수필, 곧 에세이다. 양주동 같이 영문학을 제대로 공부한 신지식인이 아니고서는 쓸 수 없는 전문적 성격을 지니고 있기 때문이다. 어릴 때부터 한학적 분위기 속에서 자라면서 쌓은 한문학에 대한 소양과 일본 명문대학 영어영문학과에서 제대로 전공공부를 한 자신감과 자부심이 이렇게 동서양문학을 아우르는 투의 글을 쓸 수 있게 만들었을 것이다. 이런 점에서 양주동의 「노변잡기」는 1930년대 후반을 대표하는 문예론수필essay이다.

양주동처럼 신지식을 자랑하는 다른 수필가의 글에 김진섭과 정인섭의 것이 있다. 김진섭의 「장」, 「우송雨頌」, 「수찬酒讚」, 「애급埃及의 여행」이 그것인데 이런 수필에는 중간 중간에 서양의 새로운 풍물에 대한 이야기를 많이 삽입하여 필자는 신지식인임을 자랑하며 독자를 계몽시킨다. 그러나 양주동처럼 이야기를 뒤집고 헤치고 비틀지 못해 지루한 감이 든다. 사설이 많고 길다. 위트가 적어 수필로서의 재미가 반이다. 그가 주장하고 실현하려는 에세이적 글쓰기가 제대로 구현되지 못하고 있다.

정인섭의 「애급의 여행」은 1930년대란 시점에서 대하기 힘든 이집트의 피라미드, 스핑크스 등에 대한 소개란 점에서 독자의 관심을 끌 만하다. 여행을 통해 상상하지 못한 자연과 새로운 문물을 만나 그 속에서 문화, 과학, 이학 등의 신지식을 발견할 수 있기에 여행은 교육과 등가를 이루는 행위였고, 그러한 문제를 다루는 기행문을 읽는 것으로도 독자들은 깨우침의 만족감을 느낄 수 있었다. 그러나 「애급의 여행」은 이런 소임을 제대로 수행하지 못하고 있다. 수필도 압축과 비약의 기법이 있어야 하는데 이 글은 그런 일반적 기법마저 이행하지 못해 글이 턱없이 늘어지기만 했다.

7. 마무리

지금까지 논의한 사실을 다음과 같이 요약할 수 있다.

첫째, 한국 현대수필의 효시는 누구의 무슨 작품이라는 합의를 아직 보지 못했다. 이것은 시와 소설과는 다르다. 수필의 정의가 합의된 바가 없고, 각양각색인 것이 가장 큰 원인이다. 수필장르는 이렇게 해결해야 할 과제가 많다. 그러나 수필의 현장은 다르다. 개화기 이후 1960년까지 유명 문인들이 남긴 약 30여 권의 수필집이 한국수필의 기반을 단단하게 형성하고 있다. 그 가운데 조선일보사 출판부가 엮은 현대조선문학전집現代朝鮮文學全集 『수필기행집』(조선일보사, 1938)이 수필의 하위갈래의 하나인 '기행수필'이라는 글쓰기 형식을 확립시켜 수필문학의 저변을 확대했다. 이 『수필기행집』 이후 이와 유사한 수필기행집이 여러 권 출판되어 지금도 많은 기행수필이 창작되고 있다. 『수필기행집』의 수필문학사적 의의는 이런 데에 있다.

둘째, 『수필기행집』 형식의 수필집이 1927년 최남선의 『백두산 근참기』 이후 4년 동안 휴지기를 가진 뒤 이은상의 『기행 묘향산 유기』(1931)를 거친 뒤 한동안 문단에서 사라졌다가 1938년 조선일보사에서 『수필기행집』이란 이름으로 발행되었다. 이 수필집은 일 년 사이에 3판까지 발행하는 인기를 누렸다. 이것은 수필집으로서는 초유의 사건이다. 수필이 조선문단에 문학의 한 장르로서 확실하게 자리를 잡는 계기가 이때 이루어졌다. 특히 이 수필집은 독자들이 큰 반응을 보였는데 그것은 이 수필의 중심 담론이 조국강토에 대한 장소애 때문이라는 사실을 확인하였다. 독자들은 조선의 운명과 길항하는 민족문제의 표상을 명승고적의 장소애에서 발견하고, 그 풍경의 발견이 곧 민족애, 국토애가 되어 잃은 나라를 심리적으로 복원하는 기쁨을 누렸다. 이것이 이 수필집의 참 주제다.

셋째, 이광수, 최남선이 국토를 민족의 정신과 생활의 자취가 새겨져 있는 기록물로 보고, 거기서 민족의 역사 · 철학 · 정신을 기행문 형태로 쓴 교술산문이 종래의 기행문이라면 『수필기행집』은 기행을 통해 조국강토의 자연미를 예술로서 확인하는 글쓰기란 사실이 드러났다. 명승고적을 기행하면서 풍경을 발견하고 그 사유를 통해 조선심과 민족애를 호출하는 글쓰기 양식이 『수필기행집』에서 비롯되었다.

넷째, 내건 표제는 '수필기행집'이지만 실재 내용은 문예수필, 문예론수필이 혼재해 있어 한국 수필문학의 한 변화와 발전를 보여준다. 또한 『수필기행집』은 1920년대의 국토순례기행문을 잇는 장소애topohilia가 한국 수필문학의 한 특징으로 양식화되는 사실을 확인하였다. 이렇게 『수필기행집』은 우리의 수필문학에서 기행문을 수필의 장르 종으로 제도화하는 자리에 놓여 있다.

제10장

이념 대립기 한 지식인의 내면풍경 『다여집』

박승극론

박승극朴勝極은 수원에서 태어나 카프맹원으로 활동한 문인이다. 국사편찬위 한국사데이터베이스에 의하면 1930년 '고등과요시찰인'이었고, 1931년 10월에는 치안유지법 위반으로 체포·구금되어, 11월에 수감된 것으로 나타난다. 해방되던 해 11월에는 미군정포고령 위반으로 옥살이를 한 내력이 빌미가 되어 좌익인사 검거령이 내릴 때마다 어딘가 숨어야 했다. 그러니까 박승극은 마르크시스트이다. 그래서 「자유해방의 첫선물이 또 다시 철창이던가」(『인민』, 1946.3)라는 시를 쓰다가 자취를 감춰버렸다. 박치우, 이원조 등이 월북하던 1946년 늦가을 그도 북으로 간 것인다.

『다여집多餘集』(금성서원, 1938)은 농민계몽과 농촌개발에 일생을 바친 최용신의 흔적을 찾은 「천곡 방문기」 외 46편의 글이 묶여 있다. 199쪽

의 얇은 책이지만 소설가 이주홍李周洪이 장정을 하여 공들여 만들었고,

한국 수필문학사상 최초의 단행본 개인 수필집이라는 것이 특기할 사항이다. 문예론 성격이 두드러지게 나타난다는 점에서 수필집이라기보다 에세이이라 부르는 게 맞다. 이것도 이 책이 가지는 특징이다.

〈그림 21〉 박승극

1920년대에 간행된 수필집은 김억의 『사상산필』(1925)을 제외하면 모두 기행수필집이다. 이광수의 『금강산유기』(1924), 최남선의 『심춘순례』(1926), 『백두산 근참기』(1927)가 그러하다. 1930년대에 간행된 단행본 수필집은 이 『다여집』보다 한 달 먼저 간행된 조선일보사출판부의 『수필기행집』(1939)뿐이다. 1940년대에 오면 수필집 간행이 활기를 띠기 시작한다. 박종화의 『청태집』(1941), 이태준의 『무서록』(1941), 김동환이 엮어 낸 『반도산하』(1941), 김철수·김동석·배호의 『토기와 시계와 회심곡』(1946), 김동석의 『해변의 시』(1946), 재만조선문인들의 수필을 모은 『만주조선문예선』(1941), 조선일보사출판부의 『수필기행집』(1938)을 조광사에서 다르게 편집하여 『현대조선문학전집』 제1권－수필편(1946)으로 낸 기행수필집, 김기림의 『바다와 육체』(1948), 김용준의 『근원수필』(1948) 등이 모두 이때 간행되었다.

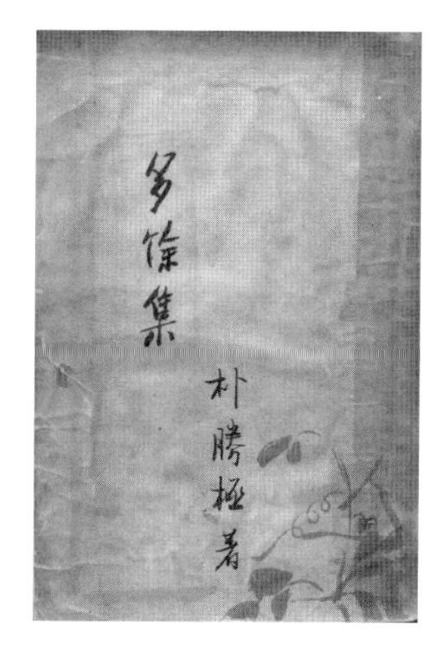

〈그림 22〉 『다여집』 표지

이광수와 최남선의 수필은 대체적으로 산문 정신보다는 운문 정신, 이성보다는 감성에 바탕을 둔 문화지리학적 사유가 중심이 된 근대 기행수필이다. 그러나 『다여집』은 이런 성격과는 거리가 먼 문예론수필critical essay이 다수 수록된 최초의 수필집이라는 점에서 수필문학사적 의미가 특별하다.

이 수필집은 비허구산문, 범칭 수필의 두 축인 문예수필과 문예론수필이 절반씩 균형을 이루고 있다. 1925년에 나온 김억의 『사상산필』이 있지만 이 책은 학창여화를 취재한 아주 짧은 글을 묶은 잡록 성격의 문고판 형의 칼럼집이고, 조선일보사의 『수필기행집』과 그 재판인 조광사 판 『수필기행집』, 한용운의 「명사십리행」이 가운데 자리에 있는 『반도산하』도 기행수필집이다. 『만주조선문예선』 역시 최남선, 염상섭, 안수길, 신영철, 현경준, 박팔양 등의 기행문이 중심을 이루고 있다. 그런데 『다여집』에는 이런 전대 수필집에서 발견할 수 없는 문예론수필이 여러 편 수록되어 있다. 한국 최초의 에세이집이라는 평가는 바로 이런 점에 근거를 두고 하는 말이다. 이 수필집을 잇는 성격을 지닌 『청태집』도 「백조시대의 그들」, 「도향 나빈소전」, 「팔봉의 청년 김옥균」 등 에세이가 다수 수록되어 있고, 이태준의 『무서록』경우도 문예수필과 함께 문예론수필이 여러 편 수록되어 있다.

이런 수필집이 간행되던 시기 이상은 「권태」, 「성천기행」 등을 발표했고, 양주동, 이양하, 피천득, 김진섭 등도 수필을 발표하기 시작했지만 단행본으로 묶은 사실은 없다. 이런 점에서 『다여집』은 한국 수필문학의 두 흐름을 가늠하게 하는 중요한 문학사적 자리에 있다. 곧 『무서록』, 『청태집』과 지속관계refraction에 놓이는 한국 수필문학의 다른 한

축, 그러니까 문예론수필의 기점이 된다.

수필은 진술의 글쓰기와 표현의 글쓰기로 구분할 수 있다. 진술하는 것은 에세이라 할 수 있고, 표현하는 것은 피천득의 글로 대표되는 문예수필이다. 진술하는 언어는 의미를 논증하며 마무리 짓는 것이고, 표현하는 언어는 의미를 생성하는 행위인 것energeia이다. 그러므로 에세이에서는 필자의 뜻에 따라 찬성을 하든지 비판을 하든지 시비의 정도를 가리면 된다.[1] 『다여집』은 이런 시비, 비판, 곧 문예론이 중심을 이루는 수필집이다.

1. 단호한 이데올로그 박승극

『다여집』에 수록된 46편의 작품은 두 가지 성격으로 분류된다. 앞에서 말한 문예수필과 문예론수필이다. 문예수필이 '나' 자신의 자성적 사색과 감정의 표출을 통해 삶의 의미를 재발견하려는 글쓰기 방식이라면, 문예론수필은 다분히 대사회적 성격을 띤 논쟁적 글감을 논리적 근거 위에 자신의 견해와 주장을 폄으로써 다른 사람을 설복시키고, 그 문제에 대한 답을 찾으려는데 목적을 둔다.

박승극은 일반적으로 평론가로 알려져 있고, 그의 평론은 리얼리즘을 기반으로 한 실천 비평이 중심을 이룬다.[2] 그는 1909년 경기도 수원

1 윤재근, 『말하는 에세이』, 문학수첩, 1992, 160~161쪽.

2 조남현, 「박승극의 실천 · 비평 · 소설」, 『한국문화』 25, 서울대 규장각 한국학연구원, 2000 참조.

군 양감면 정문리 농민의 아들로 출생하여 1928년 배재고등보통학교 4년을 수료하고, 도쿄 일본대학 정경과에 진학했다. 그러나 사상문제로 출학당한 뒤 귀국, 1928년 말 카프에 가맹하여 수원과 평택에서 청년운동과 반일 민족운동에 뛰어들었다.

이후 그는 소작농이 '주의자'로 전이되는 과정을 그린 소설 「농민」을 발표하고(1929), 이어 「조선청년동맹 해소론」(1931)을 발표하여 침체된 사회주의 민족해방운동에 충격을 주었고, 자신이 수원 청년동맹 회원으로 직접 체험한 사실을 소재로, 마르크스주의를 바탕으로 노동자들의 집단투쟁을 그린 소설 「재출발」(1931)도 발표한다. 한편 활발한 평론활동으로 프로레타리아 문학을 옹호하면서 그 본질을 농민문학에서 찾는 주장을 편다. 이런 문학노선은 1940년대까지 이어진다. 『동아일보』에 4회 연재된 평론 「농민문학의 옹호」(1940)가 박승극의 이런 문학노선을 잘 반영한다. 그러나 그가 힘들여 간행하려 한 평론집 『시대와 문학』은 조판까지 마쳤으나 검열로 취소되었고(1938), 대신 1938년 수필집 『다여집』이 출판되었다. 『다여집』에 유독 사회, 정치성이 강한 에세이가 문예수필보다 많은 것은 평론집 『시대와 문학』이 검열로 취소된 사정과 관련되는 듯하다.

이런 행적에서 드러나듯이 박승극은 일제식민지 전 기간을 반제, 반일에 바친 문인이다. 일본대학 정경과에서 공부를 했으나 소설가, 문학평론가가 된 박승극은 일반적으로 화북의 조선독립군에 소속되어 있던 김태준, 규슈 탄광에 끌려가 있던 안회남, 학병을 피해 입산해 있던 김상훈 등과 함께 묶여지는 철저한 소셜리얼리스트의 한 사람이다.

이런 점은 그의 자전적인 여러 소설에서 잘 나타난다. 「농민」, 「풍진」, 「재출발」, 「술」, 「떡」, 「길」 등의 소설들은 비록 문학적 성취 면에서는 다소 문제가 있다 하더라도 박승극이 하나의 사상에 얼마나 매료되어 있었던 인물인가를 잘 설명해준다. 실천적 이데올로그 박승극의 사회주의 혁명사상, 반제・반일의식이 일관된 소설의 주제를 형성하고 있기 때문이다. 전향 장기수 김시중의 증언에 의하면 박승극은 월북한 뒤에 개성시장까지 역임했다고 한다. 그렇다면 『다여집』은 한 문인의 개인사와 그 주변사를 뛰어넘는 어떤 단호한 무엇이 내장된 수필집이라 하겠다. 이런 점에서 『다여집』의 특성 고찰은 우리의 관심에 값한다. 일제 말기 한 참여 문인의 대정치・사회적 심리를 수필을 통해서 탐색하는 작업이 되기 때문이다.

2. 이상과 현실사이의 연민과 갈등

『다여집』에 수록된 글 가운데 가장 긴 수필은 「천곡 방문기」다. 우리가 잘 아는 『상록수』의 무대인 수원군 반월면 천곡泉谷, 그 샘골을 찾아간 사연을 소상하게 밝히고 있는 이 글은 앞에서 말한 박승극의 농민문학으로 대표되는 프로문학의 문제와 깊이 연결되어 있다.

1938년 5월 어느 날, 해풍을 맞으며 친구 R과 철길을 따라 최용신이 농민계몽운동을 벌리다가 꿈을 접을 수밖에 없었던 바닷가, '천곡'을 찾은 박승극이 거기서 제일 먼저 보는 것은 바닷가에 즐비한 고총古塚이다.

잔디 덮인 산, 적은 소나무, 적은 소나무 새로 납짝납짝 묘들이 쪽 깔리었다. 말할 것 없이 임자 없는 고총들이다.

— 뱃사람들이나, 가난한 농사꾼들이 되는대로 살다가 되는대로 죽어 파묻힌 것이리라? —

이 무명의 인간들이 단하나 남긴 흙덩이조차 불쌍해 보였다.

누구나 다 자기가 묻힐 땅은 가졌다는…… 성자의 말이 틀린 수작은 아닌 것 같다.

간곳마다 이런 고총들이 많은 것을 볼 때 나의 마음은 비할 데 없이 서글프다. 사람들은 무엇을 하려 끊임없이 살고 죽고 하는가? 그러나 사람이 나서 그처럼 초라한 최후를 남길진데 차라리…….[3]

심훈이 늘 푸른 나무를 심은 희망과 미래의 마을, 샘골에서 박승극은 절망의 끝, 죽음을 보고 있다. 새싹이 파랗게 돋아 화창한 5월, 잔디와 푸른 소나무 사이로 훈풍이 불어오고, 맑은 샘이 솟는데 서른의 청년은 어인 일인지 죽음만 본다. 생명의 바닷가에서 죽음을 보는 이런 태도는 허무의식이 생리화된 탓인가 아니면 마르크스주의자의 낭만적 혁명의식 또는 인민제일주의의 과장된 감상 때문인가. 저 지중해 해변에서 이른 아침의 지적일과 속에 고독하게 살던 폴 발레리Paul Valery가 「해변의 묘지」를 노래하던 그런 문학적 감성과는 본질적으로 다른, 그러니까 문학의 보편적 사유로는 설명이 난감한 바다와 해변에 대한 반응이다. 다 같은 바닷가 묘지고, 해풍이 부는 언덕인데 박승극은 바다의 역동적

3 박승극, 『多餘集』, 금성서원, 1938, 17쪽.

생명력을 감지하는 대신 납작 엎드린 고총을 보면서 불쌍한 소작농의 꺼져가는 삶을 헤아리고 있다. 물론 발레리의 유족함과 지적 낭만성이 피식민지 지식인 박승극의 경직된 사유와 같을 수는 없다. 그러나 박승극의 반응은 너무 굳어 있고 단호하다.

> 솔밭 언덕을 내려가, 논틀 하나를 건느면 공동묘지다. 잔디가 쪽 깔리었다. 주위에는 얕은 성이 둘려있고, 전면으로는 파란 지팽나무들이 욱어저 있다. 이것으로써 이승과 저승을 구별하랴는 것인가?
>
> 그러나 그 구별할랴는 인간들의 심리가 가소롭다[4]

박승극은 공동묘지를 보고, 천곡・샘골 강습소의 내력을 듣는다. 그 내용은 심훈의 『상록수』의 실제 최용신은 유족한 생활을 하는 양반가정 태생이며 미인이 아니라 박박 얽은 곰보였고, 그의 애인은 박동혁과 같은 씩씩한 청년이 아니라, 상인 출신의 심약한 사나이였다는 것이다. 결국 『상록수』가 실제 샘골과는 다르게 그 현실을 미화시킨 소설이란 것이다. 양반 가문의 곰보와 민촌 출신의 총각과의 사랑은 그 자체만으로도 훌륭한 소설 감인데 심훈은 그것을 낭만적 파국의 농민계몽소설로 각색함으로써 곤비한 천곡의 농촌 실상이 반영되지 못했다는 것이다.

심훈이 인식하는 식민지 농촌 현실과 박승극의 그것은 전혀 다르다. 사회주의 이데올로그 박승극의 관점은 현실의 가감 없는 실상이 그대로 반영되는 것이 문학의 본질이라는 논리라면 심훈의 그것은 작가의

4 박승극, 「천곡 방문기」, 위의 책, 25쪽.

눈에 재인식된 현실이 진짜라는 것이다. 혁명에 의한 프롤레타리아 계급의 세계 건설에 앞장을 서는 것이 문학의 과제라고 생각하는 박승극의 눈에는 바다와 들판이 만나는 곳에서 평화와 유족함이 아닌 죽음의 떼, 공동묘지가 먼저 보일 수도 있다. 그러나 낙관적 미래관으로 현실을 개조하려던 이상주의자 심훈은 그곳에서 아름답고 숭고한 사랑을 꿈꾸었을 것이다. 폴 발레리 역시 현실안이 다르기에 그 반응이 박승극과 같을 수는 없다.

아니다. 아니다…… 일어서라!
이어가는 시대 속으로!
깨뜨려라 나의 육체여
이 생각에 잡긴 형태를!
마셔라, 나의 가슴이여, 바람의 탄생을!
바다가 내뿜는 싱그러움이
나에게 영혼을 들려주누나……
오 소금기 묻은 힘이여!
파도에게 달려가
거기서 다시 살아나 솟구쳐 오르자!
바람이 인다. 살려고 해 봐야지

—「해변의 묘지」에서

지중해 연안의 작은 항구 세에뜨sate는 폴 발레리의 「해변의 묘지」 무대다. 해풍이 쉴 새 없이 몰려오는 바닷가 언덕 위의 묘지, 죽은 자들의 공간. 그러나 이 시인에게 있어서의 그곳, 고총들의 동네는 다시 시작하는 생명의 공간으로 살아난다.

박승극이 천곡에서 실제로 본 것이 고총이고, 농민들의 참담한 현실이고, 상록수 없는 '상록수' 주인공 최용신(소설 『상록수』의 주인공은 채영신)의 무덤이긴 하다. 하지만 발레리에게는 무덤이 생명으로 인식되고, 박승극에게는 각박한 현실로 인식된다. 이런 상이함은 본질적으로 현실안現實眼 때문인데 그것은 결국 작가의 세계관, 문학관과 관련되는 문제다. 따라서 브나로드사상을 기본으로 한 계몽주의자 심훈의 소설[5]과 노동자 농민이 중심이 되는 사회건설을 목표로 문학을 하는 박승극은 그 관점이 다를 수밖에 없다. 순수서정 시인 발레리와 마르크스주의자 박승극의 차이 역시 그러하다. 이뿐 아니다. 비슷한 시기 한·소국경지대를 넘나들며 시를 쓴 이수형의 '바닷가 묘지'와도 그 반응이 다르다. 문제는 '바다'와 '묘지'의 병치인데 누구누구는 둘 다 보고, 누구는 그 하나만 본다.

> 바다가 파랗게 내다보이는 고향 아라서 가까운 해풍(海風)에 열기 꽃이 뿔개 피여난 모래밭엔 그렇게도 원통이 죽어간 애비들이 묻혀 있었다.
>
> 달겨드는 오랑캐를 무찔러내던 옛적 성벽 둘레둘레 왼통 능금나무 꽃봉오리 무척 못 견디게 피여들 때도 두만강 강물 구비쳐 흘러가는 서쪽 먼 장백산맥은 눈빨이 하얗게 얼어붙어 있었다.[6]

5 오양호, 「계몽의식의 낭만적 파국－심훈론」, 『농민소설론』, 형설출판사, 1984 참조.
6 이수형, 「아라사 가까운 고향」, 『조선문학전집』 10, 한성도서주식회사, 1949, 337쪽.

다 같은 마르크스주의자이지만 이수형의 시에는 전설 같은 슬픈 낭만이 스며있다. 국경지대를 떠돌다 죽은 내력은 천곡의 그 고총들과 다르지 않을 텐데, 아니 더 비극직일 텐데 이수형은 그 죽음을 붉은 열기 꽃과 능금나무, 장백산의 하얀 눈발과 묶어 우리들의 정서를 자극한다. 서럽게 살다 간 애비들이 묻힌 바닷가 모래밭, 그러나 그 무덤은 파란 바다와 꽃과 해풍과 함께 있다. 죽음의 공간이 아니다. 정제된 세계, 안일과 평화의 공간이다. 물론 시와 수필은 글쓰기 방식이 다르다. 그러나 그 발상은 다르지 않다. 이런 점에서 수필집 『다여집』은 특이하다. 그 서정적 자아가 이상과 현실 사이에서 끊임없이 헤매며 한 쪽만 바라보고 있기 때문이다. 박승극의 수필이 시작되는 공간은 바로 이런 '사이' 인간과 자연의 틈새, 갈등의 현실이다.

> 산등성이에 올라서니 올망졸망한 초가집들이 보였다
> 저 사람들의 살고 있는 집이 또한 죽어서 묻히는 묘보다 무엇이 나을까? '死의 家' 그들의 생활! 사는 것이나 죽는 것이나 무의의(無意義)하기는 마찬가지가 아니냐?[7]

왜 현실에서 죽음만 볼까. 어째서 사는 것이 곧 죽는 것일까. 또 심리가 어떠하기에 집이 묘墓로 인식될까. 봄바람이 부는 바닷가, 농민계몽운동에 생애를 바친 최용신의 집으로 가는 길의 농가가 어떤 이유로 '사死의 가家'로 비칠까.

---

7 박승극, 「천곡 방문기―최용신양의 유적을 찾아」, 앞의 책, 18쪽.

안주하지 못한 마음 때문일 것이다. 이상에 접근하지도 못하고, 현실에도 안주하지 못한 심리가 이런 비극적 현실인식으로 나타났을 게다. 박승극이 천곡에서 보는 사람은 모두 소작인이다. 그의 소설이나 평론에 나타나듯이 이 문인의 의식은 비참한 식민지의 현실, 특히 고통 속에 사는 소작농에 대한 문제로 가득 차 있다. 그러니 그의 눈에는 무덤만 비칠 수밖에 없다.

안일과 평화는 현실과의 합일이 이루어 질 때 가능하고, 자족감도 물론 갈등이 없는 데서 생긴다. 샘골 또한 일제의 수탈에 허덕이는 가난한 농촌의 하나이니 마르크스주의자 박승극에게는 이상촌 샘골은 애초부터 존재하지 않았고, 존재하더라도 그것은 심훈이 생으로 만든 것 같은 가짜이니 죽음의 공간이 될 수밖에 없다. 그의 고통의 근원이 여기 있다. 그래서 그는 현실과 이상 사이에서 갈등한다. 그러다가 절망하고, 그러다가 탈출한다. 이데올로그 박승극의 이런 갈등이 구체적으로 나타나는 데가 그의 수필집 『다여집』의 여러 수필이다.

① 초춘, 이 좁디좁은 분위기, 쓸쓸한 생활에 권태를 느끼어 자리나 떠보자고 서울로 아주 올라갔었다. 그러나 서울! 서울생활은 나에게 더 큰 괴롬을 주었다. 물질적 곤궁에서보다는 인간들에게서 더 큰 괴롬을 받었다.

오늘날, 대부분의 인간은 말초신경까지 악화되었다는 것을 절실히 체험하였다.

서루 속이고 중상하고 이용하러 들며, 안과 밖이 다른 社交로써 점잖을 빼는 것이 지식층의 일반적경향이다. 그들에게서 순진함과 성실함을 찾아내기에는 극히 어려운 일이었다.[8]

② 청춘, 만금을 주고도 사지 못할 아까운 청춘! 이 청춘을 눈물겹게 보내는 마음!

자신을 돌아볼 때, 미칠듯이 기막히지 않은 것이 아니나. 이 청춘을! 이 일생을! 어떻게? 아! 때로는 모든 것을 한 시름 잊고, 이리저리 낭유(浪遊)의 길을 떠나보고도 싶었다. 그렇다고 불운의 방랑시객 김립(金笠)을 본받을 수는 없는 것이다. 그만한 시재를 갖지 못했고, 그처럼 값없는 고행을 하기는 싫다.

또한, 먼 — 딴 나라에 주유하고도 싶었다. 이것역시 실행키 어려운 것이었다. 그만한 용단성이 적고, 환경이 까다롭고, 누만의 거금이 없고, 몸이 약하고……. 모두가 공상이다. 「여행」은 커냥, 두문불출을 하지 않으면 안 되었다.

그러나 여행을 하고 싶은 마음! 이 마음은 좀처럼 삭어지지 않는다.

나는 이마음의어리석음을 잘 알고 있다. 또한 이런 「여행」이 나의괴롬을 만분지일이라도 덜어주지 못 하리라는 것을 잘 안다.

아! 그러나 여행하고 싶은 마음! 억제키 어렵다.

요새는 실로 우울이 더해졌다. 우울 속에서 인생을 탐구하고, 사회를 관망하고, 문학을 수업하고자 했다.[9]

③ 높은 산, 낮은 봉, 넓은 들…… 군데군데에 뻘건 불들이 번쩍인다.

나의 옆에서도 아이들이 '두레'를 놀고, 불을 놓고, 떠들고…… 야단이다. 또 다른 사람들은 어둬오는 동녘 하늘을 바라보면서 달이 어서 뜨기를 조바

8 박승극, 「불안기(不安記) — 송구지회(送舊之懷)」, 위의 책, 135쪽.
9 박승극, 「여행하고 싶은 마음」, 위의 책, 97쪽.

심해 마지 않는다.

어둠이 짙어갈수록 안계(眼界)의 봉화는 더 재주 똑똑히 명멸한다! 어떤 것은 깜박깜박, 보이는 듯 안 보이는 듯. 너무 먼 까닭이다.

그들은 그 불을 들고 지금 동천에 솟아 오르면서 있는 시뻘건 달을 맞이할랴는 것이다.

그 불! 그 봉화!

—그러나 누가 노래서 놓은 불은 아나어니.

나는 그 수다한 희망의 불길을 바라보면서 가슴이 뛰는 것을 것잡지 못했다. 차디찬 바람이 몸에 부드쳐 오는 줄도 모르고, 사방을 둘러보고 섰었다.

달은 오라지 않어 구름 밖으로 쑥— 솟아 나올 것이다.

불은 더 많어졌다.

불을 놓고 달을 기눌리는 그 정열, 그 기혼!

아! 나는 이 땅 백성들의 그 열과 혼을 못내 사랑하고 싶다.[10]

④ 이상야릇한 차림차림을 한 젊은 사내와 계집들의 행진. 얼굴에 분을 들씨고 더러운 향수 냄새가 코를 찌르게 하는 첩쟁이. 이상한 게집들의 종종걸음. 방 마다 모여 앉아 수군수군하는 도박의 무리. 술파는 계집애의 악쓰는 노래 아닌 노래. 살이 밀뚜레 같이 찐 자들의 유유한 걸음. 밤거리를 왔다갔다하는 특수한 남녀의 속삭임. ××교와 ××교의 선전 강연. '인생철학'이니 하는 간판 밑에 관상 사주쟁이의 떼. (…중략…)

머리깎고, 바지 저고리 입고, 그 우에 파란 조끼를 떨쳐입은 '여승'이 이곳

10 박승극, 「망월」, 위의 책, 95~96쪽.

약왕사라는 절에 있은 일이 있는데, 여기 사람들은 그를 '여승'이라고 부릅니다. 그러나 그는 '여승'이 아니라 한참 당년에 ×××회 회장(?)으로서 여러 사람의 입에 올라내리던 '김×××양'인 것을 알고, 나는 고소를 금지 못했습니다.

이와 같이 삼방에는 가지가지의 사람들이 여기저기서 모여들어 아주 세기말적 퇴폐상을 이루고 있습니다. 가난한 사람은 이곳에서도 기를 펴기가 어려운 것이 외다.[11]

⑤ 어떻게 하면 이 고민의 불길을 끌 것인가? 의의 있는 생을 하기 위한, 그리고 중로에 짓밟어진 나의몸과 마음과 행동을 살리기 위한, 그의 정당한 방도가 무엇일까? 이런 속에서 천 년이나, 만 년을 살 수없는 애닯은 이 청춘을, 커다란 효과 없이 보낸다는 것은 얼마나 가슴탈 일이랴.

더구나 현대사회의 중추적 현상과 그 거리를 멀리한 닭의 소리만 드를 수 있는 한촌에서, 고독한 심정을 부더안고 부질없이 책과 원고지를 벗하는 소극의생활! 오! 불만의 생활이여.

그러나 그러나, 지금의 나는 이런 생활을 고행치 않으면 않된다. 아니, 도리어 이것이 옳을지도 모른다. 그러나 그러나 이고민의 불길을…….[12]

위의 다섯 개 인용문에 나타나는 특징은 첫째 감상성, 둘째 비관적 세계관, 셋째 궁핍한 현실에 대한 연민·갈등·비판으로 정리할 수 있겠다.

---

11 박승극, 「사회·인생·자연—삼방 약수포에서」, 위의 책, 190~191쪽.
12 박승극, 「불타는 불만」, 위의 책, 170쪽.

「천곡방문기」 논의에서 우리는 박승극의 농민문제에 대한 단호한 비판을 확인하였다. 사회주의 이데올로그 박승극의 이런 점은 스탈린과 맞서는 트로츠키를 옹호하는 「소련 반부파의 처단」과 같은 에세이에도 나타나고 '×교, ××교'식의 복자 처리로 종교도 비판했다. 그러나 대부분의 수필은 이런 작가의식과는 많이 다르다.

위의 인용문 도처에 '아!'라는 감탄사가 끼어들고, 정체가 불분명한 감상과잉의 정조가 글을 뒤덮고 있다. 풍속을 헤치는 수필로 학생들에게 읽혀서는 안 된다는,[13] 노자영이 삼방에서 썼다는 풍속저해의 「저주자의 편지」 같은 것을 인용하는가 하면 아예 「고독」, 「감상」식의 제명으로 쓴 글도 있다. 옥양목에 수를 놓으며 통학을 하는 여학생을 보고 여자가 공부를 하면 무얼 하겠느냐 세상이 말세인데 조로 비판하며 책보를 내던져 버리라고도 한다. 이런 작가의식은 「이전생梨專生의 자살」, 「작부」 등에서 인텔리 여성이든 술집 작부든 돈에 인생을 거는 세상풍조를 한탄하는가 하면, 또 종로 네거리가 이상야릇한 사람들로 북적거린다며 비관하고 있다. 이런 점을 감안한다면 『다여집』은 수필문학으로서의 평가를 보류해야 마땅하다. 잡문, 그러니까 미셀러니로 분류되는 그 절대적 한계에서 벗어나지 못하는 글의 묶음이라 할 수 있기 때문이다.

사정이 이러하지만 앞에서 지적한 세 번째 문제가 『다여집』을 비허구 산문, 범칭 수필의 문학적 자질을 강하게 제기한다. 앞에서 크게 문제삼은 「천곡방문기」, '문학은 시대의 거울'이란 명제를 내건 장편 에세이 「시대와 문학에 대하야」, 문맥이 여전히 감상적이지만 그 결론이 가마

13 김을한, 「인생잡기」, 『동아일보』, 1926.8.12.

니를 짜 겨우 연명하는 빈농의 삶에 초점이 모인 「귀향」, 민중, 인민의식을 밑바닥에 깐 장편 기행수필 「치악기행」, 원고료로 받은 '13원야'로 문학을 하다 일찍 죽은 동무의 무덤 앞에 「고남상환지묘」란 화강암 비석을 세운 「원고료와 모표」, 절제된 감정으로 문필생활의 어려움을 쓴 문예수필 「꾀꼬리는 울건 말건」, 또 「집배인의 사」, 「노배달부」, 그리고 1930년대 말 무렵 서울의 생활풍속도를 아주 리얼하게 묘사하고 있는 「일 전」, 「우슨 사람」, 「허황」 등이 그러하다. 그런가 하면 반촌의 풍속을 다룬 「산촌의 일야」, 「열녀」, 자전거를 타고 노변풍경을 재미있게 묘사하고 있는 「노상 수어」, 글의 제목에 '잡기雜記'가 달렸지만 현장감이 넘치는 기행수필인 「파파잡기」, 「영천잡기」 같은 산문에 나타나는 인정세태도 이 수필집을 치지도외 시킬 수 없게 하는 특징이다.

『다여집』의 이런 점은 얼른 보면 딜레탕티즘으로 이해되는 점이 없지 않다. 이런 점이 인용문 여섯 개에 나타나는 성향과 많이 어긋나기도 하고 같기도 하다. 이런 특징을 감안하면서 앞에서 인용한 글을 다음과 같이 정리한다.

첫째, 현실과의 불화(不和) : ① ②
둘째, 자연 발견 : ③, 정체의 확인 : ④
그러나 사회, 종교 등과의 갈등 조짐 : ⑤
셋째, 이상과 현실의 괴리, 불타는 불만 : ⑥

인용 ①은 불화의 현실이다. 중상모략, 이용이 전제된 인간관계, 지식층의 거드름, 인정, 우정의 결핍, 그래서 시골로 가려 한다. ②는 우울, 권태에서 오는 마음의 불화이다. ③과 ④는 자연의 발견으로 행복하다. 그러나 ⑤에서와 같은 현실과 직면, 다시 불화의 늪에 빠진다. 못마땅한 사회, 종교, 타락한 세태 때문이다. 그래서 ⑥에서와 같이 절망, 탈출을 꿈꾼다.

요약하면 박승극의 수필은 '현실→이상세계→현실'의 순환구조가 된다. 이것이 마르크스주의자, 소셜리얼리스트, 이데올로그인 박승극 수필의 본질이다. 그의 수필은 현실에 대한 긍정과 부정의 대립적 구조 위에 시비와 정오를 가리다가 주제를 마무리 짓는다. 그의 수필의 문맥이 대체적으로 교술적 진술의 형태를 띠는 것은 이렇게 할 말이 많기 때문이고, 또 그의 수필이 사회적 문제를 어떻게 해결할 것인가에 시종 매달리는 에세이인 것도 이런 이유 때문이다. 이런 점은 문예수필의 관점에서 보면 한계점이 될 수도 있다. 그러나 문예론수필의 입장에서 보면 1930년대 소셜리얼리스트의 내면풍경을 소상히 드러내고 있다는 점에서 이것은 박승극만의 특징이라 하겠다. 광복 이전의 경우, 이데올로그의 의식이 이렇게 일관되게 문예론수필로 형상화된 예는 박승극이 유일할 것이다. 그러나 이런 작가의식이 감상적 문체에 기대고 있는 점은 그의 한계다. 이런 점은 이런 글이 발표될 당시 비허구산문, 범칭 수필이 거의 이런 풍조에 휩싸였던 사실과 관련된다. 1936년 조선일보사출판부에서 초판이 나온 뒤 1997년까지 89쇄를 찍은 모윤숙의 베스트셀러 『렌의 애가』.[14] 이은상이 수필집 인세로 망제亡弟의 이름을 딴 정상正相 장학금을 만든 『무상』(1936), 쓰는 것마다 베스트셀러가 되어 그 돈으

14 송영순, 「모윤숙의 『렌의 애가』 연구」, 『성신어문학』 9, 성신어문학연구회, 1997 참조.

로 니혼대학에 유학도 갔다 온 노자영의 연애서간문집 『사랑의 불꽃』 외 많은 수필과 시가 모두 같은 시대의 같은 종류의 감상물이다.[15]

3. 혁명에 이르지 못한 한 마르크스주의자의 감상, 또는 그 절망

이미 지적한 바대로 박승극의 『다여집』에는 글 여기저기에 감상적 표현이 많이 나타난다. 고독, 우울, 절망, 죽음 등의 어휘들이 불쑥불쑥 튀어나온다. 이데올로그의 단호한 이성, 또는 인민혁명을 수행하려는 현실주의자의 글쓰기와는 거리가 있다.

『다여집』에 수록된 첫 번째 글은 「고독」이다. 이 글은 전부 18행인데 '아, 아, 아, 고독이여!'라는 외침이 연달아 세 번 나온다. 『다여집』을 얼른 보면 이렇게 센티멘탈리스트의 감상이 넘쳐 문학적 성취도를 전혀 가늠할 수 없는 수필집으로 보인다. 그러나 그렇게만 볼 수 없다. 프로 문학의 경우 그 혁명의지가 뜻과 같지 않을 때 그 도저한 혁명의지를 감상주의와 동거시키는 모순된 행위를 취하기도 했기 때문이다.

이런 예는 극작가 김우진과 윤심덕의 생애에서 극적으로 나타났다. 우리가 잘 알듯이 윤심덕과 현해탄으로 뛰어든 김우진은 니체, 마르크스, 사회주의에 깊이 빠져있던 문학청년이다. 그는 「사와 생의 이론」을 쓰며 철저하게 현실을 부정했고, 희곡 「산 돼지」에 동학사상을 담아 개

15 이 문제는 이 책의 제2장 「비허구산문, 범칭 수필의 장르적 성격」 참조

혁된 세상의 도래를 희구했다. 윤심덕은 이런 김우진을 사랑했고, 함께 그 불꽃 같은 삶을 현해탄 동반자살로 마감했다. 그래서 그의 대표곡 '사의 찬미'는 혁명가의 사랑과 좌절을 노래한 것으로 당시는 말할 것도 없고, 그 뒤에도 김우진과 유사한 길, 곧 마르크스주의 이상 사회 건설을 꿈꾸다가 좌절하는 젊은 지식인들의 애창곡이 되었다.

광막한 광야에 달리는 인생아
너에 가는 곳 그 어데이냐
쓸쓸한 세상 험악한 고해에
너는 무엇을 찾으려 하느냐
눈물로 된 이 세상이
나 죽으면 고만일까
행복 찾는 인생들아
너 찾는 것 허무.
(…후략…)

—〈사의 찬미〉에서

이 노래는 윤심덕이 작사하고(작사미상이란 설도 있음), 그것을 이바노비치의 〈다뉴브 강의 잔물결〉의 멜로디에 실었다. 일제강점기 김우진처럼 현실부정, 허무의식, 낭만적 개혁의지를 가진 지식인, 인간평등과 민족해방, 이상적 사회주의를 신봉하는 젊은이들이 즐겨 불렀다. 혁명의 의지와 그에 대한 좌절, 비참한 현실을 목도하면서도 그것을 묵인할 수밖에 없는 지식인의 무기력, 새로운 세계의 도래를 열망하나 희망 없는 미래……. 그래서 그들, 젊은 지식인들은 소련 혁명가며 〈사의 찬미〉 같은 절망적 노래를 부르며 한 시대의 격정과 낭만, 이상과 현실, 꿈과 환멸을 이런 노랫말에 실어 자위하며 보냈다. 앞길이 창창하던 노쿄 유학생의 예상치 못한 자살, 한 세대의 선망의 대상이 그늘진 우상으로 추락한 이면에는 이런 민족허무주의가 자리를 펴고 있다. 1920년대의 백조파, 폐허파 시인들, 박종화의 『흑방비곡』의 세계가 모두 이런 기류 속에 떠있던 문학이다.

박승극 역시 이런 문화의 흐름과 무관하지 않다. 그 역시 도쿄 유학생활을 경험했고, 거기서 뜻을 이루지 못하고, 수원 고향으로 밀려난 진보주의자다. 그런 마르크스주의자로서의 격정과 낭만이 불화의 시대를 만났으니 그의 현실반응은 이런 시대적 사상의 조류를 벗어나기 어려웠을 것이다. 당시의 수필이 감상적인 것은 이런 시대조류와의 동행하는 의미가 있고, 박승극 역시 그런 시대의식을 박승극식으로 수용 굴절시켰을 것이다. 소련을 떠돌던 혁명가 조명희의 몰락, 인민의 나라를 건설하려던 만석꾼의 아들 김우진의 사연邪戀과 자살, 『아리랑』 작자 김산의 죽음, '청포도'의 고아함 속에 열정을 떨어뜨렸으나 사실은 철저한 마르크스주의자였던 이육사의 옥사, 그런가 하면 일본의 유수한 문인이자 마르크스주의자인 아리시마 다케오有島武郎 의 연인과의 동반자살 등. 이런 민족주의 지식인들의 혁명에의 격정과 좌절, 이런 검은 색대色帶가 한 시대의 중앙을 가로지르며 지나갈 때, 박승극도 그 기류에 올라 탄 신지식인의 한 사람, 좌경 문인이었다.

박승극이 이런 이상기류에 실재로 탐닉한 흔적은 없다. 그러나 최용신이 농민운동을 벌이다 일제의 압력으로 그만둔 해풍 부는 반월면을 살살이 뒤진 「천곡방문기」에는 그런 기미가 엿보인다. 가령 박승극이 최용신의 무덤 앞에 서서 '그러기에 옛사람도 인생은 허무하다고 말한 것이겠지? / 다시금 어리석은 인간이나 똑똑한 인간이나 죽엄 앞에는 동일하다는 것을 생각함에 눈앞이 캄캄해 진다 / 인생이란 이다지도 무력한 것일까?'와 같은 독백은 농민계몽운동, 농촌개발에 앞장선 애국적 죽음에 대한 의미부여가 아닌 생에 대한 감상적 반응이다.

따라서 『다여집』의 감상과잉을 혁명의지의 좌절로만 볼 것도 아니다. 박승극의 다급한 감정분출의 근원이 백조시대의 좌장 박종화, 또는 폐허파의 그 병적 낭만주의를 타고 형성된 관습적 주제conventional theme로 볼 수도 있다. 또한 카프가 해산되고, 경향주의 작가들이 하나 둘 현실을 떠나던 위기의 시대에 세상을 향해 외치던 안타까운 절규가 허무한 메아리로 돌아오는 것에 대한 반응일 수도 있다. 그러나 당시 젊은 문인들의 이런 검은 문맥은 다분히 관습적 수사로 판단된다. 마치 조선 시조에서 '샛별 지자 종다리 떴다' 식의 전원주의가 당시 농촌사회의 액면 그대로의 반영이 아니라 그 자체의 법칙과 전통을 가진 문학적 관습이었던 것처럼. 또 그 시절 인기를 끌었던 이은상의 수필 『무상』의 그 죽음의 묵시록처럼.

> 나는 이 처녀 출판의 어떤 기쁨을 생각하면서 다른 여러 사람들의 그것과 이 「시대와 문학」과를 비교해 보기도 했습니다. 그러나 의외에도 그 말 못할 사정은 이것이 세상에 나오지 못할 운명을 당하고 말었습니다.
>
> 나는 이 보(報)를 접할 때 다시금 눈앞이 캄캄해 졌습니다. 형이여! 이 마음을 알어줄 수 있겠는지요?[16]

처녀 평론집 『시대와 문학』이 나오지 못한 데에 대한 충격의 일면이다. 1930년대 후반은 나치즘 대두, 무솔리니의 파시즘, 베르사유 조약 파기와 프랑스의 무상 등으로 세계가 위기에 휩싸였고, 한반도도 이른바 내선동조론이 대두되면서 카프 계열의 작가는 붓을 꺾지 않으면[17] 술이나 마시며 장삼이사로 살아야 했다. 그렇다면 박승극의 감상적 문체는 시대에 대한 자기위안일수도 있다.

> 나는 불행이도 꾀꼬리 소리 드르며 봄을 질겨하지 못할 심경을 안고 있다. 자연의 위력에 비하면 창해의 일속만도 못한 이 내 몸, 이 몸에 담긴 감정을 흔들어 부질없는 '센티멘탈'을 자아내게 할 뿐, 그 '센티멘탈'함을 없에 주지 못하는 것이 자연이란 그것의 '성격'임을 어찌하랴? (…중략…)
>
> 어떤 때는 염증이 나고, 낙망이 되어 붓을 거두었다가도, 또 마음을 가다듬어 여기까지 써온 것이다. 나의 사랑하는 '고향' (…중략…)
>
> 봄이 오건 말건, 꾀꼬리가 울건 말건, 나는 그것을 끝내겠다. 끝난 다음엔 글 쓸 재료도 언을 겸 잠간 동안 여행을 하고 싶다. 따라서 답답한 이 심정을 얼마만이라도 자위하고 싶다.[18]

자연과 동화되지 못한 상태다. 자연과 저만치 거리를 두고 작가는 혼자 현실적인 문제에 매달려 있다. '인간+자연'이면 만남이고 화합이라 외롭지 않을 텐데 여기서는 그렇지 않다. 혼자가 되니 고독할 수밖에

16 박승극, 「시대와 문학에 대하야」, 앞의 책, 123쪽.
17 박승극도 붓을 꺾을 것인가 아닌가를 고민하였다. 박승극, 「시대와 문학에 대하야-H형에게 보냄」, 위의 책, 121쪽.
18 박승극, 「꾀꼬리는 울건말건」, 위의 책, 126~127쪽.

없다. 박승극은 늘 이렇게 혼자 있다. 이것이 여러 수필에 나타난다. 결국 그의 감정노출은 현실에 안주하지 못하고 따돌림 당할 수밖에 없었던 영혼의 부르짖음에 다름 아니다.

우리는 이상에서 고독했던 한 마르크스주의자의 내면 풍경을 『다여집』을 통해 확인할 수 있었다. 『다여집』은 이렇게 논리주장이 강한 에세이집이다. 문예론수필집의 효시란 문학사적 의의 부여는 이런 점에 바탕을 둔다. 한국의 수필문학 사상 문예수필과 문예론수필이 최초로 나타나는 수필집이 『다여집』이다.

제11장

서정수필과 서정시의 문학적 영역

신선문학전집 『조선문학독본』의 수필의 '독본' 문제

1938년(쇼와 13) 10월 조선일보사출판부에서 간행한 신선문학전집新選文學全集『조선문학독본朝鮮文學讀本』에는 당시 조선을 대표하는 시인, 소설가 48명의 글이 수록되어 있다. 목차에 나타나는 순서대로 이름을 밝히면 다음과 같다.

이광수, 문일평, 한용운, 김동인, 박영희, 이은상, 함대훈, 정지용, 이기영, 임화, 유진오, 김억, 이헌구, 주요한, 노자영, 심훈, 김동명, 장덕조, 박태원, 신석정, 김진섭, 박용철, 김남천, 노천명, 김동환, 백철, 김영랑, 김환태, 백신애, 이원조, 김광섭, 이무영, 채만식, 엄흥섭, 백석, 모윤숙, 김기림, 안회남, 이효석, 이석훈, 김문집, 최정희, 박팔양, 김기진, 박종화, 이선희, 이태준, 정인섭 등이다.

이 가운데 시인이 20명, 소설가가 19명이고, 다른 문학 갈래에 종사

〈그림 23〉『조선문학독본』

〈그림 24〉 안재홍

〈그림 25〉 한용운

〈그림 26〉 이원조

〈그림 27〉 이기영

〈그림 28〉 모윤숙

〈그림 29〉 홍명희

하는 사람은 문일평, 박영희, 김진섭, 백철, 김환태, 김문집, 이헌구, 김기진, 정인섭 등 9명이다. 수필가는 김진섭, 노자영뿐이다. 정인섭은 간간히 수필을 쓰지만 그의 본업은 연희전문 영문학 전공 교수이니 영문학자이고, 굳이 장르를 따진다면 평론가인 셈이다. 노자영은 원래 시인이지만 수필집 『사랑의 불꽃』이 베스트셀러가 되어 그 인세로 일본 유학까지 간 사람이니 수필가로 셈하는 것이 맞겠다. 박영희가 시와 소설을 쓴 바도 있지만 중심 장르는 평론이다.

그런데 특이한 사항은 이 책에 수록된 작품의 장르는 시와 수필뿐이다. 문학을 대표하는 장르가 시와 소설인데 소설가 19명이 모두 자기의 전문 장르인 소설 대신 수필로 문학의 독본을 삼고 있다. 17명이 시를, 31명이 수필이다. 시인이 시가 아닌 수필로 독본을 삼은 사람도 3명이 있다. 문학의 서열이 바뀌었다. 시인도 수필로, 소설가도 수필로, 평론가도 수필로 '문학의 독본'을 삼는 것이 그렇다. 수필이 시보다 2배가량 많다. 이것은 동서고금을 막론하고 문학은 시에서부터 시작하였기에 그 유산이 산 같이 쌓여 있어 누가 뭐라고 해도 문학을 대표하는 장르는 시가 될 수밖에 없는 사실과 어긋난다.

사정이 이러한데 『조선문학독본』은 수필을 중심 장르로 삼은 '문학독본'이다. 이런 현상은 『조선문학독본』 말고는 없다. 그래서 이 에세이는 이런 책이 출현하게 된 배경, 서정수필의 문학적 영역, 서정수필과 산문시의 언어자질 등을 고찰하고, 『조선문학독본』이 수필을 독본으로 삼음으로써 제기되는 문학적 의의意義가 결국 무엇인가를 찾으려 한다.

1. 문학독본이란 무엇인가

'독본讀本'은 원래 일본 말이다. 그림이 중심인 읽을거리를 모두 포함한다. 독본은 '보는 책見る本'만이 아니고 '읽는 책讀む本'도 지칭하기에 회초지繪草紙 종류 이외에 소설을 포괄한 의미로 쓰였다.[1] 또한 독본은 회화에 대립된 명칭이다. 주로 삽화이고 문장은 흥미와 진기를 위주로 한 오락물을 가리킨다. 중국의 패시稗史, 소설小說 종류, 구비口碑, 사전史傳이 그 예이다.[2]

우리의 최근 연구에 따르면 '독본'은 원래 근대 일본으로부터 수입된 용어로 산문을 중심으로 한 읽기 자료basic reader를 통틀어 일컫는다. 일본의 독본이란 읽는 책よみほん인데 에도시대江戸時代(1603~1868) 후기에 유행한 소설의 일종이었으며 그림을 주로 하는 에조시繪草子와 달리 문장을 주로하고 삽화를 덧붙인 권선징악적, 전기적 소설을 지칭한다[3]는 것이다. 그러면서 이 용어와 비슷한 의미로 쓰인 다른 말은 '독물'인데 '독물'이 읽을거리를 총칭하는 말이었다면 '독본'은 주로 교과서를 지칭하면서 좀더 기본적인 지식을 해설하는 입문서라고 소개하고 있다.

우리나라에서 '독본'이라는 용어를 처음으로 쓴 책은 1895년 7월(음력) 학부學部 신설 이후 편찬한 최초의 국어교과서 『국민소학독본』이다.

---

1 京城帝國大學文學會, 『日本文學硏究』, 大阪屋號書店, 1936(昭和十一年), p.5의 「序說」과 아소 이소지(麻生磯次)의 「讀本の發生と支那文學の影響」(pp.3~136)에서 독본은 중국의 단편소설, 『수호지』 등의 영향으로 보고 있다.

2 和田萬吉, 「讀本概說」, 『讀本傑作集』, 東京 : 大日本雄辯會講談社, 1935(昭和十年); 「日本文學に影響を及ぼした支那小說－江戸時代を主として」, 위의 책 참조.

3 김혜정, 「국어교재의 문종 및 지은이 변천에 대한 통사적 검토」, 『국어교육』 116, 한국어교육학회, 2005, 243쪽 참조

국권상실의 위기에 처한 조선이 애국적 인재양성을 위해 일본의 『고등소학독본』의 교재정신을 본따 만들었다. 그런데 일본이 주로 유럽 선진국을 모델로 한 것과는 달리 『국민소학독본』은 미국을 모델로 하여 우리도 자주부강한 나라로 만들어야 한다고 했다. 그 뒤 1906년과 1908년에 휘문의숙 편집부가 교과서로 발행한 『고등소학독본高等小學讀本』이 있다. 이 책도 개화, 계몽, 애국심 강조가 중심 내용이다. 이런 까닭으로 한・일 합방이 되자 바로 판매가 금지되었다. 글의 내용이 민족정신을 너무 역설한 것이 한・일 합방 정신과 어긋난다는 판단에 따른 것이다.

그 뒤 조선총독부의 『고등조선어급 한문독본』(1913), 『신편 고등조선어급 한문독본』(1923), 『조선어독본』(1930), 『중등교육 조선어급 한문독본』(1933) 등이 나왔다. 이런 독본은 모두 관제 교과서로 제국신민의 덕성함양이 중심내용이다.

이러한 사정 속에 민간에서 다른 종류의 독본이 나타났다. 최남선의 『시문독본時文讀本』(신문관, 1916), 이윤재의 『문예독본文藝讀本』 상(진광당, 1931), 『문예독본』 하(한성도서주식회사, 1933)가 바로 그것이다. 이태준이 1939년부터 『문장』에 연재한 「문장강화」를 1940년에 단행본으로 묶은 작문교과서 『문장강화文章講話』(문장사, 1939)도 독본의 성격을 띠고 있다. 그러나 이 책은 문학이 아니라 글쓰기에 방점이 찍히기에 문학으로서의 '독본'을 문제삼는 이 글에서는 제외한다.

『시문독본』은 민간독본의 선구적 자리에 있다. 「예언例言」에서 "이 책은 시문時文을 배호는 이의 계제階梯되게 하려 하야 옛것새것을 모기도하고 짓기도 하야 적당適當한 줄 생각하는 방식方式으로 편차編次함"[4]이라고 했다. 그러면서 1910년대 중반기 조선의 글쓰기에 나타나던 여러 문종

文種들을 다채롭게 소개하고 예시했다. 이것은 이 책의 발간 목적이 정전의 확립보다는 모범적인 문장형식을 우선적으로 지도하는 데 있었기 때문이다. "버린 거슬 주우라. 일흔 거슬 차즈라. 가렷거든 헤치라. 막혓거든 트라. 시므라. 북도두라"[5]라고 한 이 책의 발간 목적은 당시 문학현장에 큰 영향력을 발휘했다. 가령 이태준의 자전적 소설 『사상의 월야』의 주인공, 그러니까 이태준의 페르소나인 송빈이 용담학교 졸업식 때 우등상으로 받은 상품이 옥편, 벼루집, 연필, 공책인데 그 상품 가운데 제일 좋은 것이 『시문독본』이다. 현진건의 「타락자」 주인공 '나'가 기생 춘심을 그리워하며 "이화에 월백하고 은한이 삼경인데, 일지춘심을……" 하고 읊조리는 시조도 『시문독본』을 읽고 배운 실력이다. 이런 현상은 당시 학생들에게는 이 책이 교과서나 사전(옥편)과 같은 성격이고, 이태준이나 현진건도 이 책을 읽으며 문학공부를 했다는 말이다.

『시문독본』에 수록된 글은 『소년』, 『청춘』, 『붉은 저고리』 등에 발표되었던 글, 조선광문회에서 수집하거나 출간한 한문 문장의 번역, 그리고 최남선, 이광수, 현상윤의 글이 중심을 이룬다. 수록된 글의 근 5할이 최남선의 것이고, 3할이 이광수의 것이다. 이로 미루어 보아 『시문독본』의 글쓰기 표준은 육당과 춘원에 놓여있다. 육당이 『무정』의 「서문」(광익서관, 1918)에서 "그가 없었더라면 어찌하였을꼬 하고 생각을 하면 소름이 끼치며 그가 없으면 어찌될꼬 하면 손에 땀이 나나니,

4 崔南善, 「例言」, 『時文讀本』, 新文館, 1918 참조. 이 책은 1916년에 상·하 두 권으로 발행되었다는데 지금 전하는 최고(最古)의 판은 국립중앙도서관에서 소장하고 있는 1918년 장판(藏板) 정정합편(訂正合編) 무오판(戊午板)이다. 1918년판은 7개월 만에 매진되어 3판을 찍고 1922년에는 7판을 발행했고, 1926년판도 있다.

5 崔南善, 「서문」, 위의 책.

끔찍하고 대단한 것이 그가 아니냐. 그는 참 우리의 보배로다. 나라의 꽃이로다"[6]라는 그런 헌사의 의미가 그대로 반영된 것이 『시문독본』이다. 한샘(최남선)이 어문, 역사, 지리 등 문화사를 통해 민족의 개념을 정립하고 나아가 우리도 단단한 민족모형을 세우려던 그 의지가 '독본'이라는 이름을 달고 우리 문단에 처음으로 나타났던 것이다.

이윤재의 『문예독본』은 1920년대 신문학 운동의 성과를 반영하면서 당시 문학 장을 본격적으로 표방한 최초의 '독본'이라는 점에서, 또 막 형성되기 시작한 서구적 의미의 문학을 문예라 불러야 했던 조선적 사정을 내포하고 있다는 점에서 주목할 만하다. 문학의 내용을 범주화하고, 문학 내부의 질서를 재배치하면서 아직 혼미한 단계에 놓여 있는 조선문학을 선택과 배제의 기율을 통해 정전正典을 찾으려는 의도를 발견할 수 있기 때문이다.

『시문독본』이 최남선과 이광수의 글이 절대 다수이고, 장르개념이 없는 것과 달리 『문예독본』 상·하 두 권에는 여러 문인의 여러 갈래 글이 두루 수록되어 있다. 1권에는 25명의 글이 실렸는데 그 문종은 '시, 소설, 시조, 논문, 수필, 희곡, 기행, 감상문, 동화, 동요, 사화史話, 신시新詩, 일화, 편지, 스케취, 소품문小品文'이고, 2권에는 18명의 글이 '시, 소설, 평론, 기행문, 동화, 송頌, 사화, 단평, 감상문, 해제' 등의 이름으로 구분, 수록되어 있다. 이것은 『문예독본』이 근대적 문학 텍스트로서의 체제를 갖춘 것을 뜻한다. 이런 점은 『시문독본』과는 결정적으로 구분되는 대목이다.

6 김윤식, 「한국 근대문학의 시선에서 본 문장독본과 문학독본의 관련양상」, 『예술논문집』 49, 대한민국예술원, 2010, 18~19쪽에서 재인용.

1권과 2권의 문종 가운데 '수필, 기행, 감상문, 일화, 편지, 사화, 송'이라는 이름이 우리의 관심을 끈다. 모두 비허구산문, 범칭 수필에 속하는 성격의 글이 장르 종의 개념으로 제각각 따로따로 호명되기 때문이다. 그런데 이런 문종이 1930년대에 오면 '수필'로 묶인다.[7] 그러니까 『문예독본』은 '수필이 중심'이 된 '문학의 독본'이다. 『조선문학독본』을 말하면서 『문예독본』을 거론하는 것은 '수필'이 이러한 위상으로 '독본'을 형성하기 때문이다.

『문예독본』은 그 문종이 장르 개념을 형성해 가는 발전 단계에 있는 것과는 다르게 지향하는 목표는 『시문독본』의 그것과 같다. 조선정조가 담긴 글을 통해 민족주의 이념을 내면화하는 태도는 다르지 않다는 말이다. 『시문독본』이 1910년대 신지식층을 설정하고 서구와의 대립항으로 조선적인 문화를 근거로 민족모형을 모색한 것처럼 『문예독본』도 민족주의를 '문예·문학'으로 보여주고자 하는 의도가 확연히 드러난다. 두 독본의 이런 지향은 『조선문학독본』도 마찬가지다.

2. 『조선문학독본』과 수필로서의 독본의 자리

독본이란 무엇인가. '독본'의 일차적 의미는 '교과서'이다. 그렇다면 『조선문학독본』은 조선의 '문학교과서'라는 말이다. '문학교과서'는 문학교육의 제도적 기능을 넘어선다. 이렇다면 이 책은 수필이 문학 텍스

7 이 책의 제2장 「비허구산문, 범칭 수필의 장르적 성격」 참조.

트의 정전구성과 감상, 해석, 평가의 정당성과 가치를 보장해주는 제도적 장치가 된다는 말이다. 이 정의에 『조선문학독본』을 대입하면 어떤 결과가 나올까. 말할 것도 없다. 수필이 문학 교육의 제도적 기능을 넘어 '조선문학의 정전'이라는 의미다. 이게 가능한 일인가. 문학 장의 일반적 관점으로는 이해하기 어렵다. 수필의 문학적 위상이 저만치 밀려나 있는 까닭이다. 그러나 『조선문학독본』은 다르다. 이 책의 「서문」부터 한번 보자.

朝鮮日報社出版部에서는 그 發行하는 月刊雜誌 「朝光」「少年」「女性」外에 「現代朝鮮文學全集」과 밑其他 數種의 單行本을 刊行하야 江湖의 絶讚을 받고 있다. 이것은 朝鮮의 文學界와 밑 出版文化를 爲하야 自他가 共히 기뻐하는바인것은 贅說할必要도 없다.

이번에 다시 「新選文學全集」으로 全四卷을 發行할 計劃을 세우고 爲先 第一着으로 「朝鮮文學讀本」을 上梓하기로 하였다. 그 內容으로는 現代朝鮮文壇의 巨擘四十餘人이 그들의 自信있는 名文을 筆載하였고 따라서 評論 紀行 隨筆 詩 時調筆 百三十餘篇의 珠玉같은 文章이 蒐輯되어있다. 그 가운데로 나타나는 總體는 말로 形言한다면 文學界의 一金字塔이라고 아니할 수가 없다. 그러므로 누구던지 人生의 讀本으로 藝術의 讀本으로 作文의 讀本으로 또는 文藝의 讀本으로 읽으면 漢文의 「古文眞寶」以上의 眞價를 發見할 것을 確信不疑하는바이다.[8]

8 李勳求, 「序」, 『朝鮮文學讀本』(新選文學全集 第一卷), 朝光社, 1940.

인용문의 첫째 요지는 조선일보사가 '문학선집'으로 신선문학전집 전 4권을 발행할 계획을 세웠다는 것이고, 둘째는 그 제일착으로 『조선문학독본』을 상자했고, 셋째는 '인생人生의 독본讀本, 예술藝術의 독본讀本, 작문作文의 독본讀本, 문예文藝의 독본讀本'이 『조선문학독본』이라는 것이다. 넷째는 『조선문학독본』이 한문의 『고문진보』 이상의 진가를 가지고 있다는 자찬이다. 이 네 가지 문제를 조금 따져볼 필요가 있다. 책의 「서문」이 의례적으로 진술하는 내용을 넘어서는 무엇이 엿보이는 까닭이다.

그때나 지금이나 한국 제일의 문화권력을 행사하는 조선일보사가 신선문학전집 4권의 제일착을 『조선문학독본』으로 삼았다는 사실은 전집 간행의 관행과 어긋난다. 일반적으로 전집의 제1권은 소설이거나 시詩다. 시와, 소설이 문학을 대표하는 장르이고, 그것이 문학이라는 예술의 '본'이 되는 요소를 가장 많이 갖추고 있어 독자와 제일 친하기 때문이다. 자본주의적 이윤 추구가 목적인 개인 출판사는 이런 인기도에 따라 '상품'으로서 책을 제작한다.

'전집全集, collected works'이라는 말은 서로 모순되는 두 개의 뜻을 가지고 있다. 첫째, 그것은 말 그대로 모든 작품을 모아놓은 또는 그렇게 하고자 하는 작품집을 말한다. 이때 전집은 수집되고 총화된 작품의 목록과 그 모음을 필요로 한다. 전집에 개재된 전체성의 이념은 내재적이다. 최대한 모든 작품을 발굴・수집하고 모아서 빠뜨리지 않은 것. 그리하여 해당 작가의 면모와 사상의 전체를 드러내려 하는 까닭이다.

둘째 '전집'은 표면의 어의와는 정반대의 의미를 지닌 책들의 묶음이다. 이런 점에서 볼 때 전집은 '전체'가 아니다. 전집은 가늠하기 어려운 어떤 전체 중에서 극히 일부에 지나지 않는 것을 모으고 그것에 전체의 이름을 부여한 것이다. 이러한 전집은 철저히 선별된 것, 즉 다른 것들을 주변에 밀어낸 중심이며 주체이다. 그래서 전집은 곧 선집selected works이다.[9]

한국 근대문학 작품을 모은 전집은 1930년대 초에 처음 출현하여 1938~1939년 사이에만 무려 7종의 문학전집이 출간되었다.[10] 삼천리사의 '조선문학전집'과 '조선명작선집', 조선일보사출판부의 '현대조선문학전집'과 '신선문학전집新選文學全集', 그밖에 한성도서, 박문서관 등이 '장편소설전집', '신선역사소설전집' 등의 이름으로 조선문학을 출판하여 전집 붐을 이루었다. 그럴 때 일본에서도 『조선소설대표작집』, 『조선문학선집』 등 조선문학을 대표할 만한 작품집이 나왔다.[11]

거듭 말하지만 1938년 10월 조선일보사출판부에서 초판을 발행하고, 1940년 12월 조광사朝光社에서 재판으로 간행한 『조선문학독본朝鮮文學讀本』은 조선일보사출판부가 발행한 신선문학전집 제1권이다. 그리고 이 책은 '수필'을 중심 문종으로 삼아 만든 '문학독본'이다.

지금까지 이런 저런 논의를 펼쳐 온 것은 이 사실, 곧 '수필독본'에 대한 의미규명 때문이었다. 그렇다면 『조선문학독본』이 신선문학전집 제1권이라는 의미는 무엇인가. 그것은 바로 '수필隨筆의 정전화正典化 전사前史'와 관련되는 문제다.

어떤 문학 작품이 전집과 선집에 뽑히는 것은 정전의 전사적 성격을

---

9 천정화, 「한국문학전집과 정전화」, 『한국현대소설연구』 37, 한국현대소설학회, 2008 참조.
10 위의 글, 88쪽.
11 박숙자, 「조선문학선집과 문학정전들」, 『어문연구』 152, 한국어문교육연구회, 2011.

띤다. 해당 작품의 문학성에 대한 평가와 아울러 상업성, 인기 등이 주요한 계기로 작용하여 장차 위대한 작품으로 인정될 제1차 관문을 통과하는 형식이 되기 때문이다. 그런데 이 자리에 '수필'이 앉았다. 바로 수필이 '정전正典, canon'이 되는 자리다.

『조선문학독본』을 출판한 조선일보사는 『조광』, 『여성』, 『소년』을 거느리고, 여기저기서 끌어들인 출판 자본을 이용하여 늘 이 나라 문화사업의 앞자리에 군림하는 존재다. 이런 막강한 힘을 지닌 조선 제일의 신문사가 수필을 중심 장르로 하여 책을 만들어 제판까지 간행했다는 것은 한국문학사가 반드시 기록해야 할 사안이다. 이런 경우는 『조선문학독본』 외에는 그 예가 없는 까닭이다.

3. 독본과 수필

'독본'이라는 이름을 단 책으로 그 내용이 수필로만 이루어진 대표적인 예는 정지용의 『문학독본文學讀本』이다. 1948년 2월 박문출판사에서 간행한 이 독본은 시인이 쓴 문학독본인데 예시로 삼은 글은 모두 수필이다. 이런 점은 최남선의 『시문독본』, 이윤재의 『문예독본』 상, 『문예독본』 하, 방종현方鍾鉉 · 김형규金亨奎의 『문학독본』(동성사, 1946), 이병기李秉岐의 『문학독본』(상문당, 1948)과 다르고 이태준의 『상허문학독본尙虛文學讀本』(백양당, 1946)과는 같은 점도 있고 다르기도 하다.

최남선과 이윤재의 '독본'은 앞에서 말했듯이 개화계몽기의 과도기적 글쓰기 형식을 다양하게 다룬 민간 교과서이다. 방종현 · 김형규의

『문학독본』은 그 「예언」에서 밝히고 있듯이 "대학예과 전문학교 또는 고급중학 같은 정도의 상급반에 쓸 국어교과서"로 쓰기 위한 책이다. 따라서 모든 종류의 글이 다 예시된다. 고대문의 여러 문종, 현대문의 여러 장르, 향가, 용비어천가, 가사 등 두루 수록되어 있다. 이병기가 편찬한 『문학독본』도 나라를 되찾은 뒤에 나온 국어교과서 성격이라 고대와 근대의 온갖 고전을 예시하려 했다.

『상허문학독본』은 이런 독본들과 본질적으로 다르다. 문장에서 벗어난 문학의 독본인 까닭이다. 그런데 소설, 수필, 에세이(문예론수필·문학적 논문)로만 구성되어 있다. 1946년 백양당에서 출판한 『상허문학독본』 초판을 기준으로 할 때, 1쪽 「하늘」부터 66쪽 「박물관」까지 18편의 글은 서정수필(문예수필)이고, 「감상」, 「민족과 언어」, 「문학과 언어」, 「조선의 소설들」은 에세이다. 85쪽 「별과 유리」부터 223쪽 「사랑 이상의 것」까지 23편의 산문은 "그저 내 글 중에서 종래從來 일반관념一般觀念과는 좀 이색異色있는 것을 골라 뽑고, 소설小說 같은 데서도 내 딴은 힘 드려 썼다고 생각되는 자연自然, 인물人物, 사태事態의 묘사描寫 장면場面을 추린"[12] 것이다. 「별과 유리」는 장편 『별은 창마다』에서, 「산장」은 단편 「토끼 이야기」에서, 「바다」는 단편 「바다」에서 「이향」은 단편 「꽃나무는 심어놓고」에서 추렸다. 모든 예시문이 이태준 자신의 수필이거나 자신의 소설에서 발췌한 것이다.

정지용의 『문학독본』이 예시한 글이 모두 산문인 것은 『상허문학독본』과 같다. 모든 글이 자신의 작품인 것도 그렇다. 다른 것은 산문 중

12 李源朝, 「跋」, 『尙虛文學讀本』, 白楊堂, 1946, 246쪽.

에도 전부 수필이란 점이다. 1948년 2월 박문출판사가 간행한 정지용의 초판 『문학독본』을 기준으로 하여 이 문제를 좀 자세하게 살펴보자. 1쪽의 「사시안의 불행」부터 60쪽 「인정각」까지 20편의 글은 모두 서정수필이다. 「별똥이 떨어진 곳」도 시 「별똥 떨어진 곳」이 인용된 수필이다. 65쪽 「화문점철」에서 「수수어愁誰語」, 「남유기南遊記」, 「다도해기多島海記」 등 서정시 같은 수필과 「화문행각畵文行脚」 13편이 끝나는 188쪽까지의 모든 글은 기행수필이다. 그밖에 「옛글 새로운 정 상·하」 두 편, 「생명의 분수」, 「시의 위의」, 「시와 발표」, 「시의 옹호」는 에세이다. 한번 더 말하지만 정지용의 『문학독본』은 서정수필과 에세이(문예론수필·문학적 논문)로 구성되어 있다. 『상허문학독본』과 다른 것은 소설에서 따온 산문이 없다. 정지용이 소설은 한 편뿐이다. 이렇게 정지용의 『문학독본』은 '수필'로만 구성된 '독본'이다.

'독본'이라는 이름을 달지 않고, 독본과 같은 역할을 한 책이 있다. 이태준의 『문장강화』이다. 『문장강화』에는 '독본'이라는 용어가 없다 그러나 『문장강화』는 이윤재의 『문예독본』과 함께 식민지 시기 대표적 문학독본으로 평가 된다.[13] 『문예독본』이 각종 문학 작품을 모범사례로 인용하면서 독서 지도를 위한 책으로 구성되어 있다면 『문장강화』는 '작문' 지도를 위한 책으로 문학 작품은 예시로만 다루고 있다. 그런데 『문장강화』가 작문에 초점을 두고 있지만 그 초점을 따라가면 그 끝에 '국어적 문학에서 문학적 국어'로 우리말의 문화적 중요성을 드높인 예라는 사실을 확인한다.[14] 이런 점에서 이 책은 글쓰기 교과서

13 김윤식, 앞의 글 참조.

14 배개화, 「『문장강화』에 나타난 문장의식」, 『한국현대문학연구』 16, 한국현대문학회,

성격을 지닌다.

『문장강화』는 '문장 작법의 의의'와 '문장과 언어의 제 문제'를 설명하고 있는 작문교과서이지만 대부분의 인용문은 소설과 시이다. 이것은 『조선문학독본』이 수필로 구성된 것과 다르고, 『상허문학독본』이 소설과 수필이 중심인 것과 다르고, 정지용의 『문학독본』이 수필로만 형성된 것과도 다르다. 『문장강화』가 독본의 역할을 하지만 이 논문에서 내치는 것은 예시 문이 산문으로만 구성되어 있지 않기 때문이다.

정지용의 『문학독본』이 수필로만 구성된 것은 첫째로 일본 독본의 영향이다. 일본에서 '독본'이라는 말은 원래 에도시대 후기에 유행한 소설의 일종으로 중국의 전기체傳奇體 소설, 구비口碑, 사정史傳류의 영향 아래 발생한 흥미 위주의 읽을거리[讀物]를 통틀어 일컬었다. 정지용의 『문학독본』에서 이런 '독본'이란 용어를 책 제목으로 쓴 것은 그가 문학공부를 일본 유학을 하면서 본격적으로 한 것과 무관하지 않다. 보고 익힌 것이 다 일본 것이고, 그것이 선진한 것이기에 독본이라면 당연히 산문이어야 하고, 산문 중에서도 수필을 중심으로 삼아야 한다고 판단했을 것이다.

일본 수필은 필자의 신변사를 계절감각에 맞춰 미문체로 쓰는 것이 특징이다. 계절, 필자의 신변사, 미문, 이 세 요소 중에서도 절대적 요소가 계절감季節感이다. 이 계절감은 15자 안으로 써야 하는 그 짧은 하이꾸俳句에도 빠지지 않는다. 계절감이 빠진 하이쿠는 일본 특유의 문학이 될 자격이 없다. 필자의 신변사는 일본에서 크게 발달한 사소설私

2004 참조.

小說, ich roman의 그것과 같은 성격이다.

정지용의 『문학독본』을 형성하고 있는 수필이 일본의 미문사생적美文寫生的 수필의 영향을 받았다는 문제는 양쪽 수필의 주류를 이루는 서정수필과 기행수필을 중심으로 별도의 글로 논증해야 할 사안이다. 그러나 거기까지 가지 않더라도 이런 점은 책을 펼치기만 해도 바로 발견할 수 있다. 가령 '백목단처럼 피어오르는 저 구름송이'이란 「구름」, '꾀꼬리도 사투리를 쓰는 것이 온지 강진康津골 꾀꼬리 소리가 다른 듯하외다. 교토京都 꾀꼬리는 이른 봄 매화 필 무렵에 거진 전차길 옆에까지 나려와 울던 것인데'로 시작하는 「꾀꼬리」,[15] 그리고 "애기陵 안으로 이사 나온 후로 난데없이 처량한 호들기 소리를 듣는 것이다. 그도 한두 번이 아니요 번번히 잠 깰 무렵이면 반드시 들리는 것이다"라는 「춘정월春正月의 미문체美文體」 등이 그렇다. 이런 계절감은 제목부터 일본 수필에 흔히 등장하는 '○○의 미문체○○月の美文體'와 흡사하다.

정지용의 『문학독본』에서 반을 차지하는 기행수필도 일본의 그것과 많이 같다. 구체적으로 말한다면 도가와 슈고쓰戶川秋骨, 오와다 다케키大和田建樹 등의 수필 36편이 수록된 『기행수필집紀行隨筆集―「춘春」, 「풍嵐」』(東京 : 改造社, 1929), 사무가와 소고쓰寒川鼠骨의 7백 쪽이 넘는 기행수필집 『사무가와 소고쓰집』(東京 : 改造社, 1930), 다니자키 준이치로谷崎潤一郎의 『다니자키 준이치로 전집』(東京 : 改造社, 1931) 제12권의 「조선잡관朝鮮雜觀」, 「조춘잡감早春雜感」과 같은 '감상수필感想隨筆', 시모다 우타코下田歌子의 『향설총서香雪叢書』 제1권의 기행수필紀行隨筆 등과 정지용의 『문학독

15 鄭芝溶, 『文學讀本』, 博文出版社, 1948, 97쪽.

본』은 구성 발상, 형식이 거의 같다.

이런 친연성은 정지용이 일본으로 유학을 가던 그 시절 일본은 일본 국민성과 맞는 수필을 하이쿠俳句와 같은 위상으로 육성하기 위해 일본수필대성간행회日本隨筆大成刊行會을 만들고,[16] 온갖 잡동사니를 다 수필로 간주하던 수필 대세의 문단경향과 관계된다. 또 국민국가 냄새를 물씬 풍기는 국민도서주식회사國民圖書株式會社라는 이름의 기관이 『일본수필전집日本隨筆全集』을 수십 권 간행하고,[17] 여기에 엄청 많은 개인 수필집이 '독본'이란 이름으로 출판하던 사정과도 무관하지 않다.

당시 일본문단에서는 수필 붐이 일어나 유명 문인들이 독본이라는 이름으로 책을 많이 출판했다. 도쿄의 다이이치쇼보第一書房에서 집중 출판한 독본들이 좋은 예이다. 정지용을 일본 시단에 진출시킨 키타하라 하쿠슈北原白秋의 『문학독본－춘하추동』(東京 : 第一書房, 1936)을 비롯하여 요코미쓰 이이치橫光利一의 『문학독본』(東京 : 第一書房, 1937), 키구치 칸菊池寬의 『문학독본』(東京 : 第一書房, 1936), 마쓰오카 유즈루松岡讓 편, 『문학독본』(東京 : 第一書房, 1936), 나쓰메 소세키夏目漱石의 『소세키 문학독본』(東京 : 第一書房, 1936), 아쿠타가와 류노스케芥川龍之介의 『아쿠타가와 류노스케 독본』(東京 : 三笠書房, 1936), 가사하라 겐지로笠原健治郎 편, 『문학독본』(東京 : 竹村書房, 1936) 등이다.

키타하라 하쿠슈의 『문학독본』에는 「계절의 미어季節の美語」(223쪽),

16 우리나라 국립중앙도서관 정보검색창에 '일본수필'을 입력하면 204건의 자료가 뜬다. 그 대부분의 자료가 일본수필대성간행회, 국민도서주식회사, 다이이치쇼보에서 출판한 책이다. 당시 도쿄에서 출판한 책을 경성 조선총독부 도서관에 납품했기 때문이다.

17 국민도서주식회사는 『일본수필전집』을 제20권까지 발행했다. 그중 『일본수필전집』 제12권(1927)은 「年年隨筆」, 「理齊隨筆」, 「難波江」식으로 분책한 근 5백 쪽의 책자이고, 제20권은 '일본수필전집색인'에 제19권까지의 내용을 소개하고 있다.

「삼월찬보三月讚譜」(116쪽) 같은 제목으로 쓴 수필로 가득 차 있다. 『신선新選 키타하라 하쿠슈집北原白秋集—산문편散文篇』(東京 : 改造社, 1928)도 「봄의 암시春の暗示」, 「사월의 식물원四月の植物園」, 「계절의 창초季節の窓抄」로 묶고, '삼월의 말三月の言葉', '사월의 말四月の言葉', '오월의 말五月の言葉'이라는 제목을 단 수필을 달마다 썼다. 또 「남해소품南海小品」, 「바다와 그림의 해설海の畵の解說」 같은 글은 정지용의 『문학독본』의 「남해기행南海紀行」이나 「화문행각畵文行脚」과 모티프나 글의 흐름이 같다. 다만 키타하라 하쿠슈는 70여 편의 수필 뒤에 소설에서 따온 예시문 5편을 수록했지만 정지용은 소설을 예시로 삼지 않았다. 정지용은 자신의 소설에서 따올 산문이 없기 때문일 것이다.

요코미쓰 이이치의 『문학독본』은 목차가 '춘하春夏의 권卷'으로 '춘春'은 3월, 4월, 5월로, '하夏'는 6월, 7월, 8월로 나누고 각 날마다 여러 편의 수필을 계절감각에 맞춰 다듬어 내고 있다. 기구치 칸의 『문학독본』 역시 3월에서 5월을 '春'으로, 6월에서 8월까지는 '夏'로 묶었다. 『수석문학독본』에는 「춘계잡영春季雜咏」, 「하계잡영夏季雜咏」식으로 작품 제목을 달았다.

한국수필에서 발견하는 이런 일본수필의 자취가 청록파를 시단에 내보낸 조선 제일의 시인 정지용의 수필집 『문학독본』에만 나타나는 것이 아니다. 조선의 제일중학(경기중)을 다닌 모범생 피천득의 수필, 일본 제일의 대학 교토대京都大와 도쿄대東京大에서 번갈아 학부와 대학원을 다닌 이양하의 「교토京都 기행紀行」에도 이런 정서가 강하다. 그 시절 조선은 없다. 다니자키 준이치로의 수필 「조선잡관」[18]에 묘사되듯이 부산은 일본에서 건너와 경성으로 가는 길목이고, 경성은 조선반도에서 제일 큰 도시며 평양도 기생이 유명한 하나의 지방 도시일 뿐이었다. 천지가 일본의 천지였으니 사람도 형식적으로는 다 일본 사람이다. 개성이 강하고 독설가로 소문이 난 시인 정지용도 이런 시대의 대세를 알게 모르게 체득했을 것이다. 정지용의 『문학독본』에 나타나는 일본 문학독본적 현상이 이것을 말한다.

정지용의 『문학독본』이 산문으로만 구성된 두 번째 이유는 『상허문학독본』과 관련된다. 이 문제 역시 논증이 필요하다. 정지용은 『문학독본』 서문, 「몇 마디 말씀」에서 이런 고백을 하고 있다.

> 學生때 부터 將來 作家가 되고 싶던것이 이내 機會가 돌아오지 아니한다.
>
> 學校를 맞추고 잘못 教員노릇으로 나선 것이 더욱이 戰爭과 貧寒 때문에 一平生에 좋은 때는 모조리 빼앗기고 말었다.
>
> 그동안에 詩集 두 권을 내었다.
>
> 남들이 詩人 詩人하는 말이 너는 못난이 못난이 하는 소리 같이 좋지 않었다. 나도 散文을 쓰면 쓴다. — 泰俊만치 쓰면 쓴다는 辨明으로 散文쓰기 練習으로 試驗한 것이 책으로 한卷은 된다. 대개 愁誰語라는 이름아래 新聞 雜誌에 發表되었던것들이다.

내가 시인이지만 나도 산문을 쓰면 잘 쓸 수 있다는 게 '몇 마디 말씀'의 요지다. 정지용이 처음에는 소설가를 꿈꾸었는데 교원노릇, 전쟁, 가난 때문에 산문 쓸 기회를 놓쳤다는 것이다. 대충 보면 산문은 시

18 谷崎潤一郞, 『谷崎潤一郞全集』 12, 東京 : 改造社, 1931, pp.245~248.

와는 달리 품이 많이 들어 시간 투자가 시와 비교할 수 없기 때문이기에 하는 말인 것 같다.

소설가가 되지 못하고 시인이 된 것이 못난이라는 말은 말이 안 된다. 문학은 시로 대표되는 이치로 볼 때 그렇다. 그렇다면 「몇 마디 말씀」의 속뜻은 다른 데 있다. '나는 현실문제와 동떨어진 모더니즘, 윌리엄 브레이크 어쩌고 하는 어려운 시를 쓰기에 신학문을 한 고고한 문사 대접을 받는다. 그러나 솔직하게 말해서 그것이 문학 따로 생활 따로로 재미가 없으니 쉽게 읽히는 좋은 산문을 써서 태준처럼 재미를 좀 보자'는 의미일 것이다. 그때나 지금이나 책이 많이 팔리는 것은 산문, 곧 소설이고, 글쟁이는 뭐니 뭐니 해도 자기 글이 많이 팔리는 것이 제일 기쁘기 때문이다.

다른 한편 이 「몇 마디 말씀」은 정지용이 문장력에서는 누구에게도 밀리지 않는다는 자신의 미문체에 대한 존재감 선언이다. 이태준의 산문에 대한 길항하는 의미로 독해되기도 하지만 자존심과 존재감의 우회적 선언으로도 들린다. 그때 이태준은 『상허문학독본』과 『문장강화』 같은 산문 관계 책이 큰 인기를 얻어 잘 나가고 있었는데 정지용은 사정이 전혀 달라 이태준에게 글이 상대적으로 밀리는 듯한 처지에 놓여 있었다.

사정이 이러하기에 정지용의 『문학독본』 서문이 '태준만치'로 겨냥하는 직접적인 대상은 『상허문학독본』이 된다. 『상허문학독본』은 1946년 7월에 초판을 찍고, 두 달 뒤에 재판을 찍을 만큼 인기가 높았다. 그때 이태준은 또 몇 년 전에 낸 『문장강화』 역시 베스트셀러가 되어 장안의 지가를 올리고 있었다. 그러나 정지용의 시집은 그런 책과는 달리 어려운 신사조(모더니즘)가 진동하기에 대중적 인기하고는 거리가 멀었다. 그래서 정지용도 이태준처럼 잘 나가는 독본 하나를 써서 인기를 얻어 그 책으로 곤궁한 생활에서 벗어나고 싶었을 것이다. 최동호가 정리한 정지용 연보에 따르면[19] 그 무렵 정지용은 이화여대 교수직을 사임하고 불광동 녹번리에서 생활비는 원고료와 책 몇 권의 인세에 의존하는 형편이었다고 한다. 이런 형편은 『산문散文』의 서문 「머리에 몇 마디만」에서 "이 『산문』은 스마트한 출판사 동지사同志社가 아니었더면 도저히 나올 수 없었던 것이다. 아들놈 장가 들인 비용은 이리하여 된 것이다. 진정 고맙다"라는 말에서도 드러난다.

「몇 마디 말씀」의 제일 끝 문장, "애초에 『문학독본』의 성질性質이 아닌 것이다. 출판사出版社에서 하는 일을 막을 고집固執도 없다"라는 말도 이런 문제를 시사한다. 다른 이름, 그러니까 수필로 책을 만들었으니 '지용수필집' 투의 이름을 다는 것보다 『지용문학독본』이라고 해야 『상허문학독본』처럼 인기를 탈 수 있다는 말로 들리는 까닭이다.

『상허문학독본』과 정지용의 『문학독본』을 이런 길항관계로 보는 것은 정지용의 산문 구사능력이 결코 이태준의 그것에 밀리지 않는 것이 확실하기 때문이다. 이원조가 『상허문학독본』의 「발跋」에서 "상허는 마치 사금砂金을 이리는 사람처럼 우리 말을 골라 글을 만드는데 (…중략…) 우리들끼리 상허를 가르쳐 글에는 화化한 사람이라"[20]라는 극찬을 정지용의 『문학독본』에 대입하더라도 문맥이 뒤틀리지 않을 것이다. 「구름」, 「별똥이 떨어진 곳」 같은 글에 엿보이는 전아유려典雅流麗한

19 최동호, 『그들의 문학과 생애, 정지용』, 한길사, 2008 참조.
20 李源朝, 앞의 글, 247쪽.

문체미가 그렇다.

> 五月 하늘, 말끔히 개인 한폭이 푸르면 어쩌면 저렇다시도 푸른 것일가! 땅 위에는 아직도 게으르고 부질없는 장난을 즐기는 사람들이 준동(蠢動)하고 있는 狀態라, 예를 들면 낙서와 같은 것이라 무엇으로나 쓱쓱 그어보고 싶기도 한 푸른 하늘에 걸려있는 무용한 한만(閑漫)한 흰구름을 이야기 하자는 것이다.
>
> 보라! 울창한 송림이 마을어구에 늘어선 그 위로 이제 백목단처럼 피어오르는 저 구름송이를!
>
> 포기 포기 돋아 오르는 접지고 터져나오는 양이 금시에 서그럭 서그럭 소리가 들릴듯도 하지 아니한가.[21]

5월 창공에 뜬 구름의 변화를 묘사하는 말이 꼬물꼬물 살아 움직인다. 정지용의 이런 언어의 조화를 이태준은 지용의 '바다'라는 말의 사용을 들어서는 의성어, 의태어의 사용이 특출하다고 했고, '기행문 「화문행각畵文行脚 · 평양 4」 전문을 방언으로 지방색 표현을 계획한 것은 대담한 시도'라고 칭찬했다.

1,000자가 못되는 수필 「별똥이 떨어진 곳」도 문체의 긴장미가 한 정점에 가 있다. 언어 구사력이 이태준의 산문에 뒤지는 것이 아니라 오히려 앞선다.

21 鄭芝溶, 앞의 책, 16~19쪽.

밤뒤를 보며 쪼그리고 앉었으랴면, 앞집 감나무 위에 까치 둥어리가 무섭고, 제 그림자가 움직여도 무서웠다. 퍽 치운 밤이었다. 할머니만 자꾸 부르고, 할미니가 자꾸 대답하시어야 하였고, 할머니가 딴데를 보시나 하고, 걱정이었다.

아이들 밤뒤 보는 데는 닭 보고 묵은 세배를 하면 낫는다고, 닭 보고 절을 하라고 하시었다. 그렇게 괴로운 일도 아니었고, 부끄러워 참기 어려운 일도 아니었다. 둥어리 안에 닭도 절을 받고, 꼬르르 꼬르르 소리를 하였다.

별똥을 먹으면 오래 오래 산다는 것이었다. 별똥을 주워 왔다는 사람이 있었다. 그날밤에도 별똥이 찌익 화살처럼 떨어졌었다. 아저씨가 한 번 모초라기를 산채로 훔켜 잡어온, 뒷산 솔무대기 속으로 분명 바로 떨어졌었다.

'별똥 떨어진 곳
마음해 두었다
다음날 가보려
벼르다 벼르다
이젠 다 자랐소'[22]

어린이가 밤에 '똥'을 눌 때 느끼는 무서움을 전혀 다른 이미지인 '별똥'과 연결시킨 재치 있는 상상력이 미문을 형성하고 있다. 한밤중에 자다가 똥이 마려워 뒤를 보는 것이 너무 겁나는 이 어린 화자의 이야기를, 자면서도 똥을 애사로 싸고도 멀쩡한 닭에게 '닭이 밤똥 누지 사람이 밤똥 누나. 내 똥 네가 가져가거라' 하고 절을 하면 그런 생리가

22 鄭芝溶, 「별똥이 떨어진 곳」, 앞의 책, 20~21쪽.

없어진다는 속설을 '똥'으로 묶어 들려준다. 정지용의 이런 글쓰기가 바로 "나도 산문散文을 쓰면 쓴다. ― 태준泰俊만치 쓴다"는 말과 닿는다. 사정이 이렇기에 당시 한 출판사는 이 두 문인의 책을 간행하고 『문장강화』와 정지용의 『문학독본』을 '명저名著'라고 광고했을 것이다.[23] 이런 책은 지금도 문학공부를 시작하는 사람들의 필독서 명단에 오르기도 한다.[24]

그런데 우리의 문학을 대표하는 문인자리에 있는 정지용의 『문학독본』이 일본의 그것을 모델로 삼고 있다는 것은 듣기가 좀 거북하다. 그러나 앞에서 잠깐 언급했지만, 정지용이 공부한 내력을 감안하면 거북할 게 없다. 정지용이 도시샤대학에서 공부를 시작하던 1923년 1월에 지금 일본 문예지의 대명사인 『문예춘추文藝春秋』가 수필전문지로 창간되어 매호마다 일본 제일의 작가 아쿠타가와 류노스케芥川龍之介의 수필을 연재하였다. 그뿐 아니라 그 잡지는 『감상소품집』, 『수필총서』 같은 단행본 수필집을 간행하며 수필 육성 전략을 펼쳤다 그 때, 다른 하나의 수필전문지 『수필隨筆』이 창간되어(1923.11) 수필을 문학의 한 장르로 격상시키는 일을 『문예춘추』와 합세하여 수행했다. 수필이 그렇게 일본 문학 본령으로 진입할 때 정지용의 문학대부 키타하라 하쿠슈는 『신선 키타하라 하쿠슈집－산문편』을 출판하였고, 수필이 문단의 대세일 때 『문학독본』을 출판했다. 다 산문 · 수필이 중심장르다. 이런 문학 현장에서 문학을 배우고 돌아온 정지용이 그런 문학적 관습을 닮는 것

23 『조선중앙일보』, 1949.4.19.

24 2005년 창비사는 이태준의 『문장강화』 개정판을 내면서 "아직도 국민적 교양서", "글쓰기 교본"이라고 했다.

은 당연하다. 닮지 않는다면 그게 오히려 이상하다. 정지용의 『문학독본』은 이런 일본의 수필문학을 배경으로 삼고 있다.

4. 조선일보사출판부와 수필

1938년 경성에서 출판된 『조선문학독본』은 도쿄에서 독본이 한창 출판되던 바로 그 시간이다. 부끄럽지만 그 시절 우리의 수도는 도쿄이다. 따라서 조선일보사출판부에서 간행한 『조선문학독본』은 3항에서 거론한 도쿄의 다이이치쇼보에서 집중적으로 출판하던 유명 문인들의 문학독본과 같은 맥락에 있다고 하겠다. 도쿄문단의 수필이고, 경성문단의 수필일 뿐이다. 다만 조선의 문학이기에 '조선문학독본'이라 했을 것이다. 그러니까 『조선문학독본』은 도쿄문단의 수필 붐을 타고 경성문단에 나타난 최초의 '수필독본'이다.

『조선문학독본』이 수필을 중심으로 독본을 삼은 것은 1933년 10월 문인들이 좌담회를 크게 열어 '수필은 문학이 아니다. 짜나리즘과 야합한 저급한 잡문'으로 규정했던 사실과 견주어보면 생각할 수 없는 변화이다. 그 시절 베스트셀러였던 노자영의 『사랑의 불꽃』, 『불타는 청춘』을 두고 '어찌 사랑 이야기가 그리 많고 난잡하냐'(조중곤), 노자영은 문사文士가 아니라 학생들의 피를 빨아먹는 모기蚊士라는 혹평(김을한)을 받을 만큼[25] 수필은 위기에 몰려 있었다. 그런 소동 뒤 이상, 백

25 이 책의 제2장 「비허구산문, 범칭 수필의 장르적 성격」 참조.

석, 박태원, 김기림 같은 신예 문인들까지 수필을 쓰면서부터 수필의 위상이 달라지긴 했다. 그러나 수필이 문학의 본보기가 되는 것은 생각할 수 없었다. 문학에 서열을 매길 수는 없지만 그래도 수필이 시와 소설을 앞설 수는 없다. 문학을 대표하는 문학은 여전히 시와 소설이고, '작가'라면 당연히 소설가와 시인이 먼저이다.

이런 사정에 비춰볼 때 『조선문학독본』의 수필의 정전 시도는 문학사로 보면 하나의 '사건'이다. 수필가는 김진섭과 노자영 두 사람이고 나머지 46명은 모두 시인, 소설가, 평론가이니 결과적으로 수필은 전문적인 글쓰기가 아닌 처지에 가있다. 그렇지만 그런 문인들이 쓴 수필, 곧 문인의 제2차적 글쓰기인 '수필을 글쓰기 교과서'로 삼는 행위는 문학의 장르 서열에 정면으로 도전하여 수필의 위상을 격상시키려는 의도적 행위다. 그때 조선일보사출판부 산하의 『조광』과 『여성』이 수필에 지면을 대폭 확대한 것이 그런 행위의 실현이다. 『조광』 1936년 3월 호의 「춘교칠제春郊七題」 같은 편집이 대표적인 예다.

봄이 온 교외 풍물을 제목으로 한 7편의 수필과 유명화가의 삽화를 묶은 게 「춘교칠제」이다. 이은상의 「시내」(그림 : 김은호), 이태준의 「고목」(그림 : 김용준), 김기림의 「길」(그림 : 장석표), 이원조의 「빈배」(그림 : 김웅초), 백석의 「황일黃日」(그림 : 최우석), 이상의 「서망율도西望栗島」(그림 : 구본웅), 함대훈의 「봄물ㅅ가」(그림 : 안석주)이다. 글과 그림이 어우러진 일곱 편의 수필은 당시 조선일보사출판부가 조성하던 수필 붐 분위기를 반영하는 예다. 당시 최고의 작가와 화가가 동원된 수필 퍼레이드가 「춘교칠제」이다. 이 수필들은 압축미가 워낙 뛰어나 몇 작품은 지금 시로 읽히기도 한다.

『조광』과 『여성』은 신예 작가 이상과 박태원에게 수필 발표의 지면을 특별하게 많이 할애했다. 「권태」 연재(『조선일보』, 1937.5.4.~11)를 비롯하여 「여상」(『여성』, 1936.4), 「에피그램EPIGRAM」(『여성』, 1936.8), 「가을의 탐승 처」(『조광』, 1936.10), 「슬픈 이야기」(『조광』, 1937.6, 유고)가 모두 이상의 수필이다. 박태원은 『조광』에 「이상의 편모」(1937.6), 「여자의 결점 허영심 많은 것」(1937.12), 「순정을 짓밟은 춘자」(1937.10) 등을 발표했고, 『여성』에는 「바다ㅅ가의 노래」(1937.8), 「김기림 형에게」(1939.5), 「결혼 오 년의 감상」(1939.12) 등을 발표하였다.

이런 현상은 그 시절 이은상이 조선일보사 편집국 고문 겸 출판국 주관으로 일하면서[26] 서정수필집 『무상』(1936)과 『노방초』(1937), 기행수필집 『기행묘향산유기』(1931), 『탐라기행한라산』(1937), 『기행지리산』(1938)을 발행하면서 시조보다 수필을 많이 쓰면서 수필 발전을 위해 팔소매를 걷어 부친 열성과 관계가 있다. 이은상에 대한 이런 주장이 가능한 것은 가령 「춘교칠제」에서 이상, 백석, 이태준을 제치고 이은상의 수필이 제일 앞에 실은 것이나, 1930년대 말에 5권의 수필집을 출판하고도, 1942년이라는 엄혹한 시간에 또 출판한 『야화집』과 같은 저술이 '수필에 대한 남다른 열성과 연구의 결과'로 평가할 수 있기 때문이다.[27]

한편 수필에 대한 이런 우대는 이훈구 같은 신문사의 중요 책임자(부사장)가 수필 진흥에 직접 뛰어든 결과이다.

---

26 노산문학회 편, 「노산 이은상박사 약력」, 『노산문학연구』, 당현사, 1976 참조.
27 이 문제에 대한 본격적인 논의는 이 책의 제3장 「한국 근대수필과 이은상」에서 하고 있다.

때마츰 이 讀本을 刊行하는 責任者의 하나로 있게되어서 執筆하신 權威들의게 그 絶對한 贊助와 協力을 깊이 感謝하는 同時에 第二 第三 第四의 刊行에 있어서도 倍前의 愛護瓦 鞭韃이 있기를 바라는 바이다.[28]

이렇게 수필은 조선 제일의 신문사 출판부를 등에 업고 '독본의 자리'에 우뚝 올라앉았다. 그런데 여기 우리의 관심을 끄는 것이 하나 있다. 『조선문학독본』에 수록된 시와 수필 가운데 시가 수필 같고, 수필이 시 같은 글이 많다는 사실이다. 이것은 문학 장르의 특성으로 볼 때 매우 흥미롭다. 당장 '시와 수필은 같은 점이 많다'는 문제를 제기할 수 있다. 이 문제는 시 장르로서는 동의하기 어렵다. 그러나 수필로서는 반드시 검토해야 할 과제이다. 같은 점이 많다고 한다면 수필을 폄하하는 문단 일우의 태도, 또는 '수필은 시와 버금가는 위상에는 설 수 없다'는 문학의 장르 서열을 바로 잡아야 할 것이다. '수필 역시 문학적 성취도가 높은 작품과 그렇지 않은 작품이 있을 뿐이다'라고.

5. 언어의 시적 기능과 산문시와 수필의 경계

"시와 수필은 같기도 하고 다르기도 하다"라고 말하면, 먼저 서정시와 서정수필이 함께 묶일 것이다. 그러나 시는 운문이고 수필은 산문이니 둘은 다르다. 그렇다면 산문시散文詩는 어떻게 되는가.

28 李勳求, 앞의 글.

운문인 시를 산문으로 쓴 글이 산문시다. 그러니까 산문시는 일종의 모순어법이다.[29] 운문형태가 산문형태로 바뀐 까닭이다. 그러나 산문시가 아무리 산문의 성격을 가지고 있다하더라도 산문과 비교할 때 산문시는 시적 기능이 기본적으로 존재하기 때문에 기호의 촉지성이 산문에 비해 강화되어 있어 산문과 다르다.

러시아 형식주의자들은 문학연구에 언어학을 적용함으로써 문학 작품에 대한 해석을 한 단계 발전시켰다. 그 가운데 R. J. 야콥슨이 언어전달의 기능에서 언어의 시적 기능을 말하고 있는 논리가 특히 그러하다.

야콥슨은 사람이 의사소통을 할 때 그것은 '발신자 · 수신자 · 메시지 · 접촉 · 맥락 · 코드'로 이루어진다고 했다. 다시 말하면 야콥슨은 의사소통의 주체인 발신자의 메시지가 피의사소통인 수신자에게 옮겨가는 과정에서 메시지는 신체의 접촉을 통해서 또는 심리적인 접촉을 거처 전달된다는 것이다. 이 때 전달의 내용은 반드시 일정한 코드 속에 담겨야 하며, 관련 현황, 곧 맥락을 지시해야만 소기의 목적인 의사소통이 제대로 이루어진다고 했다. 그런데 의사소통에서 이런 요소들 가운데 어느 하나가 우위를 차지하면, 각 요소에서 다른 의미기능이 나타나기에 주의해야 한다고 했다.

R. J. 야콥슨은 언어전달 과정에서 메시지를 강조할 때 발생하는 언어기능 가운데 '시적 기능'을 언급했는데 그 논리가 시 연구에 신선한 발상을 제공한다. 곧 언어의 시적 기능은 기호의 촉지성觸知性을 증진시킨다는 것이다. 좀 다르게 말하면 메시지 강조는 메시지 자체를 부각시

---

29 유종호, 「시적인 것」, 『시란 무엇인가』, 민음사, 1995, 233쪽.

키기 위한 표현방법 강조가 되고, 표현방법 강조는 시적 기능이 우세해지는 미적 효과를 가져오게 된다는 것이다. 시는 '소리 · 리듬 · 이미지 · 비유 · 함축'을 통해 언어의 밀도를 높이고 수신자의 주의를 표현의 특징에 밀착시킴으로써 언어의 지시적인 기능은 아주 작아지지만 그 반대로 기호의 촉지성은 높아진다는 논리다. 따라서 모든 시 작품은 기본적으로 '발신자 · 수신자 · 메시지 · 접촉 · 맥락 · 코드' 등 여섯 가지 기능 가운데 시적 기능이 우세하기에 결국 '시적인 것'이라 했다.[30]

시에 나타나는 이런 언어 자질이 시의 전유물만은 아니다. 수필에도 나타난다. 다시 말해서 수필이 시로 읽히고 있다. 우선 『조선문학독본』에 산문시로 게재된 정지용의 「슬픈 우상偶像」이 그렇다. 또 백석의 「황일」은 원래 수필인데 최동호나(『백석문학전집』, 서정시학, 2017) 김재용도(『백석전집』, 실천문학사, 2003) 시로 분류하고 있다. 모윤숙의 『렌의 애가』는 저자가 책을 처음 출판했을 때는 '산문집' 『렌의 애가』인데 지금은 '산문시집' 『렌의 애가』로 읽힌다. 노천명의 수필 「대동강변大同江邊」을 산문시로 분류하는 학자(윤영천)도 있다.

6. 서정수필과 산문시의 경계

『조선문학독본』에 예시된 글 가운데 정지용의 「슬픈 우상」은 이런 점에서 문제적이다. 정지용이 이 작품을 1937년 6월 11일 자 『조선일

30 로만 야콥슨, 신문수 편역, 『문학 속의 언어학』(문학과지성사, 1989)에서 「언어와 문학의 연구상의 문제점」, 「언어학과 시학」, 「문법의 시와 시의 문법」, 「시란 무엇인가」 등 참조.

보』에 발표할 때는 「수수어 · 4」라는 이름을 단 수필이었는데 1938년 3월 『조광』 29호에는 제목을 「슬픈 우상」으로 바꿔 산문시로 발표한 까닭이다. 수필이 시로 바뀌었으나 이 글의 기본어법은 날라진 게 없다. 1938년 10월 『조선문학독본』에도 행갈이와 표기 몇 개만 바꾼 「수수어 · 4」를 「슬픈 우상」이란 제목의 시로 발표했다. 그 뒤 시집 『백록담』에도 「슬픈 우상」이라 했다. 1948년 박문출판사에서 나온 『문학독본』에 「수수어 · 4」라는 제목의 글이 있으나 제목만 같고, 내용은 『조선일보』의 그것과 다른 작품이다. 그러니까 정지용은 수필 「수수어 · 4」를 수필로 한 번, 시로 세 번 발표하였다. 「수수어 · 4」와 「슬픈 우상」의 서두를 따 와서 한번 비교해 볼 필요가 있다.

① 그대는 이밤에 안식하시옵니까.

서령내가 홀로 속에ㅅ소리로 그대의 起居를 問議할사머도 어찌 흡한 말로 부칠법도 한일이아니오니까.

무슨 말슴으로나 좀더 노필 만한 좀더 그대께 마땅한 言辭가 업스오리까.

눈감고 자는 비달기보다도 꼿그림자 옴기는 겨를에 봉오리를 염이며.자는 꼿보다도 더 어여삐 자시올 그대여!

그대의 눈을 드러 풀이하오리까.

속속드리 맑고 푸른 湖水가 한창, 밤은 한폭 그대의 湖水에 깃드리기 위하야 잇는것이오리까. 내가 어찌감히 金星노릇하야 그대 湖水에 잠길법도 한일이오니까.[31]

31 芝溶, 「愁誰語 · 4」, 『조선일보』, 1937.6.11.

② 이 밤에 安息하시옵니까.

내가 홀로 속엣소리로 그대의 起居를 問議할사머도 어찌 홀한 말로 부칠 법도한일이오니까.

무슨 말슴으로나 좀더 높일 만한 좀더 그대께 마땅한 言辭가 없사오리까.

눈감고 자는 비둘기보담도, 꽃그림자 옮기는 겨를에 여미며 자는 꽃봉우리보담도, 어여삐 자시올 그대여!

그대의 눈을 들어 푸리 하오리까.
속속드리 맑고 푸른 湖水가 한 쌍
밤은 한폭 그대의 湖水에 깃드리기 위하여 있는것이오리까.
내가 감히 金星노릇하여 그대의 湖水에 잠길법도한 일이오리까.[32]

인용 ①은 수필 「수수어 · 4」 초두 6단락(7문장)이고, 인용 ②는 산문시 초두 5단락이다. 수필이 시로 개작되는 과정에서 행갈이가 달라지면서 7개의 문장이 8개의 문장으로 늘어나고, 단어 몇 개의 표기가 달라졌을 뿐 내용은 그대로다. 다시 말해서 수필 「수수어 · 4」나 산문시 「슬픈 우상」은 본질적으로 다른 데가 없고, 굳이 다른 점을 찾는다면 형식이 아주 조금 바뀌었을 뿐이다. 이런 현상을 어떻게 해석해야 할까.

이런 난감한 문제는 또 있다. 앞에서 언급한 바 있는 『조광』 1936년 3월 호의 「춘교칠제」의 작품 두 편이 그렇다. 봄이 온 서울 근교를 테마

32 鄭芝溶, 「슬픈 偶像」, 『朝鮮文學讀本』, 朝鮮日報社 出版部, 1938, 76~77쪽.

로 쓴 7편의 수필과 그림을 묶은 작은 문화집文畵集이 「춘교칠제」인데 그 가운데 「황일」은 아주 시가 되었고, 「길」은 대부분 사람들이 시로 독해한다. 김기림은 「길」을 시집 『바다와 나비』(신문화연구소 출판부, 1946)에 수록하지 않고 수필집 『바다와 육체』(평범사, 1948)에 수록했지만 사람들은 이 작품이 원래부터 시인 줄로 안다. 「황일」과 「길」이 그만큼 시에 가깝기 때문일 것이다.

한 十里 더가면 절간이 있을듯한마을이다.

낮기울은 볕이 장글장글하니 따사하다 흙은 젖이커서 살같이깨서 아지랑이낀 속이 안타까운가보다 뒤울안에 복사꽃핀 집엔 아무도없나보다 뷔인집에 꿩이날어와 다니나보다 울밖 늙은들매남에 튀튀새 한불앉었다 흰구름 딸어가며 딱장벌레 잡다가 연두빛 닢새가 좋아올나왔나보다 밭머리에도 복사꽃 피었다 새악시도 피였다새악시복사꽃이다 복사꽃 새악시다 어데서 송아지 매 — 하고 운다 골갯논드렁에서 미나리 밟고서서 운다 복사나무 아래가 흙작난하며 놀지 왜우노 자개밭둑에 엄지 어데안가고 누었다 아릇동리선가 말웃는소리 무서운가 아릇동리 망아지 네소리 무서울라. 담모도리 바윗잔등에 다람쥐 해바라기하다 조은다 토끼잠 한잠 자고나서 새수한다 흰구름 건넌산으로 가는길에 복사꽃 바라노라 섰다 다람쥐 건넌산 보고 불으는 푸념이 간지럽다.

저기는 그늘 그늘 여기는 챙챙 —

저기는 그늘 그늘 여기는 챙챙 —[33]

---

33 金起林, 「黃日」, 『朝光』 2-3, 1936.3, 36쪽.(畵 : 최우석. 文 : 백석)

원래 수필이었으니 시가 될 수 없다는 말은 성립되지 않는다. 작가의 의도를 따르는 것이 의도의 오류라서가 아니라, 수필을 시로 이해할 때는 그만한 이유가 있을 것이기 때문이다. 「황일」의 경우 먼저 율격이 산문체가 아니다. 모종의 리듬감이 있는데 그것이 우리의 고시가의 그것과 닿는 듯하고, 언어 용법에서 기호분해가 잘 안 되기에 언어자질 자체가 산문과는 거리가 있다. 백석전집을 편찬한 문인들이 이 글이 원래 수필이란 것을 모를 리 없는데 시로 독해하는 것은 이런 점 때문일 것이다. 「길」은 어떤가.

> 나의 少年은 銀빛바다가 엿보이는그긴언덕길을 어머니의 喪輿와함께 꼬부라져 도라갔다.
>
> 내의 첫사랑도 그 길우헤서 조약돌처럼 집었다가 조약돌처럼 잃어버렷다.
>
> 그래서 나의마음은 푸른한울을 때없이 그길을 너머 江가로 나려갔다. 가도 노을에 함빡자주빛으로 저저서 돌아왔다.
>
> 그 江가에는 봄이 여름이 가을이 겨울이 나의 나히와함께 여러번 댕겨갓다. 가마귀도 나려가고 두루미도 떠나간 다음에는 누 — 런모래둔과 그러고 어두운 내마음이 남어서 몸서리쳤다. 그런날은 항용 감기를 맛나서 도라와 아렀다.
>
> 할아버지도 언제난지를 모른다는 마을밖 그늙은 버드나무밑에서 나는 지금도 도라오지 않는 어머니 도라오지않는 게집애 도라오지않는 이야기가

도라올것만처럼 먼하니 기다려 본다. 그러면 어느새 어둠이 기여와서 내뺨의 얼룩을 씨서준다.[34]

수필집 『바다와 육체』에 수록된 「길」은 이 원본과 다른 데가 많다. 철자법이 달라졌고, 수사가 의고체를 탈출한 데가 상당수 있다. 원본과는 12년의 차이가 있기 때문일 것이다. 이런 점이 「길」을 시로 읽게 만드는 것 같다.

이렇게 수필을 시로 독해하는 것은 잘못인가 아니면 그래도 무방한가. 또는 그런 것은 아예 문제삼을 대상이 아닌가. 합리적인 해석을 내리기가 어렵다. 애초에 발표될 때 수필이었다는 사실을 근거로 삼는다면 '수필'로 불러야 한다. 그러나 작가의 의도와 관계없이 시로 해석한다면 시가 된다. 독자가 시로 읽고, 수필로 읽겠다는데 그걸 틀렸다고 막을 수가 없다. 막을 수 없을 뿐만 아니라 막아서는 안 된다. 작품이 작가의 손을 떠나는 순간 그것은 독자의 몫이다. 누가 나서서 이래라 저래라 간섭할 사안이 아니다. 시적 요소가 있기에 시라 할 것이다. 누구도 시에 대해 절대적 정의를 내릴 수는 없다. 「길」, 「황일」, 「서망율도」에는 분명히 '시적인 요소'가 존재한다. 당장 앞항에서 언급한 야콥슨 이론에 걸린다. 노천명의 「대동강변大同江邊」도 사정이 다르지 않다.

江물은 조으는듯 흘러서 가고, 漁夫는 배를 타고 오늘도 한가롭다.

---

34 『朝光』, 1936.3, 32쪽(畵 : 장석표, 文 : 김기림). 金起林, 『바다와 肉體』, 平凡社, 1948, 52~53쪽의 「길」과 『조광』에 수록된 원본 「길」은 행과 표현이 달라진 데가 많다. 이 글은 1936년 3월 『조광』본을 텍스트로 삼는다.

綾羅島에 실버들이 이처럼 좋게 어리우면— 하이얀 함박 수건을 쓰고 머리뽕위로 샛빨간 댕기를 뽑아내는 이 고장 색씨들은 앞山노리를 가느라고 나룻배마다 꽃을 피운다.

琉璃 같이 맑은 물 속에 흰 구름을 보는 때면 鐵橋는 사람을 건넬것도 잊어버리고, 저건너 흰 모래沙場—언젠가 누구들이 조금 슬픈 얘기와 함께 남기고 간 발자욱들을 물끄럼이 바라보며 엎드렸는 한낮—順愛의 記念碑하나 얻어보지 못하는채 이 江邊 기슭을 지나는 行人들은, 곰팡난 얘기를 번번히 꺼낸다.[35]

수필인데 시처럼 글이 짧다. 짧기에 시라는 것이 아니라 어휘를 대구 형식으로 구성하면서 생략법을 많이 써 문맥을 압축시키고 있기에 수필보다 시에 더 가깝다. '하이얀 함박 수건', '흰 구름', '흰 모래' 등의 흰 색채 이미지를 '슬픈 얘기', '순애의 기념비' 등과 호응시키는 기법도 그렇다. 이런 기법은 수필의 영역을 벗어난다.

『조선문학독본』에 수필로 수록된 모윤숙의 「봄 밤」도 수필과 시의 경계에 놓여 있다.

나무 가지마다 밤 속에서 속삭인다. 봉오리 트이는 고요한 숨소리 땅위에 따스하다.

검은 時節 속에 담겨온 生命의 音이다. 겨울 밑에 잠겼던 새 이야기들이 머리를 든다.

35 노천명, 「대동강변」, 『山딸기』, 정음사, 1948, 27~28쪽.

곁에서 흰 몸이 솔솔 내려간다. 그 소리 나를 끌어 언덕을 그립게 하고 나무에 의지하게 한다.

별이 카만 空間에 黑色에 가깝도록 깊나. 물 먹은 땅도 어둡고 짐짐하다. 萬物이 水分과 함께 움직인다. 바라던바 새 바구니에 새 양식을 가져다 뿌려준다.

밤이 덮인 땅 위에 밤은 光明을 안고 돌아간다. 들어오는 휘파람의 軟音이 오래 동안 輪을 그리다 사라진다. 사람들은 이런 밤에 촉촉한 땅 위에 서서 저를 호소한다. 느낀다.

四方이 문득 잠잠해졌을 때, 나무들의 숨결 소리 속에 내 몸이 섞여져서 더운 입김을 吐하고 앉았다.

깨끗한 숲에 무슨 倫理가 있으랴? 나는 이 밤이 香처럼 親하고싶어 흙묻은 내발을 씻어보고, 規律 없이 동무되는 心氣를 이 밤속에 던져본다. 나는 새로운 不安을 感한다. 내가 寸步도 옮길수 없는 절뚝발이 모양으로 이렇게 움직일수 없음이 무슨 까닭일가? 결코 내 다리가 病身이 아니다. 마음의 規律을 저에게 빼앗긴것처럼 不安스런 긴장이다. 不安을 느끼는데는 마음에 덮인 허물을 버리는데 있다. 버리는데는 反省이 要求되고 反省은 自己의 됨됨이 어떤지 해부를 必要로 한다. 樹木이 神의 眞實을 吸收하고 生命의 復活을 活潑히 工作한다.

잎사귀는 본시 眞實에서 出發하여 푸름을 띠고 피어간다. 푸른 色이나 혹 피어가는것을 자랑으로 여기지 않는다. 그렇다면 그는 病든 잎이다. 푸른 빛을 자긍할 때 푸른 빛은 거기 있지 않다. 자기가 진실하면 어디서든지 같은 類의 眞實이 있어 피게 하게 즐겁게 할것이다.

나는 어리석어 人生이 모두 虛荒하여 나의 成長을 妨害한다고 생각하고 살아가는 때가 많다. 내가 피지 못하는 것은 다른 條件에 그 해석을 무겁게 붙인다. 봄 나무 가지에 치마를 시치기 부끄러운 일이다. 봄은 밤 속에서 자란다. 나무와 풀과 흙들이 빛 없는 이 속에서도 웃고 흔들여 調和되고 자라간다. 흙 냄새에 취한 나를 깨우고싶지 않다. 나는 좀 더 뼈까지 사무칠 이야기를 이 밤 이 숲속에서 듣고 싶다.[36]

모윤숙은 이 글에서 소리, 리듬, 이미지, 비유, 함축을 통해 언어의 밀도를 높이고 수신자의 주의를 표현의 특징에 밀착시키려 한 노력이 엿보인다. 언어의 지시적인 기능은 축소시키고 그 반대로 기호의 촉지성은 높이려 하고 있다. 말의 이런 쓰임이 무리 없이 수행되었다고 할 수는 없지만 그런 쪽으로 문맥이 기울어져 있는 것은 부인할 수 없다. 이런 점은 「길」이나 「대동강변」과 같다. 그래서 수필보다 시로 읽힐 가능성이 높다.

7. 『조선문학독본』에 예시된 네 갈래 수필

『조선문학독본』이 수필의 독본으로 예시하고 있는 것은 '서정수필, 기행수필, 에세이, 서정적 교술'[37] 네 갈래다. 이 글 서두에서 언급한 바와 같이 『조선문학독본』은 시인 20명, 소설가 19명, 수필가 2명, 그리고 다른 문학 갈래에 종사하는 문인 9명의 글을 받아 만든 '글쓰기 교

36 毛允淑, 「봄 밤」, 『朝鮮文學讀本』, 朝鮮日報社 出版部, 1938, 258~260쪽.
37 제2장 「비허구산문, 범칭 수필의 장르적 성격」 제2항 참조.

과서'이다. 독본으로 예시한 장르는 시와 수필인데 수필이 시보다 두 배 가량 많다. 따라서 이 독본은 수필의 독본이다. 예시한 수필 31편을 형식과 내용에 따라 갈래를 나누면 다음과 같다.

① 서정수필(문예수필) : 박영희, 「수선화 피기를」, 장덕조, 「국화(菊花)」, 박태원, 「옆집 중학생」, 김남천, 「부덕이」, 김환태, 「나의 이니스프리이」, 백신애, 「종달새곡보」, 이원조, 「청앵기(聽鶯記)」, 엄흥섭, 「진달내」, 모윤숙, 「봄 밤」, 안회남, 「매화」, 이효석, 「낙엽을 태우면서」, 이선희, 「맥고모(麥藁帽)」, 이태준, 「바다」, 최정희, 「설 심(雪心)」, 김진섭, 「백설부」

② 기행수필 : 함대훈, 「해인사 기행」, 노자영, 「동해안」, 심훈, 「칠월의 바다」, 이무영, 「단발령을 넘으며」, 정인섭, 「희랍의 여행」

③ 에세이(문예론수필 · 문학적 논문) : 문일평(文一平), 「예술(藝術)의 성직(聖職)」, 유진오(兪鎭午), 「기념 연극하든 때」, 이헌구, 「노변잡기(爐邊雜記)」, 김문집, 「문학족보」

④ 서정적 교술 : 이광수, 「병(病)과 가을(秋)과 자연(自然)」, 김동인, 「국록(國祿)」, 백철, 「애국(愛菊)의 변(辯)」

⑤ 서사적 교술 : 이기영, 「출가 소녀(出家 少女)의 최초 경난(最初 經難)」, 채만식, 「송도잡기(松都雜記)」, 이석훈, 「섬 생활 단편(斷片)」, 김기진, 「바다의 소품(小品)」

이상 31편의 예시문 가운데 특히 수필의 독본으로 우리의 관심에 값하는 것은 서정수필에서 김남천, 「부덕이」, 이원조, 「청앵기」, 김진섭,

「백설부」이다. 이 세 사람은 6·25 때 월북 및 납북되었으나 수필에서는 이념의 문제가 전혀 나타나지 않는다. 김남천의 「부덕이」는 사랑하던 개 부덕이가 도살장으로 간 사건을 비허구산문으로 다룬 것인데 그 울림이 아주 짠하다. 이원조의 「청앵기」에서는 조선조적 선비의 잔영을 발견한다. 「백설부」는 우리가 잘 아는 명편 수필이다. 「낙엽을 태우면서」, 「봄 밤」은 글의 긴장미가 서정시에 육박하기에 서정수필의 교과서라 할 만하다.

기행수필 가운데 함대훈의 「해인사 기행」은 1930년대 말 명승고적을 기행하면서 조선심을 호출하고, 장소의 발견을 통해 민족의 건재를 형상화하던 그 기행수필의 한 전범이다.

에세이 가운데 문일평의 「예술의 성직」, 김문집의 「문학 족보」는 글쓴이 나름의 문학론을 피력한 제2창작, 곧 문학평론이라는 점에서 당시 에세이를 이해하는 데 참고할 만하다. 오늘의 많은 수필가가 이런 글쓰기를 기피하고 있다는 점에서 그렇다. 이헌구의 「노변잡기」는 흔한 제목의 글이다. 그러나 내용은 가벼운 논문으로 발전시킬 수 있는 에세이다. 유진오의 「기념 연극하든 때」는 문학의 3대 장르의 하나인 희곡을 문제로 삼고 있다는 점에서 특별하다.

서정적 교술에서 이광수의 「병과 가을과 자연」은 그 '알려주어서 주장하는' 교술성이 이광수 특유의 설교조 톤으로 표현되고 있다. 김동인의 「국록」은 유미주의자 김동인의 소설과는 상당히 다른 알려주고 주장하는 글이다. 백철의 「애국의 변」은 백철의 동반자적 문학관이 엿보인다는 점에서 서정적 교술이다.

서사적 교술에서 이기영의 「출가 소녀의 최초 경난」, 김기진의 「바다의 소품」은 카프계 문학의 특징이 수필에서도 강하게 드러나는 문제적 작품이다. 이런 점은 같은 성격의 문학적 노선을 가던 김남천의 「부덕이」, 박영희의 「수선화 피기를」, 안회남의 「매화」, 이원조의 「청앵기」 같은 서정수필과는 아주 다르다. '서정수필'과 '서정적 교술'의 특징이 생생하게 드러내는 대문이다. 채만식의 「송도잡기」에서는 동반작가적 글쓰기 분위가 진동한다는 점에서 시사하는 바가 많다.

이상과 같이 『조선문학독본』은 수필의 장르 종種 5갈래 글쓰기를 결과적으로 잘 수행한 독본이다. 이것은 수필을 독본으로 삼은 독본이라는 점에서 문학사적 의의가 특별하다.

8. 마무리

1938년 조선일보사출판부가 '신선문학전집 제1권'으로 간행한 『조선문학독본』을 고찰한 결과를 정리하면 다음과 같다.

첫째, '독본'이란 일본에서 에도시대 후기에 유행한 소설의 일종으로 중국의 전기체傳奇體 소설, 구비口碑, 사전史傳류의 영향 아래 발생한 흥미 위주의 읽을거리[讀物]를 일컫는다. '보는 책'이 아니고 '읽는 책'에서 온 용어다. 보통 '교과서'나 기본적인 지식을 해설하는 입문서를 지칭한다. 우리나라에서는 이 말을 '국민소학독본'에서 처음 썼다. 그 뒤 최남선의 『시문독본』, 이윤재의 『문예독본』 같은 민간 독본이 나오면서 친숙한 용어가 되었다.

둘째, 『시문독본』은 1910년대 중반기 조선의 글에 나타나던 여러 문종文種들을 소개, 정리, 범주화하면서 이광수와 최남선의 글을 중심으로 삼아 조선 정조를 독본으로 했고, 『문예독본』은 신문학의 성과를 반영하면서 『시문독본』이 지향하던 민족주의를 문예문학으로 반영시키려 한 의도가 뚜렷하게 나타난다. 『문예독본』은 아직 혼미한 상태에 있던 조선문학을 선택과 배제의 기율을 통하여 정전을 찾으려 했는데 그 기준이 수필이 중심인 것이 특징이다. 이것은 독본으로서 주목할 사실이다.

셋째, 『조선문학독본』은 조선일보사가 기획한 '신선문학전집' 전 4권 가운데 제1권을 수필로 독본을 삼은 합동문집이다. 우리나라 근현대문학사에서 독본이라는 이름을 달고 시와 수필을 예시문으로 제시했지만 수필이 중심장르가 된 엔솔러지는 『조선문학독본』이 처음이다. 이것은 전집은 선집의 성격을 지니고, 선집은 정전의 전 단계 과정이라는 점에서 볼 때 단순히 첫 번째 수필독본이라는 의미를 넘어선다. 장차 문학성에 대한 평가와 아울러 상업성, 인기 등이 주요한 잣대가 되어 정전으로 가는 제1차 관문을 통과하는 형식이 되기 때문이다.

소설과 수필이 중심으로 된 독본은 『상허문학독본』이 처음이고, 수필로만 독본이 된 것, 곧 사실은 수필집인데 독본이라는 이름을 붙인 책은 정지용의 『문학독본』이 처음이다.

이상 세 독본은 교과서인 방종현·김형규의 『문학독본』, 역시 같은 성격인 이병기의 『문학독본』과 다르고, 독본이라는 이름은 달지 않았지만 시와 소설을 예시문으로 삼아 작문교과서로 인기가 있던 이태준의 『문장강화』와도 다르다. 다만 이 세 독본이 『시문독본』이나 『문예독본』 상·하가 구현하려 한 민족주의 문학 노선을 지키면서 정전을 모색하려는 노력이 비치는 점은 같다.

정지용의 『문학독본』의 구성 형식은 일본의 문학독본에 영향을 크게 받은 사실을 키타하라 하쿠슈의 『문학독본—춘하추동』, 요코미쓰 이이치의 『문학독본』, 키구치 칸의 『문학독본』, 『수석문학독본』 등 이름난 여러 독본과 대조를 통하여 확인하였다. 정지용의 『문학독본』의 반을 차지하는 기행수필도 일본의 그것과 친연성이 깊은 것을 확인하였다.

정지용의 『문학독본』에는 일본 수필의 현저한 특징인 계절감이 잘 나타나있다. 특히 스승 키타하라 하쿠슈의 『문학독본』의 특징이자 '일본 문학독본'에 거의 동일하게 나타나는 계절감이 미문사생적 수필로 형상화되고 있는 현상이 동일하다. 정지용의 『문학독본』이 미문체 수필을 중심으로 만든 독본인 것도 일본 독본이 저자 자신의 글에서 예시문을 추린 것과 다르지 않다. 이런 점은 『상허문학독본』도 마찬가지다.

넷째, 서정수필과 산문시가 언어용법에서 유사점이 있는 것을 R. J. 야콥슨의 언어전달의 기능에서 언어의 시적 기능과의 논리를 통하여 확인하였다. 그 예가 정지용이 「수수어 · 4」로 발표한 수필이 산문시가 된 「슬픈 우상」, 역시 수필이 원적인 백석의 「황일」, 김기림의 「길」, 노천명의 「대동강변」이 시로 읽히는 현상이다. 모윤숙의 수필 「봄 밤」에 나타나는 서정시적 요소도 그러하다.

다섯째, 『조선문학독본』은 수필의 네 가지 장르 종, 곧 서정수필(문예수필), 기행수필, 에세이(문예론수필 · 문학적 논문), 서정적 교술의 전범을 예시한 교과서로서 역할을 충실히 수행하고 있음을 확인하였다.

한국 근현대문학에서 아주 드문 위와 같은 수필문학의 문학적 성취는 조선일보사가 문학선집 제일착으로 『조선문학독본』을 출판하고 『조광』, 『여성』 등 산하 잡지가 이상, 박태원, 백석 같은 신예작가에게 수필 지면을 대폭 확대하고 이훈구, 이은상 등 출판관계자가 수필문학의 발전과 진흥을 위하여 열정을 쏟은 결과다.

제12장

기행 『반도산하』의 장소표상의 의미와 문학사적 자리

해방 전에 간행된 유수한 수필집 열 개 가운데 유독 독특한 성격을 지닌 수필집이 기행紀行 『반도산하半島山河』이다. 쇼와昭和 16년, 곧 1941년 5월 30일 삼천리사에서 간행된 총 290쪽의 이 책은 저작자 겸 발행자가 김동환金東煥이고, 인쇄자는 이상오李相五다. 이 책자는 3년 뒤인 1944년 초판과 발행일자가 동일하게(5월 30일) 재판이 나왔는데 그때는 저작 겸 발행자가 대산수大山壽, 인쇄자는 히라야마 소우칸平山昌煥, 발행소는 삼중당 서점으로 바뀌어 있다.

'삼천리사'는 시인 김동환이 경영하던 출판사(경성부 종로 2정목 91)다. '삼중당 서점'의 주소는 종로구 관훈정 123번지로 되어 있다. 간기에 나타나는 이런 사실은 당시 조선문단 사정이 날로 변해가던 모습을 잘 반영한다. 초판이 나온 3년 뒤 저작자 겸 발행자, 인쇄자가 모두 창씨

개명한 사람으로 되어있기 때문이다. 그러나 책의 내용은 이런 사정과 무관하다.

목차의 필자명은 "춘원春園 이광수李光洙, 안서岸曙 김억金億, 횡보橫步 염상섭廉想涉, 노천명盧天命, 만해萬海 한용운韓龍雲, 영운嶺雲 모윤숙 毛允淑, 춘성春城 노자영盧子泳, 일보一步 함대훈咸大勳, 가람嘉藍 이병기李秉岐, 무애无涯 양주동梁柱東, 월탄月灘 박종화朴鍾和, 추호秋湖 전영택田榮澤, 민촌民村 이기영李箕永, 최정희崔貞熙, 노산鷺山 이은상李殷相, 파인巴人 김동환金東煥"으로 표기되어 있다. 그 시절 문인들은 거의 일본식 이름을 쓰고 있었는데 이 수필집에서는 그런 사실과는 관계없이 한자로 본명을 분명히 쓰고 있다. 그리고 일본의 문인 정서와는 다르게 호號를 성명과 병기하고 있다.

〈그림 30〉 김동환

〈그림 31〉『반도산하』 표지

특이한 것은 이것만이 아니다. 한용운과 이기영의 기행문이 이광수, 모윤숙, 노천명 등 문학적 노선이 거의 대립된 작품이 한데 묶여있다. 또 스무 살에 『매일신보』를 통해 시단에 나와 이상화, 박영희 등과 『백조』 동인으로 활동하다가 연애서간집 『사랑의 불꽃』(신민공론사, 1923)으로 대박을 터뜨려,[1] 그 돈으로 일본 유학에, 이화여전 출신 신여성과 결혼도 하고, 나중에는 출판사

1 이 책의 제2장 「비허구산문, 범칭 수필의 장르적 성격」 참조.

(창조사) 경영자가 된 노자영의 수필도 같이 묶여 있다. 당시 노자영의 수필은 젊은이들의 건전한 정신을 병들게 하고, 미풍양속을 너무 해치기에 그런 글을 쓴 노자영의 손목은 열 번, 백 번 잘라야 마땅하나든가,[2] 노자영은 문사文士가 아니라 돈만 알고, 학생들을 뜯어먹는 문사蚊士, 곧 '모기'[3]라고 혹평을 당하던 처지였기에 한용운이나 이광수와는 문필가로서의 자리가 다르다. 그런데 함께 묶여 있다.

한국의 근대수필은 기행수필로부터 비롯하였다. 1920년대 중반 이광수의 『금강산유기』, 최남선의 『금강예찬』, 『심춘순례』, 『백두산근참기』 등의 양식을 그대로 이은 1930년대의 이은상의 『기행 묘향산유기』, 『탐라기행한라산』, 『기행지리산』 그리고 『조선일보』의 『수필기행집』, 김동환이 편한 14인의 기행수필집 『반도산하』, 만주조선인 수필 앤솔로지 『만주조선문예선』, 해방 직후 조광사가 1938년 간행한 『조선일보』의 '제4회 배본 현대조선문학전집' 『수필기행집』을 재편집 출판한 『수필기행집』이 모두 그러하다.

1940년대에 들어와서 이런 수필기행을 이은상이 다시 이어 받았다. 『야화집野花集』이 그것이다. 전체 4부로 이루어진 책의 내용 중 제1부부터 제3부가 국토기행문이다.

『반도산하』의 첫 작품은 이광수의 「비로봉 기행」이다. 이 기행문은 이광수의 『금강산유기』[4]에 수록되었던 것이다. 한용운의 작품 「명사십리」도 그 전에 『조선일보』에 연재되었던 「명사십리행」[5]을 삭제, 첨삭

2 김을한, 「인생잡기」, 『조선일보』, 1926.8.12.
3 조중곤, 「노자영군을 박함」, 『조선일보』, 1926.8.21~8.25 참조.
4 이광수, 『금강산유기』, 시문사, 1924.
5 한용운, 「명사십리행(明沙十里行)」, 『조선일보』, 1929.8.14~8.24. 전 10회 연재.

하여 재수록한 것이다. 「비로봉 기행」은 금강산의 제일경인 비로봉을 찬미한 것이고, 「명사십리행」은 서울에서 송도 명사십리까지의 여정과 그곳의 승경을 찬양한 기행문이다. 춘원과 만해의 글은 신작이 아닌 구작이다. 그런데 이 두 문인의 이름이 1944년 5월이라는 시점에 『반도산하』에 나란히 묶인 것은 예상 밖이다.

1944년에는 일본의 식민지 정책이 최악의 상태에 있었고, 그 시절 춘원은 학도병 입대를 권유하고 다녔으며, 만해는 심우장에서 죽음과 맞서 있던 무서운 시간이다. 사정이 이러한데 무엇이 이 두 사람을 함께 묶게 했을까. 『반도산하』 재판은 한용운이 1944년 6월 29일(음력 5월 9일) 심우장에서 기세하기 한 달 전에 나왔다. 이것은 한용운이 이 책의 재판 간행을 알고 있었다는 말이다.

이광수가 1940년대 초반까지 심우장에 드나들었다는 기록이 나타나기는 하지만 당시 춘원과 만해가 가던 길은 확연히 달랐다. 한용운의 「명사십리」는 『조선일보』에 연재했던 「명사십리행」에서 여러 부분을 재편집해서 실은 글이다. 그러나 그의 수필에서는 불화의 기미가 없다. 이런 화합의 분위기는 편집자 김동환이 이기영, 모윤숙, 염상섭 등의 글도 함께 묶은 데서도 발휘되어, 이 기행수필집은 당시로서는 드물게 2년 만에 재판을 간행했다. 이것은 『반도산하』의 재판 간행 원인이 조선을 대표하는 문인들의 기행문 모음이라는 사실 너머에 다른 무엇이 있었다는 것을 의미한다. 그것이 무엇일까. 바로 '승경중심 8경', '사적중심의 8경'이 그 답이 아닐까.

초기의 춘원과 만해가 인간적으로 가까웠다 하더라도 1944년 어름에는 서로 너무나 먼 거리에 있었고, 이기영과 모윤숙, 또 노천명 또한 그 시절 문학의 길, 삶의 길이 많이 달랐다. 그러나 남의 나라가 되어버렸을지라도 명승 기행을 통해 심리心裏에 모토를 복원시키는 행위, 그것이 비록 정신적 차원이라 하더라도 그 빼앗긴 사적, 짓밟힌 승경이 민족의 혼을 호출하기에 독자의 가독성을 자극했을 것이다. 비록 주권은 빼앗겨도 조선인들의 마음속에는 조국강토에 대한 장소애場所愛, topophlia는 여전했을 터이기 때문이다.

조선의 8경으로 잡힌 대상은 '영봉 금강산, 약산동대, 수원 화홍문, 선경 묘향산, 명사십리, 부전고원, 천안 삼거리, 남원 광한루'이고, '사적중심 8경'은 '부여 낙화암, 패성 모란봉, 남한산성, 의주 통군정, 합천 해인사, 개성 만월대, 탐라 한라봉, 경주 반월성'이다.

'승경중심의 8경', '사적중심의 8경'으로 채택된 대상은 모두 조선을 대표하는 승경과 조선 역사를 대표하는 '장소의 표상'이다. 나아가 이 열여섯은 우리 민족에게 '장소로서의 특별한 의미'를 준다. 일제강점기는 더욱 그러하다. 전자는 가장 한국적인 정서가 드러나기에 8경이 된 곳이고, 후자는 한국의 민족사와 불가분의 관계에 있다. 곧 민족의식을 고취하는 한 상징으로 총독부가 신문에 게재를 불허했던 대상이다.[6]

1. 수필문학의 탄생과 발전

기행문은 여행의 기록으로서 그 일정, 산천풍경, 고적, 인물, 사건,

6 「언문신문지면쇄신요항」, 1937.6, 조선총독부경무국; 『동아일보사사』 1권, 동아일보사, 1975, 374쪽 참조.

토속 등 여행지에 대한 사실과 개인적인 감상을 다루는 문학양식이다. 최강현은 『한국기행문학연구』에서 '여행자가 보고, 듣고, 느끼고 생각한 경험이 담겨 있고 출발, 노정, 목적지, 귀로의 4단계가 나타나는 문학이 기행문학이다'라고 기술한 바 있다.[7] 기행문은 일찍부터 한국문학에서 확고한 자리를 잡고 있다. 「관동별곡」, 「일동장유가」, 「연행가」 등이 그 좋은 예다. 그러나 한국문학이 현대의 신문예사조와 만나면서 이런 문학 작품은 하나의 장르 종으로 인정받지 못하고 주변으로 밀려난 상태다. 따라서 기행문학이라는 용어 자체가 귀에 익지 못하다.

기행문학은 기행수필에서부터 시작되었다. 유길준의 「서유견문」은 내용적으로는 기행문이고, 형식적으로는 수필이다. 한국의 현대수필이 신문학기를 거치면서 수입된 서구의 수필essay과는 무관하게 전대의 이런 문학에서부터 발전했다고 단정적으로 말할 수는 없다. 그렇지만 결과적으로 나타난 현상은 '수필의 양식'이 그런 기행문학과 많은 점이 같다는 것은 누구나 인정하는 사실이다.

한국의 현대수필문학은 신문학을 이끌었던 문인들로부터 시작된다. 1920년대 초부터 우리 문단에 나타나기 시작한 이 문학 장르는 우선 지칭하는 용어가 아주 많다. 수필, 수상, 감상, 상화想華, 만필, 잡론, 만문漫文, 만감漫感, 잡문, 잡필, 만화漫話, 잡감, 단상, 서정문, 연구研究, 수의隨意, 촌상寸想, 서경, 상想, 수감隨感, 산문, 편상片想, 소품, 기서奇書, 산필散筆 등 25종이다.[8] 이 중 "수필"을 '잡론, 잡문, 잡필, 잡감, 연구, 소품, 기서' 등으로 호칭한 것은 수필의 문학적 성격을 거의 고려하지 않

7 최강현, 『한국 기행문학 연구』, 일지사, 1982 참조.
8 오창익, 「1920년대 한국 수필문학 연구」, 중앙대 박사논문, 1985, 69쪽.

거나 수필을 함량미달의 문학으로 인식하고 있다는 의미가 아주 강한 용어이다. 말하자면 '수필'은 좀 특이한 잡문이란 뜻이다. 이것은 오늘의 수필문학이 누리고 있는 위상과는 거리가 매우 멀다.

수필이 문단에 터를 잡아가던 이런 시기에 김억의 수필이 '산필'이라는 용어로 묶여 출판되었다. 바로 『사상산필』이다. 이 책은 한국 신문학사상 단행본 수필집으로서는 효시다.[9] 목차에 나타나는 몇 개의 글 제목을 소개하면, '고가출판', '악필', '톨스토이와 재산', '여성증오', '노아홍수', '연금술', '언어', '영어의 발음', '법률', '장수', '수면', '좌측통행' 등인데, 이런 글은 비허구산문, 범칭 수필이라 하겠지만 엄격하게 말하면 미셀러니miscellany라 하겠다, 문예론수필critical essay로 분류할 수 있는 '예술질병설', '예술이란 무엇이냐', '미국의 문예', '다다이스트', '천재와 결점', '의우집疑雨集' 등이 수록되어 있다. 세계문학의 최근 동향, 최근문화의 흐름, 시사적 상식 등 문학과 문화에 대해 소개하는 글들이다. 모든 글이 한두 쪽을 넘지 않을 만큼 짧아 본격적인 수필로 보기는 어렵다. 겨우 164쪽의 분량에 82꼭지의 글이 수록된 것이 이런 사실을 증명한다. 하지만 글을 쓰는 발상이나 양식은 문예수필과 문예론수필의 성격으로 양분되어 있다. 이러한 특징은 한국 현대수필집의 효시라고 볼 만하다. 약 90여 년 전 현대수필이 형성되던 때의 문학사정을 엿보게 하는 흥미 있는 자료다.

『사상산필』에 수록된 글은 제목만 봐도 글의 내용을 짐작할 수 있다.

---

9 다이쇼(大正) 14년(1925) 11월 25일 백열사에서 발행된 가로 12.7센티미터, 세로 18.7센티미터인 이 책자는 권두소언 2쪽, 목차 4쪽, 본문이 164쪽이다. 정가는 75전이고 송료는 4전이다.

오늘의 시점에서 보면 이런 내용은 단편적 문화상식, 형식으로는 시사 칼럼에 해당되는 그야말로 잡문이다. 그렇지만 당시의 문단 사정으로는 서구문화와 신지식을 소개하는 새로운 형식의 글쓰기였다. 김억은 이광수의 뒤를 바로 잇는 도쿄 유학생이었고, 김소월을 오산학교에서 가르쳐 한국시의 영원한 베스트셀러 『진달래 꽃』을 생산한 문단의 관리자였고, 상징주의 등 서구의 신문예사조를 조선 문단에 소개할 수 있는, 그러니까 영어, 불어 등 외국어 해독이 가능한 학자이자 문인이었다. 이런 필자의 이력만으로도 이 책의 출간은 독자의 관심을 끌 수 있었을 것이다. 그런 이력을 가진 문인이 조선에 겨우 몇 사람뿐이었던 시대였으니 비록 '산필'이라는 겸손한 이름을 달았지만 그 책은 독자들의 지적욕구를 충족시키는 전문서적처럼 읽혔을 것이다.

선진문화에 대한 이런 관심은 지금도 우리 문단의 한 축을 형성한다. 지금도 해외문학파, 곧 외국문학 전공자들이 미국, 프랑스, 독일 등으로부터 새로운 이론을 수입함으로써 문단에 새바람을 몰고 온다. 여전히 '서구는 선진, 한국은 후진'이다. 이렇게 따지면 일본에서 서구문학을 공부하고 돌아온 김억은 해외문학파의 원조다. 해외문학파가 한국 고유의 정체성을 헤집는 부정적 요소가 없는 것은 아니지만, 사실 해외문학파의 신지식이 없었다면 우리는 변할 수 없었을 것이고, 변하지 못했다면 한국문학의 세계화, 곧 문학의 보편성은 쉽게 획득할 수 없었을 것이다. 이런 점에서 본다면 김억이 1925년이란 시점에 간행한 단행본 『사상산필』은 결과적으로 한국에 새로운 문학 갈래, '수필'을 문학현장에 심는 데 중요한 구실을 했다고 할 수 있다. 그는 세계문화 정세에 어두운 조선 사람들에게 선진문화를 속히 받아들이도록 해야 하겠다고 생각했을 것이고, 그것이 글쓰기 형식적으로 나타난 게 산필, 곧 수필이었을 것이다. 그렇다면 『사상산필』의 '산필散筆'이란 용어는 당시 조선의 수필문학 사정을 단적으로 반영하는 것으로 한국 근대수필문학의 원형적 성격을 지니고 있다 하겠다.[10]

수필을 지칭하는 잡다한 용어가 '수필'이란 장르 이름으로 공인되기 시작한 것은 1924년경부터로 판단된다. 문예지 『조선문단』이 『개벽』 10월 호(1924)에 광고를 하면서 '조선문단에서는 대표적인 시, 소설, 희곡, 수필 같은 예술품을 완미하게 될 것입니다'[11]라면서 '수필'이란 용어를 문학의 3대 장르인 시, 소설, 희곡과 병치시켰다. 또 그 2년 뒤 『문예시대』가 자기들의 잡지에 '투고환영'이라는 광고를 내면서도 '종류는 잡문, 수필, 기행, 창작 등 무엇이든지 좃습니다'[12]라고 했다.

이름이 25개나 되던 수필에 대한 용어가 2, 3년 동안 이런 과정을 거치면서 '수상, 수필, 만필, 감상' 등 4종으로 압축되었다. 1920년대 중반이 이런 이행기다. 그러다가 1928~1929년에 와서 '수필'이란 단일 명칭으로 정착되었다.

수필문학이 '수필집'이란 정식 갈래 이름을 달고 나타난 최초의 단행본이 박승극의 수필집 『다여집』(1938)이다. 현대수필문학의 두 큰 갈래인 문예수필과 문예론수필이 이 수필집에서부터 본격적으로 시작되기 때문이다.[13] 1938년에는 이 『다여집』과 함께 문단에 나온 다른

---

10 '산필(散筆)'이라는 말은 '산문+수필'의 의미다. 이것은 오늘날 비허구산문, 범칭 수필을 '산문'으로 호칭하기도 하고, 수필이라고 하는 이름을 아우른다는 점에서 흥미롭다. 예를 들면, 유종호 산문집 『내 마음의 망명지』(문학동네, 2004)와 방민호 편의 『모던수필』(향연, 2003)이 이런 예라하겠다.

11 『조선문단』 1, 1924.10, 92쪽에 게재된 『개벽』 10월 호 광고 참조.

12 『문예시대』 1, 1926.11, 28쪽.

하나의 중요한 수필집은 조선일보사에서 출판한 『수필기행집』(1938)이다. 『다여집』(1938)보다 한 달 먼저 간행된 이 수필집은 안재홍의 「춘풍천리」, 「목련화 그늘에서」 등 기행문이 중심으로 되어 있다.

『사상산필』, 『다여집』 이전의 수필집으로는 이광수의 『금강산 유기』(1924)와 최남선의 『심춘순례』(1926), 『백두산근참기』(1927), 『금강예찬』(1928)이 있다. 그러나 이 책들은 제목에 나타나듯이 모두 여행기다. 『반도산하』는 이광수, 최남선의 초기 기행수필처럼 기행문학의 형식을 그대로 이어받는다. 이런 점에서 이 수필집은 1920년대의 기행수필에 그 맥이 바로 닿아 있다고 하겠다. 특히 이 수필집이 조선의 자연과 민족정신이 살아 숨 쉬는 승경 여덟 곳과 사적 여덟 개를 테마로 삼고 있다는 점에서 그러하다. 1920년대 이광수나 최남선이 민족정체성 표상으로서 찾아 나섰던 자연탐방, 곧 장소문제가 1940년대 초에 기행수필의 형식을 통해 지속되는 양상은 그 자체만으로도 중요한 의미를 지닌다.

2. '조선'으로 호출되는 지리학적 상상과 문화

『반도산하』의 주제는 8대 조선승경과 8대 조선사적이다. 주제론literary thematics의 시각에서 이것을 보면 1920년대에 이광수, 최남선이 여행기에서, 금강산이며 백두산을 호출하던 그 장소의 문제와 조금도 다르지 않다.

13 이 책의 제10장 「이념 대립기 한 지식인의 내면풍경 『다여집』」 참조.

『반도산하』 중 단연 우리의 관심을 끄는 수필은 한용운의 「명사십리」다. 이 수필이 이광수의 이름과 나란히 발표될 시기 한용운은 창씨개명(1940), 조선인 학병의 출정을 반대(1943)했다. 그러나 그가 남긴 몇 편 안 되는 문예수필의 하나인 「명사십리」에는 그런 시대의식뿐 아니라, 만해 시가 가지고 있는 그 도저한 민족의식도 찾아보기가 어렵다. 이 수필은 구작이지만 많은 부분을 뺀 재편집이다. 다음과 같은 대문을 한번 보자.

모래를 파서 새암을 만드니
새암 위에는 뫼가 된다.
어엽분 물결은
소리도 업시 가만히 와서
한 손으로 새암을 메고
또 한 손으로 뫼를 짓는다.
모래를 모아 뫼를 만드니
뫼 아래에 새암이 된다.
짓구진 물결은
햇죽 햇죽 우스면서
한 발로 뫼를 차고
한 발로 새암을 짓는다.[14]

14 한용운, 「명사십리행 5」, 『조선일보』, 1929.8.18.

> 다시 목욕을 하고 나서 맨발로 모래를 갈면서 배회하는데 석양이 가까와서 저녁놀은 물들기 시작한다. 산 그림자는 어촌의 적은 집눌에 키스를 하는데 바다 물은 푸르러서 돌아오는 돗대를 물들인다. 흰 고기는 누어서 뛰고 갈마귀는 엽흐로 날른다. 목욕하는 사람들의 말소리는 놉허지고 저녁 연기를 지음친 나무 빗은 엿허진다. 나도 석양을 따러서 돌아왔다.[15]

어떤 근심도 없다. 이 글의 서정적 자아는 모래와 석양, 고기와 갈매기, 연기와 나무가 화합하는 공간, 바닷가를 조용히 배회한다. 한용운 특유의 대칭적 언어감각을 바탕으로 글의 진술이 이완과 긴장을 이루고 있지만 일정한 서정의 범위를 벗어나지 않는다. 산과 바다의 대응, '고기는 누워서 뛰고, 갈매기는 옆으로 나른다'와 같은 표현이 그러하다. 물결이 웃는 바닷가, 그런 바닷가에서 어린이처럼 모래를 파서 샘을 만들며 자연과 더불어 즐거운 한 때를 보내고 있는 인간과 자연의 모습은 평화롭다. 「명사십리행 1」에서 '요보'라는 일본 여자아이의 말을 '열패자 조선인'으로 오해하던[16] 그런 복합감정이 이 「명사십리행 7」에서는 사라졌다. 한용운은 명사십리를 찾아온 외국인 휴양객들 속에서 유일한 조선 사람으로서 그저 담담하게 해수욕을 즐기고 있다.

15 한용운, 「명사십리행 7」, 『조선일보』, 1929.8.21; 김동환 편, 『반도산하』, 삼천리사, 1941, 77~78쪽 재수록. '삼천리사'판 『반도산하』는 1929년 8월에 발표한 원본 「명사십리행」과 많이 다르다. 철자법을 고쳤고, 상당 부분을 빼고(삭제된 부분은 문제점이 많다), 어휘와 문장을 바꾸기도 했다(가령 위 인용문 중 원문의 '키스'를 '따뜻이 쪼이는데'로 수정). 이 글은 조선일보사판을 제1차 텍스트로 하고, 삼천리사판을 제2차 텍스트로 하였다. 인용문은 조선일보사판이다.

16 한용운, 「명사십리행 1」, 『조선일보』, 1929.8.14.

해수욕장으로 나가서 목욕을 하고 사장에 누웟스니 풍일(風日)이 아름답고 바다는 적은 물결이 움직인다. 발을 모래에다 묻덧다가 파내고 파내엇다가 다시 무드며 손가락으로 아무 구상이나 목석이 업시 함부로 모래를 긋다가 손바닥으로 지어바리고 또 다시 긋는다. 그리하다가 홀연히 명상에 드러갓다. 멀리 나러오는 해조(海鳥)의 소리는 나를 깨엿다.

어엽분 바닷새야
너 어대로 나러오나
공중의 어느 곳이
너의 길이 아니련만
길이라 다 못오리라
잠든 나를 깨워라.[17]

「명사십리행」이 『조선일보』에 연재된 때가 한국문학사상 다양한 작품이 가장 많이 생산되던 그 1930년대의 초입이라 하더라도 이 글이 한용운의 수필이란 사실은 믿어지지 않는다. 너무 평화롭고, 아무런 갈등도 없고, 한용운의 시가 일반적으로 가지고 있는 어떤 메타포도 없다. 명사십리 아름다운 해변을 서양인들이 즐기듯이 한용운도 마냥 즐기고만 있다. 설악산 오세암 생활도 까마귀 일화에 섞여 있고, 기차가 굴속을 지날 때 사람들은 연기가 차 안으로 들어온다고 요란스럽게 창문들을 닫을 때 그는 그대로 두었지만, 연기가 차안으로 들어오지 않자

17 한용운, 「명사십리행 7」, 『조선일보』, 1929.8.21; 김동환 편, 앞의 책, 79~80쪽 재수록.

앞자리 일본여자가 오히려 자기를 놀란 얼굴로 쳐다본단다. 시인 한용운에게서 발견할 수 없는 특이한 문예수필이다. 왜냐하면 수필은 비허구산문인 까닭이다.

한용운의 「명사십리행」은 한마디로 조선의 승경 '명사십리'의 비판 없는 찬미다. 화려한 수사를 동원하지는 않았지만, 위의 두 인용에서 감을 잡을 수 있듯이 대상 묘사를 대귀형의 수사로 조절하며 조선의 승경, 명사십리를 사색, 명상, 관조의 대상으로 바라본다.

물론 「명사십리」는 1929년에 쓴 글이다. 그렇다면 이 글이 1940년대에 다른 문인의 수필과 묶어 단행본 수필집으로 출판한다고 할 때, 특히 다른 문인의 최신작과 나란히 수록된다면 수정과 보완을 생각했을 것이다. 그러나 전혀 손을 대지 않은 발표 당시 그대로다. 이 글이 구작으로 발표시기가 12년 전이란 걸 모르는 독자는 『님의 침묵』의 시인 한용운의 작가의식을 생각하며 고개를 갸웃거릴지도 모른다. 군국주의 일제의 마지막 행태와의 대립이 나타나지 않기 때문이다. 이 책을 편집한 김동환은 「명사십리」의 발표 연월을 어디에도 밝히지 않았을 뿐 아니라 이런 점을 고려하지 않은 듯하고, 만해 또한 그런 점을 깨닫지 못했거나 자신의 글이 이런 상태로 발표되는 걸 의식하지 못했던 것 같다. 그러나 출판의 관행상으로 봐서 몰랐을 리가 없고 어떤 묵계가 있었다고 봐야 한다. 그 결과 만해는 1940년대를 1920년대 말로 인식하는 어떤 배반행위를 이 수필집을 통해 저지르는 꼴이 되었다. 사정이 이러하긴 하지만 결과적으로 만해, 춘원, 민촌, 횡보, 노산, 월탄, 파인, 영운, 무애, 가람 등 당대 최고 문인 열여섯 사람은 한 목소리로 일제가 밀어붙이는 제2차 세계대전의 마지막 고비에서 조국 조선의 존재를 자연과 문화재의 호출을 통해 민족건재를 함께 확인하는 글쓰기를 감행하였다. 모든 글이 현재형인 까닭이다. 특히 이런 현재형은 비허구산문, 범칭 수필의 경우, 그것이 독자에게 주는 효과는 다른 글이 주는 그것과 다르다. 이런 점은 편집자가 애초에 계획한 편집의도일 수도 있고, 『반도산하』에 글을 수록한 문인들의 시치미 뗀 노림수일 수도 있다. 이것은 수필집 『반도산하』가 한국문학사에서 결과적으로 생산한 괄목할 만한 문학적 성취이다.

이광수의 「비로봉 기행」도 『금강산 유기』의 것을 다시 수록한 것이다. 금강산은 예전부터 조선팔경의 으뜸으로 찬양되었다. 팔경의 1차 의미는 아름다운 경치에 있지만, 그 밑바닥에는 위대하고 신비한 자연을 존숭하는 우리 민족의 자연관이 더 강하게 자리를 잡고 있다. 한국인의 심중의 산은 신성화되어 있는데 그중에도 금강산은 우리 민족의 신화와 전설이 서린 성스러운 산이고, 또 사람들이 자신의 소원을 기구하면 그 소원이 성취되는 성역으로 인식되어 있다. 그러니까 금강산은 산이 아니라 민족구성체의 한 상징이다.

> 봅시오!
> 저 검붉은 불길을 봅시오!
> 거기서
> 당신의 보좌를 향하고 오르는
> 뜨거운 연기를 봅시오!
> 그것이,
> 바리신 당신의 백성의

가슴에서 오르는 것이 외다. 가슴에서!

우럴운 내 얼굴에

대답을 주소서

치어든 내 손에

구원의 금인(金印)을 나리소서

아아 천지의 주제자(主宰者)시어![18]

구름과 안개로 덮인 비로봉을 향해 민족의 구원, 백성의 보호를 간구하고 있다. 천지의 주재자이시니 버려진 당신의 백성을 구원할 금 인장을 내려달란다. 금인을 달라는 간절한 소망은 국권회복의 다른 표현이라 할 수 있다. 검붉은 불길이 보좌를 에워싼 당신의 그 절대적 권능으로 불쌍한 백성을 구해달라고 빈다. 우리 민족의 의식 속의 산은 초월적이고 교조敎條적인 존재다. 이런 존재의 맨 첫머리에 금강산과 백두산이 있다. 1920년대 중반 이광수와 최남선이 금강산기행, 백두산기행 수필을 연달아 발표하고, 그 두 영산을 찬양한 것은 산의 이런 신성화된 장소성과 연결된 민족신앙의 열정적 표상을 민족담론으로 형성시키려는 사유와 다르지 않다.

『반도산하』 재판이 나오던 1944년의 춘원과 육당은 이런 1920년대의 민족주의적 작가의식과 너무나 멀리 떨어져 있었다. 그래서 나중에 이 두 사람은 그 시절 기능적 지식인으로 전락했다는 평가 속에 노예적 상태의 식민지 승인이라는 역사적 과오를 범한 것으로 비난 받는다. 그

18 위의 책, 14~15쪽.

렇지만 일제말기란 그 엄혹한 시대 한 쪽에 이런 수필집이 읽히고, 재판되었다는 것은 우리 문학사가 기록해야 할 중요한 사실이다. 결과적으로 미래가 없던 당시 현실에 조국의 산하와 땅을 기리는 민속담론으로 조선심朝鮮心을 재생시킴으로써 꺼져가던 우국진충憂國盡忠의 애국심을 다시 호출하는 역할을 했기 때문이다.

김억의 「약산 동대」는 영변의 약산과 동대, 그곳의 명물 진달래의 찬미고, 염상섭의 「수원 화홍문」에서도 수원에 있는 조선 건축예술의 보배, 화홍문을 조선심의 표상이며, 조선정신의 상징으로 그 장구長久를 빌고 찬양한다.

김억은 약산동대의 진달래를 작자 미상의 시조, "약산동대 여즈러진 바위틈에 의철죽 같은 저 내 님이 / 내눈에 덜 밉거든 남인들 지나보랴 / 새 많고 쥐 꾀인 동산에 오조간듯 하여라"를 김소월의 그 「진달래꽃」과 연결시키고 있다. 민요가 민중의 노래이고, 진달래가 반도산하에 지천으로 피는 우리의 꽃임을 생각하면 김억의 이런 작가의식은 그 외연을 넘어 어떤 다른 문제, 곧 민족 정체성의 암시로까지 확대된다.

『반도산하』에서 다른 수필의 제명으로 호출되고 있는 '사적 중심의 팔경'도 '승경중심의 팔경'과 그 발상이나 글의 내포가 조선의 대표적인 자연 경승지와 문화제를 통해 민족고유의 정체성을 사유하는 작품이라는 점에서 그 성격이 다르지 않다.

3. 문예수필의 전범

사적 중심 8경의 수필 중 우리의 관심을 끄는 작품은 최정희의 「만월대와 선죽교」, 이병기의 「부여 낙화암」, 양주동의 「패성浿城 모란봉」, 김동환의 「경주 반월성」이다. 모두 한 왕국의 흥망성쇠를 테마로 하고 있다.

최정희의 「만월대와 선죽교」는 개성을 찾은 필자가 고려의 유신 정몽주의 단심, 이 색의 절의, 황진이의 절개를 세련된 문체로 회고한다.

> 걸으면서 나는 흙에서 주춧돌에서 성벽에서 그 성벽이 문어진 돌맹이에서 나무에서 그 나무에 외로이 앉았는 가마귀에게서 송림사이로 솨— 솨— 불어오는 바람소리에서, 모조리 옛날을 느꼈다.[19]

1940년대란 시점에서 볼 때 문예수필 문장의 좋은 예의 하나다. 『반도산하』의 글의 대체적인 톤이 무거운데, 최정희의 이 수필은 밝다. 역사적 현재는 피와 땀과 먼지로 가득 차 있고 고통스러운 세계인데 이 작가는 그런 현실에서 고려멸망, 조선 건국, 일제통치의 역사적 현재를 자기관조로 끌어오나 그 반응은 어둡지 않다. 피폐한 식민지 피점령민의 글이 밝다는 것은 시대가 어두우니 그 반작용일 수도 있고, 속빈 현실긍정일 수도 있다. 그러나 인식의 틀이 회고다. 화려했던 과거의 회고, 두 왕국이 망하고 흥한 내력 속에 다른 무엇이 숨어 있다. 그게 무

19 김동환, 『반도산하』(재판), 삼천리사, 1944, 223쪽.

얼까. 그것은 지금, 바로 지금이 그러한 과거를 회고할 시간이라는 의미다. 그 회고로 위안을 하려는 행위라고 할 수 있다. 글의 외연은 단순히 과거에 가 있지만 글의 내포는 현재에 서 있다. 이 수필이 화려한 과거만 되돌아본다면 민족 자비론自非論 또는 민족 허무주의에 함몰될 위험이 있다. 그렇지만 글의 내포가 이렇기에 민족 자긍론自矜論이 이 수필의 참 주제라 할 수 있다. 이광수, 김억, 염상섭이 형상화하던 바로 그 우리의 명승지, 땅·지리 장소의 찬미이다. 이 땅이 우리의 것이니 그게 어떻게 본질이 아니냐는 조선심이 그 주제다.

땅은 사람과 서로 영향을 주고받으며 그 생리가 닮는다. 산다는 것은 지리, 공간, 장소와 관계를 맺는 행위다. 장소는 인간 실존이 외부와 맺는 유대를 드러내는 동시에 인간의 자유와 실재성의 깊이를 확인하는 방식으로 인간을 위치시킨다.[20] 따라서 사람은 살아가면서 장소를 의미화하고 장소는 거기 사는 사람을 실재적 존재로 만든다.

이런 관점으로 보면 우리의 명승지는 장구한 세월에 걸쳐 민족고유의 삶과 정서를 형성시켜 온 우리들의 실재 그 자체다. 그것을 40년대를 대표하는 16인의 문사들이 호출하고, 찬미하며 그것이 우리들의 것임을 확인하고 있는 것이 『반도산하』다. 그것이 우리들의 것이란 말은 우리들의 인격이나 정체성이 형성되는 근본이 그것과 함께 존재한다는 것이고, 우리들의 실존의 밀도에도 변함이 없다는 의미다. 자연경관이란 장소의 물리적 외관이지만 그것이 자아와 교감함으로써 우리의 성정을 민족적인 곳으로 인도한다. 『반도산하』의 모든 수필이 우리나라

20 에드워드 렐프, 김덕현·김현주·심승희 역, 『장소와 장소상실』, 논형, 2005 참조.

의 명승지를 제영題詠과 글제로 삼아 그 장소의 고유한 성격을 향기로운 작품으로 묘사하고 있기 때문이다. 이런 점에서 『반도산하』의 여러 수필은 한국의 문학지리학[21]의 단초라 할 수 있고 그것의 본격적 실현이라고 할 만하다.

'사적중심의 8경' 가운데 국가 흥망을 주제로 삼고 있는 수필 세 편을 더 보자.

① 아아, 그리운 신라 장안이여. 천하의 길이 여기서 한번 모였다가 예서 다시 만방으로 퍼지지 않든가. 바로 서쪽으로 고구려로 가는 신작로와 당나라로 가는 긴 수로가 뻗어있지 않든가. 또 바로 남쪽으로는 3백 리를 채 못가서 백제 서울 부여가 놓여있어 마치 오늘의 백림, 라마(羅馬), 동경의 기축과 같이 경주, 부여, 평양이 3대 강국의 기축을 이루고 있지 않을까. 그리하여 안압지 앞으로 흐르는 강물은 그가 곧 백마강 수류에 연(連)다어 수십 쌍 병선이 세나라 서울로 서로 금은과 문화를 싣고 드나들지 않던가.[22]

② 오직 금강과 패수(浿水)만이 명불허전의 기산묘수요, 들었으면 들었을 쑤록 보면 볼 쑤록 실(實)이 오히려 명(名)을 지나치기 때문이다. 풋글이나 하는 사람으로도 막상 금강에 이를 양이면 감히 글을 읍조리지 못하고, 좀된 글귀나 엮던 자로서도 정작 패강에 와서는 애오라지 한숨이나 쉬일 뿐

21 우리의 경우 문학지리학은 근래에 등장한 문학연구방법의 하나다. 이 연구는 지방문학, 비교문학, 기행문학, 이민문학, 여행자문학 등에서 활용될 수 있다. 김태준 편, 『문학지리·한국인의 심상공간』 상·중·하, 논형, 2005; 김태준, 『한국의 여행문학』, 이화여대 출판부, 2006; 장석주, 『장소의 탄생』, 작가정신, 2006 등 참조.

22 김동환, 「초하의 반월성」, 김동환 편, 『반도산하』(재판), 삼천리사, 1944, 274~275쪽.

이다. (…중략…)

안타까워라 패강의 형승(形勝)이여. 이 일대의 절경은 가히 붓으로 그릴 만한 것이 아니오 입이 있으면 오직 예찬이나 할 것이다. '다뉴브'를 그리라. 황하를 그리라. '깬디스'를 그리라. 만은 우리의 패강은 묘사가 있을 수 없고 오직 예찬이 있을 뿐이다.[23]

③ 사람이 한번 죽을 건 면할 수 없는 일이로되 잘 살기보다 잘 죽기가 더 어렵다. 잘 못사는 이는 살아도 죽었고 잘 죽는 이는 죽어도 살았다. 의자왕은 죽었드라도 성충(成忠)과 흥수(興首)와 계백과 함께 그 후궁들은 살았다. 이 낙화암을 보라. 그 발자욱, 피 한방울이 흔적도 없지마는 선연히 보이고 들리지 않는가. 펄펄거리는 그 치마자락, 부드치는 풍물소리, 그리고 그 비화같은 순간과 정열. 그 섬홀(閃忽)한 광경은 한번만 아니라 언제든지 그러리라. 우리의 이 기억과 이 바위가 있을 때까지 그러리라[24]

인용 ①은 신라 천년의 수도 경주에 대한 예찬이다. 신라시대의 화려하고, 풍요하고, 번성했던 영화를 회고하며 그 시절의 쭉쭉 뻗어 나가던 국세를 그리워하고 있다.

인용 ②는 대동강 부벽루에 올라 강과 산의 그 뛰어난 조화가 세계에 으뜸이라 갈파한다. 여대麗代의 김황원이 부벽루에 올라 고금의 제영題을 보고 마음에 차지 않아 판액을 모두 불사르고 온종일 난간에 의지하여 고음苦吟한 끝에 오직 '장성일면용용수長城一面溶溶水 대야동두점점산

23 양주동, 「대동강과 모란봉」, 위의 책, 148~149쪽.
24 이병기, 「부여 낙화암」, 위의 책, 141쪽.

大野東頭點點山'이란 한 구절을 얻고 시상이 말라 통곡하며 황혼 속으로 사라진 곳이 바로 부벽루라고 한다. 그러면서 그런 형승을 고려시대의 국세와 영화와 국운의 융성, 쇠퇴와 연계시키고 있다.

인용 ③은 백제의 종말이 결코 역사에 부끄럽지 않고, 오히려 값진 것임을 의자왕, 계백장군, 삼천궁녀의 장렬한 죽음을 통해 칭송하고 있다. 비굴하게 살아남지 않고, 국가 앞에 던진 목숨은 죽었지만 살아있는 존재로 찬미하고 있다.

얼핏 보면 이러한 작가의식 속에는 미래는 없고, 오직 과거뿐이다. 그렇다면 이런 퇴영성은 패자의 자기위안이라 말할 수도 있다. 그러나 이 수필집을 시대와 대비할 때 사정은 달라진다. 세발 장대 휘둘러 봐야 누구하나 걸릴 사람 없는 현실이라면 그런 존재가 살아남을 수 있는 방법은 자신의 행복했던 과거로 돌아가는 길 밖에 없다. 그렇지 않으면 기가 꺾여 세상과 도저히 맞설 수 없기 때문이다. 『반도산하』의 초판이 나오던 1941년이란 시점의 조선은 국가와 민족의 미래가 보이지 않던 암흑기다. 그런 시간에 조선을 대표하는 문인들이 조선을 대표하는 승경과 사적을 칭송하는 데서 우리는 그런 현실의 표면과는 다른 이면에 숨은 무엇을 느낀다. 이 수필집이 어떤 편집 의도로도 제기할 수 없는 조선심 앙양을 막다른 상황 속에서 탄생시킨 것이야말로 한국문학사가 간과해서는 안 될 사실이다. 궁핍한 식민지 말기를 향해 민족의 화려하고, 풍성하고, 힘찼던 시대를 칭송하고 있는 까닭이다. 이것은 『반도산하』가 어떤 문학, 어떤 작가도 수행하지 못한 민족의 자긍심을 독자들의 심리에 불어 넣는 역할을 한 것이 된다. 어떤 사람은 이 수필집에서 역사의식의 부재를 지적할지 모른다. 그러나 민족 허무주의가 만연해

가던 그 절망적 시기에 결과적으로 민족의식을 이 정도라도 밀포장할 수 있었다는 것은 놀라운 일이다. 수필이 자조의 글이고, 특히 문예수필은 현실적인 자기 응시, 그러나 비허구라 할 때, 태평양전쟁이 발발하던 절체절명의 시간에 한반도의 8승경・8사적을 자랑한 수필집 간행은 그 시대 어떤 문학 장르도 수행하지 못한 역할을 수필문학이 해낸 것이 된다. 그래서 이 작품집은 우리의 기대를 훌쩍 뛰어넘는다. 조선의 대표사적과 명승지가 서로 얽히는 지리학적 사유를 통해 쇠망하는 민족이 아닌 여전히 건재하는 민족의 현재를 보여주고 있는 까닭이다. 바로 명문의 생명, 그 영원한 현재성이다. 이런 점에서 우리는 수필집 『반도산하』를 1940년대 한국문학사의 앞자리에 세워야 한다.

결론이 이렇지만 이 책을 엮고, 출판한 데가 삼천리사라는 사실을 전제한다면 이런 평가는 달라질 수 있겠다. 출판사 대표가 친일에 앞장을 섰고, 그가 발행하는 잡지가 백두산 밀림에 숨어 일제와 최후까지 버티던 독립군 김일성부대를 향해 비행기로 뿌린 투항 권고 삐라를 전재하는 등[25] 반민족적 행위를 했기 때문이다. 그러나 그런 평가는 작품외적 사실이 작품 해석에 의도적으로 무리하게 대입된다는 점에서 객관적이지 못하다.

25 이 문제는 저자가 NRF(한국연구재단)로부터 저술지원금을 받아(2016~2019) 현재 연구 수행 중인 연구에서 깊이 고찰한다.

제13장

문예론수필과 고완이란 이름의 과거회귀

이태준의 수필집 『무서록』에 나타나는 세 특징

1956년 북한에서 임화, 김남천 등과 함께 미제 간첩이 된 월북 소설가 상허 이태준.[1] 그를 연구하는 '상허학회'가 『이태준의 문학 연구』를 간행한 해가 1993년이다. 우리나라 현대문학 연구자들이 모여 한 작가의 이름을 달고 학회를 만든 최초의 예가 '상허문학회'다. 문단 초창기에 한국 근대문학을 이끈 이광수, 최남선, 이기영이 있고, 그 뒤를 이어, 한용운, 정지용, 백석, 김동인, 채만식, 김동리, 이상, 염상섭, 김남천, 박태원, 김유정 등 허다한 문인이 있지만 이렇게 문인 한 사람 이름을 앞세운 학회가 성립된 것은 이태준이 처음이다.[2]

1 『조선문학통사』(하), 평양: 조선민주주의 인민공화국 과학원 출판사, 1959, 160쪽.

2 그 뒤 2005년에 구보학회, 2007년에는 춘원문학연구학회, 2011년에는 김유정학회가 발족했다.

이태준에 대한 일반인의 관심은 이런 사정을 넘어선다. 철원 주민들이 경원선이 철원까지 연장된다는 정부 발표가 있자, 그 역 이름을 '이태준역'으로 하자는 건의서를 철도청에 제출하기 위해 서명운동을 벌인 것이 한 예다.

이태준은 1904년 강원도 철원군 묘장면 산명리에서 태어나 온갖 풍상을 거치면서 자랐다.[3] 1946년 월북하여 1956년 8월 「문화로선」 사건에 연루되어 박헌영, 이승엽, 박창옥 등과 간첩 분자로 몰렸고,[4] 1960년대 초 북한의 산간협동농장에서 병사했다. 그러나 그는 지금도 이렇게 우리 곁에 죽어도 산 문인으로 남아 있다.

이태준의 『무서록無序錄』(1941)은 57편의 글이 수록된 314쪽의 수필집이다. 비슷한 시기에 간행된 박승극의 『다여집』(1938), 박종화의 『청태집』(1941)보다 작품의 양이 많고, 글쓰기 형식도 다양하다. 에세이, 미셀러니, 기행수필, 친자연적 감상문이 순서 없이 묶인 그야말로 순서 없이 묶은 글 다발이다. 그러나 이 수필집은 해방 이전 한국수필의 한 풍요한 예가 된다. 이태준은 수필보다 훨씬 많은 소설을 씀으로써 근대적인 단편소설의 완성자[5]라는 평가를 받을 정도의 자리에 있는 소설가이

3 1909년 아버지의 망명으로 블라디보스토크로 이주했다. 그러나 아버지가 사망하고 어머니를 따라 두만강 건너 소청에 정착했다. 어머니가 죽으면서 9세인 이태준은 3세 누이, 12세 누나와 안협을 거쳐 철원 외가로 돌아왔다. 15세에 상해로 가기 위해 압록강을 건너 안동까지 갔다가 실패, 다시 조선으로 와 선천, 정주, 오산 등을 떠돌아 다녔다. 그 뒤 원산의 한 여관에서 사환을 하다가 1920년 4월 상경 휘문고등보통학교에 입학했으나 학비가 없어 4학년 때 출교당했다. 1926년 일본 상지대학(上智大學) 예과에 입학했으나, 가난과 병고로 곧 귀국했다. 이후 잡지, 신문사 기자, 소설가로 살아가다가 1930년 이화여전 음악과 출신 신여성과 결혼하면서 뿌리 뽑힌 삶에서 겨우 빠져 나왔다. 1930년에는 이화전문학교 강사로 취임했다.

4 조선민주주의 인민공화국 과학원 언어문학연구소 문학연구실 편, 『조선문학통사』 하, 평양 : 조선민주주의 인민공화국 과학원 출판사, 1959, 171쪽 참조.

고, 『문장』의 주간이었고, 『문장강화』는 이윤재의 『문예독본』의 인기를 재끼더니 지금도 살아있다. 그 외 여러 편의 평론과 아동문학도 발표했다. 이런 넓은 문학 활동이 상허문학회 창립의 동기로 작용했을 것이다.

〈그림 32〉 이태준

이런 이태준의 창작활동 가운데 우리가 특히 평가해야 할 업적은 그의 『문장강화』(문장사, 1939), 『상허문학독본』(백양사, 1946), 『서간문강화』(박문서관, 1943)이다.

우리가 잘 알듯이 이 세 책은 글쓰기의 방법에 대한 지침과 글의 전범을 예시한 이 방면을 대표하는 저서로 지금까지 독자를 가지고 있다.[6]

〈그림 33〉 『무서록』

이태준이 해방 뒤에도 『소련기행』(백양당, 1947)이란 수필집을 간행했고, 각종 산문에 대한 이론의 정연함과 자신감으로 선배, 동료의 글 중 명문을 골라내고 비판하는 '수필 쓰기 행위'를 했는데 그의 이런 창작 방법론과 글쓰기 전범의 하나가

5 이재선, 『한국 현대소설사』, 홍성사, 1979, 364쪽.

6 『문장강화』는 지금도 창작론, 대학논술 대비 참고 교재로 출판된다. 창작과비평사의 『문장강화』(2005)가 그런 예이다.

생생하게 남아있는 실체가 이 『무서록』이다. 이런 점에서 『무서록』은 책의 제명과 다르다. 이태준이 이 '무서록'이라는 이름으로 수필집 이름을 단 이면에는 '수필은 계획이 없고, 일관성도 없고, 부게가 가볍고, 크기가 작은 문학'이라는, 곧 어떤 것이 결여된 글쓰기란 의미이지 자신의 글쓰기 방법을 말하지는 않기 때문이다. 『무서록』에 수록된 글 57편을 내용별로 분류하면 대체적으로 다음과 같이 4가지 형식으로 나타난다.

① 이태준, 그 고완 취미의 성채

② 비평적 에세이, 또는 문예론수필

③ 문예수필의 한 전범

④ 고완, 그 위장(僞裝)의 본질

1. 이태준의 자성自省, 그 상고주의 또는 고완의 성채

『무서록』 소재, 여러 편의 수필 가운데 이태준 특유의 테마를 형성하고 있는 것은 고완취미古翫趣味다. 이태준은 '골동품'이란 말 대신 '고완품'[7]이란 말로 선인들이 남긴 고물, 고완품이 주검의 먼지를 털고 새로운 미와 새로운 생명의 불사조가 되게 해야 한다며 자신의 취미생활을

7 이태준은 『무서록』에서 '고완품'에 대한 정의를 이렇게 내리고 있다.
"고완품들이 '골동(骨董)', '골(骨)' 자로 불리워지기 때문에 그들의 생명감이 얼마나 삭탈을 당하는지 모를 것이다. 말이란 대중의 소유라 임의로 고칠 수는 없지만 나는 될 수 있는 대로 '골동' 대신 '고완품(古翫品)'이라 쓰고 싶다."

자랑하고 있다. 고완품을 직접적인 소재로 쓴 글은 「고완」, 「고완품과 생활」 두 편이다. 그러나 이런 옛것 숭상의 소재는 『무서록』에 많이 나타난다. 「고전」, 「동양화」, 「필묵」, 「동방정취」, 「기생과 시문」, 「춘향전의 맛」, 「역사」, 「묵죽과 신부」, 「모방」 등 여러 수필이 이런 소재가 중심에 놓여 있다. 그뿐 아니라 『무서록』 여기저기에 많은 고시가 인용되면서 우리들의 살아온 정신적 내력이 글과 얽혀 있다. 한국 사람이니 한국적인 것을 소재로 글을 쓰는 게 당연하지 않느냐고 할지 모르지만 신지식인, 특히 일본 유학을 거친 문인들이 보이던 서구취향, 또는 거의 맹목적인 사회주의 사상에 경도되어 우리들의 유가적 사상과 결별을 하던 당시의 대체적인 정신풍토와 비교할 때 이태준의 이런 작가의식은 시대와 먼 거리에 있는 시대착오적 수구보수라 할 수 있다. 이태준의 역작 「청춘무성」은 미국 거주 한국인 2세가 마이너 캐릭터로 나올 만큼 시대에 앞서 있다. 그렇지만 그의 등단작 「오몽녀」, 단편집 『달밤』, 『돌다리』의 여러 작품은 한 시대 한국인의 지순한 삶의 굴곡에 초점이 가 있는 서정소설들이다. 『무서록』은 이런 소설세계와 닿아 있다. 바로 이태준의 상고적 정신세계다. 이런 점에서 『무서록』은 워낙에 상고주의尙古主義, 또는 고완의 성채城砦라 할 만하다.

> ① 나는 문갑 우에 이조 때 제기 하나를 놓고 무시로 바라본다. 그리 오랜 것은 아니로되, 거미줄처럼 금간 틈틈이 옛 사람들의 생활의 때가 폭 배어 있다. 날카롭게 이여낸 여덟모의 굽이 웃둑 자리잡은 우에 엷고, 우긋하고, 매끄럽게, 연잎처럼 자연스럽게 변두리가 훨적 피인 그릇이다. 고려자기같은 비취 빛을 엷게 띄였는데 그 맑음, 담수에서 자란 고기 같고 그 넓음, 하늘

이 온통 나려앉어도 능히 다 담을 듯 싶다. 그리고 고요하다.[8]

② 우리 조선시대의 공예품들은 워낙이 순박하게 타고나서 손때나 음식물에 쩔을수록 아름다워진다. 도자기만 그렇지 않다. 목공품 모든 것이 그렇다. 목침, 나막신, 반상, 모다 생활 속에 드러와 사용자의 손때가 묻을수록 작구 아름다워지고 서적도, 요즘 양본들은 새것을 사면 그날부터 더러워 만지고 보기 싫여지는 운명뿐이나 조선 책들은 어느 정도로 손때에 쩔어야만 표지도 윤택해지고 책장도 부드럽게 넘어간다. (…중략…)

내가 가장 숭앙하는 추사 김정희 선생의 보던 책이다. 그의 장인이 남고 그의 친적인진 모르나 전권에 토가 달리고 군데군데 주석이 붙어 있다. 「서장」은 워낙 난해서로 한줄을 제대로 음미할 수 없지만은 한참 들여다보아야 책제가 떠오르는 태고연한 표지라든지……[9]

인용 ①은 이태준의 고완 완상의 실체고, ②는 그의 고완 완상에 대한 주장이다. ①에서는 내용과 형식이 동행하고 있다. 의고체의 미문이 조선조의 백자를 닮았다. ②의 주장은 전문가적 수준에 가 있다. 추사 김정희의 평가가 전문가의 그것과 다르지 않을 뿐 아니라, 이미 그의 서장 하나를 얻어 완상하고 있는 까닭이다. 그 시절의 문인 가운데 고완의 취미를 주장한 사람이 달리 더 있었겠지만 이태준처럼 실제로 즐긴 문인은 없다. 결과적으로는 이태준도 간송澗松 전형필全鎣弼처럼 그 시절 한국 문화재가 일본인 손에 넘어가는 것을 막는 애국 행위를 한

8 이태준, 「일분어(一分語)」, 『무서록』, 박문서관, 1941, 161쪽.
9 이태준, 「고완」, 위의 책, 240~241쪽.

것이다. 이런 점에서 이태준의 고완취미는 문인의 현학적 언사를 넘어선다. 왜색이 밀려들던 그 시대에 대한 반기의 성격을 지니기 때문이다. 일본 유학까지 갔던 이태준의 글의 어디에도 일본인들의 얍삽한 그 정신이 내비치지 않는 데서 그 상고주의 의식이 단적으로 드러난다. 오히려 일본문화의 조선 진출을 야유한다.

> 맨 함석 지붕이다. 여관도 전등 전화는 있어 우산(牛山)의 말대로 편리는 할가 정취는 눈꼽만치도 없다. 차라리 촌주막의 여인숙(旅人宿)은 보행객주(步行客主)다운 감발 냄새나 구수하다. 이건 얼치기 화식(和式) 장판방에다 후스마한 꼴이며 제일에 얄팡양팡한 복도로 고무 슬립퍼가 철덕거리고 지나다니는 것은 이마가 선뜩거려 누었을 수가 없다.[10]

동해 간성으로 간 여행을 소재로 한 수필이다. 초가와 함석지붕, 장판과 후스마ふすま,歷(일본식 장지문)를 대립시켜 우리 것을 잃어가는 일본화를 비꼬고 있다. 객주는 감발 냄새가 오히려 구수하지만 얄팡얄팡한 복도에 고무 슬립퍼를 칠덕거리며 지나다니는 일본식 여관은 아예 '이마가 섬뜩하여' 누워 있을 수가 없단다. 외래적인 것에 대한 생리적 거역반응이다. 이런 글쓰기는 사실 우회된 반일이고, 민족적인 것으로 세계적인 것을 만들어야 한다는 전통존중사상에 다름 아니다.

바다!

10 이태준, 「해촌일지」, 위의 책, 266쪽.

바다를 못본 사람도 있다.

작년 여름에 갑산 화전지대에 갔을 대, 거기의 한 노인더러 바다를 보았느냐고 물으니 못 보고 늙었노라 하였다. 자기만 아니라 그 농리 사람들은 거이 다 못 보았고 못 본채 죽으리라 하였다. 그리고 옆에 있던 한 소년이 바다가 뭐냐고 물었다. 바다는 물이 많이 고여서, 아주 한 없이 많이 고여서 하늘과 물이 맞닿은 데라고 하였더니 그 소년은 눈이 둥그래지며

'바다?'

'바다!'

하고 그윽히 눈을 감았다. 그 소년의 감은 눈은 세상에서 넓고 크기로 제일 가는 것을 상상해 보는 듯 하였다. (…중략…)

한 번 어느 자리에서 시인 지용은 말하기를 바다도 조선말 '바다'가 제일이라 하였다. '우미'니 '씨'니보다는 '바다'가 훨씬 큰 것 넓은 것을 가르치는 맛이 나는데, 그 까닭은 '바'나 '다'가 모다 경탄음인 '아'이기 때문, 즉 '아아'이기 때문이라 하였다. 동감이다. '우미'라거나 '씨-'라면 바다 전체보다 바다에 뜬 섬 하나나 배 하나를 가리치는 말쯤 밖에 안 들리나 '바다'라면 바다 전체뿐 아니라 바다를 덮은 하늘까지라도 총칭하는 말 같이 크고 둥글고 넓게 울리는 소리다.[11]

『문장강화』라는 저서로 조선의 창작실기를 이끈 소설가답게 「바다」라는 수필은 어디 하나 흠 잡을 데 없는 완벽하고 깔끔한 문장으로 다듬어져 있다. 바다를 보지 못해 상상도 못하는 촌로와 산골소년의 태도

11 이태준, 「바다」, 위의 책, 45~46쪽.

묘사를 통해 바다의 넓고, 크고, 오묘한 모습을 표현하는 서술 방법이 간단하나 놀랍게 그 본질을 포착해내고 있다.

일본말 '우미うみ'보다, 영어의 '씨sea-'보다 조선말 '바다'가 훨씬 좋은 말임을 시인 정지용의 말을 꾸어 와서 증명하고 있다. 조선말 '바다'라고 해야 '바다'의 의미가 제대로 전달된다고 했다. 넓고 큰 뜻을 지닌 경탄어의 결정체 바다는 '바다'라는 조선말만이 그 의미가 제대로 담긴다는 것이다. 「향수」, 「백록담」, 「장수산」 등에서 가장 한국적인 정서를 추출해 낸 정지용은 이태준과 단짝으로 서로 존중하며 함께 문단을 이끌었다. "나도 산문을 쓰면 쓴다. ― 태준만치 쓰면 쓴다는 변명으로 산문쓰기 연습으로 시험한 것이 책으로 한 권은 된다"는 정지용의 『문학독본』의 서문이 그러하고, 이태준은 정지용의 재주를 빌리면서 조선적인 것을 기르는 것이 그러하다. 이 누 문인은 일본을 통해 배웠지만 그 일본을 넘어서 우리 것으로 돌아왔다. 이것이 이태준에게서는 「오몽녀」의 세계이고, 수필에서는 고완 취미, 고전에 대한 경도로 나타났다.

2. 비평적 에세이Critical essay, 또는 문예론수필

『무서록』에는 비평적 에세이, 또는 문예론수필이 여러 편 있다. 대표적인 것이 「소설」, 「단편과 장편掌篇」, 「조선의 소설들」, 「소설가」, 「평론가」, 「소설의 맛」, 「통속성이라는 것」, 「동양화」 등이다. 이 밖에 「야간비행」, 「춘향전의 맛」, 「기생과 시문」, 「남의 글」, 「독자의 편지」 등도 같은 성격의 에세이다. 이런 점은 오늘의 한국 수필집들이 비허구산문, 범칭 수필, 혹은 교술敎述로 규정되는 것과는 많이 다르다.

「소설」은 이태준의 문학론이 뚜렷이 드러나는 비평적 에세이다. 옛사람들이 소설을 도청도설道聽塗說, 가담항설街談巷說이라고 정의한 것은 '소설을 인간신문'으로 본 것이니 얼마나 탁월한 견해인가라며 감탄한다. 그러면서 '소설은 곤곤한 인간장강'이라고 정의를 내렸다. 「단편과 장편」은 1930년대부터 뜨기 시작한 장편·콩트에 대한 언급이다. 그는 장편掌篇을 '인생의 단면이기보다는 인생의 한 각도, 인생의 한 시각, 인생에서 가장 초점적이고 섬광적인 인상을 날카롭게 촬영해 놓은 것'이라고 말한다. 당시의 누구도 장편의 정의를 이보다 더 분명하게 내린 바 없다.

「명제 기타」는 소설의 이론, 곧 소설의 인물, 구성, 제재, 사상, 문장, 추고의 문제에 대한 기초적 지식을 다룬 창작방법론이다. 「조선의 소설들」은 시류적 평론이다. 콩트, 단편, 중편, 장편, 신문연재소설, 역사소설, 전작소설이 어떤 것인가를 설명하면서 그 시절 문단의 관심사였던 신문연재소설의 문학적 성취문제를 따지고 있다.

「소설가」에서는 소설가의 소질, 소설을 쓰기 위한 준비, 소설가의 표현문제에 대해 언급하면서 예술가의 직무는 만들어 보여줄 뿐 설명하지 않는다며 작법의 기본을 다지는 것을 중시하라 당부한다. 「평론가」에서는 작가와 평론가의 사이가 좋지 못한 것은 장르의 본질상 피할 수 없기에 걱정할 문제는 아니란다. 그러나 평론가가 작품 평을 하면서 사뭇 소설 작법 식으로 작가에게 덤비는 일은 없어야 한다며 평론가를 나무라고, 한편 작가가 평론가에게 소설의 작법이나 이론을 배워서 글을 쓰려 한다면 작가생활을 걷어치우라고 일갈한다. 당시 이태준의 문단 위치를 짐작하게 하는 글들이다.

「소설의 맛」, 「통속성이라는 것」 등에 오면 이런 점이 더 두드러진다. 「소설의 맛」에서는 작가의 개성적인 표현을 찾아내는 것이 소설 이해의 핵심이고, 「통속성이라는 것」에서는 소설을 '천만인 공용의 생활어로, 천만인 그 속에 있는 생활자를 묘사하는 것이라 소설은 차라리 통속성이 없이는 구성할 수 없는 것'이라고 규정한다. 지도 비평적 발언, 곧 전형적인 에세이 쓰기다. 뒤의 것은 소설이란 타락한 사회에 타락한 방법으로 진실을 찾아가는 글쓰기란 1980년대 우리나라 리얼리스트들이 금과옥조로 삼았던 L. 골드만의 그 현실주의 논리를 연상시킨다. 일찍부터 리얼리스트의 길을 걸었던 이태준의 진면목을 엿볼 수 있는 발언이다.

『무서록』에는 이런 비평적 에세이(문예론수필. 문학적 논문)가 중요한 내용을 이루고 있다. 이런 점은 매우 주목할 만한 사실인데 이 문제를 「동양화」를 통해 더 구체적으로 살펴보자. 「동양화」는 왜 조선 사람이 서양화가 아닌 동양화를 그려야 하는 가를 네 가지 이유를 들어 독자를 교술하는 에세이다.

> 조선 사람으로 단원(檀園)이나 오원(吾園)이 되기 쉽지 세잔누나 마치스는 되기 어려운 것은 생각해 볼 필요도 없겠다. 되기 쉬운 것을 버리고 되기 어려운 것을 노력하는 데는 무슨 변명할 이유가 있어야겠는데 내가 단순해 그런지는 모르나 그런 특별한 이유도 얼른 생각나지 않는다. '나는 대가도 싫다. 나는 서양화가 좋으니까 그린다' 하면 그건 개인문제라 제3자가 용훼(容喙) 할배 아니겠으나 그러나 그것도 나는 무례할지 모르나 이렇게 독단한다. 서양화보다는 동양화를 더 질길 줄 아는 이가 문화가 좀 더 높은 사람

이라고. 이것은 '사람'보다 사실은 '동양화'를 위해서 하는 말이지만, 무론 엄청난 독단이다. 그러나 서양화에선, 무슨 나체를 잘 그린다고 해서가 아니라 색채본위인만지 피는 느껴져도 농양인의 최고교양의 표정인 선(禪)은 좀처럼 느낄 수 없는 것을 어찌 하는가![12]

왜 조선 사람이 서양화가 아닌 동양화를 그려야 하는가를 말하는 이유 가운데 들어있는 첫째 대문이다. 미술이 무용이나 음악과 함께 국경이 없다지만 결국은 다 있고, '최승희의 춤에 조선 춤이 가장 무리가 적어 보일 뿐 아니라 샬라핀Chaliapin이 아모리 연습을 하더라도 육자배기에서는 이동백李東伯을 따르지 못할 것이'란다.

단원 김홍도나 오원 장승업의 그림이 조선의 풍속도, 산수화, 인물화에 뛰어나다는 것은 다 알고 있지만 문인이, 비록 같은 예술 활동을 하지만, 자신의 것이 아닌 동양화를 이렇게 조목조목 따지는 것은 단순히 옛 것을 완상하는 취미 차원이 아니다. 우리 것이기에, 그냥 옛 것이기에 좋다는 것이 아니라 동양화가 생리적으로 우리에게 맞다는 것이다. 서양화가 색체의 조화로 피는 흐르게 할 수 있지만 그 뒤의 선禪의 세계는 잡아내지 못한다는 것이다. 이런 점은 이태준의 작품세계, 곧 『돌다리』, 『달밤』과 같은 소설집에 나타나는 조선인의 그 고유한 삶과 같은 상한에 놓여 있다.

수필essay은 16세기 프랑스의 몽테뉴가 그의 개인적인 수상록을 쓰기 시작하면서 이루어진 뒤, 프랜시스 베이컨, 찰스 램, W. 페이터, 라이너

12 이태준, 「동양화」, 위의 책, 234쪽.

마리아 릴케, 마르셀 프루스트, 버지이나 울프 같은 문인들을 거치며 삶에 대한 깊은 통찰과 사색, 그리고 고뇌가 형상화된 문학으로 발전하였다. 그러나 다른 한편에서는 사회적 관점, 논리적 체계, 지적요소, 객관적 진술, 비판적 문제에 접근하는 에세이, 다시 말해서 문예론수필이 소논문적 성격의 글, 곧 이광수 식으로 '문학적 논문'으로서 자리를 잡았다. 한국 수필문학의 경우 우리는 이런 대표적인 예를 이어령의 초기, 그러니까 「흙 속에 저 바람 속에」(『경향신문』, 1963.8.12~1963.10.24, 50회 연재)의 연작 같은 데서 발견한다. 신화, 전설, 풍속, 속담 등 여러 소재를 문예론적 시각으로 접근하여 한국인의 사고방식을 서구적인 합리주의, 이어령 특유의 비평적 분석을 가한 그런 현학적 수필, 그래서 선풍적 인기를 얻을 수 있었던 글쓰기가 이런 형식이다. 그래서 그는 새 천년까지 그런 글쓰기를 계속해 오고 있다. 『흙 속에 저 바람 속에—승보, 그 후 40년』(문학사상사, 2002)이 바로 그런 예이다.

이런 점에서 이태준은 이어령과 함께 한국수필의 다른 축인 문예론수필을 대표하는 자리에 선다. 이태준의 이런 점은 생텍쥐페리의 「야간비행」을 읽고, 그 나름의 견해를 말한 「야간비행」, 「춘향전」이 오랜 세월 수많은 사람들의 입심과 몸짓과 이상에서 다듬어진 걸작이라는 「춘향전의 맛」, '황진이의 상사몽' 홍랑洪浪의 시를 로맨스로 읽는 「기생과 시문」, 창작지도의 고민을 다룬 「남의 글」, 최명익의 「심문」, 최학송의 엽서를 소재로 한 재치 넘치는 촌평, 「독자의 편지」 등, 또 『무서록』의 여러 글에 인용된 허다한 한시와 그에 대한 감상도 문예론수필의 글쓰기다.

3. 문예수필의 한 전범

이태준의 「해촌일지」, 「바다」, 「가을 꽃」, 「만주기행」은 문예수필의 한 전범이다. 우선 이 작품에는 문예수필의 본질인 상상력, 작가의 감성이 탁월하게 표현된다.

> ① 축항을 지나니 묘지가 나왔다. 파도소리와 갈매기 소리의 묘지, 망망한 수천(水天)만이 바라 보히는 묘지, 여깃 사람들의 해로가는 한층 더 구슬프리라.
>
> 이 묘지를 지나면서부터 총석정은 보히지 않으나 벌서 총석감은 나기 시작한다. 어마어마하게 큰 철색의 결정암들이 마치 적함을 향한 포대와 같이 어슷비슷 머리들을 들고 있다.
>
> 너머진 것도 육모암, 일어선 것도 육모암, 이런 포대의 둥셍이를 두엇 지나니 저만치 이번에는 하나도 누은 것이 없이 병풍처럼 쭉— 직립하여 바다 끝으로 내다렸는데 그 우에는 곳 날아 오를듯한 정자일각이 오뚝 서있다.[13]

> ② 가을꽃, 남들은 이미 황금열매에 머리를 숙여 영화로울 때, 이제 뒷산머리에 서릿발을 쳐다보면서 겨우 봉오리가 트는 것은 처녀로 치면 혼기가 훨신 늦은 셈이다. 한 되는 표정, 그래서 건강한 때도 이윽히 드려다 보면 한 가닥 감상이 사르르 피여 오른다.
>
> 감상이긴 코스모스가 더하다. 외래화여서 그런지 그는 늘 먼 곳을 발 도듬

13 이태준, 「해촌일지」, 위의 책, 277쪽.

하며 그리움에 피고 진다. 그의 앞에 서면 언제든지 영여취미(令女趣味)의 슬픈 로맨쓰가 쓰고 싶어진다.

과꽃은 흔히 마당에 피고 키가 낮어 아이들이 잘 꺾는다. 단추 구멍에도 꽂고 입에도 물고 달아달아 부르던 생각은, 밤이 긴데 못 이겨서만 나는 생각은 아니리라.

차차 나이에 무게를 느낄수록 다시 보이군 하는 것은 그래도 국화다.

(…중략…) 국화를 위해서는 가을밤도 길지 못하다. 꽃이 이울기를 못 기다려 풀이 언다. 웃목에 드려놓고 덧문을 닫으면 방안은 더욱 향기롭고 품지는 못하되 꽃과 더부러 누을 수 있는 것, 가을밤의 호사다. 나와 국화뿐이려니 하면 귀또리란 놈이 화분에 묻어 드러왔다가 울어네는 것도 싫지는 않다.

가을꽃들은 아지랑이와 새소리를 모른다. 찬 달빛과 늙은 버레 소리에 피고 지는 것이 그들의 슬픔이요 또한 명예이다.[14]

③ 만리동풍이다. 도랑에는 살 어름, 밭에 나룩 그루에 들은 하얗게 서리가 덮히었다. 아득한 안개, 어디를 보나 땅과 하늘의 경계선은 흐려지고 말았다. 돌 각담 하나 없는 도토리 가루 같은 빛 진한 흙, 흙, 그 우에 잘 달리는 말이 금만 그읏고 다라난 것 같은 질편한 밭이랑들, 그 밭 넘어에 또 그런 밭이랑들, 급행차가 달리어도 달리어도 끝없이 작고 나서는 밭이랑의 세계, 차안에 앉았어도 태산에 오른 듯한 광막한 시야엔 일개 서생의 흉금으로도 부지중 족기단추를 끄르고 긴 호흡을 드리켜보게 한다. 이 하늘에 뜬 구름밖에는 목표를 삼을 것이 없는 흙의 바다 우에 맨 처음 이런 철로를 깔고 마

14 이태준, 「가을꽃」, 위의 책, 56~57쪽.

치를 든 채 시운전을 했을 그들의 힘줄 일어선 붉은 얼굴들이 번뜻번뜻 눈 속에 지나간다. 모-든 무대는 오직 주연자에게만 영예를 허락할 것이다.[15]

④ 봇다리에 업듸려서라도 코를 고는 사람들은 지난 밤차나 오늘 아침 차에 나려서 갈아탈 차를 기다리는 소위 자유이민의 동포들인 듯하다. 방한모는 썻으면서도 두루매긴 입지 못한 젊은이, 입은 호들거리면서도 더벙머리 손자 녀석과 나란이 앉아 볶은 콩을 먹는 할머니, 그들의 옆에는 빛 낡은 반물보통이, 꿔여진 홋니불 봇다리들이 으레 호텔 레텔이나처럼 크고 적은 바가지 쪽들을 달고 있는 것이다. 노파에게로 가 어디까지 가느냐 물으니 콩을 그저 질겅거리며 허리춤에서 꼬기 꼬기한 하도롱봉투를 꺼내 보힌다. 목단강 어디라고 씨인 것이다. 작은 아들이 삼 년 전에 드러가 사는데 굶주리지는 않으니 도라가실 때까지 배고픈 것이나 면하시려거든 드러오시라고 해서 큰아들의 자식까지 하나 다리고 「피안도 쉰천골」 어디서 떠나 드러온 것이라 한다.[16]

①은 「해촌일지」의 한 대문인데 총석정을 찾은 감흥이 리얼하게 묘사되고 있다. 특히 1930년대의 말기의 시대상이 대위법적으로 묘사되는 점이 그러하다. 『문장강화』에서 수필은 다양한 산문 양식 가운데 하나로 등재되어 있으나 그 자체로 하나의 "문예문장", "작품"으로 파악하는 그런 관점이 두드러지게 나타난다. 수필을 '자연, 인사, 만반에 단편적인 감상, 소회, 의견을 경미, 소박하게 서술하는 글'[17]이란 그 관점이다.

15 이태준, 「만주기행」, 위의 책, 283~284쪽.
16 위의 글, 286쪽.
17 李泰俊, 『文章講話』, 문장사, 1939, 185쪽.

전반부는 생선배가 들어오자 여인들이 와 몰려가 어부와 물물교환을 하고, 홍삼, 전복, 가재미가 굼틀대고, 펄펄 뛰는 해촌 풍경이 생동감 있게 묘사된다. 그러나 후반부는 인용과 같이 바다가 죽음, 묘지와 대립되면서 전반부의 솟아오르던 감흥이 달아난다. 발레리가 「해변의 묘지」에서 외치듯이 '힘이여! 파도에게 달려가, 거기서 다시 살아나 솟구쳐 오르자!'는 그런 힘의 해변이 아니다. 해로가薤露歌가 울리는 바닷가 슬픈 묘지풍경이다. 사람의 목숨이 부추 위의 아침이슬 같이 덧없다는 이태준의 「해로가」는 비탄의 장송가이고, 바레리의 「해변의 묘지」는 바다가 죽음의 슬픔을 잡아먹는 낭만의 해촌이다. 이태준의 해변·해촌은 동양적 혹은 불교적 세계관 안에 놓여 있어 서구의 그 밝음과 문맥의 분위기 자체가 다르다. 이런 점은 「죽엄」과 같은 수필에 극명하게, 문체미의 한 정점으로 형상화된다.

그저께 아침, 우리 성북정에서는 이 봄에 들어 가장 아름다운 아침이었다. 진달래, 개나리가 집집 울타리마다 웃음소리 치듯 피어 휘여지고 살구 앵도가 그 뒤를 이어 봉오리들이 트는데, 또 참새들은 비개인 맑은 아침인 것을 저이들만 아노라고 꽃 숲에 지저귀는데, 개울 건너 뉘 집에선지는 낭자한 곡성이 일어났다.

오늘 아침, 집을 나오는 길에 보니, 개울 건너 그 우름소리 나던 집 앞에 영구차가 와 섰다. 개울 이쪽에는 남녀 여러 사람이 길을 마고 서서 죽은 사람 나가는 것을 바라보았다. 나도 한참 그 축에 끼여 서 있었다.

그러나 나의 눈은 건너편보다 이쪽 구경군들에게 더 끌리었다. 죽엄을 바라보며 죽엄을 생각하는 그 얼굴들, 모다 검은 구름장 아래 선 것처럼 한 겹의 그늘이 비껴 있었다. 그중에도 한 사나이, 그는 一見에 '저 지경이 되고 살아남을 수 있을가?' 하리만치 重해 보이는 병객이었다.

그는 힘줄이 고기뱰처럼 일어선 손으로 지팽이를 짚고 가만히 서서도 가쁜 숨을 몰아 쉬이면서 억지로 미치는듯한 무거운 시선을 영구차에 보내고 있었다. 나는 속으로 '옳지! 그대는 남의 일 같지 않겠구나!' 하고 측은히 그를 바라 보았다. 그는 이내 눈치를 채였든지 나를 못마땅스럽게 한 번 힐긋 쳐다보고는 지팽이를 돌리어 다른 대로 비실비실 가 버리였다.

그 나에게 힐긋 던지는 눈은 비수처럼 날카로웠다. '너는 지냈니? 너는 안 죽을테냐?' 하고 나에게 생의 환멸을 꼬드겨 놓는 것 같았다.

얼마 걷지 않어 영구차편에서 곡성이 들려왔다. 그러나 고개를 넘는 길에는 새들만이 명랑하게 짖어귀었다.[18]

이 짧은 글에 아름다운 아침 풍경과 슬픈 죽음이 대응을 이루고 있다. 그 뿐만 아니라 건강한 사람과 중병이 든 사람이 갈등하는 장면까지 묘사되면서 글의 긴장감이 소설의 절정처럼 팽팽하다. 이태준의 글쏨씨를 다시 확인 할 수 있는 명수필 명장면이다. 인간의 부조리不條理, absurd한 생명이치, 영구차의 주검과, 중병 든 사람과 또 그런 죽음과는 무관한 듯이 그것을 바라보는 화자, 그러나 '너는 안 죽을테냐?'라는 비수 같은 시선이 예각을 이루는 장면 묘사가 인간실존의 모습을 극명하게 잡아낸다. 『무서록』에는 이와 같이 보여주는 문체가 냉정한 시각을 바탕을 이루는 글이 많다. 이런 점이 『무서록』의 가독성을 높이는

18 이태준, 「죽엄」, 『무서록』, 박문서관, 1941, 19~20쪽.

요인이다.

②는 가을꽃을 소재로 하고 있다. 그런데 그 정서의 유형이 소월의 「산유화」를 닮았다. 일반적으로 사람들은 꽃의 계절은 봄이라고 말한다. 하지만 소월은 「산유화」에서 꽃이 피는 계절을 '갈 봄 여름 없이 꽃이 피네'라며 가을을 앞 세웠다. 이태준 또한 가을꽃을 앞세우고 있다. 두 문인이 다 가을꽃에서 '한'을 발견하는 점도 동일하다. 소월은 '산에서 피는 꽃은 저만치 혼자서 피어있네'라 함으로써 인간의 고독, 그러니까 자연과도 합일을 못하고 '저만치' 거리를 둔 외로움, 결국 한으로 남는 인간 실존을 문제 삼았다. 이태준 역시 혼기가 지난 처녀가 짓는 한스런 표정이 가을꽃이라고 표현하고 있다. 코스모스는 고향을 떠나온 외래종이라서 늘 먼 곳을 발돋움하며 그리움 속에서 피고 진단다. 그래서 코스모스 앞에 서면 귀한 처녀와의 슬픈 로맨스, 한스런 사랑의 이야기가 쓰고 싶단다. 과꽃에서는 유년기의 아름다운 추억을 회상하고, 국화에서는 가을의 슬픈 정취를 만끽한다.

이태준은 이런 정한을 아주 감성적이고, 착착 감기는 어휘로 독자의 심리를 툭툭 친다. '가을꽃들은 아지랑이와 새소리를 모른다. 찬 달빛과 늙은 버레소리에 피고 지는 것이 그들의 슬픔이요 또한 명예이다.' 가을꽃이 풍기는 정한을 이렇게 곡진하게 묘사한 글이 또 있을까. 절창 「산유화」와 손색없는 동격이다. 봄 아지랑이, 봄의 새소리를 마다하고 가을에 피는 꽃을 사랑한 이 작가의 처연한 영혼이 지금은 휴전선 어딘가를 떠돌고 있으리라. 해마다 9월이 오면 통일로 주변엔 코스모스가 지천으로 피는데 이태준의 영혼도 이 가을에 하마 다녀갔을지 모른다, 한스런 북행 후일담이 코스모스로 필까. 아니면 과꽃으로 되살아날까.

혹은 늦가을 야국의 향기가 되어 고향, 철원으로 귀환할까.

③, ④는 만주에 대한 묘사고, ③은 만주철도에 대한 찬탄이다. 이태준의 아킬레스건을 건드리는 대문이나. '흙의 바다 우에 맨 처음 이런 철로를 깔고 마치를 든 채 시운전을 했을 그들의 힘줄 일어선 붉은 얼굴들이 번뜻 번뜻 눈 속에 지나간다'와 같은 대문에서는 안타까운 심정을 금할 수 없다. 그가 체제 순응을 넘어, 그러니까 고완의 성체를 떠나 대동아공영권으로 진입하는 포즈를 취하고 있기 때문이다. 만철사업과 제국주의 일본의 속뜻, 그 막대한 자본과 그것이 수행한 가공할 성과, 그런데 여기서 이태준은 일망무제, 흙의 바다, 흙의 천지 만주 풍경을 미래의 대지로 인식하고 있다. 만주횡단 철도를 제국주의의 야욕[19]으로 인식하지 못한 것이 이태준의 한계일까. 아니면 인간이 본질적으로 환경에 순응해야 생존이 쉽다는 동물적 유전자 때문일까.

하지만 글 ③은 이런 문학외적 사정과는 무관하게 인간의 저 깊은 심리까지 파고들어 독자에게 미지의 대지, 만주를 감동적으로 이해시킨다. 이태준이 구사하는 비유와 상상력이 결과적으로 이루어내는 세련된 미문 때문이다.

④는 ③과 다르다. ③이 역사 현장의 외양이라면 ④에는 역사의 속을 파헤치는 현실주의적 작가의식이 내장되어 있다. 만주를 이민의 땅, 생명을 보존할 절체절명의 공간으로 인식하는 까닭이다. 청마가 호곡하던 원망의 대지고, 미당이 참 많은 하늘 아래에서 '숙아! 쬐그마한 숙아'를 부르던 한스런 대지가 만주 · 마도강 · 북간도이다. 동포들이 내

19 고바야시 히데오, 임성모 역, 『만철, 일본제국의 싱크탱크』, 산처럼, 2004 참조.

몰린 미개의 땅, 굶주려 죽을 수 없어 바가지 차고 흘러간 먼 이역의 고달프고 기막힌 사연이 행마다 새겨져 있다. '피안도 쉰천골에서 아들 찾아 흘러왔다'는 무지랭이 노파의 사연은 이용악이 '전라도 가시내'를 내세운 수난의 민중사, 그 발이 얼어 터지며, 무쇠다리를 건너온 함경도 사내의 원한과 다르지 않다. 또 오장환의 「북방의 길」 화자가 싸늘한 눈 덮인 철로를 타고 유리창을 뜯으며 왔던 그 북방의 길의 내력과도 닮았다.

이렇게 「만주기행」은 민족의 지울 수 없는 트라우마를 문제 삼고, 그것이 북방파 시인들의 독특한 시 세계와도 내통하는 씨가 들어 있다. 이런 점에서 「만주기행」은 외연과 내포가 다른 이태준 수필의 특별품이다.

4. 상고주의, 그 한 가닥이 닿는 곳

이태준은 『문장강화』에서 「한중록」, 「인현왕후전」, 「제침문」 등을 '조선의 산문고전[20]으로 받들어야 한다고 했다. 그가 생각하는 조선문학은 그동안 쌓아온 전근대적인 조선 고유의 문화와 긴밀하게 연결될 때 성립한다. 예술적 자리, 문학적 현상은 '조선적인 것'이고, 이 조선적인 것이 현대에서도 성립된다고 했다. 이런 전통과의 연결이 혼자로는 힘겨워 이병기와 정지용의 도움을 받으면서까지 수행한 것은 그가

20 李泰俊, 『文章講話』, 문장사, 1939 참조.

이룩한 문학적 성취다.

사정이 이러하지만 이태준의 이런 태도의 한 가닥은 1940년대를 전후한 시점에서 신체제로의 영합을 피하기 위한 하나의 전략적 글쓰기로 독해된다. 이 문제는 다음과 같은 글에 묻혀 있다.

> 冊만은 '책'으로 쓰고 싶다. '책'보다 '冊'이 더 아름답고 더 冊답다. 冊은 읽는 것인가? 보는 것인가? 어루만지는 것인가? 하면 다 되는 것이 冊이다. 冊은 읽기만 하는 것이라면 그건 冊에게 너무 가혹하고 원시적인 평가다.[21]

"'책'보다 '冊'이 더 아름답고 더 冊답다"는 것은 표면적으로는 '冊'이라는 글자가 상형문자로 주는 시각적 효과를 말한다. 그러나 '책' 아닌 '冊'의 이면에는 최남선의 『시문독본時文讀本』(신문관, 1918), 이윤재의 『문예독본文藝讀本』 상(진광당, 1931), 『문예독본文藝讀本』 하(한성도서주식회사, 1932)와 함께 이른바 식민지 시대 베스트셀러로 인기를 누린 3대 독본의 하나로 이태준을 미문의 문장가로 소문나게 만든 『문장강화文章講話』(문장사, 1939)의 '조선주의'와 연결되고, 그 조선주의는 다시 '언문일치' 문제와 관련된다.

> 말을 文字로 記錄한 것은 文章이라 하였다. 勿論 文章이다. 言文一致의 文章이다.
>
> 그러나 말을 그대로 文字로 記錄한 것이 文章일 수 없다. 이것도 勿論이다.

21 이태준, 『무서록』, 박문서관, 1941, 149쪽.

民衆에 있어서는 文章이나 文藝에 있어선 文章일 수 없단 말이 '現代'에선 成立된다.[22]

'말을 文字로 기록한 것'은 文章이다. 勿論이다. 그러나 言文一致의 文章일 따름이다. 한걸음 나아가 '말대로 文字를 記錄한 것'은 文章이 아닐 수도 있는 것이다. '말대로 文字'가 一般的으로 '文章'일 수 있으나 '말대로 문자'가 文學, 더욱 文藝에선 '文章'일 수 없다는 말이 '現代'에선 成立되는 것이다.[23]

앞의 인용은 초판 『문장강화』의 「언문일치 문장의 문제」이고, 뒤의 인용은 『증정 문장강화』에서 초판의 문맥을 손질, 보완한 것이다. 둘을 함께 인용한 것은 증정본에서 '언문일치의 문제'가 더 강화된 것을 보여주기 위해서이다. 김윤식은 이것을 '문예'(작품)에서 '문장'으로 후퇴한 것이라고 말하면서 그 이유를 이렇게 말하고 있다.

이른바 구인회(1933~36)의 성립과 그 활동이다. 내외 정세의 악화로 후퇴하는 카프문학에 뒷발을 걸고 신감각적인 모더니즘의 사조와 비정치적인 순수문학을 표방하며 등장한 구인회의 글쓰기 기법을 총체적으로 반영한 것이 이태준의 『문장강화』이다. (…중략…)

고본 춘향전, 신소설 혈의루 등의 발굴 및 재수록하기, 신인 추천제 속에 시조 넣기를 비롯해 조선적 고전의 선양에 기울어진 문장지의 편집 방향은

22 李泰俊, 『文章講話』, 문장사, 1939, 327쪽.
23 이태준, 『증정 문장강화』, 박문서관, 1946, 336쪽.

창간호에서 폐간호가지 일관되었다. 이러한 편향은 따지고 보면 '언문일치'에 역행하는 형국이었다. '언문일치'가 현실 수용을 전제로 한 것인 만큼, 이에 역행하는 길이 이른바 내선일체로 말해진 일제의 신체제에서 벗어나는 최선의 보루 몫을 한 것이기도 했다고 볼 수 있다.[24]

'언문일치'가 불가피하다는 것이 대전제이다. 그러나 문학, 더욱 문예에선 언문일치를 그대로 수용할 수 없다는 논리다. 이태준에 있어 문학이란 '조선적인 것'인데 그 조선적인 것은 전근대적인 조선 고유의 문화와 연결되지 않으면 성립이 불가능하다. 결국 문학, 나아가 문예는 언어를 사용하지만 언어를 초월하고, 언어를 도구로 쓰되 그 도구가 미치지 못하는 '대상의 핵심을 찍어내고야 말려는 항시 교교불군嬌嬌不群하는 야심자'[25]이어야 한다는 것이다. 이것은 언어를 사용하되 언어가 미치지 못하는 곳을 겨냥함이 문장도라는 의미인데 그렇다면 그 영역은 허구적 인공적 영역이 된다.

그러나 이런 태도는 현실반영론의 처지에서 보면 도저히 용인될 수 없다. 1940년대 시점에서의 언문일치는 곧 신체제와의 영합인 까닭이다. 이것은 '冊만은 책보다 冊으로 쓰고 싶다'는 것, 곧 조선적인 것을 호출하여 그것을 앞세우려는 정서와 대립된다. 그러나 이것을 1940년대 전후의 시대상과 대비할 때 평가는 달라진다. 이태준은 문장의 품격만을 강조하는 미문주의로 현실을 외면했고, 그런 미문에 상응하는 사

24 김윤식, 「한국 근대문학의 시선에서 본 문장독본과 문학독본의 관련양상」, 『예술논문집』 49, 대한민국예술원, 2010, 30쪽.
25 이태준, 앞의 책, 337쪽.

상은 갖추지 못한 문인이 되는 것이다.

『무서록』의 서두를 점령하고 있는 「벽」, 「물」, 「밥」이라는 제목의 수필은 시와 비슷한 형식의 몇 자 안 되는 말로 서정시와 비슷한 느낌의 감각적인 언어로 글을 갈무리하고 있다. 가령 「벽」에서 이태준은 아직 아무것도 걸지 않은 '좋은 벽면을 가진 방처럼 탐나는 것은 없다'고 했다. 의미부여를 하지 않는 여백에 애착을 가진다는 이유가 설득력이 없다. 이런 사상소거의 미의식은 『문장』이라는 잡지를 표제에서부터 문장의 품격을 중시하는 분위를 조성함으로써 자신의 미문주의 취향을 애초부터 기도했다는 혐의로까지 확대된다.[26]

이런 결과 이태준의 '상고주의'는 해방 이전 암흑기의 소산이어서 연기演技의 일종에 지나지 않았다는 극단적 부정론으로까지 내리게 만든다.[27] 『문장강화』에서 그렇게 외지넌 상고주의사가 해방 뒤 소련을 한 번 다녀 와 『소련기행』을 쓰더니 180도 다른 문인이 되어 자기 발로 북으로 갔다가 비명에 죽은 행동 때문이다.

5. 마무리

이태준은 수필을 아직은 본격문학에 미치지 못하는 것, 묘사체 문예문장으로 쓰되 '수필은 계획이 없고, 일관성도 없고, 무게가 가볍고, 크기가 작은 문학'이라는 것이다. 이런 관점은 수필이란 어떤 것이 결여

26 조동일, 『한국문학통사』 5, 지식산업사, 2005, 564쪽.
27 김윤식, 앞의 글, 32쪽.

된 글쓰기란 의미를 내포하고 있다. 수필에 대한 이런 부정적인 시각은 '순서 없이 기록한 글'의 의미를 지닌 '무서록無序錄'이라는 수필집 제목에서부터 암시되어 있다. 이런 점을 감안할 때 이태준의 『무서록』이 명문장의 좋은 예는 되지만 수필 쓰기의 전범으로서는 한계를 가진다. 아직도 창작실기의 교재로 쓰이는 『문장강화』가 명문장만을 강조하는 결과가 되어 글쓰기를 하나의 기능으로 몰아갈 요소도 없지 않다. 또 『무서록』의 그 상고주의가 고상하고 우아한 품격을 지닌 과거 암시의 한 기제로 쓰려는 의도와는 달리 신변의 관심사를 수필식으로 다루어 글쓰기를 즐긴 것으로 독해되기도 한다. 결국 현실반영이라는 리얼리즘의 큰 영역을 피해가기 위한 하나의 전략이었다는 혐의로부터 자유롭지 않은 것이다.

제14장

인민공화국으로 간 이데올로그들의 서정백서

3인 수필집 『토끼와 시계와 회심곡』론

김철수金哲洙, 김동석金東錫, 배호裵澔의 『토끼와 시계時計와 회심곡回心曲』[1]은 해방 직후에 간행된 3인 합동수필집이라는 점에서 특이하다. 김철수의 「회심곡回心曲」 10편, 김동석의 「토끼」 9편, 배호의 「시계時計」 8편, 합계 27편의 수필이 『토끼와 시계와 회심곡』을 구성하고 있다. 「서문」은 김철수, 「발跋」은 배호가 썼다. 이 수필집은 이렇게 수필집이 공저일 뿐 아니라, 모두 월북한 문인이고, 수록된 작품이 대부분 해방 공간의 것이라 당시의 문단, 정치, 사회 등 여러 문제에 걸쳐 시사하는 바가 많기 때문이다.

1 김철수 · 김동석 · 배호, 『토끼와 時計와 回心曲』, 서울출판사, 1946.

해방 공간에 간행된 문학 앤솔로지로 시에는 『해방기념시집』,[2] 『삼일三一기념시집』,[3] 『전위시인집』,[4] 『연간조선시집』[5] 등이 있고, 소설집에는 『조선소설집』,[6] 『조선난편문학선십』[7]이 있으며 평론집에는 해방기의 문단 현황과 방향을 보고한 『건설기의 조선문학』[8] 등의 자료가 있다. 수필의 경우 이런 문학사적 자리를 차지하고 있는 책이 바로 『토끼와 시계와 회심곡』이다. 해방 공간에 기행수필의 제명을 단 수필집이, 이럴 경우 '수필'보다 '산문'[9]이라는 용어가 더 적합할 듯한데, 있기는 하다. 이를테면 『북조선기행』이라는 이름을 단 산문집이 그런 예이다.[10]

김철수, 김동석, 배호, 이 세 문인에 대한 연구는 지금까지 이루어진 바가 거의 없다. 특히 그들의 수필에 대해서는 거론조차 되지 않았다. 김동석에 대해서는 그의 고향 후배 평론가들의 연구가 있지만,[11] 김철수에 대해서는 논문 한 편[12]이 있을 정도이고, 배호는 거의 알려지지 않은 문인이다. 사정이 이러하기에 간략한 소개가 필요하다.

---

2 정인보 외, 『해방기념시집』, 중앙문화협회, 1946. 정인보, 홍명희, 안재홍, 이극로, 정지용 등 24인의 시 24편 수록. 문고판. 97쪽.

3 朝鮮文學家同盟 詩部 편, 『三一記念詩集』, 建設出版社, 1946. 김철수의 「민족의 노래」 외 15편 수록. 국판 61쪽.

4 김광현 · 김상훈 · 이병철 · 박산운 · 유진오, 『전위시인집』, 노농사, 1946. 임화의 서문, 오장환의 발문 수록. 국판 73쪽.

5 조선문학가동맹, 『연간조선시인집』, 아문각, 1947. 김철수 「피」 외 47편 수록. 국판 198쪽.

6 조선문학가동맹, 『조선소설집』, 아문각, 1947. 김만선의 「압록강」, 박계주의 「유방」 외 작품 10편이 수록되어 있다. 국판 244쪽.

7 안회남 외, 『조선단편문학선집』, 범장각, 1946. 국판 471쪽.

8 조선문학가동맹 중앙집행위원회 서기국 편, 『건설기의 조선문학』, 백양당, 1946. 홍명희의 「인사말슴」, 여운형의 축사 외 수록. 국판 234쪽.

9 '산문'이란 용어에 대해서는 제2장 「비허구산문, 범칭 수필의 장르적 성격」 참조.

10 서광제, 『北朝鮮紀行』, 青年社, 1948; 溫樂中, 『北朝鮮紀行』, 朝鮮中央日報 出版部, 1948.

11 이현식, 「김동석 연구 1 · 2」, 『제도사로서의 한국 근대문학』, 소명출판, 2006; 이희환, 『김동석과 해방기 문학』, 역락, 2007.

12 엄동섭, 「김철수 문학 연구」, 중앙대 석사논문, 1998.

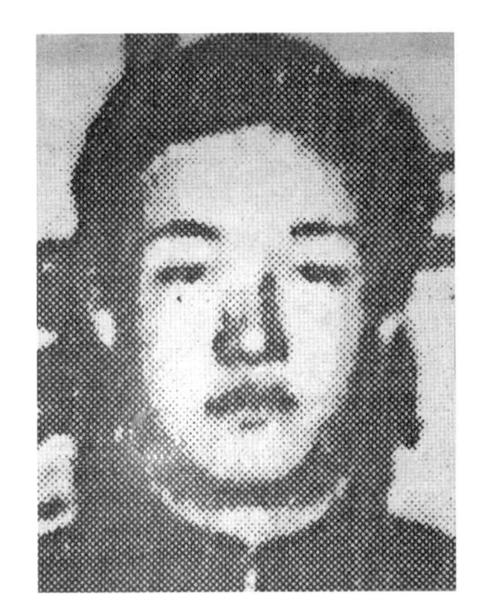

〈그림 34〉 김동석

〈그림 35〉 배호

〈그림 36〉『토끼와 시계와 회심곡』 표지

김동석은 수필집 『해변의 시』(박문출판사, 1946), 시집 『길』(정음사, 1946), 평론집 『예술과 생활』(박문출판사, 1947), 『뿌르조아 인간상』(탐구당, 1949)을 간행한 평론가, 수필가, 시인이다. 해방 직후 잠깐 잡지 『상아탑象牙塔』도 발행했다.[13] 김동리의 '순수의 정체'를 비판하고, 그와 논쟁을 벌여(『국제신문』, 1949.1.1) 판정패를 당했고, 1949년 2월 중순 월북한 이데올로그다.

김철수는 황해도 연백 출신으로 시집 『추풍령』(산호장, 1949)을 동향의 시인 장만영이 경영하는 '산호장'에서 특별배려로 출판했지만 『동요 짓는 법』(고려서적주식회사, 1949)도 출판하며 아동문학가로도 활동했다. 해방 직후에는 잡시 수필 「한아원寒雅怨」이 중등 교과서에 수록될 만큼 수필가로서도 알려진 문인이다.

배호는 경북 금릉군 갑부 배선규裵善奎의 아들로 경성제대 중문과를 나와 김동석 대신 몇 달 동안 월간 『상아탑』의 주간을 맡았다가 1950년 9월 하순 북으로 갔다.[14] 정영진은 배호를 조선문학가동맹 최후의 사령탑[15]으로 평가한다.

이 세 문인의 삶을 이렇게 요약할 때 드러나는 몇 개의 공통점이 있다. 첫째, 당대의 최고 엘리트들이다. 김철수는 일본대 예술과에서 수학했고, 김동석은 경성제대 영문과를 다녔으며 배호는 경성제대 중문과를 졸업했다. 그리고 모두 부유한 집안 출신이다. 그런데 하나같이

13 『상아탑』은 1945년 12월 10일 서울시 황금정 1정목 상아탑사에서 주간으로 창간호가 발행되었고 1946년에 월간으로 바뀌었다. 지금 1~7집(1945.12~1946.6)이 전한다. 김동석의 교술산문, 곧 시사칼럼이 매호 표지에 실리고 배호의 수필, 그 외 김철수, 오장환, 이용악, 청록파, 피천득, 김학철의 시가 실렸다. 주간은 배호가 맡았다.

14 배호(1915.3.15~?). 딸이 생존해 있으나 딸과 처를 두고 다른 여인과 월북한 이데올로그 아버지를 기억하고 싶지 않다며 모든 것을 함구하였다.

15 정영진, 『문학사의 길 찾기』, 국학자료원, 1993, 124~143쪽.

사회주의 이데올로그가 되었다. 둘째, 해방 직후 모두 조선민주주의 인민공화국으로 갔다. 그러나 그 뒤 이렇다 할 문학적 평가를 받는 작품을 발표하지 않았다. 셋째, 3인이 함께 수필집을 간행했다. 김동석은 자신이 수필가임을 아주 자랑스럽게 생각하며 수필을 통해 해방기의 사회를 비판하였다. 김동석은 이런 사회참여성의 수필을 『상아탑』에 거의 매호마다 썼고, 김철수, 배호의 수필에도 이런 성격이 강하게 나타난다.

『토끼와 시계와 회심곡』, 이 낯선 이미지가 서로 얽히는, 그래서 모더니즘적 체후가 확 풍기는 합동 수필집을 낸 이데올로그들은 그들의 소신에 따라 사회주의 나라로 갔으나, 그 나라가 '문화예술인들이 자유스럽고 행복스럽게 문화적 활동을 하고 있다'는[16] 말과는 달리 인간사의 뒷길로 사라졌다. 여기서는 이들이 남긴 해방 공간의 수필을 통하여 이런 문제, 곧 비허구산문의 문학적 성과를 고찰해 보겠다.

1. 인간의 길을 잊어 버린 이데올로그의 갈등–김철수론

수필집 『토끼와 시계와 회심곡』에 수록된 김철수의 작품은 10편이다. 책 제목을 구성하고 있는 '회심곡'은 이 책에 수록된 첫 작품이다. '회심곡'이란 관념어가 '토끼'와 '시계'란 사물어와 함께 묶여 낯설지만, 그게 오히려 신선한 느낌을 준다. 토끼는 동물이고, '시계'는 정밀

16 서광제, 「서」, 『북조선 기행』, 청년사, 1948. 이 책은 정현웅이 장정하여 호화 양장본으로 제책되었다.

한 기계이고, '회심곡'은 탁발승의 사설이니 서로의 관계가 상당히 먼데 그런 어휘들이 하나로 묶였기 때문이다. 1930년대의 한국 문인 중에는 이렇게 강압적으로 이질적인 어휘들을 함께 묶었던 모더니스트들이 있었다. '바다와 나비', '박제剝製가 된 천재', '구보仇甫, 경성역, 오전 두시'와 같은 우리가 잘 아는 장귀가 그것이다. 우리는 그런 글쓰기를 한 김기림과 이상, 박태원을 1930년대의 대표 문인으로 꼽는데 주저하지 않는다. "아모도 모르게 그에게 수심을 일러 준 일이 없기에 / 힌 나비는 도모지 바다가 무섭지 않다"(김기림, 「바다와 나비」 첫 연), 또는 "박제가 되어버린 천재를 아시오? 나는 유쾌하오. 이런 때 연애까지가 유쾌하오."(이상, 「날개」 첫 문장), 그리고 "아들이 제방에서 나와 마루 끝에 놓인 구두를 신고, 기둥 못에 걸린 단장을 끄내 들고"(박태원, 「소설가 구보씨의 일일」 첫 문장), 모데로 노로지오(도심으로 나가 군중과 도시풍물들을 구경하는 것)를 하기 위해 집을 나서는 표현들은 그 시대의 상투적 글쓰기常套的, cliche의 발상과 썩 다르다.

『토끼와 시계와 회심곡』이란 제목 역시 그렇다. 겁이 많아 도저히 신뢰가 가지 않는 토끼, 현대문명의 대명사 시계, 탁발승의 왕생극락 기원의 축원인 회심곡을 함께 묶는 파격적 언어조합 때문이다. 김철수, 배호, 김동석이 모더니즘의 영향 아래 글을 썼다는 구체적 증거는 없다. 그러나 위에서 보았듯이 그들의 수필은 책의 제목에서부터 모더니즘의 냄새가 강하게 풍긴다. 이런 점에서 『토끼와 시계와 회심곡』은 수필에서 모더니즘이 어떻게 수용, 변화, 실현되었는가를 고찰할 만한 텍스트라 할 수 있다.

합동 수필집의 첫 작품 「회심곡」은 1945년 8월 15일 다음 해의 첫

봄, 그러니까 새 세상이 열린 춘삼월, 그러나 시끄럽고, 혼란스럽고, 종잡기 어려운 시대 속에 서 있던 이데올로그, 김철수의 갈등 많던 심회心懷의 일면이 은근히 나타난다.

> 대동강 풀린다는 우수 경칩이 되기도 전이엇만 입춘이면 벌서 낙수(落水) 소리 들리는 시골 동구 밖 먼 지름길을 기는 듯 찾아들던 그 고깔 쓴 반백의 중에게 낙(樂)이 있었으랴 고(苦)가 있었으랴.
>
> 덤덤히 그러나 초연한 얼굴이요 당묵향(唐墨香) 풍기는 '입춘대길' 앞에와 중얼중얼 외우던 그 회심곡의 푸념이었다.
>
> 듣는다기보다는 차라리 생각하고 생각한다기보다는 차라리 멍청해지는 곤곤(滾滾)한 회심곡(回心曲)의 절과 절은 그대로가 하나의 꿈길이었고 그대로가 고요한 노래이었다.[17]

글의 내용이 과거로 돌아가 있는 것은 복잡한 현실에서 떠나고 싶다는 말이다. 김철수는 조선문학가동맹 시부위원 겸 서울시 지부맹원으로 활약했고, 보도연맹에 가입했으며 6·25전쟁 때 월북한 1급 좌익문인이다. 그런데 이 냉정한 사회주의자가 일념으로 염불하면 득도하여 극락에서 태평을 누릴 수 있다는 회심곡을 그리워한다. 이효석, 이상, 김유정이 먼저 저 세상으로 가 버려 쓸쓸하고, '인간은 이 세상에 태어나면서부터 일만 가지 수심 속에서 살아가야 하기에人間一落萬種愁', 봄이 왔지만 더 외롭다고 했다. 퇴행의식에 빠져 헤어나지 못하는 자세

17 김철수, 「회심곡」, 김철수·김동석·배호, 『토끼와 시계와 회심곡』, 서울출판사, 1946, 14~15쪽.

이다. 이런 점은 김철수가 그 시절 썼던 시 "피", "보라~ 저기 / 겨레의 선두에 / 찬란히 휘날리는 / 피 / 피의 깃발"[18]과 같은 날이 시퍼렇게 선 시의식과는 아주 다르다.

시에서처럼 당파성과 투쟁의욕을 직설적으로 진술하지는 않는다. 탁발승이 집집마다 돌아다니며 시주를 청하던 길고 구슬픈 염불소리를 회상하며 그리워한다. 예측불허의 해방 공간에서 서정시인 같이 인간의 정을 읊는다. '또 38선이 우울하니 아이들 같이 줄 뛰기도 못할 일이고, 북녘에 노닐던 옛날이 생각나 산과 바다도 그립거니와 벗 또한 애틋이 그립다'고 술회하고 있다. 사회주의자 김철수의 갈등이 문약한 회고주의자로 변질된 모습이다.

> 옛날 초회왕(楚懷王) 손심(孫心)의 넋 귀촉도(歸蜀道, 일명 두견새, 子規, 접동새, 不如歸)가 되어 고향을 그리울 때마다 피 한 모금씩을 토하고 본시 진달래란 흰 꽃이었는데 그 피를 받아 물들어 붉어졌고, 그래 두견화라고도 한다는 전설이 있거니와 그래서 망제춘심(望帝春心)이라고도 하고, 저 애사로 유명한 단종께서 혈류춘심(血流春心) 낙화홍(落花紅)이라 읊으신 것도 아마 진달래를 보신 때의 심정이라 생각해진다.[19]

혁명가에게는 감상과 감정은 금물이다. 그들에게는 냉정한 이성과 의지가 행위의 기준이 된다. 진달래의 슬픈 전설과 단종의 애사는 김철수라는 이데올로그와는 어울리지 않는다. 김철수는 문인이지만 그 시절

18 김철수, 「피」, 『학병』 2, 1946, 62쪽.
19 김철수, 「진달래」, 『토끼와 시계와 회심곡』, 서울출판사, 1946, 19쪽.

새 시대 건설을 위한 투쟁과 이념에 신명을 바치던 열혈청년이었다. "제발 이 적은 가슴에 총을 겨누지 말려마 내 머리 위에 푸른 칼날을 치올리지 말려마 내 전생 무슨 죄가 있어서 쫓기어 왔고 오늘 또 어디로 쫓기어 다라나라는 말이냐 나는 산제비"(〈산 제비〉 1절)라는 토로에 이글거리듯 그의 심리는 프롤레타리아 계급의 해방투쟁 이념으로 가득 차 있었다. 그런데 그의 수필에는 그런 원한과 분노가 별반 드러나지 않는다.

이것을 어떻게 설명해야 할까. 「천하대장군과 나와는」에 그 답이 보인다. 이 수필은 「회심곡」의 안쪽 액자額字와 함께 김철수 수필의 바깥 액자, 마지막 열 번째 작품으로 그의 수필을 묶는다. 그런데 이 글은 그 형식이 아주 특이하며, 첫 작품 「회심곡」과 수미상관의 관계를 형성하는 구조이다. 첫째, 국판 7쪽, 한 편의 수필이 구두점 하나 없는 한 문장 형태이다. 둘째, 글의 대부분이 비유법의 수사형식을 취하고 있다. 셋째, 거개의 문장이 주어 술어 관계가 불분명한 구어체다. 이글은 우선 이런 형식면에서 수필이 아니라 산문시다. 서두 부분을 한 번 찬찬히 읽어 보자.

> 석양 하늘 아래 마땅히 돌아 가야 할 나의 길이란 말치 않어도 그야 빤한 노릇이 아니냐 분명 차표를 받는다는 그것만으로도 뭇 생명에 대한 연대책임까지 응당 져야 할것이라는 그러나 이제는 자꾸만 모국어로 모국어로 소리처야만 하는 차장과 그러고 운전수씨가 털털소리 나는 궤짝에 싫어다 보내 주는 청량리행 같은 전차와 함께 나와 그리고 나와 하나의 같은 고향에 사는 그 멍청한 나그네들이란 넓은 건축기지를 닦는 그러한 텅한 마당을 지나고 꽁지 달린 개고리놈들 자꾸 발길에 채우는 논ㅅ두렁을 골라 타고서들

공동묘지와 삼팔선이 가짜운 마을 안으로 헤엄치듯 닥아들어 아들과 아버지와 딸과 어머니와의 윤리라는 그 땀 자꾸 흘려야 하는 것들이 차곡차곡 갈피 마처서 기다리고 있는 성자와 나 같은 조끄만 주택이란 곳으로 허위허위 화씨 구십팔도이부의 가쁜 숨결과 땀방울 주체 못하고 쓰러지기란 실상 얼마나도 겸연쩍은 일이 아니냐 허나 오후다섯시 반이라는 그 얄밉개도 허전한 시간이란 내가 족히 미치지 않고는 견디기 어려운때라서 푸른 하날은 하수 (…후략…)[20]

첫째, 구두점, 그러니까 쉼표나 마침표를 당연히 찍어야 할 자리를 그냥 건너뛰고 있다. 이렇게 되면 이런 글은 단락 구분이 이루어질 수 없고, 그 결과 글의 주제파악까지 어려워진다. 그렇다. 수필 「천하대장군과 나와는」은 제목에서부터 끝까지 한 개의 문단으로 되어 있다. 그래서 답답하고, 숨이 막히고, 의미가 불분명하다. 산문형식의 글쓰기를 거부한데서 오는 결과다.

둘째, 위의 인용된 부분에서만도 장과 구의 의미가 잘 잡히지 않는 대문이 수두룩하다. 이를테면 '멍청한 나그네들=넓은 건축기지를 닦는 그러한 텅한 마당', '오후 다섯 시 반=내가 족히 미치지 않고는 견

20 김철수, 「천하대장군과 나와는」, 『토끼와 시계와 회심곡』, 서울출판사, 1946, 45~46쪽. 혹시 편집부의 교정 실수로 모든 구두점이 나타나지 않는다고 생각할지 모르나 그렇지 않다. 이 수필의 마지막 행의 종결은 "……아닐 것인가."로 되어 마침표가 분명히 문장 끝에 찍혀 있다. 그런데 그의 유일한 시집 『추풍령』(산호출판사, 1949)에도 구두점이 없다. 수록된 시가 29편인데 어느 시에도 구두점을 사용하지 않았다. 연 구분과 행 구분은 하고 있으나 쉼표, 마침표 등이 전무한 상태다. 오직 김기림의 「서문」과 김광균의 「발(跋)」에만 마침표가 활용되었다. 쉼표, 물음표 등 일체의 기호가 없다. 이런 사실로 보아 김철수의 글쓰기는 어떤 강박관념에 쫓기는 듯하다.

디기 어려운 때'와 같은 것이 그런 예가 되겠다.

셋째, 인용된 글의 첫 행의 주어가 무엇인가. '길'인 듯하다. 그러면 서술어, 곧 '길'이 어떻다는 정보를 알려주는 말은 어느 것인가. 그럴 만한 성질과 자질을 갖춘 어휘가 쉽게 잡히지 않는다.

그렇다면 이런 글은 '글 전체가 비문非文이라 산문으로서는 문장구성을 따질 수가 없고 그럴 필요도 없다'고 할 수 있다. 그러나 그렇지 않다. 이런 글쓰기는 의미론 영역 밖에 존재한다. 앞에서 조금 언급한 바 있듯이 모더니즘적 글쓰기가 이런 형식을 지향한다. 시가 중심이 된 모더니즘은 상이한 이미지의 폭력적 결합에 따라 시적 진실을 표현하고, 산문에서는, 가령 의식의 흐름을 따르는 사건 서술로 묘사의 객관성은 아주 약화된다. 시에서는 에즈라 파운드, T. S. 엘리엇, 소설에서는 제임스 조이스, 프란츠 카프카 등이 이런 수법으로 20세기 세계문학을 한 단계 업그레이드 시킨 것은 누구나 안다. 우리나라의 경우는 김기림, 이상, 김광균, 1940년대의 이수형이 만주에서 쓴 작품에서, 수필에서는 이양하가 이런 문예사조를 남보다 먼저 수용하고 우리 문단에 소개・확산시켰다. 당시 모더니즘 사조의 영향에서 자유롭지 못한 신진 문인들의 글에서 이런 형태의 글이 여기저기 나타났고, 그런 문장의 신기성novlty은 통상적인 문체로는 기대할 수 없는 충격효과를 주었다. 이상의 「오감도」 중 「시 제2호」, 「시 제3호」, 이수형의 「풍경수술」과 같은 작품이 대표적인 예라 하겠다.

이런 형태의 글쓰기는 지금도 개성적인 산문시에 종종 나타난다. 우선 쉼표생략에서 어떤 다급함의 효과가 바로 드러나는 까닭이다. 따라서 이 「천하대장군과 나와는」은 작가의 계산된 의도, 그러니까 형식과 내용을 아우르는 글쓰기 전략이다.

물론 작품 연구가 작가의 의도를 찾아내는 것은 아니다. 그러나 작가의 이런 의도가 결과적으로 수행하는 의미는 무엇인가는 따져봐야 한다. 이 수필의 이면裏面적 주제가 글의 이런 형식과 무관하지 않다. 그렇다면 그건 무엇인가?

주제가 쉽게 잡히지 않는다. 표면적 주제는 작품의 전면에 분명하게 나타나 있어 용이하게 개념화 될 수 있는 의미이다. 작가의 설명이나 작자의 주변적 존재를 통해서 표면적 주제가 암시되는 수도 있지만 글 자체의 기호분해가 무리 없이 이루어져야 한다. 그런데 「천하대장군과 나와는」에서는 이런 요소를 찾기 어렵다. 앞에서 지적했듯이 문장 전체가 비유와 상징으로 형성되어 있기에 그렇다. 그 결과 「천하대장군과 나와는」의 문장구조는 얽히고설킨 실타래 같아 의미의 가닥 발견이 용이하지 않은 글이 되었다. 문장의 주술관계가 불분명하니 정확한 뜻을 알 수 없고, 시처럼 비유법을 즐겨 쓰니 의미 분해가 잘 이루어지지 않는다. 행 구분, 단락 구분마저 안 되어 있으니 내용의 전개과정도 파악하기 힘들다. 이렇게 이 글은 수필 문장의 범위 너머에 있다. 이 글을 모더니즘적 산문시로 접근하는 것은 이런 점 때문이다.

'모국어 사용문제, 38선, 고향과 나라, 일제 잔재, 미군 진주, 밀려드는 인민의 아들 딸, 종로의 새로운 풍속, 애국지사, 동포, 친일파, 지주, 민족반역자, 반동분자, 모기장 구멍 같은 무슨 회 무슨 회, 독립국가' 등, 이런 해방직후의 복잡한 사정이 이리저리 충돌하는 이 수필의 문장구조는 민족 역사상 그 정체 파악이 가장 어려운 한 시대를 문체 자체를 통해 표현하고 있다. 참기 어려운 현상을 보아야 하는 고통, 비판도 어려워 에둘러가는 구조다. 그래서 글의 화자는 결국 이런 갈등의 현실로부터 벗어나려 한다. 이런 특성을 근거로 할 때 「천하대장군과 나와는」은 모더니즘적 발상과 기법의 글쓰기로 해방기 한국의 혼란상을 수필문학에서 실현한 유일한 예라 하겠다.

> 이래서야 나라고 하는 사람이 어디 공기만이라도 호흡할 수 있을 리 없는 터이고 하니 어디 가까운 사당 같은 것이 있는 들로 나가 보아야 옳을 일이라 그래 거기 천하대장군 지하여장군이라는 그 가여운 친구를 찾아 만나면 내 그 앞에 합장해 절하고 나도 수염 좀 그리요 그틈에 어깨를 나란히 하고 서서 하하 목내이로다 하고 천자문 읽듯 외우면 그것이 그렇지 아마 역시 나에겐 가장 영원무궁한 진리나 아닐 것인가.[21]

마침내 '나'는 천하대장군이 되고 싶단다. 힘없는 존재로 있으면서 고통을 참을 것이 아니라 차라리 동네의 입구를 지키는 '가여운' 천하대장군이 되겠단다. 이데올로그 김철수의 전사戰士적 기세가 전혀 나타나지 않는다. 방관자의 소극적 모습이다. 인간적 갈등을 호소하며 골치아픈 현실로부터 탈출을 꿈꾼다. 현실과 맞서는 것이 아니라 그것으로부터 도피하려는 수세적 자세다. 이렇게 「천하대장군과 나와는」은 좌우대립, 국토분단, 미·소 양국의 진주 등으로 야기된 예측불허의 불안한 해방기에 이념의 산마루를 노루처럼 뛰어오르다가 멈춰 서서 자신의 자리 주변을 둘러보고 또는 뒤돌아보며 살던 한 지식인의 내면풍경

---

21 위의 글, 51쪽.

이 수액樹液처럼 행간에 흐르고 있다. 이 수필을 구두점, 행 구분, 단락을 무시하는 이데올로그의 현학적 사유의 형해形骸로 읽는다면 그것은 이 글의 단순한 표면적 이해다.

기호분해가 어려운 문장을 객관적 상관물에 기대 놓고, 거기에 해방기란 모호하고 분해가 잘 안 되는 시대를 포개어, 다시 그 시대의 복합성을 이리저리 뒤섞어 그 주제를 숨겨놓은 구성이다. 그 결과 이 수필은 비유법과 생략법으로 문장의 밀도를 높인 장문의 산문시 형식이 되었고, 그것이 해방공간과 동격의 상관물이 되어 독자의 다양한 사유를 유도한다.

이런 점에서 「천하대장군과 나와는」은 한국 현대수필문학이 거둔 하나의 문학적 성취라 하겠다. 형식면에서는 독자의 기대를 배반하는 듯 하는 극단적 모더니즘의 산문시 포즈를 취했다. 그러나 주제를 뒤로 숨기는 전략을 통해 주제가 유기적 구조로 짜여 참 주제를 더욱 깊게 만들고 있다. 수필로서는 보기 드문 글쓰기 전략이다.

2. 순응주의 비판과 아리스토클래시즘–김동석론

김철수, 김동석, 배호 세 수필가 가운데 김동석은 유난히 수필의 문학적 역할을 중시한 사람이다. 그는 수필집 『해변의 시』에서 '나 같은 사람이 굶어죽는다면 조선은 큰일 날 것을 알라. 술 담배가 있는데 수필이 없는 나라란 망한 나라란 것이 우리 수필가의 신념이다'라고 하면서 다음과 같은 수필론을 편다.

> 隨筆은 生活과 藝術의 샛길이다. 詩도 아니오 小說도 아닌 隨筆 — 이것이 小市民인 나에게 가장 알맞은 문학의 장르였다.[22]

김동석은 자신을 '소시민'으로 규정하면서 그 소시민에게 가장 맞는 문학의 갈래가 수필이라 단정하고 있다. 수필은 생활과 예술 사이에 놓여 있기 때문이란다. 일반적으로 소시민은 소설과 친연성이 있는데 김동석은 그 자리에 수필을 세워 놓고 있다.

'소시민'이란 말은 '프티부르주아지·소자본가'란 말이다. 당시 사회주의 논리로 보면 인민을 착취하는 계층이 자본가였고, 소자본가는 자본가 다음가는 인민의 착취자이자 타락한 존재, 그러니까 속물의 다른 이름이다. 해방 공간에서 자본가와 소자본가는 민족반역자, 일제와 결탁한 친일파, 역사의 죄인 등으로 규탄되었고, 이런 점에서 이 계층은 마땅히 민족의 이름으로 숙정되어야 할 대상이었다.

『토끼와 시계와 회심곡』 가운데 김동석의 수필은 「창」, 「어떤 이발사」, 「토끼」, 「뚫어진 모자」, 「조그만 반역자」, 「기차 속에서」, 「나의 경제학」, 「칙 잠자리」, 「벌과 벼룩과 전쟁」이다. 이 9편의 수필 가운데 「토끼」에만 소자본가에 대한 자아비판적 감성토로가 나타난다. 따라서 이 절은 「토끼」만 고찰의 대상으로 삼는다.[23] 바로 위에서 언급했듯이 김동석 수필의 두드러진 특징, 곧 자본가 출신이란 태생적 생리, 그것과는 다른 참여문학성이 이 작품에서만 두드러지게 나타나기 때문이다.

「토끼」에서 '토끼'는 거북, 여우, 이리, 사슴, 고양이 등 여러 동물 가

22 김동석, 『해변의 시』, 박문출판사, 1946, 127쪽.

23 나머지 작품은 이 책의 제6장 「해방과 건국의 간극, 인천에 떠오른 생명파의 서정」 참조.

운데 가장 열등한 동물로 묘사된다. 특히 개와 비교해서 그러하다.

> 개의 용기와 토끼의 양순을 겸비한다면 이우 바랄나위 없는 김생이 되겠지만 그것은 여름에 얼음 얼기를 바라는 것과 무엇이 다르랴. 다만 인간은 만물지 중에 영장인지라 그러한 경지에 다다를 날이 있을지도 모른다. 그러나 그것은 유구한 미래에 속할 것이요 당장 이 자리에서 토끼가 되겠느냐 개가 되겠느냐 대답하라면 나는 토끼가 되느니보다는 차라리 개가 되고 싶다고 대답하기를 꺼리지 않는 자이다.[24]

사람, 토끼, 개 삼자를 비교하고 있다. '사람=만물의 영장, 토끼=양순, 개=용기'이다. 그런데 '나'는 '당장 이 자리'에서 개가 되겠다고 선언한다. '당장 이 자리'가 어떤 자리인가. 바로 1945년 또는 1946, 해방 당년이 아닌가. 결국 이 글은 토끼의 양순함이 아니라 개의 용기에 대한 찬양이다. 그러나 개는 충성의 상징이지 용기의 상징은 아니다. 설사 용기의 상징이라 하더라도 그 용기는 충성을 전제로 한 것이다. 주인에 대한 맹목적인 충성을 다하는 동물이 개다. '충견忠犬'이라는 말이나, '개가 꼬리를 내린다'는 말이 개의 이런 속성을 잘 설명한다. 다른 사람에게는 아주 사나운 개일지라도 주인이 소리를 지르거나 조금만 못마땅한 태도를 취해도 꼬리를 내리고 순응하는 자세로 주저앉아 설설 긴다.

김동석의 개에 대한 인식은 개의 이런 일반적 성격과는 다르다. 개를

---

24 김동석, 「토끼」, 김철수 · 김동석 · 배호, 『토끼와 시계와 회심곡』, 서울출판사, 1946.

용기의 상징으로 인식하고 있다. 이 동물이 이웃집 닭을 채 오고, 한 집안 식구인 토끼를 잡아먹으려 하고, 아는 사람에겐 꼬리를 치고, 모르는 사람에겐 대드는 것, 그런 것을 개의 용기로 치켜세운다. 한편 김동석은 토끼가 이솝우화 속에서처럼 사람에게 교훈을 주고, 자신이 큰 감동을 받은 영화, 제1차 세계대전을 배경으로 제작된 '애국의 나팔'에 나오는 '소녀와 토끼'에서 잘 나타나듯이, 토끼는 원래 양순의 한 권화, 화신으로 생각해 왔다. 그래서 한 쌍을 기르게 되었는데 정작 길러보니 토끼라는 동물은 작은 일에도 잘 놀래고, 매우 연약하고 무기력해서 사실은 형편없는 동물이란 것을 발견하고 실망했다는 것이다. 기대에 대한 배반에 환멸을 느꼈을 뿐 아니라 기른 공을 사흘에 잊어버린다는 고양이만도 못한 아주 한심한 짐승이 토끼란 것이다. 토끼의 본성이 이런 것이란 것을 깨달았기에 만약 누가 자기에게 '토끼와 개 중 어느 것이 되겠느냐'고 물으면 당연히 용감한 '개가 되고 싶다'고 말할 것이란다.

이런 동물의 생리 발견 이면에는 김동석의 다음과 같은 고백, '섣불리 글을 쓰다간 자기본의도 아닌 유치장 신세를 질 수 있을지도 모르는'[25] 그런 시대상황과 연결되어 있다. 현실과 적극적으로 맞서지 못하는 지식인의 소극적 처신에 대한 어떤 암시가 우화형태로 표현된 듯한 심증이 가기 때문이다. 다시 말해서 토끼와 개는 어떤 부류의 인간상을 각각 상징하고 있는 것은 아닐까. 토끼와 개의 비유에 기대어 담론을 역설적 문맥으로 형상화하는 전략이 그런 심증을 낳는다. 현실에 적극적으로 참여해야 할 이데올로그들이 험악한 시대와 맞서지 못하고, 그

25 김동석, 『해변의 시』, 박문출판사, 1949, 128쪽.

저 탈 없이 한 시대를 건너려는 태도에 대한 비판이 개와 토끼가 아닐까. 현실 참여로 야기될 충격을 피해가려는 일부 지식인들의 삶의 태도에 대한 야유가, '나는 개로 살겠다'는 참으로 해석이 난감한 패러독스로 표상되는 까닭이다.

김동석이 이 글을 쓰던 시기는 국가가 주권을 되찾고, 민족이 이민족으로부터 풀려났다고 하지만 국가는 여전히 어떤 위험 앞에 놓여 있었다. 그러나 이런 문제 앞에 행동은 없고, 눈치만 살아 세상사에 과민한 반응을 보이는 평화주의자들을 양순한 토끼에 비유하면서 그 실현성 없는 처신을 모멸적으로 비틀어 버리는 전략이 아닐까. 우화 또는 아이러니의 수법으로 독자의 감성의 틈새를 자극한다. 그 틈새로 생사여탈권을 쥔 주인에겐 한없이 양순하지만 타인에겐 도통 겁이 없고, 용감한 개가 대가리를 내민다.

이런 점에서 수필 「토끼」는 해방 공간에 발표된 참여문학의 한 자리를 차지한다. 한국문학에서 참여문학은 일반적으로 참여시, 또는 리얼리즘 소설로 존재해왔지만, 해방기의 수필 중에는 이렇게 연문학적 한계를 벗어나 시와 소설과 동일한 반열에 서서 문학의 중요한 역할을 수행하기도 했다. 비유법을 활용하여 해방 공간의 용기 없는 인간들, 특히 이데올로그들에 대해 점검을 하고 있다는 점에서 이 수필은 그 행한 몫이 특별하다.

「토끼」는 이러하지만, 『토끼와 시계와 회심곡』 소재 김동석의 다른 작품은 참여문제와는 거리가 멀다. 「뚫어진 모자」, 「나의 경제학」에서 이런 점을 쉽게 발견한다. 결론부터 말한다면 이 두 수필은 현실 일탈, 또는 복잡한 현실은 안중에도 없는 한량의 천의무봉한 풍류가 위트가 되어 수필 한편을 명편으로 만든다. 「뚫어진 모자」는 서두부터 독자의 흥미를 유발한다.

> 裵澔君이 三淸洞 비탈ㅅ길을 올라가다가 발ㅅ바당이 근지럽기에 구두를 들고 보았더니 창에 구멍이 뚫려있고 그 구멍으로 별이 보이었다. 그래서 '구두의 天文學'이라는 滋味있는 隨筆이 생겼다.
>
> 그런데 나의 모자는 쓰고 벗고 할 때 쥐는 자리가 裵君의 구두창처럼 구멍이 뚫어지고 말았다. (…중략…) 나는 사람들이 이 구멍으로 '나'를 드려다 보는 것을 빤히 알면서도 겉으로는 모른 척 했다.[26]

김동석과 배호는 그 시절 우리나라에 단 하나뿐인 정규 대학을 졸업한 엘리트이다. 또 태생은 부잣집 아들이다. 특히 김동석은 그 시절 대학원까지 진학한 최상류 지식인이다. 이런 인물들이 한 사람은 뚫린 구두 구멍으로 하늘을 쳐다보고, 다른 한 사람은 자신의 구멍 뚫린 모자가 칼라일의 모자만큼이나 가관이지만 '웃지들 마소. 저래 뵈도 저 모자 속엔 우주가 들어 있다오'란 그의 일화를 끌어와 희희낙락 한다. 한 사람은 여유 속에, 다른 한 사람은 청빈낙도, 세상 사람들의 시선을 아무렇지 않은 듯이 받아넘긴다.

이런 글쓰기는 복잡하고 종잡기 어려운 해방 공간에, 20세기 초기 영국의 대표적 수필가 A. A. 미른의 수필 「아카시아 길」 등을 번역하던 양주동이 수필은 "기발한 채 언제나 사람으로 하여금 회심의 미소를 발

26 김동석, 「뚫어진 모자」, 김철수 · 김동석 · 배호, 앞의 책.

하게 하는, 명의命意와 조필措筆, 그 해학적이나마 어디까지나 품위를 가져 아류亞流의 저조低調에 떨어지지 않는 방芳香과 아치雅致"를 갖춘[27] 그런 수필의 본보기다.

배호와 자신의 가난이 문제지만 그 가난을 혐오하거나 부끄러워하지 않고, 그 가난을 남의 탓으로 돌려 분노하지도 않는다. 가난을 자연스럽게 받아들일 뿐 아니라 오히려 즐긴다. 그 태도는 안분자족하는 조선 선비를 닮았고, 그 정신은 고금 현철들의 그것처럼 현실을 초탈했으며, 여유만만하다. 모자 점포로 가다가 그 앞에 악기점이 있어 그 돈으로 〈바흐의 48서곡과 둔주곡〉을 사버린 이 문사의 행위는 사실 현실적 인간이 아니다. 더욱이 사회주의 이데올로그의 그런 행동과는 아주 멀다.

바흐는 음악의 아버지라 불리는 귀족 대 바흐의 18번째의 아들로 오페라 〈데미스토클레스〉로 유명하고, 그의 피아노 협주곡과 소나타는 유려한 선율과 우미한 서정성으로 예술성이 높다. 이른바 아리스토클래시즘 음악의 대명사이다. 그래서 바흐는 이 곡으로 영국 왕후의 음악 지휘자가 되는 기회를 잡았다. 또한 바흐는 음악사에서 신동으로 불리는 모차르트에게 예술적으로 절대적인 영향을 끼쳤다고 하여 함께 천재로 묶인다. 두 사람이 다 음악사의 찬란한 별이고, 음악의 신화적 존재로 민중정서와 거리가 먼 귀족들이다.

김동석은 이런 바흐, 그러니까 "맘껏 기뻐하고, 맘껏 괴로워하다가 죽는 인생, 그러한 행복한 생의 표현에까지 들어갔다"는 '피아노의 성전', 〈48서곡과 둔주곡〉을 모자 살 돈으로 사버린다. 그러고는 선생체

27 A. A. 미른, 양주동 역, 『미른 수필집』, 을유문화사, 1948, 129~130쪽.

면을 깎는 뚫린 모자를 쓰고 다녀야 하는 입장이지만 그런 자신의 처지에 무관심하다. '바흐=김동석'이 되었으니 그럴 수 있다. 지식인의 고답적인 자긍심이부끄러움을 모르는 왕 같은 인간을 만들었다. 김동석의 비현실적 사고와 행동이 바흐 음악의 비실용적이고 고아한 음악과 호응을 이룬다. 무산자나 쓸 「뚫어진 모자」가 이렇게 귀족취향aristocraticism과 내통하고 있다. 이런 점에서 김동석은 사회주의 이데올로그가 아니다. 오히려 조선 양반의 유전자를 그대로 보유한 귀인이다. 그는 월북 뒤에도 이런 양가적 가치관을 떨쳐버리지 못했을 것이고, 그것이 결국 그의 삶을 파탄으로 몰고 갔을 것이다.[28]

> 본래 나는 바흐를 좋아한다. 가지고 있는 스무 나무장 레코오드 중에 '부란덴브르크 협주곡'이 14매를 점령하고 있었던 것만 보아도 알 것이다.[29]

> 나의 장서 중에선 빛나는 존재인 오크스포드판 시인집 열 권이다. 영국으로 직접 주문했었는데 합해서 29원 얼마치였다고 기억한다. 책에다 전 재산의 천분지 일을 드리는 것은 아버지로선 불안스런 숫자였다. 그러나 나는 전 재산의 삼분의 일은 책을 사고 싶었다.[30]

지적 자만, 귀족 취향이 도를 넘은 듯하고, 허영이라 할 만큼 정신적

28 1950년 6월 한국전쟁 발발 직후 소좌 계급장을 달고 서울에 와서 문화정치 공작원 노릇을 했다는 설과 휴전회담 때 통역장교로 참가했다는 설이 있다. 그 뒤 소식이 끊겼다. 남로당 숙청 때 잘못되었을 것으로 보인다.

29 김동석, 앞의 글, 75쪽.

30 김동석, 「나의 경제학」, 김철수 · 김동석 · 배호, 앞의 책, 88~89쪽.

사치가 비대해져 있다. 무릇 수필은 비허구산문, 곧 자신의 체험을 통해 인생의 발견과 의미를 창출하는 글쓰기다. 우리는 김동석이 영문학을 전공하고, 그런 전공을 위해 옥스퍼드판 영시집을 영국의 출판사로부터 직접 사들였다는 진술에서 그의 태생적 본질이 어떤 것인가를 본다. 그가 시집 『길』에서 '겨레의 피를 빠는 징그러운 배암 / 저 독사가 보이지 않느냐 / 쌍갈래 갈라진 혓바닥이 낼름거리는 것을 보라'와 같은 치솟는 분노와 격정이 이런 수필에는 그림자도 비치지 않는다. 우리가 이런 점을 주목하는 것은 그의 시집 『길』에서 분노의 시는 위의 '학병영전에 바친다'는 단 한 편뿐이란 사실과 관련되는 까닭이다. 다시 말해 시 「풀잎 배」, 「비탈길」, 「백합꽃」 같은 대표작들도 모두 감상노출이 심한 시편들로 그의 수필의 세계와 함께 가는 서정백서다. 김동석의 수필은 이렇게 한 시대의 이념과 먼 거리에 있는 문예수필이다.[31]

3. 인민공화국의 문학충신–배호론

배호는 신인으로 잠깐 활동하다가 북으로 넘어가서 그런지는 모르지만, 문학사에 그 이름이 거의 알려지지 않은 문인이다. 그러나 그는 해방기에 조선문학가동맹의 핵심간부로 맹활약을 했으며, 『상아탑』의 발행인 김동석과 그 잡지에 평필을 휘두르던 김철수와 함께 3인 수필집을 간행했다는 점에서 문단 위치가 미미했던 것만은 아닌 듯하다.

31 이 문제는 제6장 「해방과 건국의 간극, 인천에 떠오른 생명파의 서정」에서 논의한다.

배호에 대한 문학사적 고찰을 한 사람은 정영진이 유일한데, 그에 따르면 배호는 『토끼와 시계와 회심곡』에 수록된 수필 8편 외에, 평론 「북경신문단의 태동」(『인문평론』, 1939.11), 「임어당론」(『인문평론』, 1940.1), 「지나문학의 특질」(『인문평론』, 1940.6), 그리고 대학 졸업논문인 「금병매에 관한 연구」, 중국 근대문학을 소개한 「현대 중국문학과 서양문학」(『춘추』, 1941.7)이 있다. 곧 배호는 수필가이자, 평론가이다. 잠깐이지만 혜화전문교수로 재직했고, 노신문학을 우리나라에 본격적으로 소개했다는 점에서 학자로서도 평가할 만한 위치에 있다. 정영진은 배호의 이런 수필가, 평론가, 학자, 또 문단관리자로서의 역할을 다음과 같이 기술한다.

> 대한민국 정부가 수립된 48년 8월 중순, 이들(임화, 김남천, 이원조)마저 뒤늦게 월북하고나자, 한 동안 학자풍의 한 조직 간부에게 지위가 맡겨진다. 문학 비평가이며 중국문학자인 배호였다.
>
> 배호가 문맹 최후의 사령탑이었다는 객관적 증거의 하나는 우선 시인 이용악에 관한 검찰의 수사기록에서 찾아볼 수 있다.[32]

> 문맹 결성 직후 발표된 간부명단을 통해서도 배호의 문맹 내의 위상이 짐작된다. 문맹 결성일이던 45년 12월 16일 현재의 간부명단을 보면 위원장에 홍명희, 부위원장에 이병기와 이태준, 서기장에 김남천, 제2서기장 겸 총무부장에 홍구이며 그 다음의 요직인 조직부장에 배호라고 분명하게 기재되어 있다.[33]

32 정영진, 앞의 책, 125쪽.
33 위의 책, 129쪽.

앞 인용의 내용으로 보면 배호는 북방파 시인의 한 사람으로 황량한 만주벌판에서 「전라도 가시네」란 절창을 날린 시인 이용악을 수하에 두었고, 임화, 김남천, 이원조 다음으로 문맹을 이끈 거물 문인이다. 뒤의 인용을 기준으로 할 때도 배호는 김기림, 안회남, 현덕 등 한국문학사에 그 이름을 올리지 않을 수 없는 문인들의 윗자리에 있다.

해방기라는 격동기, 좌익문단의 맨 앞자리에 서 있었던 이데올로그, 그렇게 배호는 해방공간을 혜성처럼 가르며 지나갔던 수필가다.[34] 사정이 이러하지만 이런 문학 외적 행적으로 이 수필가의 문학사적 자리를 매길 수는 없다. 문인 평가는 어디까지나 작품 자체에 근거를 두고 이루어져야 하기 때문이다.

배호라는 이름이 문단에 처음으로 나타나기 시작한 것은 그의 최초의 글 「유연留燕 이십일二十日」이 최재서가 편집 겸 발행인이었던 『인문평론』 창간호(1939.10)에 실리면서부터이다. 이 글은 중국문학을 전공한 사람의 식견과 관찰로 중국의 문화와 사회를 비판한 일종의 문화비평이다. 글의 원래 제목은 「유연 이십일」이었는데 단행본 수필집에 수록될 때는 「동경憧憬의 고도古都」로 바뀌었다. 아마 중국문학 연구가로서 북경을 간절히 보고 싶어했던 마음 때문이었을 것이다. 그러나 그는 북경여행에서 오히려 조선을 발견한다. 노대국老大國 중국의 불결함과 야만에 가까운 인민들의 생활에 실망하고, 결과적으로 북경이라는 타자를 통해 조선을 인식하는 과정이 「유연 이십일」이다.

---

34 배호는 서대문 형무소에 갇혀 있다가 6·25전쟁 직전 이용악, 이병철 등과 함께 빠져나와 '출옥영웅'으로 불렸다. 위의 책, 263쪽.

나의 생각엔 4억만을 구하려 하기 전에 3천만을 구하려 함이 순서인 것 같았다. (…중략…)

산해관을 지나서 한재(旱災)에 걸린 만주 평야를 바라볼 재 조선의 잿골이 안전에 어널거리며 향간(鄕間)에 부모 얼굴까지 나타난다. 나의 유년 시대에는 년년이 풍년이라는 말을 들었으나 근년은 평작도 없을 뿐더러 한재 수해가 매년 있지 않나? 괴로운 일이다. 우리네 살림살이엔 잔말도 많다는 민요가 복송(復誦)된다. (…중략…) 나는 어이없이 이 모-던 계급의 조선 사람들을 거듭 쳐다보았다. 나는 이 사람들이 모다 50년 이후의 미래인이 아닌가? 이러는 순간에 북경의 환영의 타성이 겨우 사라지고 말았다.

나는 다시 한 번 북경인을 위해서 중국인을 위해서 두 눈을 감았다.

소화 18년 8월 19일[35]

'경성출발→봉천→산해관→천진→북경입성' 과정에서 배호가 본 것은 중국문화만이 아니다. 중국을 보면서 심리心裏 한 곳의 다른 눈은 자기나라 조선을 보고 있다. 자금성, 이화원의 장대함과 화려함을 보면서 조선의 창경궁, 경복궁을 생각하고, 너무나 대조적임에 속이 상한다. 하지만 중국의 불결함에 놀란다. 황진만장黃塵萬丈한 숭문문崇文門 밖 중국인 대가를 보며 그 혼탁에 개조가 이루어지지 않으면 장차 중국의 발전은 기대할 수 없을 것이라며 자위한다. 북경여행 20일 뒤, 그는 경성역에 내리면서 50년 뒤에 약진할 미래의 조선을 생각한다. "이 사람들이 모다 50년 이후의 미래인이 아닌가?"라고 자문하면서 우리의

35 배호, 「유연 이십일」, 『인문평론』 창간호, 1939.10, 66~67쪽. 3인 수필집 『토끼와 시계와 회심곡』의 「憧憬의 古都」에서는 「유연 이십일」의 문맥, 자구가 아주 많이 바뀌었다.

미래가 절대로 어둡지 않을 것이라고 단정한다. 동경의 대상이던 노老 문명국 중국의 위압에서 벗어나는 순간 조국 조선의 밝은 미래를 본다.

배호의 현실인식의 시각이 이렇게 탈 식민지적 관점에 서 있다는 점에서 이 글은 문예론수필의 한계를 넘어선다. 글의 이면적 주제가 당시 사회주의 이데올로그들의 인민민주주의 노선에 접근해 있긴 하지만 문예수필의 서정적 감동을 주는 점 때문이다.

배호는 북경 거리에서 신문명도 목격한다. 선글라스를 낀 젊은이들과 문명한 서양인을 보고, 해수욕을 떠나는 신 풍속에 놀란다. 그러나 그가 여행에서 본 중국은 황진만장에 싸인 4억 중국인민의 가난한 현실이었다. 그런 북경 체험 뒤 마침내 그가 조선에서 발견한 것은 '정류장에 출입하는 사람들, 홈을 나와 자동차 타는 사람들, 자전차 탄 사람들, 전차타고 가는 사람들, 인도로 걸어가는 사람들, 차부 마부 하다못해 종로의 걸인까지가 이 두 눈에는 보다 똑똑하고 깨끗하고 재조덩어리'인 사람이다. 드디어 민족의 본성을 발견하고 그것을 절실하게 인식하는 순간이다. 「유연 이십일」은 이렇게 5천석꾼 지주 아들, 민선도의원의 권세가 자손, 담 높은 제국대학 출신 배호가 민족사회주의 이데올로그가 되는 내력을 보여주는 기행수필이다.

한편 이 글은 배호가 해방기에 어떻게 문맹 최후의 사령탑의 자리에까지 올랐고, 인민의 나라로 가지 않을 수 없었던가를 암시하기도 한다. 그것은 중국을 비판하는 내용이 상당한 양으로 기술되고 있지만, 이 기행수필의 행간에는 그것과 맞먹을 만큼 인민의 공화국 중국에 대한 흠모가 자리 잡고 있다. 중국문학을 공부하고, 어렵게 인민의 나라를 찾아간 배호의 심리나 행동 자체가 이미 그러하다.

수필가 배호의 글쓰기는 이렇게 시작되었지만, 그의 수필은 「구두의 천문학天文學」과 같은 작품에 오면 이념의 성체로부터 빠져나와 서정성과 손을 잡는다. 「구두의 천문학」은 「유연 이십일」과 불과 2년 남짓 시차를 두었지만 자성과 연성, 수필장르 고유의 개인사적 성격이 연문학軟文學으로서의 수필의 특성을 살리는 예다.

> 이사한지 며칠 안 된 늦은 여름 어떤 날 저녁에 나는 바쁘게 우리 집 마을 비탈길을 올라왔다. 이 운동은 그 전일도 전전일도 같으며 오늘날도 내일도 또 같을 것이다. 예사로이 걸어오다가 문득 발바닥에 통양(痛痒)을 느끼어 모래가 든 것을 직각(直覺)하여 구두를 벗어서 모래를 쏟았다. 그 순간 구둣바닥에 구녁을 보자 그것을 거쳐 북쪽 하늘 지평선에 놓여 있는 별이 반짝이고 있음을 발견하였다. 나는 한참 황홀히 별을 잃고 서 별들을 구두 구녁으로 바라보고 있었다. 기우러져 하나씩 하나씩 지평선에서 자취를 감추려 하고 있다.[36]

경직된 사고 또는 선험된 관념, 지식인 특유의 현학적 기풍이 사라진 한 인간의 탈속한 현실이 가감 없이 드러난다. 도가적 무위無爲, 또는 은일, 자족의 생활이 생리화된 탈속한 세계가 구멍 난 구두창과 초저녁별의 묘사 속에 해학적인 표현을 얻고 있다. 더러운 땅을 헤집고 다니다가 바닥이 닳아 구멍이 뚫려 들어온 구두속의 모래를 털어내고, 그 뚫린 구멍으로 신성한 하늘의 별을 바라보며 웃는 화자의 모습은 현실로

36 배호, 「구두의 천문학」, 김철수・김동석・배호, 앞의 책, 129~130쪽.

부터 천리만리 떠나 있다. 너무 신어 닳고 닳은 구두의 뺑 뚫린 구멍으로 석양의 하늘과 이제 막 뜨는 초저녁별을 보는 사건은 하도 엉뚱하여 실소를 금하지 못하게 한다. 그러나 그런 실소가 간고한 현실에 지친 심신의 긴장을 한 순간에 확 날려버린다. 가난에 찌든 현실을 해학적으로 처리하는 기법 속에 초탈한 한 인간의 모습이 있고, 안빈낙도하는 인격이 있다. 허탈한 웃음을 유발하는 재미가 이런 신선한 표현에 있다고 한다면 배호의 수필은 김동석의 「토끼」의 역설, 김철수의 「천하대장군과 나와는」의 상이한 소재의 억압적 결합이 주는 낯섦, 그런 수법에 조금도 뒤지지 않는다. 그러나 배호는 자신의 이런 수필에 대해 3인 수필집 『토끼와 시계와 회심곡』 발문에서 다음과 같이 말한다.

> 나는 순전히 편집자의 요구에 의한 소산에 불과하다. 양 김형은 늘 수필은 여유에서 나온다고 하나 내 자신은 어쩐지 곤핍에서 나오는 것 같다. 적어도 나의 수필은 따분하고 여유가 없는 것 같아서 실증이 날 지경이다.[37]

이 말은 자신의 수필이 '재미'가 없다는 말이다. 다시 말하면 배호는 글감을 문예의 대상으로서가 아니라, 간고한 현실 그 자체를 문제 삼는 입장에서 취재함으로써 표현이 제대로 형성되지 못한다는 것이다. 늘 빈곤의 문제를 앞세우다보니 문학은 달아나고, 논리만 남는다는 고백에 다름 아니다. 김동석이나 김철수, 두 "김 형"처럼 아름다운 글을 쓰고 싶은데 그렇지 못하니 배호는 자신의 글이 싫단다. 사회주의 이데올

37 배호, 「跋」, 김철수 · 김동석 · 배호, 앞의 책, 146쪽.

로그 배호가 스스로 지적하는 관념과잉의 한계 확인이다. 그러나 우리는 배호의 「구두의 천문학」을 통해서 그의 수필이 김동석이나 김철수의 그것에 결코 뒤지지 않는 문예수필의 성취를 이루고 있는 점을 발견하였다.

배호의 다음과 같은 자평 역시 결과적으로는 이런 평가와 같이 간다.

> 3인은 모다 8·15 이전부터 수필을 써 왔던 것이나 8·15 이후에 나온 것은 이전 것과는 완연 체모를 달리한 바가 있다. 8·15 이전에 김동석 형은 소위 지하운동으로 써 둔 수필이었고, 김철수 형은 소위 생활의 여유에서 울어나온 것이나, (…중략…) 그러나 이 3인 수필집이 각기 다른 색채를 가지고 또 여유와 곤핍이 상보되어 한 폭의 조화된 그림이 되면 다행한 일이겠다.[38]

배호는 자신의 글이 지하운동의 하나라는 점에서 김동석과 같으나 김철수의 수필과는 다른 성격을 지니고 있고, 두 사람의 수필과 같은 수준에 있지 못하다는 말이다. 그렇지만 각자 개성을 지녔기에 그것이 상보되어 좋은 수필집이 될 것이라고 자위한다. 이런 진술은 해방기 조선문학가동맹 최후 실세이던 배호가 자신과 함께 월북한 김철수, 김동석 수필의 특성을 그 나름대로 평가했다는 점에서 의미가 있다. 특히 문학사에 묻혀있었던 3인 수필집 『토끼와 시계와 회심곡』에 대한 최초의 언급이라는 면에서 참고할 만하다. 그러나 굳이 의도의 오류 어쩌고 하는 원론을 끌어오지 않더라도 이 3인의 수필은 그들이 표면적으로

38 위의 글, 145~146쪽.

분명히 내세우던 이데올로기의 구현 문제와는 달리, 결과적으로는 연문학으로서의 수필, 특히 문예수필의 특성을 본인들의 의도와는 무관하게 구현한 작품임이 지금까지의 논의에서 드러났다.

사회주의 이데올로그들은 개인적 신변잡기를 자성적으로 접근하는 것은 인민들의 정서와 어긋나기에 문예론수필에 대한 관심이 상대적으로 높다. 한국 수필문학의 경우 이러한 성향을 박승극의 『다여집』에서부터 발견했고, 이태준의 『무서록』에서는 작가의식이 뒤로 잠복하는 것을 보았으나 『토끼와 시계와 회심곡』에 와서는 그것이 결과적으로 표현되었다. 하지만 지금까지의 논의 결과는 이런 현상과 다르다. 모두 문예수필로 독해되기 때문이다.

이런 점에서 김철수, 김동석, 배호는 해방기를 대표하는 이데올로그들이지만 한국 수필문학사에서는 결과적으로 가작의 '문예수필'을 남긴 문인이다.

제15장

인연을 따라 구업을 버리고, 운명에 따라 새 일을 한다

해방공간과 춘원수필집 『돌벼개』

1. 이광수, 그 안타까운 존재

〈그림 37〉 이광수

1917년 『무정』으로 한국소설의 새 문학장을 연 춘원 이광수. 그는 와세다대학 졸업을 한 학기 남기고 2·8 독립선언서를 작성했고, 그것을 품고 중국으로 가 임시정부의 독립운동에 참여했다. 그러나 이역만리까지 찾아온 아내의 간곡한 귀가 권유를 받아들여 경성으로 돌아왔다. 그 뒤 『동아일보』 편집국장으로 일하면서 그런 사회적 지위와 무관하게 경성제대 영문과 선과생選科生으로 입학하여 학생번호 제1호로 영미문학을 공부하려 한 사람이다.[1]

〈그림 38〉『돌벼개』 표지

〈그림 39〉『돌벼개』(재판) 표지

그는 28편의 소설, 400여 편의 시, 많은 문학평론과 수필을 썼다. 그래서 지금까지 이광수에 관한 연구가 1,000여 건에 이른다. 이광수에 관한 평가는 크게 둘로 나뉜다. 친일 변절 문인이라는 평가와 신문학의 기수, 민족주의자란 평가가 그것이다. 부정적 평가에서는 일반적으로 이광수가 변절한 지식인의 대표가 되지만, 긍정적 평가에서는 그의 친일과는 무관하게 민족주의자, 계몽과 개화에 앞장선 선도 지식인, 더 나아가 친일까지도 민족을 위한 위장행위로 본다.[2] 이런 사정 가운데 2007년 춘원연구학회가 설립되었고, 2015년 9월 제10회 '춘원 연구학회'가 '일제강점기의 독립운동과 이광수'라는 주제 아래 거창하게 개최된 바 있다.[3]

1 최종고 · 이충우, 『다시 보는 경성제국대학』, 푸른사상사, 2013, 115쪽 참조.
2 김원모, 『영마루의 구름』, 단국대 출판부, 2009.
3 2015년 9월 19일 토요일, 서울대 두산 인문관.

이 글은 『돌벼개』[4]에 수록된 작품을 대상으로 이 수필집이 해방 공간과 어떤 길항관계에 있고, 또 춘원의 이 유일한 수필집이[5] 이룩한 문학적 성취가 무엇인지 고찰하는 것을 목적으로 한다.

해방 공간의 춘원은 자신이 일제 말기 "가야마 미쓰로香山光郎로 이름을 고친 날 나는 벌써 훼절한 사람"이었고, "해방의 기별을 듣는 순간에 내가 죽어버리는 것이"[6] 맞는데 그걸 못했다고 고백하였다. 그는 친일파, 변절자로 몰려 그 수모를 피하기 위해 양주 봉선사로 가서 숨어 살 때 돌베개를 베고 잤다. 왜 훼절을 했는가에 대한 자책 때문이다. 그는 그런 행위로 입이 돌아가고 얼굴이 뒤틀리는 변고가 발생했다. 그러나 의사인 아내의 즉각적인 치료를 받아 입비뚤이 신세를 면하게 되었다.

『돌벼개』는 해방공간에 직면했던 이광수의 이런 삶이 배경이 된 일기체 수필집이다. 이런 점에서 『돌벼개』는 이광수란 인간과 문학을 이해하는 마지막 자리에 있다. 그는 이 수필집을 끝으로 한국문학사에서 사라졌기 때문이다.[7] 따라서 이 수필집은 이광수 문학에서 그 서 있는

4 李光洙, 『돌벼개』, 生活社, 1948. 생활사판 이후 『돌벼개』는 1950년대 중반까지 다른 출판사에서 3번 더 간행되었다. 삼중당판(1952.12). 경진사판(1954.3). 광영사판(1956.6)이 그것이다. 이 가운데 1956년 6월 25일에 나온 광영사판은 발행인이 허영숙으로 되어있다. 출판사명이 이광수·허영숙의 이름에서 따온 듯하다. 발행일이 6월 25일인 것도 흥미롭다. 몇 년 사이에 네 번이나 간행된 것을 보면 『돌벼개』가 베스트셀러였던 것 같다.

5 수필집의 성격을 띤 『인생의 향기』(홍지출판사, 1936), 『나, 소년편』(생활사, 1947), 『스무살 고개 '나' 청춘편』(생활사, 1948), 『나의 고백』(춘추사, 1948), 『그의 자서전』(고려출판사, 1953) 등이 있지만 이런 단행본은 유사 자서전류의 픽션이다.

6 李光洙, 『나의 告白』, 春秋社, 1948, 149쪽. 「나의 훼절」 참조.

7 이광수는 1950년 7월 12일 공산군에 납치되어 18일 서울을 떠나 10월 20일 평양에 도착했고, 폐결핵이 악화되어 평양에 온 지 닷새 만에 만포의 병원으로 후송되다가 차 안에서 작고했다. 그의 무덤은 평양시 외곽 용궁리 재북인사 묘역에 정인보, 안재홍, 현상윤 등과 함께 있다. 『돌벼개』 이후에 쓴 작품은 같은 해 12월에 나온 『나의 고백』과 1950년 3월에 쓴 단편 「운명」이 있을 뿐이다. 1950년 1월 장편 「서울」을 『태양신문』에 연재했으나

자리가 특별하다.

소설이나 시에서는 작가의식이 어떤 형식에 대입됨으로써 변용된다면 수필은 그런 형식적 구속이 상대적으로 적거나, 거치지 않고 이루어지는 글이다. 그렇다면 이 단행본의 글은 모두 수필이기에 해방공간에 춘원이 무슨 생각을 하며 어떻게 살았는지를 변용되지 않은 상태로 볼 수 있다. 이를테면 이렇다.

> 봉선사로 가는 것이 입산인 것도 같고 아닌 것도 같다.
>
> 隨緣銷舊業 任運着衣裳[8]

『돌벼개』의 첫째 글 「산중일기」 첫 단락에 나오는 말이다. 서울에서는 '친일파 이광수 타도'라는 구호가 나붙던 1945년 9월 이광수가 사릉의 집을 버리고 삼종 운허당 이학수의 청을 받고, 봉선사로 떠나는 심회를 토로하는 대문이다.

해방 사흘째 되는 날, 아내 허영숙이 서울서 내려와 피신을 종용했을 때, "소가 열 필이 와서 끌어도 이광수는 이 자리를 안 떠날 것이오. 이광수의 목을 베어 종로 네거리에 매달아 정말 친일파가 없어진다면 나의 할 일을 다한 것이오"[9]라고 했다.

『돌벼개』는 본문이 2백 쪽 남짓한 수필집이다. 그런데 작품 속에 '일기'란 이름을 단 「산중일기」가 31쪽이다. 얇은 수필집에서 차지하는

좌익들 때문에 한 달 만에 중단했다.

8 李光洙, 『돌벼개』, 生活社, 1948, 17쪽.

9 이정화, 『아버님 춘원』, 문선사, 1955, 83쪽.

양이 상대적으로 많을 뿐 아니라, 제일 앞자리에 놓여 있다. 이런 점은 '일기'의 의미, 다시 말해서 해방 공간의 인간 이광수에 악센트가 찍히는 감을 준다. 「죽은 새」, 「옥당 할머니」도 일기다. 그 외 「제비집」, 「물」, 「우리 소」 등의 글도 농사를 지으며 겪는 일상사가 소재로 되어 있다. 다만 '일기'란 말을 붙이지 않았을 뿐 글쓰기 형식은 「산중일기」와 차이가 없다. 결국 일기가 수필집 하나를 만들고 있는 셈이다.

한국문학에서 수필이 태동하던 시기 수필의 두 형식은 기행수필과 일기체 수필이다. 「왕오천축국전」, 「연행록」, 「서유견문」, 「백두산 근참기」, 「금강유기」, 『수필기행집』(조선일보사, 1938)으로 이어지는 수필이 모두 기행 수필이라면, 「동명일기」, 「열하일기」, 「난중일기」 등은 일기다. 이런 점에서 「산중일기」는 전시대 일기체 수필의 맥을 잇는 자리에 있다.

『돌벼개』 초판은 정성을 들여 만든 책자다.[10] 그러나 작품이 일기이기에 문학적 무게가 가벼운 느낌을 준다. 우선 그의 다른 문제적 작품, 이를테면 『무정』, 『흙』, 『원효대사』와 같은 작품과 비교해서 그 테마가 뚜렷하거나 무겁지 않다. 또 이 수필집만을 연구한 논문이 거의 없다는 사실에서도 이런 문학적 낙차가 느껴진다. 사정이 이러하지만 『돌벼개』는 신문학의 기수요, 조선에서 가장 영향력 있는 문인으로 평가받던 이광수가 해방 공간에 가졌던 심리를 가늠할 수 있는 귀한 자료란 점에서 그의 다른 주요 작품 못지않은, 단순한 희소가치와 다른 자리에 있다.

수필은 화자가 '나'인 일인칭 문학이다. 시와 소설은 그 장르적 특성

10 초판 『돌벼개』는 화가 장환이 장정을 했는데 그 속표지는 겉표지와는 달리 3도 색상으로 처리했다.

상 작가가 뒤로 숨지만 수필은 그렇지 않다. 작가가 막 바로 독자 앞에 서서 자신의 이야기를 들려주는 글이 수필이다. 이광수가 이 수필집을 낼 무렵은 반민특위의 심판을 받을 때고, 봉변을 당할까봐 출입을 마음 놓고 할 수 없어 웅크리고 지냈다. 그러던 그는 결국 서울 생활을 접고, 시골로 가 농부가 되었다. 가뭄으로 논에 물이 마르면 이웃 농민과 물싸움을 하고, 비를 기다리며 하늘을 원망하고, 농우를 기르고, 그가 기르는 소의 뿔이 뒤로 자빠진 "자빠뿔소"라고 동네사람들이 놀리자 "박군, 우리 소가 자네나 내게 꼭 맞는 솔세. 세 못난이가 모였네 그려"[11] 라며 자세를 잔뜩 낮춘 때의 생짜 기록이다.

자빠뿔소 에피소드는 당시의 이광수의 처지를 연상시킨다. 놀림감이 되는 소가 당시 이광수가 비웃음의 대상이 된 신세와 비슷하다. "그 소, 자빠뿔소군"이라는 지나가는 말에도 민감한 반응을 보이는 것은 소가 생구生口라서라기보다 그 말이 그의 자격지심을 자극했기 때문일 것이다. 소 주인과 소를 등치시키는 것은 우의allegory라기보다 자기비하다. 조선의 문학을 쥐락펴락하던 이광수, 그렇지만 그 신세가 영락하여 현실로부터 완전히 내몰린 꼴이 뿔이 뒤로 자빠져 놀림감이 되는 소와 다르지 않다. 이렇게 『돌벼개』는 농부로 신분을 바꾼 이광수의 인간 냄새가 많이 묻어나는 수필집이다.

일기의 독자는 그 일기를 쓴 자신으로 개인적인 글의 대표다. 이런 점에서 이 수필집은 『인생의 향기』,[12] 『나, 소년편』, 『스무살 고개 '나'

---

11 李光洙, 『돌벼개』, 生活社, 1948, 85쪽. '박 군'은 당시 이광수와 함께 농사를 짓던 '박정호'를 지칭한다.

12 이광수는 이 책에 대해 이런 말을 하고 있다. '나는 그동안 내가 지은 시가, 수필 중에서 내 스스로 버리기 아깝다는 것을 골라서 『인생의 향기』라는 책을 만들어 출판하기로 한

청춘편』, 『나의 고백』, 『그의 자서전』과 다르다. 『돌벼개』가 '춘원수필집春園隨筆集 『돌벼개』'라는 이름으로 간행되어서가 아니라, 다른 작품은 고백적 글쓰기란 점에서는 같지만 서사의 내용에서는 자서전과 유사한 픽션인 까닭이다.[13]

또 중요한 다른 점이 있다. 그것은 『돌벼개』를 제외한 이광수의 유사 자서전류가 거의 그의 친일을 변호한 작품으로 독해되고 있는데 이 수필집만은 그렇지 않다. 저자가 과문한 탓인지 모르지만 이 수필집만을 고찰하면서 그것을 일제 말기 그의 친일행각과 연계시키는 글은 아직 대하지 못하였다.

자서전적 글쓰기가 대개 '기억'을 복구하여 서사를 구축함으로써 이상적 자아를 창조하면서 허구로 탈주하는 것과는 달리, 『돌벼개』는 조선 제일의 문인자리를 잃어버린 이광수가 문인의 삶은 포기한 채 한 사람의 농부로 하루하루 자성自省 속에서 살던 바로 그 현실의 기록이다. 따라서 기억이 이상적 허구를 구축할 수가 없는 세계에 놓여 있다.

사정이 이러하기에 우리는 이광수를 논의할 때 늘 만나는 고민을 여기서도 발견한다. 곧 이광수를 텍스트와 콘텍스트를 함께 고찰할 수 없다는 점이다. 만약 이 둘을 함께 고찰한다면 이미 결론은 나와 있다. 그것은 친일파로 막다른 길에 몰린 이광수의 생존도모에 다름 아닌 것이 사릉행이고, 농부행이라는 것이다. 수양동우회사건 공판에서 한 "나는 민족을 위해 친일을 했소"라는 말은 그 표본이 되고, 『무정』이나 『흙』에

다.' 그러나 여기에 수록된 작품은 그 서사의 성격이 소설에 가깝다.

13 재미있는 신간광고가 있다. 생활사판 『돌베개』 초판 마지막 쪽에 이런 '신간서목(新刊書目)' 광고가 있다. "춘원 이광수 장편 自傳小說 나(소년편) 개장재판(값 300원. 송료 15원)". 『나』가 '자전소설'이라는 것이다.

나타나는 민족의식도 묵살되거나 곡해될 수밖에 없다. 그가 조선의 학생들을 향해 "학병에 나가 대일본제국을 위해 싸워야 한다"는 강연을 할 만큼 반민족적인 행위를 했기 때문이다.

문학 작품 해석에서 텍스트와 콘텍스트를 함께 다루는 것은 좋은 연구방법의 하나다. 그러나 이광수를 이 방법론에 대입한다면 그가 이룩한 문학적 성취는 없고, 친일파, 변절자 이광수만 남는다. 하지만 단지 『무정』이란 소설 한 편만 제외해도 한국의 현대소설사를 쓸 수 없다. 이광수가 한국문학사에서 차지한 위상은 이만큼 크고 뚜렷하다.

이광수의 대표작 『흙』은 그가 정주군에 있는 용동의 새마을운동 지도자 경험과 1930년대 중반 요원의 불길같이 일어난 '학생하기브나로드운동'의 이데올로기소素가 바탕이 된 계몽형 농민소설이다.[14] 일제는 이 브나로드운동이 조선독립을 위한 민족계몽운동으로 간주하여 활동을 전면 금지시켰다. 서두에 언급한 바와 같이 이광수의 글쓰기는 이미 일본 도쿄에서 「2・8독립선언서」를 기초하여 3・1운동에 불을 붙이고, 상해에서 『독립신문』의 편집국장으로 일제와 맞섰던 투사적 행동과 연장선상에 있다. 또한 흥사단원으로 참여하여 혈전의 논설을 썼고, 오도답파五道踏破 여행을 하면서 조국의 강산을 성지화하는 기행수필과 결코 다르지 않는 작가의시의 맥락 위에 서 있다.

이광수에 관한 한 인간 이광수와 그의 작품을 분리하는 것이 문제적 문인, 이광수를 우리 문학사에 남길 수 있는 길이다. 이광수 연구에 관한 한 작품 자체만 논의 대상으로 삼아야 한다. 한국문학은 이광수 문

14 오양호, 『농민소설론』, 형설출판사, 1984, 247쪽 참조.

학을 무시하거나 건너뛸 수 없다. 그를 제외한다면 온전한 한국 현대문학사가 성립될 수 없기 때문이다. 이것은 이율배반이고, 아이러니다. 그러나 이것은 사실이다. 이런 점을 단적으로 증명할 수 있는 작품이 그가 노골적으로 친일 행각을 하던 시기에 발표된 『원효대사』이다.[15]

2. 『돌벼개』의 세 표상

1945년은 어둡고 괴로우나 밤도 길더니, 삼천리 이 강산에 먼동이 트던 빛과 희망의 시간이다. 그러나 이런 시대에 출간된 『돌벼개』에는 빛이 아니라 검은 색대가 수필집 중앙을 가르고 있다. 그것은 아들의 죽음이고, 새의 죽음이고, 늙은 여인의 노를 넘는 비이성적 공식성이다. 그러나 그 너머에 부처의 길이 있다.

1) 죽음의 그늘

1945년 이후 6·25전쟁 이전까지 조선반도에서는 '민족'이 모든 것의 기준이었다. 이광수에게는 빚은 등에 업고, 과거 친일행각은 가슴에 묻고 삶을 새롭게 시작하려던 수행修行의 시간이었다. 『돌벼개』에는 이광수의 그런 삶이 여러 군데 나타난다.

---

15 1942년 3월 1일부터 226회에 걸쳐 『매일신보』에 연재한 역사소설 『원효대사』를 1940년대 이광수의 전향의 맥락 속에 넣을 때와 그렇지 않을 때, 원효에 대한 해석이 아주 다르다.

구월 이십팔일. 토요. 맑다.

예불이 끝나고 절을 나와서 수풀 속으로 들어갔다. 일쯕 깬 까막 까치가 즞는다. 밤 동안 맺힌 이슬이 높은 나무 잎에서 길바닥에 고인 물에 떨어지는 소리가 크게 울린다. 나무들은 희미하게 보일 뿐이오 무슨 나무인지 구별할 수는 없다. 오직 하늘을 찌르고 쑥쑥 솟은 잣나무 젓나무 만을 알아볼 수가 있을 뿐이다.

물소리가 쏴 하더니 나무들 사이로 개울구비가 번적 보인다. 밤비에 물이 불었다.

내 발자욱 소리와 이슬방울 떨어지는 소리를 들으면서 나는 걸어간다. 웬 낯 검은 사람 하나가 하얀 옷을 입고 뒤짐을 지고 빨리 걸어서 나를 앞선다. 먼 길을 가는 사람인가 보다.

징검다리를 건너, 수풀 속을 걸어 또 징검다리를 건너 잡목수풀 속에 들어섰다. 도토리가 떨어진다.

마루턱을 올라서니 멀리 천마산 마루가 훤하다. 해가 오르는 것이다. 그 때문인지 고요한 수풀에 문득 바람이 일어서 발아래 넓은 경사면에 나뭇가지들이 흔들려서 새벽빛을 반사하고 있다. 이슬이 비오듯 우수수 떨어진다. 조곰만 더 하면 서리가 될 찬 이슬이다. 벌서 단풍의 연한 빛을 보이는 잎새들도 있었다.

해가 비쭉 솟는다. 바람은 더욱 설레고 골작이 마다 안개가 피어오른다. 잣나무에서 안개가 일어난다. 나뭇가지에 걸린 거미줄이 무수한 이슬구슬을 달고 번적거린다. 나는 솔닢을 씹으면서 절로 돌아왔다.[16]

16 李光洙, 『돌벼개』, 生活社, 1948, 46~47쪽.

문장에 수식어가 없다. 주어와 서술어로만 되어 있다. 그런 결과 이 글은 독자에게 어떤 것도 강요하지 않는 톤을 형성한다. 소설에서 이광수의 문체는 대체적으로 만연체다. 사건에 대한 묘사보다 작가 개입에 의한 춘원 특유의 사설이 중간에 자주 끼어들어 독자에게 무언가를 가르치고, 강요한다.[17] 그러나 수필 「산중일기」에는 그런 점이 별로 나타나지 않는다. 독자가 정황을 스스로 판단하게 하는 묘사체다. 우리가 「산중일기」에 우선 관심을 갖는 이유가 이런 점에 있다. 다른 대문을 하나 더 보자.

> 안 걸어 본 길에는 언제나 불안이 있다. 이 길이 어듸로 가는 것인가 길가에 무슨 위험은 없나 하여서 버스럭 소리만 나도 쭈뼛하야 마음이 씌운다. 내 수양이 부족한 탓인가. 이 몸뚱이에 붙은 본능인가. 이 불안을 이기고 모르는 길을 끝끝내 걷는데는 용기가 필요하다.[18]

「죽은 새」의 둘째 단락 서두다. 여기서도 진솔한 서사가 독자의 사유를 유도한다. 앞의 글은 자연의 순리를 보며, 뒤의 글은 새의 죽음을 보며, 자신의 현재를 돌아본다. '나'가 진술하는 사건이 실재를 바탕으로

17 가령 이렇다. "옳습니다. 우리가 해야지요! 우리가 공부하러 가는 뜻이 여기에 있습니다. 우리가 지금 차를 타고 가는 돈이며 가서 공부할 학비를 누가 주나요. 조선이 주는 것입니다. 왜? 가서 힘을 얻어 오라고, 지식을 얻어 오라고, 문명을 얻어 오라고 (…후략…)" 『무정』의 주인공 이형식이 도쿄 유학을 가야 하는 이유를 서술하는 대문이다. 모두 사설(진술)이다. 계몽주의자, 선각자로서의 작가 이광수가 전지적 시점에 서 있다. 그래서 모르는 게 없고, 그래서 할 말이 넘친다. 작가가 독자 위에 군림을 하면서 독자를 설득하려 한다. 이런 글쓰기는 독자에게 거부감을 준다.

18 李光洙, 앞의 책, 48쪽.

한 것이기에 선험이 끼어들 틈이 없다. 주로 단문으로 구성된 글이 이런 사실의 증거다.

새의 외로운 죽음이 우리에게 주는 것은 무엇인가. 생명과 죽음의 실체에 대한 깨달음이다. 불가의 바로 그 유심론적 사유라 할까. 여기서 우리는 이광수가 왜 불도의 세계로 침잠하는가를 짐작할 수 있다. 검고 큰 보자기가 하늘에서 내려와 자신을 덮어버릴 것 같은 현재의 삶, 그런 심판의 번뇌에서 탈출하기 위함일 것이다.

2) 해방공간의 무질서

늙은 여인의 세상비판, 험담, 싸움이 『돌벼개』의 산거일기에 먹칠을 한다. 「옥당 할머니」에서 늙은 두 여자를 통해 보는 해방의 또 다른 반응이다. 인간이 본질적으로 오욕칠정의 업에서 벗어나지 못한 체 그것으로 함몰되어 가는 존재라는 것, 그런데 그것이 필부필부匹夫匹婦가 설치는 저자거리가 아니라, 불도를 수행하는 산사라는 점에서 의미가 다르다.

> ① 선생. 지금 우리나라가 건국의 터를 츠는 시대요? 독립이라는 집이 다 되어가지고 낙성연을 하는 시대요? 어디 선생 똑 바로 말해 보시오.
>
> 하고 C할머니가 내게 묻는 것이 문답의 개시였다.
>
> 터를 츨 시대겠지요.
>
> 나는 '츨'에 힘을 주었다.
>
> 올소. 츠는 시대도 아니고 츨 시대란 말이지요? (…중략…)
>
> 나도 그렇게 보아요. 그런데 일터에 모인 일꾼들을 보니 가래, 삽을 든 군은 하나도 없고, 모도 연미복에 모닝에 흰 장갑까지 떨떠리고 왔는데, 선생

은 그 사람들이 손에 무엇을 들고 왔는지 아시오? (…중략…)

무엇을 손에 들고 왔는고 하니 커다란 문패란 말요. 저거, 저거, 저것들 보시오. 글세. 모도 커다란 문패들을 내 두르면서 어울어져 싸우고들 있구려.[19]

② 새벽 세시면 이 마누라 극락공부하느라고 일어나는구려. 나는 잠이 잘 못 드는 병이 있지 않소? 자정도 넘고 새로 한 시나 되어서 가까수로 잠이 들만하면, 글세, 이 마누라가 일어나서 부시대기를 치는구먼. 미리 화로에 놓아두었던 대야로 세수를 한다, 손발을 씻는다, 아 글세 쭈굴쭈굴한 볼기짝을 내게로 둘러대고 뒷물까지 하지 않겠소?[20]

③ 글세. 그 마누라가 속에 똥 한방울도 없는 척 해도 젊어서는 남의 첩으로 댕기고 여긔도 도를 닦으러 온 것이 아니라 어떤 중을 못 잊어서 따라왔더라는 구먼. 아따 그 중이 누구라더라, 원 정신이 없어서. 그 딸이라는 젊은 마누라한테 드었건 마는. 그 중이 잘났더래. 풍신이 좋고. 그러다가 그 중이 죽고 저는 나이 많고 하니까 여긔 누러붙은 거래. 그만하면 잡년이지 무엇이오. 젊어서는 이 서방 저 사내 싫건 노다거리다가 다 늙어서 나무아미타불! 흥 그런다고 극락세계에 가겠어요?[21]

인용 ①은 C할머니의 정치담이고, 인용 ②는 친구 험담이고, 인용 ③은 친구에 대한 욕이다. C할머니는 이렇지만 옥당 할머니는 나를 찾아

19 위의 책, 58~59쪽.
20 위의 책, 60쪽.
21 위의 책, 62쪽.

와 그가 '저만 알고 남의 생각은 아니하고, 고집이 세고, 거만하고, 나라 일은 저 혼자 한 것처럼 자랑을 한다'며 흉을 본다. 험담과 욕은 여기서 끝나지 않고, 계속되다가 수필 「옥당 할머니」는 이렇게 끝난다.

> 나는 이제는 C할머니가 있을 곳을 다른 데 구할 수밖에 없었다.[22]

두 늙은 여자의 갈등이 고조되면서 독자의 기대를 부풀려 놓던 글이 갑자기 싱겁게 끝나버린다. 여운 어쩌고 할 것도 없다. 어떻게 읽어야 할까. 갈등 해소의 조언자가 아니라 그 소임의 외면이다. 설교하고, 계몽하고, 주장하기를 좋아하는 지식인 이광수가 C할머니의 장광설에 대해 입 한번 뻥끗 하지 않는다. 춘원 자신이 이런 욕계의 중심에 서 있기 때문일 것이다.

모든 사람들이 저마다의 견해doxa, opinion를 주장하며 저 갈 데로 가던 시대가 해방공간이다. 두 할머니의 작태는 잘나고 못나고 가릴 것 없이 저마다 주장opinion을 내지르던 시대, 마치 희랍의 소피스트들이 아테네의 청년들을 향하여 저마다의 견해doxa로, 바르지 않은 세상사를 바른 듯이 호도하던 그런 풍모다.

불도를 통해 진여眞如, episteme에 이르겠다고 입산한 춘원, 그런데 아직 욕계에 빠져 있는 두 노인과 무슨 대화를 늘어놓겠는가. 자신의 과거를 반성하며 새로운 삶을 사는 인간으로 거듭나려 서울을 떠났던 춘원이다. 입산하여 40년이 넘게 보살로 살며 불도를 닦는다는 옥당 할

22 문장이 비문이다. '나는 '이제는 C할머니가 있을 곳을 다른 데 구할 수밖에 없다'고 생각했다가 맞겠다.

머니, 그래서 평소 자별한 감정을 가졌기에 그를 위해 한마디쯤의 역성이 있을 만한데 끝까지 입을 다물고 있다. 이런 점에서 「옥당 할머니」는 춘원의 생각은 행간에 숨고, 그 대신 산사에까지 번진 '견해 난무'의 작태를 통해 해방기란 시대가 얼마나 말이 많았던 시대인가를 보여주는, 춘원의 글로서는 말을 많이 아낀, 다시 말해서 현실과는 저만치 거리를 둔 글이다. 역시 수도자의 자태이다.

3) 부처의 길

'인연을 따라 구업을 버리고, 운명에 따른 새로운 길을 간다'던 춘원의 산거山居, 그렇게 세속을 떠나 새 삶에 이르려 하던 춘원의 해방기 현실인식은 죽음에 죽음이 겹치는 시간이었다.

> ① 내가 한 잠을 자고 나면 봉근이는 그 드룹스를 다 먹고 한 개 만 남겨서 쥐고 있던 것들이 생각이 난다. 그는 여듧 살에 폐혈증으로 갔다.
>
> 중생은 슬픈 존재다. 그중에도 앓고 죽는 양이 참아 볼 수 없도록 슬프다. 나고 죽는 것이 모도 헛것이오 꿈이라 하더라도 슬프기는 마찬가지다.
>
> 선을 하고 앉았노라면 마음에 오고 가는 끊임없는 생각들이 모도 싱거운 것뿐이다. 아모 가치도 없는 것들이다. 몇 겁을 앉아도 부처의 경지가 아니 나타나서 애썼다는 옛 부처의 심경도 이러한 것인가.[23]

> ② 나는 이 적은 새가, 몇 해 동안인지 모르거니와, 그렇게 아끼고 소중하

23 李光洙, 앞의 책, 41쪽.

게 너기던 몸이 이 모양으로 던져진 것이 슬펐다. 그 털 한 개도 그에게는 귀하던 것이다.

어느 때에 어넌 모양으로 죽었는지 모르지마는 그가 죽을 때에는 몹시 아프고 괴로웠을 것이다. 아프다 못해서 괴롭다 못해서 죽은 것이다. 그 고통이 옆에서 보는 자에게는 잠시잠깐이었겠지마는 당자에게는 마치 끝이 없이 오래고 오랜 것이었을 것이다. 영원! 그렇다! 그 괴로움은 그에게는 무한하고 또 영원한 것이었을 것이다.

그는 아마 혼자 괴로워하였을 것이다. 그의 부모와 형제와 자녀와 또는 사랑하던 여러 짝들이 그가 운명하는 곁에 있었으리라고는 생각히지 않는다. 그는 아픈 것을 참다 못 하야 괴로운 소리로 울었을 것이지마는 그 소리를 들은 자가 누군가. 그래도 그는 그러한 긔운이 있는 때까지는 몇 마디고 슬픈 소리를 지르며 무엇을 피하랴는 듯, 무엇에 기대랴는 듯 날개를 퍼덕거리고 다리를 버둥거리고 고개를 내어두르고 눈으로 허공에서 무엇을 찾았을 것이다. 그렇지마는 그 소리를 들은 자는 누구? 그 애타는 광경을 본 자는 누구? 허공아 대답하라! 우주야.

그는 혼자 애쓰다가 혼자 누구를 부르다가 죽었다. 아 아 암만 불러도 쓸데없고나 하는 듯이 그의 콩알만 한 심장은 움지기기를 그쳤다. 그리고 아마 전신에 일순간의 경련이 있고는 그의 시체가 고요하듯이 우주는 고요하였다. 그의 그 물 끓듯하고 불타듯하고 질풍과 같고 신뢰와 같고 천지가 온통 뒤집히고 오그라지고 찌그러지고 부서지는듯하던 것은 모두 한 바탕 꿈이었다. 그러나 분명히 그랬는데, 그것이 어듸 갔나? 그 괴로워하던, 괴롭다고 보던 그는 어듸로 갔나?[24]

③ 나는 것은 좋아라고 웃고 죽는 것은 설워라고 운다. 그러나 신랑신부의 찬란한 가마가 들어가는 대문으로 지즉으로 싼 관이 나오는 것이다. 웃는 입은 동시에 우는 입이다. 그나마 빗장이와 의사만 안 들어오고 사는 날까지 산다면 그런 큰 복은 없을 것이다. 사위, 며느리의 옷감과 함께 수읫감을 두지 아니하면 안 되는 것이 긔막힌 일이다.

인용 ①은 「산중일기」의 한 대문이고, 인용 ②는 산 새 한 마리가 죽은 장면이고, 인용 ③은 「인토忍土」의 한 대문이다. 인용 ①, ②, ③의 공통 테마는 '죽음'이다. 아들의 죽음, 새의 죽음, 생로병사가 중심 서사다.

인간은 무상無常한 존재다. 그래서 늘 괴롭고, 불안하다. 전후 찰나에 동일한 실체를 가질 수 없고 한 찰나에도 고정된 실체를 갖지 않으므로 무아無我다. 그러나 중생은 아我에 집착하기 때문에 그 무아가 고통이다. 이 고통의 근거를 추구하면 아집我執과 법집法執에 의한 번뇌로 귀착된다. 따라서 번뇌를 끊고 깨달음을 얻지 못하면, 누구나 무량한 세월 속에 태어나 늙고 병들고 죽는 고통을 피하지 못하고 꼼짝없이 그 원인이 되는 번뇌와 더불어 살게 된다. 위의 인용 ①, ②, ③의 내포가 모두 이러한 문제와 얽혀 있다.

모든 번뇌는 먼저 자신의 몸과 마음을 괴롭힌다. 이러한 몸과 마음은 근심과 고통을 수반한 갖가지 괴로움을 이끌고 머물기 때문에 자연히 열반의 즐거움과 먼 거리를 두게 만든다. 이렇게 성불聖佛에 장애가 되는 번뇌로부터 탈출하려고 중생은 부처에로 귀의를 시도한다. 그러나

24 李光洙, 「죽은 새」, 앞의 책, 51~52쪽.

스스로 깨치지 않으면 부처로 가는 성불은 열리지 않는다.

인용 ①이 무명無明을 벗어 나 성불을 걸으려는 애절한 기원이라면, ②에서는 무량한 세월동안 훈습한 명언종자名言種子는 인因이 되고, 선악업善惡業은 연緣이 되는 것을 새의 죽음에서 깨닫는다. 인용 ③은 '삼세三世에 번뇌가 일어나는 원인이 중생을 윤회상속케 하는 발업發業과 무명에 있다는 것이다. 그래서 인생은 무상한 존재다'라는 의미로 읽힌다.

이렇게 춘원의 해방공간은 고통과 번뇌의 시간이었고, 그것으로부터 벗어나기 위해 부처의 길을 찾아 나선 수행의 세월이었다.

3. 『돌벼개』 읽기를 마치고 나오며

춘원은 19세기 조선사회가 극도로 부패하여 민심이 흉흉하던 신미년(1811) 혁명 때 홍경래가 최후까지 버틴 저항의 고장 정주에서 태어났다. 정주는 도산 안창호가 대성학교를 세워 민족과 국가를 떠맡을 청년들을 기르려 했고, 이런 도산의 영향을 받아 남강 이승훈이 사재를 털어 오산학교를 세웠던 땅이다. 문인으로는 김안서, 김소월, 백석, 선우휘 등을 배출한 문향이다.

조선조에는 한때 도과道科의 급제자가 전국에서 제일 많았던 정주, 그런 고장의 몰락한 양반 후예 춘원은 청운의 꿈을 안고 제물포를 거처 경성으로 왔다. 그 뒤 장학생으로 도쿄 유학으로 높은 공부를 하고, 세계와 민족의 실상에 눈을 떠 『무정』이란 기념비적인 소설을 남겼다. 도쿄에서 「2·8독립선언서」를 쓰고, 그걸 안고 상해로 탈출, 임정의 배려 속에 『독립신문』의 사장, 편집책임자로 민족운동에 뛰어들었다. 그러나 춘원은 일제 말기 믿지 못할 반민족적인 행위를 하고 말았다.

『돌벼개』는 이런, 그러니까 해방 직후부터 6·25전쟁까지, 문제적 인물 이광수의 극히 사적인 기록, 일기다. 그런데 이 『돌벼개』의 표상이 위에서 고찰해 보았듯이 번뇌·반성·속죄의 서사로 나타나고 있다. 특히 부처의 길을 가면서 새 삶을 모색하려는 사유가 모든 글의 행간을 메울 만큼 간절하다. 이런 점에서 우리는 이제 춘원을 한 인간으로서 이해하며 얼마쯤은 용서해야 하지 않을까. 그의 모든 문학이 민족과 국가를 배신한 것은 아니고, 일제 말기의 몇 작품에 국한되며, 또 작품보다 행각이 그러했기 때문이다. 문인의 평가는 어디까지나 그가 남긴 작품을 기준으로 사는 것이 원칙이다.

제16장

시인의 조국, 현해탄 횡단의 사상

정지용의 『문학독본』 소재 교토 배경 수필을 중심으로

정지용은 한국 현대시의 아버지로 불린다. 한국 현대시문학에서 뚜렷한 문학적 성취를 이룬 『정지용시집』, 『백록담』은 물론 청록파 3인을 문단에 내보낸 시인이고, 저 유명한 리프레인 "그곳이 참하 꿈엔들 잊힐리야"가 빛나는 「향수」와 같은 시가 한국의 모든 사람이 가곡으로 부를 만큼 알려진 자리에 있다.[1]

1 정지용은 관동대지진이 일어난 해에 일본으로 유학을 가서 일본의 국민시인이라 불리는 키타하라 하쿠슈의 추천으로 시인이 되어 일본어로 시적 미의식을 닦기 시작했지만 "나는 나라도 집도 없단다"라며 쓸쓸한 유학생활을 했다. 재학 시절 가모가와(鴨川)의 상류 히에이잔(比叡山) 밑에 소풍을 갔을 때 그곳에서 징용 온 동포들이 열악한 조건 밑에서 일하는 것을 보면서 분을 안으로 삼켰다. 그는 유학이 끝나 고국으로 돌아온 뒤 모교인 휘문에서 교편을 잡으면서부터는 일본어 시는 전혀 쓰지 않았고, 그의 스승 하쿠슈가 조선팔경(朝鮮八景) 심사를 위해 경성에 왔을 때 김소운 등은 환대를 했으나 그는 몸을 홱 돌렸고, 그 뒤 교토에 가서 이런저런 일을 한 적도 없다. 이런 점은 이양하가 「교토기행」에서 교토 쌍인형을 사며 교토 유학 시절을 그리워하는 것과는 다르다. 스승을 원모

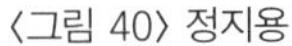

〈그림 40〉 정지용

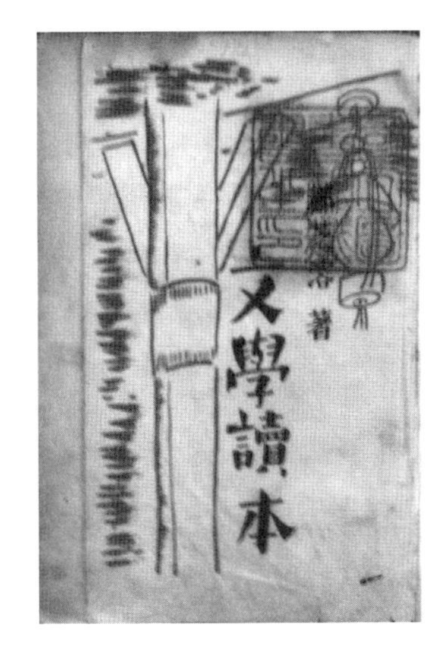

〈그림 41〉『문학독본』 속표지

(遠慕)했을지는 모르나 일본어에는 다시 마음을 열지 않았다.

그러나 생애의 마지막은 아주 불행했다. 6・25전쟁 직후 7월(9월이라는 말도 있음) 어느 날 자택을 찾아온 안면이 있는 젊은이 몇 사람과 함께 집을 나간 뒤 다시는 돌아오지 않았다. 월북 설, 피랍 설, 거제 포로수용소까지 왔다는 설, 미군의 포로가 되어 오키나와로 끌려갔다가 거기서 처형되었다는 설이 있지만 그의 최후가 어떠했는지 정확하게 아는 사람은 아무도 없다. 북한의 공식 기록에도 나타나지 않는다. 그런데 1995년『조선문학사』(과학백과사전종합출판사) 제9권에 '짙은 민족적 정서와 민요풍의 시풍에 의하여 민족시가의 전통을 소생시킨' 시인으로 정지용을 처음으로 소개하고 죽은 해를 1950년으로 명기했다.

정지용의 시는 부드럽고, 온화하다. 그의 외모도 단아하다. 그러나 그는 조선 문인이 다 알고 인정한 독설가였다. 이것은 시를 모르면서 껍죽대는 인간들, 그러니까 '안으론 뜨겁고 밖으로는 서늘하게 — 이것이야말로 시의 위의(威儀)다'라는 그런 오만의 소산인지 모른다. 그는 벌써 1920년대에 윌리엄 블레이크 시를 학사논문으로 쓸 만큼 영미 시론에 밝았고, 도시샤대학 후배 윤동주가 그를 흠모할 만큼 시적 위상이 그때부터 높았다. 정지용은 단 두 권의 시집을 출판했지만 그의 시는 한국시문학사에서 한 정점을 찍는 존재로 평가된다. 그래서 사람들은 대개 이 문인을 시인으로만 안다. 그러니까 '항해는 정히 연애처럼 비등하고'란 청춘사업, 혹은 「장수산」의 싸늘한 겨울로, 혹은 「비로봉」의 '쌍드랗게 언 시인'(이양하)으로, 혹은 「나비」의 환각으로 이해하고 있다. 그러나 정지용 문학의 본데 자리 시만 아니라 수필의 몫도 있고, 그 둘은 함께 민족문학의 한 권화로 평가된다.

나의 청춘은 나의 조국

다음날 항구의 개인 날이여![2]

언제 읽어도 가슴이 뭉클해오는 이 절창은 정지용이 현해탄을 오가던 젊은 날의 어떤 초상이다. 그는 이미 그 때, 금단초 다섯의 자랑스런 도시샤대 학생으로 일본의 천년수도 교토에서 신라 천 년의 푸른 하늘을 노래한 까닭이다.

아아 석류알을 알알히 비추어보며

신라천년의 푸른 하늘을 꿈꾸노니

ああ榴の實をつまみつつ

新羅千年の空を夢みる[3]

정지용의 시만 그런 자리에서 이렇게 빛나는 것이 아니다. 수필도 그러하다. 그가 남긴 수필은 70여 편이나 되고, 그 가운데는 우리가 그냥 넘어갈 수 없는 작품이 많다. 여기서는 이런 「향수」, 「해협」, 「석류」의 시인 정지용의 수필 가운데 교토를 배경으로 한 작품을 고찰한다. 교토가 일본문화의 상징이고 위의 절창과 동일한 맥락에 놓여 있기 때문이다.

1948년에 간행된 『문학독본文學讀本』은 책 말미에 수록된 시론과 무용론 5편을 제외한 모든 글이 수필이다. 그런데 책 이름이 '문학독본' 이다. '독본'은 '교과서'나 '모범'이 될 만하다고 판단하는 글들을 뽑아

2 정지용, 「해협」, 『카톨릭청년』 1, 1933.6.

3 정지용, 「石榴」, 『조선지광』, 1927.3.

서 묶은 책을 이른다.[4] 『문학독본』이란 책 이름은 사실은 정지용이 붙인 이름이 아니다. 「수수어愁誰語」라는 이름으로 신문과 잡지에 발표되었던 글을 모아 출판사로 넘겼는데 출판사가 책을 만들면서 이름을 『문학독본』으로 달았다.[5] 그가 생각한 책 이름이 무엇이었는지 알 수 없으나 어쨌든 이름이 『문학독본』인 것은 수필집과는 거리가 멀다.

이 책보다 한 해 뒤에 나온 『산문散文』(동지사, 1949)은 책이름이 수필집을 연상시키지만 「시와 언어」항으로 묶인 문학평론과 여러 편의 시사평론, 곧 「민족해방과 공식주의」, 「민주주의와 민주주의 싸움」, 「동경대지진여화」, 「민족반역자 숙청에 대하여」와 같은 해방 공간의 시대상과 관련된 글도 많다. 그리고 번역시가 12편이다. 『산문』이란 책 이름과는 많이 다르다.

이런 사실을 근거로 할 때 『문학독본』은 정지용의 수필이 거둔 문학적 성취를 가늠할 수 있는 산문집이다. 이 책에는 56편의 수필이 소복하게 실려 있다. 거의 1,000자 안팎으로 짧다.

정지용의 시 연구는 많지만 그의 수필연구는 많지 않다. 아니 거의 발견하기 힘들다. 왜 그럴까. 문학적 성취도가 시에 견주어 떨어지기

4 '독본'은 일본어에서 그대로 따온 명칭이다. 이 문제에 대해서는 제11장 「서정수필과 서정시의 문학적 영역」에서 집중적으로 고찰한다.

5 鄭芝溶, 『文學讀本』, 博文出版社, 1948, 1쪽. '독본'이라는 책 이름을 출판사가 우겨서 단 것은 이 책이 나오기 전에 최남선의 『時文讀本』(신문관, 1918), 이윤재의 『文藝讀本』 상·하(한성도서주식회사, 1931~1932), 이태준의 『文章講話』(문장사, 1939), 『尙虛文學讀本』 등이 인기리에 판매된 사정과 관련된 듯하다. 최동호의 말에 따르면(『그들의 문학과 생애, 정지용』, 한길사, 2008, 137쪽) 그 무렵 지용은 불광동 녹번리에서 궁핍하게 살았는데 생활비는 거의 몇 권의 책 인세에 의존하였다고 한다. 이런 주장은 『散文』의 서문 「머리에 몇 마디만」에 나타나는 다음 구절과 연결된다. "이 『散文』은 스마트한 출판사 同志社가 아니었더면 도저히 나올 수 없었던 것이다. 아들놈 장가 들인 비용은 이리하여 된 것이다. 진정 고맙다."

때문일까. 아니면 글이 너무 작아 내용도 작을 것이라고 지레 판단한 것일까. 저자는 어느 것도 아니라고 생각한다. 이런 판단이 저자가 이 문인에게 가지고 있는 남다른 애정과 무관하길 바란다.[6]

1. 압천상류와 상투 튼 조선노동자와 사각모 쓴 조선유생

정지용의 작품 가운데 '압천'이 글의 제목이 된 것은 물론 생생하게 묘사된 작품이 세 편 있다. 수필 「압천상류鴨川上流 상」과 「압천상류 하」와 시 「압천」이 그것이다.

가모가와鴨川, かもがわ는 교토시의 중앙을 관통하는 큰 개천이다. 강이라고 부르는 사람도 있지만 비가 오면 수량이 크게 늘어났다가 가물면 물이 확 줄어 도랑물처럼 흐르니 강으로 불릴 자격은 못 된다. 그러나 교토 사람들은 가모가와가 프랑스의 세느강보다 아름답다고 말한다. 이 말이 좀 과장되기는 했지만 아주 틀린 말은 아니다. 가모가와의 봄

6 저자는 이 시인의 절창 「고향」을 고1때 가곡(채동선 작곡)으로 알고부터 그의 시를 흠모해 오다가 1998년 아주 좋은 조건으로 일한교류기금을 받아 교토대(京都大)에 외국인 초빙교수로 근무하게 되었다. 그때 저자는 재교토유학생들과 정지용기념사업회를 결성하여 그의 모교 도시샤대학 교정에 옥천군의 지원을 받아 윤동주시비 옆에 시비를 세웠고, 대산문화재단의 지원으로 일역판 『鄭芝溶詩選』(東京 : 花神社)을 출판했다. 또 『교토신문(京都新聞)』에 수차례 정지용을 소개하였고, 요미우리TV며, FM 라디오에 출연하여 그의 시를 일본에 소개했다. 그 후 정지용기념사업회는 해마다 여러 문인들과 옥천군민을 대동하고 도시샤대학에서 헌화제 이름으로 기념행사를 했다. 요미우리TV 자료는 옥천 정지용기념관에 보관되어 있다. 오양호, 「지용 선생께 바친 7년의 세월과 기다림」, 『월간문학』, 2006.4 참조.

풍경과 가을의 정취가 사람과 어울리는 정경이 너무나 아름답고 평화롭기 때문이다. 봄, 가을의 정취가 그렇지 않은 풍광이 어디 있을까마는 교토는 좀 유별하다.

봄이면 벚꽃이 강변을 하얗게 뒤덮는데 넓은 강둑은 또 다른 색깔, 녹색의 잔디가 융단처럼 깔린다. 오하라大原에서부터 내려오는 맑은 물이 흐르고, 그 위를 흰빛 혹은 잿빛의 큰 물새가 유유히 물줄기를 따라 난다. 가모鴨다. 진달래가 산을 뒤덮는 동산 아랫길 동로東路, あずまじ 너머로 해가 기울면 그 강가로 청춘남녀가 모여들어 자리를 잡는데 그 앉는 위치가 자로 잰 듯하다. 강변의 시조, 산조에 하나 둘 불이 들어오면 해발 829미터 히에이잔比叡山은 별빛에 싸여 더욱 태고연하고, 기요미즈데라淸水寺 언덕에도 불빛이 달빛처럼 은은하게 뜬다. 그럴 때쯤 그 아래 기요미즈고조엔 얼굴을 온통 하얀 분으로 단장을 한 게이샤가 나막신을 신고 종종걸음을 친다. 천년수도 교토는 그렇게 산과 강과 사람이 만나 황혼의 환상을 안고 밤으로 간다.

교토와 가모가와의 가을 정취는 또 다르다. 물이 도랑물 같이 줄고, 그 대신 마른 억새풀이 병정처럼 늘어서는 가을 천변에는 저승꽃의 붉은 빛이 수를 놓는다. 이 꽃은 봄이 아닌 가을 녘에 핀다. 불그스름한 꽃빛이 좀 을씨년스럽다. 그래서인지 꽃 이름이 저승꽃ひがんばな, 彼岸花(붉은 상사화)이다. 저녁이면 월견초가 또한 질세라 초롱처럼 개천가를 수놓는데 히에이잔 발치 슈가쿠인오토와타니修學院音羽谷 단풍, 그 진적眞赤의 빛깔이 어둠 속에 묻히는 정경 또한 처연하다. 그러나 슈카쿠인 이궁離宮을 에워싼 청송은 여전히 싱싱하다.

정지용의 수필 「압천상류」는 이 개천가에 있는 슈카쿠인에서 에이덴

이라는 조랑말 같은 전철을 타고 조금 올라가면 야세히에이잔구치八瀨叡山入口에 위치한 케불야세ケ-ブル八瀨에서 토목일을 하던 조선노동자들 이야기다. 가모가와의 아름나운 정취가 이 글에는 툭 튕겨 나간다. 정지용의 미문체가 엿보이긴 하지만 그것의 내포는 다른 데 있기 때문이다.

① 노는 날이면 우리들의 散步터로 아주 호젓하고 좋은 곳이었다. 거기서 다시 거슬러 올라가면 八瀨라고 이르는 比叡山 바루 밑에 널리어 있는 마을이 있는데 그 근처가 지금은 어찌 되었는지 모르나 그때 만해도 거기 河川工事가 벌어지고 比叡山 케-불 카-가 놓이는 때라 朝鮮勞動者들이 굉장히 많이 쓰히었던 것이다.

이른 봄철부터 일철이 되고 보면 일판이 흥성스러워졌다. 石工일은 몇몇 中國 사람들이 맡아 하고 그 대신 日工값도 그 사람들은 훨석 비쌌고 坪뜨기 흙 져 나르기 목도질 같은 일은 모두 朝鮮土木工들이 맡아 하였지만 삯전이 매우 헐하였다는 것이다.

수백명식 모이어 설레는 일판에 합비 따위 勞動服들은 입었지만 동이어 맨 수건 틈으로 날른대는 상투를 그대로 달고 온 사람들도 많았다.

째앵한 봄볕에 아지랑이는 먼 불 타듯하고 종달새 한끗 떠올라 지즐거리는데 그들은 朝鮮의 흙빛 같은 얼골이며 우리라야 알아듣는 옥살스런 사투리며 육자배기, 산타령, 아리랑 그러한 것들을 그대로 가지고 온 것이었다.

② 맞댐으로 만나 따지고보면 별수없이 좋은 사람들이었지만 얼굴표정이 잔뜩질려 보이고 목자가 험하게 찢어져있고하여 세루양복에 머리를 갈렀거나 치마대신에 하까마, 저고리대신에 기모노를 입었다는 理由만으로 욕을

막 퍼붓고 회학질이 여간 심한 것이 아니었다. 우리가 조금도 못 알아듣는 줄로만 알고 하는 욕이지마는 실상 그것을 탓을 하자고 보면 살이 부들부들 떨릴소리를 하는 것이었다.[7]

인용 ①은 「압천상류 상」의 노동현장의 조선인 모습이고, 인용 ②는 정지용이 여학생(김말봉)을 대동하고 나타나자 일본인인 줄 알고 욕을 하는 장면이다.

아지랑이가 뜨는 봄볕 아래 아리랑과 산타령을 부르며 케이블카 공사를 하는 조선 노동자들이 아름다운 야세 산촌풍경과 대비를 이룬다. 고향에서 부르던 「육자배기」[8]며 「산타령」[9]의 구성진 곡조며 스산한 가사가 야세의 평화스런 봄 풍광과 부딪친다.

일본의 고도, 교토의 산간 마을 야세에서 이런 조선민요가 불려 퍼지는 것을 정지용이 들었을 때 그 심정이 어떠했을까. 그리고 조선서 튼 상투를 그대로 달고 살이 떨리는 욕을 퍼붓는 조선노동자들, 한 가정의 어른이고 한 여자의 지아비, 하지만 노예 신세로 전락한 징용 온 동포들, 칠흑 같이 어두운 밤 묘지 상국사相國寺로 후배 유학생을 불러내어 「향수」를 읊어주던[10] 순종 조선인 정지용, 그런 지용의 심리가 그런 조선인 노동자를 보는 심정이 어떠했을까. 일공 값이 중국인보다 훨씬

7 鄭芝溶, 「압천상류」, 앞의 책, 52~53쪽.

8 "사람이 살며는 몇 백 년이나 사드란 말이냐 / 죽음에 들어서 노소가 있느냐 / 살아서 생전에 각자 맘대로 놀기나 해 // 내 정은 청산이요 님의 정은 녹수로다. / 녹수야 흐르건만 천산이야 변할손가 / 아마도 녹수가 청산을 못 잊어 휘휘 감고만 돌거니."

9 "신고산이 우루루 함흥차 가는 소리에 / 구고산 큰 애기 반보짐만 산다. / 어랑아랑 어허야 어야디야 내 사랑 // 삼수갑산 머루다래는 얼크러설크러졌는데 / 나는 언제 님을 만나 얼크러설크러지나 / 어랑아랑 어허야 어야디야 내 사랑."

10 김환태, 『김환태전집』, 현대문학사, 1972, 281쪽.

싼, 그렇지만 평뜨기, 흙 져 나르기, 목도질 같은 훨씬 힘든 일을 하는 조선노동자들이 다 하는 모습이, 우선은 짓밟힌 자긍심으로 부끄러웠겠지만 동족의 비참한 삶이 자신의 심리도 서럽게 만드는 고통을 체험했을 것이다.

이 수필이 야세의 승경은 툭 튕기고 지나간다는 말은 조선인의 이런 노동현장을 묘사하는데 서사의 포커스가 가 있기 때문이다. 조선의 육자배기 산타령이야 기껏 임 없는 신세타령이지만, 남의 나라에 징용으로 끌려와서 내뱉는 '살이 부들부들 떨릴 욕'은 문제가 다르다. 그것은 지체 높은 교토사람들 산 구경 잘하라고 만드는 케이블카 공사장에서 노골적으로 벌어지는 사람 차별에 대한 비판인 까닭이다.

무슨 욕이었을까. 천 년 동안 일본의 수도로 그들 문화의 정점에 서 있는 교토의 풍요로움에 대한 시샘일까, 아니면 경사가 30도 가까이 되고, 해발 829미터의 산꼭대기까지 560미터나 되는 쇠줄을 공중에 달아야 하는 위험하고 힘든 노동과 그런 노동에 상응하지 못하는 품삯 문제일까. 혹은 그런 일을 하다가 죽거나 불구가 되고, 큰 부상을 입은, 그래서 가족도 제대로 건사할 수 없는 생활에 대한 불만일까.

이렇게 「압천상류」는 조선노동자들이 케이블 야세의 공사를 하던 바로 그 현장의 현실을 문제 삼고 있다. 수가 틀리면 십장도 패고 순사에게도 린치를 가한다고 하여 외연은 험악한 공사판 묘사 같지만 서사의 내포는, 그러니까 욕의 이면에는 케이블 야세 공사는 물론 가모가와 바닥 물길, 강둑 쌓기를 조선인 노동자들이 도맡아 했다는 슬픈 내력과 관련되어 있다.

교토의 조선 유학생들은 1927년 6월 10일 노동사건으로 수감된 동포를 도우기 위해 의연금을 모우는 일을 했고, 교토조선유학생회 잡지 『학조』를 만들면서 "전무산계급全無産階級의 정치투쟁의식을 전취戰取하지 안코는 의의意義잇는 학생운동學生運動이 잇슬수업다. 따라서 오등학생군吾等學生君에게 부여賦與된 당면임무當面任務인 무산계급운동의 ××× 인테리겐챠-의 생산生産과 노동대중勞動大衆의 정치적교양政治的敎養은 전전불가능全全不可能하다"라고 자기비판을 했다.[11] 그리고 「편집여적」에는 "관동대지진關東大地震 당시當時에 무참無慘히도 ××된 동포同胞"라 기록했다. 그 뒤 윤동주는 그가 가지고 있는 『정지용시집』을 읽으면서 「압천」에 "걸작"[12]이라 적었다. 사실 이 시의 긴장도가 가장 높은 곳은 5, 6연인데 왜 진술로 긴장도가 떨어지는 '날이 날마다 임 보내기 목이 자졌다'란 구절 끝에 그런 색연필의 기록을 남겼을까. 말 못할 사연이 있을 것이다. 관동대지진 때의 동족의 수난과 같은, 혹은 그런 고통을 함께 아파하고, 나누는 그런 사연일 것이다. 모든 사건의 맥락이 조국 상실과 무관하지 않다. 시 「압천」의 '임'은 이런 맥락에서 갑골문자이다. 1923년 관동대지진으로 파괴된 도쿄가 10년 뒤 뉴욕 다음의 세계적 도시로 다시 서는 데 결정적 역할을 한 것이 조선인, 그것도 일본 사람들에게 학살을 당하는 틈새에 겨우 목숨을 건진 조선노동자였다는 그 기막힌 역설이 케이블카 공사장의 조선노동자와 함께 묶이기 때문이다.

사정이 이러하지만 성격이 좀 다른 수필이 있다. 키타하라하쿠슈北原

11 「자기비판」, 『學潮』 2, 1927.6, 1쪽.

12 심원섭, 『윤동주 자필 시고전집』, 민음사, 1999, 190쪽. 파란 색연필로 '걸작(傑作)'이란 메모가 있다.

白秋가 내던(1926) 『근대풍경近代風景』 제2권 4호(1927.4)에 발표한 「춘3월의 글春三月の作文」이다. 이 수필은 야세히에이잔구치八瀨比叡山入口에 위치한 케불야세ケーブル八瀨가 완성되어 산성에 오르내리는 광경을 보며 "상처 입은 산을 위해 화를 안 낼 수 없는 사람들의 마음이 언젠가 나를 감화시켜 드디어 산을 위해 슬퍼하는 사람 중의 한 사람이 되어버렸다傷つけられる山のために慨嘆して止まない人人のも, いつか自分に移つてきたやうな氣がして, いよいよ山のために悲しむ一人になつてしまつた"[13]고 하고 있다. 이 글은 자기를 시단에 내보낸 일본을 대표하는 시인이 발행하는 문예지에 일본어로 썼다. 그렇지만 「압천상류」에 보이는 분노가 찬미로 바뀌지는 않았다. 일본의 전통을 상징하는 산을 글감으로 삼고 있으나 3월 봄 풍경과 어우러진 산정山情이 시에 버금갈 만큼 긴장된 문장을 구성하고 있을 뿐 특별한 다른 정서가 「압천상류」와 맞서진 않는다.

2. 교토파京都派 · 「압천」 · 민족주체성

여기서 잠시 일제강점기 교토 출신 문인들의 성향을 살펴볼 필요가 있다.

식민지 시대 일본 유학을 한 문인들은 크게 두 묶음으로 나뉜다. 도쿄 출신과 교토 출신이다. 도쿄 출신은 우리가 잘 알다시피 이광수, 최

---

13 鄭芝溶, 「春三月の作文」, 『近代風景』, 2-4, 東京, 1927.4. 『近代風景』은 정지용을 일본시단에 내보낸 키타하라 하쿠슈(北原白秋)가 발행하던 월간 문예지다. 고노 에이치(鴻農映二), 「정지용과 일본시단—일본에서 발굴한 시와 수필」, 『현대문학』 405, 1988.9, 374쪽 참조.

남선, 주요한 등으로 대표되는데, 이 그룹의 문인들은 거개가 일제말기 친일본적인 문인이 되었다. 교토 출신은 십수 명 정도로 그 수가 도쿄보다는 훨씬 적지만 도쿄 출신과 겨룰 만한 비중의 문학을 남겼고, 그 문학 성향은 반대인 문인이 많다. 권환(권경완, 교토제대 독문과), 백인준(교토제대), 정지용(도시샤대 영문과), 윤동주(도시샤대 영문과), 김말봉(도시샤여대 영문과), 송몽규(교토제대 사학과), 오상순(도시샤대 신학부), 김환태(도시샤대 예과), 이양하(교토제대 대학원), 장영숙(도시샤대), 장기제(도시샤대), 안함광(교토제대 불문과), 염상섭(교토부립 제2중학), 이장희(도시샤중학), 고희욱(제3고등학교)[14] 등의 삶의 자취와 남긴 문학의 결과가 그러하다. 이 밖에 문인은 아니지만 교토제대 철학과를 졸업한 한글학자 최현배, 정지용과 휘문고보 동기로 『요람搖籃』 동인이었던 박제환이 있다. 박제환은 정지용과 함께 하숙을 하였고 교토학우회 학예부 대표로 정지용의 초기 시가 거의 다 실린 『학조』의 편집인 발행인이었다. 그러나 그는 경제학을 전공하여 후에 행정관료, 국회의원, 장관이 되어 문학과는 멀리 떨어졌다.

이 문인들의 특징은 무엇보다 교토문학파[15]의 천황제 파시즘에 대한 사상적·미학적 저항과 관련되어있는 비판정신이다. 이런 성격이 단적으로 드러나는 예가 일찍이 『조선민족 갱생의 도』(1926)를 쓰고, 조선어연구회를 창립 일제의 민족문화말살정책에 대항하다가 1942년 조선어학회 사건으로 피검 구속된 최현배이다. 최현배의 학문을 통한 저항

14 당시 제3고등학교 학생으로 윤동주, 송몽규와 함께 체포된 1943년 7월 '교토 조선인 학생 민족주의그룹사건'에 연루된 사상범. 윤동주의 최후를 증언한 바 있다. 『여성동아』, 1985.12; 『동아일보』, 1985.12.4.

15 김윤식, 「교토문학파의 감각」(『현대문학』, 1988.1)에서 이미 쓰인 용어다.

정신은 그가 교토학파의 본산인 교토제대 철학과에서 학부와 석사과정을 이수하면서 몸에 익힌 생리와 절대 무관하지 않을 것이다. 731부대의 무서운 생체실험을 주도했다는 일본 제일의 대학, 그러나 교토제대의 교수인 후카다深田康算와 그 제자들의 『미美·비평批評』(1930~1933)가 중심이 된 부르주아 아카데미즘과 파시즘 문화에 대한 비판정신이 학풍의 이면으로 스며들어 마침내 교토학파의 미학적, 사상적 저항을 형성하였다. 그리고 여기에 1935년 도시샤대학의 저항, 곧 신붕사건神棚事件과 채플점거농성사건이 이런 학풍과 문화적 기류형성에 가세함[16]으로써 형성된 것이 교토문학파다.

결국 교토유학파 조선 문인들은 이런 학문적 비판정신과 맥이 알게 모르게 닿아 있다는 말이다. 그런 시기 교토대의 『학생평론學生評論』(1936)과 도시샤의 『도시샤파同志社派』(1935)가 저항운동의 실체였으니 그런 대학의 분위기를 유학생은 현장에서 직접 겪었고, 그렇게 획득된 형질[17]이 우리 학문과 문학에 저항적 유전인자로 충분히 기능할 수 있었을 것이다.

이런 성격은 1943년 7월 당시 교토에 유학하던 학생들이 일으킨 민족운동, 그러니까 '교토 조선인 학생 민족그룹 사건'으로 윤동주, 송몽규, 백인준, 고희욱 등이 체포되고, 고초를 겪고, 옥사한 데서 드러났고, 해방 뒤에는 교토파 문인의 반수가 일제 파시즘 청산을 제대로 하지 않는 남한정부에 실망하여 북쪽으로 넘어간 사실에서도 나타난다.

---

16 同志社大學 人文科學研究所, 『戰時下 抵抗の研究 : キリスト者, 自由主意者野場合』, みすず書房, 1968 참조.

17 이런 점을 시사하는 것이 『학조』 제2호 「편집여적」의 복자 처리한 기사이고, 교토학우회의 「동정」란이다.

이 교토파 문인들은 단지 마르크스주의에 빠진 민족주의자라기보다 근대적 이성과 정신의 합리성을 신뢰하는 지식인들이었기에, 결과적으로 그것은 큰 오판이긴 했지만. 당시의 북쪽 상황을 남쪽의 그것보다 상대적으로 그 강도가 높다고 판단했을 것이다.

정지용이 「압천상류 상・하」는 그런 시절 교편생활을 그만두고 가톨릭재단이 설립한 『경향신문』의 주필로 직장을 옮기고, 당시(1946) 남로당 서울분국과 관계가 깊어지던 시기의 글이긴 하다. 하지만 그런 정치적 감각의 변화보다 그의 심리 밑바닥에는 워낙에 교토파의 그 저항성과 '교토 조선인 학생 민족그룹 사건'의 그 민족주의 사상, 혹은 권환, 안함광, 백인준 또는 이양하의 문학에 공통적으로 드러나는 특성, 그러니까 학문을 사변적 세계에서만 하지 않고 현실적 과제라는 처지에서 실천하려 한 근대의식과 함께 묶여 있었다.

그렇다면 교토파 문인의 실제는 어떠했는가.

먼저 송몽규부터 보자. 그는 윤동주가 옥사한 한 달 뒤에 옥사했다. 교토제대에서 사학을 공부한 송몽규를 문인으로 간주하는 것은 다소 문제가 있다. 그러나 그가 연희전문 시절 문과의 잡지였던 『문우』에 고종사촌인 윤동주와 함께 시를 발표했고, 교토에서 발굴된 한 자료에도 그는 조선의 독립을 위해서는 조선문화의 유지 향상에 힘쓰고, 우리 문학은 민족적 결점을 시정하는 데 있다고 믿고, 스스로 문학자가 되어 지도적 지위에 서서 민족 계몽운동에 몸을 바칠 것을 각오해 온 인물로 나타난다.[18] 따라서 송몽규를 문인으로 보는 것은 잘못된 게 아니다. 오히려

18 林茂, 『京都時代の 尹東柱』(京都 : アジア問題 研究所, 1998)의 유인물 참조.

적극적인 민족문화주의자, 행동주의 문인으로 간주하는 것이 맞다.

다음은 윤동주다. 그러나 윤동주가 교토에서 겪은 고초가 어떠하고, 그의 시가 무엇을 말하고 있는가는 너무나 잘 알기에 그에 대한 인급은 췌언이다. 제3고등학교의 수재 고희욱의 교토유학에 대한 평가는 윤동주, 송몽규와 다르지 않다.

교토제대 독문과에 다니던 권환의 경우는 어떠한가. 권환은 『학조』 제2호에 권경완權景完이란 본명으로 「알코 잇는 영靈 ― 엇든 이승尼僧의 참회담懺悔談」[19]이란 소설에서 사랑을 배반하고 비구니가 된 한 여성을 내세운 모던보이지만 시집 『자화상』(1943)에 이어 『윤리』(1944)에서는 이데올로그가 되어 시대를 비판하고 있다. "비싼 이밥米飯 먹고 아예 그런 소리 말게 / 꿈에도 행여 그런 소리 말게 / 내가 취했다고는 / 물에 술 탄 것도 술에 물 탄 것도 먹어보지 못한 나를 / 술잔이 둥근지 모진지 모르는 나를 / 자, 그런 농담엣 소리 행여 하지 말고 춤이나 추세 / 이 발바닥이 다 닳도록"이라며 자신이 사는 시대를 절망으로 인식하고 있다.

백인준도 연전 시절 윤동주, 송몽규 등과 조선문학의 동인지를 출판하기 위해 학교 기숙사, 또는 다방 등에서 모의를 했는가 하면 작품 합평회를 열어 민족의식의 앙양과 조선 문화의 유지 계승을 도모하려던 문학도였다.

지금도 1930년대 모습이 하나도 변하지 않은 교토대학 농학부 쪽의 햐쿠만벤의 가쿠시도우學士堂에서 이 유학생들은 차를 마시며, 또는 철

19 權景完, 「알코 잇는 靈 ― 엇든 尼僧의 懺悔談」, 『학조』 2, 93~102쪽.

학의 길哲學の道을 걸으며 교토대의 니시다 기타로西田幾太郎 교수가 일본이 서양을 배운 데 대한 자존심의 상처를 장소의 철학으로 회복한, 다시 말해서 고정관념을 해체시키고 사물 자체의 존재를 파악하는 인간 중심주의, 주관과 객관이 초월하면서 합일하는 동양 중심의 학풍에 민족의 장래와 문학을 대입시키면서 우리 문학과 학문의 장래를 사유했을 것이다. 이런 사실을 시사하는 한 예가 윤동주 소장의 철학사전에 송한범(송몽규의 아명)의 영자서명과[20] 같은 흔적이다. 이것은 당시 니시다로 대표되는 교토학풍에 이들이 심취해 있었다는 사실을 암시한다.

결국 윤동주, 백인준, 송몽규, 이들 '문우' 출신 유학생 문인은 그 방법만 다를 뿐 같은 문학정신으로 우리 문학에 교토의 저항정신을 배태시킨 조선의 혼이다. 정지용의 문학정신 역시 이런 문인과 다르지 않나. 김기림이 일찍이 정지용의 "카톨리시즘"을 근대로 독해한[21] 바와 같이 정지용은 애초부터 민족주체정신의 한 축을 그런 풍토에서 쌓고 있었기 때문이다.

> 막대 하나 거침없는 한 편에 한 아낙네가 돌맹이 둘에 도틈 쪼그리고 앉아 있는 것이었다. 조금 황급히 구는 것이었으나 결국 우리가 보아서는 못쓸 것이 없으매 아낙네는 그대로 견디기 어려운 일이 아니었다.
>
> 일찌기 農村傳道로 나선 어떤 外國宣敎師 한분이 모든 불편한 것을 아무 不平 없이 참어받었으나 다만 朝鮮의 厠間만은 좀 困難하였던지 조선의 측간은 돌맹이 두 개로 성립되었다는 우스게 말씀을 한일이 있었으나, 그 "컨시

20 심원섭, 앞의 책, 190쪽 사진 참조.
21 김기림, 「수필을 위하야 · 불안의 문학 · 카톨리시즘의 출현」, 『新東亞』 23, 1933.9, 143쪽.

쓰·어브·투-스토운즈"라는 섭섭하기도 하고 우습기도 한 말이 잊어지지 않았다.

그야 厠間이 반드시 돌맹이 두 개로 成立된 것도 아니지만 그럴 수도 있지 아니한가.

산이 서고 들이 열리고 하늘이 훨쩍개이고 사투리가 판히 다른 荒漠한 他鄕이고 보면 厠間쯤이야 돌맹이 둘로 成立되지 말라는 법도 없다.[22]

단지 돌맹이 두 개, "컨시쓰·어브·투-스토운즈Concist of two stones"으로 된 변소 모습이다. 돌 위에 달랑 올라앉아 변을 보는 조선 여자. 돌멩이 둘로 변소를 만드는 그 풍습이 일본서도 여전하단다. 비하하는 것 같고, 야만상태라는 것 같고, 어떻게 보면 조선인은 어디가나 조선인이라 할 수 없다는 말로도 들린다. 하지만 문제는 '측간이 반드시 돌맹이 두 개로 성립된 것도 아니지만 그럴 수도 있지 아니한가'에 있다.

한 평론가는 이 장면을 두고 정지용 개인이 지닌 심미의 시선이라 개인적 차원에서 해명해야 한다고 말하지만,[23] 그러나 수가 틀리면 십장도, 순사도 안중에 없고, 상투를 달랑대며 설치는 이 노동현장의 똥 싸는 장면이 개인적 차원의 문제로는 인식되지 않는다. 논리 비약이 심하여 이해가 잘 안 되기 때문이다. 깊이 따질 것 없이 처지가 목숨을 내건 공사판인데 측간 운운할 틈이 어디 있나. 본질이 죽느냐 사느냐는 '우리'의 생존에 문제가 놓여 있다.

이 '문제'란 무엇인가. 국민국가 건설을 못하고 남의 나라의 종 신세

22 鄭芝溶, 『文學讀本』, 博文出版社, 1948, 56쪽.
23 김윤식, 『청춘의 감각, 조국의 사상』, 솔, 1999, 183쪽.

로 전락한 처지에 대한 자각이다. 이것은 근대의식에 다름 아니다. 김기림이 잡지 『카톨릭청년』 출현을 하나의 사건이라고 하면서 "누구보다도 우수한 그러나 불행한 시인 정지용 씨가 이 잡지에 진을 치고, 민중의 일부의 요구에 수응需應하면서" "카토릭 시인의 '패기'가 청년들 속에 많은 독자를 만들고 있다"[24]는 바로 그 근대의식이다. 다음과 같은 사건 역시 본질은 다른데 놓여 있다.

> 그 중에 퍽 넵넵해 보이고 있고 보면 손님대접하기 즐길듯한 끌기는 끌었으나 당목 저고리에 자주 고름을 여미고 자주 끝동을 달은, 좀 수선스럽기도 할 한 분이 일어나가는 거동으로 우리는 벌써 눈치를 챘던 것이었다. 황황히 일어서려니까 윈방 안에 있는 분들이 모다 붙들며 점심 먹고 가라는 것이었다.
>
> 이밥에 콩도 섞이고 조도 있으나 먹을 만한 것에 틀림없었고 달래며 씀바귀며 쑥이며 하여간 山肴野菜임에 틀림없었고 골고루 조선 것만 골라다 놓은 것이 귀한 반찬들이었다.[25]

자주 고름, 자주 끝동은 고운 심성을 가진 조선 여자의 한 상징이다. 이런 옷을 입고 남편 따라 살길 찾아 일본에 온 조선 여자들, 그들은 일본의 전혀 다른 생활환경 속에서도 조선인들의 미덕인 손님접대의 예를 산효야채로 갖춘다.

짐승처럼 사는 공사장에 높은 공부를 하는 대학생이 그것도 여자대학생을 대동하고 나타났으니 그들의 호기심을 크게 자극했을 것이다.

24 김기림, 앞의 글 참조.
25 정지용, 『지용문학독본』, 박문출판사, 1948, 55쪽.

그런데 그 관계가 사실은 사촌간이라 하니 그들은 진객 가운데 진객을 만난 셈이다.[26] 그때 정지용은 김말봉과 함께 동지사대학 전문부 영문과에 다니고 있을 때였을 것이다.[27] 정지용은 전문부에 다니다가 본 대학으로 편입했기에 김말봉과는 친했다.

하지만 그 오누이가 곧 돌아가려 하자 방안에 있던 모든 여자들이 점심을 먹고 가라며 붙잡았고, 그 가운데 엽렵해 보이는 여자가 얼른 나가 점심상을 차려온다. 이런 사건을 어떻게 해석해야 하나. 당장 자기들의 목구멍이 포도청인데 손님접대라니.

이것을 우리 민족의 순수한 기품의 자연스런 발현, 나의 발견, 존재감, 정체의 발견이라면 어떨까. 그렇다. 이것은 정치의 주체는 상실했으나 생활의 주체, 민족 풍습의 주체는 상실하지 않은 역시 근대의식 다른 양상으로 독해할 수 있다.

비록 돌 두 개로 측간을 만들고 야만처럼 살지만 그들은 함께 인간임을 자각한 조선적 생리, 서양인의 눈에는 '컨시쓰 · 어브 · 투-스토운즈'이지만 우리 민족의 신성한 내면, 좀 거창하게 말한다면 헤겔의 미학강의 2부에서 발견하는 그 예술에서의 마이너스적 요소가 강할수록

26 이 여학생은 소설가 김말봉이다. 김팔봉, 「백조동인과 종군 작가단」(『현대문학』, 1963.9) 및 유치환 「예지를 잃은 슬픔」(『현대문학』, 1963.9) 참조. 김말봉은 다카네(高根)여숙을 나와 도시샤여대 전문부 영문과에 다녔다. 그녀는 정지용을 자신의 후배라고 자랑했고, 정지용은 김말봉을 옥천에 대동하고 온 일도 있다. 저자는 김말봉의 『찔래꽃』 초판을 저자가 도시샤대학 외국인 초빙교수로 근무하던 1998년 개교기념행사에 '자랑스러운 졸업생 조선 작가'란 이름으로 전시하였다.

27 니쇼가쿠샤대학(二松學舍大學) 세리카와 데쓰요(芹川哲世) 교수의 조사에 따르면 정지용 학력은 이렇다. 1923년 4월 16일 도시샤 전문학교 신학부(예과3년제)에 입학했다가 가정 사정으로 4월 27일 3년제의 영문학부 예과로 전과했다. 그리고 1926년 3월에 동과(同科)를 졸업했다. 1926년 4월에 도시샤대학 문학부 영문과(3년제)에 입학하여 1929년 3월에 동과를 졸업했다.

정신의 발전에는 플러스적 측면이 강해진다는 그런 생리다.

이건 논리 비약이 아니다. 당시 일본의 조선노동자의 태반이 30세 전후의 청년들인데 이들은 거의 시골 소농, 또는 자작농의 자제로 농토를 빼앗기고 일자리를 찾아 일본으로 왔다는 것이다. 하지만 이 이주자들은 일본인의 차별로 일자리를 얻지 못하고 실업자나 유랑 노동자로 전락, 귀국도 할 수 없어 도시 변두리에 몰려 겨우 연명하고 있었다.[28] 특히 교토의 경우 이런 조선노동자들은 그들의 헤이안조平安朝 천년의 삶의 생리와는 전혀 달라 냉대가 우심하였다. 이런 사실을 보여주는 예가 1926년 6월 10일의 조선노동자 검거사건이다. 이 사건으로 동포들이 수감되었고, 교토에 유학중이던 조선 학생들은 교토학우회가 중심이 되어 의연금을 모아 조선인 노동자를 도왔다.[29]

정지용이 이런 학생운동의 앞자리에 서 있었던 인물로 보인다. 추측의 근거는 이렇다. 우선 『학조學潮』의 편집・발행・인쇄인이 박제환朴濟煥인데 이 도시샤대 경제학부 학생은 정지용과 휘문고보 동기동창으로 동인지 『요람』에서 함께 문학활동을 했고, 교토로 유학을 온 뒤에는 오래 동안 함께 하숙까지 한 사이이다. 이런 절친한 관계는 정지용의 시가 『학조』 창간호부터 많이 실린 것에서 단적으로 드러난다. 창간호에는 '증지용'이란 이름으로 「카페- 프란쓰」, 「슬픈 인상화」, 「파충류동물」 등 세 수가 수록되고, 지용으로 「마음의 일기에서－시조 아홉 수」를 싣고, 몇 쪽을 건너 또 지용이라는 이름으로 동화 「서쪽 한울」외 네 편이

28 金重政, 「재일본 조선인 노동자 현황」, 『中央公論』, 1931.7, 350쪽. 1931년 재일 조선인 수는 약 72만 명, 이 중 10%가 학생, 소상인, 회사원이고 나머지는 모두 육체노동자로 나타난다.

29 朝鮮留學生會, 「학우회보」, 『學潮』 2, 1927.6, 114~115쪽.

수록되어 있다. 『학조』 제2호에는 「선취」와 「압천」이 수록되어 있다. 이런 사실은 박제환이 중심이 되어 만드는 『학조』와 정지용의 시가 성격이 유사하다는 말이다. 아무리 학우회 잡지라 하더라도 한 사람의 글을 세 꼭지, 그것도 17편(창간호)의 작품을 수록하는 것은 큰 파격이다. 이것은 특별한 명분이 있다는 의미이다.

특히 『학조』 창간호의 학우회 기사에 보이는 '조선인노동자 야학개최', '망년회의 조선고조朝鮮古調의 여흥' 등의 기사에 다음과 같은 「편집여적」이 정지용의 「압천상류」의 그 조선인 노동자와 문제와 맥락이 은근히 닿아 있다는 사실이다.

> 더욱 식민지의 특수방침에 依行될 교육의 ― ××은 그들의 의식을 몽롱케 하기에는 충분한 모양이다. 그들은 아즉까지 아모 소리가 업시, 침묵인가? 굴복인가? 君等의 友群이 현재 당하고 잇는 무리한 ○○을 君等은 대안의 화재로 보고마는가

> 故 月南先生 李商在氏의 사회장은 공전의 성황을 이루엇다구 각사회단체는 만족의 意를 表하고 신문들은 滿載讚辭를 액기지 아니하엿다.[30]

이런 인용문은 후쿠자와 유키치福澤諭吉가 그의 자서전에서 '그 비열함이 조선인 같다'[31]고 했을 때, 또 나카노 시게하루中野重治가 조선 문인을 향해 '일본 푸로레타리아-트의 압짭이요 뒷군'이라며[32] 조선 문

30 朝鮮留學生會, 「편집여적」, 「학우회보」, 『學潮』 2, 1927.6 참조.
31 福澤諭吉, 『福翁自傳』, 岩波文庫, 1985, 258쪽.

인을 폄하하는 그런 차별에 대한 민족생리의 확인, 민족자존을 위한 방어의 의미로 읽힌다.

인용문의 키워드는 복자 처리한 '××, ○○' 그리고 '침묵인가? 굴복인가?, 대안의 화재', '이상재' 등이다. 언어 자질이 모두 저항적 문맥으로 기능하고 있다. 이런 점은 「압천상류」의 그 상투를 달랑대며 공사판을 휘젓고 다니는 조선인 노동자들의 행동과의 재구성을 강요한다. 그리고 이런 「편집여적」의 뒤에 「압천」, 「선취」, 「카페- 프란쓰」에 나타나는 화자의 그 탈기한 모습이 어른거린다.

정지용은 이런 글을 교토학우회 발행소인 교토제대 기독교청년회 기숙사 내 박병곤朴炳坤의 방이나 이 잡지의 편집인 박제환과 함께 하숙했던 교토시京都市 시모가모下鴨 上河原田丁에서 같이 썼거나 교정을 보았을지도 모른다. 이것은 그 후에 일어난 교토대의 『학생평론學生評論』이나 도시샤신붕사건同志社神棚件과 채플점거농성사건이 이런 연상과 상상의 재구성을 유도하는 까닭이다. 정지용의 「압천상류 상·하」가 민족문학의 한 축과 닿아 있다는 말은 이런 점에 근거한다. 따라서 정지용의 임은 만해의 임, 김소월의 임, 이상화의 임과 크게 다르지 않을 것이다.

정지용이 졸업논문을 영문으로 쓸 만큼 영어영문학 공부에 몰두한 것은 그것으로 식민지 지식인을 넘어 근대 국민국가의 지식인을 꿈꾼 때문이 아닐까. 그가 비록 기타하라 하쿠슈北原白秋의 문하에 들어가 시인이 되었지만 그의 시의 중심축은 언제나 가장 한국적인 데 뿌리를 내리고 있었다. '나의 청춘=나의 조국'이 그러하고, 「압천」의 임이 그러

---

32 나카노 시게하루(中野重治), 「비내리는 시나카와에기(雨の品川驛)」, 『改造』, 1929.2.

하고, 수필 「압천상류」 두 편의 내포가 역시 그러하다. 수필 「압천상류」의 조선인 노동자가 곧 시 「압천」의 화자다. 이런 점에서 이 수필은 재일 조선인의 살아남은 내력의 서사화와 다르지 않다. 윤농수가 「압천」을 "걸작"으로 평한 이유가 이런 점 때문일 것이다.

鴨川 十里 벌에
해는 점으러. 점으러.

날이 날 마닥 님 보내기,
목이 자젓다. 여울 물 소리.

찬 모래알 쥐여 짜는 찬 사람의 마음.
쥐여 짜라, 바시여라, 시언치도 안어라.

역구풀 욱어진 보금자리,
뜸북이 홀어멈 울음 울고.

제비 한 쌍 떠엇다,
비마지 춤을 추어.

수박냄새 품어 오는 저녁 물 바람,
오랜쥐 썹질 씹는 젊은 나그내의 시름.

鴨川 十里 벌에

해는 저물어. 저물어.

1923 · 7 · 京都 鴨川에서[33]

1923년 7월 유학을 간 교토를 가로지르는 가모가와에서 '날이 날마닥 임 보내기 목이 자젓다'며 애타게 찾던 임이 누구였을까. 이 시의 화자는 지금 일본 최고最古의 도시 한가운데에서 황혼과 마주 서 있다. 하루가 가장 아름다울 때는 해질녘이다. 하루 중 가장 엄숙해지는 시간 또한 해질녘이다. 해가 지는 모습은 시간이 속절없이 흐르는 모습이다. 정지된 듯 감지 못하던 낮의 시간이 알 수 없고, 신비한 다른 세계로 함몰되는 것이 해가 지는 모습이다. 이승과 저승의 경계처럼 노을이 붉게 타고 상실의 슬픔에 애이불비哀而不悲의 안간힘이 북바치는 시간이 황혼이다. 그래서 모든 인간은 황혼이 두렵다.

정지용이 보낸 그 임은 윤동주가 호곡하던 북간도의 어머니, 송몽규가 찾아 나섰던 조국과 다르지 않을 것이다. 교토가 자랑하는 가모가와의 승경이 거의 조선노동자들의 피와 땀으로 이루어졌고, 야세의 케이블카 역시 그렇다는 역사의 이야기 뒤에 이 '임'이 앉아 있기 때문이다. 그래서 이 임은 시인의 가슴에 묻어둔 꿈으로, 혹은 교토 천년의 영화 속으로 속절없이 사라진 민족의 한처럼 뒤에 오는 동포에게 시적 재구성을 호출하는 갑골문자가 되었다.

33 朝鮮留學生會, 『學潮』 2, 1927.6, 79쪽.

3. 다방 로빈ROBIN과 붉은 연지, 그러나 옥천의 정서

1930년대 교토의 세태가 잘 드러나는 정지용의 서사수필이 「다방茶房 'ROBIN' 안에 연지 찍은 색씨들」이다. 다방 로빈[34]은 이양하의 수필에도 등장한다. 한국의 근대문학을 섭렵하지 않은 데가 없고, 언급하지 않은데도 없는 한 학자는 교토를 네 번이나 방문하면서 이양하·정지용·윤동주를 헤겔의 가르침과 니시다의 가르침으로 떠받고[35] 있는데 그는 다방 로빈서껀 정지용을 이렇게 평하고 있다.

> 이양하가 그토록 격찬한 『정지용시집』(1935)이란, 정작은 「향수」의 연장선상에서 빚어진 '카페프란스'가 아니었던가요. 다르게 말하면, 이 시집의 중심은 「석류」 혹은 「홍춘(紅椿)」이 놓인 곳에 있지 않겠습니까. 가부장제로 표상되는 「향수」의 세계란, 어차피 탈피해야 될 지점이었을 터이고 그렇다고 '카페프란스'라든가 '고마도리'(로빈)의 세계란 한갓 환각이었을 터이니까요. 23세의 조선인 유학생의 심정적인 자리에서 보면, 충청도 옥천의 연장선상에 교토가 놓여 있었다고 볼 것입니다.[36]

'환각'이란 어휘의 앞뒤 문맥을 고려할 때 이 '환각'은 근대에 대한 환각으로 읽힌다. 정지용이 현해탄을 건너 일본 유학길에 오르며 읊은

34 ROBIN은 '유럽울새, 미국지빠귀'로 번역되고 일본어로는 'コマドリ', '駒鳥'이다. 이양하가 수필 「교토 기행」에서 이 '고마도리'라는 말을 쓰고 있다.

35 김윤식, 「술어적 사고에 대하여—헤겔철학과 니시다철학」, 『청춘의 감각, 조국의 사상』, 솔, 1999, 255쪽.

36 위의 책, 224쪽.

“나의 청춘은 나의 조국”이 근대의 선험이라면 다방 로빈에 나타나는 서구 신문명에 대한 풍물점묘는 근대의 현장체험에 다름 아니다. 이 연구자가 떠받드는 니시다 기타로식으로 말하면 술어적 체험이다.

그런데 왜 환각인가. 그리고 정지용의 교토는 고향 옥천의 연장선상에 있는 「향수」 세계의 탈피지점이란 또 무슨 의미인가. 그는 이런 진단을 논증하기보다 주장만하는 형국이기에 이해가 어렵다.

> ‘ROBIN’ 양복 가게에 걸린 어린이 양복에서는 어린 아이 냄새가 났었고 여자 옷에서는 여자 냄새가 났었다.
>
> 암내 지린내 비린내 젖내 기저귀내 부스럼 딱지내 시퍼런 코내 흙내가 아조 섞기지 아니한 순수한 어린 아이냄새가 있을 수 있고 기름내 분내 크림내 마늘내 입내 퀴퀴한내 노르끼한내 심하면 겨드랑내 향수내 앞치마내 부뚜막내 세수대야내 자리옷내 여우목도리내 不健康한내 血行病내 혹은 不潔한 貞操내 그러그러한 냄새가 통이 아닌 高貴한 여자 냄새가 있을 수 있는 것이니 그것이 얼마나 신선하고 거룩한 것인가.[37]

저자는 이 수필이 정지용의 한 특징, 그러니까 감각적 글쓰기의 전형으로 읽힌다. 냄새를 기술하는 글의 본새가 그러하다. 한 단락의 문장에 냄새의 종류가 무려 27가지인데 단숨에 그것을 열거하고 있다. 쉼표하나 없는 문장 형태가 그걸 증명한다. 세상에 ‘부스럼 딱지내, 시퍼런 코내, 앞치마내, 부뚜막내, 세숫대야내’도 있나? 그리고 그런 냄새

37 鄭芝溶, 『文學讀本』, 博文出版社, 1948, 46~47쪽.

는 어떨까?

시각과 후각이 겹쳐 발산하는 이 묘사가 표상하는 의미가 무엇인지 알 듯도 하고 모를 듯도 하다. 일본인의 자부심 천년 수도 교토에 상륙하는 신문명을 정지용은 조선의 농촌, 고향 옥천에 대입, 수용하고 있다. 열거된 냄새가 교토의 감각이라기보다 옥천의 그것인 까닭이다. "'고마도리'의 세계란 한갓 환각이었다"는 바로 그 세계다.

로빈ROBIN 혹은 고마도리コマドリ, 駒鳥란 무엇인가. '유럽울새', '미국지빠귀'로 번역되는 이 새는 가슴에 황색을 띤 붉은yellowish-red brest 깃털이 앙증스러운데 영국 사람들이 새 가운데서 이 새를 제일 좋아한다. 이 새가 해금내 나는 계절풍과 함께 긴 겨울이 물러나고, 봄이 오는 소식을 가장 먼저 전하기 때문이다. 영국은 이 새를 1960년에 국조國鳥로까지 지정하였으니 이 새에 대한 영국인의 사랑이 어느 정도인지는 설명이 필요 없다.

그런데 다방 로빈과 새 미국지빠귀가 무슨 관계가 있나. 이것은 설명이 필요하다. 짧지만 저자의 경험에 의하면 일본 사람들, 특히 지식인들은 미국보다 영국을 좋아한다. 제2차 세계대전이 이런 심리의 바닥에 깔려 있겠지만 이유가 반드시 그런데 있는 것만 아니다. 같은 섬나라이면서 한때 해가 지지 않은 대국이었으며, 지구상에 몇 안 남은 왕조국으로 국력이 또한 서로 최고라는 자부심 때문이다. 또 영국이 근대의 제일 앞잡이로 국민국가를 세운 최초의 나라라면 일본은 동양에서 그러한 위치에 있고, 신사의 나라며, 문화와 문명을 선도하기에 그러하다. 그래서 여차하면 영국을 들먹인다.[38] 이런 점에서 다방 로빈은 일본이 영국을 닮으려 한 문화수입, 그러니까 모더니즘 수용기에 나타난 한 사례로 읽힌다. 다방 이름을 아예 영자英字로 써서 내걸고, 다방관리 형태도 교토의 전통 찻집과는 다르다. 개방적이고, 자유롭고, 젊다. 교토의 권위적 분위기는 없다.

사정이 이러하지만 어린이 양복과 여자 옷이 전문인 가게에 딸린 이 다방이 정지용에겐 온통 냄새의 천국일 뿐이다. 그리고 그 냄새가 미망迷妄의 상태다. 근 서른 가지의 냄새가 뒤섞여 정신이 혼미해지는 장소가 다방 로빈이다. 인용문의 '환각이란 말은 이런 분위와 무관하지 않다. 곧 정지용이 로빈에서 본 것은 현실 아닌 현실이다. 김윤식의 환각도 현실의 대립개념이다.[39]

색채의 미망, 후각과 시각의 미망, 이것이 정지용이 교토에서 맞은 신문명의 실체다. 고전주의를 헤치고 나오는 모더니즘의 인식 양상이 유미적이며 감각적이다. 정지용문학의 본령이다. 다음과 같은 수필은 정지용의 미적 감각이 더 번뜩이는 세계다.

> 요놈의 호들기
> 소리 아니 날냐니?
> 소리 아니 날라고 해봐라
> 쪽쪽 찢어 錦江물에 띄울란다.

38 교토대학의 경우 인문학 분야는 유럽에서 공부한 교수가 많고, 그중 특히 영국이 많다. 이들은 여차하면 '영국에서는…', '내가 영국에 유학하던 때는… ' 식으로 말을 시작한다. 영국 다음은 독일이다.

39 가령 김윤식이 중국 여행 중 백두산을 가면서 보았다는 "여섯 개의 환각" – 미인송, 백두폭포, 천지 등은 현실이 아닌 전설과 얽힌, 비몽사몽간에 본 그런 현실이다. 김윤식, 『설렘과 황홀의 순간』, 솔, 1994 참조.

그야말로 어디까지든지 餘韻을 위한 樂器이었다. 한손아귀론 버들피리를 감추어 불고 다른 손아귀론 節調를 골르고 보면 끝까지 슬픈 소리가 고비고비 이어나가 마을 앞도 절로 어두워 보슬비가 나리던 것이었다. 그래서 그러한지는 몰라도 忠淸道색씨 치고 말씨나 몸짓이 톡톡 튀고 똑똑 끊지는 법이 없다.

그러나 난데없는 호들기소리란 마침내 이웃집에서 넘어오는 부지런도한 音樂學生의 바이올린 소리이었던 것이다. 그것은 번번히 호들기 소리로 듣는다는 것은 音樂을 가리어 들을 만한 귀가 애초에 아니었던 것이다.[40]

옆집 음악 전공 학생이 켜는 바이올린 소리가 시집 가는 것이 좀 늦어진 처녀들이 부는 호들기 소리와 오버랩되어 묘사되는 장면이다. 생략과 비약, 거기서 넘치는 서정이 화사한 분위기를 형성한다. 충청도 사투리서껀 충청도 처녀의 후덕하나 매력적인 체후가 물씬 풍긴다. 수채화 같은 밝은 분위기가 시인 정지용의 감성을 타고 오른다. 다만 이런 미문체 수필이 그의 스승 키타하라 하쿠슈의 「계절의 미어」, 나쓰메 소세키의 「춘하추동의 책」에 수록된 수필의 미문체를 닮았다는 점에서 어떤 한계를 감지한다.

「다방 'ROBIN' 안에 연지 찍은 색씨들」은 「압천상류 상 · 하」와는 다른 소재를 다르지 않는 감각으로 문제 삼는 글쓰기다. 다방 로빈의 앙증맞은 14, 15세의 소녀들의 단발머리와 까만 원피스와 스타킹, 그리고 양 볼에 찍힌 커다란 붉은 연지를 결합시키는 색채감각의 호응이

40 鄭芝溶, 「春正月의 美文體」, 『文學讀本』, 博文出版社, 1948, 53쪽.

「춘정월의 미문체」까지 이어지고 있다. 정지용의 심미주의가 단적으로 표출되는 글쓰기이다.

수필 「비」에서 "벌써 유리창에는 날벌레떼처럼 매달리고 미끄러지고 엉키고 또그르 궁글고 홈이 지곤 한다"는 그 표현처럼 말이 살아 움직인다. 또 기행문 「평양」에서 사투리를 그대로 서울 표준어와 대응시킴으로써 언어의 가공을 통한 심미주의를 표출한 글쓰기와도 같다. 정지용의 이런 언어의 조화를 이태준은 '바다'라는 말의 사용을 들어서는 의성어, 의태어의 사용이 특출하다고 했고, 「평양」을 예로 삼을 때는 "전문을 방언으로 지방색 표현을 계획한 것은 씨의 대담한 첫 시도"[41]라 했다. 모두 정지용의 모더니즘적 인공어의 심미주의에 대한 높은 평가다.

4. 서정시의 경계, 혹은 그 이종

정지용의 『문학독본』에 수록된 수필 중에는 5매 수필, 곧 1,000자 수필이 많다. 그 대표적인 예가 「별똥이 떨어진 곳」이다.

> 밤뒤를 보며 쪼그리고 앉었으랴면, 앞집 감나무 위에 까치 둥어리가 무섭고, 제 그림자가 움직여도 무서웠다. 퍽 치운 밤이었다. 할머니만 자꾸 부르고, 할머니가 자꾸 대답하시어야 하였고, 할머니가 딴데를 보시나 하고, 걱

41 李泰俊, 『文章講話』, 문장사, 1939, 261쪽.

정이었다.

아이들 밤뒤 보는 데는 닭 보고 묵은 세배를 하면 낫는다고, 닭 보고 절을 하라고 하시었다. 그렇게 괴로운 일도 아니었고, 부끄러워 참기 어려운 일도 아니었다. 둥어리 안에 닭도 절을 받고, 꼬르르 꼬르르 소리를 하였다.

별똥을 먹으면 오래 오래 산다는 것이었다. 별똥을 주워 왔다는 사람이 있었다. 그날밤에도 별똥이 찌익 화살처럼 떨어졌었다. 아저씨가 한 번 모초라기를 산채로 훔켜 잡어온, 뒷산 솔무대기 속으로 분명 바로 떨어졌었다.

'별똥 떨어진 곳

마음해 두었다

다음날 가보려

벼르다 벼르다

이젠 다 자랐소'[42]

이 수필의 이름에서 반을 잘라 낸 이름의 시 「별똥」이 있고, 그 시도 수필 「별똥 떨어진 곳」의 반의 반이다. "별똥 떨어진 곳 / 마음해 두었다 / 다음날 가보려 / 벼르다 벼르다 / 이젠 다 자랐소"가 전문이다.

어린 화자의 밤 뒤보기, 곧 밤 '똥'과 닭의 밤 '똥', 또 별의 '똥'을 연결시킨 상상력이 비상하다. 글쓰기 교과서 『문학독본』의 역할을 충실히 수행한다. 그런데 이런 글쓰기가 수필과 시, 시와 수필의 구분을 혼동하게 만든다. 두 장르의 경계가 허물어지기 때문이다. 이런 현상은 당대 다른 유명 문인, 가령 김기림의 수필집 『바다와 육체』에 수록된

42 鄭芝溶, 「별똥 떨어진 곳」, 『文學讀本』, 博文出版社, 1948, 20쪽.

「길」이 그렇다. 시 같기도 하고 수필 같기도 한 「길」은 『조광』(1936.3)에 발표될 당시 「춘교칠제春郊七題」라는 수필 가운데 하나였다. 그런데 사람들은 이 글을 시로 읽는다.[43] 압축, 비약, 이미지의 활용기법 등이 시와 다르지 않기 때문이다.

그렇다. 이 글이 시면 어떤가. 굳이 장르개념을 대입하여 따질 필요가 없다. 그런 행위가 이 글이 독자에게 주는 감동과는 무관한 까닭이다. 그러나 글의 짜임, 곧 형식미로 읽을 경우는 사정이 다르다. 수필이 시의 형식을 취하고 있기에, 혹은 그 이종異種처럼 되기에 그 긴장도가 훨씬 높아진다. 『문학독본』 가운데 '다도해기', '화문행각'이란 이름 아래 묶인 여러 편의 수필이 이런 성격을 띠고 있다. 이런 사실은 다음과 같은 결론을 유도한다.

좋은 수필은 시의 경지에 이른다. 서정수필은 서정시의 이종이다.

우리는 이런 예를 정지용의 수필에서 발견하였다. 이런 점에서 정지용의 『문학독본』은 그 이름에 값하는 수필문학의 한 정전canon이라 하겠다. 정지용의 시와 삶이 같이 가는 빛나는 문학 유산인 까닭이다.

---

43 시인 이근배는 이 글을 미당의 「수대동 시」와 함께 여러 문인들 앞에 나가 가끔 암송한다. 그는 이 글을 시로 읽으며 좋아한다.

제17장

외연에서 파고드는 적멸의 서정세계

김기림 수필집 『바다와 육체』의 작가의식과 글쓰기 형식

김기림金起林은 1908년 5월 11일 함북 학성군 학중면 임명동에서서 태어나 임명보통학교, 보성고보, 니혼대, 도호쿠제대 영문과 등에서 공부한 시인, 수필가, 평론가다. 도호쿠제대 졸업 후(1939) 귀국하여 『조선일보』에 복직, 사회부장이 되었고, 해방 뒤에는 서울사범대, 중앙대, 연희대 등에서 강의를 하였다. 1950년 6·25전쟁이 일어나자 가족들을 이끌고 피난길에 나섰다. 월남한 지주 출신의 인텔리였기에 공산치하가 되면 살아남기 힘들 것이라는 위기의식 때문이었다. 그러나 한강다리가 끊긴 뒤라 피난을 가지 못하고 뒤돌아왔다. 그 뒤 외출했다가 을지로 입구에서 인민군 정치보위부에 연행, 서대문구치소에 수감, 북송된 뒤 생사가 불명한 불행한 문인이다.

〈그림 42〉 김기림

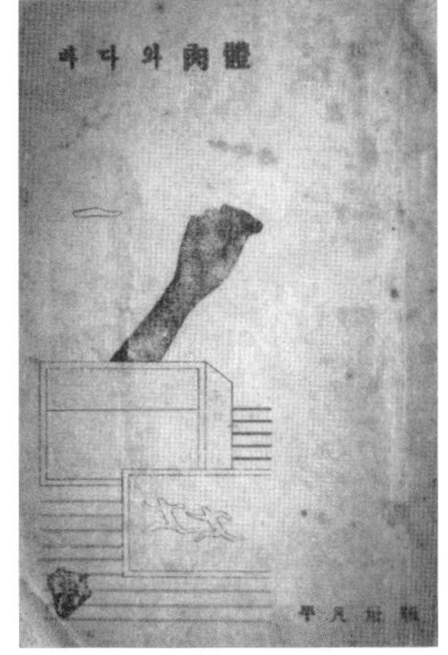

〈그림 43〉『바다와 육체』 표지

김기림은 보통 '시인 김기림'으로 불린다. 그러나 그는 많은 수필과 평론을 썼다. 이런 점은 그가 1930년대를 대표하는 시집 『기상도』를 간행한 주지파 시인이면서 약 백여 편의 수필과 『시론』, 『시의 이해』 등의 저서를 출판한 데서 잘 드러난다.

김기림은 수필집 『바다와 육체肉体』의 「머리ㅅ말」에서 수필이 "불평이 있는 곳에 반드시 불평의 편에 서기"[1]를 바란다는 주목할 만한 견해를 피력하고 있다. 이것은 일찍이 『문학개론』을 쓰고, 많은 시론을 발표한 문학이론가의 견해라는 점에서 주목할 만하다. 왜냐하면 그는 수필도 비판적 태도의 글쓰기를 해야 한다는 것인데, 이 '비판'이야말로 수필이 근대문학으로 성립하기 위해서는 반드시 가져야 할 정신적 · 방법적 핵심이라는 의미이기 때문이다. 이것은 또한 수필 제2세대[2]의 수

1 金起林, 「머리ㅅ말」, 『바다와 肉体』, 平凡社, 1948.
2 저자는 한국 현대수필을 다음과 같이 4단계로 나눈다.

필문학의 요체를 제시하는 중요한 방향이기도 하다. 오늘의 수필문학이 수필문인의 엄청난 팽창에도, 그 이론의 부재에 곤혹을 치르고 있는 실정인데[3] 그의 수필론에서 오늘의 이런 수필의 과제를 해결할 이론적 단초를 발견한다.

김기림은 '수필'이라는 말이 언제 누구의 손으로 수입되었는지 모르지만 우리는 이 말을 서양의 'Essai' 혹은 'Essay'의 뜻으로 쓰고 있다면서 '수필'을 '소논문'과 동일개념으로 간주한다.

> 거기서는 논문처럼 틀이 째지 않은 비교적 짧고, 가볍고, 또 툭 털어 놓은 그러한 문장을 가르쳐 그렇게 부르는 것 같다. Essai 그래서 담담한 논문이면서 쓴 사람이 겸손하야 Essay on ……, Essay concerning ……, Essaisur 등으로 시작된 제목을 가진 것이 가끔 있다.[4]

제1기 : 최남선, 이광수의 국토예찬 기행수필기.
제2기 : 이태준, 박종화, 김동석, 김철수, 배호, 김기림, 김용준, 김진섭, 이양하, 이은상, 피천득, 이희승, 변영로, 이병기, 정비석 등이 중심이 된 시기. 제2기의 수필가들은 크게 양분된다. ① 문예수필과 문예론수필의 양립 수필가 : 주로 1940년대 초에 해방 공간에 많은 활동을 한 이태준, 박종화, 김기림, 김동석, 김철수, 배호 등. ② 문예수필 중심 수필가 : 김진섭, 이양하, 피천득, 이은상, 이희승, 변영로, 이병기, 마해송, 정비석 등.
제3기 : 문예수필의 변화기. 한흑구, 안병욱, 윤오영, 조경희, 전숙희, 최승범, 윤재천 등과 이어령의 예지적 문예론수필의 등장 이후 김우종, 김열규, 윤재근 등의 문예론수필이 1970년대 수필문학의 새로운 축을 형성한다. 이 시기는 군부정치가 너무 강고하여 문예수필은 다소 위축된 때였기 때문에 이들의 예지적 에세이가 신선한 기류로 수필문단을 자극했다.
제4기 : 1980년대 이후 수필문학 대중화시대.

3 2009년도를 예로 든다면 수필은 문예기금 수혜대상에서 제외되었다. 이유는 수필은 예술이 아니고, 신변잡기를 기록한 논픽션류의 잡문이라는 것이다. 『한국수필』, 2009.7 참조.

4 金起林, 「머리ㅅ말」, 『바다와 內體』, 평범사, 1948, 첫 번째 단락. 「머리ㅅ말」이라 쪽수가 없다.

> 저자 또한 때를 따라 수필에 붓을 적셨다. 다만 문학의 정의의 태두리만 돌아댕기는 이 不平分子인 수필의 편을 들려 한 데 지니지 않는다. 인제 1930년 이후 그 때 그 때의 신문 잡지에 실렸던 저자의 주로 묵은 수필 등속을 뫃아 내놓으면서…(중략)… 이런 따위가 도대체 문학이 되는지 아니 되는지, 아니 수필인지도 아닌지도 나는 모른다. 나는 여하 간에 나딴으로는 까닭이 있어서 천대받는 수필의 편을 거들려 한 것에 지나지 않는다. 불평의 편을 드는 것은 역시 문학의 숙명인지 모르겠다. 그렇다. 수필이 또 문학이 되려면 시나 소설의 당당한 衣冠을 차리고 禮服을 입으려만 들지 말고, 불평이 있는 곳에 반드시 불평의 편에 서기를 명심하면 그만이다.[5]

사실은 소논문인데 겸손의 뜻으로 쓰는 말이 에세이라는 것이다. 존 로크의 「오성론」, 드라이든의 「극시론」을 그 예로 들고 있다. 그러면서 이런 수필은 문학의 당당한 적자, 곧 시, 소설, 희곡과 어깨를 나란히 할 수 없는 "알숭달숭한" 존재란다. 결국 수필이 아직 문학의 한 장르로 확실히 자리 잡지 못해 '천대받는' 상태라는 견해다.

사정이 이러하지만 김기림은 결과적으로는 수필을 옹호하고 있다. '저자 또한 때를 따라 수필에 붓을 적셨다'는 말의 의미가 그렇다. 수필이 '문학의 정의의 태두리만 돌아댕기'기에 문학에서 서자나 사생아 취급을 받고 있다면서 지금까지의 '문학의 정의를 좀 뽀개 놓아야 할 것'을 주장한다. 이러한 수필론의 바닥에는 그가 근대문학의 요체를 비판적 태도에 두는 것과 같은 맥락에 서 있다. 이런 점은 「수필을 위하야」

5 위의 글, 넷째 단락.

에서 "김진섭 씨의 함축含蓄만은 일편의 수필에 대하야 누가 잡문雜文의 유類와 혼동할 불손不遜한 것을 감敢히 할 수 잇슬가"라며 "뒤에 올 시대의 총아寵兒가 될 문학형식"[6]이 수필이라며 수필의 문학성을 높이 평가하고 있는 데서도 나타난다.

그뿐만 아니라 『조선문학』의 문예좌담 속기록, 「수필문학에 관하야」에서도 분명히 밝혔다. 그는 이 좌담회에서 이무영, 서항석, 임화 등이 수필을 문학으로 볼 수 없다고 하자, "임화林和 무영無影 사이에 수필隨筆을 문학文學으로보겟는냐 아니보겟는냐 하는 문제問題에 구속拘束되고 잇지안소 외국에서도 수필을 문학으로 취급하엿스니까"[7]라고 맞받았다. 외국의 문학사정에 빗대어 수필을 옹호하고 있다. 이 말은 수필도 '분명히 문학의 테두리에 들어 있는데 다만 자리를 못 잡고 돌아댕기는 신세가 됨으로써 불평분자가 되었다'는 말과 같다. 그리고 자신도 이미 수필에 붓을 적셨기에 수필이 근대문학으로서 성립하기 위해 정신적 방법적 핵심으로 비판적 태도를 탐색해야 할 입장이라는 말을 하고 있다. 이런 견해의 핵심을 이루는 글이 「수필을 위하야」이다.

> 그렇게 말하는 그가 소설가인 까닭에 소설 말고는 문학은 없다고 생각하는 것은 매우 단순한 일로서 애교가 있어 보인다. 그러나 나는 이것이 그 개인의 편견이고 결코 문단 전체의 편견이 아니 되기를 바란다.
>
> 나로 하여금 말하게 한다면 아모 것도 주지 못하는 한편의 소설을 읽는 것보다는 오히려 함부로 씨여진 느낌을 주는 한편의 수필은, 인생에 대하여,

6 김기림, 「수필을 위하야」, 『신동아』 23, 1933.9, 144쪽.
7 「수필문학에 관하야」, 『조선문학』 1-4, 1933.11, 101쪽.

문명에 대하여 어떻게 많은 것을 말하는지, 모른다고 생각한다. 거기는 無視의 활동을 위하야 얼마나 넓은 천지가 許諾되어 있는지 모른다.

그렇지만 수필이 가지는 우월성은 먼저 문장에 있다. 나는 최근에 와서 문장이라는 것에 새로운 흥미를 느끼고 있다. 문학이라는 것은 필경 '언어'로써 되는 것이고, 언어의 '콤비내이쉰'이 문장이다.

언어는 어대까지던지 문학의 제일의적인 것이다 — 라는 의미의 '리비쓰'의 말을 나는 솔직하다고 믿는다.[8]

위 인용문의 내용은 다음과 같이 요약된다. 첫째, 한 편의 수필이 소설 한편보다 오히려 인생과 문명에 대하여 더 많은 것을 말한다. 둘째, 수필은 미래의 장르다. 곧 가능성이 많은 차세대의 문학 갈래다. 셋째, 수필이 가지는 매력은 문장에 있다.

첫째 문제는 김기림이 「수필을 위하야」을 발표하던 바로 그 1933년 가을 『조선문학』이 문예좌담회를 열었을 때 소설가 이무영이 "창작이 아니라도 문학으로 볼 수 잇슬가요. 문학적이란 정도면은 혹 몰으지만"[9]이란 언급에 맞섰던 논리다. 소설가 무영이 편집인 겸 발행인으로 되어 있는 이 잡지가 '수필에 관하여'라는 주제를 내걸고 수필이 문학이 아니란 말을 하던 그 토론회에 대한 반박이다.

둘째 문제는 수필의 근대성 문제다. 수필의 시대성 강조가 그러하다.

셋째 예를 T. S. 엘리엇이 E. 파운드를 향해 했던 고백 "나는 고백한다. 그가 말하는 내용에 대하여는 나는 거의 흥미를 느끼지 않는다. 그

8 김기림, 앞의 글.
9 「수필문학에 관하야」, 『조선문학』 1-4, 1933.11, 101쪽.

러나 오직 그가 말하는 방법에 대하야 흥미를 느낀다"를 예로 들었다. 수필에서는 문체미가 생명이란 것이다. 개성적인 스타일, 그러니까 김기림은 문학에서 개성적인 문체가 가장 명료하게 나타나는 것이 수필이라고 규정한다. 옛날부터 문장가를 우대하는 우리의 그 관습이다. 이런 점에서 김기림이 수필에 대해 내리는 다음과 같은 견해는 수필이란 장르의 문학성 이해에 크게 참고할 만하다.

> 한편의 수필은 조반전에 잠깐 끽적이면 되는 것처럼 생각하는 것과 같은 잘못은 없다. 향기 높은 '유머'와 보석 같이 빛나는 '위트'와 대리석 같이 찬 이성과 아름다운 논리와 문명과 인생에 대한 찌르는 듯한 풍자가 '아이로니'와 '파라독쓰'와 그러한 것들이 짜내는 수필의 독특한 맛은 우리 문학의 미지의 처녀지가 아닌가 한다.
>
> 앞으로 있을 수필은 이 우에 다분(多分)의 근대성을 실천하야 종횡무진한 시대적 총아가 되지 않은가?[10]

우리가 여기서 특히 눈여겨볼 대목은 바로 수필이 '우리 문학의 처녀지요, 장차 시대적 총아가 될 것'이란 언급이다. 수필이 근대적 글쓰기의 미래로 진단하고 있기 때문이다. 역시 수필은 불평의 편에 서기를 바란다는 그 논리다. 그러나 김기림의 이런 진단은 그 뒤 수필의 현장에서 구현되지 못했다.

10 金起林, 「머리ㅅ말」, 『바다와 肉体』, 平凡社, 1948.

1.『바다와 육체』의 운문 지향성

김기림의 유일한 수필집『바다와 육체』는 김기림식 문체의 한 전형이다. R. J. 야콥슨의 문체의 핵심인 그 선택selection과 결합combination의 논리를 썩 잘 활용한 스타일이 책의 제목에서부터 나타난다. 김기림이 「수필을 위하야」에서 '작가의 개성적인 스타일이 가장 명료하게 나타나는 것이 문학의 어느 분야보다도 수필에 있다'라고 했을 때의 그 '스타일'이 단순한 표현의 차원이 아니라 어떻게 보고, 어떻게 말하는가의 문제와 걸린 작가의 개성적인 방법인데 그런 글쓰기가 수필을 통해 형성되고 있다.

김기림은『바다와 육체』에 수록한 작품 외에도 많은 수필을 썼다. 김학동의 연구에 의하면『바다와 육체』에 수록되지 않은 작품이 오히려 많다.[11] 그러나 「동양에 관한 단장」, 「속 오전의 시론」과 같은 장문의 문예론수필, 곧 에세이를 염두에 둘 때, 수록되지 않은 수필이 많다는 것은 단순한 수의 우위에 지나지 않을 뿐, 수필의 문학적 성취 문제와는 무관한듯하다.

『바다와 육체』에 수록된 작품은 대부분 신문이나 잡지에 발표된 것이다. 그런데 몇 개의 작품은 수필집에 수록되면서 제목이 바뀌었다. 예를 들면 「관북기행」은 「관북기행단장」(『조선일보』, 1936.3.14~11.20)이었고, 「주을 온천행」은 「관북의 숨은 절경 주을온천 차저서」(『조선일보』, 1934.10.24~11.2)였고, 「여상삼제」는 「시골색시, 촌 아주머니, 서울색시」(『여성』,

11 김학동,『김기림 평전』, 새문사, 2001 참조. 저자의 조사에 의하면 46편이다.

1939.6)였다. 「산보로의 나포레옹」은 「산보로의 이풍경－행복스러운 나포롱군에 대하야」(『조선일보』, 1934.3.8)이였고, 「스캐～트 철학」은 「어느 오후의 스캐～트 철학」(『조선일보』, 1935.3.8)이었다.

이런 제목 바꾸기에서 드러나는 특징은 제목이 짧아졌다는 것이다. 다르게 말하면 운문성 지향 또는 시적 글쓰기의 적용이라 하겠다.

김기림의 이런 성향을 단적으로 보여주는 예가 '관북기행'이라는 큰 제목 밑에 묶여 있는 18편의 시 형식의 기행문이다.

> 샛바람에 달이 떠는
> 거리에 드러서자
> 기차는 추워서 앙 우렀다[12]

> 두 무산(茂山)이 여기서 십리란다.
> 부두막엔 이글이글 드덕불도 타리라
> 나려서 아즈머님네와 감자를 버끼며 이야기하며
> 이야기하며 버끼며 이 밤을 새고 가고 싶다.[13]

관북지방을 여행하며 그 여창의 감회를 시 형식으로 쓴 글이다. 첫 인용문을 그냥 행 구분 없이, '샛바람에 달이 떠는 거리에 들어서자 기차는 추워서 앙 우렀다'고 쓰면 어떠할까. 시가 될까? 「산역」의 경우도 다를 바 없다. 그러나 아직도 겨울인 북쪽, 한만 국경지대를 혼자 여행

12 金起林, 「관북기행 1－야행열차」, 『바다와 肉体』, 平凡社, 1948, 163쪽.
13 金起林, 「관북기행 3－산역(山驛)」, 위의 책, 163쪽.

하면서(1936.3.14~20) 그 소회가 남달랐기에 길손의 느낌은 서정성을 더 띌 수밖에 없었으리라. 김기림은 원래 국경소식이 바람결에 들리는 함경북도 끝자락 러시아가 가까운 바닷가에서 자란 소년이었다.

김기림의 이 수필이 운문적 스타일로 반응되는 것은 이런 정황과 크게 관련되어 있다고 봐야 한다. 이런 점은 '관북기행' 속의 다른 글 「마을」, 「고향」, 「국경」 등의 작품에 서 더 잘 나타난다.

『바다와 육체』에는 글쓰기 형식과 내용이 일치하지 않는 수필이 있다. 그 결과 외연denotation은 운문인데 내포connotation는 산문이 되었다. '관북기행'에 묶여 있는 기행문이 바로 그런 예다. 작품을 쓴 작가의 원래의 의도는 시다. 그러나 글의 문학적 특징을 기준으로 할 때 「관북기행」의 18편의 글은 시와는 거리가 멀다. 굳이 이름을 붙인다면 기행시라 하겠다. 가령 「기적奇蹟(산문시)」을 보자. 작가는 이 작품에 '산문시'라는 부제를 달았다. 그렇지만 이 작품이 작가의 그런 의도대로만 읽히지는 않는다.

마지막 '버쓰' 속에서는 여러 가지 목적지가 흔들리우면서 저마다 성 밖으로 나간다. 승객들은 아모러한 공통된 화제도 없는 드시 대화의 흥미를 아주 잃어버렸다.

기적(奇蹟)은 일찌기 아마도 동방의 어느 거리에서 시작되리라는 소문이 어대로부턴가 안개처럼 흘러드러와서 흥분하는 거리를 둘러쌌다.

이스라엘의 안해와 누이들은 다만 예수가 기적을 행하였다는 소문 때문에 마리아의 부정을 용서하였다.

그날부터 수없는 칠면조들은 얼골을 찡그리면서도 눈오는 밤에 주방으로 끌려갈 밖에 없었다. 기적을 위하여서는 우리도 작고 큰 소망의 병아리들을 도살장으로 보내리라. 이 고약한 어둠도 참으리라.

지금 밤은 모-든 화려한 폭죽의 화장과 우승 소리를 빨아버리고 가로수 그늘에서도 기념비 아래서도 기적을 이야기하는 소리를 들을 수가 없다. 아모데서도 기적을 맞는 듯한 얼골을 만날 수가 없다. 희망은 맹장처럼 사람들의 체내의 한 불수의근(不隨意筋)으로 굳어 버렸다.[14]

시의 구성요소를 H. 리드는 말소리sound, 말 뜻sense, 암시suggestion라 했고, E. 파운드는 음악시melopeia, 시각시phanopoeia, 언어시logopoeia로 나눴으며, I. A. 리처즈는 말뜻sense, 느낌feeling, 톤tone, 의도intension로 보았다. 물론 시의 구성요소를 이렇게만 볼 수없는 허다한 견해가 있다. 그러나 이런 견해가 현대시 이론의 중심에 서 있다고 볼 때, 김기림이 스스로 '산문시'라고 말한 「기적」이 구비한 시적 구성요소는 이런 조건의 반이 안 된다.

작가가 '산문시'라고 했으니 시로 봐야 하겠지만, 이 글에서 음악성은 고려하지 않는다 하더라도 「기적」은 우선 '말뜻'에 문제가 있다. 시의 '말뜻'은 이야기를 듣는 사람들의 주의를 어떤 사태에 기울이게 하고 그들에게 어떤 고려할 사항을 제시하며 그들에게 이 사항들에 대한 생각이 일어나게 해야 한다. 그러나 인용된 「기적」의 전반부는 이런 점이 별로 나타나지 않는다. 말이 이지적理智的 용법으로 이루어진 점이

14 金起林, 「奇蹟(散文詩)」, 위의 책, 75~76쪽.

없지는 않지만 그것이 주제 암시로까지 발전하는 강도는 아주 약하다. 또 어조, 느낌 등도 현대시의 본질과 거리가 많이 있다.

하지만 글의 마지막 단락에서는 앞에서 지적한 한계점들이 많이 사라졌다. 암시나 상징 등이 상당히 형성된 까닭이다. 이렇게 볼 때 「기적」은 시적 요소를 반쯤 가지고 있는 산문시, 또는 시적 상태를 지향하는 수필로 보는 게 타당할 듯하다. 제3부 '관북기행'에 묶인 작품들은 어떠한가.

물레방아가 멈춰선 날 밤
아버지는 번연히 도라오지 못한 아들이
도라오는 꿈을 꾸면서 눈을 감었단다.

마을에서는
구두소리가 요란하던 그날 밤 일도
불빛이 휘황하던 회관의 일도 모르는 아이들이
어머니의 잔소리만 드르면서 자라난다.[15]

1934년 『조선일보』에 발표한 「마을」 연작 3편, 「국경」 연작 4편, 「고향」 2편 등 18편의 글을 묶은 '관북기행'의 시간적 배경은 김기림이 조선일보사를 휴직하고 병약한 아내와 함께 고향으로 돌아갔을 무

15 金起林, 「마을 (가)」, 위의 책, 164~165쪽. 이 글의 '구두 소리가 요란하던 그날밤일', '불빛이 휘황하던 회관의 일' 같은 대문은 김기림이 'GW'이라는 필명으로 쓴 「시체의 흘음」(『조선일보』, 1930.10.11)와 글의 의식이 닿는다. 김기림의 이런 현실비판적 시선은 오양호가 NRF 저술지원금을 받아 수행 중인 연구에서 상론한다.

렵이다. 그러나 아내가 스스로 친정으로 돌아가자 김기림은 새장가를 들었다. 조선일보사에 복직하여 기자로 다시 일하면서 자신의 주변을 살피는 작품을 썼다. 그래서 글의 모티프가 현실적인 문제에 많이 기울어져 있다. 식민지 지식인의 곤혹스런 직업, 기자 신분을 잠시 벗어나 국경지대며 고향 마을을 직접 돌아보면서 피식민인의 현실을 목도했기 때문일 것이다. '구두소리가 뜰악에 요란하던 그날 밤 일' 같은 대문은 모더니스트 김기림의 글에서는 거의 발견할 수 없는 시대상황의 반영이다. 이런 점은 그가 1936년 「민족과 언어」[16]에서 '얼마전부터 내 가슴에 걸려서 아직까지도 잘 내려가지 안는 것은 민족과 언어의 문제다'라고 할 때에도 내비친다. 솔직하게 말한다면 이런 점은 그의 수필이 시보다 더 우리를 위무한다. 우리가 모더니즘에서 발견하는 것은 순수란 이름의 예술혼인데 그것이 사실은 "동경의 구단九段 아래 꼬부라진 뒷골목 이층 골방"에서 "피디아스의 제우스 신상 같은" 수염투성이 창백한 결핵환자로 살면서도 "몇몇 벗의 문운을 걱정하다가 말이 그의 작품에 대한 월평月評에 미치자 그는 몹시 흥분해서 속견을 꾸짖는"[17] 이상의 난해한 시처럼 너무 낯설어 서먹서먹하기 때문이다. 그러나 김기림의 이런 글은 그런 것과 멀리 떨어져 있어 우리에게 친근감을 준다. 그가 이런 글을 쓸 무렵 재혼을 하고, 장남을 낳고, 9인회를 결성하고, 조선일보사의 후원을 받아 일본의 명문 센다이의 도호쿠제대東北帝大 법문학부 영문과에 유학을 떠나는(1936) 청년 문사의 자신감과 그의 타고난 감성과 관련될 것이다. 「마을 (나)」 역시 피식민인의 현실 목도와

16 김기림, 「민족과 언어」, 『조선일보』, 1936.8.28.
17 ' ' 속의 말은 김기림, 「고 이상의 추억」(『조광』, 1937.6)에서 따옴.

관련되어 있다.

> 풋뽈 대신에 소 방광(膀胱)을 굴리다가도
> 끝내 저녁을 먹으라는 어머니의 소리가 들리지 않기에
> 아이들은 지쳐서 도라와서 새우처럼 꼬부라저 잠이 든다.[18]

소를 잡고 남은 오줌통에 바람을 넣어 공을 만들어 축구를 하는 고향 마을 아이들을 글감으로 다루고 있다. 이 글을 시라고 규정할 수 있는 근거는 행구분이다. 그러나 이 글을 다음과 같이 썼을 때도 시라고 할 수 있을까.

'아이들은 풋뽈 대신에 소 방광을 굴리다가도 끝내 저녁을 먹으라는 어머니의 소리가 들리지 않기에 지쳐서 도라와서 새우처럼 꼬부라저 잠이 든다.'

오줌통 축구공을 차며 놀다가 지쳐서 잠드는 촌 사내아이들의 놀이 묘사가 너무나 생생하다. 현대 운문이 중시하는 특징을 문장 속에서 발견하기보다 산문의 묘사력이 더 돋보인다. 주어 '아이들'을 도치시킴으로써 정황을 좀 더 박진하게 할 뿐, 문장을 풀면 그냥 산문이 된다. 형식적으로는 시이고, 내용적으로는 기행 산문이다.

그렇다면 왜 이런 형식, 왜 이렇게 보고, 이렇게 말할까. 운문의 서정성 활용, 곧 운문의 서정적 분위기를 통해 국경지대를 넘나들며 체험하는 겨울 여행이며, 한적하고 정감 어린 풍경을 효과적으로 드러내려는

18 金起林, 「마을 (나)」, 『바다와 肉体』, 平凡社, 1948, 165쪽.

전략이 아닐까.

다음과 같은 글도 내용은 산문이다. 그러나 수식어를 삭제하고 진술한 표현을 시도함으로써 서정시 스타일의 문장이 되었다. 그래서 얼른 보면 시 같은 수필이고, 수필 같은 시다.

조고만한 소문에도
마을은 엄청나게 놀랐다.

소문은 언제든지 열매를 맺어서
한 집 두 집 마을은 여위여 가고—

間島소식을 기다리는 이웃들만 그 뒤에 남어서
사흘 건너오는 郵遞군을 반가워했다.[19]

'마을은 놀랐다', '마을은 여위어 가고'를 현대시의 본질적인 요소, 곧 앞에서 잠깐 언급한 R. J. 야콥슨의 그 선택의 축과 결합의 축이 문장을 만듦으로써 운문적 스타일에 도달하고 있다. 현대시의 생리, 모호함obscurity 애매함ambiguity, 신기함novelty 등의 논리를 대입하면 그 반응이 어떻게 나타날까. 그중 어떤 것과도 관련지을 만한 요소가 나타나지 않을 듯하다. 그렇다면 시가 아닌가.

여기선 의인화를 구사한 비유가 산문의 경지를 넘어선다. 「바다와

19 金起林, 「마을 (다)」, 위의 책, 166쪽.

나비」를 쓴 주지주의 시인 김기림의 특징인 지적인 언어조합, 긴장, 이지적 표현은 비치지 않고, 보내고 기다리는 국경지대의 외로운 인간사의 내력이 선택과 결합의 논리로 원용된 어휘가 계절과 짝이 되어 서정적 감성이 강한 스타일을 이루고 있다. 결국 김기림은 자신의 주지주의 시가 시대를 너무 앞서감으로써 놓치고 만 많은 서정성을 수필을 통해 꾸려 놓았다고 하겠다.

'바다'와 '육체'란 상이한 이미지의 폭력적 결합으로 수필집의 제목을 달았지만 『바다와 나비』 같은 시집에서 실현된 절제된 감성으로 보면 위의 글은 뜻, 느낌, 토운 등에서 모더니즘적 문법과는 거리가 있다. 그래서 이런 스타일은 이 수필이 서정적 스타일을 취했으나 기행문이 되었다. 예를 하나만 더 보자.

> 저렇게 털모자를 쓰고 나서면
> 단포(短砲)쯤 옆구리에 차고 싶을 걸
> 저렇게 다리 굵은 아기네가 목도리를 감아주면
> 이만쯤 눈포래엔 황마차(幌馬車)ㄴ 들 못 달리랴.[20]

단장斷章 형태의 산문이다. 김기림은 국경지대의 여행에서 경험하는 이국적 풍물, 인정세태를 정감 있게 쓰려 했을 것이다. 그리고 추운 겨울 글쓰기의 물리적 조건이 맞지 않아, 혹은 병약한 아내를 보낸 지아비의 슬픔이 이런 단장형식이 되었을 것이다. 그래서 기행의 운치와 멋

20 金起林, 「국경 (가)」, 위의 책, 168쪽.

을 오히려 유감없이 부릴 수 있었을지 모른다. 이런 점은 『문장론 신강』 같은 책을 쓴 김기림으로서는 능히 구사할 수 있는 글쓰기 능력이다. 기행문 이상으로 독사에게 여행의 정감을 압축된 정보로 제공할 수 있는 문체이다.

'관북기행' 18편이 모두 이렇게만 읽히지는 않는다. 앞에서 언급한 바 있는 「마을 (가)」는 백석의 시 「북방에서」나, 이용악의 「풀 버렛소리 가득 차 잇섯다」를 연상시키는 유랑의식에 찬 서경시이고, 「고향」, 「국경」이라는 제목으로 쓴 다섯 편의 짧은 글은 김동환의 「국경의 밤」을 연상시키는 정조이다. 서사적 성격이며 국경의 겨울, 북방정한이 「국경의 밤」과 매우 유사한 까닭이다.

지금까지의 논의를 근거로 할 때 김기림의 수필은 운문과 산문을 넘나드는 글쓰기다. 운문의 그 서정성을 기교로 활용함으로써 수필을 산문시의 경지로 끌어올리려 했다. 이를테면 「소나무 송」 같은 글이 그런 조짐의 앞자리에 있다.

> 남들이 모두 살진 활엽(濶葉)을 자랑할 때에 아모리 여윈 강산에서 자랐기로니 그다지야 뾰죽할게 무에냐? 앙상하게 가시도친 모양이 그저 산골서당 훈장님과 꼭 같다. 밤은 그래도 가시 속에 향끗한 알맹이라도 감추었는데 솔잎이야 말러떠러지면 기껏해서 움집 아궁이나 덥힐까?
>
> 그러나 九・시月달 휑한 날세에 뭇 山川草木에서 푸른빛은 모조리 빼앗아 버리는그 서리바람도 솔잎새 가지만은 조심조심 피해서 다라난다 한다.
>
> 그러기에 하이얀 눈은 일부러 푸른 솔가지를 가려서 앉으려 온다. 봉황이가 운다면 아마도 저런 가지에 와 울겠지. 솔잎에 가시가 사로워 나는 손등을

찔러본다.[21]

압축과 생략으로 외연과 내포가 달라 시 같다. 하지만 그것이 결과적으로는 이 글의 수필적 성격을 효과적으로 수행하는 역할을 한다. 이런 예의 전형을 다음 항에서 논의하는 「길」에서 발견한다. 김기림의 수필이 운문지향의 산문시, 또는 시와 산문의 접경지대에 있음을 단적으로 보여주는 명편이다.

2. 산문시적 톤, 그 생명파 서정의 수필문학적 구현

김기림의 문학을 지배하는 가장 중요한 모티프는 '바다'로 보인다. 『바다와 나비』라는 시집 이름과 『바다와 육체』라는 수필집 이름이 이런 가설을 세우게 한다. 김기림에게 있어서 바다는 애초부터 그가 지향하는 사유의 원초였다.

오늘에 있어 시가 치중하고 있는 동해의 물결과 같이 맑고 직재(直裁)한 감성이다.

명랑―그렇다. 시는 인제는 아무러한 비밀도 사랑하지 않는다.[22]

여기서 '바다'는 '명랑'의 다른 이름이다. 바다의 물결이 가지고 있

21 金起林, 「소나무頌」, 『바다와 肉体』, 平凡社, 1948, 60쪽.
22 김기림, 「현대시의 표정」, 『김기림 전집』 2, 삼설당, 1988, 87쪽.

는 원시적 건강과 힘, 그래서 바다는 항상 역동적이다. 바다는 원시적 명랑에 대한 욕구 또는 힘의 영웅적 약동이 도사리고 있는 공간이자 시간을 무시하는 삶의 대척점에서 인간을 바라보는 무서운 존재며, 일망무제의 수평선이 둘러싼 공간이지만 그걸 탈출하려는 가없는 그리움이 넘실대는 희망의 공간이다.

김기림은 바다를 좋아하는 까닭을 바다의 '방탕한 동요' 때문이라 말 한다. 그는 산을 아폴로라 하고 바다를 디오니소스라고 했다. 디오니소스가 죽음과 재생, 혼돈과 무질서 속에 내재하고 있는 생명력을 뜻한다고 한다면 그것은 바다의 자유분방한 속성과 일치한다.

김기림은 이렇게 바다를 그의 문학적 이념의 표상으로 삼았다. 이런 점은 그의 시에 번다하게 나타난다. 그의 두 번째 시집 『태양의 풍속』에서 이런 예를 또 쉽게 발견할 수 있다.

> 에메랄드의 정열을 녹이는 상아의 해안은 해방된 어족 해방된 제비들 해방된 마음들을 키우는 유리의 목장이다.
>
> 법전을 무시하는 대담한 혈관들이 푸른 하늘의 '칸바쓰'에 그들의 선언―분홍빛 꿈을 그린다.
>
> 하나― 둘― 셋
>
> 충혈 된 백어의 무리들은 어린 곡예사처럼 바다의 탄력성의 허리에 몸을 맡긴다.[23]

23 김기림, 「상아의 해안」, 『太陽의 風俗』, 학예사, 1939, 162쪽.

우리는 여기서 김기림이 바다를 그의 영구한 생명의 고향, 그의 핏줄의 한 끝이 박힌 존재로 인식하고 있는 심층의식을 목도한다. 이런 점은 그가 시집 『태양의 풍속』을 내놓으면서 오전의 생리, 즉 신선, 활발함, 명랑, 건강을 강조하던 바로 그 시 의식이다.

김기림의 고향은 함북 성진 앞 바닷가였다. 원래 이 지역은 성진항이 중심이었기에 성진군이었는데, 일제강점기 때 학성군으로 재편되었고 성진읍은 성진부로 되었다가 1946년에 성진시가 되었다. 그 뒤 6·25 전쟁 중에 김일성의 동북 항일연대 동지였던 전선 사령관 김책이 사망하자 1951년 그의 출생지인 학성군을 김책군으로, 성진시를 김책시로 개명하였다. 따라서 지금 북한의 지도에는 학성군도 성진시도 나오지 않고 김책시란 이름만 나온다.[24] 사정이야 이렇든 저렇든 김기림의 고향이 지금은 캐코포니cacophony 'ㅊ'이 들어가 껄끄러운 '김책시'가 되었지만 원래는 적멸과 생명이 함께 꿈틀대던 청정해역 바닷가 읍내였다.

김기림은 딸만 여섯 있는 집안의 막내아들로 태어났다. 바로 손위 누나를 남의 집에 양녀로 보내야 아들을 낳는다는 비정한 점쟁이의 말을 따름으로써 태어난 귀한 장손이다. 그야말로 금지옥엽으로 집안의 사랑을 독차지하며 자랐다. 그러나 김기림은 일곱 살 때 어머니와 누나를 돌림병으로 잃고 계모 밑에서 살 수 밖에 없는 그늘의 아이가 되었다. 그는 그때의 기억을 이렇게 회고한다.

> 그래서 누이가 공부하던 그 항구의 바닷가에서 망양정(望洋亭) 위에 높

24 이승원, 『그들의 문학과 생애, 김기림』, 한길사, 2008, 14쪽.

> 이 흐르는 젖빛 하늘을 쳐다보면서 행여나 흰구름을 헤치고 누이의 얼굴이 떠올라 오지나 않는가 하고 기다렸오. 어머니와 누이는 어린 시절의 나의 기쁨의 선부를 그 관속에 넣어가지고 가버렸오. 지나가버린 것은 모조리 아름답고 그립소. 가버린 까닭에 이다지도 아름답게 보이고 그리운가. 아름답고 그리운 까닭에 가버렸누.[25]

> 나의 어린 날은 지금은 겨우 오래인 사진 속에나 남아 있다. 그 하나는 아버지와 그리고 공부하던 누이와 함께 박은 것이고, 또 하나는 어머니와 여러 누님들과 함께 박은 것이다. 그때의 공부하던 누이와, 그리고 어머니, 내가 여덟 살이 채 되기도 전에 나의 어린 날을 회색으로 물들여 놓고는 그만 상여를 타고 가 버렸다. 잔인한 분들이었다.[26]

위의 두 인용문에는 그늘이 드리워져 있다. 앞에서는 모든 기쁨이 어머니와 누이의 관속에 들어가 무덤으로 가 버렸고, 뒤의 인용문에서는 어머니와 누이가 일곱 살의 어린 나를 회색으로 물들인 잔인한 분들로 남아 있다.

함경도 국경을 넘나들며 사업을 하여 한 재산을 모은 부유한 집안의 막내가 어느새 흑색에 몸이 꽁꽁 동여 버렸다. 큰 과수원, 무곡원武谷圓에서 꿈을 키우며 아무 걱정 없는 유년시절을 보내다가 갑자기 하늘에서 검은 보자기가 내려와 김기림을 뒤덮는 형국을 맞았다. '밝음의 세계'가 '어둠의 세계'로 급전되었다. 그래서 김기림은 '잔인한 분들'을

25 김기림, 「잊어버리고 싶은 나의 항구」, 『신동아』 3-5, 1933.5.
26 김기림, 「사진 속에 남은 것」, 『신가정』, 1934.5.

만나기 위해 바다・강으로 나간다. 그것은 늘 그에게 위안과 꿈을 주었기 때문이다.

> 나의 소년시절은 은빛 바다가 엿보이는 그 긴 언덕길을 어머니의 상여와 함께 꼬부라져 돌아갔다.
>
> 내 첫사랑도 그 길 위에서 조약돌처럼 집었다가 조약돌처럼 잃어버렸다.
>
> 그래서 나는 푸른 하늘빛에 호져 때 없이 그 길을 넘어 강가로 내려갔다가도 노을에 함북 자주 빛으로 젖어서 돌아오곤 했다.
>
> 그 강가에는 봄이, 여름이, 가을이, 겨울이 나의 나이와 함께 여러 번 댕겨갔다. 가마귀도 날아가고 두루미도 떠나간 다음에는 누런 모래둔과 그러고 어두운 내 마음이 남아서 몸서리쳤다. 그런 날은 항용 감기를 만나서 돌아와 앓았다.
>
> 할아버지도 언제 난지를 모른다는 동구 밖 그 늙은 버드나무 밑에서 나는 지금도 돌아오지 않는 어머니, 돌아오지 않는 계집애, 돌아오지 않는 이야기가 돌아올 것만 같애 멍하니 기다려 본다. 그러면 어느새 어둠이 기어와서 내 뺨의 얼룩을 씻어 준다.[27]

지금의 바다, 강은 어둠이 내린 침묵의 공간이다. 강물은 동구 밖 어둠과 함께 길을 넘어가 버리면 나는 기다림에 지쳐 돌아온다. 전문이 겨우 11행이다. 수필집에 실렸으니 수필이라 하겠지만, 형식으로 보면

27 金起林, 「길」, 『바다와 肉体』, 平凡社, 1948, 54~55쪽. 「길」은 원래 『조광』 1936년 3월 제2권 제3호에 '春郊七題'라는 제목하에 이은상의 「시내」, 이태준의 「고목」, 이원조의 「빈배」, 백석의 「황일」, 이상의 「서망율도」, 함대훈의 「봄물 ㅅ가」와 함께 발표되었다. 『바다와 육체』의 「길」은 조광판 원본과 표기가 다른 데가 몇 개 있다.

시다. 문장이 시의 특징인 비유가 없는 진술 형태를 띠고 있다든가 화자가 바로 '나'로 나타나는 점이 수필형식이긴 하다. 그러나 압축과 비약이 긴장을 이룬 문장은 한편의 잘 다듬어신 서정시를 형성하고 있다. 그것도 한국 시문학에서 쉽게 발견할 수 없는 시 경지다.

이 수필의 강한 서정은 생명의 존재원리며 인생의 만남과 이별을 운명의 소관으로 수용하며 거기에 순응할 수밖에 없는 한 생명이 살아가는 길을 감동적으로 형상화하고 있다. '길'이란 무엇인가. 길은 운명과의 조우이자, 운명과의 이별이고, 운명의 상징이기도 하다. 길은 내 첫사랑을 만났던 곳이고, 그 사랑을 잃어버린 곳이고, 어머니를 영결종천 떠나보낸 장소다. 그러나 그 길 너머에는 강이 흐르고, 바다가 있다. 바다가 근원으로서의 생명감과 싱그러움의 상징이고, 경계 이편의 실존을 끊임없이 일깨우면서 수평선 너머 무엇이 나를 기다리고 있는지, 볼 수 없는 세계와 운명을 궁금하게 만드는 실체라면, 강은 신생의 예감 또는 삶에 대한 또 다른 성찰의 징표다. 이런 연유로 이 수필의 넘치는 서정 양립, 곧 바다와 강의 표상이 감정의 내공內攻을 일깨운다. "돌아오지 않는 어머니, 돌아오지 않는 계집애가 곧 돌아올 것만 같아 기다린다"라는 진술은 생명 긍정의 한 압권이다. 생명에 대한 끝없는 긍정, 기다림이 유년의 갑골문자로 남아 있다.

그래서 저자는 이것을 생명파 서정이라 부른다. 생명의 근원으로서의 싱그러움을 주는 바다, 또 다른 삶을 돌아보게 하는 강물의 흐름, 강물도 흘러가 돌아오지 않고, 어머니도 가버렸고, 계집애도 떠나버렸지만 다시 올 것 같아 동구 밖에서 기다리는 눈이 까만 소년, 해는 지고 밤이 오지만, 해는 져서 산 그림자가 마을을 덮어 동구 밖 하얀 길이 아물아물 어둠 속으로 빨려들지만 '나'는 그런 길을 그냥 지키고 서 있다. 슬픈 서정, 생명의 긍정이 행마다 깔린 기대의 세계다. 엄숙한 인간 실존의 다른 양식이다.

「길」은 1936년 『조광』 3월 호에 '춘교칠제春郊七題'라는 이름으로 이은상의 「시내」, 이태준의 「고목」, 이원조의 「빈배」, 백석의 「황일」, 이상의 「서망율도」, 함대훈의 「봄물ㅅ가」와 함께 수록된 수필의 하나이다. 그런데 유종호는 이런 사실을 아는지 모르는지, 혹은 무시하는지 "시인가 수필인가"라고 반문하면서 "필자가 만약 20편으로 된 김기림 시선을 엮는다면 「길」을 수록할 것이다"[28]라고 했다.

사실 모더니스트 김기림의 시(글)는 부적절한 직유나 가벼운 말놀이, 이를테면 재담의 남용으로 시적 성취도를 떨어뜨리는 경우가 많은데 「길」에서는 그런 점이 절제되면서 기품 있는 서정의 세계를 창출하고 있다. 그러나 「길」의 이런 점이 모더니즘 일변도의 김기림의 시론으로 보면 오히려 시가 아닐 수도 있다. 그런 결과 「길」이 수필집에 수록되었을지도 모른다. 흥미가 동하는 문제다. 당장 유종호의 견해와 부딪친다.

수필 「길」은 조약돌, 강, 바다, 길, 모래, 봄, 여름, 가을, 겨울, 까마귀, 버드나무를 동원하여 가슴 저미는 문장으로 독자의 심리를 헤집는다. 수필 전체를 지배하고 있는 자연과 인간의 간극 없는 거리, 자연과 인간의 화합으로 생성되는 서정 창출이 눈부시다. 이런 수사는 어떤 문장가도 흉내 내지 못할 명장면의 창조다. 이런 점이 「길」을 시인지 수필인지 헷갈리게 하는 매혹의 흑진주로 만들고 있다.

---

28 유종호, 『문학이란 무엇인가』, 민음사, 1990, 79쪽.

고향에의 회귀를 꿈꾸는 '나'는 자신의 운명을 감지하면서 조약돌이 흩어졌던 길 위의 삶을 기꺼이 추인한다. 길에서 조우한 운명, 그 운명을 감수하여 돌아와 앓고, 그리움을 잃어버린 슬픔의 시간, 그러나 '나'는 그 운명을 개척해 나가는 대응의 자세를 취한다. 바다 너머의 세계를 꿈꾸는 탈출 지향의 생명의식이 그런 역할을 한다. 서정적 자아는 지금 '바다'로 가고 있다. 어머니와 계집애가 떠난 그 잔인한 기억을 타넘으며 '바다'를 향해 떠난다. 어둠과의 결별이고, 갇힌 공간의 탈출이다. 이것이 시에서는 모더니즘의 그 '오전의 시론' 곧 신선, 활달, 대담, 명랑, 역동의 이미지로 나타났고, 수필에서는 그것이 이렇게 육화되어 '육체'로 나타났다.

김기림에게 '육체'는 악몽이며 역설이다. 그가 정상장학금正相獎學金[29]을 받아 도호쿠대東北帝大 영문과로 2차 유학을 가서 죽음 직전에 있는 이상을 도쿄에서 만난 기억을 이렇게 기술하고 있다.

① 箱은 필시 죽음에게 진 것은 아니리라. 箱은 제 肉體의 마지막 쪼각까지라도 손수 길아서 없애고 살아진 것이리라. 箱은 오늘의 環境과 種族과 無

29 이은상의 동생 이정상은 독립운동 혐의로 영등포경찰서에 잡혀가 3개월간 옥살이를 하던 중에 죽었다. 제3장 「한국 근대수필과 이은상」 참조. 이은상은 그 인세를 기금으로 정상장학회를 설립하여 동생의 모교 배재고보에 기부했다. 김기림은 정상장학금 첫 수혜자가 되어 조선일보사를 사직하고 일본 도호쿠제대(東北帝大) 영문과로 유학을 갔다. 이런 사실을 김유중은 "조선일보사 후원으로 설립된 정상장학회의 장학생 자격으로"(김유중 편저, 『김기림시 · 산문 · 비평/김기림평전 · 연구논집 · 자료집』, 문학세계사, 1996, 172쪽)라고 기술했고 김학동은 "방응모 사장은 휴직으로 처리하고 학자금 일부를 보조했다"(김학동, 앞의 책, 42쪽)라고 했다. 이것은 당시 이은상이 조선일보사 편집국 고문 및 출판국 주간으로 일한 것과 관련시켜 생긴 오류로 판단된다. 이 책의 제3장 「한국 근대수필과 이은상」 참조.

知속에 두기에는 너무나 아까운 天才였다. 箱은 한번도 '잉크'로 詩를 쓴 일은 없다. 箱의 詩에는 언제든지 箱의 피가 淋漓하다. 그는 스스로 제 血管을 짜서 '時代의 血書'를 쓴 것이다. 그는 現代라는 커-다란 破船에서 떨어져 漂浪하는 너무나 悽慘한 船體 쪼각이였다.[30]

② 이상은 좀체 생활을 고치지 않았대요. 어쩌면 세상이 그토록 귀찮고 저주스럽고 신물이 났다 봐야지요. 뒤집어쓰고 자는 것도 아니고 누워있는 것이 이상의 세계였던 겁니다. 그렇다고 돈이 있는 것도 아니었죠. 친구가 많은 것도 아니고 오라는 데가 있는 것도 (…중략…) 그러다가 스물일곱 살 젊은 나이에 세상을 떠났지 뭐에요.

선생의 각오는 대단했어요. 절대 이상처럼 되면 안 되겠다는 결심이었어요. 학생들에게도 생활을 고치라고 다그쳤어요. 일요일엔 하숙집 앞 쭉 뻗은 도로에서 마라톤 연습을 했어요. 진짜 마라톤 선수라도 되는 양 연습에 열중했어요. 아이들은 그 모습을 보고 키득키득 웃었지요. 그러나 그 분은 조금도 우습게 생각하지 않았어요.[31]

①은 이상에게 보내는 안타까움이 임리하는 김기림의 「고 이상의 추억」 한 대문이다. 이상의 죽음이 시대 때문이고, 그 시대가 이상에게 혈서를 쓰게 했고, 병들게 만들었고, 죽게 했단다. 단문으로 쪼아내는 우정 어린 원망이 가슴을 먹먹하게 만든다. 도쿄 '구단九段아래 꼬부라진 뒤꼴목 이층 끝 방' 종일 빛 한줄기 들지 않는 골방에서 이상은 죽어가

30 김기림, 「고 이상의 추억」, 『조광』 3-6, 1937.6, 312쪽.
31 김규동, 『나는 시인이다』, 바이북스, 2011, 97쪽.

고 있었다. "'날개' 돋인 시인詩人과 더부러 동경東京 거리를 산보散步하면 얼마나 유쾌하랴" 하고 그리던 온갖 꿈과는 딴판으로 날개가 아주 부러져서 기거도 못하는 불우한 천재만 봤다. 그래서 김기림은 뒷날 "가느다란 한 자루 철필대를 동정同情해서가 아니라 거기 의지하려고 하는 제 자신自身이 허잘 것 엇음이 업수이 여겨져" 서글프다며 "정신精神이 아니고 차라리 육체肉體를 짜내고 그것을 부려" 살아가게 해달라고 육체에게 타일렀다.[32] ②가 이것을 예증한다. ②는 경성고보鏡城高普 교사 시절 김기림의 제자 김규동의 말이다. ②처럼 살았기에 이상이 죽었기에 자신은 절대 이상처럼 안 되겠다는 것이다. 정신이 육체를 죽이는 걸 이상에게서 확인했기 때문이다. 그래서 육체는 악몽이다.

김기림의 이런 육체에 대한 사유가 해방이 되면서 붓·정신 대신 생활의 짐을 너끈히 지고 갈 수 있는 '보다 더 굳건하고 구체적인' 힘으로 바뀐다. 그렇다면 시집 『바다와 나비』, 수필집 『바다와 육체』의 바다란 무엇이고, 육체란 무엇인가. 그리고 '굳건하고 구체적인 힘'은 무엇인가. 이 이질적인 '바다와 육체'를 폭력적으로 결합시켜 얻으려는 것은 무엇인가.

거듭되는 말이지만 김기림에게 있어서 '바다'는 그의 문학의 아이콘이다. 첫 시집 『태양의 풍속』에서부터 바다와 관련된 작품이 주축을 이루고 있다. 바다가 김기림의 문학이 지향하는 원형심상이라고 할 때, 거기에는 '아침태양', '깃발', '사나히' 등과 같은 이미지가 동참한다. 이런 이미지들은 김기림의 문학에서 늘 함께 몰려다니며 그의 시며 수

32 김기림, 「육체에 타일르노니」, 『新世代』, 1948.3; 『바다와 肉体』, 平凡社, 1948, 153쪽 재인용.

필의 내포를 이루어 희망, 명랑을 표상한다. 『바다와 육체』 제1부에 「길」과 함께 묶인 「여행」에서 이런 점이 잘 나타난다.

> 산은 산의 기틀을 갖추고 있어서 좋고 바다는 또한 바다대로 호탕해서, 경솔히 그 우열을 가려서 말 할 수 없다. 그렇지만 날더러 둘 가운데서 오직 하나만을 가리라고 하면 부득불 바다를 가릴 박에 없다. 산의 웅장과 침묵과 수려함과 초연함도 좋기는 하다. 하지만 저 바다의 방탕한 동요만 하랴? 산이 '아폴로'라고하면 우리들의 '디오니소스'는 바로 바다겠다. (…중략…)
>
> 모-든 걱정은 번뇌는, 울분은, 의무는 잠시 未定稿들과 함께 몬지 낀 방안에 묶어서 두고 될 수만 있으면 모-든 괴로운 과거마저 이저버리고 떠나고 싶다. 행장은 輕할사록 더욱 좋다.
>
> 나는 충고 한다. 될수만 있으면 제군의 배즙은 심장을, 사상을, 파쟁을 연애를 잠시라도 좋으니 바닷가에 해방해 보면 어떠냐고—.
>
> 여행 그것 밖에 남는 것은 없다. 내가 뽑은 幸福의 최후의 제비다. 그것마저 싱거워지면? 그때에는 '슈-르레알리스트'의 그 말성 많던 설문을 다시 한 번 참말 생각해 보아야지.[33]

「여행」은 『바다와 육체』 제일 앞자리에 수록되어 있는데 「고 이상의 추억」을 지배하는 어두운 정서는 조금도 없다. 여행이 행복의 제비고, 이런 행복한 여행 앞에 슈르리알리즘은 골치가 아픈 존재다. 「오감도」를 쓰고 죽은 슈르레알리스트 이상 같은 병든 육체, 약골과는 완전히

33 金起林, 「여행」, 『바다와 肉体』, 平凡社, 1948, 20~22쪽.

결별하였다. 김기림의 이런 정서는 그가 이상을 만난 뒤 센다이 객사로 돌아와 쓴 「산」에도 나타난다.

> 산을 쳐다본다. 말이 없다. 일찍이 이 산이 화산일 적에 불꽃을 뿜는 것을 본 일이 없는 사람들은 산을 가르처 벙어리라고 부른다. 흐린 날에는 산은 보이지 안는다. 구름은 흘러가고 안개는 날러가도 날이 개면 산은 산대로 있었다.
>
> 산이 아니다. 구름인가 보다. 바람인가 보다. 위도의 어느 점에도 뿌리를 박지 못하는 갈대인가 보다. 띠끌인가 보다. 그림자인가 보다. 부끄러워서 달려 산을 내려온다.[34]

「산」이 『바다와 육체』의 「여행」 다음의 앞자리에 놓인 것을 감안하면 이 시기의 김기림은 새로운 전망의 시점에 서 있는 것을 암시한다. '산이 구름, 바람, 갈대, 띠끌, 그림자인가 보다'라는 진술은 산의 고정성이 실체인 것을 미처 깨닫지 못하고 산에 올랐다는 말이다. 산을 막연히 구름, 바람에 싸인 존재로 생각해 왔는데 실재로는 그것이 "인력人力으로는 제어制御할 수 없이 압도적壓倒的으로 큰" 존재임을 깨닫는 순간 부끄러워서 산을 내려온다.

이런 심리에는 식민지 지식인의 사상적, 문학적 신념에 대한 고뇌가 꿈틀거리고 있다. "갑자기 파스칼의 「팡세」가 읽고 싶다. 만약에 책을 쓴다고 하면 백 권의 전집을 가지느니 한 권이라도 마음의 위안이 될

34 金起林, 「山」, 『바다와 肉体』, 平凡社, 1948, 27~28쪽.

것을 쓰고 싶다"[35]는 대문이 그러하다. 이런 심리의 편린을 에세이 「동양의 미덕」[36]에서 발견할 수 있다.

「동양의 미덕」이란 무엇인가. 그것은 한 말로 일제가 동양주의라는 미명하에 식민주의와 파시즘을 심화시키는 정책에 대한 비협조 발언이다. 얼른 보면 김기림은 당시 일본이 내걸었던 동양론을 승인하는 것으로 읽힌다. 그러나 일본의 동양론이 파시즘과 결합될 때 그것이 얼마나 무서운가를 완곡하게 말한 것이지 동조하는 것은 아니다. 이 논리를 조금 더 심화시키면 그 끝에 '육체'가 나온다. 「고 이상의 추억」에 임리하는 죽음의 그림자를 떨치고, '육체에 타일르노니' 동양을 과학적으로 발견하고, 육체적으로 실현하겠다는 사유가 「동양의 미덕」을 지배하는 언술이다. 인용문 ②와 같은 마라톤 연습이고, 경성고보 학생들에게 기회 있을 때마다 톰슨John Arthur Thomson(1861~1933, 영국의 생물학자)이 저술한 『과학대계』를 한 번 읽어보라고 추천했고[37] 그걸 해방 뒤 『과학개론』으로 번역한 행위다. '바다'와 '육체'라는 아주 이질적 어휘가 결합되어 마침내 도달하는 곳이 바로 여기다.

35 위의 글, 27쪽.
36 김기림, 「동양의 미덕」, 『문장』, 1939.9, 166~167쪽.
37 이활, 『정지용 · 김기림의 세계』, 명문당, 1991, 214쪽.

3. 생활의 바다와 육체

김기림의 수필에서는 바다가 육체로 변용된다. 「육체에 타일르노니」에서 이런 피곤함을 확인할 수 있다.

> 그래서 나는 지금 나의 육체에 타일러주어야 하겠다. 네게는 아직은 짐수레나 지게가 그리 무겁지 않을 만한 등심이 있어 보인다. 낫과 호미와 곡갱이를 휘두를 수 있는 완력이 있어 보인다. 무언가 해보자. 그리고 저 생활의 무게에 눌려 허덕이는 정신의 어깨에서 네가 대신 짐을 갈아주면 어떠냐.[38]

1948년 『신세대』 3월 호에 발표한 「육체에 타일르노니」의 마지막 문단이다. 지친 정신을 육체가 떠안으라는 부탁이다. 정신은 생활에 지쳤지만 육체는 아직 힘이 세기 때문이란다.

「육체에 타일르노니」에는 바다 이미지는 그림자도 없다. 생활에 지친 문인 김기림의 신변사가 일인칭으로 적나라하게 묘사되고 있다. 해방 직후 그 살기 힘든 사회에서 글쟁이는 사실 입에 풀칠하기도 어려웠을 것이다. 그래서 현실에 뒷덜미가 잡혀 흐느적거리고 있다. 김기림이 시집 이름을 『바다와 나비』라고 했을 때의 그 섬약한 나비가 육체로 대체되었다. 이것은 현실을 강건한 육체로 맞서겠다는 한 표상이다. 「육체찬가」에서 "움켜잡으면 그대 더운 피 가슴까지 화끈 쏴 오는구나 / 여러 싸움과 모험과 박해 속을 헤치고 온 매디진 손아 // 아름다운 진

38 金起林, 『바다와 肉体』, 平凡社, 1948, 154쪽.

리와 높은 일 위하야는 / 물불 헤아리지 않고 뚫고 온 퍼진 어깨야 //
나라와 백성에게 바치는 뜻 밖엔 / 딴 마음 하나 없이 낮과 밤 새워 달
리던 세창 다리야"라며 화자를 애국적 투사로 만들듯이 수필 「육체에
타일르노니」 역시 생활의 짐을 육체가 짊어지고 현실을 돌파하겠다는
것이다. 따라서 이 육체는 현실이라는 바다를 헤치고 나갈 새로운 주체
성의 이미지에 다름 아니다. 다음의 두 글이 김기림의 이런 심정을 여
실히 반영한다.

게다가 이 물가고 운동은 어떤가. 물리적인 수평운동에 흡사해서 지금 이 가게에서 양말을 사려다가 깜짝 놀라고 나서, 금방 다른 전방에 들어가서 비누를 사려다가 두 번 놀라 뛰고, 그 길로 간단한 찬거리나 어저께대로 사가지고 집에 들어가려고 반찬가게에 들렀다가는 이번에는 놀랄 기운조차 풀어져서 한숨을 삼키면서 돌아서군 하는 것이다.

생각하면 너 나 없이 누가 붓 한 자루에 의지하고 싶어 의지하게 된 것은 아니다.

(…중략…)

오늘도 손 때 묻은 철필대를 세 손가락 사이에서 굴려 보면서 이 간엷은 물체위에 염치불계하고 막우 기울어져 얹이려고만 하는 육중스런 생활이라는 것의 무게를 속으로 헤아려 보는 것이다. 창머리에는 꽃 소식을 재촉하는 이른 봄볕이 호수처럼 닥아 온다. 나는 갑자기 무엔가 잘못된 것을 느낀다. 가느다란 한 자루 철필대를 동정해서가 아니라, 거기 의지하려고 하는 제자신의 허잘 것 없음이 업수이 여겨져 마지안는 것이다. 결국은 정신을 짜내고 그것을 막우 부려서 그것으로 생활해간다고 하는 일은 어딘가 허망하기 짝

이 없는 데가 있어 보인다. 보다 더 굳건하고 구체적인 것, 말하자면 정신이 아니고 차라리 육체를 짜내고 그것을 부려가면서 살아가는 게 떳떳하겠다.

얼마나 아끼고 소중하게 여기고 감추어가지고 돌려놓고 남몰래 북돋군 하던 정신이냐? 그것은 생활자료와 악착스레 바꾸어서 소모해 가는데 무젖여버린 것은 언제부터 시작된 나의 타성일가? 아무래도 이는 정신에 대한 모독 같기만 하다[39]

미소 양국이 남북을 점령하고, 양국이 소위 미소공동위원회를 구성하여 한국을 관리하던 시절이 1948년이다. 소련은 코리언들의 정부수립을 돕기 위해서는 먼저 군대를 철수시켜야 한다고 했고, 미국은 정부수립 뒤 철군을 해야 한다고 주장했다. 이런 미소공동위원회의 분열은 그대로 우리 민족 내부의 분열을 심화시켰고, 정치적 예속화를 위기케 하였다. 그러나 비록 방법은 다르나 전외군(全外軍)의 동시철퇴를 통한 우리정부의 수립만이 미소 양국에 의하여 제기된 때가 1948년이다.[40]

1948년이 현재로 된 이 두 글은 붓 한 자루에 생활을 의지하고 있는 문인이 물가고에 시달려 견딜 수 없음을 호소하고 있다. 유복한 생활을 했던 김기림이 원고료로는 생활이 전혀 안 되는 현실 때문에 괴로워하고 있고, 언론인 김승식 역시 그러한 정황에 처해 있다. 실제로 당시의 물가고는 엄청났다. 예를 하나 보자.

39 위의 책, 152~153쪽.
40 김승식, 「간행사」, 『조선연감』, 조선통신사, 1947.

백미 일두(白米一斗)에 작년 4월에는 5백80원 하였는데 금년 5월에는 천 원이고, 사탕 한 근(一斤)은 작년 1월에 45원이든 것이 금년 7월에는 280 원, 광목(一碼)은 작년 1월에 40원이든 것이 금년 7월에는 220원, 고무신(一足)은 작년 1월에 75원이든 것이 금년 7월에는 180원으로 (…후략…)[41]

시인 김기림, 수필가 김기림. 그러나 한가정의 생활을 책임진 가장 김기림이 힘든 세상살이를 하소연하고도 모자랄 정황이다. 엄살이 아니다. '아름다운 아내를 동반한다든지 귀여운 아기들을 안고 데리고 저녁 거리를 산보하는' 행복은 커녕 양말도 비누도 그 값이 너무 올라 한숨을 삼키면서 돌아서야 하는 현실이다. '바다' 이미지 같은 것은 온데간데없다. 바다는 정신적 사치다. 생활고에 허덕일 수밖에 없는 곤비困憊한 삶의 실상만 줄줄이 나열되고 있다. 바다의 방탕한 농요를 데려와 그걸 건강한 시의식이 출발하는 공간으로 부리던 그 디오니소스적인 자리에, 생활에 전전긍긍하는 문인의 궁상만이 나뒹군다. 그의 다른 글 「생활과 파랑새」 역시 이런 현실에 서 있는 문예수필이다.

'나와 내 가족을 먹여만 줍쇼. 그러군 그저 죽이던지 살리던지 그것은 모다 당신의 자유올시다. 위신, 명예, 절조(節操)말입니까. 그것은 벌서 주문하기도 전에 나의 사전에서 말살해 버렸습니다' 하는 간판을 걸머진 정직한 인테리 구직자가 이윽고 종로 네거리에 나타나지 아니하리라고 누가 보증하랴?

41 위의 책, 165~166쪽.

(…중략…)

생활이라는 놈의 잔인한 얼굴을 힐끗 쳐다본다.

책상위의 꺼꾸러진 붓대

그것은 오래 동안 내가 나의 전야(戰野)에 버려두고 온 나의 유일한 무기다. 나는 다시 무기를 잡고 사장(沙場)의 홍진 속에 떨치고 나서야 하련만.[42]

시인을 파랑새에 비유하고 있는 이 수필은 '푸른 한울 넓은 가슴 속으로 나러가고 시퍼만' 하는 파랑새로서는 이 세상을 제대로 살아갈 수 없음을 이면적 주제로 삼고 있다. 생활인 김기림의 솔직한 고백이 안쓰럽다. 김기림은 아마 이런 양극화된 현실을 극복하려다가 그만 지쳐 육체에게 정신을 떠맡긴 것 같다. 생활의 바다에 익사직전에 있다.

지금까지의 논의를 근거로 할 때 김기림의 바다가 시의 경우는 그의 영원한 이상, 오전 시론의 표상이지만, 수필의 경우는 생활에 쫓기는 곤비한 정신을 업고, 힘든 현실을 헤쳐 가는 육체의 다른 이름이다. 생활의 무게에 눌려 허덕이는 정신의 어깨에서 네가 대신 짐을 받아서 지고 가라고 육체에게 타이르고 있다. 육체를 타자화한 이 생활의 주체는 그가 이 수필집 서문에서 들고 나온 불평의 문학으로서의 수필과 같은 맥락에 서 있다.

『바다와 육체』「서문」에서 김기림은 '생각하는 사람'으로서 그 존재감을 확인했는데 그것은 자신의 정체가 비판적 이성이란 의미이고, 그 생각하는 사람으로서의 투쟁은 자신의 투쟁이자 수필의 투쟁이란 말이

42 金起林, 위의 책, 36~37쪽.

다. 따라서 수필에 대한 이런 인식은 수필이 '문학 대 비문학'의 틈새를 비집고 나온 해방공간에서 다시 풍자를 통해, 불평을 통해 현실의 모순과 투쟁을 벌려야 한다는 것이다. 이런 점에서 수필집 『바다와 육체』는 근대라는 바다에 떠 있다.

김기림 수필의 내포는 이렇게 정신과 육체가 맞서 있다. 다만 수필이 시를 지향하는 외연형태, 그가 강조한 미문체의 산문 스타일을 띠고 있는 것만 다를 뿐이다. '오전의 시론'으로 묶이는 시와 수필의 문제는 별도의 과제로 남겨둔다.

제18장

기행수필과 서사적 교술

『고투 사십년』과 『최근세계일주기』를 중심으로

이극로李克魯의 『고투苦鬪 사십년四十年』(을유문화사, 1947)은 「조선을 떠나 다시 조선으로—수륙水陸 이만리二萬里 두루 도라 방랑放浪 이십년간二十年間 수난受難 반생기半生記」(『조광』, 1936.3·5~6, 이하 「조선을 떠나 다시 조선으로」)라는 긴 기행문이 중심을 이루는 자서전이다. 자서전인 것은 「조선어학회朝鮮語學會와 나의 반생半生」, 「노래」, 「조선어학회朝鮮語學會 사건事件」 같은 글이 함께 실려 있기 때문이다. 곧 이 책은 민족혁명의 방도를 찾아 풍찬노숙하는 「조선을 떠나 다시 조선으로」가 전체가 90쪽인 책에 반 이상(53쪽) 실려 있고, 두 번째 글 「길돈사건吉敦事件 진상조사眞相調査와 재만동포在滿同胞 위문慰問」 역시 기행문이다.

이극로는 베를린대학Friedrich-Wielhelm-Universität 철학부philosophische Fakultät에서 경제학을 전공하고, 부전공으로 철학과 인류학, 언어학을 공부

〈그림 44〉 이극로

〈그림 45〉『고투 사십년』 표지

하였다. 박사가 되어[1] 경성에 돌아왔을 때 신문은 그를 '탈선 경제학박사'라며 화제로 삼았다.[2] 그 뒤 그는 경제학과는 무관한 한글운동에 뛰어들어 문화민족주의를 주창하며 일제의 한글말살정책에 맞섰다. 그러나 1947년 김구金九와 함께 평양에서 열린 남북지도자회의에 참석했다가 돌아오지 않고, 북에 머물다가 김일성이 내각을 성립할 때 무임소상이 되었다.[3]

고루[4] 이극로의 「조선을 떠나 다시 조선으로」는 일본이 우리나라를 식민지로 만들어 엄혹하게 통치하던 바로 그때 발표되고 읽혔다. 그런

1 李克魯, 「水陸二萬里周遊記」, 『朝光』 2-6, 1936.6, 67쪽. '四. 獨逸 伯林에서 留學하던 때와 그 뒤' 중에서.

2 「고루 李克魯氏 脫線 經濟學 博士」, 『조선일보』, 1932.2.11.

3 金日成 내각성립, 부수상에 朴憲英, 洪命熹, 金策, 三代 無任所相 李克魯. 『조선중앙일보』, 1948.9.10.

4 이극로의 아호 '고루'는 '골고루'라 해석하는 사람도 있지만 그것은 결과적으로 붙인 해석이고 사실은 '극로(克魯)'의 중국음이다. 고영근, 『민족어의 수호와 발전』, 제이엔씨, 2008, 240쪽.

데 이 기행문에는 그런 시대분위기가 수용된 흔적이 감지되지 않는다. 당시의 모든 글이 친 일본적인 경향을 띠면서 우리 민족의 정서와 멀어져 가넌 때지만 세계를 보면서 민족의 장래와 잃어버린 나라를 등에 짊어지고 자신이 해야 할 일이 무엇인가를 고민하며 죽기 살기로 그 길을 갔던 삶의 행로만 글의 밑바닥에 깔려있다. 이런 정서는 1935년대 비허구산문, 범칭 수필에서는 거의 발견할 수 없다.

그때나 지금이나 기행문은 여행에서 보는 세상과 느낀 감정이 신변사와 어울려 감상적으로 표현되는 것이 보통이다. 그러나 이극로의 그것은 다르다. 그 파란만장한 주유천하가 이룩한 기행문은 가히 한국수필사상 서사적 교술의 정점에 가 있다. 한국의 어떤 기행문도 수행하지 못하는 수필의 지평을 서사적 교술로 확대하고 있기 때문이다. 처칠이 자서전『제2차대전회고록』을 수필로 써서 세계문학의 지평을 넓힌 것과 유사한 자리라 할 수 있다.

1. 1930년대 중반 문단대세와 기행수필

한국 근대수필이 기행수필을 중심으로 발전해왔다는 것은 이미 다른 글에서 몇 번 말했다. 그러니까 유길준의『서유견문』에서 비롯된 근대기행수필은『개벽開闢』가 비판적 시각의 글쓰기로, 또는 무장독립투쟁을 다루다가 삭제를 당하는 기행문으로 발전, 변화했다.[5] 그런데 이

5 가령 성관호의「나의 본 일본 서울」(『개벽』, 1921.7)은 우리의 가치와는 다른 일본의 특성을 비판적으로 지적하고 있고,『개벽』1924년 7월 호에는 간도에서 벌어지는 무장

기행문이 문학의 한 갈래로 자리매김하게 된 결정적 계기는 1938년 6월 조선일보사출판부가 '현대조선문학전집'을 간행하면서 '수필隨筆+기행紀行'의 『수필기행집隨筆紀行集』이라 한 데서부터다. 이런 '수필'과 '기행'의 병치는 이 합동수필집이 처음인데 이름하여 "제4회본 / 현대조선문학전집 / 수필기행집"이다. 그러니 수필문학으로서는 사건이다. 수필과 기행이 합하여 새로운 수필의 지평을 열었기 때문이다. 사정이 이렇게 변하니까 기행수필이 문인의 일차적 글쓰기쯤 되었다. 그도 그럴것이 이 수필집에는 당시 내로라하는 조선 문인의 글이 거의 수록되었는데 그런 책에 이름이 빠진 문인은 등급이 다른 문인으로 평가받을 수 있기 때문이다.

우리는 여기서 수필이 이런 위상에 이르게 된 과정, 특히 기행문이 수필을 주도하게 된 내력을 간단히 살펴 볼 필요가 있다.

1916년 『매일신보』 감사 나가무라 켄타로中村建太郎는 도쿄에서 공부하고 있는 이광수에게 여름 방학을 이용하여 조선 5도(경상남・북도, 전라남・북도, 충청남도)를 두루 돌아보고 그 여행기를 『매일신보』에 연재해달라는 편지를 쓴다. 그 신문에 연재한 『무정』의 인기를 이용하여 시정施政 5년의 민정을 살피려는 의도였다. 이런 요청을 이광수는 기꺼이 승낙했다. 그는 1915년 11월 '신학문의 빛으로 조선사정을 연구한다'는 목적으로 신익희, 장덕수 등과 설립한 '조선연구회' 일을 하면서 일제 식민통치 5년의 민정이 어떠한지 그 나름으로 살펴보려던 참이었기

독립운동을 언급한 글이 여러 편 있다. 김기전의 「朝鮮苦」에서는 일본총독이 국경에서 저격을 받은 사건을, 'ㅅㅅ生'이라는 사람의 「남만주를 다녀와서」는 그곳 동포의 고생을, 박봄의 「국경을 넘어서서」는 독립군에 가담했다가 쫓기고 부상당해 돌아온 이야기를 다루고 있다. 조동일, 『한국문학통사』 5, 지식산업사, 2005, 555~556쪽 참조.

때문이다. 그래서 『매일신보』 특파원이 되어 공주, 부여 낙화암, 경주 불국사, 대구, 광주 등을 돌아보고 한산도까지 가서 그 민족적 장소애場所愛서껀 민정을 써 『오도답파여행기』로 신문에 연재하고 다시 도쿄로 공부하러 갔다. 그 뒤 이광수는 금강산을 기행하고 『금강산유기』(1924)도 써서 출판하였다.

이광수의 이런 기행문은 『개벽』이 관심 있게 편집하는 기행문과 함께 최남선의 『금강예찬』(1925), 『심춘순례』(1926), 『백두산근참기』(1927)와 같은 기행문이 독자들의 사랑을 받았고, 조금 시차를 두고 이은상의 『기행묘향산유기』(1931), 『탐라기행한라산』(1937), 『기행지이산』(1938)으로 이런 글쓰기가 이어졌다.

이런 형식의 기행문은 일제의 검열이 가혹해지자 무난한 내용의 기행문을 도피처로 삼는 경향으로 인식되었다.[6] 그럴 때 기행 『반도산하』(삼천리사, 1941)가 출판되었는데 그 필진 또한 이광수, 한용운, 김억, 염상섭, 이기영, 양주동 등 조선의 대표적 문인들이었다.

이런 수필의 대세를 타고 수필이 튀는 또 하나의 '더 큰 사건이 일어났다. 수필 발전에 많은 기여를 해오던 조선일보사가 다시 이광수・이기영・박영희 외 48명 문인의 글을 받아 제작출판한 호화판 『조선문학독본朝鮮文學讀本』(조선일보사, 1938.10)이 바로 그것이다. '더 큰 사건'이라고 말하는 것은 이 합동수필집에는 당시 유명 문인의 작품이 거의 다 실렸는데 31명의 글이 수필이고, 나머지 글이 시이기 때문이다. 수필이 기준이 되어 '문학독본'을 형성하고 있는 셈이다. 문학 작품을 '독

6 위의 책, 554쪽.

본 · 전범 · 전형'식으로 부르고 묶는 것은 예술까지 규범화하려는 제국주의적 발상이라 찬성할 수 없지만 이 합동문집은 한국문학사에서 수필이 문학의 첫자리에 있었던 한 시기를 증명하는 희귀한 예이다. 이런 점은 수필문학사가 기억할만하다.

이광수 외 문일평, 박영희, 김동인, 유진오, 이기영, 김진섭, 김환태, 박태원, 김남천, 이원조, 모윤숙 등 31명의 글은 당시 조선문단 제일선에서 활동하던 문인들의 비허구산문이라는 점에서 그 문학적 성격이 독특하다. 수필을 문학의 전범으로 삼아 저마다 아끼는 작품을 골라 실었는데 그 글들이 변별성이 있고 그런 차이가 제가끔 빛을 내고 있다.

이렇게 수필장르가 뜨며 발전하는 가운데 조선문학의 정점을 수필이 찍는 하나의 놀라운 현상이 나타났다. 모윤숙의 수필집 『렌의 애가哀歌』(일월서방, 1937)가 그것이다. 이 수필집은 몇 종의 판본으로 출판되었고, 80년 전과 같이 판본이 다른 새 책이 지금도 서점에서 '『렌의 애가』 불멸의 텍스트'라며 독자를 유혹한다. 1937년에서 현재 사이의 세월이 얼마인가. 절판을 모르니 정체가 수상하다. 그런데 이상한 점이 하나 더 있다. 초판은 "산문집散文集 『렌의 애가』 모윤숙毛允淑 저著"로 되어 있는데 1997년 모윤숙의 모교 이화여자대학교 출판부에서 이 책의 간행 60주년을 기념하기 위해 출판한 1997년 11월 90판 1쇄 책은 '산문시집' 『렌의 애가哀歌』로 되어 있다. 그 책 해설을 쓴 최동호도 최재서가 『렌의 애가』를 "형식에 구애되지 않고 시라고 한다"(『조선일보』, 1937.9.8), 또 이병기와 백철이 장편 산문시로 보는 견해[7]를 끌어와 시

7 이병기 · 백철, 『국문학전사』, 신구문화사, 1963, 433쪽.

로 독해하고 있다. 그러나 이 글을 연구한 논문은 수필로 연구한 것도 있고 시로 연구한 것도 있다. 이렇게 『렌의 애가』는 수필로 읽히고, 시로도 읽힌다. 그러나 애초에는 "이 적은 글을 이국異國에서 방황彷徨하는 S형兄에게 드리노라"는 일기인데 지금은 산문시, 장편 산문시, 일기체 산문집, 수필집 등의 명칭으로 불리며 각각 연구된다. 이런 현상은 『조선문학독본』이라는 이름을 단 책이 수필과 시를 대등하게 편집하여 그것을 통해 문학의 전범을 삼으려던 관점과 관련된다고 하겠다. 두 책 사이의 결과적인 해석은 시와 수필이 헷갈리는 것이 아니라 같기도 하고 다르기도 한 것이 되는 까닭이다.

이런 현상은 문학장의 특이한 예인가. 아니면 수필과 시는 서로 넘나드는 장르란 말인가. 넘나든다는 말이다. 김기림의 「길」이 수필집 『바다와 육체』에 실려 있는데 시로 알고 있는 사람이 많아 문인들 앞에서 달달 외우는 시인이 있는가 하면(이근배) 노천명의 「대동강변」도 작가는 수필집 『산딸기』에 실었는데 시집총서에 넣는 평론가(윤영천)의 해석 등이 다 이런 예다. 그러니까 수필은 형식과 내용이 자유로워 경우에 따라 명칭이 달라질 수 있고 한 장르로 귀속할 수 없는 장르 없는 글쓰기, 장르 혼성의 글 갈래라는 말이다. 이상까지 수필을 쓰고, 박태원은 수필 같은 소설을 써서 문단의 화제가 되던 그 즈음이다.[8]

기행문을 말하다가 이런 수필론을 늘어놓는 것은 지금 우리 문단 한 구석에는 아직도 1930년대적 글쓰기, 곧 수필이 시 같고, 시가 수필 같은 모양새로 독자의 사랑을 받고 있다는 말을 하기 위해서다. 기행수필

8 「수필에 관하여」, 『조선문학』 1-4, 1933.11, 99~107쪽 참조.

로 형성된 근 한 세기 전 수필의 기세가 오늘의 독서현장까지 이어지고 있다는 사실은 좀 믿기 어려운 일이 아닐 수 없다. 그러나 이것은 사실이고 이런 현상의 근원을 따져 들어가면 그 출발점에 기행수필이 있다.

2. 1930년대 중기 기행수필에 나타나는 네 가지 풍경

오늘의 수필에까지 영향력이 미치는 이런 현상은 1930년대 후기에 많이 등장한 다음과 같은 기행수필과 관련된다.

① 이광수, 「만주에서」, 『동아일보』, 1933.8.9~8.23.
② 주요섭, 「심양성을 지나서」, 『신동아』, 1935.2.
③ 한용운, 「북대륙의 하룻밤」, 『조선일보』, 1935.3.8~3.13.
④ 현경준, 「서백리아방랑기」, 『신인문학』, 1935.3~4.
⑤ 안호상, 「마조레 호수와 파란인」, 『신인문학』, 1935.4.
⑥ 김소엽, 「요녕에서 상해까지」, 『신인문학』, 1935.4.
⑦ 김성진, 「만주벌을 향해」, 『조선일보』, 1935.4.9~10・17~18.
⑧ 여운형, 「몽고사막 횡단기」, 『중앙』, 1936.4; 「서백리아를 거처서」, 『중앙』, 1936.6.
⑨ 이극로, 「조선을 떠나 다시 조선으로—수륙 이만리 두루 도라 방랑 이십년간 수난 반생기」, 『조광』, 1936.3・5・6.
⑩ 정래동, 「봉천의 일야」, 『신동아』, 1936.9.
⑪ 이찬, 「우수 깊은 북관의 추일」, 『사해공론』 42, 1938.10.

⑫ 정비석, 「낙엽지는 국경의 추색」, 『사해공론』 42, 1938.10.

⑬ 김광주, 「상해를 떠나며－파랑의 항구에서」, 『동아일보』, 1938.2.18 ~2.23.

⑭ 함대훈, 「남만주편답기」, 『조광』, 1939.7.

⑮ 임학수, 「북지견문록」, 『문장』, 1939.7~9.

⑯ 이기영, 「대지의 아들을 차저」, 『조선일보』, 1939.9.26~10.3.

여행지가 주로 만주나 북대륙 쪽이다. 당시 만주여행은 1930년대 후반을 표상하는 시대적 담론의 형태를 띤다. 만주사변과 만주국건국, 중일전쟁을 거치며 일본의 대륙정책과 만주열풍은 둘이 아니라 하나였고 일본 제국주의 말기를 특징짓는 담론의 일부였다. 조선 내의 신문과 잡지들이 만주여행을 특집으로 꾸미고 작가들에게 만주기행을 독려했으며 작가들도 이에 호응했다.[9] 이런 기행문 유행 현상은 이 글이 집중적으로 고찰하려는 이극로가 『조광』의 기행문 원고 청탁을 받고 말한 다음과 같은 말에 생생하게 나타난다.

하루는 編輯者를 맞났더니 이 題目을 주시면서 喜怒哀樂을 勿論하고 半生의 지난바를 五六回 連載할分量으로 써달라는 力勸이 있었다. 나는 이勸告를 받고 이것이 原稿不足으로 紙面을 채우기 爲함인가 혹은 요사이 雜誌에 「나의 半生과 波瀾苦鬪記」라고 하는 이런 類似한 題目으로 某某의 글이 더러 보이더니 아마이것도 雜誌界의 한 流行이나 아닌가 생각하였다. 編輯者는 나

9 서경석, 「만주국 기행문학 연구」, 『어문학』 86, 한국어문학회, 2004 참조.

의 小學同窓인만큼 나의 過去를 多少 짐작하는대서 雜誌原稿거리가 되리라 고 이 問題를 준듯도 하다.[10]

"이 제목題目"이란 「조선을 떠나 다시 조선으로」이고, "나의 소학동창小學同窓"인 편집자는 당시 『조광』에 근무하던 노산 이은상을 가리킨다. "파란고투기 식의 글이 유행"이라고 하는 말에 당시 잡지사의 기행수필 붐 현상을 엿볼 수 있다.

당시 이은상은 수필로 장안에 이름이 뜨르르하던 문인이자 조선일보사 출판책임자였다. 이런 노산에게 그의 짜개바지친구 이극로의 파란만장한 반평생 여행담은 『무상』과는 다른 유형의 베스트셀러 감으로 판단되었을 것이다. 그래서 그의 여행기를 4회에 걸쳐 『조광』에 분재했고 그로 인해 이극로가 세상에 더욱 특별한 인물로 알려지게 되었다.

『신인문학新人文學』 1935년 3월 호 같은 데서도 이런 기행문 대세 현상이 나타난다. 이 잡지에는 이금명李琴鳴의 「노만국경露滿國境을 넘는 사람들」, 박인덕朴仁德의 「태평양삼만리太平洋三萬里 가는길」, 김우철金友哲의 「압록강鴨綠江 기행紀行」이 수록되어 있다. 또 미국 『타임』 기자가 쓴 「노령국경露領國境의 공중여행空中旅行」도 있다. 기행문이 네 편이다. 김우철은 우리 문학사에서는 이름이 나타나지 않지만 만주국 선계鮮系 문단에서 크게 활동한 문학평론가다. 이금명과 박인덕은 생판 모르는 인사다. 그러니까 문인들은 누구나 만주여행에 나서서 기행문을 쓰고 만주를 무대로 한 작품을 썼던 것이다.

---

10 李克魯, 「조선을 떠나 다시 조선으로—水陸 二萬里 두루 도라 放浪 二十年間 受難 半生記」, 『朝光』, 1936.3, 96쪽.

이런 기행문은 새로운 세상 풍경에 정신이 없거나 기대의 세계를 막연히 동경하거나 또는 허무주의에 빠져있다. 시대가 바뀌고 미지의 땅이 열리면서 그 공간이 희망으로 인식되기도 하지만 그런 세상이 저마다의 삶을 갈래갈래 나누기에 사람들은 자기 삶을 돌아보며 그 나름의 인생행로는 탐색한 흔적이다. 위의 열다섯 개 기행문에서 그런 분위기를 어렵지 않게 감지할 수 있다.

이런 사람들은 기행의 결과를 당대에 단행본으로 출판하기도 했지만 그런 경우는 드물고 대부분의 사람들은 뒤에 기행집으로 출판했다. 전자의 예로는 이순탁李順鐸의 『최근세계일주기最近世界一周記』(한성도서주식회사, 1934)와 같은 기행집이 있고, 후자는 이극로의 『고투 사십년』(을유문화사, 1947) 같은 책이 대표적인 예이다. 이태준李泰俊의 『소련기행蘇聯紀行』(경성문학동맹, 1947), 정래동丁來東 수필집 『북경시대北京時代』(평문사, 1949), 온락중溫樂中의 『북조선기행北朝鮮紀行』(조선중앙일보사 출판부, 1948), 서광제徐光齊의 『북조선기행北朝鮮紀行』(청년사, 1948) 같은 기행집도 이런 서사적 교술의 글쓰기가 관습화된 예라 하겠다.

위에서 예시한 16편의 글들은 대체적으로 다음과 같은 네 가지 경향으로 나타난다.

첫째, 방랑 · 허무 · 현실일탈 : ④, ⑪, ⑫, ⑬

둘째, 새로운 세계에 대한 막연한 동경과 낙관적 현실인식 : ⑦, ⑭, ⑮, ⑯

셋째, 밖(세계)을 보며 안(조국)을 걱정하는 문화민족주의적 사유 : ①, ③, ⑤, ⑨

넷째, 새로운 세계에 대한 보고와 기록 : ②, ⑥, ⑧, ⑩

이 기행문 하나하나에 대한 내용분석은 이 글이 목적하는 집중도를 분산시킬 우려가 있기에 이 정도의 경향만 제시한다. 다만 이광수(①), 한용운(③), 여운형(⑦), 이기영(⑮), 현경준(④)의 기행문에 대한 내용만은 검토하기로 한다. 이광수와 한용운은 설명이 필요 없는 주요 문인이고, 여운형呂運亨은 식민지시대 조선의 지식인을 대표하는 존재이고, 이기영은 카프의 맹장이었으며 현경준은 1930년대 중기부터 만주에서 많은 작품을 쓴 재만조선문인을 대표할 만한 존재이기[11] 때문이다.

먼저 이광수의 기행문부터 보자.

> 심양이라면 병자호란에 삼학사(三學士)가 청 태종에게 갖은 권유와 악형을 받고도 끝끝내 항복하지 아니하다가 칼끝에 충의의 열혈을 뿌리고 죽은 곳입니다. 만일 오족(吾族)이 다시 이곳을 차지할 날이 온다고 하면 맨 저음 할 일은 삼학사의 충혼비, 충혼탑을 세우는 것이 겠습니다. 이제 심양성의 역려(逆旅)에서 이서생(一書生)인 나는 조충혼(弔忠魂)의 노래나 부릅니다.
>
> 千萬番 죽사온들 변할 뉘 아니여든.
> 그 똥 富貴야 내 안다 하오리까
> 찰하로 忠魂이 되어 울고 울까하노라.

11 현경준(玄卿駿)은 함북 명천 출신으로, 간도 도문(圖們)의 공립 백봉국민우급학교를 졸업하였다. 경성고보(鏡城高普)를 중퇴하고 시베리아를 방랑하다가 귀국, 평양 숭실중학, 문사실업중학(門司實業中學)에서 수학했다. 1937년부터 도문에서 교원 생활을 했다. 작품으로는 기행문 「신흥만주인문풍토기」(『만선일보』, 1940.10.2~10.4), 소설 「流氓」, 「오마리」, 「마음의 태양」, 「선구민 시대」, 서정시 「마음의 琴線－中毒者들의 노래」(『만선일보』, 1940.11.27) 외 여러 편의 수필과 평론이 있다. 오양호, 『일제말 재만조선인시의 형성과 정체』 한국연구재단(NRF)저술연구비지원(2016~2019)에서 상론한다.

三學士 피 흘린 곳이 여기리까 저기리까
瀋陽城 풀 우거진 곳에 風雨만 재오쳐라.
忠魂을 부르는 손이 갈 바 몰라 하노라

세 번 부르노라 三學士의 가신 넋을
三百年 지나기로 忠魂이 스오리까
오늘에 치는 風雨를 눈물 흘려 뵈노라

癸酉夏瀋陽에서[12]

삼학사에 바치는 시는 만주는 회복해야 할 역사적 고토라는 영토의식이 지배하는 교술시고, 앞의 진술은 같은 작가의식의 교술산문이다. 교술에 교술시와 교술산문이 있는데 이런 글쓰기가 용케 이광수의 이런 글에서 발견되어 놀랍다. 이런 영토의식이 1930년대까지 남아있기 때문이다.

남의 땅 만주를 우리 민족이 다시 찾으면 병자호란 때 청나라에 항복을 반대하다가 죽은 척화신 오달제, 홍익한, 윤집의 비를 세우겠단다. 이 글을 쓸 즈음 이광수는 방응모의 권유로 조선일보사 부사장이 되어(1933.8)『조선일보』에「유정有情」을 연재하고 있었다. 이 기행문이 그 소설의 현장답사의 일환인지 모르지만 민족정신이 선연하다. 이런 점은 그 시절 만주에 살던 최남선이 기행수필「천산유기 1・2」에서 만주와 조선을 병치시키면서 조선적인 것을 내세운 그 기행문과 발상이 같다.[13]

12 春園,「滿洲에서 1」,『동아일보』, 1933.8.9.
13 오양호,「1940년대 중국동북지구 조선인 수필집 만주문예선 연구」,『만주조선문예선』,

그러나 카프계 농민소설 「고향」(1933.11~1934.9)을 『조선일보』에 연재하던 이기영이 만주를 바라보는 시각은 다르다. 그는 낙관 일변도다.

> 누구나 滿洲의 農事 짓는 方法을 드러보면 거짓말가튼 참말에 놀래지 않흘수업스리라. 荒蕪地開墾을 所謂 新푸리라 하는데 解凍後에 물을대노코 거기다 그냥 씻나락(벼種子)을 삐워둔다. 몇날뒤에 落種이 악퀴를 틀臨時해서 作人은 물속의풀을 위둥지만 세取해버린다. 그러면 벼싹은 물위로 커나오고 풀뿌리는 물속에서 썩어서 그놈이 도리혀 肥料가 된다는 것인데 그뒤에는 두서너벌 김만 매주면 고만이란다. 자— 이러케 쉬운農事가 어디잇는가. 참으로 朝鮮內地의 農家로서는 그것은 想像치도 못할 奇蹟가튼 農耕法이라 할것이다.[14]

이기영의 이런 진술은 그 때 재만조선인 소설가 안수길의 「새벽」과 같은 농민소설이 묘사하는 농민의 실상과 아주 다르다. 그 시절 불던 만주 바람을 타고 한 번 가보고 쓴 껍데기 현실이다. 「고향」에서 소작쟁이를 이끌던 주인공의 시각은 만주인 지주를 부추겨 소작료를 올려 받게 만드는 브로커에 주로 관심이 가 있고 소작인에 대한 리얼리스트적 애정은 사라졌다. 『동아일보』의 「흙」(1932)과 『조선일보』의 「고향」(1933)이 우파적 민족주의와 무산자 편 농민소설로 맞섰는데 만주를 보는 시각이 여기서는 어긋난다. 여행기를 쓴 시간이 이기영이 이광수보다 훨씬 늦기는 하다. 그러나 이기영이 당시 만주현실을 낙관론으로 보는 것은 '이중적

역락, 2012.

14 李箕永, 「滿洲見聞 "大地의 아들" 을 차저」, 『조선일보』, 1939.9.28.

의식의 태도'[15]라기보다 작가의식이 많이 오른쪽으로 경도된 결과라 하겠다. 그의 이런 현실인식은 기행문만 아니다. 『대지의 아들』(『조선일보』, 1939.10~1940.6)이나 『처녀지』(삼중당, 1944)에서도 시대영합적인 색채가 강하게 나타난다는 게 중론이다.[16]

한용운의 기행문은 국가 없는 민족이 되면서 밖으로 나간 조선인을 보며 안을 염려하는 서사적 교술이 절묘한 구성을 이루고 있다.

> "우리는 중이오"
> 하고 나는 괴엿든턱을 떼고말하얏다.
> "중이 무슨중이야 一進會員이지"
> "아니오 우리의 衣冠이든지行裝을 보면 알것입니다."
> "偵探하기爲하야變裝을하고 온것이지 그러면 모를줄아느냐"
> "아니오 本國寺院으로 調査를해도 알것이오"
> "중놈이아닌것이 드러난다. 중놈일것가트면 우리가드러오는대자리를 접개고 안젓슬 리가잇나."
> "다리를접갠것이 나분일이 아닙니다."
> "나분일이아니라니중놈이며는 우리가 드러오는것을 보고 의례히 이러나서 절을핣터인대 다리를 둥글하니 접개고안저서 본체만체 한단것이냐. 一進會員으로 變裝하고 온것이 分明하다." (…중략…)

15 서경석, 앞의 글.

16 조진기, 「만주개척과 여성계몽의 논리」, 『어문학』 91, 2006; 김종호, 「1940년대 초기 만주유민소설에 나타난 정착의 의미」, 『국어교육연구』 25, 국어교육학회, 1993; 조동길, 「民村의 「대지의 아들」 연구」, 『국어국문학』 107, 국어국문학회, 1992; 정종현, 「1940년대 전반기 이기영소설의 제국적 주체성연구」, 『한국근대문학연구』 7, 한국근대문학회, 2006.

마침내 나의 辨明을否認하면서 오날은 밤이느젓슨즉 來日處置하겟다하고旅館主人을불너 우리를逃亡하지못하도록 監視하라하고 그들은도라갓다. '來日處置'라는말은 來日죽인다는意味엇스니 우리는 完然히 死刑宣告를밧고 監視를當한세음이엇다.

사람이 죽는대에 이르러서는 그感情이 實로複雜한것인대 허물며 覺悟가업는 無意味한 죽음이리오. 이때의 錯亂한感懷는 桃花潭水처럼 모아들기도 하얏지만 朝雲暮雨처럼 變하기도하얏다. 한편으로생각하매 그들은아모리 忌憚업시사람을죽인다할지라도 그것은暗殺에不過한것인데暗殺의時期는 사람의耳目을避하는時間이 適當할터인데夜間을 稱託하고 明日로延期하는것을보면 죽이지아니하랴는듯도 하얏스나 그들은臺灣의生蕃들이사람을 만히죽이는 것으로 榮譽를삼는것과가티 자기들의 英雄豪氣를 드날리기爲하야 白晝大道 萬人環視의中에서 사람을屠殺하는지도 모르는것이엇다.[17]

한용운이 백담사의 일 사미沙彌로 돌연히 세계구경을 하겠다고 해삼위海參威로 갔다가 머리를 깎았기에 일진회원一進會員으로 오인되어 죽을 뻔 했던 여행담이다. 나라가 망하자 일찍 러시아로 이주한 사람들이 그 나라로 들어오는 동족, 조선 사람도 머리만 깎았으면 재판도 없이 마구잡이로 죽이는 무법천지를 비판하고 있다. 개화꾼 일진회 회원은 머리를 깎았을 것이고, 그런 배신의 개화꾼이 나라를 일본에 팔아넘기는데 앞잡이 노릇을 했다는 판단 때문이다. 한용운은 중이라 당연히 머리를

17 韓龍雲, 「北大陸의하롯밤 3」, 『조선일보』, 1935.3.12.

깎았고 그것 때문에 바다에 생매장 당할 뻔했다.

일진회 잡아 죽이는 조선인은 특별한 일도 없이 노국에 입적한 조선 사람들이라고 한다. 조선인이 조선인을 함부로 죽인다면 그것은 나라가 망한 비극의 역사와 관련된 원한에 찬 조선인일 가능성이 있다. 일진회 회원이면 모조리 죽이는 소행이 그렇다. 그러나 그런 짓을 도맡아 하는 엄인섭嚴寅燮을 "노령 거주 조선인 수괴首魁"라 부르고 있다. 왜 '수괴'인가. 엄인섭은 1907년 안중근 등과 의형제를 맺고, 항일의병을 조직할 목적으로 의병을 모집하고 자금을 모았고, 1908년에는 외숙부인 최재형 집에서 동의회를 조직하고 부회장이 되었다. 1909년에는 이범진, 이범윤의 사자인 김영선과 비밀리에 한성에서 고종을 알현했다.

그러나 1910년 한일병합 뒤 일본의 밀정으로 변절하여 1911년에는 블라디보스톡에서 발행되던 『대양보』의 활자 1만 5천 개를 일본의 지시로 도둑질해 발행을 못하게 했다. 1911년 6월초에는 독립운동가에 체포되었던 일본 밀정 서영선을 탈출시키는 데도 관여했다. 제1차 세계대전이 진행 중일 때는 이동휘 등이 조직한 애국저금단과 북빈의용단에 관한 정보를 일본 측에 제공했으며, 1917년 중국주재 일본공사 하야시 곤스케林權助를 암살하려 할 때도 정보를 일본에 넘겨 실패시켰다. 그러나 1920년 '15만원사건' 과정에서 일제의 밀정이라는 사건이 발각되었다. 1936년에 사망했다.

엄인섭을 '수괴'라고 부른 것은 이런 기가 막히는 짓을 했기 때문이다. 이런 악독한 밀정에 붙잡힌 한용운은 집행을 기다리는 사형수처럼 밤을 지내고 "이른 새벽에 엄 가를 찾아가 나를 죽인 뒤 그 시체를 조국 땅에 묻어달라"는 유언을 남긴다. 이 말을 전해 들은 그 마을 촌장 이노야李老爺라는 사람이 한용운을 살려준다.

한용운은 『조선일보』가 '추억'을 테마로한 기행수필을 한 편 써 달라는 청탁을 받고 "오십여 년의 과거를 가진 나로서 추억할 만한 것이 업슬수가 업는것이나 평일에 생각할 때에는 추억할 만한 일이 양으로도 상당하고 질質로도 그럴 하야서 그것을 글로 적으면 제법 볼 만한 것이 엿슬 것 가텃는대 급기야 '추억'을 써보라는 지정적부촉指定的咐囑을 밧고 붓을드러 쓰랴 하매 별로 쓸 만한 것이 업고 혹 잇대야 지금 써서 내노키에 불편한 것이 잇슴으로 평일에 생각하든 바와는 아조 딴판이다"[18] 라고 말하고 있다. "지금써서 내노키에 불편한 것"이 무엇일까. 그건 말할 필요도 없다. 시대와 불화하는 글일 것이다. 신문에 괜한 말을 써 내어 평지풍파를 일으키는 일이 '불편한 것' 곧 반일反日적인 것일 것이다.

「북대륙의 하롯밤」의 참 주제는 이노야가 엄인섭 같은 인간을 그래도 관리하며 동족이 동족을 함부로 죽이는 행위를 막던 인본사상이 해삼위에 그래도 남아있더라는 이야기다. 한용운다운 절묘한 비유법 글쓰기다. 「알 수 없어요」의 그 에둘러 말하는 기법이 이런 서사적 교술에서도 빛을 내고 있다. 두 인물의 병치 사이에 숨은 뜻이 높고 숭고하다.

여운형의 기행문은 여행지의 풍물을 보고 알릴뿐 자랑이 없다. 이루쿠츠크 고려공산당에 가입하던 열혈청년의 기상은 뒤로 숨고, 부드럽고 세련된 문체로 몽고사막을 횡단하고, 서백리아를 거쳐 만주와 북방동토를 돌아보는 행로가 담담한 문체에 담겨 있다. 「몽고사막 횡단기」의 한 단락을 보자.

18 韓龍雲, 「北大陸의 하롯밤 1」, 『조선일보』, 1935.3.8.

> 벌서 중천을 지나 서쪽으로 기우러지기시작한 태양은 우울한 초겨울 하늘 회색구름속에 흐려졌는데 우리 일행을 실은 三대의 자동차는 서로전후하야 허물어신 성문(城門)을 나서니 멀리 망막히 보이는 누른들판에는 눈닷는듯 어느대나 누른나무 그림자하나없이 이미 황막한 사막에나 들어선듯한 느낌을 주는것이었다. 자동차바퀴바람에 휘날리는 황진(黃塵)사이로 보이는 것은 아무변화도없이 무한히 전개되어있는 잠자는듯이 흐릿하고 생기없는 벌판뿐이었다. 이곳 저곳에 가끔 나타나고 사라저가는 나지막한 구릉(丘陵)은 그흐릿한 니토색(泥土色)과 그 너무나 나직하고 유순한 곡선으로 이 망막한평원에 변화와 활기를 주는대신에 오히려 이 벌판의 특색인 무감각한 침울과 단조를 더한층 강조하여 준다.[19]

글의 톤이 무겁지만 허무적인 분위기는 아니고, 수식어가 동원되지만 그것이 과장되지 않아 현장사정 전달에 무리가 없다. 진보적 혁명가의 수사가 아니다. 당시로서는 아주 가기 힘든 곳을 여행하면서도 독자와 소통하는 눈높이가 하향되지 않았다. 수필이 자조의 글쓰기라 할 때 이런 점은 몽양夢陽 여운형의 인품이 아주 잘 나타나는 기행문이라 하겠다. 혁명가의 치열한 삶의 한 면이 사막의 가시 많은 풀처럼, 그러나 그것이 자연의 순리를 좇는 이치라, 더욱 독자에게 와 닿는다.

현경준의 「서백리아방랑기西伯利亞放浪記」는 도처에 막연한 허무의식이 출몰한다.

19 呂運亨, 「나의 回想記 第二篇－蒙古沙漠橫斷記」, 『中央』 30, 1936.4, 80~81쪽.

"大體 당신의 어디서 오십니까?"

"內地서 들어옵니다"

"그런데 무슨 일루 오셨습니까?"

"그저 아무 생각 없이 뛰어왔지요"

"그래도 무슨 目的이 있겠지요?"

"目的이래야 별 것이 아닙니다. 그저 內地에 있기가 貴치 않으니까 좋다는 所聞만 듣고 찾아 왔지요."[20]

내지에 있기가 귀찮으니까 만주를 방랑한다는 말은 당시 유행하던 만주는 일확천금을 가능하게 한다는 그 만주바람이다. 그런데 상황이 좀 묘하다. '내지'는 중심이고 만주는 주변인데 중심의 인물이 주변에서도 밀려나는 형국이다. 한나 아렌트가 말한 파브뉘Parvenu를 연상시킨다. 중심 그룹에 편입되기를 바라지만 편입되지 못하는 그 주변인 말이다.[21]

밤이 되어 둥근달이 東天에 솟아올르니 풀 속에서 들려오는 벌레 소리조차 내 마음을 울려주었던 것이다.

참다 못하여 슬그머니 내까에 가서 달을 쳐다보니……

그 달을 쳐다보며 눈물 흘리실 故鄕의 어머니가 내 눈 앞에 흐릿하게 나타나 밝은 달빛을 가리워주었다. 그리고 去處不明인 子息을 생각하시며 長長秋

20 玄卿駿, 「西伯利亞放浪記」, 『新人文學』, 1936.4, 98~99쪽.
21 Giorgio Agamben, 양창렬·김상운 역, 「인권을 넘어」, 『오늘의문예비평』, 2006.봄, 235쪽.

夜 기나긴 밤을 한숨으로 지내실 늙으신 아버지!

그것을 생각하니 천하에 몹쓸 罪를 지은듯하여 나는 그만 버드나무를 안고 흐득이기 시작하엿다. (…중략…)

"예서 혼자 무얼 하시우"

"아무것도 안 합니다. 그저 달求景을 하구 있습니다"

"未安하지만 하모니카를 좀 들려주시오"[22]

하모니카를 받아든 '나'는 '도리고의 세레나데'를 분다. '명랑한 저 달빛 아래 들리는 소리……' 어쩌구 하는 그 세레나데는 아주 슬픈 곡이다. 우울증 환자 같다. 방랑이 청춘의 생명이며 인생항로의 첫 출발이라는 투의 방랑예찬론은 러시아 혁명기에 '광막한 천지에 달리는 인생아 너는 무엇을 찾으려 하느냐'와 같은 큰 뜻을 이루겠다며 길을 떠나는 청년의 격정과 낭만과 닮았다. 그러나 다르다. 이 글에는 청춘의 큰 꿈이 없고 허무의식만 넘치는 까닭이다. 고향의 부모가 소식을 기다리지만 연락을 끊은 체 무작정 떠도는 행위가 그렇다. 현경준의 이런 자칫하면 민족허무주의로 오인될 우울증세를 어떻게 설명해야 할까.

법질서 속에 있으면서도 여전히 법질서 바깥에 놓여있는 예외자적 따돌림이 우울증세의 원인이다. 다시 말하면 현경준은 미결정의 존재이자 예외자적 존재에 다름 아니다. 만주바람 타고 만주 갔으나 그의 실존은 그들의 삶과 분리되어 있음을 발견했고 살아갈 방도 또한 그의 실존으로 용해되지 못한 상태에 놓인 존재이기에 무의식적으로 나타나

22 玄卿駿, 앞의 글, 01~102쪽.

는 병적 증세다. 결국 나라가 망해 살길 찾아온 새 땅, 그러나 5족으로 구성된 만주국의 법과 질서는 배제와 선택, 추방과 예외라는 역설적 논리, 그래서 포함되지만 제외되는inclusive exclusion 어디에도 편입되기 어려운 존재라는 말이다. 수필이 비허구산문이라는 점에서 볼 때 현경준의 이런 기행문은 그가 딛고 넘어서지 못한 한 지식인의 슬픈 초상이자 망국의 후예가 짊어지고 갈 수 밖에 없는 숙명이다. 이런 점에서 우리는 그의 글에서 그의 우울 증세와 다른 비애를 느낀다. 그러나 이극로는 다르다. 달라도 매우 다르다.

3. 이극로의 서사적 교술기행문

1930년대 중반 나라 밖을 보는 기행문으로 서사적 교술성이 가장 강하게 나타나는 것은 "경술년庚戌年은 합병合倂이 되던해다 이 해 음력陰曆 정월正月 보름날에 십육세十六歲 총각이 봇짐을 싸서 지고 백형伯兄이 쓰시던 서울 가는 노정기路程記만 쥐고 가마니 집을 떠나서 노비路費도 없이 서울을 향向하고 가다가 중형仲兄의 추격追擊을 받아 붙잡혀서 다시 집으로 오게 되었다"로 시작되는 이극로의 「조선을 떠나 다시 조선으로」다.

이극로의 두 번째 출가는 성공하여 마산에서 사립 창신학교昌信學校에 다니면서 은단곽을 들고 거리로 여관으로 돌아다니며 고학으로 보통과 1년과 고등과 1년을 수료한다.

경술년은 한일합방과 중국 신해혁명이 터지면서 동양정국이 요동을 치던 무렵이다. 이런 대변화를 목도한 이극로는 또 혼자 단봇짐을 싸서 지고 서간도를 향한 길을 정하고 마산항을 떠난다. 사람은 뜻을 세우고 힘쓰면 그것을 이룬다는 일종의 미신 같은 자신감에 따라 여비 한 푼 없이 먼 길에 오른 것이다. 먼저 대구까지 와서 대구 부자 이일우李一雨에게 차비보조를 받아 김천까지 가고, 김천에서는 이직노李直魯의 도움을 받아 경성까지 간다.

무일푼인 이극로를 도와 큰 뜻을 이루게 만든 이일우가 누구인가. 바로 독립군 이상정 장군, 민족시인 이상화의 아버지 이시우李時雨의 친형, 곧 이상화의 백부이다. 이일우가 세운 큰 서점 우현서루友弦書樓는 현재 대구 사립중등학교의 명문인 대륜중고등의 전신인 교남학교(1921)의 모태이다. 우현서루는 단순한 책방이 아니라 수천 권의 책이 있는 도서관이었고, 이 우현서루와 인연을 맺은 인물에 거물 민족주의자가 많다. 그 가운데 「시일야방성대곡是日也放聲大哭」을 쓴 장지연張志淵, 상해 임시정부 국무총리와 제2대 대통령을 역임한 박은식朴殷植, 임시정부 초대 국무령으로 독립운동에 헌신한 이동휘李東輝 등이 대표적이다. 캐고 들어가면 이렇게 민족의식이 물고 물린다. 경성에 도착한 이극로는 남대문 근처 작은 여관에 숙소를 정하고 보성전문학교 상과에 다니는 신성모申性模를 찾아가 북만행을 설명한다. 그러나 여비보조를 못 받자 무전도보여행을 결심하고 실행하려던 때에 마침 같은 여관에 묵던 경남 언양 산다는 사람 하나가 서간도로 시찰을 가야 하는데 도반이 필요하다며 이극로가 함께 가면 여비를 대주겠다는 제의를 한다. 이렇게 장도에 오른 이극로는 압록강에서 강원도에서 만주로 가는 이사군 몇 집을 만나 목선을 타고 위화도를 바라보며 강을 거슬러 올라가 삼일 만에 회인현의 조선 사람 여관에 도착한다. 이 노정기의 마지막은 다음과 같다.

> 나로서는 그때鴨綠江 航路에서 얻은바 느낌이중대한 것을 이제다시 認識하게되는것이 있다. 그것은 그때느낌이 내가 朝鮮語硏究에關心하게된 첫出發點이오 또 이제 朝鮮語整理問題에 協力하는것이다. 그때에 하로는 一行이 昌城 땅인 鴨綠江邊 한 農村에 들어 가서 아츰밥을 사서 먹는데, 조선 사람의 밥상에 떠날수없는고추장이 없었다. 一行中의 한 사람이고추장을 청하였으나 고추장이라는말을 몰라서 가지고 오지 못한다. 그래서 우리는 여러 가지로 形容을 하였드니마즈막에는「올소 댕가지장 말슴이오」하드니 고추장을 가지고 나온다. 方言으로 말미암아日常生活에 많이쓰히는 고추장이라는이름을 서로通하지 못하니 얼마나 답답한 일인가. 標準語査定을 二十五年이나 지난 오늘에 와서 進行하고 있으니 우리는 言語生活에 너무도 等閑한 느낌이 없지 아니하다.[23]

앞의 인용문을 교술의 이런 특징에 대입할 때 그것이 딱 맞아 떨어진다고는 말할 수는 없다. 그러나 위에 인용된 글이 보통의 서정적 교술, 곧 서정수필의 일반적 문체와 다른 특징이 많은 것은 분명하다. 부연한다면 대상이나 세계를 객관적으로 바라보면서 알려주고 설명하는 정보 전달에만 기우러지지 않고 자신이 경험한 바를 본질까지 사유하며 대상을 자아의 세계화로 형상화시키고 있다.

교술에 교술시와 교술산문이 있고, 교술산문에 고문古文도 있고 수필

23 李克魯,「조선을 떠나 다시 조선으로－水陸 二萬里 두루 도라 放浪 二十年間 受難 半生記」,『조광』2-3, 1936.3, 101쪽.

隨筆도 있다고 할 때 늘 시대의 총아노릇을 하는 '신문 칼럼'같은 글이 교술의 전형적인 예다. 이극로의 기행문이 '있었던 일을, 확장적 문체로, 일회적으로, 평면적으로 서술해, 알려주어서 수장하는 것'은 이런 글쓰기와 매우 가깝다.

국권이 상실되는 현장에서 가난한 시골 농민의 아들로 태어나 그 험한 세상 인심을 온몸으로 버티며 세계 선진국을 보면서 문화민족주의 노선을 속으로 다져가던 이극로의 가치관으로 보는 세계가 기록된다. 그리고 그것이 자신의 인생관, 세계관에 의해 한 번 더 굴절하여 투사되고 있다.

기행은 주체가 외부를 보는 시선을 전제로 하기 때문에 시대상황이 민감하게 반영된다. 이 글의 서두에서 소개한 16편의 기행문은 일본에서 교육을 받았거나 일본이 아니더라도 선진문물로 개화한 지식인들의 글이다. 이런 사람들은 당연히 자신들을 상류층에 위치시킨다. 이들은 하부에 위치한 조선인들을 상부로 끌어올리는 효과적인 교육 수단으로 기행문을 선택했다. 이런 점은 여행 자체가 곧 교육이기 때문에 기행은 그 동기를 부여하고 고취시키는 도구가 된다. 최남선의 기행문에서 이런 교술성이 강하게 나타난다. 이광수의 기행문에서도 전근대적인 요소를 누구든지 친히 보려면 언제나 볼 수 있는 실제의 공간을 하나하나 짚어가면서 독자를 계몽, 개화시키려는 의도가 두드러지게 표현된다.

이극로도 다르지 않다. 그의 「조선을 떠나 다시 조선으로」는 타자와의 온갖 것을 경험하면서 형성된 내면의 사상이 민족의 현실을 객관적으로 성찰하는 동기로 전환되고, 남의 나라에서 풍찬노숙風餐露宿하며 세상을 헤치고 나가며 쌓은 현장지식은 국권회복의 문화민족주의로 귀착된다. 그런가하면 유럽으로 가는 뱃전 위로 지는 해무리 속에 떠오른 십자가를 보며 사유하는 종교문제는 인류사 속의 민족종교 대종교를 뒤돌아보게 하여 그를 더 강고한 민족주의자로 만든다. 이 글이 이극로의 기행문을 서사적 교술로 독해하는 것은 그의 여행담이 이렇게 주체가 외부를 보는 단순한 기록이 아니라 갈피마다 민족을 사유하는 교술적 시선이 지배하기 때문이다. 이런 성격은 우리나라의 어떤 기행수필에서도 발견할 수 없다. 이런 점은 자아의 세계화(작품외적 세계의 개입)가 가장 첨예하게 드러나는 글쓰기다.

우리는 굶주리고 얼어서 힘 없는 몸을 저기 가서나 좀 救援을 받을가 생각하고 발걸음을 그리로 돌리었다. 그 農村에 닿아서 第一 큰 집을 찾아가서 大門 앞에서 "이리 오너라" 소리를 질렀다. 그리하니 아이 어른 할것 없이 四五人이 나온다. 이때에 우리는 事情을 말하고 하룻밤 자고 가기를 請하였다. 그러나 그 집 主人은 對答하기를 "우리집에는 방이 없으니 밥은 여기에서 먹고 잠은 이웃집에서 자라" 하더니 아이들이 얼어붙은 좁쌀떡 한 그릇을 내어 왔기에 얼은 손으로 大門 앞 결음 무더기 옆에 앉아서 맛있게 다 먹고나니 그제야 아찔하였던 精神이 새로워진다. 또 주인은 좁쌀 한 되를 가지고 나와서 하는 말이 이것이 宿泊料이니 가지고 이웃 老人의 집에 가면 자게 될 것이라 하며 아이를 시키어 우리를 引導하게 한다.[24]

꾸민 이야기도 아니고 남에게 들은 이야기도 아닌 자신이 체험한 바

24 李克魯, 『苦鬪四十年』, 을유문화사, 1947, 13쪽.

를 기록하는데 세상은 가도 가도 이렇게 험하고 아찔아찔하더라는 것을 알려주고 주장한다. 교술적 글쓰기의 전형이라 할 만하다.

또 어렵게 삶의 한 고비를 넘긴 이극로는 압록강을 건너 회인현에 도착하여 잠시 머물다가 다시 서간도로 가서 동창학교東昌學校의 선생이 되어 자기의 뜻을 펴며 세계를 보고 갈 길을 찾는다. 이때 그는 학생들과 광개토대왕의 능을 참배하는가 하면 대종교 교리에 따라 단군을 섬기고 개천절 행사를 크게 치르며, 대종교 신가神歌 「한얼노래」도 짓고 『만선일보』에 민족이 유랑하는 실정을 뒤에 감춘 항변의 시를 발표한다.[25] 이미 이극로는 대종교에 입문했고, 그 동기가 나라가 망했는데 조선의 모든 종교는 외래종교라 나라를 되찾기 위해서는 단군을 섬기는 대종교뿐이라는 소신 때문이었다. 따라서 이극로의 이런 행위는 사실 민족운동에 다름 아니다. 그러나 그는 그런 소극적인 행위로 시간을 보낼 수는 없다고 판단하고 더 큰 뜻을 품고, 만주 주유를 결심하고 『조선일보』 주필로 있던 서춘徐椿과 뜻을 세워 거칠고 위험한 길을 도보로 나선다. 통화현에서 이극로는 합니하哈泥河로 행로를 바꾸어 거기서 신흥무관학교를 세워 독립운동을 하는 이시영李始榮과 윤기섭尹琦燮을 만나고, 다시 신흥교우보新興交友報 주간으로 당시 서간도에서 문인으로 이름이 난 강일수姜一秀를 만나 우의를 다져 또 새로운 여행을 시작한다. 강일수는 문호 톨스토이의 나라로 가서 문학을 공부하는 것이 꿈이고, 이극로는 러시아에서 육군학을 공부하는 것이 꿈이었기에 두 사람은 러시아 여행을 결심한다. 청운의 꿈 앞에 온 몸을 내던진 두 사람은 이

25 오양호, 『일제말 재만조선인 시의 형성과 정체』(2016년 NRF 저술지원금 연구 저서. 2020년 출판예정) 참조.

장지壯志를 실현하기 위해 '성피득보聖彼得堡'(레닌그라드)를 향해 무전도보無錢徒步로 동토천리를 횡단하려 한다.

세계와 맞서며 그걸 헤치고 나가는 강한 의지와 도전정신이 강건체 문장에 빼곡하게 실려 있다. 청운의 꿈을 향한 이런 열정이 기행문 「조선을 떠나 다시 조선으로」의 주제를 형성한다. 러시아로 가는 길에서 여비가 떨어지자 감자 농장을 크게 하여 별명이 감자대왕인 문윤성文允成 집에서 머슴살이를 하여 노자를 만들어 다시 떠나고, 마적단을 만나 머리를 깎았기에 일본헌병 보조원으로 오인받아 총살 직전까지 갔다가 극적으로 풀려나는가하면, 러시아행 기차에서 대소변을 제때에 처리하지 못하여 쏟아져 그게 얼어 덩어리가 되고 그 오물덩어리를 바짓가랑이에 낀 채 여관까지 가 털어내는 사건 등은 도저히 생각할 수 없는 고생이다. 그러나 이 고난을 다 이겨내는 체험담은 세상사에 대한 기록이면서 인간의 삶에 큰 가르침과 깨우침을 준다.

이극로는 그런 노정에서 신채호, 박은식, 신규식, 이동휘, 대종교 교수 윤세복 등을 만나 깊은 인연을 맺고, 넓은 세상을 보면서 인간의 삶이 얼마나 복잡하고 어려우며, 어떻게 살아야 자신의 꿈을 실현시키는 길인가를 한시도 잊지 않고 사유하며 외길을 걸어갔다. 대부분의 기행수필이 세상 바깥 풍경을 서정적 문체로 미화시키는 것과는 아주 많이 다르다. 「조선을 떠나 다시 조선으로」는 온통 이런 서사로 꽉 차있다. 특히 이 기행문은 단순한 기행문이 아니라 신채호, 박은식의 민족주의 사상의 감화를 받고, 이동휘의 비서 역할을 하면서 그와 모스코바까지 동행하면서 자신이 믿는 대종교의 항일 정신와 소련파 공산주의자(이동휘)의 독립노선의 유사점, 그러니까 백두산 밀림에 숨어 끝까지 독립운동을 펼친[26] 김일성부대 등의 공산주의자의 저항정신이 만나는 곳은 조국 독립이라는 사유가 이런 여행담 밑바닥에 흐르고 있다.[27] 이런 점에서 「조선을 떠나 다시 조선으로」는 여느 기행문과는 다른 감동을 주는 서사적 교술이다.

4. 비형상과 형상화 사이의 세상 풍경

북만생활을 접고 다시 길고 긴 여행은 계속된다. 그 노정기 가운데 한 대목을 보자.

> 또 第二次의 十年 海外生活을 決心하였다. 北京으로가서 申性模氏와 議論한 뒤에 곧上海로 가서 退學手續을 하여 가지고 情든 同濟大學을 떠난뜻은 獨逸로 간다는 것이다. 그래서 北京으로가서 申性模氏 宅에 머물게 되었다. 伯林行 路程은 自動車로 蒙古沙漠을 지나서 西比利鐵道로 간다고 定하였다. 그리고 蒙古活佛의 御醫로 庫倫에 머물던 京城세브란쓰 醫學專門學校 卒業生인 李泰俊氏와同行이되어서 北京을 떠나던 때는 一九二0年 十月이다.
>
> 只今에 생각하여도 아쓸한것은 그數週日後에 李泰俊氏는혼자 庫倫으로 들어갔다가 卽時 白黨軍에 잡혀서 慘殺을 當하였는데 뼈도 못찾게 되었다. 北京에 처저있던 나는 行程의 方向을 水路로 돌리려고 생각던지음에 翌年봄

26 최무, 「前田隊에 쫓긴 金匪 密林 속에 潛跡」, 『만선일보』, 1940.8.8, 1면. 이 기사는 8단으로 당시 궁지에 몰린 항일전투의 마지막 실상을 가늠하는 데 참고가 된다.

27 이 문제에 대한 상론은 오양호의 『일제말 재만조선인 시의 형성과 정체』(2016~2019간 NRF저술지원비 수혜 저서) 2020년 출판 예정 참조. .

에 上海로부터 電報가 왔는데, 李東輝氏의 歐洲行에 同行을 請한 것이다.

(…중략…) 배는 벌서 紅海로 들어 섰다. 찌는듯한 紅海의 더위를 무릅쓰고 數日동안 가노라니 陸地가 가까워 오는데 船客들은 甲板위에 올라 서서 멀리 아득하게 보이는 半空에 높이 솟은 예수敎 聖經에 이름난 시내山을 바라본다. 그리고 한 동안가고 보니 때는夕陽인데 수에쓰항에 왔다[28]

인용 부분은 비형상과 형상화가 반반이다. 홍해를 지나 석양 무렵에 시내산이 보이는 스에즈 항에 들어서는 장면은 자못 서정적 문체를 형성하고 있다. 북만 여행기가 엄혹한 겨울에 이루어진 강건체라며 인용된 부분은 보통 사람들의 보통 기행문과 비슷한 문체다. 이런 데서 이극로 기행문의 보편성을 발견한다. 이런 점은 백두산에 곰 사냥을 갔다가 본 천지에 대한 다음과 같은 시에서도 잘 드러난다.

그는 불을 뿜어 살았건만
더러운 이 世上은 또 걸음밭 되었네.
이것 한 번 씻고자
머리에 큰 물동이 였구나
바다 가의 메냐 메위의 바다냐
이는 곧 天池로구나
예로부터 이물 맞아
득천한 미리[龍] 얼마뇨

28 이극로, 「중국상해의 대학생활」, 『朝光』, 1936.5, 146~147쪽.

屛風을 두른 듯
둘러선 數十 尖峰은
山마루 곧 못둑인걸
총 끝에 창을 꽂아
白兵戰을 準備한 듯
威風이 도는 그 모양

天動소리냐 地動 소리냐?
四方에 떨어지는 瀑布 소린 걸
하늘의 警世鐘이라
정신없이 잠 자는 무리들 깨우는구나[29]

교술의 비율을 줄이고, 주제의 구체적인 형상화를 이루어내고 있다. 그러면서 교술과 구체적인 형상화 사이의 조화가 비교적 무리 없이 이루어지고 있다. 교술과 형상화 사이이다. 이극로의 이런 글쓰기는 다른 운문에서도 나타난다. 1941년에 쓴 「한강漢江노래」를 보자.

한강은 조선에서 이름 높은 강
멀리도 태백산이 근원이로다.
동에서 흘러나와 서해로 갈 때
강화도 마니산이 맞이하는구나.

29 李克魯, 『苦鬪四十年』, 을유문화사, 1947, 20~21쪽.

강역은 한폭 그림 산과 들인데
초부의 도끼 소리 멀리 들린다.
점심 밥 이고가는 농촌 아가씨
걸음이 바쁘구나 땀이 나누나
한양성 싸고 도는 저 물굽이에
배 띄운 영웅 호걸 몇몇이더냐?
강천에 훨훨 나는 백구들이나
아마도 틀림없이 알까 합니다.
산 넘어 물 건너서 저기 저 마을
우리의 부모 처자 사는 곳일세.
떼배에 한가하게 안은 사공들
기뻐서 이 강산을 노래합니다.

1941년 3월[30]

1941년은 일본이 학도 정신대를 조직하여 근로동원을 실시하고, 사상범 예방구금령을 공포하여 사상통제를 강화하던 때다. 그런 시기 이극로는 한강물이 태백산에서 흘러나와 도도한 물줄기로 서해로 갈 때 강화도 마니산이 맞이한다고 찬미하고 있다. 마니산이 어떤 존재인가. 단군을 모시는 신단이 있는 민족정신의 상징이다. 그냥 지나가는 말 같지만 이 시는 민족정신을 바닥에 깔고 있는 그 시기 보기 드문 글의 하나다. 일본의 사상통제와 맞서는 교술적 성격이 그러하다. 이런 포에지

30 이극로, 『한강노래』, 위의 책, 66쪽.

는 조국의 여전한 건재를 한강으로 형상화하고, 마니산을 불러 민족정신을 호출하는 시의 서사는 하와이 진주만을 기습공격하면서 제2차 세계내전을 일으켜 동양은 일본이 챙기겠다는 그 속셈을 비웃는 듯하다. 순한 서사를 민요풍 가락으로 부드럽게 형상화하고 있지만 그 내포는 칼처럼 날이 서 있다.

주유천하를 하며 그가 보는 나라 밖 풍경은 어떤가.

獨逸에서 學業을 마친 뒤에 나는英京 런던으로 留學을 가게 되었다. 이것은 무슨 豫算이 있어서 한 것은 아니다. 當時에 런던 航海大學에 在學하고 있는 친구 申性模氏가 나의 學位授與式에 參席하랴고 일부러 伯林까지 와서 祝賀하여 주던 것은 너무도 感謝하였다.

나는 申氏와 同行이 되어서 런던으로 가게 되었는데 가는 路程은 特別한 方法을 따로 定하였으니 그 路程에는 歐洲大戰에 西歐戰線의 가장 重要한 戰蹟地와 巴里를 구경하기로 되었다. 昭和二年六月六日에 申性模氏와함께 伯林을 떠나서 라인江邊에 있는 루드비시하팬市를 向하였다. (…중략…)

우리는米國人 旅客들과 同行이 되어서 自動車로 終日 돌아다니면서 여러가지 戰蹟을 두루 구경하는데 砲煙彈雨가 그친 지가 近十年이 된 그 때에도 아직 處處에 採炭工事가 있는데 大砲彈丸을 땅속에서 캐어 내어서 군대군대 구덩이를 지어서 산덤이처럼 쌓아 놓았다. 當地에서 戰蹟陳列檤을 구경하고 있을때에 한 쪽으로는 멀리서 울리어 오는 禮拜堂의 天堂鐘소리가 들린다. 그 때에 나는 善惡이 兼備한 것은 人間이란 것을 새삼스럽게 또 한 번 느끼고 베르당市街를 돌아와서 翌日에 巴里魯 直行하였다. 여기에서 數日 머물면서 佛蘭西 文化의 施設을 두루 구경하고 特히 歷史 깊은 베르사이 宮殿을 意味있게 구경하고 六月十五日 아츰에 巴里를 떠나서 英國海峽을 건너서 當日 저녁에 런던에 대이어서 申性模氏가 寄宿하고 있는 航海大學內 寄宿舍에 들어갔다.[31]

인용된 글을 다 문제삼을 때는 그 스타일은 "있었던 일을, 확장적 문체로, 일회적으로, 평면적으로 서술해, 알려주어서 주장"하는 것이 중심이다. 그러나 '멀리서 울리어 오는 예배당禮拜堂의 천당종天堂鐘소리가 들린다. 그때에 나는 선악善惡이 겸비兼備한 것은 인간人間이란 것을 새삼스럽게 또 한 번 느끼고'와 같은 문맥은 주제에 대한 구체적인 형상화이다. 그렇다면 이런 대목 역시 교술과 형상화 사이에 있다.

작품외적 세계의 개입으로 실제로 존재하는 세계를 있는 그대로 기록하여 전달하는 것을 기본원리로 삼고, 허구적인 요소는 배격하는 교술의 성격을 벗어나기도 하고 그렇지 않기도 하다. 작품외적 세계가 주관적으로 형상화되기도 한다는 말이다. 다시 말해 작품 외적인 사실이 작품에 그대로 들어와 있기도 하고 주관적으로 형상화되기도 한다. 이런 데서 우리는 또 한 번 이극로의 기행문이 서사적 교술로서 한국수필의 한 면을 떠받치고 있는 사실을 확인한다.

31 李克魯, 「水陸二萬里周遊記」, 『朝光』, 1936.6, 72~73쪽.

5. 비허구산문 「길돈사건 진상조사와 재만동포 위문」의 성격

「길돈사건 진상조사와 재만동포 위문」은 재만동포 위문사慰問使 겸 만주 당국 교섭사交涉使로 1930년 9월 30일에 경성을 떠나 봉천, 장춘, 길림, 교하, 돈하 등을 순회하고 10월 25일에 돌아온 기행문이다

이 사건은 길림吉林과 돈화敦化 사이 철도연변에 사는 조선동포들을 만주국이 추방하면서 살해 등 가혹한 탄압을 함으로써 일어난 참변이다. 당시의 만주는 장학량張學良이 봉천 성장 겸 동북군총사령으로, 장작상張作相이 길림성장 겸 동북군부사령이었는데 조선동포 가운데 공산주의자의 어떤 음모가 있어 조선 사람이 많은 고통을 받는다는 소문이 경성까지 퍼졌다. 그래서 각 사회단체는 연합회의를 하고 그 대책을 협의한 결과 재만동포 위문사절 겸 만주당국과의 교섭사절을 파견하기로 했는데 이극로가 그 일을 맡아 떠나게 된 것이다.

사절로 간 이극로에게 형사가 찾아와 '일본영사관을 찾아보고 여러 가지 사정을 잘 들어 가지고 가라'는 말을 한다. 이 때 이극로는 '영사관에서 들을 말 쯤은 서울 앉아 들을 수 있다'고 되받고 '조선동포에게서만 들을 수 있는 것 때문에' 내가 여기 왔다고 맞섰다. 그러자 그 형사는 '압록강만 건너면 재미없을 걸'이라고 위협하자 이극로는 다시 '이극로가 압록강만 건너서면 곧 유치장으로 들갈 것 같소. 이것은 누구에게 하는 버릇이오'라고 호통을 쳐 돌려보낸다. 이극로의 이러한 언행는 그가 당시 이미 대종교의 신자로서 깊이 쌓인 민족문화주의정신과 무관하지 않을 것이다.[32] 그러나 이 일이 '이극로는 조선공산당의 한 요인으로 이

번에 만주에 있는 공산당과 연락을 취하기 위하여 이곳에 왔다'는 소문으로 그를 궁지로 몰아 넣는다. 사정이 이렇게 꼬이기도 했지만 잘 처리하여 10월 19일은 길림대학, 동북대학을 둘러보고 북능北陵과 박물관을 구경한다. 북능을 구경하는 감회가 자못 서정적이다.

> 當代 亞細亞를 흔들던 英雄의 英氣와 雄心이 이 陵에도 떠돈다. 陵위에 선 秋草는 秋風에 흔들려 英雄의 魂魄의 슬픔을 나타내는 듯하였다. 이것은 곧 日本의 勢力 밑에 있는 滿洲의 現狀을 靈魂이라도 있다면 설어 하겠는 까닭이다.[33]

패망하여 도주한 일본과 그와 맞서다 죽은 영웅이 함께 추풍과 추초에 실려 인생무상으로 형상화되고 있다. 이극로가 주로 구사하는 기록하여 알리는 글쓰기와 많이 달라 독자와의 거리를 좁힌다.

「길돈사건 진상조사와 재만동포 위문」은 해방 뒤에 쓴 글이다. 따라서 「조선을 떠나 다시 조선으로」와 성격이 다르다. 일본이 망해 달아난 뒤에 쓴 기행문과 일본의 식민지 통치가 날로 심해가던 시간에 쓰고 읽힌 기행문은 같을 수 없다. 그러나 「길돈사건 진상조사와 재만동포 위문」에 나타는 것과 같은 민족문화주의 정서가 당대에 뚜렷하게 표상되는 예가 있다. 그것은 이극로가 편집하고 안희제安熙濟가 발행한 『곡조 한얼노

---

32 1942년 9월 조선어학회 간사로 일하던 이극로가 만주의 대종교 교주 윤세복에게 보낸 「널리 펴는 말」이 독립선언서로 일역됨으로써 만주의 대종교 교주 이하 신도 20명이 검거되고 열 사람이 옥사하는 임오십현 사건이 발생했다. 박영석, 『일제하 독립운동사 연구』, 일조각, 1984 참조.

33 李克魯, 『苦鬪四十年』, 을유문화사, 1947, 60쪽.

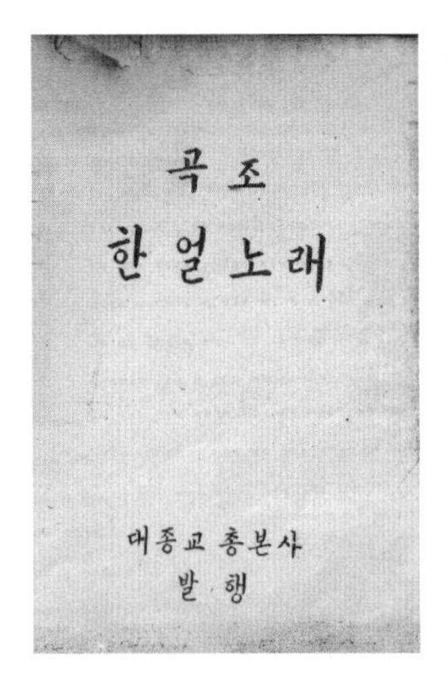

〈그림 46〉『곡조 한얼노래』

래』[34]이다. 『곡조 한얼노래』에는 대종교의 신가神歌 36편이 묶여있는데 그 노래는 우리 한민족의 얼을 노래하는 가사가 중심을 이룬다. 특히 이극로가 새로 지어 포함시킨 27편에 그런 민족문화주의정서가 강하게 표상된다. 『곡조 한얼노래』와 「길돈사건 진상조사와 재만동포 위문」이 이러하지만 그것은 여기서 문제 삼는 글의 양식과 성격이 다르기에 이 정도의 소개로 끝낸다.

6. 『최근 세계일주기』의 비허구산문의 성격

1930년대 해외 기행수필이 한창 유행하고 이극로까지 기행문으로 이름이 나던 무렵 세계일주 기행을 단행본으로 출판하여 당시 기행문의 또 다른 한 면을 반영하고 있는 예가 이순탁李順鐸의 『최근最近 세계일주기世界一周記』이다. 이 책의 서문은 정인보鄭寅普가 쓰고, 교정은 백낙준白樂濬이 보았고, 문장도 정인보가 손을 본 300쪽이 넘는 호화판이다.

이순탁은 일본의 교토제대京都大學 경제학부를 졸업하고 연희전문 교수를 하다가 1938년에는 '연희전문학교 학내적화 사건'주모자로 모진 고문을 받고 2년 3개월 옥고를 치렀다. 그러나 해방 뒤 이승만 정권 때

34 『곡조 한얼노래』. 편집인 이극로(李克魯). 발행인 안희제(安熙濟). 발행소 대종교본사(大倧教總本司) 만주국(滿洲國) 모단강성(牡丹江省) 영안현(寧安縣) 동경성(東京城) 가동구(街東區) 제십구패(第十九牌) 3호(三號). 康德九年(1942) 五月.

초대 기획처장을 역임했고 1950년 5월 제2대 총선에서 나갔다가 실패하고, 6·25가 터진 3일 뒤 북으로 갔으나 그해 10월에 사망한 마르크스주의 경제학자다.

이런 점은 이극로가 1947년 김구를 따라 평양의 남북지도자회의에 참석했다가 돌아오지 않은 행적과 유사하다. 이 두 사람은 일찍 세계적 명문대학을 졸업한 엘리트라는 점과 경제학이 전공이라 점도 같다. 또 두 사람의 닮은 점은 청년기에 외국을 여행하며 민족의 단결과 분발을 촉구하며 자신의 갈 길을 탐색했고, 그 소신에 따라 치열한 삶을 산 이데올로그라는 것이다. 이순탁은 이력이 이렇게 좌우에 걸쳐있지만 신간회 발기인의 한 사람이었다가 간사장으로 뽑혀 활동한 애족행위가 크다고 인정받아 독립유공자로 표창(애족장)을 받기도 했다.

1933년 4월 24일 경성역에서 많은 사람들의 환송을 받으며 떠난 여행에서 이순탁이 제일 먼저 본 것은 관부연락선이 일제의 수탈로 고향을 떠나 일본에 품 팔러 가는 조선인 노동자들로 가득찬 광경이다. "조선인노동자朝鮮人勞動者의 도항渡航을 제한制限하기 위爲하야 조선총독부朝鮮總督府에서는 일종一種의 여행권旅行券인 도항증명서渡航證明書를 가진 자者 외外에는 도항渡航을 금禁하지마는 그럼에도 불구하고 여전如前히 선복船腹은 가뜩 가뜩 찬다"[35]며 인간적 비애에 젖어 안타까워 한다. 그의 여행 첫 기착지는 유학을 가서 힘들게 공부한 교토대학이다. 교토대학은 일본의 중심은 여전히 천년의 미야고みやこ, 首都이던 교토이기에 일본 제1의 대학 역시 교토대학이라는 자부심이 천정을 찌르는 세계적

35 李順鐸, 『最近世界一周記』, 漢城圖書株式會社, 1934, 3~4쪽.

명문이다. 특히 철학, 경제학 분야의 좌파이론이 그러하다. 이런 점은 이순탁이 모교의 교수가 된 동기를 만난 데서 잘 드러난다.

> 이에서 문듯 생각나는 것은 自今 滿十一個年前에 내가 京都서도라오려할 때 河上博士와 作別하든 最後의 곳이 이곳이라는 것과 當時의 經濟學에 關한 最良參考書를 무르니까 博士는 '클락'씨의 分配論과 「카버」씨의 經濟原論과 「셀리먼」씨의 『一經濟學者의 第二思想』과 最後로 「맑스」의 資本論을 推薦하면서 써 주었다는 것이다. 아— 옛일이 새로워라하고 谷口氏를 向하야 "河上博士는 市谷刑務所에 있다하니 내가 東京가면 面會를 해 보고 싶은데 할수있을까"한즉 "決코 面會하려고 생각말소 時代가 時代인만큼 그대에게도 利롭지못하고 博士에게도 利롭지못할테니" 하면서 말린다.[36]

인용부분에 나타나는 경제이론은 모두 좌파이론서다. 가와카미 하지메河上肇는 일본 제일의 마르크스경제 이론가이고 스승의 자리를 잇는 친구는 하지메의 수제자이며, 이순탁 역시 그의 경제론을 따르는 조선 제일의 교수다. 이순탁이 세계일주를 떠나게 된 것은 연희전문이 기독교계통이라 우파적 색채가 강한데 이순탁의 마르크스 경제학에 경도된 강의와 학과운영이 마침내 학내 갈등의 요인으로 문제가 되었기 때문이다. 그의 유물론 사상이 유심론의 문과와 맞서고 학생들과 불화의 씨가 되자 학교에서 1년의 안식년을 주고 여행경비 일부를 지원해줌으로써 이루어진 것이 그의 세계일주다. 그러나 『최근 세계일주기』는 사

36 위의 책, 6~7쪽.

상은 좌파지만 우파적 애족정신이 바탕에 깔려있다. 마치 그의 스승 하지메의 여행기 『조국을 돌아보며祖國を顧みて』(實業之日本社, 1915)에서 영국의 작은 상점에 진열된 일제 장난감과 일장기를 보고 눈물을 흘렸던 것처럼 이순탁은 이충무공이 일본 해군을 물리친 우수영을 지나면서 비장한 민족애를 토로한다.

> 이 바다를 西北으로 건너서면 곳 故國山川이라 바다길 멀고 멀어 눈에는 안보이나 情 깊은 姿態는 두 눈에 아린 아린. 西南으로 向하야 속절없이 가는 배는 水天相接하는 大海로 向하더라. 하로 밤을 자고나니 意外에 右편으로 가즉하게 큰 陸地가 보인다. 이 近處에 무슨 큰 陸地가 보일가하고 或은 對馬島인가 疑訝하야 船員에게 물어본즉 아니 이 陸地는 卽 耽羅古址 濟州道라한다. 그리운 山川 다시 한번 보는구나하고 甲板우에 올라서서 夢我夢中되어 건너다 본다. 넓은 陸地 한복판에 높이 솟은 瀛洲山은 屈曲連綿한 大小丘陵에 君臨하야 莊嚴히도 號令한다. 秦始皇이 童男童女 五百名을 보내여 不死藥不老草를 캐 오라하던 山이 이 山인가하고 三四時間 지나가니 陸地는 벌서 긑이요 또 한 時間 지나가니 瀛주山조차 아물아물해진다. 인제는 마지막이로구나하고 "가노라 濟州道야 다시보자 漢拏山아" 노래하고 "나는 가거니와 사랑이란 두고 감세 두고 가거든 날본듯이 사랑하소 사랑이 푸待接 하거든 되는대로 잇거라"[37]

일본이 파쇼화되면서 조선인은 생계의 방도를 찾기 위하여 북으로

37 위의 책, 19쪽.

남으로 방황하는데 '대책을 세워야 함'에도 '정치당국자나 어용학자가' 뭘 하는지 모르겠다며 현실을 비판하고 있다. 이순탁은 문인이 아니다. 그러나 이 여행기는 9개월 동안 17개국의 99개 명소, 상해, 홍콩, 피낭, 콜롬보, 아든, 카이로, 나폴리, 밀라노, 파리, 헤이그, 하노이, 베를린, 함부르크, 런던, 케임브리지, 리버플, 더불린, 보스턴, 뉴욕, 시카코, 로스앤젤레스, 센프란시스코 등을 주유하며 형장을 기록한 것이기에 기행문으로서 독특한 가치를 지닌다. 곧 세상이 어떻게 돌아가는지를 모르는 조선인들을 개화·계몽시키는 교육적 효과를 발휘한다. 특히 이순탁은 1930년대 조선지식인 사회에서 아주 중요한 역할을 하던 좌파 지식인을 대표하는 학자이기에 기행문 도처에서 교술적 글쓰기로서 그 소임을 다하려 한다.

문단 밖에서 기행문이 이런 역할을 수행하고 있을 때 문단 안은 제2차 카프검거사건(1934.5)이 일어나 이기영, 백철, 박영희 등 80여 명의 문인이 피검되고, 그 이듬해는 드디어 조선 프롤레타리아예술가동맹 KAPF가 해산되면서(1935.5.28) 좌파논리를 타고 오르던 비판적 기세는 완전히 꺾이고 말았다. 그러나 『최근 세계일주기』에서는 그런 시대상과는 전혀 다른 비판적 사상이 나타난다. 저자가 힘없는 문인이 아니고, 일본 제일의 제국대학을 등에 업은 존재이고 미국이 뒤에 버티고 있는 미션계 전문학교 교수이기는 하지만 이 기행문에는 당시 움츠려 들던 지식인들의 자세와는 딴판으로 필자의 기개가 살아 있다.

이순탁은 당시 기승을 부리던 이탈리아 무솔리니, 독일 히틀러의 경제정책을 소개하면서 히틀러의 사상탄압을 강도 높게 비판하는 것이 그런 예다. 특히 히틀러의 그런 행위를 진시황의 분서갱유에 버금가는 사상서적 불태우기라며 분노하는 대목은 괄목상대할 만하다.

> 獨逸에는 伯林을 爲始하야 각 地方에 猶太人의 富豪가 많다. 그네들은 銀行 工場 商業界 等에 큰 勢力을 가지고 있다. 이네들에게 對한 壓迫 또한 甚하야 그네들은 모든 것을 바리고 國外로 脫走하는者 不知其數이다. 아— 그네들이 歷史的으로 보아 惡感을 받을 만한 行動이 있지마는 今日과 같은 文明한 時代에 人種的 偏見을 가지고 國策을 삼는 것은 蠻之又蠻이다. 「히틀러」여 이를 아는가 모르는가.
>
> 五月 初에 「나치스」派의 學生團體는 伯林을 爲始하야 「문헨」「함부르히」 等 大小都市에서 各圖書館을 襲入하야 所謂 「非 獨逸的 精神에 對하야 進軍」을 하였다. 그래서 各種 書籍 特히 性學社會主義 文獻 其他의 小說 戱曲 「소베트」文學書籍 及 繪畫 等 實로 數十萬卷을 焚書하였다.[38]

이런 점을 염두에 둘 때 이 기행집은 독제와 파시즘을 비판하면서 서구 근대경제학을 수용하고 그것을 통하여 피압박민족의 고난을 살피고 제2차 세계대전까지 예측하고 있다는 점에서 아주 문제적이다. 지식인의 직무에 충실할 뿐 아니라 미래를 진단하며 민족의 장래를 걱정하는 점이 그러하다. 일본 군국주의가 우심해 가던 때 문학 밖에서 서사적 교술을 발견하는 것은 다행스럽다. 그러나 문학으로서는 유감遺憾이다. 지식인으로 자처하는 문인들이 직무유기를 하고 있었다는 혐의가 이순탁의 기행문으로 드러나기 때문이다.

38 위의 책, 177쪽.

제19장

여기로서 글쓰기, 『근원수필』의 몇 가지 문학적 성취

근원近園 김용준金瑢俊은 화가이고, 미술연구가이고, 미술평론가다. 그는 1904년 2월 3일 경북 선산에서 태어났고,[1] 1967년 64세로 북한에서 사망했다.

화가 김용준을 수필가로 다루게 된 것은 그의 수필집 『근원수필近園隨筆』(을유문화사, 1948)이 해방 공간에 간행된 유수한 단행본 수필집의 하나로 거둔 문학적 성과 때문이다. 『근원수필』은 이광수 · 안재홍 외의 『수필기행집』(1938), 박승극의 『다여집』(1938), 이태준의 『무서록』(1941), 박

1 김용준은 1904년 2월 2일 대구에서 한 평민의 2남 2녀 중 둘째 아들로 태어났다는 설과 1904년 2월 3일 경북 선산에서 농사를 지으며 간단한 의료 활동도 하던 가정의 일곱 자녀 가운데 막내 아들로 태어났다는 설이 있다. 사정이 이렇지만 김용준은 그의 수필 「검로지기」에서 "善夫라는 것은 내 자(字)다. 고향이 선산(善山)이므로 해서 선부(善夫)라 한 것이요"라고 출신지를 분명히 밝히고 있다. 김용준, 『근원수필』, 을유문화사, 1948, 12쪽.

〈그림 47〉 김용준

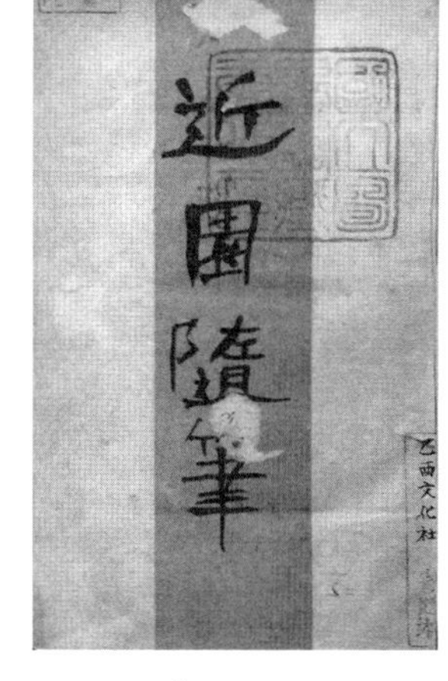

〈그림 48〉『근원수필』 표지

종화의 『청태집』(1941), 염상섭 · 안수길 외의 『만주조선문예선』(1941), 이광수 · 한용운 · 김동환 외의 『반도산하』(1944), 김철수 · 김동석 · 배호의 『토끼와 시계와 회심곡』(1946), 김진섭의 『인생예찬』(1947), 『생활인의 철학』(1949), 김동석의 『해변의 시』(1946), 이양하의 『이양하수필집』(1948), 김기림의 『바다와 육체』(1948)와 함께 한국 현대수필문학을 대표하는 중요한 수필집이다.

김용준은 화가이지만 문필가다. 그는 1930년대의 대표적 상고주의 문인인 이태준과 단짝이었고, 월북하기 직전, 1948년 『조선미술대요』를 완성할 즈음에는 문과 화를 겸비한 한국의 대표적 미술이론가란 평을 받았다. 그럴 시기, 그는 국대안國大案반대운동의 여파로 서울대 미대교수직을 사퇴하고 동국대 교수로 자리를 옮겼다. 『근원수필』은 이러한 김용준을 해방 전 한국 수필문학을 대표하는 반열에 올린 문제적 작품집이다.

저자는 한국 수필가를 시기에 따라 네 묶음으로 나눈 바 있다. 곧 최남선, 이광수, 이은상의 국토예찬 기행수필기(제1기), 박승극, 이태준, 김기림, 정지용, 이양하, 김진섭, 김동석 등 문예수필과 문예론수필 양립의 중흥기(제2기), 김소운, 한흑구, 피천득, 윤오영, 마해송, 전숙희 등 문예수필 변화기(제3기), 그리고 수필문학의 대중화가 이루어진 1980년 이후(제4기)가 그것이다.[2]

김용준은 이런 수필가 가운데 여기로서의 수필 쓰기를 대표하는 작가다. 왜냐하면 그는 1930년부터 동미회(1930), 향토회(1930), 백만양화회(1930)를 조직하여 왕성한 미술창작활동을 하였고, 또 서화협회, 녹향회, 목일회를 중심으로 화가로서의 작품 활동과 함께 수필을 쓰는 문인이 되었기 때문이다. 그리고 김용준은 「프롤레타리아 미술비판」(1927), 「미술에 나타난 곡선표징」(1931), 「회화로 나타나는 향토색의 음미」(1936), 「민족문화문제」(1947), 「고구려 고분벽화 연구」(1958), 「조선미술사」(1967) 등 미술평론가, 한국미술연구자로서 많은 업적을 남겼다.

수필집 『근원수필』의 문학적 성취 문제는 '문장력, 토속적 소재, 고독 표상表象의 의미, 화인전畵人傳' 네 가지 항목을 중심으로 고찰한다.

1. 재기 넘치는 문장

동양에는 옛날부터 화가문인보다 문인화가가 더 많다. 문인화의 전통 때문이다. 그러나 문인화의 화가는 직업적인 화가가 아니다. 문인이

2 오양호, 「운문의 외연으로 파고 든 적멸의 서정세계-김기림론」, 『수필과 비평』 104, 2009.11, 62쪽.

여기로 그린 그림에 화제를 넣은 그림이 문인화이다. 자유로운 수법으로 주로 수묵화를 그렸으며 필선을 중히 여겨 속세를 떠난 운치 있는 화풍을 이루었다. 그런데 김용준은 반대로 화가문인이다. 이런 예는 썩 드물다. 더욱이 전업 문인과 대등한 위치에 오른 현대 화가는 『여인소묘』(정음사, 1955) 수필집을 낸 뒤 여러 권의 수필집과 화문집을 낸 천경자와 김용준 말고 달리 없는 듯하다. 희소성 때문이 아니라 글 자체가 전업 문인에 조금도 뒤지지 않는다. 우선 문장이 그렇다.

> ① 어느 때는 어떤 귀인의 집을 찾을 새 하인 놈이 주인께 누구인지 말하기 어려워서 덥어 놓고 최직장이 왔소 하는 것을 듣고 북(北)이 노하여 이놈아 최 정승이 오셨다 하지 않고, 직장이란 무어냐 하니 하인 놈이 껄껄 웃으며 정승은 언제 하셨습니까 하였다. 북이 글쎄 이놈아 그럼 내가 언제 직장을 했단 말이냐. 이왕 헛이름을 댈 바에야 왜 높직이 못대느냐 하고 훨훨 가버렸다.[3]

재기에 넘치는 고졸한 단문이 가독성을 부추긴다. 수필의 첫 조건인 위트가 문장 밖으로 뛰어 나올 것 같다. 이렇게 팔팔 살아 움직이는 문장이 『근원수필』을 근대의 유수한 수필집 반열에 세운 요소의 하나이다. 화가가 아닌 문인으로서의 자질과 능력이 문장구사에서 확인된다.

오늘의 간이식당, 포장마차를 연상시키는 이동음식점을 다룬 전문 25행의 다음과 같은 글 역시 김용준 수필의 수준이 어느 경지에 있었는가를 단적으로 보여준다.

3 김용준, 「최북과 임희지」, 앞의 책, 124쪽.

② 추녀 끝에는 방울 같은 새를 앉치고 납작한 완자창도 달았다. 쌍희자(雙喜字)를 아로새긴 세렴(細簾)도 느렸다. 이 집에는 떡국도 팔고 진자 냉면도 있나. 밧 좋은 개상국도 한다. 노농자는 물론 헌다하는 신사도 출입을 한다.

이 집에는 계급의 구별도 없다. 땅바닥에는 검둥이란 놈이 행여 동족의 뼈다귀나 한 개 던져 줄까 하고 침을 꿀꺽꿀꺽 삼키며 기다리고 있다.

이래 뵈도 하루의 수입이 물경(勿驚)하라 만 원을 넘기는 것은 누워 떡먹기다. 더구나 이 집의 재미난 것은 주추대신에 도롱태를 네 귀에 단 것이다. 아무 때나 이동할 수 있다. 순경 나리가 야단을 치는 날이면 지금 당장에라도 훨훨 몰아 갈 수 있다.[4]

군더더기 없는 간결한 문장이 흥미가 동하는 문체를 형성하고 있다. 도롱태, 곧 동태·바퀴를 단 이동 포장마차 풍경이 고물고물 걸어 나온다. 추녀 끝에는 조롱鳥籠을 달고, 기쁠 희喜 자 두 글자 '喜喜'를 대나무를 가늘게 쪼개 만든 커텐에 아로새겨 단 포장마차, 묘사가 너무나 정확하여 그림을 보는 듯하다. 1940년대 서울의 한 단면이 생생하게 잡혀있다. 삶의 현장이 진솔하게 나타남으로써 수필이 본령으로 하는 생활문학으로서의 역할을 충실히 구현하는 셈이다.

대도시에 어둠이 내리면 길가 후미진 곳, 또는 조용한 길모퉁이에 수레나 차를 음식점으로 만들어 국수며 오뎅이며 우동을 파는 현재의 그 포장마차의 원조가 이 글의 이동음식점이다.

---

4 김용준, 「이동 음식점」, 위의 책, 66~67쪽.

김용준의 글은 인용문 ①처럼 위트가 있는가 하면, 인용문 ②처럼 간결한 문장이 세태를 족집게처럼 집어낸다. 그뿐 아니다. 문장 속 비유의 기법은 당대의 어떤 문인에게도 뒤지지 않는다.

> ③ 하늘에 뜬 달은 멍석만 하고, 바다 속에 뜬 달은 함지박만하다. 파도가 몰려온다.
>
> 격검하는 장면처럼 번쩍번쩍 달빛과 파도가 싸우면서 흰 거품을 해변 가으로 몰아다 붙인다. 그리고 검은 물결은 후회하는 사람처럼 물러앉는 양이 더 한층 슬프다. 해변은 마라손 선수들이 떠난 뒤처럼 희멀끔하다.[5]

첫 문장은 대구법이다. 하늘의 달과 바다의 달이 멍석과 함지박으로 맞서 있다. 셋째 문장은 직유법이라 할까. 달빛을 받은 밤 파도의 번쩍임을 칼싸움할 때에 번쩍이는 비수의 날로 비유하고 있다. 파도가 지닌 어떤 공포성을 드러내는 데 적절한 수사다. 또 파도가 해변으로 밀려오는 모양을 자신이 없는 사람이 엉거주춤 뒤로 한 발 물러앉는 모습으로 표현하는 것도 기발하다. 사람들은 뭔가 쑥스럽고, 기가 죽었을 때 엉덩이를 뭉그적거리며 뒤로 물러나는 행동을 한다. 이런 타입의 행위를 하는 사람은 아마 한국인뿐일 듯한데 김용준은 그것을 정확하게 잡아내고 있다. 파도가 쓸고 간 뒤의 고즈넉한 분위기를 '마라손 선수들이 떠난 뒤와 같다'는 표현 또한 적절한 수사다. 몰려서 물러가는 파도의 힘과 마라손 선수들의 떼거리 질주를 결합시킴이 아주 낯설어서 참신하다.

---

5 김용준, 「동해로 가던 날」, 위의 책, 45쪽.

2. 토속적 소재와 이면적 주제

둘째는 『근원수필』에 나타나는 토속성 문제이다. 김용준은 한국고유의 토속성을 제재로 한 글을 많이 썼는데 이런 특징은 그가 한국화, 동양화를 전공한 화가라는 점에서 이상할 것이 없다. 그러나 화제가 아닌 글제로 이 문제를 다룰 때 사정은 많이 달라질 수 있다. 그림과 글은 표현 형식이 전혀 다르다. 하나는 시각 예술이고, 다른 하나는 언어예술이기 때문이다. 하지만 김용준은 말을 부리고, 다듬어 그 속에 의미를 싣는 기술이 문인의 그것과 조금도 못하지 않다. 화가의 재능과는 다른 문장 구성과 사상의 깊이를 그의 수필에서 확인할 수 있는 까닭이다. 이런 특성을 단적으로 보여주는 것이 토속적 소재의 호출과 그것을 확대하고 심화하는 글쓰기다.

> 무슨 화초 무슨 수목이 좋지 않은 것이 있으리오마는 유독 내가 감나무를 사랑하게 되는 것은 그 놈의 모습이 아무런 조화가 없는데도 불구하고 고풍스러워 보이는 때문이다. 나무 껍질이 부드럽고 원시적인 것도 한 특징이요, 잎이 원활하고 점잖은 것도 한 특징이며 꽃이 초롱같이 예쁜 것이며 가지마다 좋은 열매가 맺는 것과 단풍이 구수하게 드는 것과 낙엽이 애상적으로 지는 것과 여름에는 그늘이 그에 덮을 나위없고 겨울에는 까막까치로 하여금 시흥을 돋우게 하는 것이며 그야말로 화조(花朝)와 월석(月夕)에 감나무가 끼여서 풍류를 돋우지 않는 곳이 없으니 어느 편으로 보아도 고풍스러워 운치 있는 나무는 아마도 감나무가 제일일까 한다.[6]

감나무는 온 세계에 6속, 250여 종이 있다고 한다. 우리나라에서는 중부 이남에 많고, 많이 가꾼다. 초여름에 담황색의 단성화가 취산 꽃차례로 잎겨드랑이에서 핀다. 일본, 중국 만주 등지에 분포하고, 재목은 조각 및 가구에 널리 쓰인다. 감나무의 이러한 유용성 때문에 우리나라에서는 옛날부터 감나무를 좋은 과수로 여겨 마당가, 남새밭 등에서 키웠고, 그 열매는 제사상에 올렸다. 특히 감은 지금도 겨울철 별미 과일로 우대받고 있다. 오렌지, 망고. 파인애플, 바나나 등 외국산 과일이 많지만 감은 그냥 감으로 또는 곶감으로 가장 한국적인 과일이 되어 있다.

한국인에게는 누구나 감나무에 대한 기억이 있다. 동짓달 해가 설핏할 때, 고향집 마당가에 서 있던 감나무, 할머니 손목 같이 마른 등걸이 노랗거나 분홍색으로 물든 잎을 뚝뚝 떨어뜨리며 꼭대기에 까치밥 하나만 달랑 매단 채 벽공으로 가지를 뻗치고 섰던 양자를 떠 올린다. 우리들의 고향은 감나무의 이런 정하고 쓸쓸한 풍경과 함께 존재한다. 감나무가 가장 한국적인 나무라고 한 것은 이런 정서를 환기하는 이미지 때문이다.

김용준의 호는 근원近園 또는 노시산인老柿山人이다. 그 밖에 몇 개가 더 있는데 그중에 '검로'라는 것도 있다. '근원'이라는 호는 자신이 평생 남의 흉내나 내다가 죽어버릴 인간이라 근원近遠이라 했단다. 그러나 원숭이가 생각나 원遠자만은 붙이기 싫어서 다른 뜻의 글자원園으로 바꾸었고, '노시'는 김용준이 한 때 살다가 김환기에게 팔았다는 집 마

6 김용준, 「노시 산방기」, 위의 책, 74쪽.

당에 70, 80년 묵은 감나무가 두세 그루 서 있었는데 거기서 따온 말이다. 김용준 자신이 노시老柿, 늙은 감나무라는 의미이다. 이에 대한 김용준의 변은 이러하다.

"푸른 이끼가 낀 늙은 감나무를 노시老柿라 하기보다는 고시古柿라 함이 창唱으로 보든지 글자가 주는 애착성으로 보든지 더 낫지 않겠느냐는 것이요. 노시라하면 어딘지 모르게 좀 속되어 보일 뿐 아니라, 젊은 사람이 어쩐지 늙은 체 하는 인상을 주는 것 같아서 재미가 적다는 것이다. 그러나 그때의 나는 역시 고자古字를 붙이는 골동취미보다는 노자老字의 순수한 맛이 한결 내 호기심을 이끌었던 것이다." 이래서 '고시'가 '노시'로 됐다.

사정이 어떠하든 김용준이 감나무를 사랑해 그의 호를 '노시'로 한 것만은 분명하다. 이렇게 김용준이 감나무를 칭송하는 것은 그의 생래적 정서와 깊은 관련이 있다. 따라서 감나무가 화조월색에 고풍스런 운치를 그려낸다는 그의 표현은 절대 과장이 아니다. 또 '뜰 앞에 선 몇 그루의 감나무는 내 어느 친구보다도 더 사랑하는 나무들'이라는 진술 역시 그렇다.

3. 고독의 정체

『근원수필』에 드러나는 세 번째 특징은 '고독'이라는 어휘의 빈번한 출몰이다. 우선 『근원수필』속 표지에 '선부고독善夫孤獨'이라는 제목을 단 두 폭의 뎃생이 있다. 안경을 끼고 무릎을 깍짓손으로 감싸 안은 김용준이 풀밭에 망연히 앉아 있는 두 폭의 캐리커처가 쓸쓸하다 못해 우울증 환자 같다. 파이프를 앞니로 문채 입술을 반쯤 벌리고 곁눈질하는 '검로 45세상'이라는 그림에도 깊은 우수가 배어 있다. 글에서 이러한 그늘이 유독 강하게 나타나는 것이 「검로지기」, 「두꺼비 연적을 산 이야기」, 「조어 삼매」다.

「두꺼비 연적을 산 이야기」는 김용준이 그의 집 근처 골동품 가게에서 황갈색 유약을 바른 연적을 하나 사서 문갑 위에 올려놓고, 그 개구리 같기도 하고 두꺼비 같기도 한 연적을 수시로 쳐다보며 조선 사람의 정체를 그 멍청한 두꺼비에게서 발견한다는 이야기다.

> 나는 너를 만든 너의 주인이 조선 사람이란 것을 잘 안다.
>
> 네 눈과, 네 입과, 네 코와, 네 발과, 네 몸과 이러한 모든 것이 그것을 증명한다.
>
> 너를 만든 솜씨를 보아 너의 주인은 필시 너와 같이 어리석고 못나고 속기 잘하는 호인일 것이다.
>
> 그리고 너의 주인도 너처럼 웃어야 할찌 울어야 할찌 모르는 성격을 가진 사람일 것이다.
>
> 내가 너를 왜 사랑하는 줄 아느냐
>
> 그 못생긴 눈 그 못생긴 코 그리고 그 못생긴 입이며 다리며 몸둥어리들을 보고 무슨 이유로 너를 사랑하는지를 아느냐
>
> 거기에는 오직 하나의 커다란 이유가 있다
>
> 나는 고독한 사람이기 때문이다!
>
> 나의 고독함은 너 같은 성격이 아니고서는

위로해줄 수 없기 때문이다.[7]

고독한 사람이기 때문에 아주 못생긴 두꺼비를 사랑한단다. 못생긴 사람은 인기가 없다. 인기가 없다는 말은 왕따를 당한다는 말이고, 왕따를 당한다는 것은 따돌림을 받고 또래의 무리에서 쫓겨나 외톨이가 된다는 말이다. 외톨이는 혼자이기에 쓸쓸할 수밖에 없다. 결국 고독의 원인은 못생긴 것 때문이다. 두꺼비도 못생겼고, 나 김용준도 못생겼기에 못생긴 것은 못생긴 것끼리, 그래서 유유상종, 끼리끼리 사랑할 수밖에 없다는 것이다.

여기서 중요한 것은 그 못난 존재가 바로 조선 사람이란 인식이다. 못생긴 두꺼비를 만든 사람은 두꺼비처럼 어리석고, 속기 잘하고, 웃어야 할지 울어야 할지도 모르는 머저리 같은 인간인데 그렇다면 그건 틀림없이 조선인일 것이라고 단정한다. 그래서 '못생긴 두꺼비=조선 사람=나'가 된다. 조선 사람은 잘 속고 이용만 당하고, 바보 같은데 나도 그렇다는 말이다. 일본 사람들이 '바가 야로'라며 식민지 조선인을 모욕하는 그 현실에 대한 연민이다. 그런데 이런 진술 이면에는 그렇지 않은 사람, 곧 일본 사람에 대한 적의가 도사리고 있다.

김용준은 자다 말고 일어나 불을 켜고 문갑 위에 얹힌 두꺼비가 그 큰 눈을 희멀건히 뜨고서 우두커니 앉아 있는 것을 살펴본 뒤에 다시 눈을 붙인다. 이런 행동은 이 작가가 항상 조선 사람을 생각한다는 말이고, 조선 사람들의 외로운 처지를 오매불망 잊지 못하며 살아간다는

7 김용준, 「두꺼비 연적을 산 이야기」, 위의 책, 27~28쪽.

말이다. 그렇다. 김용준이 고독한 원인은 그가 바로 못난 조선 사람인 까닭이다.

다른 하나의 글을 더 보자.

> 그 놈은 어리석지 아니하냐. 자기의 우졸함을 감추지 못하는 바보가 아니냐. 좀 영리하여 장졸(藏拙)하는 지혜쯤 가졌어야 험한 세파를 헤치고 살아갈 수 있지 않으냐. 어쩌면 그렇게도 야단스런 채림새를 하고 어쩌면 그렇게도 시원찮은 발길질을 눈치도 없이 섭살이 하여 금시에 남의 눈가림감이 된단 말이냐. 고양이처럼 영리하든지 양처럼 선량하든지 사슴처럼 날래든지 그렇지 않으면 공작새처럼 화려나 하든지 그도 저도 못되는 허울 좋은 나귀!
>
> 게다가 또 못 생긴 값에 재주까지 부리느라고 논다는 꼴이 남의 수치만 사는 짐승!
>
> 오호라! 나도 이 나귀처럼 못 생긴 인간인가! 나도 이 나귀처럼 못생긴 재주 밖에 못 부리는가[8]

여기 나오는 당나귀는 못난 존재의 대명사다. 검주라는 땅에는 원래 당나귀가 없었다. 그런데 한 장난꾸러기 녀석이 당나귀 한 마리를 끌어다 산 밑에 매어 두었다. 하루는 호랑이가 배가 고파 마을 쪽으로 내려와 보니까 "생전 듣도 보도 못하던 이상한 짐승이 떡 버티고 섰는데 검으뭉틀한 놈이 커다란 눈깔을 껌벅거리며 소리를 냅다 지르는 게 아닌가. 호랑이란 놈이 이건 틀림없이 산신령님인가 보다 하고 깜짝 놀라

8 김용준, 「검로지기」, 위의 책, 16쪽.

걸음아 날 살려라" 하고 도망을 갔겠다.

그러나 "그 뒤 매일 듣고 나니 그까짓 소리쯤 무서울 것이 없다. 한번은 바짝 덤벼들어 나귀를 못살게 굴었더니" 이놈의 재주란 기껏해야 그 잘난 뒷발질뿐이라 "그만 와락 달려들어 물어뜯고 발길로 차고 하여 죽여 버렸다. 유종원이라는 사람의 글에 나오는 이야기다".

「검로」는 김용준의 호의 하나다. '검로'는 '검주의 나귀, 위 유종원의 글'에 나오는 그 나귀다. 김용준은 자신을 "나란 사람이 처음 대할 때 인상이 험하고 사귀기 어렵고 심사도 고약한 듯하다가 실상 알고 보면 하잘것없는 못난이요 바본데 공연히 속았구나. 나와 만나고 사귀고 하는 사람은 누구나 이렇게 생각되나 보다"라고 쓰고 있다. '검로의 나귀가 곧 김용준'의 객관적 상관물이다. 이것은 자기비하이고 풍자다. 아니 자탄이고 자학이라 말하는 것이 더 적절할 것 같다. 자칫하면 민족허무주의가 될 수도 있다. 이런 점에서 안타깝고, 위험하기까지 하다. 사정이 이러하지만 김용준 수필의 참 주제는 민족정신의 형상화로 나타난다. 이런 점은 진흥왕순수비와 광개토대왕비, 왜왕 앞에서 목숨을 던지고 신라 왕자를 구한 박제상을 기리는 글에서 잘 나타난다.

① 쪽이 부스러지고, 글자가 마멸된 한 개의 잔석일 망정 이 한 개의 돌은 우리가 아무데서나 볼 수 있는 돌과는 다르다. 위대한 신라의 정신과 신라의 미가 숨어 있고, 다른 한편으로는 우리나라의 지보(至寶)인 완당(阮堂) 선생의 피가 또한 숨어 있다. 아무렇게나 생긴 돌일찌라도 바람에 불리우고 비에 씻기어 점잖은 때가 묻고, 창고한 이끼가 서리면 만져 보구 싶고 바라다 보고 싶거늘 하물며 이 비에 이끼가 천년을 두고 중중첩첩으로 싼데다가 찬

란한 역사를 지니고 고(古)나 금(今)이나 동심지인(同心之人)이 못내 쇄고하고 어루만진 자취가 또한 어리어 있으니 이 비의 귀하고 중함이 어찌 천만 황금에 비할 바이랴.[9]

② 무두무미(無頭無尾)한, 한 덩어리의 돌이 의기 충천하는 기상으로 홀연히 용립(聳立)한 이렇게 무모한 비를 일찍이 본 사람이 있느냐!

무명소졸의 모표라면 또 모르겠거니와 용감하기 비할 곳 없는 고구려사람 그중에도 제왕, 제왕 중에도 전무후무한 영주인 광개토왕—이분의 기적비(紀績碑)가 포효하는 사자처럼 아무렇게나 생긴 돌로 우뚝 세워졌다는 것은 고구려의 감각이 아니고서는 상상하기도 어려운 일이다. 그들의 미는 곧 힘이다. 힘이 없는 곳에 그들의 미는 성립될 수 없다. 그들의 이러한 힘, 즉 미의 이상은 글씨로도 나타난다.[10]

인용 ①은 진흥왕순수비에 대한 찬양이고, ②는 압록강 건너 집안의 광개토대왕릉비에 대한 찬양이다. 김용준은 1920년대 말부터 국권회복 문화운동에 관여했다. 이태준, 유진오, 안석주, 심영섭, 김주경, 홍득순 등과 미술론 입장에서 이 문제에 대해 논쟁을 벌이면서 조선 혼을 강조하고 나왔다. 국권의 회복은 자아의 발견에서부터 시작해야 하는데 사회일각에서 민족유산을 거부하는 태도를 취함으로써 자기발전을 저해하고 있다며 의식전환을 주장했다. 이런 민족주의적 성향의 단초는 '동미전'(1930.4)을 개최하면서 일어났다. 당시 소설가 이태준은 '동

9 김용준, 「승가사의 두 고적」, 위의 책, 151쪽.
10 김용준, 「광개토왕호우에 대하여」, 위의 책, 154쪽.

미전'을 주도하는 김용준이 조선의 화단을 개척하는 공로자라며 추켜세웠다. 그리고 시나리오 작가이자 화가이고 카프의 맹원인 안석주는, 주관적이지 못한 모방은 무의미한데 김용준이야말로 맹목적으로 새것을 추구하려드는 시대풍조를 조종하는 진정한 키잡이라 했다. 김용준의 민족주의적 미술론에 주체론적 의미를 부여한 것이다.[11]

진흥왕 순수비를 찬양하는 고졸古拙한 문장이나, 광개토대왕의 기적비를 간결하면서도 정확한 문장으로 칭송하고 있는 김용준의 글은 모두 이러한 민족문화 논리와 같은 맥락에 서 있다. 다만 시각예술이 아닌 문학의 한 갈래인 수필의 형식을 통하여 나타냈을 뿐이다.

진흥왕의 순수비가 신라 천년에서 오늘에 이르기까지 우리 민족을 '같은 아픔을 가진 사람들同心之人'로 묶는 천만근 황금보다 값지고, 광개토대왕비는 고구려 국력의 한 권화로 인식하고 있다. 이런 작가의식은 옛날이나 지금이나 우리의 정신문화가 뿌리를 내리고 있는 땅이다. 특히 광개토대왕릉비는 의기 충천하는 고구려의 기상이 홀연히 용립한 것이고, 진흥왕 순수비는 창고한 이끼가 낀 위대한 신라 정신과 신라의 의미가 숨어 있는 찬란한 문화유산이라는데 이 말은 국권 회복을 주장하던 1930년대의 그 조선혼의 호출, 민족문학론과 같은 맥락에 닿아있다. 미술이론가 김용준이 미술을 연구하여 주장하던 논리가 다른 형식으로 발현된 것이다.

김용준이 이렇게 고독했던 것은 이민족의 지배를 받던 시절 조선 혼을 찾아 나선 민족문화론자의 힘든 길, 그 길에 쉬 따라나서지 않는 시

11 안석주, 「동미전 합평회」, 『조선일보』, 1930.4.23~26.

대에 그 원인이 있었을 것이다. 그러나 그는 못난 두꺼비, 민중을 상징하는 바보 당나귀 같은 존재로 살면서 그 고독한 길을 갈 수 밖에 없었다. 이민족의 독한 통치 아래 살아남기 위해서는 다른 방도가 없었기에 그런 바보가 되고, 못난 짐승이 되었다. 그러나 그것이 민족의 실체가 아님을 광개토대왕릉비, 진흥왕 순수비, 박제상을 통해 인식했다. 김용준의 이런 태도는 '모든 위대한 예술은 결국 완성된 인격의 반영일 수 밖에 없다'[12]는 그의 인간론에 잘 나타난다.

4. 신선이 된 화인

『근원수필』에 드러나는 네 번째 특징은 화인전畵人傳이 많다는 점이다. 우선 김용준 자신의 자전적 성격을 띤 글 「노시 산방기」를 시작으로 「생각나는 화우들」, 「이씨조의 산수화가」, 「최북과 임희지」, 「오원 질사」 등이 모두 화인전이다.

한국에는 화인전이 드물다. 특히 문예수필의 형식으로 쓰인 글은 이 『근원수필』이 유일하지 않을까 싶다. 「생각나는 화우들」 속에는 이승만, 김복진, 김은호, 안석주, 김온, 정규익, 강신호, 황술조, 최창순, 김종태, 서동진, 최화수, 박명조 등 한국의 근현대 화가들에 대한 일화가 소재로 되어 있고, 그들의 비범한 생애가 문예수필로 취재되고 있다.

12 김용준, 「예술에 대한 소감」, 앞의 책, 103쪽.

동경 있을 때 길을 가다말고 전차에 오르려는 양장한 여성의 다리에다 쫓아가서 입을 대고 빨았다는 이야기도 내가 듣고 웃었거니와 그는 어느 집이는 누구의 발에는 윤기가 흐르게 반질반질 닦은 구두를 보면 견딜 수 없다는 것이다. 그래서 남의 집 신장에 잘 닦아 놓은 구두코를 걸핏하면 핥았다는 것이다. (…중략…)

내 나이 항상 어린 줄 만 알던 나도 어느덧 늙어가는 장년의 나이라 가만이 지난 과거와 과거에 사괴던 화우들을 생각하니 모든 것이 꿈결 같고 허무하기 짝이 없다. 지난 세월이 이러하였거늘 앞으로 닥쳐올 세월의 덧없음이야 더 말할 것이 있으랴![13]

토수土水라는 호를 가진 화가 황술조가 그 천재적 재능을 발휘해 보지도 못하고 요절한 것을 안타까워 하면서 그의 기행에 가까운 행위를 소개하는 평전적 글쓰기다. 이 인물의 외양은 기인이고 별종이지만 사실은 화가의 재능을 제대로 써먹지 못해 내공을 앓던 천재화가였다는 것이다. 일화 형식을 차용한 소 화인전이다. 또 천재화가 김종태의 객사를 이런 사건 위에 덮씌워 화가들의 삶이 더 무상하고 비참함을 극화시키고 있다. 형식적으로는 죽은 화우들에 대한 일화지만, 글의 참 주제는 화인들의 삶에 대한 동업자의 조사다. 살아서는 기행奇行으로 별종 취급을 받다가 죽어서야 겨우 그 재능을 인정받는 숨어살던 천재 화가들에 대한 애정이 소박한 문장을 통해 인상적으로 형상화 되고 있다. 화인전이 귀한 한국 현대화단의 입장에서 보면 귀한 평전문예수필이

13 김용준, 「생각나는 화우들」, 위의 책, 97쪽.

다. 이런 점에서 김용준은 화가 수필가의 몫을 단단히 수행하였다.

「최북과 임희지」의 화인전은 문예수필의 본질을 잘 살리고 있다. 위트와 패러독스가 이 두 화가의 삶을 통해 진솔하게 표현됨으로써 수필문학의 진수가 잘 구현되고 있다.

> 그는 초명을 식(埴)이라 하였고, 자를 성기(聖器) 또는 유용(有用)이라 하였으나 후에 개명하여 이름을 북(北)이라 하였고, 자는 칠칠(七七)이라 하였으니, 칠칠이라 함은 북·北 자를 좌우로 파자하여 이른 것이다.
>
> 졸년이 공교롭게도 49세였으므로, 세상에는 그 자(字)가 칠칠인 것으로 비추어 그를 선지의 힘이 있는 이라고 전하기도 한다. (…중략…)
>
> 최북(崔北)은 언제든지 유리 안경을 끼고 다닌 애꾸였었다. 일찍이 권세 있는 사람이 북에게 그림을 청하였을 때 응하지 아니하니 그가 세도로서 협박하므로 북이 대노하여 내 몸은 오직 나만이 마음대로 할 수 있다 하고 눈을 질러 한 편이 멀게 된 까닭이다. (…중략…)
>
> 한번은 금강산을 유람할제 구룡연에서 극음 대취하여서 혹곡或哭 혹소或笑하다가 소리를 높여 부르짖기를 천하명인 최북이가 천하명산 금강산에서 안 죽는다니 말이 되느냐고 외치고 불현듯 몸을 날려 시퍼런 못물 속으로 뛰어드니 이때에 마침 동반한 친구가 붙들어 주지 않았던들 그는 구룡연 중의 고혼이 되었을 것이다.[14]

이 글은 우선 재미가 있다. 소재 자체가 특이한 것이 원인이겠으나

14 김용준, 「최북과 임희지」, 위의 책, 122~123쪽.

그것보다 소재에 대한 접근 방식, 글의 실제가 매우 비친숙화unamiliarity 되어 새롭기 때문이다. 자字를 '칠칠이'라 했는데, 그 칠칠이는 '北' 자를 좌우로 흔들면 칠, '일곱 칠 자' 두 개가 '北' 자를 만들기에 그렇게 되었다는 표현이 재치있다. 또 금강산에서의 최북의 기행이 그러하다. 천하명인 최북이 천하명산 금강산에서 안 죽는다니 말이 되느냐 외치고 시퍼런 구룡연 못물을 향해 몸을 날렸으나 친구가 붙들어 자살미수가 되었다는 에피소드는 재미있고 박진감이 넘친다.

김용준의 글 밑바닥에는 세상을 역설paradox적으로 이해하는 작가 필자의 비판의식이 깔려있다. 최북이 자기 눈을 자기가 찔러 권세에 저항한 일화에 대해 한마디 비판도 없이 긍정하는 태도가 이런 역설적 자세를 단적으로 드러낸다. 이런 점은 이 수필집의 다음과 같은 발문과도 호응된다.

> 불행인지 행인지 모르나 마음속에 부글부글 피곤만 있는 울분을 어디에다 호소할 길이 없어 가다오다 등잔 밑에서 혹은 친구들과 떠들고 이야기하던 끝에 공연히 붓대에 맡겨 한두 장씩 (…중략…)
>
> 예나 이제나 우리 같은 부류의 인간들은 무엇보다도 자유스러운 심경을 잃고는 살아갈 수 없다.
>
> '남에게 해만을 끼치지 않을 테니 나를 자유스럽게 해 달라'
>
> 밤낮으로 기원하는 것이 이것이었만 이 조그만 자유조차 나에게는 부여되어 있지 않다.
>
> 언제나 철책에 가친 동물처럼 답답하고 역증이 나서 내 자유의 고향이 그리워 고함을 쳐 보고 발버둥질을 하다 보니 그것이 이따위 글이 되고 말았다.[15]

이 인용문의 키워드는 '자유'다. '마음속에 부글부글 피고만 있는 울분', '나를 자유스럽게 해 달라', '내 자유의 고향이 그리워 고함을 쳐보고 발버둥질을 하다 보니' 등이 모두 자유, 그러니까 부자유 때문이다. 무엇이 부자유스럽단 말인가. 불문가지다. 일제강점기에서 미군정기로 이어지는 당대의 현실 때문이다. 김용준은 해방이 되자 「민족문화문제」를 발표하면서 식민지 잔재 청산을 제창했고(1947), 국대안 반대운동을 하기 위해 국립대에서 사립대로 교수직을 옮긴 사람이다.

김용준도 그가 좋아한 최북과 임희지, 장승업과 다름없는 예술을 사랑하는 자유인으로 살고 싶었다. 그러나 그것이 허락되지 않자 그런 상황과 맞섰다. 최북에 대한 비판 없는 긍정은 바로 그의 이런 사상과 일치한다. 사정이 이러하지만 김용준의 화인 예찬은 예술에 순사하는 고독한 화가에게 바쳐지고 있다. 화인전의 마지막 글인 「오원질사吾園軼事」의 결말이 우리를 감동시키는 것은 이런 연유다.

> 오원(吾園)은 광무정유(1897)에 54세로서 몰하였다고 하나 실은 사한 것이 아니요 그의 행방이 불명한 채 없어졌다고 하는 말이 더 신빙 되엄직하다.
>
> 그것은 오원이 평상시에 늘 말하기를 사람의 생사란 부운과 같은 것이니 경개 좋은 곳을 찾아 숨어버림이 가할 것이요, 요란스럽게 알는다 죽는다 장사를 지낸다 하여 떠들 필요가 무어냐고 했다는 말과 (…중략…) 이리하여 오원은 전생의 숙업인 것처럼 배운 적 없는 그림에 천성(天成)으로 종사

15 김용준, 「발(跋)」, 위의 책, 163쪽.

> 하다가 그 세상을 버림이 또한 신선이 잠간 머물다 가듯 하였으니 장수한 그라면 지금 생존 했대야 97세밖에 안 되었을 최근 년의 인물이면서도 너무나 기발한 그의 생애가 마치 신화 속의 인눌이나 되는 것처럼 우리에게 일종 신비적인 선모심(羨慕心)을 자아내게 한다. 아마도 오원은 신선이 되었나 보다.[16]

장승업이 신선이 되었을 리는 없다. 이치에 맞지 않는 말이다. 그러나 그가 신선이 되었다고 믿는 김용준의 심리는 이치로 따질 문제가 아닌 말재간wit이다. 한 예술가를 신격화하는 심리 그 자체가 예술의 본질을 형성하는 종자가 되는 까닭이다. 김용준의 화인전은 얼른 보면 한 시대 지식인의 겉모습이지만, 그 속뜻은 화가가 쓴 문예수필이란 점에서, 또 그 예를 『근원수필』이 아니고서는 찾아보기 어렵다.

이상과 같은 점에서 김용준의 글쓰기는 딜레탕티즘이 아니다. 어떤 전업 문인에게도 뒤지지 않는 문예수필의 본질에 닿아 있다. 따라서 『근원수필』은 저자가 화가의 수필집이라는 점에서 숨은 진주와 같다.

16 김용준, 「오원질사(吾園軼事)」, 위의 책, 140~141쪽.

보론

재만조선인 수필집 『만주조선문예선』의 수필문학의 자리*

만주의 조선문예사朝鮮文藝社에서 신영철申瑩澈이 편집 출판한 『만주조선문예선選滿洲朝鮮文藝選』(1941)은 1940년대 초기 만주로 간 조선수필의 행방을 알리는 유일한 자료이다. 당시 재만조선인문단은 『만주시인집滿洲詩人集』(박팔양朴八陽 편, 길림시吉林市 : 제일협화구락부第一協和俱樂部, 1942), 『재만조선시인집在滿朝鮮詩人集』(김조규金朝奎 편, 간도성間島省 연길延吉 : 예문당藝文堂, 1942), 재만조선인 작품집 『싹트는 대지大地』(신영철申瑩澈 편, 만선일보사출판부, 1941) 등을 출판했는데 이 수필집은 비허구산문, 범칭 수필을 대표한다. 중국 동북지구 한국문학 작품에 대한 연구는 소위 '친일문학기 또는 암흑

* 보론으로 다루는 이유는 『만주조선문예선』이 국내에서 출판된 수필집이 아니고, 다욱이 납 · 월북 문인과는 무관한 수필집이기 때문이다. 그러나 식민지 시기 우리 수필의 한 유산이라는 점에서 본서에 포함해 논의하기로 한다.

〈그림 49〉 신영철

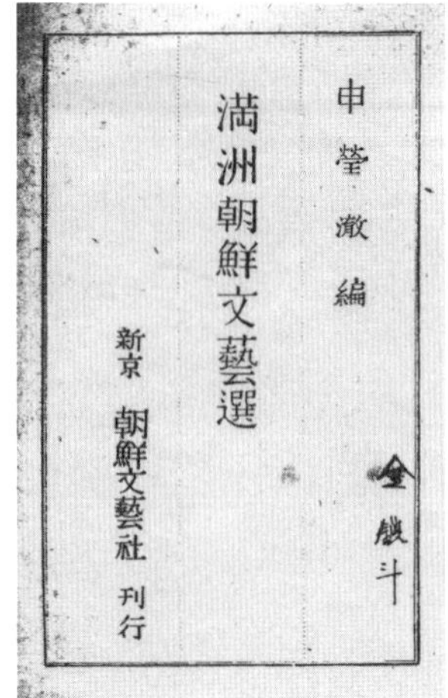

申瑩澈 編

滿洲朝鮮文藝選

新京 朝鮮文藝社 刊行

〈그림 50〉『만주조선문예선』 속표지

기'로 평가되는 1940년대 초기문학사에 대한 대체론, 곧 이민문학으로 연구가 시작된 이후 한 세대가 흘렀다.[1] 그간 그곳 조선인 문학에 대한 연구는 한 세대전의 냉담했던 반응과 달리 많은 성과가 이루어졌다. 그러나 여전히 이 방면의 연구는 문제적 과제로 남아 있다.[2]

조윤제의 『국문학사』에서 조동일의 『한국문학통사』에 이르는 대표적인 한국문학사가 적용하고 있는 사상의 틀은 민족주의다. 식민지의 경험, 외세 이데올로기에 의한 동족상잔의 전쟁경험, 강력한 국민국가

1 오양호, 「암흑기문학 재고찰」, 『제23회 전국국어국문학 대회』, 한국정신문화 연구원 1980.6.7.

2 대표적인 예가 국제한인문학회가 집중적으로 다루고 있는 디아스포라문학 연구다. 개인의 경우 오양호는 『한국문학과 간도』(문예출판사, 1988), 『일제강점기 만주조선인문학 연구』(문예출판사, 1996), 『만주이민문학연구』(문예출판사, 2007), 『그들의 문학과 생애, 백석』(한길사, 2008) 등의 연구서를 출판했다. 2011~2012은 길림대, 중앙민족대에서 이 연구를 강의했고, 지금은 NRF 저술지원비(2016~2019)를 받아 연구를 수행하고 있다.

의 세력권 내에서 자주성을 확보하며 한국문학을 체계 있게 기술해야 하는 방법 모색의 결과이다. 민족정체성으로 대표되는 민족주의 이념이 지닌 가치는 거론할 필요가 없다. 그 숭고한 정신에 대해서는 재론의 여지가 없는 까닭이다. 그러나 이런 고정된 시각은 결국 문학에 대한 평가를 단선적으로 접근하게 하는 원인을 제공했다.

1940년대 초기의 만주천지를 지배한 것은 오족협화, 황도사상, 대동아공영으로 요약된다. 하지만 이런 제국주의적 절대권력의 다른 한편에는 민족자본을 축적하려는 자본주의 논리, 전근대사회를 계몽하여 그것을 통해 민족을 끌어 올리려던 애국계몽주의, 서구를 배워 자유주의 이념을 구현하려 한 자유민주주의 사상, 신천지를 찾아가서 삶의 터전을 단단히 마련하려는 프런티어 정신이 함께 존재하는 것으로 잡근되고 있다.

사정이 이러하지만 민족주의의 배타성으로 식민지 시대를 해석하는 닫힌 논리는 재만조선인 문학까지 이분법이 지배하는 상황, 그러니까 '민족 / 반민족, 친일 / 반일'의 견고한 틀을 들이대는 상황이다. 그 결과 재만조선인 문학과 동거하던 다양한 문학적 변용을 제대로 파악하지 못하는 결과가 되었다.

최남선이 만주에서 남긴 작품도 이런 시각에서 자유롭지 못하다. 최남선은 『만선일보滿鮮日報』가 창간되던 이듬해에 그 신문 고문으로 만주로 갔고,[3] 1939년에는 만주건국대학 교수로 초빙되어 1942년 11월까

3 滿洲國通信社出版部兌, 『康德六年版 滿洲國現勢』 p.458의 『만선일보』 소개에 따르면, 『만선일보』는 대동 원년(1932) 8월에 창간, 강덕(康德) 3년(1936) 8월에 주식회사로 개조, 강덕 4년(1937) 12월에 간도(間島)의 언문지(諺文紙) 『간도일보(間島日報)』를 매수하여 『만선일보』를 만들었다. 초대사장 이성재(李性在), 고문 최남선, 편집국장 염

지 4년 넘게 만주에 머물렀다. 신문사 일과 강의 때문인지 그 많은 글을 쓰던 최남선이 만주에서 남긴 글은 「만몽문화론」을 제외하면 『만주조선문예선』에 수록한 수필 5편뿐이다.

최남선이 만주에서 남긴 기행수필에 대한 연구는 없으나 최남선이 남긴 다른 기행문에 대한 연구는 많다. 그런데 이 문제에 대한 최근의 연구 역시'친일/반일'의 틀, 곧 기원의 신화를 찾아가는 뜨거운 민족주의적 환상, 또는 대자연의 숭고를 민족의 신화로 인출한다는 긍정론[4]과 최남선의 기행은 결국 제국협력이데올로기[5]라는 부정론이 맞서 있다. 이 글은 수필집 『만주조선문예선』[6]에 수록된 수필을 중심으로 이런 발상에 서 있는 재만조선인 수필문학을 고찰한다.

1. 「천산유기」와 민족사의 발견

1939년 4월 만주국 건국대학교 교수로 취임하여 1942년 11월 사임한 최남선은 1941년에 간행된 『만주조선 문예선』에 「천산유기千山遊記·1」, 「천산유기千山遊記·2」, 「독서」, 「백작제 반일百爵齊半日」, 「사변事變과 교육敎育」을 발표했다. 이 5편의 글은 최남선이 만주에서 어떤 사

상섭이다.

4 서영채, 「기원의 신화를 향해가는 길—최남선의 백두산 근참기」, 『한국근대문학연구』 12, 한국근대문학회, 2005 참조.

5 홍순애, 「최남선 기행문의 문화민족주의와 제국협력 이데올로기」, 『한민족문학연구』 53, 한민족문화학회, 2016.

6 申瑩澈 편. 『滿洲朝鮮文藝選』新京特別市 長春大街(朝鮮文藝社, 康德 八年(1941)). 갱지에 필경(筆耕) 등사한 4·6배판. 전 98쪽. 책값 65전.

유를 하면서 살았는가를 엿볼 수 있는 귀한 자료다.[7] 1983년 저자가 『만주조선문예선』을 발굴하면서 세상에 알려졌기에 최남선 전집 등에는 수록되지 않았다. 이 5편의 수필은 최남선이 조선역사와 문화연구의 수단으로 국토순례를 하던 때에 쓴 『심춘순례』, 『풍악유기』, 『백두산근참기』 등과 다르지 않는 필자의 내면의식을 읽을 수 있다는 점은 매우 흥미롭다. 이런 수필이 1940년대 초기, 일본의 괴뢰국인 만주국의 유일한 대학인 건국대학 교수이자, 관동군이 관리하는 만선일보의 고문으로 일한 최남선의 작품인 까닭이다. 특히 에세이 「천산유기」 1・2가 문제적이다. 이 두 기행문에는 최남선의 어떤 글에서나 발견할 수 있는 단군사상이 1940년대 만주 땅에서도 나타난다.

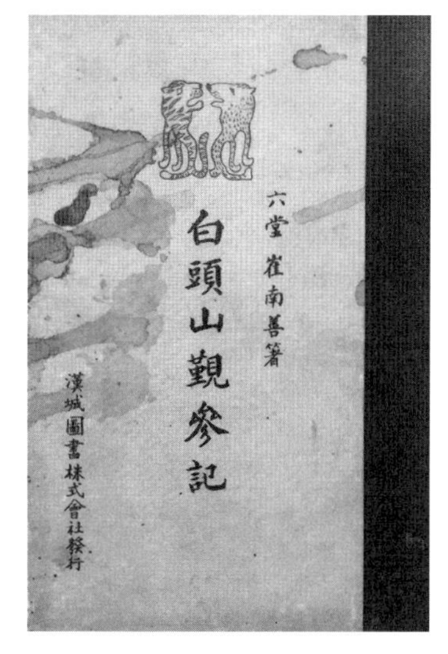

〈그림 51〉『백두산 근참기』

최남선이 1920년대에 앞장서 벌린 시조부흥론, 민요조 서정시 운동, 상고사上古史에 대한 관심은 일반적으로 조선심朝鮮心, 조선혼朝鮮魂의 발굴과 보존을 위한 노력의 일환으로 이루어진 학문적 성과이다. 그리고 이런 조선심, 조선혼은 「기미독립선언서」 작성으로 옥고를 치르던 1년 반 만인 1920년 8월 24일 새벽에'캄캄한 밤에서 백주가 나온 것 같이 온 세계가 새로운 빛을 보게 된[8] 것 같은 깨달음을 얻고 쓴 「단군론」

7 이 자료는 저자가 2006년 학술진흥재단의 기초연구과제 지원을 받아 고찰한 「1940년대 만주이민문학연구—만주조선문예선, 여로형만주이민소설을 중심으로한 문학지리학적 접근」에서 본격적으로 논의되었다. 『현대문학의 연구』 34(한국문학연구학회, 2007), 『일제강점기 만주이민문학연구』(문예출판사, 2007)에 수록되어 있다.

(1925)과 이런 사상이 총합되어 학문적 독립선언으로 평가되는 「불함문화론」(1925 / 1927)으로[9] 심화되었다. 그 뒤 건국대 강의안으로 「만몽문화」(1941)를 집필하였는데 이 논문에도 단군사상이 중요한 핵심을 이루고 있다.

「천산유기」 두 편은 최남선의 이런 글쓰기와 맥락을 같이 하고 있다. 백두산이며 금강산을 주유한 것은 향토의 연장으로서 조국강토의 발견이었고, 그것을 통해 조선민족이 여전히 건재하다는 것을 과시하였는데 이런 의식이 「천산유기」에도 보인다. 문학이 현실을 복합적으로 받아들여 분출시키는 시의성을 배제할 수 없는 예술행위라는 사실을 감안할 때, 최남선의 이런 점은 육당 특유의 기행을 통한 조선심의 호출이라는 점에서 주목할 필요가 있다. 1920년대 국토순례에서 조선혼을 찾으려 한 것과 똑 같은 사유가 나타나는 까닭이다.

> 그나 그뿐인가 곰곰이 생각하건대 천산과 우리조선인과의 인연은 거의 중중무진한 실마리를 풀어 낼수도 잇다. 위선 산전체가 장백산의 래맥來脈이 바다를 건너서 태산을 만들라가는 과야過野임이다. 요동반도란 원래 조선반도와 매한가지로 역시 백두산의 한 기슭인 것이다. 그러고 역사를 말할 것 가트면 천산의 좌우가 고조선의 주요한 지역으로서 고구려 발해의 역대에 언제든지 근본부적의미를 가젓든 군소지이얏스니 이들에는 선민先民의 어루만진 자리가 잇고 이 흙에는 선민의 흘린 땀이 실여 잇슬 것이다. (…

---

8 최남선, 「내가 경험한 제일 통쾌」, 『六堂崔南善全集』 10, 현암사, 1974, 487쪽.

9 오문석, 「민족문학과 친일문학 사이의 내재적 연속성 문제 연구－최남선을 중심으로」, 『한국문학의 연구』 30, 한국어의 문학, 2006, 344쪽.

중략…)

내 이제 천산의 일봉정一峰頂에 서서 흠빡 만주를 이저버리고 슬몃이 고토의 생각을 품음을 누가 구태탓할자이냐.

장백산 일지맥에

간타부용 피여나서

절조한 저 그림자

요해(遼海)기피 잠은 것을

아는 이 몃치시던고

나만 본 듯하여라.

천문의 최고봉에

시름 업시 안젓거든

송뢰(松頼)가 진락하고

이화백설 훗날리니

하계서 나를 보는 이

신선이라 안흐리.

'빠보진' 무서우냐

'이보동텐' 조흘시고

'쿠냥'이 압섯거늘

'도타이래' 뒤따라서

'만만듸'이퀼춰' 하고

이염이염 올라라.[10]

최남선은 만주의 자연에서 한국의 화려했던 과거, 고구려와 발해의 자취를 찾으려 한다. 이런 점은 '국토에 대한 관심=민족에 대한 관심'을 소수 지식인들만이 아니라 대중적으로 확산시켜 나가던 1920년대의 조선의 문화표출양식과 닮았다. 이런 지리적 관심은 당시 인기가 높았던 『개벽』의 목차를 한번만 봐도 금방 확인할 수 있다. 『개벽』은 1921년경부터 기행수필을 간간히 게재하다가 1922년에 와서는 아예 조선의 도별 특집을 꾸며 조선팔도의 지리와 풍물을 자랑하고 소개했다. 이런 특집이 일반 독자에게는 자연스럽게 조국강토, 조선혼, 조선심을 불러오는 역할을 했다. 모두 우리의 문제이고, 우리 주변의 이야기이기에 그런 담론에서 저마다의 향토・고향native land의 장소애topophilia를 느낄 수 있었기 때문이다.

최남선의 이런 글쓰기는 낭만주의에서 애국주의를 자연관 및 문화전통을 토대로 한 유기적 통일체로서 이해한, 곧 독일의 헤르더로 대표되는, 역사에 특별한 의미를 부여한 행위와 유사하다. 그러나 역사의 복원은 한 가지 역사학만으로는 어렵다. 그래서 최남선은 『심춘순례』(1926), 『백두산 근참기』(1927), 『금강예찬』(1928)에서 민족의 역사를 구성하고, 이를 통해 민족의 정신을 함양하기위해 지리학을 끌어왔다. 그는 백두산과 금강산을 보면서 민족의 특징을 그런 산의 지세와 풍모와 연결시켰다. 지리학적 사유를 통하여 그 장소에 베인 조상의 숨결과 역사를 찾아내려 한 것이 이런 기행수필이다. 「천산유기」 두 편의 에세이에서도 이런 관점이 나타난다. 고구려와 발해의 고토 만주를 민

10 최남선, 「천산유기・2」, 신영철 편, 『만주조선문예선』, 조선문예사, 1941, 46~48쪽.

족사의 공간으로 회복시키려 하기 때문이다.

근대전환기에 장지연이 지리학을 기초로 한 역사교육을 주장하면서 자국의 강역疆域과 기원을 확정하려 했고, 신채호가 역사를 버리면 민족이 없다고 한 그런 민족사관과 동일선상에 서 있다. 식민지가 된 국토를 순례하면서 자연 속에서 민족의 특성을 추출해내고, 이면에 묻힌 역사를 통해 민족혼과 독립심을 고취하려 했던 그 기행문의 양식이 「천산유기」 1・2에서도 그대로 나타나는 점은 놀랍고 반갑다. 기행문에 시조를 끼워 넣어 과거의 사실만이 아니라 현재를 통해 민족의 역사를 재구성하면서 미래의 역사까지 수행하려 하는 양식은 그가 『심춘순례』(1926)에서 쓰던 그 기법과 다르지 않다. 천산을 백두산의 한 지류로 보고 거기서도 한국의 국토와 역사를 발견하려 한다.

이런 글쓰기 기법은 땅에 정서적, 심리적, 철학적, 미학적 숨결을 불어넣는다는 점에서 문학과 지리가 만난다. 최남선은 천산을 보고 시를 읊으며 그 땅이 우리의 땅으로 사유한다. 천산이 최남선의 정서, 심리, 미학에 의해 우리의 고토로 되살아나는 것이다. 국경을 넘어 남의 땅을 답파하면서, 그곳이 사실은 우리 민족이 정착하여 땅을 일구었던 자리空間이며 지리地理라고 사유하고 있다. 최남선이 서 있는 그 천산은 현실적 공간이다. 그곳은 1940년대의 사실의 땅이며 사건의 현장이다. 그러나 그는 그 현장에서 민족혼의 권화, 곧 우리 고유의 문학형식 시조를 통해 한국인의 삶이 만주까지 뻗혔고, 그것이 풍요하기를 염원하고 있다.

천산의 만년설을 보면서 '장백산 일지맥一枝脈에 간타부용干朶芙蓉 피여나서 / 요조窈窕한 저 그림자 료해遼海 기피 잠은 것을 / 아는 이 몃치시던고 / 나만 본 듯 하여라'[11]며 역사적 분쟁지, 만주라는 공간을 조선의 고토로 복원한다. 이것은 일본의 단군부정에 맞서 단군론을 쓰면서 단군에 대한 신화학적 고찰을 통해 그 실체를 해명하려 한, 또는 1919년의 감옥에서 '자나 깨나 조선에 관한 통일적 방면, 근본적 방면'을 찾다가 마침내 완성한 「불함문화론」과 본질이 다르지 않다. 최남선은 벌써 서른일곱의 나이에 단군의 역사성을 부인하는 것은 조선역사의 머리를 잘라버리는 것, "조선으로 하여금 역사적歷史的 무두귀無頭鬼를 작作"[12]하는 행위라며 그가 사숙한 시라토리 구라키치白鳥庫吉 글을 반박했다.

> 山의 좌우(左右)가 고조선(古朝鮮)의 主要한 지역(地域)으로서 고구려(高句麗), 발해(渤海)의 역대(歷代)에 언제든지 근본적의미(根本部的意味)를 가젓든 군강지(郡康地)이얏스니 이들에는 선민(先民)의 어루만진 자리가 잇고 이 흙에는 先民의 흘린 땀이 심여잇슬것이다. 아득한 녯일 쌘일가 近代의 만주봉금령(滿洲封禁期)에 千山을 답편(踏遍)하야 그 거석촬토(擧石撮土)로 하야금 항상 현실계(現實界)와 인연(因緣)을 가지게 한 者는 압록강방면(鴨綠江方面)으로부터 산삼(山蔘)을 캐러 다니는 '심뫼꾼'들이얏다하니 말하자면 千山의 개발(開發)은 朝鮮人으로 더부러 서로 종시(終始)하얏다 할것이다.[13]

문학이 지리를 통해 이루어내는 것은 자연의 외적인 아름다움, 그 아름다움이 더욱 완전한 의미를 지니게 하고, 그것을 더욱 매력적인 것으

11 신영철 편, 『만주조선문예선』, 조선문예사, 1941, 47쪽
12 고려대 아세아문화연구소 편, 『최남선전집 · 2』, 현암사, 1974, 84쪽.
13 신영철 편, 앞의 책, 46쪽.

로 만들어주는 내적인 역사이다.[14] 최남선의 경우, 문학공간의 확대에 의해 한국인의 심상공간의 한 축을 현실로 이끌어 내고 있다. 이렇게 그는 「천산유기」 1・2의 천산을 한국인의 심상에 자리 잡는 한국의 산으로 만든다.

최남선이 「심춘순례」 서문에서 '조선의 국토는 산하 그대로 조선의 역사며 철학이며 시며 정신이다'고 전제하고, 이어서 '곰팡내 나는 서적만이 내 식견識見의 웅덩이가 아니며 한 조각 책상만이 내 마음의 밭일 수 없이 되었다'[15]며 민족의 정신을 조국의 국토에서 찾던 그 내적인 역사의 시선, 곧 조선의 국토에서 문자가 아닌 가장 재미있고 정확하고 무궁무진한 책인 것을 「천산유기」 1・2에서도 발견하고 있다.

최남선은 1928년 조선사편수회에 들어갔고 그 일이 끝나자 중추원 참의가 되었으며 다시 만주국 국립대교수가 되었다. 그 뿐 아니라 만주국이 「김일성등 반국가자에게 권고문」, 곧 항복을 권유하는 삐라의 주체인 동남지구특별공작후원회본부의 고문이기도 했다.[16] 그러나 그는 이미 1910년대에 지사로서 백두산, 금강산을 답파하며 조선혼 조선심을 호출함으로써 민족의식을 일깨웠고, 학자로서는 「계고차존」(1918)에서부터 「불함문화론」(1925), 「단군론」(1926), 「단군신전의 고의」(1928)에 이르기까지 단군제일주의, 단군중심주의를 주창해온 민족주의자이다. 그는 일제의 단군말살 정책을 단기필마로 맞서며 민족정신을 학문적으로 체계를 세운 사람이다.

---

14 Eikie, Archbold, "Type of Scenery and Their Influence of Literature", *Port Washington*, N.Y. : Kennikat Press, 1970, 59쪽.

15 최남선, 「심춘순례」, 『六堂 崔南善全集』 6, 현암사, 1973, 259쪽.

16 『삼천리』, 1941.1, 206~207쪽.

만주시절 대학에서는 국민복을 입었지만 집에서는 한 복을 입었고, 대학의 연구회에서는 일본의 대륙진출과 만주국의 당위를 문건으로 작성하면서 강의에서는 민족의식을 고취한다는 소문이 났다. 그리고 5족의 후손인 학생들의 교재 『만몽문화』에서는 동북 여러 민족의 신화를 거론하며 국책에 협조하는 모양을 갖췄지만 그 중심에 단군을 위치시켜[17] 재만조선인의 자부심을 북돋우었다. 그의 이런 일견 모순되는 민족에의 열정은 거기서 끝나지 않는다. 최남선은 1943년 11월 동경에서 이광수와 함께 학병권유 강연을 할 때 민족의 장래를 위해 참전해야 한다고 했다. 나라 없는 국민으로 전쟁터에 나가서 군사기술을 익혀야 한다고 했고,[18] 일본이 비겁하게 일요일 새벽 하와이 진주만을 폭격하고 대승을 거둔 뒤 미국과 영국에 선전포고를 하고, 신경에서도 라디오에 군가를 외치고, 거리는 전승기분으로 떠들썩할 때 중국인 학생 7, 8명과 조선인학생 4, 5명이 최남선을 찾아가 이 전쟁이 어떻게 될 것이냐고 물었더니 이 무모한 전쟁을 일으킨 일본은 얼마 못가서 패전하고 중국은 전승국이 되고, 우리 조선은 독립이 될 것이라고 명확하게 답했다고 한다.[19] 이런 말에 학생들은 최남선이 정신착란이라도 생긴 것이 아닌가 하고 물끄러미 그의 얼굴을 쳐다보았는데 그는 일본 패전의 이유를 국력의 엄청난 차이 때문이라고 했다는 것이다. 이렇게 최남선은 글 따로 말 따로였다.[20] 기행수필 「천산유기」 두 편의 헷갈리는 풍경이다.

---

17 조현설, 「민족과 제국의 동거-최남선의 만몽문화론 읽기」, 『한국문학연구』 32, 동국대 한국문화연구소, 2007 참조.

18 김붕구 외, 『한국인과 문학사상』, 일조각, 1964, 99~100쪽 참조.

19 서영채, 「단군과 만주, 아침의 영웅주의-최남선의 「자열서」 읽기」, 『한국현대문학연구』 32, 한국현대문학회, 2010, 274쪽.

20 조용만, 『육당 최남선-그의 생애 · 사상 · 업적』, 삼중당, 1964, 411쪽. 그러나 최남선의

「천산유기」 1・2가 이렇게 독해되지만 『만주조선문예선』에 수록된 최남선의 다른 에세이는 많이 다르다. 「독서」는 모든 관념으로부터 떠나 있다. 최남선은 자신의 독서가 환망부허幻妄浮虛한 이 세계에 진실충족의 행위일 뿐이라며 관념과 역사와 시대와의 분리를 선언한다. 자연을 보면서도 역사와 시대를 생각하던 「천산유기」와 다를 뿐 아니라 「사변과 교육」에 나타나는 시대 영합적 사유도 거의 나타나지 않는다. 「백작제 반일」, 「사변과 교육」이 그렇다. 이 2편의 에세이는 최남선의 만주생활을 압축한다. '민족 / 반민족, 친일 / 반일'의 이분법, 혹은 민족의 탄생과 몰락의 이중지대를 넘나들던 육당이 그 한 쪽과 결별하는 자리에 서기 때문이다.[21] 「백작제 반일」은 대련의 백작제百爵齊를 방문하고 거기 소장된 중국의 역대 명인 필적과 장서에 대한 찬양이다. 최남

이런 분명한 태도는 일본이 몽고까지 넘보다가 1939년 5월 소련과 맞붙은 '노몬한전투'에서 천하불패라 자랑하던 관동군이 참패를 당하고 괴멸직전에 이른 사실을 알고, 일본군이 사실상 연합군을 막기엔 무기가 소련보다 한 시대 전이고, 일본이 악만 남을 것을 알고 장래를 예견한 말일 것이다. 일본은 당시 그 전쟁을 쉬쉬했으나 만선일보 고문 최남선이 모를리 없었을 것이다. 그러나 건국대교수 신분으로 그런 사실을 절대 입에 담을 수 없었을 것이다. 일부 신문보도에는 일본군이 소련군을 사무라이정신으로 용감하게 물리쳤다고 했다. 「노몬한 事件의 導火線 乾치子 事件의 회고」(『만선일보』, 1940.6.29), 「空陸呼應三方面으로 十萬大敵을 完全包圍 魯南山野에 砲聲殷殷」(『毎日新報』, 1939.6.8) 등의 기사 참조. 이 문제는 지금 연구 중인 『일제 말 재만조선인 시의 형성과 정체』에서 상론한다.

21 최남선은 1919년에 「기미독립선언서」를 기초하고, 1922년에는 『동명』을 창간하여 민족주의 사상을 고취했고, 1926년에는 기행수필 「백두산 근참기」를 쓰면서 민족혼을 조선의 자연에서 찾으면서 민족주의 담론을 숭고미로까지 이끌어 내었다. 그러나 중추원 참의를 그만두고 『만선일보사』 고문에 취임하여 신경으로 간 1938년 4월 이후 그의 사상은 달라지기 시작했고, 1939년 만주건국대학 교수로 취임하면서 내놓은 「동방 고민족의 신성관념에 대하여(東方古民族ノ神聖觀念ニツイチ)」에 오면 아주 다르다. 이 글이 만주국 성립의 문화사적 당위성을 밝혀 만주국이라는 도의국가의 새로운 문화건설에 이바지하는 명예로운 의무를 다하려는 취지에서 완성된 「만몽문화(滿蒙文化)」(1941.6)와 이데올로기가 동일한 까닭이다. 그러나 이들 논문에는 그가 단군을 통해 시도했던 조선학을 정점을 지향하고 있다는 점에서 그의 사상이 민족과 완전히 결별한 것은 아니다.

선 특유의 과장된 수사가 전편을 메우고 있다.

「사변과 교육」에서는 이런 이질성이 더 강하게 감지된다. 일본의 만주침략전초전인 만주사변(1931)이 일본의 지나支那에 대한 응징이고, 근대화에 중요한 자극이고, 성전聖戰이라고까지 말하면서 만주사변의 의미와 그것에 대한 정당성을 역설하고, 이것을 후세들에게 교육해야 한다는 주장을 펴고 있다.[22] 『육당 최남선전집』에는 아예 이 글의 제목도 빠진 것을 보면 입만 이후에 쓴 자료기에 몰라서가 아니라 부왜附倭행적이라 모르는 체 했을 것이다. 「기미독립선언서」와 「단군론」을 쓴 최남선의 글이라고는 믿기 어렵다. 그러나 부왜라기보다 안창호의 자강론과 연결되는 어떤 낌새가 엿보인다. 별도의 논의가 필요하다.

2. 기행수필과 민족의 심상공간

『만주조선문예선』에는 기행수필이 많다. 최남선의 「천산유기」 1·2, 「백작제 반일」, 염상섭의 「우중행로기」, 함석창의 「길림 영춘기」 1·2, 「감자의 기억」, 신영철의 「남만평야의 아침」 등 8편이다. 이 밖에 김조규의 「백묵탑 서장」, 박팔양의 「밤 신경의 인상」에도 여행모티프가 서사의 중심에 서 있다. 그런데 이런 여행모티프가 거의 민족정서 호출로 활용되고 있다. 이 중 최남선의 「천산유기」 1·2를 앞에서 논의한 것과 다른 관점에서 고찰하고, 함석창의 「길림 영춘기」 1·2를 통해서도 살펴보겠다.

22 최남선, 「事變과 敎育」, 신영철 편, 『만주조선문예선』, 조선문예사, 1941, 77~80쪽.

① 여하간 남만선의 차창에서 건너다보는 바와 가치 천산은 만주 뿐아니라 드믈게 보는 거치형(巨齒刑)의 군봉서열적산으로서 천이야 차고 아니 차고 옥순의 부수가 진실로 일방의 기관 아니랄 수 업다. 그런데 거기 화강암의 풍화를 말미암는 괴석미가 잇고, 울창한 송림 풍뢰음이 잇고 장곡과 청계가 잇고, 난암과 용자가 잇서 풍경 구성의 요소가 꼭 우리의 고토와 틀림이 업다. 그래서 생면이 아니라 구식과 갓기로 웨 그런고하고 삷혀보니 여기까지의 동학(洞壑)은 마치 도봉산의 입구와 비슷하고 이우에서 나려다보는 계곡은 흡사히 소장산의 벽연암 전면과 갓다. 만주에서 조선 산천의 풍경을 맛보기를 길림의 송화강에서 한번하고, 동녕의 만록구에서 두 번 하얏섯지마는 이제 천산에서 가치 금수강산 그대로를 대해보기는 일즉이 경험도 업고 또 이 뒤에 거듭하기를 기필치 못할 듯 하다.[23]

② 천산의 사십입계(四十入溪)의 진승(眞勝)은 차라리 여기서부텀이라야 올코 니른바 구궁입관(九宮入觀) 오대선림(五大禪林) 십이방암(十二芳庵)에 겨오 일관일사(一觀一寺)를 보앗슴에 불과하니까 괘괘히 천산을 구경하얏다고 하기는 좀 염체업지마는 그 초입의 작은 한 모통이를 밟은것 만으로도 천산이 경관으로나 역사로나 완전히 조선의 일부임을 실증한 것은 이번 길의 유쾌한 소득 아님이 아니엿다.[24]

③ 나는 송화강의 개빙(開氷)을 처음 구경하엿거니와 그 상황이 실로 폭탄적 행진이요 운동이엿다. 전날까지 인마가 걸어다니는 구든 어름이 하루

23 최남선, 「천산유기 · 1」, 위의 책. 45쪽.
24 최남선, 「천산유기 · 2」, 위의 책. 52쪽.

아츰에 군대군대 물비츨 보엿다. 그것은 마치 시기도래를 기다리던 뭇 지사가 곳곳에서 봉화를 들고 이러서는 듯한 심상치 안흔 기세엿다. 아차 이제야 송화가 풀리기 시삭하나부다고 생각은 하엿지만 유빙(流氷)을 보기에는 아직 순일이 더 잇서야 되지안흘가하는 혼자 추측을 하엿고, 그날 저녁 때 다시 강을 지날 때도 아츰과 별다른 변화가 업는 것을 보고 도라왓다. 그랫든 것이 이튼날 아츰 내가 강가에 나갈 때는 악연히 놀나지 안흘 수 업섯는 것이 전날 군대군대 생겻든 물둥지가 어느듯 줄기를 지어서 서로서로 완전한 연락을 취하엿고, 각자 행동에서 임역(淋瀝)히 전체 행동에 올마간 것이엿다. 마치 어적께 봉화를 들고 각 곳에서 이러난 지사의 마음이 서로 묵연(黙然)한가운대서 환호히 상통하야 논의를 기다릴새도 업시 가튼 목표에 돌격하는 그러한 기세이엇다. 그러나 이날은 일몰때까지 이 이상 별다른 변화가 업는 것을 보고 도라왓다. 진실로 아연히 놀란 것이 제삼일 아츰 내가 강가에 나갓슬 때는 고대(高大)한 성벽을 부스러친 듯한 집채가튼 큰 어름 덩어리를 양안에 산가치 밀어올려버리고, 우에는 수업는 파편을 띄운채 팽배(澎湃) 도도히 흘러가는 거구송화(巨軀松花)가 전개하엿슬 따름이엇다.[25]

④ 이리하야 송화강은 풀렷지만 일기는 아직 냉냉하고 몇 번이나 취설(吹雪)까지 거듭하야 간혹 바람업는 날은 강변을 배회함도 정취업는 일이 아니엇지만 대개는 겨울과 가튼 추운날이 계속하엿고 봄을 기다리는 내 마음은 의연히 충족을 느끼지 못하엿다. 나는 이때쯤 고향의 버들가지 보드라운 회색 꼬리를 아지랑이 속에 흐느적거릴것 산비탈 진달래가 저윽히 그 자

25 함석창, 「길림 영춘기 · 1」, 위의 책, 24쪽.

색 봉오리를 이팔소녀의 젓부리가치 망울망울 불럿슬것, 양지쪽에 고개숙으린 안진방이 꼿치 함교함태(含嬌含態) 갸웃갸웃 웃고 잇슬 것을 눈아페 그리며 당시(唐詩) 장경충(張敬忠)의 변사(邊詞)를 한동안이나 입속에 중얼대군하엿다.

〈그림 52〉『만선일보』 편집국장 시절 염상섭 가족사진

오원춘색구래지(五原春色旧柰遲)

이월양유말괴사(二月陽柳末掛絲)

즉금하반빙개일(卽今河畔氷開日)

정시장안화작시(正是長安花落時)[26]

⑤ 요새 같은 장마철에 주룩주룩 내리는 비소리를 드르며 창턱 미테 멀건히 안젓자니 삼십년 전 그날이 무심히 머리에 써올라 와서 어젯 일가치 기억에 생동생동하고 다시 한 번 그 시절에 도라갈 수 업는 것이 그지업시 섭섭하다. 更少年 못한다는 것은 더 말할 것 업거니와 부담말에 油衫쓰고 길간다는 그 풍경이 어제 일 가튼데 그 사이에 삼십년이 아니라 일세기나 격세한 늣김이 잇서 반가우면서도 섭섭한 추억으로 남아 잇는 것이다. 시시각각으로 물이부러 조마조마하면서 건너든 낙동강 배안의 노새가 통통거리어 하마터면 수중고혼이 되엇슬지도 모르든 그 낙동강도 이제는 輕便鐵道의 철교를 한다름에 훌적 건너렷다. 문명과 진보는 이러한 추억과 꿈을 뒷발길로 거더차고

26　함석창, 「길림 영춘기 · 2」, 위의 책, 25~26쪽.

다라난다.

여름철이 되면 생각나는 옛 생활의 한 토막, 다만 文債를 가플샌이요 滌署의 凉味입슴이 恨이나다.[27]

인용 ①에서는 두 개의 숭고가 하나로 결합한다. 천산과 도봉산이 합해지면서 민족의 근원이 천산에서 확인된다. 최남선은 건국대학 강의록으로 작성한 『만몽문화』(1941.6)는 '고조선과 부여등 조선적인 것을 잊지 않고 배치하여 일본과 조선이 일체가 되는듯하면서도 충돌하게 하는 그런 글쓰기 방법'[28]이었다. 그가 기행문을 통하여 조선의 고대정신을 도도한 강론으로 해석한 것이 「풍악기유」(1924)에서부터였다면 여기서는 만주에 대한 찬양이 조선의 산에 대한 찬양과 함께 이뤄지고 있다. 이것은 동방문화의 근원을 단군에서 발견하려 한 불함문화pankan와 같은 맥락이다.

최남선은 천산을 보면서 그 타자를 통해 주체를 발견하려 한다. 어떤 초조함이 엿보이긴 하지만 타자의 공간을 자신의 판단에 따라 자신의 공간으로 끌어들이고 인식하는 자세는 그의 초기 기행수필과 다르지 않다. 일제의 사학에 맞서 신화학적 접근을 통해 단군의 실체를 주장함으로써 조선의 역사를 살리려는 불함문화의 그 정신이다. 인용 ②에서 '천산이 경관으로나 역사로나 완전히 조선의 일부임을 실증하였다'라는 진술은 '부여 계 민족이 세운 나라 중에서 제일 오래되고 또 문화정

27 염상섭, 「우중행로기」, 위의 책. 66~67쪽.

28 조현설, 「만주의 신화와 근대적 담론구성」, 『근대의 문화지리, 동아시아 속의 만주』, 동국대 한국문학연구소, 2007.2.2, 8쪽.

도가 높았다고 인정되는 것은 조선이라'는 의식은 만주이민 조선인을 2등국(공)민으로 해석하는[29] 시각과는 거리가 있다. 최남선의 경우는 민족의 심상공간에서 그 동일성을 발견하기 때문이다.

인용 ③은 여행의 속성이 잘 드러나는 글이다. 여행이란 익숙한 존재와 세계로부터 낯선 공간과 시간 속으로 들어가는 행위다. 친숙한 일상의 안에 있을 때와는 다르게 새로운 사람과 자연을 만나면서 여행자는 전혀 다른 긴장과 정서의 변화를 경험하며 기쁨을 느낀다. 인용 3)은 이런 광경을 감동적으로 잡아내고 있다. 거대한 얼음덩어리가 녹아내리는 광경을 바라보면서 새로운 것에 대한 호기심과 놀라움이 자연미의 권화로서 형상화되고 있다. 시대의식과 접속되는 갈등도 없고, 민족의 신화도 불러오지 않지만 작가의식은 최남선과 동일한 심리, 민족 편에 서있다.

인용 ④는 상춘의 환희가 전편을 메우는 서정수필이다. 변새에서 맞는 봄이라 더디지만 그 봄은 내 고향의 봄을 떠올리게 하여 자신의 일상을 경이와 매혹 속에서 맞이하게 한다. 낯선 것의 도래로 삶이 풍부해져 심미적 이성의 눈이 당나라 시인 장경충張敬忠의 시를 통해 압축된다. 시대적 고민으로부터 벗어난다는 점에서 ①, ②의 작가의식과 동일한 심상공간이라 하겠다.

인용 ⑤ 염상섭의 「우중행로기」의 공간적 배경은 만주도 아니고, 그렇다고 시간적 배경이 1940년대인 것도 아니다. 어린 시절 비가 억수같이 퍼붓는 날 형님과 김천으로 여행을 갔던 일을 회상하고 있는 이 글은 당시의 만주사정과는 아무 관계가 없는 기행수필이다. 최남선의 「독서」

29 윤휘탁, 「만주국의 고등국(공)민 그 허상과 실상」, 『역사학보』 169, 역사학회, 2001 참조.

의 무색무취한 작가의식과 동일하게 이 글의 심상지리의 배경 역시 제국탄생과 민족몰락의 이중지대에 외롭게 서 있다. 새로운 제국의 풍물도 민족의 몰락도 무심한 채 전혀 다른 문제를 글감으로 삼고 있는 점이 그렇다. 당시 염상섭은 『만선일보』 편집국장을 홍양명洪陽明에게 넘기고 안동安東에서 회사 일에 종사하고 있었다. 그렇지만 그는 여전히 간도間島의 조선인문단에서 존경받는 리얼리스트의 자리에 있었는데.[30] 그 시대 그곳과는 전혀 다른 수필로 '글빚文債을 갚기위해' 빗소리를 들으며 장대비를 맞으며 여행을 했던 일이 즐거웠다며 소임을 다하고 있다.

염상섭의 만주시절은 진학문, 최남선, 박석윤(최남선의 제매)과 함께 묶인다. 그의 『만선일보』 편집국장은 그의 조선일보사 경력이 중요했겠지만 그 뒤에는 이런 거물 인사가 버티고 있었다. 일찍부터 최남선과는 인연이 아주 깊었다. 『만선일보』 편집국장 시절은 "염국장은 묵중하게 자리에 앉아 사설만 쓰고 퇴근했고",[31] 잔일은 사회부장이던 시인 박팔양이 다 처리했다고 한다. 만선일보가 일본정부로부터 지원을 받는 신문이기에, 또 창간목적이 재만조선인 관리가 첫째이기에 그 사설의 논조가 어떠해야 하는지는 불문가지다. 하지만 『만선일보』를 다 뒤져도 염상섭의 실명이 나타나는 데가 없고, 사진 한 장 없다. 사설을 쓴 뒤 지금도 그대로인 만주국 국무원 뒷길 영창로에 허다한 요리집에서 육당이나 고량주를 마셨을 것이다.[32] 이런 점에서 「우중행로기」는 이

---

30 안수길, 『명아주 한 포기』, 문예창작사, 1977, 256・259쪽.

31 안수길, 「육당의 강의시간 같은 편집회의」, 『언론비화 50년』, 한국신문연구소, 1978, 369쪽.

32 저자는 2012년 겨울학기 長春의 吉林大學에서 강의를 할 때 자주 永昌路에 나가 혼자 밥을 먹으며 한 세월 거기 살았던 육당, 횡보, 남석, 백석, 려수, 김조규, 박영준, 손소희, 혹은 거길 오갔을 청마, 미당 등을 생각했다. 그때 쓴 글이 꽤 많은데 그 가운데 졸문

런 염상섭의 재만시절을 압축하는 한 징표이다. 순수했던 과거이야기, 비가 억수로 내리던 날 형님과의 여행이 단순한 추억담이라기보다 현실을 소거시키려는 행위로 읽히기 때문이다.

한 편을 소개한다!
거리에 퍼질러 앉은 겨울 때문에 봄은 아직 나무 가지에서 내려오지 못한다.
뒤집힌 팔자 다시 뒤집은 사람들 사연 찾아온 대지
오늘은 바람 불어 더 멀다.
만선일보 옆 골목 영창로 술 먹던 횡보가 뚱한 얼굴로 길을 막는다.
'한 세상 살다보면 바람세찬 하늘 아래 헤맬 일이 어디 한 두 번이랴'.
'그렇고말고'
'북국 복숭아꽃은 너무 붉어 징그럽다.'
인민광장 연 날리는 쉰여덟 조선족 사내
압록강 변 낙조 속으로 내려앉던 푸른 하늘 연 끝에 걸고
고향 두고 북도 만리 왔다는 그 아비
국무원 담장에 더듬이가 긴 곤충이 된 내력
바람 자고 별 뜨면 아직 가슴 아픈 일로 남은 그 야기
꽃다운 청춘 바람처럼 흘러가 버린 사연
연에 실어 띄워 보내고 있다.
나도 미당, 백석, 청마 이름 써 연에 달고
서럽고 힘들었던 그들의 많던 하늘에 연을 날린다.
정이월 액땜 하늘하늘 날아가던 그 연
오늘은 내 장년 마지막 서른 해를 싣고
인민광장 비둘기 동상 위로 아득히 솟아오른다.

—「연 -장춘 인민광장에서」, 『시문학』, 2012.12.

3. 지리적 사유를 통한 민족혼의 호출

『만주조선 문예선』에 최남선 다음으로 많은 수필을 발표한 신영철[33]은 1940년대 만주 조선인 문단의 현장에서 관리자로서 여러 가지 일을 한 인물이다. 시대감각이 유난히 빨라 남 먼저 시대를 따라다녔다. 그러나 그는 박영준, 안수길, 손소희가 서울로 돌아와 크게 활동한 것과 달리, 또 자신이 만주에서 한 일이 '망명문단'거설[34]이라 했지만 그것이 어떤 성질의 것인지 되돌아볼 시간도 없이 해방 직전 거기서 세상을 떠났다. 그의 아들 신동한申東漢도 부친의 재만시절 문학과 활동에 대해서 구체적으로 밝힌 일은 없고, 유일하게 『월간문학』(2004.7) '권두대담'에 응했을 뿐이다. 그러나 그 대담에서 말하지 않은 것이 많고, 사실과 다른 부분이 더 많다.

---

33 신영철(申瑩澈, 1895~1945)은 서울에서 출생하였고, 호는 약림(若林)이다. 일본 동양대학 철학과를 졸업한 후, 동경 유학생들의 동아리 '색동회'간사를 맡으면서 조선문단에 진입하였다. 1919년 『매일신보』에 「매신문단(每申文壇)을 평함'이라는 시평 이후 『어린이』, 『별건곤』의 편집주간을 맡았다. 『매일신보』에 「소년문예독본」 연재(1936.4.19~1936.10.25, 申瑩澈 文, 李用雨 畵) 1938년 10월 신경으로 가서 『만선일보』 기자가 되고, 그 신문에 발표된 학생들의 글을 모아 『학생서한(學生書翰)』이라는 단행본을 발행하면서 만주 조선인문단에 참여하기 시작했다.
신영철의 중요한 문단활동은 1941년 11월 재만조선인 수필집 『만주조선문예선』을 손으로 써서 발행하고, 같은 해 같은 달 재만조선인 작품집 『싹트는 대지』를 편집하고 발문 「싹트는 대지 뒤에」를 썼다는 것이다. 1943년에는 평산영철(平山瑩澈)이라는 이름으로 『반도사화와 낙토만주』의 편집인이 되어 그 책을 간행하고, 「재만조선인 교육의 과거와 현재」라는 장편논문을 그 책에 발표하면서 그는 시대의 흐름에 호응하기 시작하였다. 그 뒤 『만선일보』 기자로 길림의 강밀봉조선인 개척훈련소 등을 방문한 르포기사 「개척・눈・나」(『만선일보』 1940.3.17~3.20) 같은 기행문을 쓰고, 조선의 인천, 경기도 수원, 화성, 군포까지 특파원으로 와서 독농가 보고문을 쓰는 등 맹활약을 하다가 1945년 6월 신경에서 50세의 나이로 사망하였다.

34 안수길, 「한글신문에 한글 한 자 모르는 일본인 국장」, 『언론비화 50년』, 한국신문연구소. 1978, 370쪽.

〈그림 53〉 1940년대 국무원 앞 대동대가

수필은 한 인간의 삶이 솔직하게 반영되는 글이다. 그렇지만 수필이 필자의 모든 것을 적나라하게 드러내지는 않는다. 누구에게나 말하기 싫은 것이 있고, 그것을 덮으려는 본능이 있다. 작가가 살던 당대는 자신이 하는 일이 떳떳한 것인지 그렇지 못한 것인지 판단하기 어렵다. 그걸 판단할 수 있는 것은 오직 시간, 역사뿐이다. 재만조선인 수필의 경우도 사정은 같다. 신영철의 수필 「신경편신」과 「남만평야의 아침」이 그런 예다. 신경의 봄을 보면서 삼사십년 전 고향을 떠올리고, 남만평야를 달리면서 조선이 결코 멀리 떨어진 땅이 아니라는 뭉클한 감정에 사무친다. 장소애가 '만주=조선'라는 등식으로 인식되고 있다.

① 조선, 그중에도 시골의 조선의 가장 봄맛을 정취 잇게 맛보여 주는 것은 살구꼬치요 거기에 잇대 피어주는 것이 복숭아 꼬치 엇습니다. 그러케

고흔 것도 아니요, 그러케 번화한 것도 아니엇만 그러나 조선의 시골에 가장 매력잇게 이른 봄비츨 꾸미어 놋는 것은 이 살구 꼬치 엇습니다.

시골의 마을이라는건 원래 인위석 문화의 덕택을 못입는 곳이라, 지금이라고 개와집웅 벽돌담이 그리 만흘건 아니나, 더구나 삼십년 사십년 전 조선의 시골에서는 그런 집은 볼래야 볼수가 업섯습니다.

초가 집웅이 산 미치나 들 가운데 옹개종개 달라 부튼 것들이요 (…중략…) 고목의 살구나무에 반홍반백의 꼬치 만개한 것은 어쩐지 시기 질투 쟁탈 각축이 심한 그런 복잡 혼란한 세상과는 딴판인 세상을 이룬 듯한 그야 말로 도원경 그대로의 향촌이 아니엇겟소. 그때에야 내가 그 도원경을 떠나서 이 광막하고도 사오월에 눈이 풍풍 쏘다지는 이곳을 차저 올 줄이야. 내가 아모리 세상에 업는 자기운명을 가장 잘 아는 예언자라 한들 점처 알엇슬 리가 잇섯겟소.

그러나 아림형! 나는 구태여 그 시골에 피는 살구꼿 못 보는 것을 지금와서 새삼스려이 원(怨)하거나 한(恨)하고는 십지안소이다. 원하고 한하여도 지금 다시 그 고향이 나를 그 옛 품안에 안어 줄 아모런 힘도 업슬진대 이곳에 늦게나마 피는 행화(杏花)를 고향의 마을 울타리에서 보든 그 살구꼿 마찬가지로 흐음뻑 보려 하오[35]

② 온천의 명지로 남만에 일홈 노픈 오룡배五龍背역을 지나 안동현이 가까워 올사록 가을의 들꼬치 난만히 핀중에도 하늘하늘 처녀의 옷고름과도 가치 가냘피 나붓기는 새 꼬츤 얼마나 부드러우며 콩밧머리 논뚝 위에 하야

35 신영철, 「신경편신 · 2－살구 꼿 필 째면」, 신영철 편, 『만주조선문예선』, 조선문예사, 1941, 58~59쪽.

케 피인 메밀꽃도 민요를 읽는 것이나 마찬가지인 듯합니다. 무논 뚝으로 하연옷을 입은 조선소년 두엇이 아랫도리를 거더부치고 고무신을 손에 들고 거러가며 도란도란 이야기하는 광경, 철교 밋 시냇가에 노랑저고리 분홍치마를 입은 조선각시와 색시가 빨래방맹이를 드럿다 노앗다하는 풍경은 누가 만주를 멀다 하리까. 정녕이 조선은 가까워 오는 것입니다.[36]

인용 ①은 「신경편신」 세 편 중 두 번째 글 「살구씃 필 쌔면」이다. 만주에도 꽃피는 봄이 오니 두고 온 고향의 살구꽃이 몹시 보고 싶단다. 봄 경치에 투영되는 정감이 시각적 표현에 실림으로써 생동감을 준다. 소대가리가 얼어터진다는 만주의 지독한 추위가 끝나고 드디어 오는 봄을 고향의 그 봄과 대비하는 마음이 가상하다. "그러케 고흔 것도 아니요, 그러케 번화한 것도 아니언만 그러나 조선의 시골에 가장 매력 있게 이른 봄 비츨 꾸미는 것이 살구꽃"이란다. 만주의 봄이 조선의 그것처럼 그야말로 백화만발하여 황홀하지 않는데 신영철은 지리적 사유를 통해 민족정서를 기어이 호출하려 용을 쓰고 있다.

만주의 봄은 늦다. 5월쯤이 되어야 우리나라의 초봄 같은 느낌을 준다. 복잡한 이국의 세상사를 시골의 봄 풍경을 보면서 잊은 듯 친구의 이름을 연호하며 상찬하는 심리가 아름답다. 그러나 외연의 표현이 내포로 그만큼 형상화되는 감동을 받지 못하는 것은 무슨 이유일까. 꽃 피고 잎 피는 봄의 이치야 본디 무슨 뜻이 있으랴만 그 시절 신영철이 평산영철平山瑩澈로 창씨개명하고 『반도사화와 낙토만주』[37]라는 큰 책

36 신영철, 「남만평야의 아침」, 신영철 편, 『만주조선문예선』, 조선문예사, 1941, 87쪽.
37 『半島史話와 樂土滿洲』(新京 特別市, 滿鮮學海, 1943)는 4・6배판 전 690 쪽의 큰 책이

을 만들어 만주천지를 왕도낙토라고 외치면서 부왜 행위를 하던 사실이 너무나 뚜렷하게 남아있기 때문이다.

인용 ②는 만주의 안동현이 작가의 심상공간에서는 조선의 한 장소처럼 인식되어 있다. 작품속의 공간이 심상에서 다른 나라의 지리공간으로 나타나지 않는다. 이것은 최남선이 천산을 백두산과 같은 것으로 인식하던 사유와 크게 다르지 않다. 문학을 곰팡내 나는 책과 책상이란 텃밭에서 해방하여 산 문자로 환원시키겠다는 그런 최남선의 공간인식이 신영철에게도 나타난다. 최남선이나 신영철이나 시대문제는 뒤에 놓아두고, 현실의 의미를 자연과 역사 속에서 발견하여 그 타자를 자아화하면서 복잡한 현실을 넘어서려 한다. 낯 선 장소 만주의 경관을 조선의 자연경관과 관련지운 뒤에 그것을 가을 꽃, 메밀 꽃, 표모漂母라는 동일 매개를 통해 '만주=조선'으로 인식하고 있다. 이런 의식의 틀이 당시로서는 시대와 동행했겠지만 지금은 대하기가 서먹서먹하다. 조선과 만주국의 등치가 무엇을 의미하는지 너무나 분명하기 때문이다. 행복한 동행이 지금은 지워버리고 싶은, 기억하고 싶지 않은 타자로 남아있다. 문학의 조화이고, 역사의 아이러니다.

다. 발행인은 쇼우오가(常岡炳哲, 洪炳哲) 편집인은 페이야마(平山瑩澈, 申瑩澈). 조선총독 '유고(諭告)'가 서문 역할을 하고, 만주국 국무총리대신 장경혜(張景惠)가 '왕도낙토(王道樂土)'라는 휘호를 썼다. 민요가락에 민족배반을 노래하는 윤해영(尹海榮)의 「낙토만주(樂土滿洲)」가 마지막 쪽에서 '황국국민(皇國國民)의 서사(誓詞)'와 호응을 이룬다. 연희전문 교장 윤동치호(윤치호), 보성전문 법과과장 유진오, 이병도의 논문이 수록되어 있다. 천태산인(天台山人), 안확(安廓), 이병기(李秉岐) 등의 논문도 있기에 이 책을 한 마디로 평가하기 어렵다 할 수 있다. 그러나 조윤제 같은 골수 보수주의 국문학자의 글이 없다는 점에서 이 책의 성격이 드러난다.

4. 잡종사회와 강밀봉촌 정거장과 대화호텔

『만주조선 문예선』의 편자이고, 서문을 쓴 신영철은 『만주조선 문예선』에 자신의 수필 「정거장停車場의 표정表情」, 「신경편신新京片信」, 「남만평야南滿平野의 아침」 3편을 수록했다. 수록된 작품 수가 최남선 다음으로 많다. 그러나 실재로는 「신경편신」이 '1 · 싸구려 사진사', '2 · 살구꽃 필 째면', '3 · 제비와 쇠소리'가 함께 묶여 있고, 서문도 썼으니 신영철의 비중이 최남선보다 크다. 이 수필 가운데 「정거장의 표정」이 흥미롭다. 무엇이 그러한가.

> 어느듯 강밀봉역에 도착하게 되엿다. 그도 무리가 아닌 것이 길림과 강밀봉 사이는 겨우 룡담산(龍潭山)역 하나를 사이에 두고 약 三十分 간으로 갓다왓다 할 수 잇는 사이라니 말이다. (…중략…)
>
> 역에서 내리어 강밀봉촌의 주앙 긴 거리로 죄악돌을 깔아 우불룽두불룽 게다가 구루마까지 다녀노아서 기픈 데는 똘이 되고 높흔 데는 좁다란 뚝이 되어 것는 데는 여간 불편이 아이다. 그러나 그 길거리에 우리 일행을 합처 촌 사람들이 석기어 그야말로 장사진 그대로이다. 보퉁이를 둘러메인 만주남자 쪽진 뒷곡지 귀거리에 긴 두루마기를 질질끄는 만주여자, 어린이를 포대기에 싸 업은 조선 안악네 귀덥퍼리 모자에 두루마기를 입은 조선 아저씨, 색저고리 색 조끼에 바지를 입은 조선 소년, 양복 입은 내지인 신사, 소매 늘어진 기모노에 게다짝을 끄는 부녀, 어쨋든 협화의 나라인 만큼 이 조그만 거리에도 고로 각색으로 통행인이 제법 복잡하다. 나도 거기에 한목끼여 거러갓다.
>
> 길림서부터 오든 눈이 여기 와서는 제법 굴게 쏘다진다.

역전에는 시골 장터만 한 거리가 형성(形成)되어 잇는데 조선 촌이나 거의 틀닐 것이 업다. 길 좌우에는 한 집 두 집씩 걸러 가개가 버려잇고 촌공소를 위시하여 우급학교 농사합직사 교역장(交易場)도 잇스며 심지어는 평양 냉면집까지 진출하여 왓다. 조선 사람과 인연 기픈 북선의 냉면 남선의 떡국과 비빔밥 서울의 설렁탕은 각기 입맛을 따라 조와하는 품이 달르겟지만 북선에서 조와하는 냉면이 만주까지 이동된 것은 괴이할 것도 업는 일이다. 서양 요리가 도시마다 드러오고 지나요리가 세계 각국에서 환영밧고 일본인 개척촌에는 아모리 궁벽한 데라도 된장 우메보시와 연어 고등어가 수입된다 하니 김치 고춧가루와 떡국 냉면이 조선 사람을 따라다닌다고 남으람할 것은 업슬 것이다.[38]

강밀봉촌江密峰村 개척훈련소로 가는 길의 풍물 묘사다. 조선남자, 조선여자, 조선소년, 만주남자, 만주여자. 일본남자, 일본여자가 그들 특유의 옷을 입고 장사진을 이루며 몰려가고 있다. 거리에는 냉면, 떡국, 비빔밥, 설렁탕을 팔고 있는데 이것은 일본인 개척촌이면 아무리 궁벽한 데라도 된장, 우메보시, 연어, 고등어가 들어오는 것과 이치가 같단다. 물론 지나 요리도 마찬가지다. 한 마디로 말해 만주에 잡종사회hybridity 신도시 하나가 탄생되고 있는 다양한 외관의 묘사이다.

1930년대의 만주는 무주공산이었다. 그러나 그 무주공산은 일본의 자본진출로 곧 역동적인 잡종사회로 변해갔고, 1940년대 초기의 그 곳의 조선인 사회는'민족 / 반민족'의 틀로는 사회의 내포 추출이 불가능

38 신영철 편, 『만주조선문예선』, 조선문예사, 1941, 10~11쪽.

할 만큼 복합적인 분위기가 형성되어 가고 있었다. 대동아건설이 그런 사회를 아우르는 큰 명분이지만 그 안에 도사리고 있는 본질은 국민국가 일본의 대륙접수의 야망이었고, 다른 한 편은 그곳을 기회의 땅으로 생각하고 이주해온 이민, 또 권력가와 야합하고 진출한 일본의 자본가들, 그리고 세계대전이라는 대재난을 피해 찾아온 여러 유형의 인간들이 각축을 벌리며 돈에 혈안이 되어 있는 자본주의의 전초기지였다. 조선인에게는 그곳이 식민지 한반도와는 다른 얼마만큼의 자유가 허용된 땅이었고, 한 건만 제대로 하면 꿈이 실현될 수 있는 기회의 신개지新開地였다. 어떤 사람은 농토를 잃고 유랑걸식의 신세를 면하려고 스스로 찾아왔고, 어떤 사람은 이민정책에 따라 반신반의 삶의 터전을 옮긴 사연 많고 꿈 많은 타자들의 세계가 만주였다.

도도한 송화강이 젖줄이 된 길지가 길림吉林이다. 그 근처 강밀봉촌의 조선인들은 대부분 경상도, 강원도 산간 농촌이 고향인데 이들은 일본이 장야현長野縣 사람들을 만몽개척단의 이름으로 이주시킨 그 정책[39]과 같은 성격의 사람들이다. 이른바 선구이민先驅移民이다. 그러니까 5족협화의 주인공들이다. 하지만 그 조선인들은 일본인들과 달리 거친

39 일본 장야현에는 만몽개척단 기념관이 있다. 이 기념관은 1995년에 설립된 '滿蒙開拓團調査硏究會'의 회장 가요가와 초지(淸川紘二)와 교토대(京都大) 이케다 히로시(池田浩士) 교수가 주축이 되었다. 저자는 1996년 장야현(長野縣) 반전시(飯田市)에서 개최된 제2회 심포지움(1996.11.22~11.24)에서 「1940년대 만주조선인 문학에 대한 인식의 문제」를 발표할 때 갈밀봉 이민도 개척이민과 함께 논의했다. 그 후 일한교류기금을 받아 교토대에서 외국인 초빙교수로 근무하면서(1998~1999) 재만조선인 문학을 연구하고, 강의했다. 한국에서는 강밀봉촌 개척이민 문제를 당시 그곳 개척이민으로 갔다가 돌아와 아직 생존한 96세 김혜숙의 증언을 토대로 원주MBC TV가 광복70주년기념 다큐멘터리로(오봉수 PD)제작하여 2015년 8・15일에 방영했다.나는 2011년 장춘 길림대학에 가 있을 때 조선족 시인 남영전과 연변으로 가는 길에 강밀봉 휴게소에서 쉰 적이 있다. 잘 만든 고속도로 휴게소였으나 차도 사람도 거의 없는 벌판의 정거장이었다.

자연과 이민족 가운데 내팽개쳐져 어떤 도움도 없이 자력으로 삶의 터전을 마련해야 했다. 겉으로는 일본인 다음의 2등 국민이었지만 현실은 일본인의 눈치를 보고, 만주족과 한족의 틈새에서 타협과 화합을 하며 버텨야 살아남을 수 있는 변방인 신세였다. 「정거장의 표정」 마지막 문단에 이런 복잡한 삶의 실태가 내포되어 있다.

> 발동기 여페는 만주인과 조선인이 억개를 겨우고 정다이 너러서서 무슨 이야기인지 주고 밧고 한다. 민족협화는 누구보다도 이분들이 모범적 실천을 하고 잇다[40]

도정된 쌀이 정미기에서 쏟아지는 것을 보며 기뻐하는 장면이다. 인용된 두 문장은 「정거장의 표정」 마지막 단락이고 그것이 '민족협화는 누구보다도 이분들이 모범적 실천을 하고 잇다'는 문장으로 끝나고 있다. 만약 누가 이런 장면을 두고, 일본의 앞잡이 나라 만주국 국민이 된 조선인의 묘사라며 부왜문학으로 독해한다면, 당시의 만주현실을 전혀 모르고 하는 말이다. 그런 관점은 당시 만주에 살던 모든 조선 사람은 독립군이 되어야 한다는 논리와 다르지 않다. 살길 찾아 만주로 간 사람들에게 왜 독립운동을 하지 않았느냐고 묻는 것은 이치에 어긋난다. 재난을 만난 보통 사람들은 본능적으로 살아남으려 한다. 필부필부匹夫匹婦가 독립군이 될 수는 없다. 독립군은 만주의 외관과는 문제가 다르다. 봄이 와 꽃피는 양자가 고향의 봄과 같은들 어떻고 다른들 어떤가.

---

40 신영철, 「정거장의 표정」, 신영철 편, 『만주조선문예선』, 조선문예사, 1941, 12쪽.

조선 옷 입은 표모의 외양이 바라보고 지나가는 길손에게야 조선의 그 것과 다르지 않겠고, 먹고 사는 이치도 같을 것이다. 그러기에 가을 추수를 하여 벼를 찧어 햅쌀을 손에 쥐는 것은 무엇과도 비교할 수 없다. 바로 생명문제가 해결되는 감격의 순간을 체험하기 때문이다. 이런 농민의 가을걷이는 그 때 쓴 안수길의 소설 「벼」에서는 축제로 묘사된다.

하늘이 높게 개인 하로엿다. 바로 추석 날이었다.

주민들은 벼를 베어 햇벼 쌀로 떡을 하였다. 밭에서 나는 팥으로 속을 넣고 송편도 만들었다. 모두들 익수의 묘에 갔다. (…중략…)

원주민들은 모다 어린이 어른 할것 없이 모다 구경 나왔다. 나살이나 먹은 원주민은 익수의 묘 앞에 꾸러앉어 절을 하며 묵도를 하는이도 있었다. (…중략…)

벼가 자랐네 벼가 자라

쾌지랑 칭칭노-네

우리가 가는 곳에 벼가 가고

쾌지랑 칭칭노-네

벼가 있는 곳에 우리가 있네

쾌지랑 칭칭노-네

우리가 가진 것 그 무엇이냐

쾌지랑칭칭노-네

호미와 바가지 밖에 더 있나.

쾌지랑 칭칭노-네

고작 고거냐 비웃지 마라

쾌지랑 칭칭노-네

호미로 파고 박아지에 담어

쾌지랑 칭칭노-네

만주 땅 좋은 때에다

쾌지랑 칭칭노-네

우리 살림 이룩해 보자

쾌지랑 칭칭노-네[41]

추석 날 햅쌀로 떡과 술을 빚어 논을 일구다 원주민에게 맞아죽은 익수 무덤에 성묘를 하고 그 앞에서 농악을 재피며 노는 장면이다. 이런 소설의 대단원은 만주국 군인의 총 앞에 죽기를 각오하고 벼 포기를 끌어안고 마을 사람들이 엎어지는 것으로 끝난다. 사정이 이렇게 심각하다. 감상이 끼어들 틈이 없다. 장삼이사에게는 입구멍이 포도청이다. 그 시대는 모여 사는 곳이 자기 동네고, 고향이다. 5족이 세력을 겨누며 서로 우위를 다투는 삶의 현장에서 우선 먹고 살아야 인간이 된다. 그렇지 못하면 짐승이 된다. 무주공산이 있다는 소문을 믿고 고향을 버리고, 남부여대하고 찾아온 곳이 만주다. 꿈에도 잘 사는 게 소원인 사람들, 그들에게 입쌀은 꿈의 실현이다. 이런 장면이 주는 실재성은 다른 장르에서는 기대하기 어렵다. 비 허구 산문, 수필만이 가능하다. 신영철의 이런 사유는 그의 현실의 행위와 다르다.

안수길의 수필 「이웃」에서는 「벼」와는 달리 여유로운 생활에 대한

41 안수길, 「벼」, 『北原』, 간도시 예문당.1944, 244~245쪽.

흠선欽羨이 생활현장 묘사로 나타난다. 「벼」보다 더 구체적이다. 수필이 비허구산문이라는 점에서 이런 수필은 1940년대 재만조선인의 사정을 잘 알린다.

> 俗된 人間이기에 현실적인 눈에 띄이는 利害가 문제되는 것이다. 이것이 고마운 것이다. 우리거리는 모든 것이 편리하다. 夜市가 가깝고 이발소 郵便所 喫茶店(끽다점 : 다방, 찻집—인용자) 담배가가 서점 반찬가가 심지어 목욕탕까지 十數步 내로 數十步 안에 잇서 夜半이라도 돈만 쥐고 나가면 무엇이든지 살 수 잇는 것은 오히려 평범한 (…중략…)
>
> 이 構內에는 여관에서 온천가치 더운물을 항상 끄리어 제공하는데 필요한 때에 언제든지 바더올 수 잇는 것은 편리를 지나서 은혜이다. 숫을 안 피고도 차를 마실 수 잇스며 이 물을 바더다 세수도 하고 발도 시츠며 어린 아희를 매일 목욕시키는 것도 이 물의 덕이다. 우리도 이 물을 쓸 때 마다 그 따뜻한 감촉과 꼭 가튼 이웃 사람들의 인정에도 부다치는 것이다.[42]

만주대륙에 근대문명의 혜택을 누리는 조선인의 모습이다. 이주 초기의 조선인으로서는 예상할 수 없는 생활환경이다. 누더기에 바가지 주렁주렁 달고 한만 국경을 넘던 사람들이 만주의 혹독한 추위 속에서 더운물을 보고 느끼는 기쁨이다. 그것이 비록 쓰고 남는 더러운 물일지라도, 한겨울에 더운물을 쓸 수 있는 도시생활은 상상도 못했는데 그게 공짜라는 것이다. 그들은 이제 '돈만 쥐고 나가면 무엇이든지 살 수 잇'

42 안수길, 「이웃」, 신영철 편, 『만주조선문예선』, 조선문예사, 1941, 68~70쪽.

는 세상을 만났다. 얼마나 희한한가. 얼마나 행복한가. 자본주의의 돈 맛을 아는 시민이 되었다.

자본주의는 속된 인간들의 사회기에 현실적인 눈에 띠는 이해관계가 먼저다. 그것을 좇는 속물philistine이 판을 치고, 돈이 모든 것을 지배하는 사회다. 더운 물을 언제나 쓸 수 있는 것을'편리를 지나서 은혜'라는 태도는 좀 지나치지만 이것은 헐벗은 유민이 드디어 만난 유족한 문명사회에 대한 감격에 다름 아니다. 자본(돈)의 위력에 대한 깨달음이다. 워낙 가난을 뼈저리게 경험하면서, 그런 생활은 꿈에도 생각 못하고 노예처럼 살았기에 그럴 것이다. 호텔과 여관이 이웃인 도시에 살기에 행복하다는 것은 이런 자랑으로 끝나지 않는다. 이웃에 한족漢族이 경영하는 전방이 하나 있는데 아내가 어린애를 안고 가서 물건을 살 때 그 가게 주인은 아이에게 과자를 그냥 주며 아이를 예뻐한다며 그 한족을 입이 닳도록 칭찬한다.

> 왼갓 편리가 잇고 온천 가튼 더운물이 잇고 더욱 나의 어린 것을 貴해하고 그의 어리광을 관대하게 용납하여 주는 인정과 아량이 잇는 거리에 대하여 그 단점을 묵과하는 것이 맛당치 안흘까? 그것이 이웃에 대하 예의가 아닐까?[43]

보통사람 안수길의 생활관이 그대로 드러나는 장면이다. 안수길이 「벼」에서 창조한 인물, 곧 작가의 분신과는 많이 다르다. 가공 되지 않은 현실의 인간, 안수길의 실재모습이다. 더불어 살 수 있는 사회, 그런

43 위의 글, 73~74쪽.

사회의 일원이 된 뿌듯함, 이것은 삶의 기본조건을 갖춘 인간이 되었다는 말이다. 비로소 인간답게 살 수 있는 사회와 만난 인간의 적나라한 모습이다.

1940년대의 만주사회는 외면적으로는 신분이 3등분된다. 1등 국민은 일본인이고, 2등 국민은 조선인이며, 중국인은 3등 국민이다. 그러나 2등 국민의 실재는 복잡한 생존 전략에 싸인, 그러니까 제국주의 일본의 야망과 그에 대응하는 노국老國, 중국의 느리고 소극적인 전략이 음흉하게 삶을 지배하는 중간에 놓여 있었다. 이런 점에서 「이웃」은 3등분된 갈등의 사회를 조선인이 어떻게 헤쳐 나오며 자신의 삶을 영위하는 가를 보여주고, 또 이중의 갈등을 어떻게 극복하는가를 보여준다. 비로소 인간적인 조건이 형성되는 삶에 기쁨을 느끼는 조선인 이야기다. 이렇게 1940년대 초기의 재만조선인 수필은 다른 장르가 수행할 수 없는 삶의 현장을 문제로 삼아 그 실상을 생생하게 보여준다. 수필의 임장성臨場性이 거두는 효과이다.

1940년대의 중국조선인 문학 작품을 읽을 때 우리는'민족 / 반민족'이라는 2분법적 틀에서는 벗어나야 한다. 민족주의를 이상적인 해석의 틀로 고정시키면 이런 자조自照의 수필문학은 설 자리가 없다.'민족 / 반민족'의 틀이 구분과 배제의 메커니즘으로 한 시대를 설명하는 데는 명쾌할지 모르지만, 인간 생활의 복합적 현장을 그대로 문제삼는 수필을 해석하는 시각으로서는 적절하지 않다. 작품 자체가 보여주는 진솔한 인간 모습을 오히려 놓치게 될 우려가 있기 때문이다.

5. 대지의 봄 · 신경의 밤 · 그 틈새의 조선인

만주는 한없이 넓다. 검은 흙이 끝없이 뻗어나가는 무주공산이 동북 3성이다. 신경新京은 산하나 없다. 현경준은 그런 대지에 봄이 오는 것을 이렇게 묘사한다.

> 아름 듯해진 내 귀는 계절의 숨결을 엿듯느라고 말할 수 업시 간지러워난다.
> "눈이 녹으믄 무슨 꽃부터 먼저필까"
> "글세 진달넬까"
> "애 진달네가 언제 피게"
> "그럼 머까? 개나리꽃? 살구꽃?"
> "그것도 썩 느저서야 핀대"
> 나는 갑자기 자리를 벌떡 일엇다.
> 모자도 업시 장갑도 업시 외투도 업시 너구나 목도리는 잇슬리업다.
> 박게 나가서니 어린 천사들은 수상스레 처다본다.
> "아저씨 어듸 가우?"
> "봄구경을 간다"
> "봄구경이라뇨? 그런 구경이 어듸 잇서요?"
> "저압 내까루 가두 잇구 뒤산으로 가두 잇단다. 늬들두 나와 가치 가자꾸나"
> 압 뒤 손에 귀여운 천사들을 이끌고 길까에 나서니 바람도 업는데 훗날리는 머리카락. 가벼운 마음은 온갖 시름을 죄다 떨처버린 듯 하늘 공중 노피 자꾸만 들떠올은다.
> 길은 날마다 오루나리든 길이엇만 짜장 새록워진 듯 발길을 옴겨 노키가

서툴으다.

이산 저산 번갈아 둘러보니 아직 눈빨은 남어잇다지만 눈빨 서린 그 봉오리가 한껏 더 노파 보이고 정겨워 보인다.

강은? 강이 아니다. 조촐한 개버들이 늘어선 내까에는 아직도 어름이 두텁다.

안은 군데군데 꺼진짬으로 엿보이는 寒水는 봄을 그리는 듯 첫사랑의 가슴 속처롬 안정을 못하고 설렌다.

그리고 휘여잡은 버들가지는 가득찬 탄력에 휘청휘청 孤圓을 그리며 튀기면 터질듯 춘경만만(春竟滿滿_하다.[44]

만주의 봄은 늦게 와서 금방 지나가 버린다. 그러나 영하 40도까지 내려가기도 하는 겨울을 지나 대지에 잎과 꽃이 피는 봄이 오면 정말 가슴이 설렌다.[45] 우리가 일제 동척에 농토를 빼앗기고 허덕일 때 만주는 그 천지가 전부 쌀 밭으로 입소문이 났다. 그래서 찾아갔지만 그 마도강[46] 벌에 마누라와 어린 것을 묻어야 했다. 겉으로야 희망이 넘치지만[47] 실재는 남의 나라, 새로운 지배체제가 천하를 다스리는 땅이라 그 율법을 익히고 쫓느라 험악한 일을 고스란히 당하며 살아야 했다.

---

44 현경준, 「봄을 파는 손」, 신영철 편, 『만주조선문예선』, 조선문예사, 1941, 4~5쪽.

45 저자는 이 이런 계절감각을 2011년 장춘의 길림대학에서 강의할 때 경험하였다.

46 김동식(金銅植), 「탄식」, 『만선일보』, 1942.5.2. '남국이 천리라니 고향도 천리라오 / 마누라 무더노코 어린 것도 무더둔 땅 / 마도강 마도강 나마저 무더두오.' 마도강은 만주를 지칭하는 순 우리말.

47 '五色旗 너울너울 樂土滿洲 부른다. / 百萬의 拓士들이 너도나도 모였네 / 우리는 이나라의 福을 받은 사람들 / 希望이 넘치누나 넓은 땅에 살으리.'(이하 2연 생략), 윤해영, 「樂土滿洲」, 『半島史話와 樂土滿洲』, 滿鮮學海社, 1943, 신경특별시, 690쪽.

그런 만주가 「봄을 파는 손」에서는 새 생명이 약동하는 평화로운 공간으로 묘사되고 있다. 제국의 욕망이 용트림을 하지만 어린이와 꽃과 따뜻한 봄볕이 어우러져 생명을 창조하는 축복의 공간으로 묘사되고 있다. 지배의 욕망, 인성 마멸의 거친 대지가 아니다. 어린아이는 천사고, 옆집 아저씨는 봄 구경을 나가는 유족한 어른이다. 잔설이 있는 구릉이 오히려 정겹고, 시냇가 버들은 봄을 맞아 물이 올라 터질 듯하다.

『만주조선문예선』의 작품에 나타나는 자연경관은 이렇게 행복하고, 평화스럽다. 계절 따라 잎 피고, 꽃피고, 낙엽 날리고, 눈이 오는 이치야 어딘들 다를 게 없고, 그런 기후의 변화에 순응하며 살아가는 인간의 심리 또한 같은 까닭이다. 그러나 이런 텍스트의 뒷덜미를 잡아채고 흔드는 '무엇'이 있다. 식민지의 유령이 만주까지 따라왔다. 지워버릴 수 없는 역사가 거기서도 사실이 되었다.

> ① 밤 10시 발차(發車)로 신경을 떠날적에는 으스스한 날이 설의(雪意)를 먹음은 듯도 하더니 이듬 아츰 10시에 대련역두에 나려서서는 이미 껴입은 속옷이 주체스럽고 성포(星浦)의 호텔에서는 남향한 창호를 죄다 열어제치고 안짐이 더욱 딴 세계에 온 생각을 가지게 한다. '아가시아' 행수(行樹)가 아직도 새파란 여인(旅人)의 원로(垣路)를 쾌속차륜을 굴리는 것이 또한 일허진 봄을 도로 차진 기분이다.[48]

> ② 조선에 오는 봄이 만주라 아니오며 조선에 오는 제비와 괴꼬리 만주라

48 최남선, 「백작제 반일百爵齋 半日」, 신영철 편, 『만주조선문예선』, 조선문예사, 1941, 34~35쪽.

하여 아조 업스리까. 방금 봄의 발자욱은 한 거름 두 거름 남쪽에서 북쪽을 향하여 옴겨 것고 잇나이다. 듯자하니 아직은 모르나 신경의 교외에도 제비가 날른다는 것은 이곳에서 오래 산 분의 이야기요, 랑랑제(娘娘祭) 지날 무렵 녹음 속에서 꾀꼬리 우는 노래를 드른 것을 작년 유월초 길림의 북산공원에서 내가 바로 내귀로 드른 일입니다. 아림형! 그런지라 늦기는 느질망정 교외에 제비도 날르고 녹음에 꾀꼬리도 우는 이 만주에서 한편 모자라는 마음을 스스로 달래며 누르며 봄을 보내고 여름을 맛고 할것이 아프로의 푸랜인줄을 형이나 알어주소서 부탁해둡니다. 제비가 날르는 만주요 꾀꼬리가 우는 만주이어니 어쩌고 내가 몸담어 잇는 이 만주를 추호인들 푸대접할 수 잇스리까[49]

인용문 ①은 만주가 한 없이 넓어 좋다는 말이다. 열 두 시간을 달려 왔으나 잃은 봄을 되찾은 듯 하다며 감탄하는 것이 그렇다. 인용문 ②는 만주 대륙에 봄이 와서 꾀꼬리가 울고, 그 꾀꼬리 소리가 조선의 봄을 연상시켜 나를 감동시킨단다. 대륙의 봄이 이렇게 강한 생명의 존재원리로 묘사되는 것은 만주란 대지가 그만큼 사납고, 비정한 겨울 때문일 것이다. 봄이 만물을 소생시키는 이치는 고향의 봄과 다르지 않단다. 북만주의 겨울은 모든 생명을 동사시킬 듯이 춥고, 공격적이다. 하지만 그 대지에 따뜻한 봄이 오면, 죽은 듯하던 모든 생명체가 거짓말처럼 고개를 쳐든다. 이 글의 화자는 그런 봄날에 생명의 신비함과 엄숙함을 새삼 체험한다. 그래서 친구의 이름을 부른다. 그 대지를 사랑

49 신영철, 「제비와 꾀꼬리」, 신영철 편, 『만주조선문예선』, 조선문예사, 1941, 63쪽.

하지 않을 수 없는 까닭이다. 그러나 글의 마무리는 다르다. '내가 몸 담어 잇는 이 만주를 추호인들 푸대접할 수 잇스리까'는 앞의 문맥을 이탈한다. 식민지유령이 역사가 되려고 앉을 자리를 살핀다.

> "몬테카르로" 청춘의 호화로운 꿈이 청홍색 "네온"을 따라 명멸하고 "오란다" "호루사도"—"엑쏘틱"한 것을 즐기는 근대인의—그러나 한 개의 조고만 환상의 고향이 정에 녹아 맑어진 차창을 스친다.
>
> 불꺼진 "삼중정(三中井)"—아아 이것은 최후의 날을 경험한 "폼페이"의 페허인가. 저안에는 지금 "푸랑켄슈타인"의 전율할 만한 괴기가 캄캄한 진열장 사이사이에서 난무하고 잇슬지도 모른다.[50]

신경은 만주국의 수도이다. '신경특별시'란 이름을 붙이고, 무려 36간 도로를 닦고, 돌로 국무원을 세우고, 대제국의 야망을 실현하려던 곳이 바로 지금의 장춘이다. 그런 신경의 휘황찬란한 야경을 평화가 넘치는 행복한 곳으로 묘사하고 있다. 필자 박팔양의 의식에는 그런 신경이 흠선의 대상일 뿐, 역사의식은 소거되고 없다.

> 행복 행복 그러타. 무조건한 행복아. 나의 사랑하는 市民의 위에 은혜로운 날개를 솔개와 가치 펴거라. 선악과 이해를 짜지는 것은 인간의 奸智—俗物의 論理
>
> 소박한 사람들의 순정과 정열만을 사랑하고 싶다.

---

50 박팔양, 「밤 신경의 인상」, 위의 책, 95쪽.

유명한 "모스코— 의 밤"이 아니다. 그리고 "파리의 밤"이 아니다. "로마의 밤"이 아니다. 質朴은 하나 신선한 "우리 신경의 밤"이 이제 바야흐로 기퍼 간다.[51]

신경新京, 이 새로운 서울이 북경北京, 남경南京의 뒤를 잇는가. 동경東京의 뒤를 잇는가. 어느 의미인지는 알 수 없다. 그런데 글 속의 신경은 역사가 달아난 공간이다. '모스코도 파리도 로마도 아닌 우리 신경'이란다. '우리 신경'이란 무엇인가. 물론 새로운 나라 만주국의 새 수도이다. 만주국은 또 무엇인가. 일본의 앞잡이 나라다. 그런데 어째서 역사가 소거되는가. 답은 간단하다. 만주국은 중국도 일본도 아닌 엄연한 독립 국가이기 때문이다. 그래서 우리나라고, 북경과 동경이 아닌 신경이다. 논리가 이렇기에 만주국의 자존이 성립된다. 시인 박팔양이 서 있는 자리도 그런 곳이다.

박팔양은 『만선일보』에서 근무하다가 협화회 홍보과로 갔다. 그러나 그는 조선 문인의 뒤를 많이 봐주는 사람으로 소문이 자자했다. 이런 점은 어떻게 보면 수필과 같고 어떻게 보면 수필과 다르다. 『여수시초麗水詩抄』(박문서관, 1940)를 발간하고 출판기념회를 할 때 백석은 발기인 가운데 한 사람이고, 출판기념회에는 재만조선의 유명인사는 다 참석하였는데[52] 이것은 수필에 나타나는 현상과 같고, 백석이 박팔양의 시를 "슬픔과 진실"이라 해석한 것은 수필과 다르다.

51 박팔양, 「밤 신경의 인상」, 위의 책, 96쪽.
52 「朴八陽氏 著『麗水詩抄』記念, 來 二十七日 大和호텔서」, 『滿鮮日報』, 1940.5.24.

일즉이 놉고 귀한 것이 무억인지를 알고 이것에 마음을 제사들오어 이것이 아니면 안심하지 못하고, 立命하지 못하고 이것이 아니면 즐겁지 안은 째에 박그로 얼마나 큰 艱難과 苦痛이 오는 것입니까. 俗된 세상에서 가난하고 핍박을 밧어 처량한 것도 이 째문입니다. 우리 시단의 존경하는 선배 여수 박팔양씨는 이러한 魂입니다. 그의 말맛다나 '오래고 험한 고난의 길'을 그는 걸어오는 것입니다. 그는 「그 누가 시냇가에서」에서 노래합니다.

그 누가 저 시냇가에서
저렇게 쓸쓸한 휘파람을 붑니까
그도 나와 갓치 근심이 만어
밤 하늘 우러러 보며 슬프게 우나봅니다.

놉은 시름이 잇고 놉은 슬픔이 잇는 혼은 복된 것이 아니겟습니까. 시인은 슬픈 사람입니다.[53]

시집『여수시초』를 지배하는 유랑 모티프와 이국적 정조가 풍기는 시의식에서 '슬픔과 진실'을 도출해 내고 있다. 수필을 말하면서 시를 말하는 것은 박팔양의 수필과 시가 다르다는 것이고, 시가 박팔양의 본심이라는 것을 말하기 위함이다. 그때 그곳에 같이 살던 백석의 평이 이런 논리를 뒷받침하지만, 수필은 비허구산문이고, 시는 비유, 상징, 이미지로 형상화되기에 수필에는 한계가 있다.『여수시초』의 경우, 「그 누가 시냇가에서」라는 시에 나타나는 것처럼 '놉고 슬픈 혼' 때문이고, '진실로 놉고 귀한 것을' 둘러서 말하는 까닭이다. 그러니까 박팔양은 수필로는 시

53 백석, 「슬품과 眞實–여수박팔양씨 시초 독후감」(上), 『만선일보』, 1940.5.9.

〈그림 54〉 만주국 국무원. 백석은 이 건물에서 만주국 국무원 경제부 서기로 근무했다.

대와 동행하는 포즈를 취하고, 시로는 프로레타리아나 아나키스즘 시절과 다름없이 여전히 민족의 문제를 뒤에 숨기고 살았는 말이다. 양다리 걸치기라 할 수 있지만 그 시대를 살기위한 전략이 아니었을까.

박팔양은 협화회, 백석은 만주국 국무원 서기로 일했다. 그렇다면 그들이 꼭두각시 나라의 꼭두각시로 살던 사람이란 말인가. 그렇다면 백석이 국무원을 그만 두고 한인漢人 농촌으로 들어가 남긴 그의 후기시를 어떻게 해석해야 하나.[54] 박팔양이 해방 뒤 북한으로 가 높은 자리에 오른 것도[55] 그의 재만시절의 시 세계가 본질적으로는 민족을 배반하

---

54 신주철, 「백석의 만주생활과 '흰 바람벽이 있어'의 의미」, 『우리文學硏究』 25, 우리문학회, 2008, 354~376쪽 참조.

55 1953년 작가동맹 중앙위원회 상무위원. 1956년 작가동맹 부위원장. 1958년 북조선·소련 친선협회 중앙위원. 예술대표단장으로 소련·폴란드·동독순방. 『북한인명사전』, 중앙일보사·동서문제연구소, 1983, 187~188쪽 참조.

지 않았기에 가능했다.

이런 이중성을 띤 대표적인 예가 김조규의 수필이다. 「백묵탑 서장」이 그렇다.

① 우정국 집무시간이 넘엇스니 이튼 날 다시 오기를 말하엿드니 밤이 새도록 누님이 비탄의 지붕밋테서 홀로 최군의 귀환을 기다릴 터이니 오늘밤으로 돌아가야 하겟다는 것이엇다. 결국 회계주임의 대불 代拂의 편便을 엇게하엿다. 꽁지 지폐 몃 장을 꼬기여 포켓 속에 너흔 최군의 마지막 인사를 나는 메이는 가슴으로 바덧다. 저녁바람이 유달리 싸늘한데 학모를 푹 눌러쓴 최군의 무거운 그림자는 몃 번인가 다시 드러와 보지 못할 교문을 돌아보며 돌아보며 황혼 속으로 살아젓다. 오십리 시골길을 밤을 헤치고 홀로 걸어갈 최군과 빈 방안에 홀로 안저 밤새 불안과 공포에 싸혀 최군의 발자욱 소리를 기다릴 최군의 누이와 (…중략…) 나는 들창 박 어두워지려는 풍경을 정신 업시 바라보며 불행한 최군의 전도의 다행을 빌엇다[56]

② 그 후 최군의 소식은 묘연하엿고 나도 또한 집무에 거의 최군의 기억을 이저버린 듯 하엿슬 때, 바로 이 며칠전 최군의 달필인 편지를 바덧다. 동경에서엿다. 여산(餘産)을 정리하여 일년 남으면 졸업할 누님 학비(學費)로 하엿고, 곳 도동(渡東)하여 지금 새벽마다 낫선 객지의 거리와 골목을 신문울을 울리면서 뛰어다닌다는 것과 모 중학교 3학년에 편입하엿스니 급속 소견표를 보내달라는 것과 뼈가 갈리어 죽는 한이 잇서도 성공하고야 말겟다

56 김조규, 「백묵탑 서장」, 신영철 편, 『만주조선문예선』, 조선문예사, 1941, 82~83쪽.

는 결의와 (…중략…)

일른 봄 항혼 속으로 돌아간 최군의 무거운 그림자에 비하여 배달 울을 흔들며 골목과 거리를 닷는 최군의 그림자가 얼마나 희망과 의욕에 빗나는지? 적은 안도와 함께 어떤 엄숙한 감정이 가슴에 떠 올음을 금할수 업섯다. 허면 이제 우리 최군의 건강과 뜻과 전도를 축복하며 머언 앞날을 기다려보기로 하겟다.[57]

①의 배경은 만주이고, ②의 배경은 동경이다. ①에 나타난 최군은 절망적인데 ②에서는 희망에 차 있다. ①의 시간적 배경은 황혼인데 ②는 새벽이다. ①은 불안한데 ②는 안정되어 있다. 서술자 '나'가 서 있는 자리는 ①과 ②의 중간이다. 재만조선인의 그 이중성의 자리다.

이런 사선이 문제가 되는 것은 최군이 ①에서 탈출하여 ②로 갔다는 사실 때문이다. 식민지의 외곽에서 식민지를 경영하는 나라의 중심부로 진입하여 '뼈가 갈리어 죽는 한이 있어도 성공 하겠다'는 각오가 문제적이다. 최군의 성공은 결과적으로 무엇을 의미하는가. 그리고 이런 최군이 출세하기를 기대하는 선생의 행동은 결국 어떤 의미를 지니는가.

그것은 바로 식민지적 혼종성과 구조적 갈등으로부터의 탈출이다. 구체적으로 말하면 한 명의 학생도 구할 수 없는 교사의 무능력, 빈곤이 면학의 기회를 빼앗는 현실, 이런 문제를 해결하는 근본적 방법은 삶의 환경을 바꾸는 것뿐이라는 의미다. 김조규는 『조광』(1932.2) 「젊은이의 꿈」에서 다음과 같은 말을 한바 있다.

57 김조규, 위의 글, 83~84쪽.

새로운 해를 맞으면서도 밥 한 그릇 먹지 못하여 주림에 울고 잇고, 헐벗어 추위에 떨고 잇는 이 땅의 생명들에게 포근한 솜옷 한 벌 입을 수 잇고 따뜻한 밥 한 그릇이나마 한 사람도 빠짐없이 먹을 수 잇게끔 한다면 그것이 나의 원이며 포부다.[58]

이런 말을 염두에 둘 때 김조규는 진보적 사회주의자이다. 사상이 이러하기에 6·25 때 일가가 모두 월남했는데 북에 혼자 남았을 것이다. 자신의 이상을 그 공화국에서 실현할 수 있다고 믿었기 때문이다. 이런 점을 감안할 때 「백묵탑 서장」은 비 허구산문의 한계를 뛰어넘는다. 작가의 사상이 구성과 인물을 통해 이루어지는 허구문학과 다르지 않다. 행복한 결말의 예보가 그런 점을 암시한다. 이런 특성이 김조규를 박팔양과 함께 묶는 이유이다.

김조규는 1932년 『신동아』에 시를 발표하면서 문단에 나왔다. 『단층』 동인이었지만 경향적인 성향을 띤 시를 썼다. 만주에서 쓴 그의 시는 여느 시인의 작품과 다르다.

어머니의 자장노래란다.
잃어버린 南方에의 鄕愁란다
밤새 늣길려느뇨? 胡弓
(저기 山으로 가거라 바다로 나려라 黃河로 나려라)

58 김조규, 「따뜻한 한 그릇 밥이나마」, 『동광』, 1932.1, 77쪽. 「젊은이의 꿈—學生諸君의 新年氣焰」 제목 밑에 동성상업(東星商業)의 김용만, 휘문고보교(徽文高普校) 이상돈, 진주농업(晉州農業) 박인아 등의 글 중 '평양숭실(平壤崇實) 김조규'로 발표된 글이다.

어두운 늬의들窓과 함께 영 슬프다.[59]

인용한 대문의 다른 점이 무엇인가.

먼저, 영 슬픈 곡조를 내는 악기가 싫으니 "어두운 늬의들窓과 함께", "저기 山으로 가거라 바다로 나려라 黃河로 나려라"라고 읊조리는 것은 현실이 영 뜻 같지 않다는 말이고, 뜻 같지 않은 것은 호궁이 슬픈 곡조만 내는 남의 나라 악기라 싫어 내치기 때문이다. '남방에의 향수'는 이 시를 지배하는 의식이 당대 현실, 곧 일제가 제2차 세계대전 중 남방에서 연전연승한다는 것을 문제 삼는 듯하다. 그러나 그것을 '늬의들과 함께 슬프다'하기에 의미가 다르다.[60] 김조규는 숭실전문 학생 시절에는 광주학생기념일 사건에 연루되어 투옥되었고, 문단에 나와서는 카프계와 가까웠다.

이런 성격으로 보았을 때 「백묵탑 서장」의 현실수용 자세는 이 시인의 본래성향과 다르다. 그러나 현실에 대한 갈등이 전면에 나타나지 않기 때문에 실재 심리가 어떤지는 알 수 없다. 수필은 비전환적 글쓰기인 까닭이다. 다만 최군이 남은 신천지라고 찾아오는 그 만주국을 탈출하여 동경에서 장래를 도모하고 있고, 선생은 그런 제자의 성공을 빌 뿐이다. 이 수필의 외연이다. 그러나 한 젊은이가 가혹한 현실에 패대기쳐졌다가 소생을 예보하는 서사는 이런 외연과 다르다. 이런 점은 앞에서 논의한 수필들과의 차이다. 작가의식은 유사하지만 「백묵탑 서

59 김조규(舊稿), 「胡弓」, 『만선일보』, 1942.2.16.
60 이 문제는 NRF에서 저술지원비를 받아 수행 중인 「김조규론」에서 상론한다. (2020년 출판예정).

장」의 서사는 미래에 가 있다. 이것은 현실 극복의 예고이자, 꿈의 실현에 대한 암시라 하겠다.

6. 마무리

1940년대 만주 조선문학은 그동안 여러 가지 각도에서 고찰되어 왔다. 그러나 재만조선인 수필에 대한 연구는 아직 이루어진 바가 없다. 이 글은 이러한 점을 감안 1940년대 재만조선인문학 연구에서 제외되어있는 수필문학을 『만주조선문예선』을 텍스트로 하여 그 문학적 성취를 점검하였다.

『만주조선문예선』은 만주로 이민을 갔거나 그곳에서 새로운 직장을 얻은 문인들의 후일담이 서사의 중심에 놓인 합동수필집으로서 당시 조선인 사회의 사정을 범칭 비 허구산문인 수필이란 양식을 통해 문제로 삼고 있는 유일한 자료임이 확인되었다. 논의된 결과를 다음과 같이 정리한다.

1940년대 초기 재만조선인 문학의 대체적인 경향은 조선적인 현실에서 떠나 동아시아적인 문제로 확산됨으로써 민족주의적 담론이 결과적으로 약화될 수밖에 없는 사정에 놓여 있었다. 그런데 『만주조선문예선』은 그런 정서적 반응이 다르게 나타나기도 하고, 유사하게 나타나기도 한다. 최남선과 신영철, 안수길의 수필이 대표적이다.

최남선의 기행수필 「천산유기 · 1」, 「천산유기 · 2」는 그가 1920년대에 주도했던 백두산, 금강산 순례를 하면서 호출하던 지리적 사유와 같은 기법, 그러니까 국토에 대한 관심은 곧 민족애라는 관점에서 수행된 조선혼, 조선심과 다르지 않은 작가의식임을 확인하였다. 타자인 만주의 천산을 순례하면서, 그것을 백두산의 한 지류로 보고 거기서도 우리 민족의 정신사를 발견하려 한다. 단군을 통해 조선적인 것을 내세우려 한 그의 「불함문화론」과 동일한 심상지리에 작가의식이 자리를 잡고 있다. 이것은 「만몽문화」와 같은 글에 나타나던 일본 중심의 의식과는 다르다. 다시 말해서 타자 천산을 기행하면서 거기서 빼앗긴 국토를 상상으로 재구축하려는 한다. 만주와 조선을 병치시키면서 조선의 정체성을 중시하는 도구로서 타자의 자연, 천산을 호출하고 있다. 그러나 '만주와 조선의 병치'는 최남선의 사유가 시대와 영합하고 있다는 점에서 조선혼, 조선심 호출의 한계다. 이런 한계는 에세이 「사변과 교육」에서는 반민족적 사유로 돌아선다.

신영철의 「정거장의 표정」과 안수길의 「이웃」은 1940년대 초기 만주의 잡종사회를 형성하는 만주인, 일본인, 조선인들의 다양한 사회상을 여과 없이 보여주는 문예수필이다. 이런 점은 비 허구산문의 한 특성, 곧 수필의 임장성臨場性을 효과적으로 구현했다는 점에서 그 문학적 성취를 말할 수 있다. 그러나 신영철의 강밀봉 역전의 풍경묘사가 오족협화란 시대상에 상당히 민감한 반응을 보이고 있다. 이런 점은 『만주조선문예선』이 수필집으로서 그만큼 솔직하게 한 시대를 반영하고 있는 생활문학이라는 의미로 읽힌다.

안수길의 「이웃」은 외연으로는 5족협화五族協和지만 그 내포는 당시 만주국의 조선인 사회를 '민족 / 반민족'의 틀로는 그 본질을 파악할 수 없는 복합적인 성격을 띤 사회의 한 구성원임을 드러내는 수필로 독해된다. 이런 점은 결과적으로 식민 권력의 착취성이 사라진 독자적 삶이 가능한 조선인 사회를 표상한다는 의미에서 신영철과 다르다.

현경준의 「봄을 파는 손」과 신영철의 「신경편신」 세 편은 조선과 만주의 지리적 사유를 통한 고향정서의 구축, 혹은 생명탄생의 순수공간 발견이라는 점에서 재만조선인 수필의 한 특성이라 할 만하다. 박팔양의 「밤 신경의 인상」에 나타나는 작가의식은 만주가 이미 '우리들의 공간'으로 나타난다. 이것은 신경으로 대표되는 만주라는 잡종사회를 일본과는 무관한 독자적 존재로 인식하고, 우리가 그 구성원의 주체라는 관점이다. 이런 점은 박팔양의 시에서 확인되었다. 만주국이 '일본도 조선도 아닌 나라'라는 관점을 바탕에 깔고 있다. 박팔양의 시집 『여수시초』를 백석이 고난의 인생행로 끝에 마침내 도달한 곳, '슬픔과 진실'로 평가하는 데서도 이런 점이 드러난다. 박팔양 수필은 만주국의 문학이자 조선인 문학이다.

염상섭의 「우중행로기」의 공간적 배경은 만주가 아니다. 어린 시절 형과 여행을 갔던 일을 소재로 삼고 있는 이 수필의 심상지리는 비가 쏟아지는 조선 땅이다. 새로운 제국의 탄생도 민족의 몰락과도 무관한 '과거'의 우중여행을 '지금' 비 내리는 창밖을 바라보며 회상하고 있다. 소재와 글의 톤에서 리얼리스트 염상섭의 고뇌가 어떤 문제인지 감지된다.

김조규의 수필 「백묵탑 서장」은 서사의 중심인물이 잡종사회 신경에서 조선인의 생존조건이 일본인과 다른 것을 발견하고, 그곳을 탈출하여 동경으로 간 뒤 그는 자아를 실현하는 역동적 인물로 재탄생한다. 이런 서사는 근대성의 한 발현으로, 또 1940년대 재만조선인의 한계를 극복하려는 행위로 독해되었다.

남은 문제는『만주조선문예선』은 신생제국 만주국이 탄생되는 바로 그 현장에서 생산되어 그 필자들이 서 있는 위치는'민족/반민족'의 논리로는 평가할 수 없는 이중지대이다. 그러나 이 합동수필집 고찰에서 저자는 문인의 궁극적인 존재의의는 모국어에 대한 봉사이고, 자기 존재의 언어가 되고 있다는 사실을 다시 확인하였다. 그러니까 견디기 힘든 현실을 참으며, 독자도 별로 없는 글을 써서, 그것을 필경을 하고, 등사해서 수필집을 발행한 행위(신영철)는 그 내용이 비록'민족 / 반민족'의 틀에서'민족'으로 설명하기 어렵더라도 결과적으로는 문학을 하는 운명을 등에 업고, 우리말로 글을 씀으로서 그것이 우리말을 간직하는 일이 되며, 우리가 보전하고자 힘쓰는 우리문화의 정신을 가꾸는 활동이라는 판단을 하게 만들었다. 이런 성격은 우리수필의 고유형식인 기행수필이 월등하게 많고, 수필집에 우국충정을 노래한 여러 편의 고시조가 함께 수록된 사실에서도 드러난다. 그렇다면 몇 편의 글에 나타나는 현실 수용적 성격, 혹은 현실 영합적 성격은 이런 시각에서 텍스트 자체만 문제로 삼고, 콘텍스트적인 문제는 떼놓는 독해가 바람직하다. 그런 글에 면죄부를 주자는 것이 아니라 그런 독해도 문학연구의 한 방법론으로 존재하기 때문이다.

참고문헌

기본 자료

金起林, 『바다와 肉體』, 平凡社, 1948.
金東錫, 『海邊의 詩』, 博文出版社, 1946.
金東煥 편, 『半島山河』, 三千里社, 1941.
金尙容, 『無何先生放浪記』, 서울首都文化社, 1950.
金素雲, 『馬耳東風帖』, 高麗書籍, 1952.
金瑢俊, 『近園隨筆』, 乙酉文化社, 1948.
金晉燮, 『人生禮讚』, 東邦文化社, 1947.
______, 『生活人之哲學』, 宣文社, 1949.
金哲洙·金東錫·裵澔, 『三人 隨筆集—토끼와 時計와 回心曲』, 서울출판사, 1946.
鷺山學人, 『隨筆集—大道論』, 光州 : 國學圖書出版舘, 1947.
盧天命, 『山딸기』, 正音社, 1948.
毛允淑, 『렌의 哀歌』, 日月書房, 1937.
朴勝極, 『多餘集』, 金星書院, 1938.
朴鍾和, 『靑苔集』, 永昌書館, 1942.
白鐵 편, 『現代評論隨筆選』, 漢城圖書株式會社, 1955.
卞榮魯, 『酩酊四十年』, 서울신문사, 1953.
申瑩澈 편, 『滿洲朝鮮文藝選』 新京 : 朝鮮文藝社, 1941.
安在鴻 외, 『隨筆紀行集』, 朝鮮日報社出版部, 1938.
梁柱東, 『文酒半生記』, 新太陽社, 1960.
李光洙, 『돌베개』, 生活社, 1948.
李光洙 외, 『朝鮮文學讀本』, 朝鮮日報社出版部, 1938.
李克魯, 『苦鬪 四十年』, 乙酉文化社, 1947.
李敭河, 『李敭河 隨筆集』, 乙酉文化社, 1947.
李殷相, 『無常』, 培材高普正相獎學會, 1936.
______, 『路傍草』, 博文書館, 1937.
______, 『耽羅紀行漢拏山』, 朝鮮日報社出版部, 1937.
______, 『野花集』, 永昌書館, 1942.
______, 『無常 외』, 三中堂, 1975.
李泰俊, 『無序錄』, 博文書館, 1941.
鄭芝溶, 『文學讀本』, 博文出版社, 1948.

皮千得, 『琴兒詩文選』, 耕文社, 1959.
皮千得 외, 『書齋餘滴-大學敎授 隨筆集』, 耕文社, 1958.

2차 자료

김광주 「상해를 떠나며-파랑의 항구에서」, 『동아일보』, 1938.2.18~2.23.
김상용, 『無何先生放浪記』, 서울首都文化社, 1950.
김성진, 「만주벌을 향해」, 『조선일보』, 1935.4.9·10·17·18.
김소엽, 「요녕에서 상해까지」, 『신인문학』, 1935.4.
김억, 『沙上筱筆』, 白熱社, 大正4(1925).
김진악, 『한국수필의 표정』, 지식더미, 2007.
노자영, 『사랑의 불꽃』, 新公論社, 大正4(1925).
모윤숙, 「제2신 「렌의 애가-시몬에게 보내는 편지」」, 『여성』, 1936.5.
_____, 『산문시집 렌의 애가』, 이화여대 출판부, 1997.
백석 외, 「春郊七題」, 『朝光』, 1936.3.
상아탑, 『象牙塔』 1, 博文書舘.
서광제, 『北朝鮮紀行』, 青年社, 1948.
안호상, 「마조레 호수와 파란인」, 『신인문학』, 1935.4.
여운형, 「몽고사막횡단기」, 『중앙』, 1936.4
_____, 「서백리아를 거처서」, 『중앙』, 1936.6.
오은서, 『사랑의 불꽃』(제4판), 青鳥社, 1925.
온락중, 『北朝鮮紀行』, 조선중앙일보 출판부, 1948.
이광수, 「만주에서」, 『동아일보』, 1933.8.9~8.23.
_____, 『나의 告白』, 春秋社, 1948.
이극로, 「水陸二萬里周遊記-조선을 떠나 다시 조선으로」, 『朝光』, 1936.4·5.
이극로 편, 『곡조 한얼노래』, 人倧敎總本司 滿洲國 牡丹江省 寧安縣 東京城 街東區 第十九牌 三號, 康德九年(1942).
이기영, 「대지의 아들을 차저」, 『조선일보』, 1939.9.26~10.30.
이순탁, 『最近世界一周記』, 漢城圖書株式會社, 1934.
이어령, 『흙 속에 저 바람 속에-증보, 그 후 40년』, 문학사상사, 2002.
_____, 『지성에서 영성으로』, 열림원, 2010.
이재선, 『우리 문학은 어디서 왔는가』, 소설문학사, 1986.
이찬, 「우수 깊은 북관의 추일」, 『사해공론』 42, 1938.
임학수, 「북지견문록」, 『문장』, 1939.7~9.
정래동, 「봉천의 일야」, 『신동아』, 1936.9.
_____, 『北京時代』, 평문사, 1949.
정비석, 「낙엽지는 국경의 추색」, 『사해공론』 42, 1938.

주요섭, 「심양성을 지나서」, 『신동아』, 1935.2.
최남선, 『심춘순례』, 백운사, 1926.
, 『백두산근참기』, 한성도서주식회사, 1926.
한용운, 「지난날 이처지 안는 추억－北大陸의 하롯 밤」, 『조선일보』, 1935.3.8~3.13.
_____, 「明沙十里行」, 『조선일보』, 1929.8.14~8.24.
함대훈, 「남만주편답기」, 『조광』, 1939.7.
현경준, 「서백리아 방랑기」, 『신인문학』, 1935.3~4.

참고 논저

강한인, 「엣세이(隨筆)와 文學・中－隨筆文學發達을 爲하야」, 『조선일보』, 1935.5.7.
경서학인, 「文學이란 무엇인가－文學에 뜻을 두는 이에게」, 『開闢』 21, 1922.
고바야시 히데오, 임성모 역, 『만철, 일본제국의 싱크탱크』, 산처럼, 2004.
권경완, 「알코 잇는 靈-엇든 尼僧의 懺悔談」, 『학조』 2, 1927.
김교안, 「노산 선생의 은거지 답사」, 『경남문학』, 2001.가을.
김관, 「隨筆과 批評」, 『朝光』 3-6, 1937.
김광섭, 「隨筆文學 小考」, 『문학』, 1934.1.
김기림, 「수필에 대하야/불안의 문학/카톨리시즘의 출현」, 『新東亞』 23, 1933.9.
_____, 「민족과 언어」, 『조선일보』, 1936.8.28.
김기림 외, 「문예좌담회－수필에 관하여」, 『조선문학」 1-4, 1933.11.
김동석, 「기독교정신」, 『상아탑』 7, 1946.5.
김수업, 『배달 문학의 갈래와 흐름』, 현암사, 1992.
김승식, 『조선연감』, 조선통신사, 1948.
김우창, 「피천득의 별자리는 어디인가」, 『문학의 집 서울』 69, 2007.
김윤식, 「생활인의 철학과 생활인의 미학」, 『한국문학』, 2014.가을.
_____, 『청춘의 감각, 조국의 사상』, 솔, 1999.
_____, 「한국 근대문학의 시선에서 본 문학독본의 관련양상」, 『예술원논문집』, 예술원, 2010.
김을한, 「인생잡기」, 『조선일보』, 1926.8.12.
김진섭, 「散文學의 再檢討 其2－隨筆의 文學的 領域 (下)」, 『동아일보』, 1939.3.23.
김철수, 『추풍령』, 산호출판사, 1949.
김춘수, 「에세이와 현대정신」, 『문예』, 1953.9.
김태준 외, 『문학지리－한국인의 심상공간』, 논형, 2005.
노산문학회 편, 『鷺山文學 硏究』, 棠峴社, 1976.
노자영, 「文藝批評과 態度－金乙漢君에게 與함」, 『조선일보』, 1926.8.18~20・9.2~3.
_____, 「올바른 비평의 목적과 태도」, 『동아일보』, 1926.8.18~19.
로만 야콥슨, 신문수 편역, 『문학 속의 언어학』, 문학과지성사, 1989.
박숙자, 「조선문학선집과 문학정전들」, 『어문연구』 152, 한국어문교육연구회, 2011.

방민호, 「김진섭 수필문학과 '생활'의 의미」, 『어두운 시대의 빛과 꽃』, 민음사, 2004.
배호, 「유연 이십일」, 『인문평론』 창간호, 1939.10.
서경석, 「만주국 기행문학 연구」, 『어문학』 86, 한국어문학회, 2004.
송수천, 「정상작학회를 다시 일으키며」, 『無常』(제5판), 삼학사, 1965.
송영순, 「모윤숙의 「렌의 애가」 연구」, 『성신어문학』 9, 성신어문연구회, 1997.
신영철 편, 『半島史話와 樂土滿洲』, 滿洲學海社, 1948.
신용대, 「이은상시조의 연구-노산시조집을 중심으로」, 『개신어문연구』 3, 개신어문연구회, 1984.
안수길, 『명아주 한 포기』, 문예창작사, 1977.
A. A. 미른, 양주동 역, 『미른 수필집』, 을유문화사, 1948.
양주동, 「國寶의 辨」, 『세대』 46, 1967.5.
_____, 『人生雜記』, 탐구당, 1963.
에드워드 렐프, 김덕현 · 김현주 · 심승희 역, 『장소와 장소상실』, 논형, 2005.
오창익, 「1920년대 한국 수필문학 연구」, 중앙대 박사논문, 1985.
오한진, 『독일 에세이론』, 한울림, 1998.
유종호, 「문체를 위한 변명」, 『조선일보』, 2003.5.2.
이극로, 「水陸二萬里周遊記 · 四」, 『朝光』, 1936.6.
이병기, 「「한중록」 해설」, 『文章』 창간호, 1939.2.
이원조, 「跋」, 『尙虛文學讀本』, 白楊堂, 1946.
이윤재, 『文藝讀本』 下 한성도서주식회사, 1933.
이윤재 편, 『文藝讀本』 上, 京城 : 震光堂, 昭和6(1931).
이은상, 「古時調硏究의 意義-그 現代的 關聯性에 對하야」, 『조선일보』, 1937.1.1.
_____, 「自山 安廓先生」, 『無常 외』, 三中堂, 1975.
이은숙, 「문학지리학 서설」, 『문화 역사 지리』 4, 한국문화역사지리학회, 1992.
이정화, 『아버님 춘원』, 문선사, 1955.
이태숙, 「근대출판과 베스트셀러」, 『한중어문학 연구』 24, 한중어문학회, 2008.
이태준, 『문장강화』, 문장사, 1940.
이훈구, 「序」, 『朝鮮文學讀本』, 朝光社, 1940.
이희환, 『김동석과 해방기 문학』, 역락, 2007.
임헌영, 「연미복 신사의 무도회-피천득의 수필만상」, 『현대수필』, 2004.봄.
임화, 『문학의 논리』, 학예사, 1940.
정병조 편, 『이양하교수 추념문집』, 민중서관, 1964.
정영진, 『문학사의 길 찾기』, 국학자료원, 1993.
정정호, 『피천득평전』, 시와진실, 2018.
정지용, 『文學讀本』, 博文出版社, 1948.
정지용 외, 「문예좌담회-수필문학에 관하여 속기록」, 『朝鮮文學』, 1933.11.
조남현, 「박승극의 실천, 비평, 소설」, 『한국문화』 25, 서울대 규장각한국학연구원, 2000.

조동일, 『한국문학통사』 5, 지식산업사, 2005.
_____, 『한국문학의 갈래이론』, 집문당, 2011.
조중곤, 「노자영군을 박함」, 『조선일보』, 1926.8.21~8.25.
조진기, 「만주개척과 여성계몽의 논리」, 『어문학』 91, 한국어문학회, 2006.
최강현, 『한국기행문학연구』, 일지사, 1982.
池田浩士, 정한기 · 김광수 역, 「대중소설의 세계와 반세계」, 『대중문학이란 무엇인가』, 평민사, 1995.
최남선, 『時文讀本』 訂正合 編, 新文舘, 大正7(1918).
한세광, 「隨筆文學論-ESSAY 연구 (상)」, 『조선중앙일보』, 1934.7.2.
현동염, 「수필문학에 관한 각서 2」, 『조선일보』, 1933.10.21.
홍구범, 「人間 金晉燮, 『문예』 1-5, 1949.5.
谷崎潤一郎, 『谷崎潤一郎全集』 12, 東京 : 改造社, 1931.
京城帝國大學 文學會論, 『日本文學研究』 2, 大阪屋號, 昭和11(1936).
大和田建樹 외, 『紀行隨筆集-附 春嵐』, 東京 : 改造社, 昭和4(1929).
同志社大學 人文科學研究所, 『戰時下 抵抗の研究』, みすず書房, 1968.
柄谷行人, 『近代日本文學の 起源』, 講談社, 1983.
京都學友會, 『學潮』 1~2, 1926~1927.
北原白秋, 『文學讀本』, 東京 : 第一書房, 昭和11(1936).
李敭河, 『W. S. Lander 評傳』, 東京 : 研究社, 1937.
樋口一葉, 『文學讀本』, 東京 : 第一書房, 昭和13(1938).
夏目漱石, 『文學讀本』, 東京 : 第一書房, 昭和11(1936).
和田萬吉, 『讀本傑作集』, 東京 : 大日本雄辯會講談社, 昭和10(1935).
Edward W. Said, ***Reflections on Exile and Other Essays***, Harvard University Press, 2000.
Geikie, Archbold, ***Type of Scenery and Their Influence of Literature***, Port Washington : N.Y. Kennikat Press, 1898.
Gerog Lukács, ***The Theory of the Novel***, the M.I.T. Press, 1971.
Northrop Frye, ***Anatomy of Critism four Essay***, Prinston University Press, 1973.

인명 찾아보기

ㄱ

ㄴ

ㄷ

ㄹ

ㅁ

ㅇ

ㅈ

ㅊ

작품 찾아보기

ㄱ

ㄴ

ㄷ

ㅅ

ㅇ

ㅎ